任篤行　劉　淦　注譯
袁世碩　校閱

新譯聊齋誌異選（二）

三民書局　印行

國家圖書館出版品預行編目資料

新譯聊齋誌異選／任篤行,劉淦注譯;袁世碩校閱.——
二版一刷.——臺北市：三民，2018
冊；　公分.——(古籍今注新譯叢書)

ISBN 978-957-14-5902-8　(第二冊:平裝)

857.27　　101008388

© 新譯聊齋誌異選(二)

注 譯 者　任篤行　劉　淦
校 閱 者　袁世碩

發 行 人　劉振強
著作財產權人　三民書局股份有限公司
發 行 所　三民書局股份有限公司
地址　臺北市復興北路386號
電話　(02)25006600
郵撥帳號　0009998-5
門 市 部　(復北店)臺北市復興北路386號
(重南店)臺北市重慶南路一段61號

出版日期　初版一刷　2009年6月
二版一刷　2018年1月
編　　號　S 031950
行政院新聞局登記證局版臺業字第〇二〇〇號

ISBN 978-957-14-5902-8 (第二冊:平裝)

http://www.sanmin.com.tw 三民網路書店

新譯聊齋誌異選　目次

第二冊

封三娘

范十一娘䴪城祭酒❶之女，少艷美，騷雅❷尤絕。父母鍾愛之，求聘❸者輒令自擇，女恒少可。會中元日❹，水月寺中諸尼作「盂蘭盆會❺」。是日，遊女如雲，女亦詣之。方隨喜❻間，一女子步趨相從，屢望顏色，似欲有言。審視之，二八絕代姝也；悅而好之，轉用盼注。女子微笑曰：「姊非范十一娘乎？」答曰：「然。」女子曰：「久聞芳名❼，人言果不虛謬。」十一娘亦審里居，女答言：「妾封氏，第三，近在鄰村。」把臂歡笑，詞致溫婉，於是大相愛悅，依戀不捨。十一娘問：「何無伴侶？」曰：「父母早世❽，家中止一老嫗，留守門戶，故不得來。」十一娘將歸，封凝眸欲涕，十一娘亦惘然，遂邀過從，封曰：「娘子朱門繡戶❾，妾素無葭莩親❿，慮致譏嫌。」十一娘固邀之，答：「俟異日⓫。」

十一娘乃脫金釵一股贈之，封亦摘髻上綠簪為報。十一娘既歸，傾想殊切。出所贈簪，非金非玉，家人都不之識，甚異之。日望其來，悵然遂病。父母訊得故，使人於近村諮訪，並無知者。

時值重九⑫，十一娘羸頓無聊，倩侍兒強扶窺園，設褥東籬⑬下。忽一女子攀垣來窺，覘之，則封女也。呼曰：「接我以力！」侍兒從之，驀然遂下。十一娘驚喜，頓起，曳坐褥間，責其負約，且問所來，答云：「妾家去此尚遠，時來舅家作耍。前言近村者，緣舅家耳。別後懸思頗苦，然貧賤者與貴人交，足未登門，先懷慚怍，恐為婢僕下眼覷，是以不果來。適經牆外過，聞女子語，便一攀望，冀是小姐，今果如願。」十一娘因述病源，封泣下如雨，因曰：「妾來當須秘密。造言生事者，飛短流長，所不堪受。」十一娘諾。偕歸同榻，快與傾懷。病尋愈。訂為姊妹，衣服履舄，輒互易著，見人來，則隱匿夾幙間。

積五六月，公及夫人頗聞之。一日，兩人方對弈，夫人掩入，諦視，驚曰：「真吾兒友也！」因謂十一娘：「閨中有良友，我兩人所歡，胡不早白[14]？」十一娘因達封意。夫人顧謂三娘：「伴吾兒，極所忻慰，何昧之？」封羞暈滿頰，默然拈帶而已。夫人去，封乃告別；十一娘苦留之，乃止。一夕，自門外匆皇奔入，泣曰：「我固謂不可留，今果遭此大辱！」驚問之。曰：「適出更衣[15]，一少年丈夫，橫來相干，幸而得逃。如此，復何面目！」十一娘細詰形貌，謝曰：「勿須怪，此妾[16]癡兄。會告夫人，杖責之。」封堅辭欲去，十一娘請待天曙。封曰：「舅家咫尺，但須以梯度我過牆耳。」十一娘知不可留，使兩婢逾垣送之。行半里許，辭謝自去。婢返，十一娘扶牀悲惋，如失伉儷[17]。

後數月，婢以故至東村，暮歸，遇封女從老嫗來。婢喜，拜問。封亦惻惻訊十一娘興居[18]，婢捉袂曰：「三姑過[19]我，我家姑姑盼欲死。」封曰：「我亦思之，但不樂使家人知。歸啟園門，我自至。」婢歸告十一娘，十一娘喜，從其言，則封已在園中矣。相見，各道間闊[20]，綿綿不寐。視婢子眠熟乃起，移與十一娘同枕，私語曰：「妾固知娘子未字㉑以才色門地㉒何患無貴介㉓婿；然紈袴兒敖不足數㉔。如欲得佳耦㉕，請無以貧富論。」十一娘然之。封曰：「舊年邂逅㉖處，今復作道場㉗，明日再煩一往，當令見一如意郎君。妾少讀相人書，頗不參差㉘。」昧爽封即去，約俟蘭若㉙。

十一娘果往，封已先在。眺覽一周，十一娘便邀同車。攜手出門，見一秀才，年可十七八，布袍不飾，而容儀俊偉。封潛指曰：「此翰苑㉚才也。」十一娘略睨之。封別曰：「娘子先歸，我即繼至。」入暮果至，曰：「我適物色㉛甚詳，其人即同里孟安仁也。」十一娘知其貧，不以為可。封曰：「娘子何亦墮世情哉！此人苟長貧賤者，余當抉眸子，不復相天下士矣。」十一娘曰：「且為奈何？」曰：「願得一物，持與訂盟。」十一娘曰：「姊何草草。父母在，不遂，如何？」封曰：「妾此為，正恐其不遂耳。志若堅，生死何可奪也！」十一娘必不可，封曰：

「娘子姻緣已動，而魔劫㉜未消。所以故，來報前好耳。請即別，即以所贈金鳳釵矯命贈之。」十一娘方謀更商，封已出門去。

時孟生貧而多才，意將擇耦，故十八猶未聘也。是日忽睹兩艷，歸涉冥想。一更向盡，封三娘款門而入。燭之，識為日中所見。喜致詰問，曰：「妾封氏，范十一娘之女伴也。」生大悅，不暇細審，遽前擁抱，封拒曰：「妾非毛遂㉝，乃曹丘生㉞。十一娘願締永好，請倩冰㉟也。」生愕然，不信，封乃以釵示生。生喜不自已，矢曰：「勞眷注㊱若此，僕不得十一娘，寧終鰥耳。」封遂去。生詰旦浼鄰媼詣范夫人。夫人貧之，竟不商女，立便卻㊲去。十一娘知之，心失所望，深怨封之誤己也；而金釵難返，只須以死矢㊳之。又數日，有某紳為子求婚，恐不諧，浼邑宰作伐㊴。時某方居權要，范公心畏之，以問十一娘，十一娘不樂。母詰之，默默不言，但有涕淚。使人潛告夫人：非孟生，死不嫁。公聞，益怒，竟許某紳家。且疑十一娘有私意於生，遂涓吉㊵速成禮。十一娘忿不食，日惟耽臥。至親迎㊶之前夕忽起，攬鏡自妝，夫人竊喜。俄侍女奔白：「小姐自經㊷！」舉宅驚涕，痛悔無所復及。三日遂葬。

孟生自鄰嫗反命，憤恨欲絕，然遙遙探訪，妄冀復挽。察知佳人有主，忿火中燒，萬慮俱斷矣。未幾，聞玉葬香埋㊸，愴然悲喪，恨不從麗人俱死。向晚出門，意將乘昏夜一哭十一娘之墓。欻有一人來，近之，則封三娘。向生曰：「喜姻好可就矣。」生泫然㊹曰：「卿不知十一娘亡耶？」封曰：「我所謂就者，正以其亡。可急喚家人發冢。我有異藥，能令蘇㊺。」生從之，發墓破棺，復掩其穴。生自負屍，與三娘俱歸。置榻上，投以藥，踰時而蘇。顧見三娘，問：「此何所？」封指生曰：「此孟安仁也。」因告以故，始如夢醒。封懼漏洩，相將去五十里，避匿山村。封欲辭去，十一娘泣留作伴，使別院居。因貨殉葬之飾，用為資度，亦稱小有㊻。

封每遇生來，輒走避，十一娘從容曰：「吾姊妹，骨肉不啻也，然終無百年聚。計不如效英、皇[47]。」封曰：「妾少得異訣，吐納[48]可以長生，故不願嫁耳。」十一娘笑曰：「世傳養生術汗牛充棟[49]，行而效者誰也？」封曰：「妾所得非世人所知。世傳並非真訣，惟華陀『五禽圖[50]』差為不妄。凡修煉家，無非欲血氣流通耳，若得厄逆症[51]，作虎形立止，非其驗耶？」十一娘陰與生謀，使偽為遠出者，入夜強勸以酒；既醉，生潛入汙之。三娘醒曰：「妹子害我矣！倘色戒[52]不破，道成當升第一天[53]。今墮奸謀，命耳！」乃起告辭。十一娘告以誠意而哀謝之，封曰：「實相告：我乃狐也。緣瞻麗容，忽生愛慕，如蠶自纏，遂有今日。此乃情魔之劫，非關人力。再留，則魔更生，無底止矣。娘子福澤正遠，珍重自愛。」言已而逝。夫妻驚嘆久之。逾年，生鄉、會[54]果捷，官翰林。投刺[55]謁范公，公愧悔不見；固請之，乃見。生入，執子婿[56]禮，伏拜甚恭。公愧怒，疑生儇薄[57]。生請間，具道情事。公不深信，使人探諸其家，方大驚喜；陰戒勿宣，懼有禍變。又二年，某紳以關節[58]

發覺，父子充遼海軍59，十一娘始歸寧60焉。

【注釋】❶嚨城祭酒　嚨城，嚨，疑為鄜。鄜州城，明屬延安府，清屬鄜州府，今陝西富縣。祭酒，主管國子監的官員。❷騷雅　泛指作詩和賦。騷，指屈原所作〈離騷〉。雅，指《詩經》中〈大雅〉和〈小雅〉。❸求聘　求女方許婚。❹中元日　農曆七月十五日。❺盂蘭盆會　佛教於農曆七月十五日舉辦的法會，傳說目蓮於此日供養三寶，以解救其亡母所受倒懸之苦。❻隨喜　遊覽寺院。❼芳名　對女子名字的美稱。❽世　去世。❾朱門繡戶　泛指高官富豪之家的門戶。朱門，紅漆大門。繡戶，雕繪華美的門戶。❿葭莩親　葭莩，蘆葦莖中薄膜。喻遠親。⓫異日　改日。⓬重九　農曆九月九日，重陽節。⓭東籬　指代菊畦。語源晉陶淵明〈飲酒〉詩句：「採菊東籬下。」⓮白　稟告。⓯更衣　古代大小便的婉詞。⓰妾　古代女子自稱的謙詞。⓱伉儷　配偶。⓲興居　起居。泛指生活狀況。⓳過　探望。⓴間闊　久別之情。㉑字　女子許配。㉒門地　同「門第」。家庭的社會地位。㉓貴介　尊貴。㉔然紈袴兒句　紈袴兒，出生於富貴人家，又不務正業的青少年。紈袴，細絹縫製的褲子。敖，傲慢。不足數，不值得數說。《史記．游俠列傳》：「敖而無足數者。」㉕佳耦　稱心的配偶。㉖邂逅　偶然相遇。㉗道場　誦經禮拜的場所。㉘參差　差錯。㉙蘭若　寺院。㉚翰苑　翰林院的別稱。翰林，官名，有侍讀學士、侍講學士、編修等等。㉛物色　查訪。㉜魔劫　命中注定的災難。㉝毛遂　戰國時趙國平原君的門下食客，曾自我推薦出使楚國，聯合楚國共同抗秦。㉞曹丘生　漢代人，讚揚季布，季布因而享有盛名。㉟倩冰　請人作媒。㊱眷注　垂愛關注。㊲卻　拒絕。㊳矢　誓。㊴作伐　說媒。㊵涓吉　選定吉祥的日期。㊶親迎　古婚禮六禮之一，男方到女方家迎親。㊷自經　上吊自殺。㊸玉葬香埋　喻女子的死。㊹泫然　形容流淚。㊺蘇　復活。㊻小有　薄有財產。㊼英皇　女英、娥皇是遠古堯的兩個女兒，一起嫁給舜。㊽吐納　吐故納新。指道家養生術。㊾汗牛充棟　搬運書，累得牛出汗；存放書，充滿藏書室。形容書籍極多。㊿華

陀五禽圖　東漢時期名醫華佗創養生術五禽圖戲。其動作模仿虎、鹿、熊、猿、鳥五種動物。(51)厄逆症　打嗝。(52)色戒　指道教五戒中的「邪淫」。(53)第一天　道教謂神仙的住處有三十六天。第一天當為太皇黃曾天。(54)鄉會　科舉考試的鄉試和會試。(55)投刺　送上名帖。(56)子婿　女兒的丈夫，即女婿。(57)儇薄　輕薄。(58)關節　行賄勾通官吏。(59)充遼海軍　充軍到遼海衛。充軍，把罪犯押至邊遠地區服役。遼海衛，明代設置，清代為開原縣，今遼寧開原。(60)歸寧　已婚女子回娘家探望父母。

【語　譯】范十一娘是鄘州人，國子監祭酒的女兒，年輕而美麗，寫的詩賦格外好。父母特別愛她，有人來求婚，總是讓她自己選擇，十一娘都不中意。正逢中元節，水月寺的一些尼姑，舉辦「盂蘭盆會」。這一天，來遊的女子很多，十一娘也到了。她正在參觀的時候，有一個女郎跟隨她身後，一次次上下打量她，像是有話要說。十一娘仔細看她，原來是個十五六歲漂亮無比的女郎；心裡一陣高興，很喜歡她，轉身注視。女郎微笑，說：「姐姐，你不是范十一娘嗎？」回答說：「是的。」女郎說：「早就聽說你的名字，人們說的果然不錯。」十一娘也問她住在哪裡，女郎回答說：「我姓封，排行第三，住在鄰近村莊。」她握著十一娘的胳膊，又說又笑，話語情致溫和柔順，於是兩人非常親熱，依戀不捨。十一娘問：「你怎麼沒有人陪伴？」說：「父母早已去世，家裡只有一個老女僕，留她看門，不能來。」十一娘想回家，封三娘目不轉睛地看著她，好像要哭起來，十一娘也有失落感，便邀請她到家看望，封三娘說：「你家朱門繡戶，和我向來沒有一點兒親戚關係，擔心惹人譏笑嫌惡呢。」十一娘一再邀請，她回答說：「等改日再說吧。」十一娘就從頭上拔下一股金釵贈給她，封三娘也摘下綠色的髮簪回報。十一娘到家以後一心想念封三娘，情意極其深切。拿出她贈的簪子看，它不是金的，也不是玉的，家裡的人都不能辨別，感覺得很奇異。十一娘日夜盼望封三娘到來，心中悵惘，終於生起病來。她的父母問明生病的原由，使人到附近各村查訪，竟沒有人知道封三娘。

到了重陽節，十一娘瘦弱無力，又覺無聊，讓婢女扶她進花園看看，在菊畦旁鋪上褥墊。忽然有一個女郎，扒著牆頭向園裡張望，仔細看她，原來是封三娘。她喊道：「勞你們把我拉上去！」婢女照辦，她登上牆頭猛地跳下來。十一娘又驚又喜，立刻起來，拉她到褥子上坐下，責備她違約，又問她從哪裡來，回答說：「我家離這裡還遠哩，時常來舅家玩耍。日前我說的『近村』，就是說的舅家。分別以後非常掛念你，可是貧賤人和貴人交往，腳還沒有跨進大門，就已滿懷羞慚，怕婢僕們瞧不起，因此沒有前來。剛才從牆外經過，聽牆裡面女子講話，就扒著牆頭張望，希望是小姐，現在果然如願以償啦。」十一娘向她傾訴自己的病因，封三娘被感動得淚下如雨，說：「我來這裡，你要保密。一旦傳出去，有人造謠生事，惡意中傷，這可受不了。」十一娘說：「好。」兩人一起回屋，晚上同牀睡眠，盡情吐露心懷。十一娘的病不久就好了。兩人結拜為姐妹，衣服、鞋子，經常互相換著穿，封三娘見有外人來，就躲藏進多層帷帳裡。

過了五六個月，范公和夫人對十一娘的事略有所聞。一天，十一娘和封三娘正在下棋，夫人突然進來，細看封三娘，吃驚地說：「她真是我女兒的朋友哩！」就對十一娘說：「你在閨房裡有個好朋友，我和你父親都歡喜，為什麼不早說呢？」十一娘便說出封三娘的心意。夫人看著封三娘說：「你來給我女兒作伴，我很高興，心裡又塌實，怎麼還不願露面呢？」封三娘羞得滿臉泛紅，默默地輕揉自己的衣帶。夫人離開，封三娘便向十一娘告別；十一娘竭力挽留，她才沒有走。一天晚上，封三娘從門外急急惶惶地跑進屋，哭著說：「我一再說不能留下來，今天果然遭受這麼大的侮辱！」十一娘大吃一驚，問她。她說：「剛才我出去上廁所，一個青年男子強行要冒犯我，幸虧我逃了回來。這個樣子，我還有什麼臉面！」十一娘細問那人的模樣兒，然後向她道歉說：「請不要見怪，他是我的傻哥哥。等會稟告夫人，用棍子打他。」封三娘堅決辭別要走，十一娘請她等到天明。封三娘說：「我舅家離這裡很近，只要有梯子，使我越過牆就行。」十一娘知道挽留不住，就使兩個婢女越牆送她。走了半里多地，封三娘辭謝婢女後自己走了。婢女回來，十一娘正趴在牀上悲傷嘆息，像失去配偶一樣。

封三娘走後幾個月，十一娘的婢女到東村辦事，傍晚回家。路上遇見封三娘，她帶領一個老女僕迎面走來。婢女心裡高興，作揖問候。封三娘情意懇切地問十一娘的生活情況，婢女拉著她的衣襟說：「三姑到我們家看一看吧，我家姑姑想死你了。」封三娘說：「我也非常想她，可是不樂意讓許多人知曉。你回家把花園門打開，我自己去那裡。」婢女回去告訴十一娘，十一娘很喜歡，就照她的囑咐去開門，原來封三娘早已在花園裡。見面以後，互訴久別之情，說起來沒個完，興奮得睡不著。封三娘看婢女睡熟了，就起來和十一娘同牀共枕，竊竊私語說：「我早就知道你還沒有定親，憑你的才氣、容貌以及家庭的地位，還怕找不到尊貴的女婿；可是那富貴人家的花花公子，不值得一提。如果想得到好配偶，請不要計較貧富。」十一娘認為她說的對。封三娘說：「早年我們偶然相逢的水月寺，現在又在做道場，請你明天再去，我一定讓你看到一位稱心滿意的郎君。我自幼讀相面的書，不會看錯的。」天色剛亮，封三娘就走了，約定在佛寺裡等她。

十一娘依約前往水月寺，封三娘已經先到。一起在院裡看了一圈兒，十一娘便邀她同車回家。

兩人攜手出門，看見一位秀才，有十七八歲，穿一身布袍子，沒有裝飾，卻是容貌儀表英俊魁梧。封三娘偷偷地指著他說：「他有進翰林院的才華呢。」十一娘斜著眼看看他。封三娘接著向她告別說：「你先回家吧，我隨後就到。」傍晚，封三娘果然來到，說：「我已去細加查訪，那個書生和你住同一鄉里，名字叫孟安仁。」十一娘知道他家貧窮，不願意。封三娘說：「你怎麼也陷進世俗風氣呢！這個人如果終生貧賤，我就挖去眼珠，不再給天下人相面。」十一娘說：「現在怎麼辦呢？」封三娘說：「妳給我拿件物品，跟他訂下婚約。」十一娘說：「姐姐怎麼能這樣草率，有父母在，如果他們不同意怎麼辦？」封三娘說：「我這樣做，正是怕他們不願意。你的志向如果堅定，就算用生和死威脅你，又怎麼能使你改變呢！」十一娘堅決不同意，封三娘說：「你的姻緣已經開始活動，可是命裡注定的災難還沒有消解。因此我才這麼做，是為報答你一向對我的友愛。讓我去吧，就用贈我的金鳳釵，假託你的名義去贈送他吧。」十一娘正盤算再商議，封三娘已走出門外。

這個孟生家貧，卻是富有才智，他想挑選個好媳婦，因此拖到十八歲還沒有定親。這一天忽然看見兩位美女，回家後深切想念。一更天將過，封三娘敲門進來。孟生點燭一照，認得是白天看到的女郎，高興地問她，她說：「我姓封，是范十一娘的女伴。」孟生十分快活，沒閒空細問，突然向前擁抱，封三娘抗拒說：「我不是來自薦的毛遂，僅僅是來推薦人的曹丘生。十一娘願同你締結百年之好，請你託人去說媒吧。」孟生驚愕，不相信，封三娘拿出鳳釵讓他看。他歡喜得不得了，發誓說：「勞她這樣垂愛關注，我如果不娶十一娘，寧可終生獨自生活。」封三娘聽後就走了。天剛亮，孟生就去請求鄰家老太太拜訪范夫人。夫人嫌孟生家貧，竟不和女兒商量，立刻推辭掉。十一娘知道以後，感到沒有成功的希望，深怨封三娘耽誤了自己的終身大事；可是金釵不好再要回來，只誓死求嫁孟生。又過了幾天，有某紳士想去范家為兒子求婚，恐怕不成功，便請縣令作媒。當時這個紳士勢力大，范公怕他，問十一娘，十一娘不樂意。母親盤問，她不回答，只是流淚。後來使人暗地裡告訴夫人說：除非是孟生，死也不嫁給別人。范公知道以後怕上加怒，竟然把十一娘許配某紳士家。他還懷疑十一娘跟孟生有私情，就選擇日期，要急速行婚禮。十一娘氣得不吃飯，整天價躺在牀上不起。到紳士家來迎親的前一天，十一娘忽然起牀，自己拿出鏡子打扮，夫人心中暗喜。一會兒，婢女跑來稟報說：「小姐上吊啦！」全家驚訝哭泣，悲痛懊悔已經來不及了。停屍三天後埋葬。

孟生自從鄰家老太太回報情況，對范公極其憤恨，可是還在到處探訪，妄想挽回局面。知道佳人有了主，怒火燒心，萬般思慮截然了結。不久又聽說美人死亡，他悲恨哀悼，遺憾的是沒有能和十一娘同死。傍晚出門，想趁著黑夜到十一娘墓前哭一場。忽然有個人來，走近看，原來是封三娘。她向孟生說：「可喜呀，婚姻能成功了。」孟生流著眼淚說：「你不知道十一娘已經死了麼？」封三娘說：「我所說的『成功』，正是因為她死。你快喊僕人去掘開墳墓。我有奇特的藥物，使她再活過來。」孟生照辦，去掘墓開棺，抬出人，重新掩埋墓穴。親自背負屍體，同封三娘一起回家。放在牀上，灌她湯藥，經過一個時辰就復活了。十一娘看到封三娘，問：「這是什麼地方？」三娘指著孟生說：「這是孟安仁呵。」就把前後情況告訴她，十一娘這才感覺像從夢中醒來。封三娘怕這事洩露，三人就一起走到五十里以外，藏在一個山村裡。封三娘要告辭，十一娘哭泣，要留她作伴，讓她另院居住。接著就賣掉殉葬的首飾，靠它過日子，綽綽有餘。

封三娘每見孟生來到，總是躲開，十一娘神色鎮靜地說：「咱姐妹的關係，比親骨肉還親，可是姐妹不能相聚百年。我考慮不如效法女英和娥皇。」封三娘說：「我小時候得到奇異的祕訣，吐納之術可以使人長生，所以不願意出嫁。」十一娘笑著說：「世上講養生的書汗牛充棟，可是練功收效的有誰呢？」封三娘說：「我採用的，世間人都不知道。世上傳授的並不是真訣法，只有華佗的『五禽圖』，相比之下還不錯。凡是練習的人，無非是要全身血氣流通罷了，比如人們打嗝，學做老虎的架式它就立刻停止，難道不是『五禽圖』的功效麼！」十一娘暗地裡同孟生商量，使孟生假裝出遠門，到夜間硬勸三娘喝酒；三娘醉後，孟生偷著進去與她同牀。三娘在酒醒之後說：「妹子害我了！倘使我色戒不遭破壞，修道成功一定能高升第一天。現在落進奸邪的計謀，是命該如此啊！」於是起立告辭。十一娘把自己的誠意告訴她，悲傷地向她承認錯誤，封三娘說：「說實話：我是狐。因為看著你長得美麗，忽然產生愛慕之情，就像蠶把自己纏進繭裡，這才有今天的事件。這是情魔造成的劫難，與人力無關。如果再留下來，魔劫就會再來，沒完沒了。娘子的福氣正長，珍重自愛吧。」說完就消失了。孟生夫妻驚訝，嘆息了好久。一年之後，孟生參加鄉試、會試，中了進士，封官做了翰林。他到范家送上名帖，拜見范公，范公慚愧、後悔，不願見他；經過一再請求才許可。孟生進門以後，向他行女婿拜見岳父的禮，恭敬地向他磕頭。范公老羞成怒，懷疑孟生品行輕薄。孟生請他到僻靜處講話，說出全部情況。范公不大相信，使人到他家探望後才十分驚喜；暗中告誡家裡人不要傳說，怕引起災禍變故。又過了兩年，某鄉紳因為向官吏行賄的事被發覺，父子二人充軍遼海衛，十一娘這才回家探望父母。

【研　析】〈封三娘〉中描寫了人與狐仙兩位女性互相愛慕，結下生死不渝深厚友情的一段傳奇故事；歌頌了狐仙封三娘為了好友的生活幸福，竭盡全力幫助，范十一娘克服自身的局限，堅定地追求自由擇愛的勇敢精神；體現了人性中高尚、誠摯、美好的友情關係。

作品中大量筆墨是寫范女的經歷，但真正的主人公是封三娘。因為范女能獲得幸福的結局，主要是在封三娘指導鼓勵、支持幫助下實現的。封女自稱善相面，確實慧眼識人。她與范女交友，就因「緣瞻麗容，忽生愛慕」才主動接近。為報答好友，就為她選婿，一見孟生就斷定「翰苑才」，立即「物色甚詳」。告訴她不要「以貧富論」，要她當機立斷定下終生！當范還猶豫時，封一面幫她消除俗念，一面「以所贈金鳳釵矯命贈」送孟生，並夜闖孟宅，為友作媒。表現了她機敏、果決、樂於助人的性格。范女反抗家長包辦婚姻而自殺，封又以異藥將其救活，使范孟二人得到美滿的婚姻。除了寫封女的善良，還寫她的美麗，開頭寫她是「二八絕代姝也」，「詞致溫婉」，還學〈陌上桑〉寫羅敷之美，用烘雲托月的手法，從范氏母女、孟生、范之癡兄眼中顯示其美豔動人的特點。又寫她「攀垣來窺」，「過牆」而去，暗點其狐的身分。她能未卜預知，異藥救人，則又是仙的法術，說明她是立志升天的狐仙。她還深諳世態：「貧賤者與貴人交，足未登門，先懷慚怍。」文中多次寫她自述「慚怍」心理是為什麼呢？這是因為社會地位不同，而造成人與人之間的不平等，弱勢者被迫產生的一種自我保護意識。范女癡兄的行為，范以為「會告夫人，杖責之。」就算過去，但在封女心裡造成的暗影，一時難以去掉，所以「封堅辭欲去」。二人心理感受的差別，是社會地位不同造成的。這也為計騙封女作了伏筆。蒲翁能寫得如此精妙，正反映他對社會生活觀察的深刻。

范十一娘也是美好的，更是幸運的。她出身高貴，美豔文雅，更被封女選作好友。她不計較封女貧窮出身，與她平等相待，「訂為姊妹，衣服履舄，輒互易著。」當女友離去，她「伏牀悲惋，如失伉儷。」在封女啟發鼓勵下，她對孟生一見鍾情，克服內心封建門第觀念，不論貧富，堅決拒絕父母選定與豪紳家的婚事，公開表示「非孟生，死不嫁」，直到真正以死殉情。一位官宦出身的小姐能有如此胸懷和膽識，是很了不起的。但是，由於她出身和經歷造成的局限性，缺乏關懷別人的敏感，不了解封女的生命追求，用自己的想法思考人生，提出「效英、皇」並嫁孟生的主張。封女不同意，范十一娘仍不在意，錯誤地與孟設計玷汙了她，造成令人遺憾的佛頭增穢的惡果，也使她們的友誼從此中止。

雷曹

樂雲鶴、夏平子二人，少同里，長同齋❶，相交莫逆❷。夏少慧，十歲知名。樂虛心事之，夏亦相規❸不倦。樂文思日進，由是名並著，而潦倒場屋❹，戰輒北❺。無何，夏遘疫卒，家貧不能葬，樂銳身自任之。遺襁褓子及未亡人❻，樂以時恤諸其家；每得升斗，必析而二之，夏妻子賴以活。於是士大夫❼益賢樂。

樂恒產無多，又代夏生憂內顧，家計日蹙，乃嘆曰：「文如平子，尚碌碌以沒，而況於我！人生富貴須及時，戚戚終歲，恐先狗馬填溝壑❽，負此生矣，不如早自圖也。」於是去讀而賈。操業半年，家貲小泰❾。一日，客金陵❿，休於旅舍。見一人頎然而長，筋骨隆起，彷徨座側，色黯淡，有戚容。樂問：「欲得食耶？」其人亦不語，樂推食食之[11]，則以手掬啖，頃刻已盡；樂又益[12]以兼人之饌，食復盡；遂命主人割豚脅，堆以蒸餅[13]，又盡數人之餐，始果腹[14]而謝曰：「三年以來，未嘗如此飫[15]飽。」樂曰：「君固壯士，何飄泊若此？」曰：「罪嬰[16]天譴，不可說也。」問其里居，曰：「陸無屋，水無舟，朝村而暮郭耳。」樂整裝欲行，其人相從，戀戀不去，樂辭之，告曰：「君有大難，吾不忍忘一飯之德[17]。」樂異之，遂與偕行。途中曳與同餐，辭曰：「我終歲僅數餐耳。」益奇之。

次日，渡江，風濤暴作，估舟[18]盡覆，樂與其人悉沒江中。俄風定，其人負樂踏波出，登客舟，又破浪去；少時，挽一船至，扶樂入，囑樂臥守，復躍入江；以兩臂夾貨出，擲舟中，又入之。數入數出，列貨滿舟，樂謝曰：「君生我[19]亦良足矣，敢望珠還[20]哉！」檢視貨財，並無亡失，益喜，驚為神人。放舟欲行，其人告退；樂苦留之，遂與共濟。樂笑云：「此一厄也，止失一金簪耳。」其人欲復尋之，樂方勸止，已投水中而沒。驚愕良久，忽見含笑而出，以簪授樂曰：「幸不辱命㉑。」江上人罔不駭異。樂與歸，寢處共之。每十數日始一食，食則啖嚼無算。一日，又言別，樂固挽之。適晝晦欲雨，聞雷聲。樂曰：「雲間不知何狀，雷又是何物？安得至天上視之？此疑乃可解。」其人笑曰：「君欲作雲中遊耶？」少時，樂倦甚，伏榻假寐。既醒，覺身搖搖然，不似榻上；開目，則在雲氣中，周身如絮。驚而起，暈如舟上；踏之，軟無地；仰視，星斗在眉目間；遂疑是夢。細視，星嵌天上，如老蓮實之在蓬也，大者如甕，次如瓿㉒，小如盎盂。以手撼之，大者堅不可動；小星動搖，似可摘而下者。遂摘其一，藏袖中。撥雲下視，則銀海蒼茫，見城郭如豆，愕然自念：設一脫足，此身何可復問。

俄見二龍夭矯，駕縵車㉓來。尾一掉，如鳴牛鞭。車上有器，圍皆數丈，貯水滿之。有數十人，以器掬水，徧灑雲間。忽見樂，共怪之。樂審所與壯士在焉，語眾曰：「是吾友也。」因取一器授樂令灑。時苦旱，樂接器排雲，約望故鄉，盡情傾注。未幾，謂樂曰：「我本雷曹，前誤行雨，罰謫㉔三載；今天限已滿，請從此別。」乃以駕車之繩萬尺擲前，使握端縋下。樂危之。其人笑言：「不妨。」樂如其言，飀飀然瞬息及地。視之，則墮立村外。繩漸收入雲中，不可見矣。時久旱，十里外，雨僅盈指，獨樂里溝澮皆滿。

歸探袖中，摘星仍在；出置案上，黯黝如石；入夜，則光明煥發，映照四壁。益寶之，什襲而藏；每有佳客，出以照飲，正視之，則條條射目。一夜，妻坐對握髮，忽見星光漸小如螢，流動橫飛。妻方怪咤㉕，已入口中；咯之不出，竟已下咽。愕奔告樂，樂亦奇之。既寢，夢夏平子來，曰：「我少微星㉖也。君之惠好，在中㉗不忘。又蒙自天上攜歸，可云有緣。今為君嗣㉘，以報大德。」樂三十無子，得夢甚喜。自是妻果娠。及臨蓐，光耀滿室，如星在几上時，因名「星兒」。機警非常，十六歲及進士第㉙。

異史氏曰：「樂子文章名一世，忽覺蒼蒼㉚之位置我者不在是㉛，遂棄毛錐㉜如脫屣，此與燕頷投筆㉝者，何以少異！至雷曹㉞感一飯之德，少微酬良友之知，豈神人之私報恩施哉，乃造物㉟之公報賢豪㊱耳。」

【注　釋】❶齋　學塾。❷莫逆　志同道合，交情深厚。❸規　勸導。❹潦倒場屋　潦倒，不得意。場屋，科舉考試的考場。❺輒北　總是失敗。❻未亡人　寡婦。❼士大夫　有名望的官吏、文人。❽先狗馬填溝壑　語出《漢書・公孫弘傳》，比喻早死。❾小泰　稍富裕。❿金陵　指今江蘇南京。⓫推食食之　推讓食物給人吃。⓬益　增加。⓭蒸餅　饅頭。⓮果腹　吃飽肚子。⓯飫　飽。⓰嬰　遭受。⓱一飯之德　喻微小的恩德。語出《史記・范睢蔡澤列傳》。⓲估舟　商船。⓳生我　救我一命。⓴敢望珠還　豈敢希望失物復得。語源《後漢書・孟嘗傳》。㉑辱命　沒有完成他人的囑託。㉒瓻　罈子類的陶器。㉓縵車　沒有文飾的車。㉔讁　處罰。㉕怪咤　驚異。㉖少微星　星名。又名處士星。處士，有才德而未做官的人。㉗中　心中。㉘嗣　後代。㉙及進士第　考取進士。㉚蒼蒼　青天；上帝。㉛是　這裡。㉜毛錐　毛筆。㉝燕頷投筆　指漢代班超投筆從戎。燕頷，《後漢書・班超傳》稱班超：「燕頷虎頸。」㉞雷曹　雷官。㉟造物　上帝。㊱賢豪　賢士豪傑。

【語　譯】樂雲鶴和夏平子，小時候住在同一村莊，長大了是同學，兩人情誼深厚。夏生自幼特別聰明，十歲的時候已有名氣。樂生虛心向他請教，他耐心扶助。因此樂生寫作的思路一天天進步，兩個人的文才一起出了名，可是參加科舉考試，他們都不得意，總是失敗。不久，夏生染上了瘟疫，病死，因為家境貧困，買不起棺木埋葬，樂生主動為之辦理。夏生撇下幼兒和妻子，樂生按時接濟他家：每得到少量的糧食，一定分給他家一半，夏生的妻子和幼兒就依賴它活命。因此當地有名望的官吏和文人，更加認為樂生德行高尚。

樂生本來產業不多，又代替夏生照顧妻兒生活，自己越來越窮，就嘆氣說：「平子的文章那麼好，還平凡的死去，何況是我呢！求人生富貴，應當抓緊時間，一年到頭發愁，恐怕會早死，就要慚愧一輩子了，不如趁早另作打算。」因而扔下書本去經商。做了半年買賣，家產稍微富裕。一天，樂生來到金陵，在旅店休息。看見一個人，身材高大，筋骨發達，在座旁走來走去，臉色暗淡，情緒憂傷。樂生問他：「想吃東西麼？」他不講話，給他食物，他伸手抓去就吃，霎時間吃得一乾二淨；樂生又給他增加兩份飯，他又全部吃掉；樂生讓店主人切來豬排骨，端上一堆饅頭，他吃下去好幾個人的飯才吃飽肚子，表示感謝說：「三年以來，沒有吃得這麼飽。」樂生說：「你一定是一位壯士，怎麼這樣飄泊四方？」回答說：「有罪，受到上天的責罰，不值得說它了。」樂生問他在哪裡住，說：「陸地上沒有我的房屋，水裡沒有我的船，從早到晚在城鄉流浪啊。」樂生整理行裝要走，這個人跟隨他，戀戀不捨，樂生向他告別，他告訴樂生：「你有大災大難，我不願意忘掉你請我吃一頓飯的恩德。」樂生感覺奇怪，就同他一起走。路上拉他去吃飯，他推辭說：「我一年之間，只吃幾頓飯罷了。」樂生更加認為他不同尋常。

第二天，樂生渡江，突然風狂浪高，商船全部傾覆，樂生和那個人都掉進水裡。一會兒，大風停息，那人揹了樂生踩著水出來，送他登上客船，自己又破浪前進；不久，他牽回來一艘船，把樂生扶進去，囑咐他躺下等待，就又跳進江水；用兩隻胳膊夾著貨物出來，扔到船裡，再跳進去。接連進出好幾次，貨物已排列滿船，樂生表示感謝說：「你救我一命，已經很夠了，我哪裡敢奢望失物復得呢！」查看財物，都沒有丟失，他越發高興，驚訝那人神奇。開船要走，那人要離開；樂生極力挽留，才同他一起渡江。樂生笑著說：「這次災難，僅僅丟了一支金簪。」那人要再去找，樂生正在勸阻，他已跳進江水，不見人影了。樂生驚愕好久，忽然見他笑咪咪地出來，把簪子交給樂生說：「我僥倖沒有辜負你的差遣。」江上的人們看見了，沒有一個不驚奇的。樂生同他回去，坐臥都在一起。那人每隔十幾天吃一次飯，吃起來卻沒有數。

一天，那人又告辭，樂生一再挽留他。正逢天色昏暗，要下雨，聽見雷聲，樂生說：「雲彩裡不知道是什麼樣子，雷是什麼東西？怎麼能到天上看一看，這個疑念才能解開。」那人笑著說：「你想到雲彩裡逛逛嗎？」不久，樂生很疲倦，趴在坐榻上打盹。醒後感覺身體搖晃，不像在坐榻上；睜眼一看，原來在雲氣裡，四周像棉絮。他驚訝地站起來，似在船上，暈忽忽；腳向下一踩，不是平地，軟綿綿；抬頭看，星星就在眼前；就懷疑是在做夢。他仔細觀察，星星鑲嵌在天上，像成熟的蓮籽長在蓮蓬裡，大星星像甕般大，小一號的像罈子，最小的像小罐兒。伸手搖動它，大的紋絲不動；小星星活動，似可以摘下來。就摘了一個，藏在袖子裡。他撥開雲彩向下看，是迷茫的銀海，地上的城市僅豆粒一樣小，他驚愕地想：如果一腳踏空，我的身子還堪設想麼。

一會兒，見兩條龍身軀夭矯，拉一輛不加文飾的車跑來。尾巴一剪，似牛鞭震響。車上有些容器，有好幾丈粗，盛滿了水。有幾十個人拿瓢勺舀水，灑遍雲間。忽然看到樂生，都感覺奇怪。樂生細看，有救他一命的那位壯士，壯士對眾人說：「他是我的朋友。」就拿瓢勺遞給樂生，讓他灑水。這時候地面非常乾旱，樂生接過瓢勺，撥開雲彩，向約莫是家鄉的地面盡情潑灑。不久，壯士對樂生說：「我本來是雷曹，以前耽誤了行雨的時間，受到懲罰，謫降人世三年；今天限期已滿，咱們從此分別吧。」就用長有萬尺的駕馭繩，扔到樂生眼前，讓他手握繩頭向下縋落。樂生擔心挨摔。壯士笑著說：「不妨。」樂生照辦，轉眼間輕快地落到地上。他看看光景，原來落在村外。繩子漸漸上升，收進雲霧，望不見了。這時久旱不雨，十里以外，僅水濕地面一指深，只樂生家鄉雨大，溝滿壕平。

樂生到家，向衣袖裡一摸，摘下來的星星還在；掏出來放在桌子上，黑黝黝像塊石頭；到夜間就大放光明，照得滿屋晶亮。樂生更加珍愛它，層層包裹收藏起來；每逢貴客到家，才把它拿出來，在星光照耀下飲酒。它亮度很高，如果正眼看它，光芒耀眼。一夜，樂生的妻子洗頭以後，面對星光坐下梳髮，忽然看見星光越來越小，像螢火蟲一樣橫飛。她正在驚異，已經鑽進嘴裡；咯吐不出來，終於咽到肚裡。她驚訝地跑去告訴樂生，樂生也感覺奇怪。睡下之後，樂生夢見夏平子來到，說：「我是天上的少微星。你對我的友好，我念念不忘。又蒙你從天上把我帶回來，可說是有緣分。現在我來做你的後代，用來回報你的大恩大德。」樂生這時已經三十歲，沒有兒子，做得這個夢很高興。此後妻子果然懷孕。及至臨產，滿屋光輝閃耀，好像星星又擺在桌子上，因此給兒子起名叫「星兒」。星兒非常機智靈敏，十六歲就考取進士。

異史氏說：「樂生的文章名傳世間，忽然認識到上天對他的安排，不在發揚文才從事科舉，就像脫下爛鞋一樣扔掉，這和漢代班超投筆從戎，有什麼不同呢！至於雷曹感謝一飯之德，少微星回報良友的賞識，難道是神仙私自報答恩德麼，不！那是上帝秉公回報賢士豪傑啊。」

【研　析】 這是一篇巧妙構思創造出來的奇幻傳奇故事，內容寫樂雲鶴品格正直，樂於助人，終得好報，讚揚人性中關愛他人、團結互助的好品質。

文中寫了樂生兩個並不相關又有聯繫的小故事：一是他並不寬裕卻能始終如一地體卹已故好友的幼子寡妻，後得子進士及第；二寫供陌生人飽餐一頓，結識天神雷曹，大災不死並得到雲中一遊。積德獲報是封建社會普遍存在的觀念，單就這一思想看，作品意義並不很大。但是，由於作者以獨創精神構思和寫作，就使這篇小說具有兩個突出的亮點：

塑造了真實生動的人物性格。樂雲鶴是位「潦倒場屋」的貧士，為人正直。雖「恒產無多」，好友夏平子逝世，他「鋭身自任」負擔起幼兒寡婦的生活供給，「每得升斗，必析而二之。」他審時度勢，「文如平子，尚碌碌以沒，而況於我！人生富貴須及時，戚戚終歲，恐先狗馬填溝壑，負此生矣，不如早自圖也。」於是棄文從商。這表現了他的靈活和智慧。但他經商絕不唯利是圖，仍然保持著正直做人樂於助人的高尚品格。所以在金陵旅舍見一陌生客面「有戚容」，即慷慨相助，讓他盡量一飽，無意中結下一位神界好友。這樣，就使樂生的性格始終放射美好的人性光彩。

奇特想像創造出優美曲折的情節。由於樂生與罰謫的雷曹結為好友，樂生出乎意料得到一次「雲中遊」的機會。作者對他遊於雲間的感受和見聞作了優美細緻地描繪：「覺身搖搖然，不似榻上；開目，則在雲氣中，周身如絮。驚而起，暈如舟上；踏之，軟無地；仰視，星斗在眉目間；遂疑是夢。細視，星嵌天上，如老蓮實之在蓬也，大者如甕，次如瓿，小如盎盂。以手撼之，大者堅不可動；小星動搖，似可摘而下者。遂摘其一，藏袖中。撥雲下視，則銀海蒼茫，見城郭如豆，愕然自念：設一脫足，此身何可復問。」讀來令人激動、驚奇和嚮往。他摘下一顆小星，不期然正是夏平子將要轉生的星宿，使情節與開頭相呼應。樂生「雲中遊」，還看到二龍駕水車行雨的場景，他還有幸向自己的故鄉「盡情傾注」多下一些喜雨。這些奇特巧妙的構思和描繪，充分展示了作者高超的藝術創作才能。

賭符

韓道士，居邑❶中之天齊廟❷，多幻術，共名之「仙」。先子❸與最善，每適城輒造❹之。一日，與先叔赴邑，擬訪韓，適遇諸途。韓付鑰曰：「請先往啟門坐，少旋❺我即至。」乃如其言；詣廟發扃❻，則韓已坐室中。諸如此類。

先是，有敝❼族人嗜博賭，因先子亦識韓。值大佛寺來一僧，專事樗蒱❽，賭甚豪。族人見而悅之，罄貲往賭，大虧；心益熱，典質❾田產復往，終夜盡喪，邑邑❿不得志，便道詣韓，精神慘淡，言語失次。韓問之，具以實告，韓笑云：「常賭無不輸之理。倘能戒賭，我為汝覆之。」族人曰：「倘得珠還合浦⓫，花骨頭⓬當鐵杵碎之！」韓乃以紙書符⓭，授佩衣帶間，囑曰：「但得故物既已，勿得隴復望蜀⓮也。」

又付千錢，約贏而償之。

族人大喜而往。僧驗其貲，易[15]之，不屑與賭；族人強之，請以一擲為期，僧笑而從之，乃以千錢為孤注[16]。僧擲之，無所勝負；族人接色，一擲成采[17]；僧復以兩千為注，又敗；漸增至十餘千，明明梟[18]色，呵之，皆成盧雉[19]；計前所輸，頃刻盡覆。陰念再贏數千亦更佳，乃復博，則色漸劣。心怪之，起視帶上，則符已亡矣，大驚而罷。載錢歸廟，除償韓外，追而計之，並末後所失，適符原數也。已乃愧謝失符之罪，韓笑曰：「已在此矣。固[20]囑勿貪，而君不聽，故取之。」

異史氏曰：「天下之傾家者，莫速於博；天下之敗德者，亦莫甚於博。入其中者，如沉迷海，將不知所底矣。夫商農之人，具有本業；詩書之士，尤惜分陰[21]。負耒橫經[22]，固[23]成家之正路；清談薄飲，猶寄興之生涯。爾[24]乃狎比淫朋[25]，纏綿永夜。傾囊倒篋，懸金於嶮巇之天；呵雉呼盧，乞靈於淫昏之骨。盤旋五木[26]，似走圓珠；手握多張，如擎團扇。左覷人而右顧己，望穿鬼子㉗之睛；陽示弱而陰用強，費盡罔兩㉘之技。門前賓客待，猶戀戀於場頭㉙；舍上火烟生，尚眈眈於盆裡。忘餐廢寢，則久入成迷；舌敝唇焦，則相看似鬼。迨夫全軍盡沒㉚，熱眼空窺。視局中，則叫號濃焉，技癢㉛英雄之臆；顧橐底，而貫索空矣，灰寒壯士之心。引頸徘徊，覺白手之無濟；垂頭蕭索㉜，始玄夜㉝以方歸。幸交謫之人㉞眠，恐驚犬吠；苦久虛之腹餓，敢㉟怨羹殘。既而鬻子質田，冀珠還於合浦；不意火灼毛盡，終撈月於滄江。及遭敗後我方思，已作下流之物；試問賭中誰最善㊱？群指無褲之公。甚而枵腹㊲難堪，遂棲身於暴客㊳；搔頭㊴莫度，至仰給於香奩㊵。嗚呼！敗德喪行，傾產亡身，孰非博之一途致之哉！」

【注釋】❶邑　指淄川縣。❷天齊廟　即泰山神廟。❸先子　先父，已去世的父親。❹造　到。❺少旋　一會兒。❻扃　門。❼敝　對自己的謙稱。❽樗蒱　古代博戲名。以擲骰子決勝負。❾典質　以物為抵押換來錢。❿邑邑　同「悒悒」。形容心情鬱悶。⓫珠還合浦　見〈雷曹〉注。⓬花骨頭　骰子以骨製，雕花而成，故稱。

⑬符　符籙。道士在紙上畫符文，傳說可以化兇為吉。⑭得隴復望蜀　喻貪得無厭。語出《東觀漢記・隗囂傳》。⑮易　看不起。⑯孤注　出全部錢財作一次賭注。注，賭時押的錢。⑰采　所擲骰子呈現的花色。⑱梟　采中最好的花色。⑲盧雉　盧，在采中位居第二等。雉，采的第三等。⑳固　一再。㉑惜分陰　珍惜極短的時間。語出《晉書・陶侃傳》。㉒負耒橫經　扛著農具讀書。㉓固　當然。㉔爾　你；你們。㉕狎比淫朋　親近不務正業的朋友。㉖五木　特指五粒骰子。㉗望穿鬼子　望穿，急切盼望。鬼子，指賭鬼。㉘罔兩　古代傳說中的一種精怪。㉙場頭　賭場。㉚全軍盡沒　喻輸得分文不剩。㉛技癢　懷有技能急於表現。㉜蕭索　淒涼。㉝玄夜　黑夜。㉞交謫之人　指妻子。義源《詩經・邶風・北門》。㉟敢　怎敢。㊱善　擅長。㊲枵腹　空腹。㊳暴客　強盜。㊴搔頭　為難貌。㊵香奩　借指妻子。

【語譯】韓道士住在淄川縣的天齊廟裡，會許多眩惑人的法術，大家稱他為「仙」。先父和他很好，每次進城總是到廟裡找他。一天，先父同先叔去縣城，準備去探望韓道士，恰巧在路上遇見他。他拿出來鑰匙說：「請先去開門到屋裡坐一會兒，我立刻就回去。」就照他說的辦；等開了鎖進門，他卻早已在屋裡坐著。類似這樣神奇的事曾有許多次。

從前，我們家族有個人特別愛賭博，他因為先父的關係也認識韓道士。現在大佛寺來了一個和尚，專門賭博，賭起來氣派很大。族人看見他以後很高興，把家裡的錢都拿去賭，結果吃了大虧；由此賭的心情更加急切，就典當了田產又去賭，一夜之間，被他輸得一乾二淨，他心情鬱悶，很不得意，順便拜訪韓道士，表情悲慘淒涼，說起話來顛三倒四。韓道士問他，他把賭博的事全都說了，韓道士笑著說：「經常賭，沒有不輸的道理。如果你能戒掉賭癮，我可以使你把輸去的錢再贏回來。」族人說：「如果能贏回來，我一定把骰子砸得粉碎！」韓道士就在紙上畫符，給他戴在腰帶上，囑咐說：「贏夠輸掉的錢就不要賭了，千萬不要得隴望蜀呀。」還交給他一千文銅錢，約定賭贏後償還。

族人非常高興，去找和尚。和尚看一眼他帶的錢就瞧不起他，認為不值得一賭；族人硬要他賭，且請只賭一次，和尚笑著依了他，族人就把一千銅錢全拿出來，作為孤注。和尚擲色子，不贏不輸；族人接過色子，一擲就出了上采；和尚又拿出兩千銅錢為注，又輸掉了；漸漸增多到十幾千錢為注，和尚一擲，明明要出頂級采——梟色，他熱切地喊它出現，卻都變成下等采；族人合計先前輸去的，頃刻之間已經都贏了回來。心中暗想再贏幾千才更好，繼續賭，擲出來的花色越來越差勁。他為此感覺奇怪，起來看看腰帶，原來戴的符已不見了，心裡很驚訝，這才罷賭。他帶上錢回廟，除去償還道士的錢，前後一併核計，包括最後失掉的，正好符合原數。算清帳以後，他為遺失符而慚愧地向道士認錯，韓道士笑著說：「符已經在我手裡了。一再囑咐你不要貪得，你不聽話，所以把它收回來。」

異史氏說：「普天下傾家蕩產的行為，沒有比賭博更快的了；普天下敗壞道德的勾當，也沒有比賭博更厲害的了。陷進賭場，如同掉進迷茫的大海，就不知到哪裡才能停止下沉。商人、農民各有自己的事業；書生文士更珍惜分寸光陰。肩扛鋤犁，誦讀經書，當然是成家立業的正路；清談事理，稍飲酒漿，也算寄託興致的生涯。你們卻伙同不務正業之輩，每天糾纏到長夜。傾囊倒篋，金錢高懸到險峻崎嶇的天空；呵『雉』呼『盧』，貪財求助於淫亂昏聵的骨頭。盤裡骰子旋轉，似滾圓珠；手中紙牌多張，如擎團扇。左窺別人，右盼自己，急煞鬼子般的雙眼；表面示弱，暗中使勁，用盡魍魎的伎倆。門前賓客等待，仍熱戀場頭；房頂火煙升起，還注視盆中。忘餐廢寢，就久賭成迷；舌疲脣焦，則相看似鬼。及至賭本輸得精光，只能熱眼空望。看賭局，呼聲濃啊，技癢於『英雄』胸臆；瞧口袋，錢串空了，寒透『壯士』心肝。伸長脖子，斜路徘徊，醒悟身無分文，無濟於事；低垂腦袋，處境淒涼，這才夜路蒼茫，摸黑回家。幸虧愛訓斥的老婆已睡，怕只怕驚起狗叫；苦惱久虛空的肚子正餓，又豈敢埋怨湯冷。不久，賣兒典田，切盼一擲便珠還合浦；不料火燒毛淨，終歸兩手空撈月江流。遭到敗落才自思忖，已淪為卑鄙下流的東西；試問賭技以誰最高？大家指那沒穿褲子的先生。甚至空腹難忍，就去投奔強盜；日用緊缺，至於典賣妻子的妝奩。啊！敗壞德行，傾家蕩產，犯罪喪命，哪一條不是賭博造成的惡果呢！」

【研 析】〈賭符〉是一篇記事勸世的散文。作者又用數量相近的文字發表議論，目的只有一個：勸人戒除賭博，遠離這傾家敗德的惡習。異史氏曰：「天下之傾家者，莫速於博；天下之敗德者，亦莫甚於博。」作者驚呼：「嗚呼！敗德喪行，傾產亡身，孰非博之一途致之哉！」

作者所以撰寫此文，有生活中的真實原因，他不忍心看賭徒家敗身亡的悲慘現實，其抑惡揚善的良知令人尊敬。為了解作者創作此文的思路，現將作者為其高祖蒲世廣撰寫的小傳引述於此：公少聰慧，才冠當時。如擲錢為六豐之戲，常坐堂中，令婢拾供之。六錢不溢一磚，必得四幕無訛，遂為絕技。後族人諱節者，與龍興寺掛褡僧賭，大敗，田宅皆質去。大窘，求救於公。公慨然囊貲往，頃刻間盡復所失。趣裝待歸，僧固挽之。公笑曰：「實相告之：汝之技僅能執三幕，我執四幕，是以勝也。空汝囊亦非難，但我非博徒，不過為族人復仇耳。」僧益驚，求授其術，公曰：「我不助惡人為虐也。」乃歸。

小傳所記是作者創作〈賭符〉的本事和源泉，是生活基礎，而創作出來的作品，又比本事更高更生動，具有更廣泛的社會意義。兩者有哪些異同呢？兩者的共同點是：都反對賭博，更反對以此謀利。兩者差異主要有三點：

一、主人公由真人蒲公變為構想中的韓道士。二者解決的問題：由家族事務變為社會現象，視角更高更廣。

二、作品既然寫社會生活，情節也更曲折複雜，更引人入勝。開始才寫天齊廟韓道士「多幻術」，「先子與最善」等情事，由此才引出族人找道士解憂。

三、解決問題的手段，由絕技變為靈符，這樣可以避免有人專為謀利賭博而去練習此種技術，避免產生副作用。

這些都是作者想像創造的成果，表現了作者高超的思想和藝術才能。

葛巾

常大用，洛❶人，癖好牡丹。聞曹州❷牡丹甲齊魯❸，心向往之。適以他事如❹曹，因假搢紳之園居焉。而時方二月，牡丹未華❺，惟徘徊園中，目注句萌❻，以望其拆，作〈懷牡丹〉詩百絕❼。未幾，花漸含苞，而資斧❽將匱，尋典春衣❾，流連忘返。一日凌晨，趨花所，則一女郎及老嫗在焉。疑是貴家宅眷，亦遂遄返。暮而❿往，又見之，從容避去，微窺之，宮妝豔絕，眩迷之中，忽轉一想：此必仙人，世上豈有此女子乎！急返身而搜之，驟過假山，適與嫗遇，女郎方坐石上。相顧失驚，嫗以身幛女，叱曰：「狂生何為！」生長跪曰：「娘子必是神仙！」嫗咄之曰：「如此妄言，自當縶送令尹⓫！」生大懼。女郎微笑曰：「去之。」過山而去。

生返，不能徒步，意女郎歸告父兄，必有詬辱之來，偃臥空齋⑫，自悔孟浪⑬。竊幸女郎無怒容，或當⑭不復置念；悔懼交集，終夜而病。日已向辰，喜無問罪之師⑮，心漸寧帖；而回憶聲容，轉懼為想。如是三日，憔悴欲死。秉燭夜分，僕已熟眠。嫗入，持甌而進曰：「吾家葛巾娘子，手合鴆⑯湯，其⑰速飲！」生聞而駭，既而曰：「僕與娘子，夙無怨嫌，何至賜死？既為娘子手調，與其相思而病，不如仰藥⑱而死！」遂引而盡之。嫗笑，接甌而去。生覺藥氣香冷，似非毒者。俄覺肺鬲寬舒，頭顱清爽，酣然睡去。既醒，紅日滿窗；試起，病若失。心益信其為仙。無可夤緣，但於無人時，仿佛其立處、坐處，虔拜而默禱之。

一日，行去，忽於深樹內，覿面遇女郎；幸無他人，大喜，投地。女郎近曳之，忽聞異香竟體，即以手握玉腕而起，指膚軟膩，使人骨節欲酥。正欲有言，老嫗忽至。女令隱身石後，南指曰：「夜以花梯度牆，四面紅窗者，即妾居也。」匆匆遂去。生悵然，魂魄飛散，莫能知其所往。至夜，移梯登南垣，則垣下已有梯在，喜而下，果見紅窗。室中聞敲棋聲，佇立不敢復前，姑踰垣歸。少間，再過之，子聲猶繁；漸近窺之，則女郎與一素衣美人相對著[19]，老嫗亦在坐，一婢侍焉。又返。凡三往復，三漏已催[20]。生伏梯上，聞嫗出云：「梯也，誰置此？」呼婢共移去之。生登垣，欲下無階，恨悒而返。次夕復往，梯先設矣。幸寂無人，入，則女郎兀坐，若有思者。見生，驚起，斜立含羞。生揖曰：「自謂福薄，恐於天人[21]無分，亦有今夕耶！」遂狎抱之。纖腰盈掬，吹氣如蘭，撐拒曰：「何遽爾？」生曰：「好事多磨，遲為鬼妒。」言未及已，遙聞人語。女急曰：「玉版妹子來矣！君可姑伏牀下。」生從之。

無何，一女子入，笑曰：「敗軍之將[22]，尚可復言戰否？業已烹茗，敢[23]邀為長夜之歡。」女郎辭以困惰。玉版固請之，女郎堅坐不行。玉版曰：「如此戀戀，豈藏有男子在室耶？」強拉之，出門而去。生膝行而出，恨絕，遂搜枕簟，冀一得其遺物。而室內並無香奩，只牀頭有水精如意㉔，上結紫巾，芳潔可愛。懷之，越垣歸；自理衿袖，體香猶凝，傾慕益切。然因伏牀之恐，遂有懷刑㉕之懼，籌思不敢復往，但珍藏如意，以冀其尋。

隔夕，女郎果至，笑曰：「妾向以君為君子也，而不知寇盜也！」生曰：「良㉖有之！所以偶不君子者，第㉗望其如意耳。」乃攬體入懷，代解裙結。玉肌乍露，熱香四流，偎抱之間，覺鼻息汗熏，無氣不馥。因曰：「僕固意卿為仙人，今益知不妄。幸蒙垂盼，緣在三生㉘。但恐杜蘭香㉙之下嫁，終成離恨耳。」女笑曰：「君慮亦過。妾不過離魂之倩女㉚，偶為情動耳。此事要㉛宜慎秘，恐是非之口，捏造黑白，君不能生翼，妾不能乘風，則禍離更慘於好別矣。」生然之，而終疑為仙，因詰姓氏，女曰：「既以妾為仙，仙人何必以姓名傳。」問：「嫗何人？」

曰：「此桑姥。妾少時受其露覆㉜，故不與婢輩同。」遂起，欲去，曰：「妾處耳目多，不可久羈，蹈隙當復來。」臨別索如意，曰：「此非妾物，乃玉版所遺。」問：「玉版為誰？」曰：「妾叔妹也。」付鉤㉝乃去。

去後，衾枕皆染異香。由此三兩夜輒一至。生惑之，不復思歸，而囊橐既空，欲貨㉞馬。女知之，曰：「君以妾故，瀉囊質衣，情所不忍。又去代步㉟，千餘里將何以歸？妾有私蓄，聊可助裝。」生辭曰：「感卿情好，撫臆誓肌㊱，不足論報；而又貪鄙㊲，以耗卿財，何以為人矣！」女固強之，曰：「姑假㊳君。」遂捉生臂，至一桑樹下，指一石，曰：「轉之！」生從之。又拔頭上簪，刺土數十下，又曰：「爬之。」生又從之。則甕口已見。女探入，出白鏹近五十兩許。生把臂止之，不聽，又出十餘鋌，生強反其半而後掩之。

一夕，謂生曰：「近日微有浮言㊴，勢不可長；此不可不預謀也。」

生驚曰：「且為奈何？小生素迂謹，今為卿故，如寡婦之失守，不復能自主矣。一惟卿命，刀鋸斧鉞，亦所不遑顧耳！」女謀偕亡，命生先歸，約會於洛。生治任[40]旋里，擬先歸而後逆[41]之；比至，則女郎車適已至門。登堂朝家人，四鄰驚賀，而並不知其竊而逃也。生竊自危；女殊坦然，謂生曰：「無論千里外非邏察所及，即或知之，妾世家女，卓王孫[42]當無如長卿何也。」

生弟大器，年十七，女顧之曰：「是有惠根[43]，前程尤勝於君。」完婚有期，妻忽夭殞，女曰：「妾妹玉版，君固嘗窺見之，貌頗不惡，年亦相若，作夫婦可稱嘉耦。」生聞之而笑，戲請作伐，女曰：「必欲致之，即亦非難。」喜問：「何術？」曰：「妹與妾最相善。兩馬駕輕車，費一嫗之往返耳。」生懼前情俱發，不敢從其謀，女固言：「不害[44]。」即命車，遣桑嫗去。數日，至曹。將近里門，嫗下車，使御者止而候於途，乘夜入里。良久，偕女子來，登車遂發。昏暮即宿車中，五更復行。

女郎計其時日，使大器盛服而逆之。五十里許，乃相遇，御輪㊺而歸；鼓吹花燭，起拜成禮。由此兄弟皆得美婦，而家又日以富。

一日，有大寇數十騎，突入第㊻。生知有變，舉家登樓。寇入，圍樓。生俯問：「有仇否？」答言：「無仇。但有兩事相求：一則聞兩夫人世間所無，請賜一見；一則五十八人，各乞金五百。」聚薪樓下，為縱火計以脅之。生允其索金之請；寇不滿志，欲焚樓，家人大恐。女欲與玉版下樓，止之不聽。炫妝而下，階未盡者三級，謂寇曰：「我姊妹皆仙媛，暫時一履塵世，何畏寇盜！欲賜汝萬金，恐汝不敢受也。」寇眾一齊仰拜，喏聲「不敢」。姊妹欲退，一寇曰：「此詐也！」女聞之，反身佇立，曰：「意欲何作，便早圖之，尚未晚也。」諸寇相顧，默無一言，姊妹從容上樓而去。寇仰望無跡，鬨然始散。

後二年，姊妹各舉一子，始漸自言：「魏姓，母封曹國夫人。」生疑曹無魏姓世家㊼，又且大姓失女，何得一置不問？未敢窮詰，而心竊怪之，遂托故復詣曹。入境諮訪，世族[48]並無魏姓。於是仍假館舊主人。忽見壁上有〈贈曹國夫人〉詩，頗涉駭異，因詰主人。主人笑，即請往觀曹夫人，至則牡丹一本，高與檐等。問所由名，則以此花為曹第一，故同人戲封之。問其何種，曰：「葛巾紫也。」心益駭，遂疑女為花妖。既歸，不敢質言[49]，但述贈夫人詩以覘之。女蹙然變色，遽出，呼玉版抱兒至，謂生曰：「三年前感君見思[50]，遂呈身相報，今見猜疑，何可復聚。」因與玉版皆舉兒遙擲之，兒墮地並沒。生方驚顧，則二女俱渺矣，悔恨不已。後數日，墮兒處生牡丹二株，一夜徑尺，當年而花，一紫一白，朵大如盤，較尋常之葛巾、玉版，瓣尤繁碎。數年，茂蔭成叢，移分他所，更變異種，莫能識其名。自此牡丹之盛，洛下無雙焉。

異史氏曰：「懷之專一，鬼神可通，偏反者[51]亦不可謂無情也。少府寂寞，以花當夫人[52]，況真能解語[53]，何必力窮其原哉！惜常生之未達也。」

【注釋】❶洛 河南洛陽，明清時為河南府府治，今河南洛陽。❷曹州 明代屬兗州府，清代為曹州府府治。今山東菏澤。❸齊魯 春秋戰國時齊國和魯國故地，約為今山東地域。❹如 往。❺華 開花。❻句萌 指草木初生的芽苗。句，「勾」的本字。屈形者稱「勾」，直形有芒者稱「萌」。❼絕 絕句。詩體名。每首四句，多為每句五或七字。❽資斧 路費。❾尋典春衣 尋，隨即。典，典當。春衣，春天穿的衣服。❿而 又。⓫令尹 古官名。明清時府縣行政長官。⓬齋 房屋。⓭孟浪 冒失。⓮或當 或許。⓯問罪之師 討伐犯罪者的部隊。喻來責問的人。⓰鴆 傳說中毒鳥，其羽劇毒，可浸製毒酒毒湯，飲之致人死命。⓱其 應當。⓲仰藥 仰頭喝藥。⓳著 下棋。⓴三漏已催 已到三更天。漏，古代計時器。催，催人行止。㉑天人 指仙女。㉒敗軍之將 戰敗的將領。《史記·淮陰侯列傳》：「臣聞敗軍之將，不可以言勇。」㉓敢 冒昧。㉔如意 古代用做搔背的爪杖，因其名吉祥，後為供玩賞的器物。㉕懷刑 守法；怕制裁。㉖良 確實。㉗第 僅。㉘三生 前生、今生、來生。㉙杜蘭香 據《墉城集仙錄》：「忽有青童靈人自空而下，來集其家，攜女而去；臨升天，謂其父曰：『我仙女杜蘭香也，有過謫於人間，玄期有限，今去矣。』」㉚離魂之倩女 據唐傳奇〈離魂記〉：張鎰的女兒倩娘，與王宙相戀。張鎰將女兒另許別人，倩娘病後魂離軀體，隨王宙遠出。後還家，魂體復合。㉛要 應當。㉜露覆 庇護。㉝鈎 指如意。㉞貨 賣。㉟代步 騾馬等交通工具。㊱撫臆誓肌 以手撫胸表意誠，銘刻誓言於肌骨，表永記不忘。㊲貪鄙 貪得無厭，品格粗俗。㊳假 借。㊴浮言 風言風語。㊵治任 整理行裝。㊶逆 迎。㊷卓王孫 漢代富商。其女兒文君與司馬相如相戀，同逃往成都。卓王孫無可奈何。㊸惠根 即慧根。天資聰慧。㊹害 怕。㊺御輪 古婚禮中新郎迎新娘時做象徵性的趕車的動作。這裡是指御輪禮後新婦乘車。㊻第 宅院。㊼世家 世代官宦人家。㊽世族 世家大族。㊾質言 直說。㊿見思 思我；想念我。(51)偏反者 指代花。語本古逸詩：「唐棣之花，偏其反而。」偏反，同「翩翻」。搖曳貌。(52)少府寂寞二句 少府，縣尉的名稱。唐代著名詩人白居易，為盩厔縣縣尉時，題詩〈戲題新栽薔薇〉：「少府無妻春寂寞，花開將爾當夫人。」(53)解語 善解人意。語本《開元天寶遺事》。

【語　譯】常大用是河南洛陽人，特別喜愛牡丹花。聽說山東最好的牡丹在曹州，早就想去觀賞。正好有事來到曹州，就借住在一個官員的花園裡。這時才農曆二月，牡丹還沒有開花，他只好在園裡徘徊，經常注視牡丹的嫩葉花芽，時時盼望開放，還寫了〈懷牡丹〉絕句一百首。不久，牡丹漸漸長出花苞，可是路費將要用光，他立即典當春天穿的衣服，依然留戀忘返。一天天將亮時，他跑向花畦，那裡早有一個女郎和老婦人。他猜想這是富貴人家的眷屬，就趕快回去。他傍晚又去看，又相見了，她們不慌不忙地躲向別處，他悄悄地看那女郎，一身宮廷妝束，容貌十分豔麗；他看得目眩神迷，忽然另有想法：這女郎一定是仙女，人間哪能有這麼漂亮的女子呢！於是急忙轉身尋找，突然走過假山，恰巧遇見老婦人，女郎正坐在石頭上。彼此相看，都大吃一驚，老婦人連忙用身體遮擋女郎，呵叱他說：「你這個狂躁的小子，想幹什麼！」常生跪下說：「這位姑娘一定是神仙！」老婦人又呵叱說：「你這樣亂說，就該把你扭送知府！」常生很害怕。女郎微笑說：「回去吧。」就穿過假山走了。

常生回去，腿有些走不動，心想女郎回家告訴父兄，一定來辱罵我，他仰面朝天，躺在空蕩蕩的房間裡，後悔自己過於冒失。倒也暗自慶幸女郎不發怒，也許她不把這件事放在心上；他悔和怕交織心頭，夜間就病了。躺到第二天早晨，可喜的是並沒有來人責問，心中漸漸安穩；再回憶女郎的聲音笑貌，畏懼便轉化為想念。這樣過了三天，他模樣兒憔悴極了。夜裡點著燈，僕人已經熟睡。那老婦人來到，把一隻杯子遞給常生說：「俺家葛巾姑娘，親手調製了毒湯，你就快喝了它！」常生聽後害怕，停了一會兒說：「我和你家姑娘，過去沒有仇怨，何至於要我自殺呢？既然是姑娘親手調製的，比起我為她而害相思病，還不如喝毒藥死去哩！」就接過杯子一飲而盡。

老婦人笑嘻嘻，接過杯子走了。常生感覺藥氣芬芳，涼絲絲的，不像毒藥。頃刻間肺腑舒暢，頭腦清爽，就也酣然睡去。睡醒一看，紅日滿窗；試著起牀，病像完全好了。他因此更加相信這女郎是神仙。他無緣同女郎相見，就在沒有別人的時候，模仿她的站相、坐相，恭敬地向她作揖，默不作聲地禱告。

一天，常生將要走出園外，忽然在樹林中見女郎迎面走來；幸虧身旁沒有別人，他很高興，跪在地上。女郎走近他，把他拉起來，他突然聞到女郎渾身芳香，就握著她的手腕站立，女郎的手柔軟光滑，使得他骨節都快酥了。他正想和女郎說話，老婦人忽然朝他們走來。女郎讓他藏在石頭後面，向南一指說：「到夜間，你用花梯跳過牆，四面都有紅窗的房屋，就是我居住的地方。」說罷就急匆匆走了。常生悵然若失，魂飛魄散，不知道她去向何方。到了黑夜，他搬梯子登上南牆，牆裡面已經有了梯子，他高興地下去，果然看見紅色的窗子。聽見屋裡有敲碰棋子的聲音，他站住不敢再向前走，只好暫時越牆回去。一會兒，再到牆裡面，棋子聲還是啪啪不斷；漸漸走近窗邊偷看，原來是女郎和一個素衣美女相對下棋，老婦人也在座，還有一個婢女伺候。他又到牆外去。一共三進三出，已到三更半夜。常生趴在牆外的梯子上，聽見牆裡面老婦人出來說：「這架梯子，是誰放這裡的？」她喊來婢女，一起把梯子搬走了。常生又登上牆頭，想下去，沒有梯子，心裡怨恨，又悶悶不樂地走回去。第二天夜間，常生再次前往，牆裡面已經先放好了梯子，幸好院中寂靜，沒有人，走進屋，見女郎正獨自坐著，好像在想什麼事情。女郎看見常生，驚訝地站起，羞答答斜身而立。常生向她拱手作揖說：「我本來認為自己福分薄，恐怕和你這仙女沒有緣分，沒料到也有今天呢！」就親暱地擁抱女郎。她腰身纖細，不過一把粗，呼氣像有蘭草的香味，向外推常生說：「你怎麼急迫到這個樣子？」常生說：「好事多磨，如果晚一會兒，鬼怪就要妒嫉我了。」話還沒有說完，聽見遠處有人說話。女郎急切地說：「玉版妹子來啦！你可以暫時藏在牀下面。」常生聽從。

不久，一個女郎進屋，笑著說：「你這敗軍之將，還能再戰嗎？我已經烹好茶，冒昧地邀你下棋，共同消磨長夜。」葛巾推辭，說睏了，直想睡。玉版一再邀請，她硬是坐著不離開。玉版說：「你這麼依戀不去，莫非在屋裡藏著個男人嗎？」硬把她拉扯起來，出門走了。常生爬出牀底，對玉版十分怨恨，就搜索葛巾的牀鋪，想拿到她留下的某種東西。屋裡沒有梳妝盒，只是牀頭放著一條水晶如意，上面束有紫色絲巾，芳香潔淨，很可愛。他就拿起來藏在懷裡，翻過牆頭回來；自己整理衣襟袖口，葛巾遺留的香氣還相當濃烈，因此愛慕她更加深切了。可是因為曾在牀下提心弔膽，遂怕再不守法還受懲罰，他前思後想，不敢再去找她，只是珍藏起如意，盼望葛巾來尋找。

隔了一夜，葛巾果然來到，笑著說：「我一向認為你是位君子，卻不知道你竟是個小毛賊呢！」常生說：「真是這樣！之所以偶爾不做君子，只不過希望可以如意啊。」說罷就把葛巾摟在懷裡，替她解開裙帶。葛巾立即露出潤滑如玉的肌膚，且暖香四溢，互相偎抱之間，常生感覺她的鼻息和汗味都是香的，因此說：「我本來就認為你是仙人，現在越發肯定沒有錯。我有幸得到你的喜愛，這是三生注定的緣分。怕只怕杜蘭香的下嫁，終於成為離別的愁苦。」葛巾笑著說：「你想的太多啦。我不過是離魂的倩女，偶然為情愛而心動罷了。這件事應該小心對待，注意保密，怕有人調撥是非，捏造黑白，那時你不能長出翅膀，我不能乘風而去，便會迫於禍災而分離，那比起一聲深情的『再見』就更悽慘了。」常生同意，可是終究猜想她是神仙，就問她的姓名，葛巾說：「你既然認為我是仙女，仙人何必讓自己的姓名流傳世間。」常大用問：「老婦人是誰？」回答說：「她是桑姥。我小時候得到她的庇護，所以她和婢僕有所不同。」葛巾起來要走，說：「我住的地方耳目多，不能久留，我一定找機會再來。」臨分別的時候，索要如意，說：「這不是我的，是玉版留下的。」常生問：「玉版是誰？」說：「是我的堂妹。」把如意交給她，她就回去了。

葛巾走後，常生發現他的被子和枕頭，都沾染上奇特的香味。從此，葛巾每隔三兩天就來一次。常生迷戀她，不想回鄉，可是錢袋子空了，要把他騎的馬賣掉。葛巾知道以後，說：「你為了我，花光了錢，典當了衣服，我已於心不忍，現在又要賣馬，離家千多里，以後怎麼回去？我自有積蓄，能助你充實行裝。」常生推辭說：「感激你對我情深義重，我能誠心誠意把它銘刻在自己的骨頭上，這算不上報答恩德；如果我為人粗俗，貪得無厭，耗費你的錢財，我怎麼做人呢！」葛巾一再勉強他接受，最後說：「就算借給你。」於是拉著他的胳膊，走到一棵桑樹下面，指著一塊石頭說：「把它推到一邊！」常生照辦；又拔下頭上的簪子，在土上刺了好幾十下；說：「把土扒開。」常生又照辦，就露出甕口。葛巾把手伸進去，掏出約五十兩銀錠。常生握起她的胳膊阻止，她不理睬，又掏出十多錠；常生硬放回去一半，才重新埋好。

一天夜間，葛巾對常生說：「近日稍有風言風語，這樣下去，我們就不能長聚了。不能不早有謀劃。」常生吃驚地說：「怎麼辦呢？小生我向來拘束謹慎，現在為了你，我就像失去貞潔的寡婦，自己當不了自己的家。全聽你的主張吧。即使刀鋸斧鉞臨頭，我也不會顧惜自己的。」葛巾打算一起逃走，讓常生先回家，相約在洛陽見面。常生就整理行裝回洛陽，準備先自己回家，然後迎接葛巾；及至來到家門口，葛巾的車也到了。葛巾登堂拜見家裡的人，四鄰驚訝，都來賀喜，卻不知道他們是私奔逃跑的。常生暗自感覺處境危險，葛巾卻毫無顧慮，她對常生說：「且不說千里之外，他們偵察不到，即使有人知道了，我是官宦人家的女兒，哪怕他是卓王孫，也對我無可奈何。」

常生的弟弟名叫大器，年齡十七，葛巾看著他對常生說：「他天資聰明，前程比你更好。」這時大器成婚的時期已定，未婚妻卻早死，葛巾說：「我妹子玉版，你已經見過她，容貌不錯，與大器的年齡差不多，結為夫婦是一對好配偶呢。」常生聽後笑起來，嘻嘻哈哈地要她做媒人，葛巾說：「如果一定要她來，也沒有什麼難處。」常生心喜，問：「有什麼辦法？」說：「妹子和我最要好，兩匹馬駕著輕車，有個老婦人往返照顧就成啦。」常生害怕前情後事一起暴露，不敢聽從她這一主張，葛巾一再講：「不妨。」就吩咐套車，派桑姥前往辦理。過了幾天到了曹州，當馬車將到原住處門口時，桑姥下車，讓車夫在路旁等候。她趁天黑走進門，操辦了好久才和玉版一道出來。登車起程，深夜停車入睡，到五更天再上路。葛巾計算好時間，使大器穿上華美的衣服去迎接。他走了五十里，遇到迎親而歸的馬車，就為新娘子鞭馬駕車。到家以後，鼓吹喧闐，彩燭高照，交拜成禮。從此常家兄弟二人，都得到漂亮的妻子，家境越來越富足。

一天，有數十名騎馬的強盜，突然闖進常家大院。常生知道發生變亂，就全家上樓。強盜圍樓，常生彎腰問：「你們和我有仇麼？」回答說：「沒有仇。只求你兩件事：一是聽說你家兩位夫人美麗，人間無比，請讓我們看一看；二是我們一共五十八個人，各要你給五百兩銀子。」他們在樓下堆積木柴，以放火燒樓相威脅。常生答應只給錢，強盜不滿意，要燒樓，家中人很害怕；葛巾要同玉版一起下樓，常生阻攔，葛巾不聽，就和玉版身穿華麗的衣服下去，到離地面只剩三層臺階時站下，對強盜說：「我姐妹兩個都是仙女，暫時到塵世看看，怎麼會害怕你們這些強盜呢。想給你們一萬兩銀子，恐怕你們不敢接受哩！」強盜們一齊仰頭作揖，答應說：「不敢。」姐妹兩個要上樓，一個強盜說：「她這是詐騙！」葛巾聽後回轉身站住，說：「你想幹什麼，要幹就快下手，還不晚呢！」強盜們你看我，我看你，一言不發。姐妹倆不慌不忙上樓去了。強盜們抬頭不見蹤影，才鬨然而散。

兩年以後，葛巾和玉版各生一個兒子，過了不久，葛巾說：「我姐妹姓魏，母親被封為曹國夫人。」常生懷疑：曹州沒有姓魏的世家。再說，大族失去女兒，哪能不找不問呢。他不敢盤問葛巾，卻暗自感覺奇怪，就假託有事又去曹州，入境之後訪問，結果是沒有姓魏的世家。他又到舊主人家居住，忽然發現牆上題有〈贈曹國夫人〉詩，因為事有關聯，心中疑惑，就去問主人，主人笑了，請他去會見曹國夫人。他走近一看，原來是一棵牡丹，長的同屋簷一樣高；打聽名稱的來由，原來因為這棵花名列曹州牡丹第一，房主人的朋友開玩笑，相贈這一尊稱。問主人它是哪個品種，回答說：「葛巾紫」。常生因而更加驚訝，就懷疑葛巾姐妹是花妖。回家以後不敢直說，只吟了那首詩，為的是看有什麼反應。葛巾聽後局促不安，臉色嚴肅，突然出屋。她喊玉版抱來兒子，對常生說：「三年前我被你的癡情感動，就以身相報。現在你猜疑我，怎能再歡聚一起呢。」就和玉版都把兒子向遠處扔去。兒子落到地上立即消失。常生正在驚恐地觀看，葛巾和玉版早已無影無蹤了，他心裡懊悔得不得了。過了幾天，兩兒墜落的地方，長出兩棵牡丹，一夜之間就有只多高。它們當年開花，一棵花紫，另棵花白，花朵有盤子般大，和常見的葛巾與玉版牡丹相比，花瓣更加繁多細碎；長了幾年，枝葉茂密；分植別處，就變成別的品種，都不知它的品名。從此以後，要論牡丹的繁盛，哪裡也比不過洛陽。

異史氏說：「情懷專一，可通鬼神。對於花，也不能說它無情。白少府寂寞，就把花當作夫人。況且這葛巾善解人意，何必竭力追究她的來歷呢。可惜常生的心胸不夠曠達。」

【研 析】這是篇人與花仙之間委婉動人的婚戀故事。通過對葛巾的描寫，讚美了純潔美麗、善良智慧、剛正勇敢的美好人性；通過對常大用的描寫，一方面肯定其癡情愛花，大膽追求愛情的精神，另方面針砭其自私，怯懦，情懷不專一的弱點。最終，使美好幸福的生活變為悲劇。

牡丹花號稱國色天香，雍容華貴，富麗豐滿，豔冠群芳。文中主人公葛巾，是牡丹花仙幻化的少女。她不僅具有牡丹的美麗，「宮妝艷絕」「異香竟體」，而且具有人性中純潔、善良、聰慧和勇敢的美好品格。她對待愛情，謹慎大膽誠懇執著。當她發現癡好牡丹的常生後，並不立即相見，而是先細心觀察，慎重了解，經過考驗之後才與之見面。當常生因相思而生病後，她親手合藥為其治療，但叫嫗稱是「鴆湯」，借以觀察其對愛情是否至誠真意。當她確定常生對自己至誠無二後，就大膽相約他越牆來自己住所，後又直接去常居處相會，「呈身相報」。他們一起回洛陽後，葛巾誠心理家，為常弟介紹玉版成親。當大寇入第欲焚樓的緊急時刻，常生與家人十分恐懼，不知所措。葛巾挺身而出，面對強寇，大義凜然加以訓斥，使群寇「閧然」散去。保護了全家的生命和財產。這是多麼了不起的勇敢精神！後二年，葛巾玉版各生一個兒子。按常理，他們應該過上美滿幸福的生活，卻因常生忽生疑心而改變。

常大用癡愛牡丹，在盛產牡丹的洛陽還覺不夠，又去曹州。為看到牡丹，他不顧一切。無意間遇上美如天仙的葛巾，就癡情追求。但當他的目的達到，葛巾「呈身相報」後，他心中卻發生變化。為避開「浮言」二人永久團聚，葛巾提出早作謀劃，常生卻說：「且為奈何？小生素迂謹，今為卿故，如寡婦之失守，不復能自主矣。」真是豈有此理！他先前爬梯子過牆鑽牀底向人求愛，現在卻把一切責任皆推於對方。所以回洛陽後，兩人感受迴異：「生竊自危；女殊坦然。」當葛巾忘我的祛寇保家並生下兒子之後，常忽然「疑女為花妖」。仙和妖，其實都是想像的產物，二者的區別：仙行善，妖作惡。常的懷疑是毫無事實根據的，是對善良者的誣陷。作者惜其「未達」，其實他是個自私、怯懦的小人！葛巾斷然與其決裂，進一步表現了她剛正勇敢的性格。

從寫作上看，除了情節構思上的委婉曲折外，在人物心理活動描寫上也很出色。比如，寫常初見葛巾，跪稱「娘子必是神仙！」遭申斥後，「意女郎歸告父兄，必有詬辱之來，偃臥空齋，自悔孟浪。」「日已向辰，喜無問罪之師，心漸寧帖；而回憶聲容，轉懼為想。」寫得思想起伏一波三折，真實地展示出那種人物的微妙心理。

姊妹易嫁

掖縣相國毛公❶，家素微❷，其父常為人牧牛。時邑世族張姓者，有新阡在東山之陽❸。或經其側，聞墓中叱咤聲曰：「若❹等速避去，勿久溷❺貴人宅！」張聞，亦未深信，既又頻得夢警曰：「汝家墓地，本是毛公佳城❻，何得久假❼此！」由是家數❽不利。客勸：「徙葬吉。」張聽之，徙焉。一日，相國父牧，出張家故墓，猝遇雨，匿身廢壙中。已而雨益傾盆，潦水奔穴，崩渹❾灌注，遂溺以死。相國時尚孩童，母自詣張，願丐咫尺地掩兒父。張徵知其姓氏，大異之；行視溺死所，儼然當置棺處，又益駭，乃使就故壙窆❿焉，且令攜若兒來。葬已，母偕兒詣張謝。張一見輒喜，即留其家，教之讀，以齒子弟行⓫。又請以長女妻兒，母不敢應，張妻云：「既已有言，奈何中改？」卒許之。

然此女甚薄毛家，怨慚之意，形於言色；有人或道及，輒掩其耳。每向人曰：「我死不從牧牛兒！」及親迎[12]，新郎入宴，彩輿[13]在門，而女掩袂向隅[14]而哭。催之妝，不妝；勸之亦不解。俄而新郎告行，鼓樂大作，女猶眼零雨而首飛蓬[15]也。父止婿，自入勸女，女涕若罔聞。怒而逼之，益哭失聲[16]，父無奈之。又有家人傳白[17]：「新郎欲行。」父急出，言：「衣妝未竟[18]，乞郎少停待。」即又奔入視女。往來者無停履。遷延少時，事愈急，女終無回意。父無計，周章[19]欲自死。其次女在側，頗非[20]其姊，苦[21]逼勸之。姊怒曰：「小妮子[22]，亦學人喋聒[23]！爾何不從他去？」妹曰：「阿爺原不曾以妹子屬[24]毛郎，若以妹子屬毛郎，更何須姊姊勸駕也。」父以其言慷爽，因與伊母竊議，以次易長。母即向女曰：「忤逆[25]婢不遵父母命，欲以兒代若姊，兒肯之否？」女慨然曰：「父母教兒往也，即乞丐不敢辭，且何以見毛家郎便終餓莩[26]死乎？」父母聞其言，大喜，即以姊妝妝女，倉猝登車而去。

入門，夫婦雅敦逑好㉗。然女素病赤鬝㉘，稍稍介㉙公意。久之，浸㉚知易嫁之說，由是益以知己德㉛女。居無何，公補博士弟子，應秋闈試㉜。道經王舍人店㉝，店主人先一夕夢神曰：「旦日當有毛解元來，後且脫汝於厄㉞。」以故晨起，專伺察㉟東來客。及得公，甚喜。供具殊豐善，不索直㊱；特以夢兆厚自託。公亦頗自負，私以細君髮鬑鬑㊲，慮為顯者笑，富貴後，念當易之。已而曉榜既揭，竟落孫山㊳，咨嗟蹇步，懊惋喪志㊴。心赧舊主人，不敢復由王舍，以他道歸。後三年，再赴試，店主人延候如初。公曰：「爾言初不驗，殊慚祇奉㊵。」主人曰：「秀才以陰欲易妻㊶，故被冥司黜落，豈妖夢不足以踐㊷！」公愕而問故，蓋㊸別後復夢而云。公聞之，惕然悔懼，木立若偶㊹。主人謂：「秀才宜自愛，終當作解首㊺。」未幾，果舉賢書㊻第一人。夫人髮亦尋長，雲鬟委綠，轉更增媚㊼。

姊適㊽里中富室兒，意氣頗自高。夫蕩惰，家漸陵夷㊾，空舍無煙火。聞妹為孝廉[50]婦，彌[51]增慚怍，姊妹輒避路而行。又無何，良人[52]卒，家落[53]。頃之，公又擢進士[54]。女聞，刻骨自恨，遂忿然廢身為尼。及公以宰相[55]歸，強遣女行者[56]詣府謁問，冀有所貽[57]。比至，夫人饋以綺縠[58]羅絹若干疋，以金納其中，而行者不知也。攜歸見師，師失所望，恚曰：「與我金錢，尚可作薪米費；此等儀物，我何須爾！」遂令將[59]回。公及夫人疑之；及啟視而金具在，方悟見卻[60]之意，發金笑曰：「汝師百餘金尚不能任[61]，焉有福澤從我老尚書[62]也。」遂以五十金付尼去，曰：「將去作爾師用度；多恐福薄人難承荷也。」行者歸，具以告。師默然自嘆，念平生所為，輒自顛倒，美惡避就，繄[63]豈由人耶？後店主人以人命事逮繫囹圄[64]，公為力解釋罪。

異史氏曰：「張公故墓，毛氏佳城，斯已[65]奇矣。余聞時人有『大姨夫作小姨夫，前解元為後解元』之戲，此豈慧黠[66]者所能較計[67]邪[68]？嗚呼！彼蒼者天，久不可問，何至毛公，其應如響[69]？」

【注　釋】❶掖縣相國毛公　掖縣，今山東萊州。相國，官名，明代稱大學士為相國。毛公，指毛紀，明代謹身殿大學士。❷素微　向來貧賤。❸時邑世族二句　世族，世代顯貴人家的大族。阡，墳墓。陽，山南坡為陽。❹若　你。❺溷　干擾；打擾。❻住城　墓地。❼假　借。❽家數　家庭命運。❾崩渹　水奔涌聲。❿壙窆　壙，墓穴。窆，下葬。⓫以齒子弟行　齒，列入。行，輩。⓬親迎　古婚禮六禮之一，成婚日夫婿至女家迎接新娘至家，行交拜禮。⓭彩輿　彩轎。⓮掩袂向隅　袂，袖。向隅，面對牆角。⓯飛蓬　紛亂的蓬草。形容頭髮散亂。⓰失聲　泣不成聲。⓱白　下對上的稟告。⓲竟　完畢。⓳周章　急迫焦躁。⓴非　責備。㉑苦　竭力。㉒小妮子　對年輕女子的蔑稱。㉓喋聒　話多，喧噪的樣子。㉔屬　歸屬。㉕忤逆　不孝順父母。㉖餓莩　餓死的人。㉗雅敦逑好　很注重夫婦間情誼。㉘赤髕　俗稱禿瘡。㉙介　存留。㉚浸　逐漸。㉛德　感恩。㉜公補博士弟子二句　補博士弟子，指考中秀才。漢武帝設博士官，令郡國選送弟子五十人入太學就博士受業，稱「補博士弟子」。秋闈試，科舉考試中「鄉試」，及格者為「舉人」，考試在秋天舉行。㉝王舍人店　在今山東濟南東郊。㉞旦日二句　旦日，天亮時。解元，科舉時代，鄉試第一名稱為解元。厄，危難。㉟伺察　偵伺窺察別人的舉動。㊱直　代價。㊲私以細君句　細君，妻。鬑鬑，髮稀少貌。㊳已而曉榜二句　已而，不久。曉榜，破曉時所貼錄取考生的告示。落孫山，落榜，未中式。㊴咨嗟二句　蹇步，行動遲緩。喪志，神志迷亂。㊵祗奉　恭敬地贈送。㊶陰欲易妻　陰，暗中。易，改換。㊷故被冥司二句　黜落，除名。妖夢，怪夢。不足，不可能。踐，應驗。㊸蓋　連詞，表現上文的原因。㊹偶　以土木製成的偶像。㊺解首　解元。㊻賢書　考試被錄取的人名榜。㊼夫人三句　尋，隨即。雲鬟，高聳的環形髮髻。綠，又黑又亮。轉，變化。媚，嬌美。㊽適　嫁給。㊾陵夷　衰敗。㊿孝廉　舉人。(51)彌　更加。(52)良人　丈夫。(53)落　沒落。(54)擢進士　擢，提升。進士，明清時代，舉人參加殿試，及格者稱進士。(55)宰相　明清時大學士的俗稱。(56)女行者　在寺院服雜役尚未剃髮的出家者。(57)貽　贈送物品。(58)綺縠　有花紋的絲質衣裳。(59)將　拿。(60)見卻　被退回。(61)任　承受。(62)尚書　職責相當宰相。毛紀於明正德十二年官禮部尚書。(63)緊　語助詞。(64)囹圄　監獄。(65)斯已　斯，這。已，太。

❻❻慧黠　機智靈巧。❻❼較計　計較。❻❽邪　耶。❻❾其應如響　像回聲相應。比喻反應迅速。

【語　譯】掖縣官居相國的毛公，家境一向貧賤，他的父親常為人家放牛。當時縣裡有個大族姓張，他家的新墳地在東山南坡。有人從這墳地經過，聽見墓裡有吵嚷聲，說：「你們快到外面去！不要在這裡搗亂！」張某聽說這件事，不很相信，後來又幾次在夢中得到警告，說：「你家的墳墓，本來是毛翁的葬地，怎麼可以長期借用呢！」從此之後，張家的運氣就不好。有客人勸告說：「遷葬大吉。」張某同意，就遷向別處了。一天，相國的父親放牧，來到張家原來的墓地，忽然遇到大雨，躲進廢墓穴；不久之後大雨傾盆，雨水洶洶地灌進墓穴，人就淹死了。毛相國那時年幼，他母親就自己到張家，乞求一小塊地，掩埋兒子的父親。張某聽她說姓毛，十分驚異；到那墓穴邊一看，明顯是應該放棺木的位置，更加吃驚，就同意在原墓穴埋葬，還要求毛母把兒子領來。埋葬以後，毛母和兒子到張家表示感謝。張某一見就喜歡他，留他住下來讀書，像親子弟一般看待；還要把大女兒許配給他，毛母沒敢答應，這時張某的妻子說：「他已經這麼說了，怎好再收回去呢！」毛母終於同意。

然而，這位大小姐很看不起毛家，滿面羞慚，連聲埋怨，有人提到這件事，她總緊緊捂起耳朵。她常向人說：「我死也不嫁給放牛娃！」到了成婚的日子，新郎親迎，入宴等候，花轎就在門口，而大小姐卻一直長袖遮面，躲在牆角嗚嗚痛哭。催她上妝，拒不梳妝；勸她莫哭，哭得更慟。不久，新郎辭行，鼓樂喧天，她依然淚似雨降，頭髮散亂。父親勸新郎稍等，接著去勸慰女兒，女兒照舊啼哭，像不曾聽見。怒語逼催，更是哭不成聲，父親無可奈何。這時又有僕人稟報，說新郎又想走，父親趕緊跑出屋，回答：「梳妝沒有完，請再等一等。」就又跑進去看女兒。來來往往，腳步不得停息。時間越拖延，事態越急迫，女兒到底不回心轉意。父親無計可施，焦躁得要死。他的二女兒在一旁，十分厭惡姐姐的態度，就竭力勸解。姐姐惱怒地說：「小妮子，你也學人嘮叨多話！你怎麼不跟他走？」妹子說：「阿爺原先沒有讓我嫁毛郎，如果以妹子歸屬毛郎，又哪裡需要姐姐勸駕呢！」父親以為二小姐的話說得慷慨爽快，就和她母親偷偷地商議，要二女兒頂替。母親就向二女兒說：「那個迕逆不孝的丫頭，不聽父母的話，想讓你頂替你姐姐，你肯去嗎？」二女兒爽快地說：「父母教兒去，就算去討飯我也不敢推辭；況且，怎見得毛家郎便終歸餓死呢？」父母聽她這麼說，都感到十分高興，就用她姐姐的新妝打扮二女兒，匆忙送她登車而去。

二小姐嫁到毛家，很注重夫婦間的感情，只是她素來生禿瘡，毛公有點兒在意。相處時間長了，毛公漸漸得知代替姐姐出嫁的情節，因此更把妻子看作知己，衷心感激。不久，毛公考中秀才，去參加鄉試，路經王舍人店。旅店主人頭一天夢見天神說：「天亮時會有毛解元來，以後他將把你救出災難。」因此，他早晨起身，專心觀察從東面來的客人，見到毛公，十分高興，招待酒食極其豐盛，不收錢，還特地以夢中先兆深切拜託。因此毛公也覺自己了不起，心中暗想妻子那頭髮稀疏的樣子，擔心貴官名流笑話，富貴以後考慮換掉她。後來，鄉試張榜，毛公竟名落榜外。他咳聲嘆氣，走路磕磕絆絆，懊惱怨恨，神志迷亂不清；想起旅店主人，心頭羞愧，不好意思路過王舍人店，便繞道回家。此後三年，他又參加鄉試，王舍人店的旅店主人，像上次一樣接待他。他說：「上次赴考你的話沒應驗，對你的厚愛，我深感慚愧啊！」店主人說：「秀才你曾暗想將來更換妻子，因此被陰司除名，怎能說是怪夢不能驗證呢？」毛公驚愕，問他為何這麼說，原來是二人分別後，店主人又夢見神這樣告知的。毛公知道以後，不由得驚懼後悔，像個木偶一樣站著發呆。店主人說：「秀才要自愛，終究能考取解元。」不久，果然解元榜上第一名。隨後，夫人的頭髮也長出來，鬢髻高聳，烏黑油亮，變得更漂亮了。

大小姐嫁給村中富家的子弟，得意揚揚，傲氣十足。只是丈夫是個懶惰的浪蕩子，家業越來越衰弱，她經常獨守空房，也不做飯；聽說妹子成了舉人的夫人，心裡更加慚愧。出門走路，生怕遇見妹子。又沒多久，她丈夫死了，家境徹底敗落；轉瞬間毛舉人又中了進士。大小姐知道以後，不由地極度悔恨，於是憤而到寺院做了尼姑。等到毛進士以宰相的身分回鄉，她厚著臉皮打發女行者登府拜問，盼望給點兒贈品。行者進府，夫人厚贈有花紋的絲質衣裳和絲綢多匹，裡面夾藏了銀子，只是女行者不曉得。帶著贈物回去見師父，師父見到贈物大失所望，氣呼呼地說：「如果給錢，可以買米麵。這些專用來送禮的物件，我哪裡需要它呢！」就使女行者送回去。毛公和妻子懷疑，打開一看，銀子原封未動，這才明白禮品送還的意思，於是把銀包拆開，笑著對女行者說：「你師父一百多兩銀子尚且享受不了，又怎會有福氣跟從我這老尚書呢！」說罷就取出五十兩銀子交給女行者，說：「帶回去給你師父花費，如果多給她，怕福氣小受用不了。」行者回去，把毛公的話全講一遍，師父一言不發，只是嘆氣。她回憶過去自己的作為，總是顛三倒四，想走向幸福，卻落入不幸，這豈能由人選擇！後來，旅店主人為了人命案件被關進監獄，毛公竭力幫他解脫，終於被判無罪。

異史氏說：「張公的廢墓穴，成為毛家的墳墓，這事太奇怪了。我聽說當時有『大姨夫作小姨夫，前解元為後解元』開玩笑的話，這豈是機智靈巧的人能計較的嗎！唉！蒼天早就不值得詢問了，為什麼表現在毛公身上，就回應得如此迅速呢？」

【研　析】這是篇有明顯勸懲意圖的小說，文中以現實情事為主線，又包含某些異幻和迷信的情節，針砭嫌貧愛富觀念，肯定顧大局、順父母、終得好報的品德。

據有關史料，文中毛公實有其人，名叫毛紀，字維之。明成化二十三年（西元一四八七年）進士及第，正德十二年以禮部尚書入閣為相。姐妹易嫁也是他的真實經歷。但具體情況與小說大不同。毛紀亦出身世家，自元代就是「東萊名閥」，其父更不牧牛，而是舉人，杭州府學教授。毛妻姓官，拒嫁是嫌毛「有文無貌」，臨嫁而悔，其妹代姐而嫁。小說是在此基礎上加工虛構而創作出來的，其得失利弊有如下幾點：

一、本事中造成易嫁的原因是嫌夫「有文無貌」，這是偶然性因素。小說改為「嫌貧愛富」，具有廣泛深刻的社會意義，增進了作品的思想和歷史價值。嫌貧愛富、趨貴避賤，是貧富懸殊、貴賤分明的古代社會中，世俗人的普遍心態，在婚嫁問題上影響更深。正因如此，當時的環境，願代姐下嫁毛郎的小妹才顯得超塵脫俗，獨秀一枝，不僅可喜可愛，而且可欽可敬，成為在婚姻方面衝破門第觀念的理想女性形象。

二、小說開頭不寫毛的人品好學，大肆渲染墓地風水、相位早定。雖為允婚張本，終是天命觀和迷信思想作怪。店主兩次「夢神」，雖有勸人「貴不易妻」用心，寓意淺露，令人難於相信，是寫作不成功處。

三、婚嫁擇偶應由當事人做主，可是傳統禮教要人聽命父母。張女擇婿標準固不可取，但衝破禮教束縛，堅持個人意志，不能認為全錯。結尾把她寫成是向人乞討的可憐蟲，雖然符合勸懲要求，但有人為痕跡，不太合於人物性格。

小說寫作上的優點是情節曲折生動，嫁娶的場面氣氛渲染得很真實。

荷花三娘子

湖州❶宗湘若，士人也。秋日巡視田壠，見禾稼茂密處，振搖甚動，疑之，越陌往覘，則有男女野合；一笑將返，即見男子靦然❷結帶，草草❸逕去，女子亦起。細審之，雅甚娟好，心悅之，欲就綢繆❹，實慚鄙惡，乃略近拂拭曰：「桑中之遊❺樂乎？」女笑，不語。宗近身啟衣，膚膩如脂，於是挼莎❻上下幾遍。女笑曰：「腐❼秀才！要如何，便如何耳，狂探何為？」詰其姓氏，曰：「春風一度❽，即別東西，何勞審究，豈將留名字作貞坊耶！」宗曰：「野田草露中，乃山村牧豬奴所為，我不習慣。以卿麗質，即私約亦當自重，何至屑屑❾如此！」女聞言，極意嘉納❿。宗言：「荒齋⓫不遠，請過留連。」女曰：「我出已久，恐人所疑，夜分⓬可耳。」問宗門戶物誌甚悉，乃趨斜徑，疾行而去。

更初，果至宗齋，殢雨尤雲[13]，備極親愛。積有月日，密無知者。

會一番僧卓錫[14]村寺，見宗，驚曰：「君身有邪氣，曾何所遇？」答言：「無之。」過數日，悄然[15]忽病。女每夕攜佳果餌之，殷勤撫問，如夫妻之好，然臥後必強宗與合。宗抱病，頗不耐之。心疑其非人，而亦無術暫絕使去，因曰：「曩[16]和尚謂我妖惑，今果病，其言驗矣。明日屈之來，便求符[17]咒。」女慘然色變。宗益疑之。次日，遣人以情告僧，僧曰：「此狐也。其技尚淺，易就束縛。」乃書符二道，付囑曰：「歸以淨壜一事[18]置榻前，即以一符貼壜口。待狐竄入，急覆以盆，再以一符粘盆上，投釜湯烈火烹煮，少頃斃矣。」家人歸，並如僧教。夜深女始至，探袖中金橘，方將就榻問訊[19]。忽壜口颼飀一聲，女已吸入。家人暴起，覆口貼符；方欲就煮，宗見金橘散滿地上，追念情好，愴然[20]感動，遽命釋之。揭符去覆，女子自壜中出，狼狽頗殆，稽首曰：「大道將成，一旦幾為灰土。君，仁人也，誓必相報。」遂去。

數日，宗益沉綿，若將隕墜[21]。家人趨市為購材木，途中遇一女子，問曰：「汝是宗湘若紀綱[22]否？」答云：「是。」女曰：「宗郎是我表兄。聞病沉篤，將便省視，適有故不得去。靈藥一裹，勞寄致之。」家人受歸。宗念中表迄無姊妹，知是狐報，服其藥，果大瘳，旬日平復。心德[23]之，禱諸虛空，願一再覯。一夜，閉戶獨酌，忽聞彈指敲窗，拔關出視，則狐女也。大悅，把手稱謝，延止共飲，女曰：「別來耿耿，思無以報高厚。今為君覓一良匹，聊[24]足塞責否？」宗問：「何人？」曰：「非君所知。明日辰刻，早越南湖，如見有採菱女，著冰縠帔[25]者，當急舟趁[26]之；苟迷所往，即視堤邊，有短幹蓮花隱葉底，便採歸；以蠟火爇其蒂，當得美婦，兼致修齡。」宗謹受教。既而告別，宗固挽之，女曰：「自遭厄劫，頓悟大道。即奈何以衾裯之愛，取之仇怨！」厲色辭去。

宗如言，至南湖，見荷蕩佳麗頗多。中一垂髫人，衣冰縠，絕代也。

促舟劘逼[27]，忽迷所往。即撥荷叢，果有紅蓮一枝，幹不盈尺，折之而歸。入門，置几上，削蠟於旁，將以爇火。一回頭化為姝麗。宗驚喜伏拜，女曰：「癡生！我是妖狐，將為君祟矣！」宗不聽，女曰：「誰教子者？」答曰：「小生自能識卿，何待教！」捉臂牽之，隨手而下，化為怪石，高尺許，面面玲瓏。乃攜供案上，焚香再拜而祝之。入夜，杜門塞竇，惟恐其亡。平旦視之，即又非石，紗帔一襲，遙聞薌澤[28]；展視領衿，猶存餘膩，宗覆衾擁之而臥。暮起挑燈，既返，則垂髫人在枕上。喜極，恐其復化，哀祝而後就之，女笑曰：「孽障哉！不知何人饒舌，遂教風狂兒屑碎[29]死！」乃不復拒。而款洽間，若不勝任，屢乞休止。宗不聽，女曰：「如此，我便化去！」宗懼而罷。由是兩情甚諧。而金帛常盈箱篋，亦不知所自來。女見人喏喏[30]，似口不能道辭，生亦諱言其異。懷孕十餘月，計日當產。入室，囑宗杜門，禁款者，自乃以刀剖臍下，取子出；令宗裂帛束之，過宿而愈。

又六七年，謂宗曰：「夙業㉛償滿，請告別也。」宗聞泣下，曰：「卿歸我時，貧苦不自立，賴卿小阜㉜，何忍遽言離逷㉝？且卿又無邦族㉞，他日兒不知母，亦一恨事。」女亦悵悒，曰：「聚必有散，固是常也。兒福相，君亦期頤㉟，更何求？妾本何氏，倘蒙思眷，抱妾舊物而呼曰：『荷花三娘子』，當有見耳。」言已解脫，曰：「我去矣。」驚顧間飛去，已高於頂。宗躍起，急曳之，捉得履。履脫，及地化為石燕㊱；色紅於丹朱㊲，內外瑩澈，若水精㊳然。拾而藏之。撿視箱中，初來時所著冰縠帔尚在。每一憶念，抱呼「三娘子」，則宛然女郎，歡容笑黛㊴，並肖生平，但不語耳。

【注釋】❶湖州　明清兩代為浙江省湖州府，今浙江湖州。❷靦然　難為情。❸草草　匆忙貌。❹綢繆　男女親暱。❺桑中之遊　指代男女幽會。語源《詩經．鄘風．桑中》。❻挼莎　也作「挼挲」。兩手互相搓摩。此處作用手探摸。❼腐　迂腐。❽春風一度　指代男女歡愛。❾屑屑　形容庸俗卑下。❿嘉納　讚許並接受。⓫荒齋　對自己書齋的謙稱。⓬夜分　夜間。⓭殢雨尤雲　喻男女間纏綿歡愛。殢，滯留。⓮卓錫　僧人居留。卓，立。錫，錫手杖。⓯悄然　憂傷貌。⓰曩　昔日；從前。⓱符　符籙。為道士、巫師等所畫用以役鬼神的圖形。

⑱事　件。⑲問訊　佛家語。僧尼合掌行禮向人問安。⑳愴然　形容悲傷的表情。㉑隕墜　死亡。㉒紀綱　僕人。㉓德　感激。㉔聊　略微。㉕冰縠帔　白色的皺紗披肩。縠，用細紗織成的皺狀絲織品。㉖趁　追趕。㉗蒯逼　逼近。㉘薌澤　香氣。㉙屑碎　瑣碎。㉚喏喏　表示答應的聲音。㉛夙業　佛教語。前生的言行表現。業，多偏重壞事。㉜阜　富裕。㉝離逿　遠離。㉞邦族　籍貫姓氏。㉟期頤　百歲。㊱石棊　形似棊子的石頭。㊲丹朱　朱砂。㊳水精　水晶。㊴黛　指代女子的眉毛。

【語　譯】家住湖州的宗湘若，是個讀書人。他秋天巡視田間，見莊稼茂盛繁密的地方，莖葉搖擺得非常厲害，心中疑惑，穿越小路去察看，原來有一對男女私通。他哈哈一笑，將要回去，就見那男子難為情地紮上腰帶，急忙離開，女郎也站起來。宗生仔細看她，長得非常漂亮，心裡暗自喜愛，想立刻也親暱一番，但羞慚行為惡劣，就走近她用手探摸一下說：「這次幽會快樂嗎？」女郎笑，不說話。宗生又靠近，掀開她的上衣，見膚如凝脂，就上下到處揉搓。女郎笑著說：「你個迂腐的秀才，想幹麼就幹麼，胡亂摸索什麼！」宗生詢問她的姓名，她說：「歡愛一陣兒，各自東西，誰勞你細問！莫非要留下名字，給建一座貞節牌坊嗎！」宗生說：「在野外荒草寒露裡歡愛，是山村放豬的孩子幹的，我不習慣。你長得這麼美，就算私自約會也應該自重，怎能這樣庸俗下流呢！」女郎聽說以後，心中十分讚賞，欣然接受。宗生說：「我的書房不遠，請你去停留一會兒吧。」女郎說：「我出來好久了，恐怕別人懷疑，到夜裡吧。」她詳細問過宗生的門戶標誌，就沿著一條歪斜的小路快步走了。剛到一更天，女郎果然來到宗生的書房。他們情意纏綿，十分親愛。過了大約一個月，還沒有誰知道這個祕密。

正逢一位來自西方的和尚，住在村頭寺廟裡。和尚看見宗生，驚訝地說：「你身上邪氣環繞，曾經遇到什麼了？」回答說：「沒有。」過了幾天，宗生忽然病倒，神情憂傷。女郎每夜帶來甜美的水果給他吃，殷勤慰問，感情好如夫妻，可是睡下以後，一定要宗生與她歡合。宗生有病，很不耐煩，疑心她不是人，卻也沒有辦法突然攆她走，就說：「以前和尚說我被妖怪迷住，現在果然生病，他的話應驗了。明天委屈他來一趟，便求他畫符念咒。」女郎聽後臉色悽慘，宗生更加懷疑她。第二天，他派人把情況告訴和尚，和尚說：「她是狐狸，法術還淺薄，容易擒拿。」於是畫了兩道符，囑咐說：「回家以後準備好一口乾淨罈子放在牀前，拿一道符貼在罈口上，等狐狸鑽進去，趕緊扣上一個盆子，再在盆上貼一道符，把它放進有水的鍋裡，烈火燒煮，一會兒就死了。」僕人回家，全照和尚的意見準備。這天女郎到深夜才來到，從衣袖中拿出金橘，正要到牀邊問候，忽然罈口颼颼一聲，她已被吸進去。僕人急忙跑來蓋口貼符，正要去煮它，宗生見金橘拋散滿地，回想他與女郎的交情，傷心悲痛，立刻使人把她放走。揭下符，掀開盆，女郎從罈子中出來，樣子十分狼狽，向宗生磕頭，說：「我修行的成仙之道眼看就要成功，差點兒一下子化成灰土。你是有德行的人，我發誓要報答你。」說完就走了。

過了幾天，宗生的病情更重，好像就要死亡。僕人去市上為他購買棺木，半路上遇見一個女郎，她問：「你是宗湘若的僕人嗎？」僕人回答說：「是。」女郎說：「宗湘若是我表哥，聽說他病重，打算就去探望，正好有事去不成。有一包療效很好的藥，麻煩你捎給他。」僕人接過來拿回家。宗生想自己從來沒有表姐表妹，就知道是狐女的報答；服過她的藥，病情果然大大減輕，十天以後恢復健康。宗生感激她，向空中禱告，希望再次相會。一夜，他關好屋門獨自飲酒，忽然聽見有人敲彈窗子，開門出去看，原來是狐女。他很高興，握起她的手表達感謝，請她坐下一起飲酒，狐女說：「分別以後，總是懷念你，考慮沒有什麼能報答你的高義厚恩。現在為你找到一個好配偶，能略微敷衍塞責嗎？」宗生問：「是誰？」她回答說：「你不認識。明天清晨，你一早就渡過南湖，如果見到採摘菱角的女郎，她肩上披著白皺紗，一定要連忙坐船追上她；如果迷失了她的去向，就去湖堤邊查看，見一枝短梗荷花，藏在葉子底下，便把它採回家；用燭火烤它的花蒂，你就一定能得到漂亮的媳婦，還能高壽。」宗生恭敬地接受指教。不久，狐女告別，宗生一再挽留，狐女說：「自從遭受災難，我突然悟得成仙之道。何苦為男女歡愛招致仇視怨恨呢。」便神色嚴厲地走了。

宗生按照狐女的指教行事，來到南湖，見荷花蕩裡美女很多，其中有一個垂髮的女郎，披有白皺紗帔巾，長得美麗無比。宗生催船靠近她，她忽然消失。連忙撥開荷花叢尋覓，果然找到一枝粉紅荷花，莖長不到一尺。他掐下來拿回家，打開屋門，放在桌子上，又用燭剪剪好蠟燭，放在一旁準備用它點火；一回頭，荷花已變成美女。宗生又驚又喜，向她彎腰作揖，美女說：「書呆子，我是狐狸精，要作祟害你了。」宗生不信，美女說：「是誰教你這麼做的？」回答說：「我自己就能認清，哪還要等別人指點！」一拉她的胳膊，她隨著從桌子上下來，卻變成一塊奇怪的石頭，有一尺多高，八面玲瓏。宗生抱起它放在桌子上，焚香後再次行禮祝願。天黑以後，把門關緊，只怕她逃走。天亮了，宗生再看那石頭，卻又不是石頭，而是一件素紗帔巾，在遠處已聞到它的香氣；翻開領口，上面還留有穿過的痕跡，宗生抱起它，蓋上被子又睡。天色已晚，起身點燈，回到牀邊一看，枕上卻是那垂髮的美女。他高興極了，怕她再變回去，向她哀求、發誓，然後才湊近她，美女笑著說：「是前世罪孽啊！不知道是誰多嘴，就教你個狂小子把我糾纏死啦！」

她於是沒有再抗拒，不過親暱之間，她好像真忍受不了，多次乞求停止，宗生不同意，她說：「這樣兒，我就再變回去。」宗生害怕了才停住。從此以後，兩人的感情十分融洽。宗生家中還藏有滿箱金銀、綢緞，也不曉得它是怎麼來的。這美女見到外人，說話時總是點頭應聲，好像不會講話，宗生也諱說她奇異。她懷孕已有十幾個月，算算日期就要分娩，便走進內室，囑咐宗生把門關上，禁止別人進來。於是自己用刀剖開臍下，取出幼兒，讓宗生撕一塊絲綢束紮傷口，創傷只過一夜就長平了。

又過了六七年，美女對宗生說：「我們夙緣已盡，期限已經滿了，請讓我告辭吧。」宗生一聽就哭起來，說：「你才來我家的時候，我自己謀生，家境貧苦，依靠你才稍微富裕，你怎麼忍心突然說離別呢？再說，你連籍貫姓名都沒有，以後兒子不知道誰是他母親，也是一件令人十分遺憾的事啊。」美女也惆悵不樂，說：「有聚必有散，本來是常情。兒子的相貌看來有福，你能長壽百歲，另外還有什麼好要求的！我姓何，如果想念我，抱起我留下的東西呼喚：『荷花三娘子』，一定能看見我。」說罷就撇開宗生，說：「我走啦。」宗生驚愕地看她，她翩翩飛起，已高過頭頂。宗生一躍而起，急忙拉她，抓住一隻鞋。鞋落到地上，變成一隻石燕，顏色比朱砂還鮮豔，內外瑩潔透明，像水晶一樣，他拾起來珍藏。又去翻看箱子，荷花三娘子初來時所用的白皺紗帔巾，仍舊在裡面放著。宗生每想念她，就把這帔巾抱在懷裡，口喊「三娘子」，帔巾變化，彷彿就是荷花三娘子，顏歡眉笑，和過去一樣，只是她不說話。

【研析】這是篇人與花仙狐女聚散歡別的異幻傳奇，通過曲折動人的故事，使讀者欣賞到難得的純美和真情，同時又展現出古代社會士子的狂放性情和獵奇求豔的心理願望。

文中塑造了兩個少女形象：荷花三娘子和狐女，「江碧鳥逾白，山青花欲燃」，兩者相得益彰。狐女先出場，她「雅甚娟好」、「膚膩如脂」而不自重。她與人野合被宗生撞見，不知羞立即又引誘宗生，宗批評她「私約亦當自重」，她「極意嘉納」，但當晚就又應約到宗齋。狐女的放蕩已令人不快，她「臥後必強宗與合」，更使宗受不了，不得不請番僧驅殺。當宗生睹橘思情又起憐憫之心，就將其放過，促使狐女轉變，開始了道德自我完善。她為宗治病贖己「採補」之過，更為宗薦美好的伴侶表達對宗的感恩與真愛。這時她反而拒絕「衾裯之愛」。她精神的昇華，令人敬愛。荷花三娘子矜持自重，雅潔純美，格韻非凡。她露面為披白紗的採菱女，純素淨美；化紅蓮，婀娜豔麗；化怪石，清峭玲瓏；化紗帔，柔香溫馨，連她留落的鞋子也化為「內外瑩澈」的石燕，千變萬化，處處展示其純美本色。與狐女相反，她接受宗生之愛，是宗費盡心機苦苦追求的結果。她「見人喏喏」不善言辭，也與巧舌如簧的狐女形成對照。天真純潔的荷女，在和宗生一起生活時，亦顯得善良誠篤，嬌婉賢慧。在她必須離別之前又作好一切準備，正所謂「兩情若是久長時，又豈在朝朝暮暮。」

在寫作上，人物語言生動活潑、亦莊亦諧，如宗生對狐女「挼莎上下」，女笑曰：「腐秀才！要如何，便如何耳，狂探何為？」宗問姓氏，女曰：「春風一度，即別東西，何勞審究，豈將留名字作貞坊耶！」一副十足的蕩婦的口吻。荷女嬌嗔宗生：「孽障哉！不知何人饒舌，遂教風狂兒屑碎死！」完全是閨中淑女嬌媚嗔趣的倩語。言為心聲，語言無不展示人物性格特徵。

作品結構也有獨創，以宗生為線索，使狐女、荷仙鉤連在一起。宗生發現並引出狐女，她先浮後莊，又推薦出荷花三娘子，一環扣一環。小說可分上下兩部分，但穿插映合十分巧妙，絲毫沒有割裂痕跡。

二商

莒❶人商姓者，兄富而弟貧，鄰垣而居。康熙間❷，歲大凶❸，弟朝夕不自給。一日日向午，尚未舉火，枵腹蹀躞，無以為計。妻令往告兄，商曰：「無益。脫❹兄憐我貧也，當早有以處此矣。」妻固強之，商使其子往。少頃，空手而返。商曰：「何如哉！」妻詳問阿伯云何，子曰：「伯躊躇❺，目視伯母。伯母告我曰：『兄弟析居，有飯各食，誰復能相顧也。』」夫妻無言，暫以殘盎敗榻，少易糠秕而生。

里中三四惡少，窺大商饒足，夜逾垣入。夫妻驚寤，鳴盥器而號。鄰人共嫉之，無援者。不得已，疾呼二商。商聞嫂鳴，欲趨救，妻止之，大聲對嫂曰：「兄弟析居，有禍各受，誰復能相顧也！」俄，盜破扉，執大商及婦，炮烙之，呼聲綦❻慘。二商曰：「彼固無情，焉有坐視兄死而不救者！」卒子越牆，大聲疾呼。二商父子故武勇，人所畏懼，又恐驚致他援，盜乃去。視兄嫂，兩股焦灼，扶榻上，招集婢僕，乃歸。大商雖被創，而金帛無所亡失，謂妻曰：「今所遺留，悉出弟賜，宜分給之。」妻曰：「汝有好兄弟，不受此苦矣！」商乃不言。二商家絕食，謂兄必有以報，久之寂不聞；婦不能待，使子捉囊往從貸，得斗粟而返。婦怒其少，欲反之，二商止之。

逾兩月，貧餒愈不可支，二商曰：「今無術可以謀生，不如鬻宅於兄。兄恐我他去，或不受券而恤焉，未可知；縱或不然，得十餘金亦可存活。」妻以為然，遣子操券詣大商。大商告之婦，且曰：「弟即不仁，我手足❼也。彼去則我孤立，不如反其券而周之。」妻曰：「不然。彼言去，挾我也；果爾則適墮其謀。世間無兄弟者，便都死卻耶！我高葺牆垣，亦足自固。不如受其券，從所適，亦可以廣吾宅。」計定，令二商押署券尾，付直❽而去。二商於是徙居鄰村。鄉中不逞之徒，聞二商去，又攻之。復執大商，搒楚❾並兼，酷毒參至❿，所有金貲，悉以贖命。盜臨去開廩⓫，呼村中貧者恣所取，頃刻都盡。次日二商始聞，及奔視，則兄已昏憒不能語，開目見弟，但以手抓牀席而已。少頃遂死。二商忿訴邑宰⓬，盜首逃竄，莫可緝獲。盜粟者百餘人，皆里中貧民，州守⓭亦莫如何。

大商遺幼子，才五歲，家既貧，往往自投叔所，數日不歸；送之歸，則涕不止。二商婦頗不加青眼⓮，二商曰：「渠父母不義，其子何罪？」因市蒸餅⓯數枚，自送之。過數日，又避妻子，陰負斗粟於嫂，使養兒，如此以為常。又數年，大商賣其舊宅，母得直，足自給，二商乃不復至。後歲大饑，道殣相望⓰，二商食指⓱益煩，不能他顧。姪年十五，荏弱不能操業，使攜籃從兄貨胡餅⓲。一夜，夢兄至，顏色慘戚曰：「余惑於婦言，遂失手足之義。弟不念前嫌，增我汗羞。所賣故宅，今尚空閑，宜僦居之。屋後蓬顆⓳下，藏有窖金，發之可以小阜⓴。使醜兒相從。

長舌婦㉑余甚憾㉒之，勿顧也。」既醒異之。以重直啖第主，始得就，果發得五百金。從此棄賤業，使兄弟設肆廛㉓間。姪頗慧，記算無訛；又誠愨㉔，凡出入一錙銖㉕必告。二商益愛之。一日，泣為母請粟。商妻欲勿與，二商念其孝，按月廩給㉖之。數年家益富。大商婦病死，二商亦老，乃析姪，家貲割半與之。

異史氏曰：「聞大商一介㉗不輕取予，亦狷潔自好㉘者也。然婦言是聽，憒憒不置一詞，恝情骨肉㉙，卒以吝死。嗚呼！亦何怪哉！二商以貧始，以素封㉚終。為人何所長？但不甚遵閫㉛教耳。嗚呼！一行㉜不同，而人品遂異。」

【注釋】❶莒　莒州。明代屬山東省青州府，清代屬沂州府。今山東莒縣。❷康熙間　清康熙年間，西元一六六二—一七二二年。❸歲大凶　歲，年景；農作物的收穫。大凶，災荒嚴重。❹脫　如果。❺躊躕　遲疑不決。❻綦　很。❼手足　喻兄弟關係。❽直　報酬；購物所付費用。❾搒楚　拷打。❿酷毒參至　酷毒，殘酷毒辣。參，雜亂。⓫廩　糧倉。⓬邑宰　縣令。⓭州守　官名。即知州，一個州的最高官員。⓮青眼　以黑眼珠看人。和「白眼」相對。以青眼相看，表示對人尊重喜愛。語出《世說新語・簡傲》。⓯市蒸餅　買饅頭。⓰道

殣相望　路上餓死的人很多。⑰食指　指代家中人口。⑱胡餅　芝麻燒餅。⑲蓬顆　生有蓬草的土塊。⑳阜富有。㉑長舌婦　愛挑撥是非的婦女。㉒憾　恨。㉓肆廛　肆，店鋪。廛，商店集中地區。㉔誠愨　誠實忠厚。㉕錙銖　指代很少的財物或事情。量詞。錙，四錙重一兩。銖，二十四銖為一兩。㉖廩給　從糧倉中支付。㉗介同「芥」。指代小量財物。㉘狷潔自好　狷潔，耿直純潔。自好，自愛；自重。㉙恝情骨肉　恝情，態度冷漠。骨肉，比喻父母、兄弟、子女。㉚素封　不是官吏的富戶。㉛閫　婦女的內室。借指妻子。㉜一行　一種德行。

【語譯】莒州有一個姓商的人家，哥哥富有，弟弟貧窮，鄰牆居住。康熙年間，莊稼收成不好，饑荒嚴重，弟弟整天吃不飽。一天，臨近晌午，家裡還沒有生火，他空著肚子踱來踱去，想不出辦法。妻子要他向哥哥求助，他說：「沒有用。如果哥哥可憐我家貧，就早有安排了。」妻子一再勉強他去，他指使兒子去辦。一會兒，兒子兩手空空回來了。他說：「你看，怎麼樣！」妻子細問大伯說什麼，兒子說：「伯父遲疑不決，兩眼直看伯母。伯母對我說：『兄弟已經分家，有飯各自吃，誰能再照顧誰呢。』」二商夫妻兩個沒有再說話，就用破罐子、舊椅子，換來少許的米糠和秕穀，靠它充飢。

鄉裡有三四個品行惡劣的年輕人，看大商富足，夜間跳過牆頭，闖進大院。大商夫妻驚醒，一邊敲洗臉盆一邊喊叫，鄰人都恨他們，沒有人來援助；他們不得已，只好大聲喊二商。二商聽見嫂子喊叫，要跑去救他們，妻子拉住他，高聲對嫂子說：「兄弟已經分家，有禍各自受，誰能再照顧誰呢！」一會兒，強盜砸開大商的屋門，抓住大商和他老婆，用燒紅的烙鐵烙他們，兩人疼得高聲喊叫，聲音十分悽慘。二商說：「他們固然無情，可是哪有坐看哥哥被害死而不救的呢！」他帶領兒子跳過牆，大聲疾呼。二商父子本來擅長武術，又非常勇敢，人們都怕他們，強盜還怕驚動更多的人前來援救，就逃走了。二商察看兄嫂，兩條腿都被烙焦了，把他們扶到牀上，又招集來婢女僕人，才回自己的家。大商雖然受到傷害，金錢綢緞卻沒有被搶走，對老婆說：「現在保留下來的財物，都算是弟弟給的，應該分給他一些。」老婆說：「你要是有好兄弟，就不會受這個苦了！」大商便沒有再說。二商家沒飯可吃，認為哥哥一定會報答，過了好久卻不見動靜，妻子忍不住了，使兒子拿了口袋子去借貸，結果提了一斗小米回來。妻子嫌少發怒，要送回去，二商阻止。

過了兩個月，二商家貧窮飢餓，日子更加難挨，二商說：「現在沒有辦法謀生，不如把住的房子賣給哥哥。他怕我遷到別處，也許會不收賣房的文書，大發慈悲救濟我，就算不是這樣，賣得十幾兩銀子，咱們也可以靠它過活。」妻子認為可以，派兒子拿著文書去大商家。大商告訴老婆，還說：「弟弟就算不仁，可他是我的親人。他離開這裡我就孤立，不如把文書還他，並且周濟他。」老婆說：「你說錯了。他說要離開這裡，是想用這個辦法來挾迫你，如果照你的意思辦，就中他的陰謀詭計了。人世間沒兄沒弟的，難道都會被人打死！咱把院牆壘高，也足能自己守護。不如接過文書，任憑他搬遷，咱也好擴大宅院。」意見已定，使二商在文書上簽字畫押，大商付了房錢回去，二商把家搬到鄰近的村莊。鄉裡那些為非做歹的人，聽說二商搬了家，又攻擊大商家，抓住大商拷打，殘酷毒辣。大商把錢都拿出來，向強盜買命。強盜臨走打開糧倉，把村裡的窮人喊來，讓他們隨便拿，轉眼間倉裡就空無所有了。第二天，二商聽說這一情狀，及至跑去探望，哥哥早已神志昏迷，不會說話，睜開眼看見弟弟，僅僅兩隻手抓牀蓆罷了，不久便停止呼吸。二商憤怒地向縣令告狀，強盜首領已經逃跑，沒辦法逮捕歸案。搶糧食的有一百多人，都是鄉中貧民，知州對他們也無可奈何。

大商死後，撇下一個年幼的兒子，才五歲，因為家裡貧窮，往往自己投奔叔叔家，住好幾天還不回去；送他回家，他就哭個不停。二商的妻子很不喜歡他，二商說：「父母做事不合道義，兒子有什麼罪？」於是為小姪子買了幾個白麵饅頭，親自送他回去。過了幾天，他又避開妻子，偷偷地扛了點兒糧食給嫂子送去，幫助她養活兒子，從此習以為常。又過了幾年，大商家把原有的宅子賣掉，嫂子得到房錢，足能維持母子二人的生活，二商才不再供應。後來又遇到大饑荒，路上常有很多人餓死，二商家人口越來越多，已沒能力照顧別人。姪子十五歲了，身體衰弱不能勞動，二商使他提著籃子，跟隨哥哥賣芝麻燒餅。一夜，二商夢見大商來到，他臉色悽慘痛苦，說：「我過去被老婆的話迷惑，完全丟掉兄弟的情義。弟弟不計較以前的嫌怨，我就更加羞慚得流汗。已經賣出的舊宅院，現在還閒著，應該租賃來居住。屋後長有蓬草的土塊下面窖藏著銀子，把它挖出來，能使你略微富有。使我的兒子跟著你生活吧，我那愛挑撥是非的老婆，我很恨她，就不要照顧她吧。」二商醒後感覺奇怪，出高價給房主人，租到房子，果然掘出來五百兩銀子。從此以後不再沿街叫賣，使兒子姪子到商業街道，開設起大商店。姪子十分聰明，算起帳來不出錯，又誠實忠厚，所有支出收入的事，哪怕數量再少，也一定告訴叔父，二商更加喜愛他。一天，他哭著為母親要糧，二商的妻子不想給，二商愛護姪子的孝心，按月從糧倉裡提取贈送。過了幾年，家境更加富足，大商的老婆病死。二商也老了，就和姪子分開生活，分給他一半家產。

異史氏說：「聽說大商一介不取於人，也不輕易送給別人東西，也是個耿直自重的人。可是他偏聽老婆的話，糊裡糊塗，不敢辯駁，對骨肉之親態度冷漠，終於因吝嗇而死亡。唉呀！這又有什麼奇怪呢！二商原來貧苦，後來卻成為大富戶，他有什麼長處？僅是不過分聽妻子的話罷了。啊！只是行為有這種差別，兩個人的品格就大不相同了。」

【研　析】這是篇記敘百姓生活的散文，兄富弟貧，二人因婦人陰唆而失和，但二人品德性格不同，兄對婦言聽計從，弟有主見，能助危撫孤，各得不同結局。故事反映百姓祈盼兄弟相愛、鄰里和睦的美好心願。

商姓兄弟二人，「鄰垣而居」。大婦慳吝，二婦私心亦重，都不太重兄弟情義。大商懦弱，無主見，一切聽從婦人，終於招禍身亡。二商雖貧窮，卻不忘兄弟情義，做事有主張。在兄嫂危難時，最後能出力相救。兄逝世後更能撫養孤寡，經商致富後，晚年將家產割半給姪兒，表現了高尚的品德，自己也過上安康快樂的生活！

文章寫作用對比映襯手法，增強藝術感染力。二商貧困斷炊，使兒子往大伯家告借，伯母說：「兄弟析居，有飯各食，誰復能相顧也。」慳吝神態溢於言表。大商家遭盜劫，嫂呼二商相救，婦曰：「兄弟析居，有禍各受，誰復能相顧也！」以牙還牙，反脣相譏，亦見其自私心理之重。對應映襯，使文章更生動。大商無主見，姪兒用七字概括：「伯躊躕，目視伯母。」活靈活現。二商則不同，婦阻止其救兄嫂，他在兄嫂遭炮烙時，便「率子越牆，大聲疾呼」，趕走了盜寇。兄死後，撫養姪兒，照顧嫂子，妻雖反對，他仍照辦，顯示了二人性格品德上的不同，使人物形象更加鮮明。

文章還用片言隱深義的手法。如大商第一次遭盜劫，「夫妻驚寤，鳴盥器而號。鄰人共嫉之，無援者」。這說明大商不僅無兄弟情義，而且對鄰里也不好，屬於「為富不仁」之流。二次遭盜劫，「盜臨去開廩，呼村中貧者恣所取，頃刻都盡」。表明盜者還有某種「劫富濟貧」的觀念，這在一定程度上也反映了當時的社會現實。

細柳

細柳娘，中都之士人❶女也。或以其腰嬝❷可愛，戲呼之「細柳」云。柳少慧，解文字，喜讀相人❸書，而生平簡默，未嘗言人臧否❹；但有問名❺者，必求一親窺其人。閱人甚多，俱言未可；而年十九矣。父母怒之曰：「天下迄無良匹，汝將以丫角❻老耶？」女曰：「我實欲以人勝天，顧久而不就，亦吾命也。今而後❼，請惟父母之命是聽。」

時有高生者，世家名士，聞細柳之名，委禽❽焉。既醮，夫妻甚得。生前室有遺孤❾，小字長福，時五歲，女撫養周至；女或歸寧❿，福輒號啼從之，呵遣所不能止。年餘，女產一子，名之長怙。生問命名之義，答言：「無他，但望其長依膝下耳。」女於女紅⓫疏略，常不留意；而於畝之南東⓬，稅之多寡，按籍而問，惟恐不詳。久之，謂生曰：「家中事請置勿顧，待妾自為之，不知可當家否。」生如言，半載而家無廢事，生亦賢之。

一日，生赴鄰村飲，適有追逋賦⑬者，打門而誶，遣奴慰之，弗去。乃趨⑭僮召生歸。隸既去，生笑曰：「細柳，今始知慧女不若癡男耶？」女聞之，俯首而哭。生驚挽而勸之，女終不樂。生不忍以家政累之，仍欲自任，女又不肯。晨興⑮夜寐，經紀彌勤。每先一年即儲來歲之賦，以故終歲未嘗見催租者一至其門；又以此法計衣食，由此用度益紓。於是生乃大喜，嘗戲之曰：「細柳何細哉？眉細、腰細、凌波⑯細，且喜心思更細。」女對曰：「高郎誠高矣：品高、志高、文字高，但願壽數尤高。」村中有貨美材⑰者，女不惜重直致之；價不能足，又多方乞貸於戚里。生以其不急之物，固止之，卒弗聽。蓄之年餘，富室有喪者，以倍貲贖諸其門。生利而謀諸⑱女，女不可。問其故，不語；再問之，瑩瑩欲涕。心異之，然不忍重拂焉，乃罷。又逾歲，生年二十有五，女禁不令遠遊；歸稍晚，僮僕招請者相屬[19]於道，於是同人[20]咸戲謗之。一日，生如友人飲，覺體不快而歸，至中途墮馬，遂卒。時方溽暑，幸衣衾皆所夙備。里中始共服細娘智。

福年十歲，始學為文，父既歿，嬌惰不肯讀，輒亡[21]去從牧兒遊；譙訶不改，繼以夏楚[22]，而頑冥如故。母無奈之，因呼而諭之曰：「既不願讀，亦復何能相強！但貧家無冗人，可更若[23]衣，便與僮僕共操作，不然，鞭撻勿悔。」於是衣以敗絮，使牧豕；歸則自掇陶器，與諸奴啖饘粥。數日，苦之，泣跪庭下，願仍讀。母返身向壁置不聞。不得已，執鞭啜泣而出。殘秋向盡，胻[24]無衣，足無履，冷雨沾濡，縮頭如丐。里人見而憐之，納繼室者，皆引細娘為戒，嘖有煩言[25]。女亦稍稍聞之，而漠不為意。福不堪其苦，棄豕逃去，女亦任之，殊不追問。積數月，乞食無所，憔悴自歸；不敢遽入，哀鄰媼往白[26]母。女曰：「若能受百杖，可來見；不然，早復去。」福聞之驟入痛哭，願受杖。母問：「今知悔乎？」曰：「悔矣。」曰：「既知悔，無須撻楚，可安分牧豕，再犯不宥！」福大哭曰：「願受百杖，請復讀。」女不聽，鄰嫗慫恿[27]之，始納焉。濯膚授衣，令與弟怙同師。勤身銳慮，大異往昔，三年游泮[28]。中丞[29]楊公，見其文而器[30]之，月給常廩[31]，以助燈火[32]。

怙最鈍，讀數年不能記姓名，母令棄卷而農。怙遊閒，憚於作苦，母怒曰：「四民[33]各有本業，既不能讀，又不能耕，寧不溝瘠死[34]耶？」立杖之。由是率奴輩耕作，一朝晏起，則詬罵從之；而衣服飲食，母輒以美者歸兄。怙雖不敢言，而心竊不能平。農工既畢，母出貲使學負販。怙淫賭，入手喪敗，詭託盜賊，連數以欺其母，母覺之，杖責瀕死。福長跽哀乞，願以身代，怒始解。自是，一出門，母輒探察之。怙行稍斂，而非其心之所得已也。一日，請諸母，將從諸賈入洛[35]——實借遠遊以快所欲，而中心惕惕，惟恐不遂所請。母聞之，殊無疑慮，即出碎金三十兩，為之具裝；末又以鋌金一枚付之，曰：「此乃[36]祖宦囊之遺，不可用去，聊[37]以壓裝[38]，備急可耳。且汝初學跋涉，亦不敢望重息，只此三十金得無虧負足矣。」臨行又囑之。怙諾而出，欣欣意自得。

至洛，謝絕客侶，宿名娼李姬之家。凡十餘夕，散金漸盡。自以巨金在橐，初不以空匱在慮；及取而斫之，則偽金耳。大駭失色。李媼見其狀，冷語侵客。怙心不自安，然囊空無所向往，猶冀姬念夙好，不即絕之。俄有二人握索入，驟縶項領。驚懼不知所為，哀問其故，則姬已竊偽金去首公庭矣。至官，不容置詞，梏掠幾死。收獄中，又無資斧[39]，大為獄吏所虐；乞食於囚，苟延餘息。

初，怙之行也，母謂福曰：「記取廿日後，當遣汝至洛。我事煩，恐忽忘之。」福請所謂[40]，黯然欲悲，不敢復請而退。過二十日而問之，嘆曰：「汝弟今日之浮蕩，猶汝昔日之廢學也。我不冒惡名，汝何以有今日！人皆謂我忍，但淚浮枕簟[41]，而人不知耳！」因泣下。福侍立敬聽，不敢研詰。泣已，乃曰：「汝弟蕩心不死，故授之偽金以挫折之，今度已在縲紲[42]矣。中丞待汝厚，汝往求焉，可以脫其死難，而生其愧悔也。」福立刻而發，比[43]入洛，則弟被逮已三日矣。即獄中而望之，怙奄然，面目如鬼，見兄，涕不可仰。福亦哭。時福為中丞所寵異，故遐邇皆知其名。邑宰[44]知為怙兄，急釋怙。

至家，猶恐母怒，膝行[45]而前。母顧曰：「汝願遂耶？」怙零涕不敢復作聲；福亦同跪，母始叱之起。由是痛自悔，家中諸務，經理維勤；即偶惰，母亦不呵問之。凡數月，並不與言商賈，意欲自請而不敢，以意告兄。母聞而喜，並力質貸而付之，半載而息倍焉。是年，福秋捷[46]，又三年登第[47]；弟貨殖[48]累巨萬矣。邑有客洛者，窺見太夫人[49]，年四旬，猶若三十許人，而衣妝樸素，類常家云。

異史氏曰：「黑心符[50]出，蘆花變生[51]，古與今如一丘之貉[52]，良[53]可哀也！或有避其謗者，又每矯枉過正[54]，至坐視兒女之放縱而不一置問，其視虐遇者幾何哉！獨是日撻所生，而人不以為暴；施之異腹兒，則指摘叢之矣。夫細柳固非獨忍於前子也，然使所出而賢，亦何能出此心以自白於天下？而乃不引嫌，不辭謗，卒使二子一貴一富，表表[55]於世。此無論閨闥，當亦丈夫[56]之錚錚[57]者矣。」

【注釋】❶士人　社會地位較高的文人或官吏。❷腰嫋　姿容苗條美麗。❸相人　觀察人的體貌，推斷人的吉凶禍福。❹臧否　是非善惡。❺問名　古婚禮六禮之一。男方託媒問女子的名字和出生年月日。❻丫角　古代女童於頭兩側束髮，狀似獸角，故稱。❼而後　以後。❽委禽　古婚禮六禮之一。即下聘禮，古代用雁，故稱。❾遺孤　死者遺留的孤兒。❿歸寧　已婚女子回娘家探望父母。⓫女紅　紡織、縫紉等事。⓬畝之南東　泛指各塊田地的耕作。語源《詩經・小雅・信南山》。⓭逋賦　拖欠的賦稅。⓮趣　催促。⓯興　起牀。⓰淩波　古代女子的小腳。⓱材　棺材。⓲諸　於。⓳屬　連接。⓴同人　志同道合的友人。㉑亡　逃跑。㉒夏楚　打。夏和楚都是作刑杖的木材。㉓若　你的。㉔胻　小腿。㉕嘖有煩言　泛指議論指責。嘖，大聲紛爭貌。㉖白　陳述。㉗慫恿　從旁誘勸鼓動他人做某種事。㉘遊泮　入縣學讀書。泮，泮宮，古代官立學校。㉙中丞　官名。明清時巡撫的別稱。㉚器　重視。㉛廩　公家發給的糧食。㉜燈火　學費。㉝四民　士、農、工、商。㉞溝瘠死　死於溝壑。㉟洛　洛陽。明清時河南府府治。今河南洛陽。㊱乃　你的。㊲聊　暫。㊳壓裝　充實行裝。㊴資斧　旅費。㊵謂　緣故。㊶枕簟　枕蓆。泛指臥具。㊷縲紲　捆綁犯人的繩索。引申為監獄。㊸比　等到。㊹邑宰　縣令。㊺膝行　跪行。㊻秋捷　鄉試及格。鄉試於秋天舉行，故稱。㊼登第　登上進士榜。㊽貨殖　經商。㊾太夫人　官吏的母親。㊿黑心符　書名。唐代萊州長史于義方撰，多論娶繼室之害。後人用以代指兇狠的繼室。這裡特指孔門弟子閔子騫的繼母。(51)蘆花變生　傳說閔子騫幼時，其繼母為他縫製綿衣，以蘆花代替粗絲綿。52一丘之貉　同一山丘上的貉。喻同類。《漢書・楊惲傳》：「古與今如一丘之貉。」53良　很。54矯枉過正　糾正偏差超過應有的限度。55表表　才能超群。56丈夫　男子。57錚錚　金玉撞擊聲。喻堅貞剛強。

【語　譯】細柳娘是中都一位讀書人的女兒。有人因為她長得苗條美麗，很可愛，開玩笑叫她「細柳」。她自幼聰明，通解詩文，愛讀為人相面的書；向來沉默寡言，沒有議論過別人的是非善惡；只是有人來求婚，她一定要親自暗地裡觀察對方。看過很多，全不應許；可是她已經十九歲了，父母因此生氣，說：「普天下終歸沒有好配偶，你要始終紮著兩條小辮兒，做一名老姑娘嗎？」細柳說：「我實在想用人的努力，改變命運，主動掌握機遇，但是為時已久卻不成功，這也是我的命運吶。從今以後，只有敬聽父母之命了。」

這時有個姓高的書生，是出身官宦人家的名士。他知道細柳的名聲以後，就送下聘禮。結婚後，夫妻間感情很好。高生的前妻死後留下一個兒子，小名叫長福，這時五歲。細柳撫養他，照顧得很周到；她有時候回娘家，長福總是哭鬧著要求跟隨，呵叱、驅逐都阻擋不了。過了一年多，細柳生了一個兒子，起名叫長怙。高生問起這個名字的意思，細柳回答說：「沒有別的，只是希望他長在咱身邊罷了。」細柳的紡織、縫紉、刺繡皆粗枝大葉，經常不注意，可是對於田地的耕作，納稅多少，都按照帳本查考，只怕照料得不周詳。經歷的時間長了，她對高生說：「家裡的事，請你不要操心了，依靠我自己管理吧，不知道我能不能主持好。」高生同意她的主張，過了半年，家中事全沒有耽誤，高生也認為她有才能。

一天，高生到鄰村喝酒，正好有催逼賦稅的差役，拍門叫罵；派僕人安撫他，他不走，就催促僮僕請高生回家。差役離開之後，高生笑著說：「細柳，今天才知道聰明女子，不如愚笨的男子漢吧？」細柳聽後低下頭哭起來。高生驚訝，拉起她的手勸說，細柳始終不快活。高生不忍心使她承受家政辛勞，還想自己擔負，細柳卻不願意。她一早便起牀，深夜才睡，管理照料得比過去更加勤勞。總是前一年就準備好第二年的賦稅，因而一年到頭，不見催稅的差役找上高家的門；又用這個辦法合計吃飯穿衣，為此生活越發寬裕。這時高生很高興，曾跟細柳開玩笑，說：「細柳什麼細呢？眉細、腰細、淩波細，且喜心思更細。」細柳屬對說：「高郎實在高：品高、志高、文字高，但願壽數特高。」村裡有人賣上等棺材，細柳不吝惜多花錢買回家，錢不夠，又向多家親戚鄰居借貸。高生以為它不是急用品，一再阻止她，她到底不聽從。貯藏一年多，有一家富戶辦喪事，想加倍出錢上門購買。高生以為有利可圖，跟細柳商量，細柳不同意。問她有什麼原因，不回答；再問，她就淚眼汪汪，要哭了出來。高生感覺奇怪，卻不忍心再違反她的心意，就不賣了。又過了一年多，高生二十五歲，細柳不許他遠遊；他回家的時間稍微晚了些，就差僕人一個接一個地去接他，因此朋友們都以指責的口吻，同他大開玩笑。一天，高生到朋友家喝酒，感覺身體不舒服而告辭，在回家的路上，從馬身上摔下來死亡。這時正是盛夏，潮濕悶熱，幸虧裝斂用的衣被早已準備。同鄉人才都佩服細柳聰明。

長福十歲才學寫文章，父親死後，他嬌氣十足又懶惰，不願意讀書，經常逃學去找放牧的兒童玩耍。細柳責罵他，他不改；拿棍子打他，頑劣照舊。細柳無可奈何，就把他喊來告誡說：「你不願意念書，又怎能強迫呢！可是窮家不能有閒人，可以換下你的衣服，去跟僕人一起幹活兒。不然就用鞭子打你，不要後悔。」就讓他換上破衣服，使他放豬；放牧回來以後，他自己端著粗飯碗，和僕人們一起喝粥。他這麼幹了幾天，苦得受不了，就跪在院子裡哭，請求還是念書。細柳卻轉身向牆，不聽也不問。長福不得已，拿起鞭子嚶嚶地哭著走出去。晚秋就要過去，長福光著腿、赤著腳，風冷雨涼，凍得縮著脖子像乞丐一樣。村裡人見後可憐他，娶塡房的人都以細柳為戒，議論指責。這些反應，細柳也聽到一些，卻冷淡對待，不放在心上。長福忍受不了放豬的艱苦，扔下豬逃走了，細柳也任憑他逃，不加追究。過了幾個月，長福連討飯的地方也找不到了，面黃肌瘦地回來；不敢直接進家門，哀求鄰家老婦人去告訴他母親。細柳說：「他能挨一百棍，才能來見我。要不，趁早再回去。」長福聽見以後突然進屋，大哭不止，說願意挨打。細柳問：「現在後悔了嗎？」回答：「後悔了。」細柳說：「既然知道後悔，不必拷打，還是安心放豬，要是再犯這個毛病，一定饒不了你！」長福痛哭，說：「願意挨二百棍，請准許我再念書。」細柳不同意，經鄰家老婦人在旁邊勸說，細柳才許可。讓他洗澡，給他新衣服，使他和弟弟長怙一起讀書。長福勤奮學習，思考敏銳，跟從前大不相同。三年，他考上秀才，進縣學讀書。巡撫楊公看到他的文章，對他很器重，每個月發給他錢糧，資助學費。

長怙很愚笨，讀了好幾年，連自己的姓名都不會寫，母親使他放下書本去幹農活兒。他遊手好閒，怕勞苦，母親生氣，說：「士農工商，各有自己的事，你不能讀書，又不想耕田，豈不要餓死在山溝裡嗎？」說罷就把他打了一頓。從此長怙帶領奴僕耕作，哪一天起牀稍晚，母親就罵他；穿的、吃的，母親總是把好的分給他哥哥。對此，長怙雖然不敢議論，卻暗自忿忿不平。農活兒忙完以後，母親拿錢給長怙，使他學做小商販。他卻去宿娼、賭博，錢到手就揮霍精光，母親追問，他偽託遭賊強劫；接連多次欺騙母親，細柳發覺以後拿棍子打他，幾乎打死。長福為此跪下苦苦求情，願意替他挨打，細柳的怒氣才略微消解。從此以後，長怙一出家門，細柳就派人跟蹤查訪。因此長怙的惡劣行為稍有收斂，可是這並非自覺自願，而是不得已。一天，他向母親提出請求，要跟從一伙商人去洛陽做買賣——實際是借遠遊去尋歡作樂，心裡戰戰兢兢，只怕母親不同意。細柳聽他這麼說，也沒有表示懷疑和顧慮，立刻拿出零用的銀子三十兩，為他備辦行裝；最後又給他一塊銀錠，說：「這是你祖父做官時剩餘的，不要用掉，只暫且用來充實行裝，緊急需要時才可花費。這是你頭次出遠門，也不指望賺大錢，只求這三十兩不虧損就行了。」臨走時又囑咐他。長怙應聲離家，心中高興，得意洋洋。

他到了洛陽，婉言謝絕和伙伴們聯繫，住進著名妓女李姬家。不過住了十幾夜，供零用的銀子漸漸用光。他自以為口袋裡有一錠銀子，起初還不愁窮困，等掏出來用刀一砍，卻是假的。他大吃一驚，臉色蒼白。李老太太看見這一情狀，冷言冷語，把他狠狠地諷刺了一頓。長怙心裡忐忑不安，可是錢袋空空，無處投奔，還盼望李姬想著前幾天的舊情，不立即趕他走。一會兒，有兩個人拿著繩子進屋，突然拴住他的脖子。他又驚又怕，不知道怎樣才好，哭著問被拴的原因，原來李姬已偷走假銀子去向官府告發了。押到官府，不容分說，拷打得幾乎死掉。被關進牢獄，又沒有錢財，大遭獄吏的虐待；向囚犯討飯吃，勉強活命。

起初，長怙去洛陽，細柳對長福說：「你記著，二十天以後，要讓你到洛陽去。我的事情很多，恐怕會忘記。」長福請問去的緣故，細柳傷心，眼看要落淚，他不敢再問便退下。過了二十天，長福又問，細柳嘆口氣說：「你弟弟現在輕浮放蕩，就像你過去荒廢學業一樣。如果我不頂起壞名聲，你哪會有今天！人家都認為我殘忍，但是為了教育兒子，我心疼得淚水把枕蓆都濕透了，卻沒人知道呢！」接著就哭起來。長福恭敬地站著聽，不敢細問。細柳哭後才說：「你弟弟放浪的念頭不死，因此我給他假銀子，使他遭受挫折；現在，估計他已被關進監牢了。巡撫待你很好，你去求他，可以解脫你弟弟的死罪，也能使他滋生愧悔的心理。」長福立刻起程，到達洛陽，他弟弟被逮住已經三天了。到獄中看他，長怙氣息微弱，臉面髒瘦得嚇人，他看見哥哥以後，哭得難以抬頭。長福也哭。其時，長福很受巡撫寵愛，因此遠近都知道他的名聲；縣令得知他是長怙的哥哥，急忙釋放了長怙。

長怙到家，還怕母親發怒，跪著走到她跟前。細柳看著他說：「你隨心如意了嗎？」長怙流下眼淚，不敢作聲；長福也跪下，細柳這才叱令長怙起來。從此，長怙徹底悔悟，管理家中事務很勤快；即使偶然怠慢，細柳也不責備他。過了幾個月，細柳並不跟長怙講經商的事，長怙想主動請求卻又不敢，就把自己的意思告訴哥哥。細柳聽後高興，還竭力借了錢交給他，他經營了半年，賺了加倍的利息。這一年，長福考中舉人；又經過三年，考中進士；長怙經商，已賺白銀萬兩。同縣有客居洛陽的人，曾暗中看見細柳，這時她已有四十歲，看去還像三十多歲的人，穿著樸素，跟平常人家的婦女一樣。

異史氏說：「有兇狠的繼母，綿衣裡就蘆花代替了絲綿，古今一丘之貉，令人悲痛啊！有的繼母想避免別人誹謗，又常常矯枉過正，以至於坐視前房兒女行為放蕩，不管不問，這與虐待相比有什麼差別呢！只是，天天都打親生兒女，外人並不認為她殘暴；施加於前房生的孩子身上，就紛紛指摘了。細柳固然不是僅對前妻所生忍心，可是，假設她自己生的兒子賢良，又怎能把自己的真心實意表白得清楚可信呢？她卻不避嫌疑，有人指摘也不加辯解。終於使兩個兒子一個顯貴，一個富有，才能超群。她的作為且不說婦女，即使在男子漢裡，也是堅貞剛強響噹噹的人物啊。」

【研　析】〈細柳〉不涉怪異，純為寫實小說。文中描寫了一位有知識、有智慧、有胸襟、有毅力，敢向命運挑戰，勇於以個人的努力奮鬥，開創人生道路的傑出的女性形象。在重男輕女的社會，作者能旗幟鮮明地表達「女子勝於男」的觀念，是具有進步意義和創新精神的。

細柳「少慧，解文字，喜讀相人書」，寫出了她的才智、知識和愛好。通過相面，預卜人的壽夭福禍，是唯心的天命觀，實不足信。但細柳喜讀相書卻不迷信。她從不給人占卜，對自己的事，抱定「以人勝天」的目標，即通過人的主動努力可以克服或戰勝不幸的命運。這成為她終生奮鬥的指南。這種精神，是非常可貴的。

細柳一生可分前後兩部分，前者是成竹在胸，相夫理家；後者是忍辱負重，教子成才。

細柳聽命於父母，和高生結婚，「夫妻甚得」，對前室遺孤「撫養周至」。但她又不安於一般家庭女子無權的地位。她不留意女紅，而對「畝之南東，稅之多寡」十分關心。她總攬家政大權，並非為爭權利，而是要讓丈夫省心省力，也增進自己的心智才力。當家半年，一切治理得井然有序，「生亦賢之」。她持家主要靠「勤、儉」二法，後經役卒打門催賦，又學會凡事要「預」，即有備無患。從此她預儲賦稅，計畫衣食，生活越來越寬裕。她心知丈夫身體難以永壽，就購存棺木，並多加關注其安危。一日突發不幸，處理有條不紊，周全完備，為里人稱智。

丈夫去世，教子尤難。她教子之難不在稚子不明事理，而在後娘難當。細柳對福兒關愛有加，但對他不肯讀書則嚴加管教，屢教不改就令其與奴僕一起放豬，衣食皆同奴僕，做不好就鞭打。鄰里皆議論她是黑心繼母的典型，她聽到也不在意。「福不堪其苦，棄豕逃去」，她不追問，數月「憔悴自歸」，求鄰里向細柳表示，願受百杖。細柳知其真心悔改，才「濯膚授衣，令與弟怙同師」讀書。從此發憤上進，終於考取進士。小兒長怙，不僅愚鈍，而且淫賭。細柳令學商販，多次血本無歸，謊稱被盜。細柳知惡習難改，趁他要求去洛經商，設計使他受到牢獄之苦。從而徹底改去惡習，誠實經商，「貨殖累巨萬矣」。運用這種「置之死地而後生」的狠心妙法，使兩兒皆成才。細柳甘冒惡名，隱忍受辱，可謂特立獨行，難能高尚。

在寫作上，作者主要是用外剛內柔、剛柔相濟的手法刻劃人物性格的。細柳婚後，表面上剛強好勝，全面支掌家政；她內心對丈夫關愛，盼望他健康長壽；她與丈夫作對聯結尾：「但願壽數尤高」是真實的心聲；她對兒子超乎常人的近於冷酷的嚴厲，其實是對症下藥的誠心至愛；她對福兒說：「汝弟今日之浮蕩，猶汝昔日之廢學也。我不冒惡名，汝何以有今日！人皆謂我忍，但淚浮枕簟，而人不知耳！」這一切，正是她「以人勝天」的成功實踐！

連城

喬生，晉寧❶人，少負才名。年二十餘，有肝膽❷。與顧生善，顧卒，時恤其妻子。邑宰❸以文相契重。宰終於任，家口淹滯❹不能歸；生破產扶柩，往返二千餘里。以故士林❺益重之，而家由此日替❻。史孝廉❼有女，字連城，工刺繡，知書。父嬌愛之，出所刺《倦繡圖》，徵少年題詠，意在擇婿。生獻詩云：「慵鬟❽高髻綠婆娑❾，早向蘭窗❿繡碧荷；刺到鴛鴦魂欲斷，暗停針線蹙雙蛾⓫。」又贊挑繡之工云：「繡線挑來似寫生，幅中花鳥自天成；當年織錦非長技，幸把迴文感聖明⓬。」女得詩喜，對父稱賞。父貧之。女逢人輒稱道，又遣媼矯父命贈金，以助燈火⓭，生歎曰：「連城我知己也！」傾懷結想，如饑思啖。無何，女許字於鹺賈⓮之子王化成，生始絕望，然夢魂中猶佩戴之也。未幾，女病瘵⑮，沉痼不起。有西域頭陀⑯自謂能療，但須男子膺肉一錢⑰，搗合藥屑。史使人詣王家告婿，婿笑曰：「癡老翁，欲我剜心頭肉⑱耶！」使返，史怒，言於人曰：「有能割肉者妻之。」生聞而往，自出白刃，刲膺授僧。血濡袍袴，僧敷藥始止。合藥三丸，三日服盡，疾若失。史將踐其言，先告王。王怒，忿欲訟官。史乃設筵招生，以千金列几上，曰：「重負大德，請以相報。」因具白背盟之由。生怫然曰：「僕所以不愛膺肉者，聊⑲以報知己耳，豈貨⑳肉哉！」拂袖而歸。

女聞之，意良㉑不忍，託媼慰諭之，且云：「以彼才華，當不久落。天下何患無佳人？我夢不祥，三年必死，不必與人爭此泉下㉒物也。」生告媼曰：「『士為知己者死㉓』，不以色也。誠恐連城未必真知我，但得真知我，不諧何害！」媼代女郎矢誠自剖，生曰：「果爾，相逢時，當為我一笑，死無憾！」媼既去，逾數日，生偶出，遇女自叔氏歸；睨之，女秋波轉顧，啟齒嫣然。生大喜曰：「連城真知我者！」會王氏來議吉期，女前症又作，數月尋[24]卒。生往臨弔，一痛而絕。史舁送其家。

生自知已死，亦無所戚，出村去，猶冀一見連城。遙望南北一道，行人連緒如蟻，因亦混身雜跡其中。俄頃，入一廨署，值顧生，驚問：「君何得來？」即把手將送令歸。生太息，言：「心事殊未了。」顧曰：「僕在此典牘[25]，頗得委任。倘可效力，不惜也。」生問連城。顧即導生，旋轉多所，見連城與一白衣女郎，淚睫慘黛[26]，藉坐廊隅。見生至，驟起，似喜，略問所來。生曰：「卿死，僕何敢生！」連城泣曰：「如此負義人，尚不吐棄[27]之，身殉何為？然已不能許君今生，願矢[28]來世耳。」生告顧曰：「有事君自去，僕樂死不願生矣。但煩稽連城托生何里，行與俱去耳。」顧諾而去。

白衣女郎問生何人，連城為緬述之。女郎聞之，若不勝悲。連城告生曰：「此妾同姓，小字賓娘，長沙史太守[29]女。一路同來，遂相憐愛。」

生視之，意態憐人，方欲研問而顧已返，向生賀曰：「我為君平章㉚已確，即教小娘子㉛從君返魂，好否？」兩人各喜。方將拜別，賓娘大哭曰：「姊去，我安歸？乞垂憐救，妾為姊捧帨㉜耳。」連城悽然，無所為計，轉謀生。生又哀顧，顧難之，峻辭以為不可。生固強之，乃曰：「試妄為之。」去食頃而返，搖手曰：「何如？誠萬分不能為力矣！」賓娘聞之，宛轉嬌啼，惟依連城肘下，恐其即去。慘怛無術，相對默默；而睹其愁顏戚容，使人肺腑酸柔。顧生憤然曰：「請攜賓娘去。脫有愆尤㉝，小生拚身受之！」賓娘乃喜，從生出。生憂其道遠無侶，賓娘曰：「妾從君去，不願歸也。」生曰：「卿大癡矣。不歸，何以得活？他日至湖南，勿復走避，為幸多矣。」適有兩媼攝牒赴長沙，生囑㉞之賓娘，泣別而去。

途中，連城行蹇緩，里餘輒一息；凡十餘息，始見里門。連城曰：「重生後，懼有翻覆。請索妾骸骨來，妾以君家生，當無悔也。」生然之，偕歸生家。女惕惕㉟若不能步，生佇待之。女曰：「妾至此，四肢搖搖，似無所主。志恐不遂，尚宜審謀。不然，生後何能自由？」相將㊱入側廂中，嘿定少時，連城笑曰：「君憎妾耶？」生驚問其故，赧然曰：「恐事不諧，重負君矣。請先以魂報也。」生喜，極盡歡戀。因徘徊不敢遽出，寄廂中者三日。連城曰：「諺有之：『醜婦終須見姑嫜㊲。』戚戚㊳於此，終非久計。」乃促生入。才至靈寢㊴，豁然頓蘇。家人驚異，進以湯水。生乃使人要㊵史來，請得連城之屍，自言能活之。史喜，從其言。方舁入室，視之已醒。告父曰：「兒已委身喬郎，更無歸理。如有變動，但仍一死！」史歸，遣婢往役給奉。

王聞，具詞申理。官受賂，判歸王。生憤懣欲死，亦無奈之。連城至王家，忿不飲食，惟乞速死。室無人，則帶懸梁上。越日益憊，殆將奄逝㊶。王懼，送歸史。史復舁歸生。王知之，亦無如何，遂安焉。連城起，每念賓娘，欲遣信㊷探之，以道遠而艱於往。一日，家人入白：

「門有車馬。」夫婦出視，則賓娘已至庭中矣。相見悲喜。太守親詣送女，生延入。太守曰：「小女子賴君復生，誓不他適，今從其志。」生叩謝如禮。孝廉亦至，敘宗好㊸焉。生名年，字大年。

異史氏曰：「一笑之知㊹，許之以身，世人或議其癡；彼田橫五百人㊺，豈盡愚哉。此知希㊻之貴，賢豪所以感結而不能自已也。顧㊼茫茫海內㊽，遂使錦繡㊾才人，僅傾心於蛾眉㊿之一笑也。悲夫！」

【注釋】❶晉寧　明、清時雲南省晉寧州，今雲南晉寧。❷有肝膽　形容熱誠勇敢。❸邑宰　縣令。❹淹滯　久留。❺士林　文苑，指文人們。❻替　零替；衰敗。❼孝廉　明、清時對舉人的別稱。❽慵鬟　蓬鬆的髮髻。❾婆娑　散亂貌。❿蘭窗　香閨之窗。⓫蛾　眉。⓬幸把迴文句　迴文，指迴文詩。前秦竇滔，苻堅時為秦州刺史，被徙流沙。其妻蘇蕙思之，織錦為〈迴文璇圖詩〉以贈，滔婉轉循環以讀之。詞甚悽惋，凡八百四十字。見《晉書‧列女傳》。感聖明，唐代，武則天曾被蘇蕙迴文詩感動，並為此詩寫序，讚蕙「才情之妙，超古邁今」。⓭燈火　學費。⓮鹺賈　鹽商。⓯瘵　結核病。⓰西域頭陀　西域，指甘肅玉門關以西地區。頭陀，僧人。⓱錢　量詞。一斤十兩，一兩十錢。⓲心頭肉　借指有關性命之物。⓳聊　略微。⓴貨　賣。㉑良　很。㉒泉下　九泉之下，即地下。㉓士為知己者死　語出《史記‧刺客列傳》。㉔尋　就。㉕典牘　掌管公文。㉖黛　眉。㉗吐棄　憎惡。㉘矢　立誓。㉙長沙史太守　長沙，明、清時長沙府，今湖南長沙。太守，官名。明、清兩代指府州首長知府。㉚平章　商量。㉛小娘子　此指連城。㉜帨　手巾。㉝脫有愆尤　如果有罪過。㉞囑　託付。㉟惕惕　惶恐。㊱相將　一起。㊲姑嫜　丈夫的母親、父親。㊳戚戚　憂懼貌。㊴靈寢　靈牀。㊵要　約請。㊶奄逝　死亡。㊷信　傳信人。㊸宗好　同族的情誼。㊹知　知遇；賞識。㊺田橫五百人　秦末，田橫自立為齊王。漢朝建立後率五百人逃據海島，漢高祖相召，終不願臣服而自殺。島中部屬忠於田橫集體自殺。見《史記・田儋列傳》。㊻知希　知己難得。㊼顧　但是。㊽海內　四海之內；全國。㊾錦繡　滿腹詩文。㊿蛾眉　借指美女。

【語　譯】喬生是雲南晉寧州人，少年時便有才華和名氣，到二十多歲，性格赤誠而勇敢。和顧生友好，顧生去世，他經常救濟顧生的妻子。縣令由於他文才出眾而器重他，後來，縣令去世，家屬留在當地，要回鄉卻沒有能力，喬生不惜賣掉家產，親自護送靈柩，往返兩千多里，所以文士們都看重他，可是他的家境卻越來越敗落了。舉人史某有個女兒，字叫連城，擅長刺繡，知書識字。父親寵愛她，拿出她刺的《倦繡圖》，向年輕人徵求題畫詩，目的是通過它選擇女婿。喬生獻詩一首云：「慵鬟高髻綠婆娑，早向蘭窗繡碧荷；刺到鴛鴦魂欲斷，暗停針線蹙雙蛾。」又讚美挑繡的精巧，說：「繡線挑來似寫生，幅中花鳥自天成；當年織錦非長技，幸把迴文感聖明。」連城得到這兩首詩之後很愉快，向父親讚賞它。父親嫌喬生家貧。連城見人就誇詩好，又派老女僕假冒父親指派贈送金錢，資助讀書費用。喬生讚許說：「連城是我的知己啊！」傾心嚮往，念念不忘，就像飢腸轆轆，只想吃東西。

不久，連城被許配給鹽商的兒子王化成，喬生這才完全失望，不過在夢中還對連城感念不忘。不多時，連城生了癆病，病重不起。有從西域來的僧人自稱能治療，但是需要男子胸肉一錢，入藥搗合。史某派僕人到王家告訴女婿，王化成笑著說：「傻老頭子，想要我剜心頭肉嗎！」僕人回來一說，史某很生氣，對別人說：「誰肯割肉治病，連城就嫁給誰。」喬生聽說以後立即前往，拿一把明亮的鋼刀，割一塊胸肉遞給僧人。鮮血流淌，沾濕袍袴，僧人為他敷藥才止住。僧人製藥丸三粒，連城三天服完，病似痊癒。史某要兌現自己的諾言，先告訴王家，王化成憤怒，要到官府告狀。史某就設宴邀請喬生，拿一千兩銀子放在桌上，說：「承受了你的重大恩德，請你允許我以這個報答。」於是說出自己違背盟約的原故。喬生憤怒地說：「我之所以不愛惜胸肉，是為了略微報答知己，哪裡是賣肉啊！」袖子一甩便回去了。

連城聽說這件事，心裡很過意不去，委託老女僕去慰問他，還讓她對喬生說：「憑仗他的才華，一定不會長期淪落。怎麼還擔心天下沒有佳人？我做了一夢，很不吉祥，三年內一定死。不必與別人爭這九泉下之物了。」喬生告訴老女僕說：「『士為知己者死』，我不是只因為她長得漂亮。怕的是連城未必真的了解我，如果真了解我的癡情，不能成婚又何妨呢！」老女僕遵照連城囑託，立誓表白傾慕。喬生說：「如果此話當真，再見面時她就該對我笑一笑吧。那麼，我就死無遺憾了！」老女僕走後，過了幾天，喬生偶然外出，遇見連城從她叔叔家回來。喬生看她，連城那秋水般清澈的眼睛也轉過來看他，還微露雪白的牙齒嫣然微笑。喬生大喜，說：「連城真是我的知己呢！」正逢王家來商議成婚的時間，連城的癆病重犯，病了幾個月就去世了。喬生前往弔唁，因悲痛而猝死，史某就派人把他抬回家。

喬生自知已經死亡，心裡也不難過，走出村莊，希望再見連城。遠處望去，有一條南北大路，路上行人螞蟻般連續不斷，就混進去。一會兒，走進一座官署，遇見顧生，顧生吃驚地問：「你怎麼來啦？」就拉著他的手，要把他送回去。喬生嘆了一口氣，說：「我心裡的事還沒有辦完。」顧生說：「我在這裡管理公文，很受信任。如果能效勞，盡力而為。」喬生問連城的情況，顧生立即帶領他前往，轉過幾個地方，見連城和一個白衣女郎在一起，二人都淚眼愁眉，坐在廊角的蓆子上。連城見喬生來，驚喜地站立起來，問喬生為什麼也來，喬生說：「你死，我怎麼可以活著呢！」連城哭著說：「對我這樣忘恩負義的人你還不厭棄，為我殉情做什麼？然而我今生已經不可能嫁給你，情願發誓來生結合吧。」喬生對顧生說：「你有事就走吧，我樂意死，不願意活著啦！只麻煩你查明連城託生在什麼地方，我要同她一起去。」顧生應聲走了。

白衣女郎問喬生是哪裡人，連城為她盡情敘述。女郎聽後十分悲傷。連城告訴喬生說：「她和我同姓，小名叫賓娘，是湖南長沙府史知府的女兒。一路同來，互相愛護。」喬生看她，情狀可憐，剛想問她，顧生已經回來，向喬生祝賀，說：「我為你商量好了，就教小娘子跟從你返回陽世，好嗎？」喬生和連城都很高興。顧生正要拜別，賓娘大聲痛哭，說：「姐姐回去，我到哪裡去？求你救救我，我情願像婢女那樣伺候你。」連城聽她這樣說，心裡不由悲淒，無計可施，轉而和喬生商議，喬生又哀求顧生，顧生認為非常困難，嚴詞拒絕。喬生一再勉強他，顧生才說：「試著去做一下吧。」他走後一頓飯的時間又回來了，搖搖手說：「怎麼樣？實在是萬分無能為力了！」賓娘聽後身子扭來扭去，嬌聲啼哭，只依傍在連城肘下，怕她立即走掉。彼此憂愁傷感，想不出辦法，面面相覷，默默不語。只是看到賓娘那愁眉苦臉，總令人心酸難忍。顧生情緒激昂地說：「請你和賓娘一起走吧。如果有罪過，我豁出去，自己承擔！」賓娘這才欣喜，跟隨喬生出去。喬生擔心她路遠，沒有伙伴，賓娘說：「我跟著你走，不願意回家。」喬生說：「你太傻了，不回去怎麼能復活呢？以後我到湖南，你見到我不跑開躲避，那就很好了。」恰巧有兩個老婦人拿著公文到長沙辦事，喬生就委託她們照顧。賓娘傷別，哭著走了。

在回喬生家的路上，連城行走困難，走不快，走一里多地就要休息，休息了十多次才到村門口。對喬生說：「復活以後，怕在婚事上有翻覆。請把我的骸骨要來，我在你家復活，應當不會有人追究。」喬生同意，就一起回家。不過，連城還是惶恐不安，她好像邁不開腳步。喬生站著等待她，連城說：「我來到這裡，四肢搖搖晃晃，似不能自我控制。咱們的事怕不順利，還當細加謀劃。不然，復活以後哪能自由？」一起走進廂房，靜坐不語。一會兒，連城笑著說：「你討厭我嗎？」喬生驚異，問她從何說起，她害羞地說：「恐怕事情辦不成，那就太對不起了。請允許我先用靈魂報答你吧。」喬生很開心，盡情歡戀，只是猶豫不決，不敢匆忙復生。在廂房中待了三天，連城說：「諺語說：『醜媳婦終須見公婆。』在這裡又愁又怕，終歸不是長久之計。」就催促喬生進家。喬生才到靈牀，立刻甦醒。家裡的人驚異，給他水喝。喬生就打發人請史某來，向他請求把連城的屍體送來，說能使她復活。史某歡喜，順從他的主張。剛抬進屋，再看一看，連城已經醒過來，告訴父親說：「女兒我已下決心嫁給喬郎，更不會回家。如果再要變動，只有一死！」史某回家，派婢女到喬生家侍候連城。

王化成聽說連城在喬家，便向官府告狀，官員受賄，把連城判給王家。喬生憤憤不平，也無可奈何。連城到王家，生氣不吃飯，只求快死。屋裡沒有人，便把上吊繩掛在梁上。過了一天，連城身體更加衰竭，接近死亡。王化成害怕，把她送回史家。史某又抬回喬生家，王化成知道以後也沒有辦法對付，事情就平息下來了。連城病好以後，時常想念賓娘，想差遣人去探望，卻因為路太遠難以成行。一天，僕人進門稟告，說：「門外有車馬。」喬生夫婦出去看，賓娘已走進院子。三人相見，悲喜交集。史知府親來送女兒，喬生迎接他進家。知府說：「我女兒依賴你復活，發誓不嫁別人，現在照她的心意辦。」喬生就遵照禮節，向他磕頭致謝。連城的父親也來了，和史知府敘談同族的情誼。喬生的名字叫年，字是大年。

異史氏說：「對一笑的知遇，奉獻自己的性命，人們也許責備他愚蠢。那麼在漢代田橫的五百人自殺於島中，難道說都是愚人嗎？這正是知己難得的可貴表現，賢士豪傑是由於感情鬱結，以致不能自我抑止啊。但是在寬廣的四海之內，竟然讓滿腹詩文、才情橫溢的人，傾心嚮往的僅是美女的一笑。令人傷心吶！」

【研析】這是一篇以現實與幻異交融的藝術手段寫出的優秀傳奇作品。文中寫青年男女相知相愛，卻因門第不同為家長拆散。為了反對封建包辦婚姻、爭取愛情婚姻自主，二人生生死死恩愛不止，表現了堅毅頑強的大無畏的抗爭精神，終於取得美滿結合。故事內容說明，作者具有進步的婚姻觀和尊重個性的意識。

這篇小說構思了一個曲折離奇情節：連城和喬生是一對非同凡響的出色青年。喬生是窮書生，但有助人為樂的高尚品格。連城是史孝廉之女，工刺繡，知書。在婚姻上別出心裁：「出所刺《倦繡圖》，徵少年題詠，意在擇婿。」表明她是有個性的超眾拔俗的少女。她選中喬生，卻因喬家貧而不得自主，父母將其許配給富有的鹽商之子王生，「女病瘵，沉痼不起」，喬魂牽夢繞陷入絕境。西域頭陀稱能治病，但須男子胸肉一錢合藥。史去求女婿王生，王拒絕。史宣布：「有能割肉者妻之。」喬聞言立即前往獻肉，合藥治好女病。史怕王告，不敢踐約，欲贈千金為謝，喬生氣得怫然而去。女託媼慰喬生，生曰：「相逢時，當為我一笑，死無憾！」後相見，「女秋波轉顧，啟齒嫣然」。生大喜曰：「連城真知我者！」王家娶親前，女死。生往弔，一痛而亡。

作者於此展開浪漫想像，穿插了異幻描寫。喬生到陰世仍盼望見到連城，入一官署，遇見早已去世的好友顧生在此為吏，請他帶領找到連城，身邊有一白衣少女，叫賓娘。顧生為喬生和連城疏通，返回陽世，賓娘亦求同行，顧生勉強同意。賓娘是長沙史太守的亡女，她回長沙。連城和喬生一起回家，女怕事情再有曲折，實在對不起喬，就提出「請先以魂報也」。生非常高興，二人「極盡歡戀」。返回陽世，官府受賂，果然將連城判歸王生。她又以死相抗，才得與喬重合。此時長沙史太守親送女兒來喬家，史孝廉也在，二人「敘宗好焉」。

小說採用上述手法，一方面表現了連城和喬生至誠相愛生死不渝的堅強決心，使人物性格更鮮明，情節更加曲折生動，增添了作品的藝術感染力。另一方面，深化了作品的批判意義，故事說明男女青年在人世間是無法得到自由幸福的。傳統習俗，貪贓官吏，頑固的家長共同織成天羅地網，只有死亡，才能實現自己的理想。

地震

康熙七年❶六月十七日戌刻❷，地大震。余適客稷下❸，方與表兄李篤之對燭飲，忽聞有聲如雷，自東南來，向西北去。眾駭異，不解其故。俄而几案擺簸，酒杯傾覆；屋梁椽柱，錯折有聲。相顧失色久之，方知地震。各疾趨出，見樓閣房舍，仆而復起；牆傾屋塌之聲，與兒啼女號，喧如鼎沸。人眩暈不能立，坐地上，隨地轉側；河水傾潑丈餘；鴨鳴犬吠滿城中。逾一時❹許始稍定。視街上，則男女裸聚，競相告語，並忘其未衣也。後聞某處井傾仄，不可汲；某家樓臺南北易向；棲霞❺山裂；沂水❻陷穴廣數畝。此真非常之奇變也。

有邑❼人婦，夜起溲溺，回則狼銜其子。婦急與狼爭。狼一緩頰，婦奪兒出，攜抱中。狼蹲不去，婦大號。鄰人奔集，狼乃去。婦驚定作喜，指天畫地，述狼銜兒狀，己奪兒狀。良久，忽悟一身未著寸縷，乃奔。此與地震時男婦兩忘者，同一情狀也。人之惶急無謀，一何❽可笑。

【注釋】❶康熙七年　西元一六六八年。❷戌刻　晚上七時至九時。❸稷下　指山東臨淄。❹一時　一個時辰，約今兩小時。❺棲霞　今山東棲霞。❻沂水　今山東沂水。❼邑　指作者家鄉淄川。❽一何　多麼。

【語譯】康熙七年六月十七日戌時，地震得很厲害。那時，我客居濟南，和表兄李篤之在燈下飲酒，忽然聽到雷般的聲音，自東南來，向西北去。很多人感覺奇怪，非常驚訝，不知道是什麼原因。接著就桌子擺簸，酒杯傾翻，屋梁、椽子和柱子，被摧折得咯咯吱吱地響。彼此相看，嚇得神色都變了，好久才知道是地震。各人急忙跑出屋外，見樓閣房舍倒下又起來，牆倒屋塌的聲音，夾雜著兒哭女號，一片喧鬧，像鍋裡水滾，沸沸揚揚。人眩暈不能站立，都坐在地上，隨著地面的震動轉來側去；河中的水掀潑上岸，濺出一丈多遠；滿城中鴨鳴狗叫，過了一個時辰才略微停下來。到街上看看，男的女的聚在一起，赤身露體，互相爭著說話，都把沒穿衣服給忘了。後來，聽說某處的水井傾斜，沒辦法取水；某家的樓臺本來門朝南，轉為門朝北；棲霞的山裂開；沂水縣陷下去一個土坑，有好幾畝地大。這真是突然暴發的災異呀。

我縣有個婦女，她夜間到房外小便，回屋的時候見一隻狼，嘴裡叼著她的兒子。她急忙同狼爭奪，狼一鬆口，她就把兒子奪下，抱在懷裡。狼蹲下不走，她大聲呼喊，鄰人紛紛跑來，狼才離開。她由驚轉喜，指天畫地，說起狼啣小兒的情狀，自己同牠爭奪的情狀。說了好久，忽然想起自己身上一絲不掛，才向屋裡跑去。這與那地震中的男女各自忘記，是同一種情形。人們在驚慌急迫中顧不上多想，多麼可笑啊。

【研　析】文章記敘了一次真實的地震災害事件。據《中國地震目錄》載：西元一六六八年七月二十五日，在山東郯城、莒縣之間，發生一次八點五級大地震，震感波及七八個省。蒲公當時正在省城濟南，與表兄燭下飲酒，有親身經歷，因此記敘真實生動。

文章以親身感受記敘這次地震。先寫初來時的情形：「忽聞有聲如雷」。接著寫室內身邊的感受：「几案擺簸，酒杯傾覆；屋梁椽柱，錯折有聲。」然後寫室外，由近及遠，樓閣動搖，牆傾屋塌，鴨鳴犬吠；更廣處，井口傾仄，樓臺易向，山震地陷。這樣，層次分明詳略當地地震造成的災難景象。蒲公是仁者，更關心的是人。文中寫：人們初而駭異，不解其故，相顧失色，知是地震，逃出房屋，「兒啼女號，喧如鼎沸」、「眩暈不能立」，更出現一些罕見的景象：「男女裸聚，競相告語，並忘其未衣也。」將地震中的驚奇感受，慶幸自保的心情，淋漓盡致地表現出來。同時，藉由人們的反常舉動，不僅顯示了震災的迅猛強烈，而且給讀者生動深刻的印象。

文後又附記邑人婦狼口奪子的故事，不僅記下婦人見狼啣其子，於是奮不顧身上前搶奪的經過，而且活畫出狼去後，她驚定喜悅忘卻身無一縷的反常情態，以此與地震後男女兩忘的情景相對應。

聶小倩

甯采臣，浙人。性慷爽❶，廉隅自重❷，每對人言：「生平無二色❸。」適赴金華❹，至北郭❺，解裝蘭若❻。寺中殿塔壯麗，然蓬蒿沒人，似絕行蹤。東西僧舍，雙扉虛掩；惟南一小舍，扃鍵如新。又顧殿東隅：修❼竹拱把，階下有巨池，野藕已花。意甚樂其幽杳❽。會學使按臨❾，城舍價昂，思便留止，遂散步以待僧歸。日暮，有士人來，啟南扉。甯趨為禮，且告以意，士人曰：「此間無房主，僕❿亦僑居。能甘荒落，旦晚惠教⓫，幸甚。」甯喜，藉藁代牀，支板作几，為久客計。是夜月明高潔，清光似水，二人促膝⓬殿廊，各展姓字。士人自言：「燕姓，字赤霞。」甯疑為赴試諸生⓭，而聽其音聲，殊不類浙，詰之，自言秦⓮人。語甚樸誠。既而相對詞竭，遂拱別⓯歸寢。

甯以新居，久不成寐。聞舍北喁喁，如有家口⑯。起，伏北壁石窗下微窺⑰之，見短牆外一小院落，有婦可四十餘；又一媼衣𪏭緋，插蓬沓⑱，鮐背龍鍾⑲，偶語⑳月下。婦曰：「小倩何久不來？」媼云：「殆好㉑至矣。」婦曰：「將無㉒向姥姥有怨言否？」曰：「不聞，但意似蹙蹙。」婦曰：「婢子不宜好相識。」言未已，有一十七八女子來，彷彿艷絕。媼笑曰：「背地不言人，我兩個正談道，小妖婢悄來無跡響。幸不訾著短處。」又曰：「小娘子端好，是畫中人，遮莫㉓老身是男子，也被攝魂去。」女曰：「姥姥不相譽，更阿誰道好？」婦人女子又不知何言。

甯意其鄰人眷口，寢不復聽。又許時始寂無聲。方將睡去，覺有人至寢所，急起審顧，則北院女子也，驚問之，女笑曰：「月夜不寐，願修燕好㉔。」甯正容曰：「卿防物議㉕，我畏人言；略一失足㉖，廉恥道喪。」女云：「夜無知者。」甯又咄之。女逡巡若復有詞，甯叱：「速去！不然，當呼南舍生知。」女懼，乃退；至戶外復返，以黃金一鋌置褥上。甯掇擲庭墀，曰：「非義之物，汙吾囊橐！」女慚，出，拾金自言曰：「此漢當是鐵石㉗。」

詰旦，有蘭溪㉘生攜一僕來候試，寓於東廂，至夜暴亡。足心有小孔，如錐刺者，細細有血出。俱莫知故。經宿，一僕死，症亦如之。向晚，燕生歸，甯質㉙之，燕以為魅。甯素抗直㉚，頗不在意。宵分，女子復至，謂甯曰：「妾閱人多矣，未有剛腸如君者。君誠聖賢，妾不敢欺。小倩，姓聶氏，十八夭殂㉛，葬寺側，輒㉜被妖物威脅，歷役賤務。覥顏向人，實非所樂。今寺中無可殺者，恐當以夜叉㉝來。」甯駭，求計。女曰：「與燕生同室可免。」問：「何不惑燕生？」曰：「彼奇人也，不敢近。」問：「迷人若何？」曰：「狎昵㉞我者，隱以錐刺其足，彼即茫若迷，因攝血以供妖飲；又或以金——非金也，乃羅剎鬼㉟骨，留之能截取人心肝。二者，凡以投時好㊱耳。」甯感謝，問戒備之期，答以明宵，臨別泣曰：「妾墮玄海㊲，求岸不得。郎君義氣干雲㊳，必能拔生救苦。倘肯囊妾朽骨，歸葬安宅㊴，不啻再造㊵。」甯毅然諾之，因問葬處。曰：「但記取白楊之上，有烏巢者是也。」言已出門，紛然㊶而滅。

明日，恐燕他出，早詣邀致。辰後具酒饌，留意察燕。既約同宿，辭以性癖耽寂。甯不聽，強攜臥具來。燕不得已，移榻從之，囑曰：「僕知足下丈夫㊷，傾風良切㊸，要㊹有微衷，難以遽白㊺。幸勿翻窺篋襆，違之，兩俱不利。」甯謹受教。既而各寢。燕以箱篋置窗上，就枕移時，齁如雷吼，甯不能寐。近一更㊻許，窗外隱隱有人影，俄而近窗來窺，目光睒閃。甯懼，方欲呼燕，忽有物裂篋而出，耀若匹練，觸折窗上石櫺，颷然㊼一射，即遽㊽斂入，宛如電滅。燕覺而起，甯偽睡以覘之。燕捧篋檢徵，取一物，對月嗅視：白光晶瑩，長可二寸，徑韭葉許。已而數重包固，仍置破篋中，自語曰：「何物老魅，直爾大膽，致壞篋子。」

遂復臥。甯大奇之，因起問之，且以所見告，燕曰：「既相知愛，何敢深隱。我，劍客也。若非石櫺，妖當立斃；雖然，亦傷。」問：「所緘何物？」曰：「劍也。適嗅之，有妖氣。」甯欲觀之，慨出相示：熒熒然一小劍也。於是益厚重燕。明日，視窗外，有血跡。遂出寺北，見荒墳纍纍，果有白楊，烏巢其顛。

迨營謀既就，趣裝[49]欲歸，燕生設祖帳[50]，情義殷渥。以破革囊贈甯，曰：「此劍袋也，寶藏可遠魑魅[51]。」甯欲從授其術。曰：「如君信義剛直，可以為此，然君猶富貴中人，非此道[52]中人也。」甯乃託有妹葬此，發掘女骨，斂以衣衾，賃舟而歸。甯齋臨野，因營墳葬諸齋外，祭而祝曰：「憐卿孤魂，葬近蝸居[53]，歌哭相聞，庶不見陵於雄鬼。一甌漿水飲，殊不清旨[54]，幸不為嫌。」祝畢而返。後有人呼曰：「緩待同行！」回顧，則小倩也，歡喜謝曰：「君信義，十死不足以報。請從歸，拜識姑嫜[55]，媵御[56]無悔。」審諦之：肌映流霞，足翹細筍，白晝端相，嬌豔尤絕。遂與俱至齋中，囑坐少待，先入白[57]母，母愕然。時甯妻久病，母戒勿言，恐所駭驚。言次女已翩然入，拜伏地下。甯曰：「此小倩也。」母驚顧不遑。女謂母曰：「兒飄然[58]一身，遠父母兄弟。蒙公子露覆[59]，澤被髮膚，願執箕帚[60]，以報高義。」母見其綽約[61]可愛，始敢與言，曰：「小娘子惠顧吾兒，老身喜不可已。但生平止[62]此兒，用承祧緒[63]，不敢令有鬼偶。」女曰：「兒實無二心。泉下[64]人，既不見[65]信於老母，請以兄事，依高堂[66]，奉晨昏[67]，如何？」母憐其誠，允之。即欲拜嫂。母辭以疾，乃止。女即入廚下，代母尸饔[68]，入房穿榻，似熟居者。

日暮，母畏懼之，辭使歸寢，不為設牀褥。女窺知母意，即竟[69]去。過齋欲入卻退，徘徊戶外，似有所懼。生呼之，女曰：「室有劍氣畏人。向[70]道途之不奉[71]見者，良以此故。」甯悟為革囊，取懸他室，女乃入，就燭下坐。移時，殊[72]不一語；久之，問：「夜讀否？妾少誦《楞嚴經》[73]，今強半遺忘。浼求一卷，夜暇就兄正之。」甯諾。又坐，默然，二更向盡，不言去。甯促之，愀然曰：「異域孤魂，殊74怯荒墓。」甯曰：「齋中別無牀寢，且兄妹亦宜遠嫌。」女起，容顰蹙而欲啼，足恇儴75而懶步，從容出門，涉階而沒。甯竊憐之，欲留宿別榻，又懼母嗔。

女朝旦朝母，捧匜沃盥76，下堂操作，無不曲承母志；黃昏告退，輒過齋頭，就燭誦經；覺甯將寢，始慘然去。先是，甯妻病廢，母劬不可堪；自得女，逸甚，心德之。日漸稔，親愛如己出，竟忘其為鬼，不忍晚令去，留與同臥起。女初來未嘗食飲，半年漸啜稀酏。母子皆溺愛之，諱言其鬼，人亦不之辨也。無何，甯妻亡，母陰有納女意，然恐於子不利。女微窺之，乘間告母曰：「居年餘，當知兒肝鬲77，為不欲禍行人，故從郎君來。區區78無他意，止以公子光明磊落，為天人所欽矚，實欲依贊三數年，借博封誥79，以光泉壤80。」母亦知無惡，但懼不能延宗嗣81，女曰：「子女惟天所授。郎君註福籍82，有亢宗子83三，不以鬼妻而遂奪[84]也。」母信之，與子議。甯喜，因列筵告戚黨[85]。或請覿新婦，女慨然華妝出，一堂盡眙，反不疑其鬼，疑為仙。由是五黨[86]諸內眷，咸執贄[87]以賀，爭拜識之。女善畫蘭梅，輒以尺幅酬答，得者藏什襲以為榮。

一日，俯頸窗前，怊悵若失，忽問：「革囊何在？」曰：「以卿畏之，故緘置他所。」曰：「妾受生氣已久，當不復畏，宜取挂牀頭。」甯詰其意，曰：「三日來，心怔忡無停息，意金華妖物恨妾遠遁，恐旦晚尋及也。」甯果攜革囊來。女反復審視，曰：「此劍仙將盛人頭者也。蔽敗至此，不知殺人幾何許，妾今日視之，肌猶粟慄。」乃懸之。次日，又命移懸戶上。夜對燭坐，約甯勿寢。欻有一物，如飛鳥墮。女驚匿夾幙間。甯視之，物如夜叉狀，電目血舌，睒閃攫拏而前；至門，卻步，逡巡[88]久之；漸近革囊，以爪摘取，似將抓裂。囊忽格然一響，大可合簣；恍惚有鬼物，突出半身，揪夜叉入，聲遂寂然，囊亦頓縮如故。甯駭詫，女亦出，大喜曰：「無恙89矣！」共視囊中，清水數斗90而已。後數年，甯果登進士91，女舉一男。納妾後又各生一男，皆仕進有聲92。

【注釋】❶慷爽　開朗爽快。❷廉隅自重　喻品行端正，珍惜個人名譽。廉隅，棱角。❸生平無二色　生平，有生以來。二色，娶妾或有外遇。❹金華　明清時府名。今浙江金華。❺郭　外城。❻蘭若　寺院。❼修　高。❽幽杳　幽雅寂靜。❾學使按臨　學使，主管一省學政的官員。按臨，學使至各府考試生員。❿僕　自我謙稱。⓫旦晚惠教　天天賜教。⓬促膝　兩人膝相接近而坐。⓭諸生　生員；秀才。⓮秦　陝西省的簡稱。⓯拱別　拱手行禮而告別。⓰家口　家屬。⓱微窺　暗中相看。⓲蓬沓　長銀梳。⓳鮐背龍鍾　鮐背，老人背上生斑似鮐魚背上生紋。喻年老。龍鍾，搖顫跌撞貌，代指年老。⓴偶語　對話。㉑殆好　快。㉒將無　莫不是。㉓遮莫　假如。㉔願修燕好　修，結合。燕好，友好。㉕物議　公眾議論。㉖失足　犯錯誤。㉗鐵石　喻秉性剛強。王實甫《西廂記》：「你便是鐵石人，鐵石人也動情。」㉘蘭溪　縣名。今浙江蘭溪，位於金華西北。㉙質問。㉚素抗直　平素剛強正直。㉛夭殂　早死。㉜輒　經常。㉝夜叉　佛經中所說吃人的惡鬼。㉞狎昵　過分親昵。㉟羅剎鬼　佛經中食人血肉的鬼。㊱時好　當時世俗的愛好。㊲玄海　苦海。喻無窮煩惱和苦難之境。佛教語。㊳郎君義氣干雲　郎君，對貴家子弟的稱呼。義氣干雲，正義的氣概高入雲霄。㊴安宅　安定的處所。㊵再造　給予第二次生命。㊶紛然　逐漸；緩慢。㊷僕知句　足下，古代下稱上或稱同輩的敬詞。丈夫，剛正有為的人。㊸傾風良切　傾風，傾心仰慕風采。良，很。㊹要　略；稍。㊺遽白　倉猝陳述。㊻更　古代計時單位。一夜共分五更。㊼颼然　驟然。㊽遽　疾速。㊾趣裝　整理行裝。㊿祖帳　送人遠行，於路旁設帳幕餞行，祖祭路神。51魑魅　妖精鬼怪。52道　行當。53蝸居　喻狹小住所。謙詞。54旨　味美。55姑嫜　丈夫的母親和父親。俗稱公婆。56媵御　充當婢妾。57白　稟報。58飄然　飄泊流落貌。59露覆　庇護。60執箕帚拿箕箒笤帚掃地。代指做妻妾婢女，操勞家務。❻❶綽約　柔婉秀美。❻❷止　同「只」。❻❸承祧緒　傳宗接代。祧，祖先的宗廟。❻❹泉下　九泉之下；陰間。❻❺見　用於動詞前，相當於「被」。❻❻高堂　父母。❻❼奉晨昏　奉，侍奉。晨昏，指生活起居。❻❽尸饔　料理飲食。尸，承擔。饔，熟食。❻❾竟　直截。❼⓪向　從前。❼❶奉　自己的行動涉及對方時所用敬詞。❼❷殊　竟然。❼❸楞嚴經　佛經之一，共有十卷。經中闡明心性本體，為一代法門的精華。❼❹殊　很。❼❺恇儴　慌亂不穩。❼❻捧匜沃盥　匜，古代盥洗時盛水器。沃盥，澆水洗手臉。❼❼肝鬲　喻性情。❼❽區區　自稱的謙詞。意為微不足道的我。❼❾借博封誥　博，取得。封誥，皇帝給的封號。❽⓪泉壤　同「泉下」。❽❶宗嗣　家族子孫後代。❽❷福籍　陰司中記人福祿的名冊。❽❸亢宗子　庇護宗族、光耀門庭的兒子。❽❹奪　消除；改變。❽❺戚黨　親族。❽❻五黨　五服內的親族。五服即高祖父、曾祖父、祖父、父親、自己五代。❽❼贄　禮物。❽❽逡巡　徘徊不進。❽❾無恙　平安無事。恙，傳說為吃人心的蟲，泛喻禍災。❾⓪斗　指量酒器。❾❶登進士　登上進士榜。❾❷仕進有聲　仕進，做官。聲，好名聲。

【語譯】甯采臣是浙江人，性情開朗爽快，品行端正，愛惜自己的名譽，常對人說：「有生以來，既不娶妾，也沒有外遇。」偶然前往金華府，來到城北，在寺院裡解下行李休息。寺中殿塔壯麗，只是院子裡長的野草有一人多高，像是沒有人來過。東西兩廂僧舍，兩扇門都虛掩著，只有南面一間小屋，門上的鎖像新的。又看佛殿東側，毛竹修長，粗可拱把；臺階下有個大池塘，野生蓮藕已經開花。他心裡很喜愛這裡的幽靜。恰逢學使要來府裡主持考試，城中租房價高，他想住在這裡，便在院子裡散步等和尚回來。傍晚，有個書生走進寺院，打開南屋的門。甯生快步近前施禮，又向他說明自己的來意，書生說：「這座寺院沒有房主人，我也只是寄居。如果你能甘心忍受荒涼冷落，早晚賜教，我就非常榮幸了。」甯生高興，找了間房子堆草做牀，架起木板當桌子，打算長住下去。這一夜，月明高照，清澈如水，兩個人在殿廊下靠近坐下，各報姓名。書生首先說：「姓燕，字赤霞。」甯生猜想他是來參加考試的秀才，可是聽他的口音，很不像浙江人；問他，他才說是陝西人，言談很樸實誠懇。不久，兩人已經沒有話好說，就彼此拱手為禮告別，各自回屋睡覺。

甯生因為剛住在新地方，久久睡不著。他聽見房屋北面有人小聲說話，好像有家眷，於是起來趴在北牆石窗下偷看，見矮牆外面有一個小院子，裡面一個婦人，約有四十多歲；又有一個老婦人，穿的是淡紅色衣服，頭上插著大銀梳子，彎腰駝背，老態龍鍾，兩人在月下對話。婦人說：「小倩怎麼這麼長時間還沒來？」老婦人說：「快來了。」婦人說：「是不是她曾向你發過怨言呢？」回答說：「沒有聽見。只是心情似乎有些愁苦。」婦人說：「對這個丫頭，不要好心好意看待。」話音未落，有個十七八歲的女郎走來，好像長得非常漂亮。老婦人笑著說：「背地裡不議論人，我們兩個正說你，小妖丫頭悄悄走來，不聲不響，幸虧沒有損你的短處。」又說：「小姐長得端莊美麗，是畫裡的美人兒，要是老身是男子，也被你把魂兒給勾引走了。」女郎說：「姥姥不誇獎我，還能有誰說我好呢？」那個婦人又和女郎說話，也不知說了些什麼。

甯生揣摩她們是鄰家女眷，就躺下睡覺，不再聽。又過了一陣兒，外面才寂靜無聲。他剛要入睡，感覺有人進屋，急忙起來；細看，原來是北院的女郎，就驚訝地問她，女郎笑著說：「月明之夜，睡不著，願意來和你相好。」甯生板起面孔說：「你要提防眾人議論，我害怕人們流言蜚語；一步走錯，廉恥就全丟了。」女郎說：「夜間沒有外人知道。」甯生又責備她。女郎走來走去，好像還要說話，甯生呵叱她說：「趕快走！不然，我就喊南屋的書生，讓他知道。」女郎怕了，這才回去；剛到門外，又轉身回來，拿一錠金子放在褥子上。甯生拾起來扔到院子裡，說：「不義之物，弄髒了我的口袋！」女郎慚愧地走出去，拾起金子自言自語道：「這個漢子，一定是鐵石人。」

到了早晨，有蘭溪縣的秀才帶著僕人，為了參加考試住進東廂房，夜間猝死。他腳心有個小洞，好像是用錐子扎的，流出一點兒血。誰也不知道出事的原因。過了一夜，一個僕人也死亡，症狀和他主人一樣。傍晚，燕生回來，甯生就此事向他請教，他認為是鬼魅幹的。甯生性格剛強不屈，滿不在乎。半夜，女郎又來了，對甯生說：「我見過的人很多，沒有比你更剛直的。你確實是聖賢，我不敢欺騙你。我的名字叫『小倩』，姓聶，十八歲的時候早死，葬在這個寺院北面，經常受到妖怪的威脅，幹些下賤事。我滿臉羞愧地和人打交道，實在不樂意。現在寺裡沒有我能殺死的人了，恐怕夜叉要來。」甯生害怕，向她請教應付的辦法，女郎說：「和燕生同住一屋就能免遭禍害。」問她：「怎麼不敢迷惑燕生？」說：「他是個神奇的人，我不敢靠近。」問：「迷住人以後再怎麼辦？」說：「對狎昵我的人，我用錐子刺他的腳心，他就糊裡糊塗昏迷過去，於是取他的鮮血送給妖怪喝；或者拿金子——不是真金，而是羅剎鬼的骨頭，留下之後能截下他的心肝。這兩種作法，都能投合時下世俗人的愛好啊。」甯生感謝她，問她戒備的時間，回答說明天夜間。臨別時女郎哭著說：「我現在身處苦海，沒有能力謀求上岸。郎君正氣沖雲霄，一定能解救我脫離苦難。如果肯把我的骨頭裝進口袋，帶回去埋葬在安靜的墓地，那就如同使我重生了。」甯生毅然應承，就問現在埋葬何處，她說：「只要記住墓地有棵白楊樹，上面有個烏鴉窩，下面就是。」說罷走出門外，逐漸消失了。

第二天，甯生恐怕燕生外出，一早就去邀請他，辰時以後準備酒飯，留心細看燕生，後來又謀求同宿，燕生推辭說自己性格孤僻，特別喜愛寂靜。甯生不聽從，硬把自己的被褥搬過來。燕生不得已，移動牀鋪順從了，囑咐說：「我知道你是一位剛正有為的人，十分仰慕你的風采。只是稍微有點兒心事，倉猝間難以說清。希望你不要翻看我的箱子包裹，不然，對你我都沒有好處。」甯生恭敬地接受他的指教。不久，各自上牀睡覺，燕生把一個小箱子放在窗臺上，躺下後過了一段時間，他齁聲如雷，甯生睡不著。大約一更時分，窗外隱約有人影，一會兒走近窗向屋裡看，目光閃爍。甯生害怕，正要喊燕生，忽然有個東西撞開小箱子飛出去，明亮得像一條白絹，碰斷窗上石櫺，驟然一射，疾速收回，閃電一樣消失。燕生驚醒起牀，甯生裝睡偷看他。燕生捧起箱子檢查有什麼徵候，拿出來一個物件，對著月光嗅聞查看，它光亮晶瑩，約長二寸，韮菜葉般寬。然後將它包裹了好幾層，仍舊放在小破箱子裡，自言自語地說：「什麼老鬼東西，竟這麼大膽，把小箱子弄壞了。」說完便又躺下。甯生十分驚訝，起來問他，還把自己所見告訴他。燕生說：「既然互相賞識友好，怎麼敢深自隱瞞。我是劍客。如果沒有那石櫺，妖精一定立刻被殺死。雖然它終於逃走，卻也受了傷。」問：「他包裹的什麼東西？」說：「是劍。剛才聞它，上面有妖氣。」甯生要看一看，燕生慷慨的立即拿出來讓他看：原來是一把明亮的小劍。因此他越發看重燕生。天明以後到窗外察看，有血跡。甯生便走向寺北；見荒墳接連不斷，果然有棵白楊，上面有烏鴉窩。

等到移葬的準備工作已經就緒，甯生開始整理行裝準備回家了，燕生為他設帳餞行，情義深厚，還拿件破皮囊贈甯生，說：「這是劍袋，把它珍藏好，可以防止妖魔鬼怪。」甯生要跟他學劍術，他說：「像你這麼信義剛直，可以這樣做。不過，你還是富貴中人，不是我這一行當的人哪。」於是甯生藉口有妹子葬在寺北，要發掘其屍骨，用衣被包裹後租船載回家鄉。甯生的書房面臨曠野，就營造墓穴，把小倩葬在書房外面，祭祀時他禱告說：「憐惜你的孤魂，葬所靠近我蝸殼般小的住處，彼此歌哭都聽得清，但願你不再受強鬼的淩辱。一杯薄酒，甚不清美，希望不會嫌惡。」祝告後回去，身後有人呼喊，說：「慢走！等我一起走！」回頭一看，竟是小倩。她高興地道謝，說：「你看重信義，我為你死十次，也報答不完你對我的恩德。請應許我跟你回家，拜認婆婆和公公，哪怕為你充當婢妾，我也不後悔。」仔細看她，肌膚如流動的紅霞，裙下翹起一雙細筍般的小腳，在白天細看，比夜晚更嬌美豔麗，就和她一起走進書房，囑咐她坐下稍等，自己先到內室稟告母親，母親一聽很驚訝。這時甯生的妻子有病臥牀，母親告誡不要說話，怕的是病人受驚。正在談論，小倩已經輕快地進來，跪拜在地下。甯生說：「她就是小倩。」母親驚愕，急忙看她。小倩對她說：「我獨自飄泊流落，遠離父母兄弟，承蒙公子庇護，恩深德厚，願做婢妾，報答深情。」母親看她柔婉秀美，很可愛，才敢和她說話，說：「小姐關心照顧我的兒子，老身高興得不得了，可是我一輩子只這一個兒子，全指望他傳宗接代，不敢使他有鬼妻。」小倩說：「我實在沒有二心。九泉下的人，既然老母信不過，請允許我把他當作哥哥，從早到晚侍奉你，怎麼樣？」母親喜愛她誠懇，就應許了。小倩又要拜見嫂子，母親推辭，說她有病，就沒有去。於是她到廚房代替母親做飯，自己走進屋，在几案邊穿來過去，樣樣熟悉，很像在這裡生活已久的樣子。

天色已晚，母親心裡害怕小倩，讓她回去睡覺，不為她安排牀褥。小倩暗自理解母親的心意，就徑直離開；經過書房，想進去卻又後退，在門外走來走去，似乎裡面有可怕的東西。甯生喊她，她說：「你屋裡有劍氣，讓人膽戰心驚；從前在路上不同你見面，就是這個原故。」甯生領會事關皮劍袋，把它拿出來，放進另一房間，小倩這才進門，近燭光就座。她坐了好長時間，竟一句話也不說；停了很久，問：「夜間讀書嗎？我少年時誦《楞嚴經》，現在忘記了一大半，請你找一卷，夜間空閒時向你請教。」甯生答應了。她繼續坐著，靜默不語；二更時分就要過去，還不說回去。甯生催她走，她愁眉苦臉地說：「外鄉孤魂，我很膽怯那荒涼的墳墓。」甯生說：「書房裡沒另設牀鋪，況且，兄妹之間也該避開嫌疑。」小倩站起來，滿面愁容，難為得想哭；抬起腳，卻又懶怠邁步。她慢悠悠走出門外，到臺階就消失了。甯生暗自可憐她，想留她睡在坐榻上，卻怕母親生氣。

小倩早晨拜見母親，為她端盆洗臉，又室外勞作，都盡心順從她的心意；黃昏時回去，總是從書房經過，在燈下誦經，感覺甯生要睡才滿懷悽慘地離開。在這之前，甯生的妻子一病不起，母親勞累得痛苦不堪，自從小倩來後，安閒舒服，心裡感激她，又對她越來越熟識，愛她就像親生女兒，竟把她是鬼都忘掉了，不忍心晚上趕她走，便留她住在自己屋裡，同睡同起。小倩才來的時候不吃不喝，半年以後漸漸能喝稀粥，因此母親和甯生對她非常寵愛，忌諱說她是鬼，別人也辨認不出來。不久，甯生的妻子死亡，母親暗自有娶小倩為兒媳的想法，可是又怕對兒子不利。小倩略有覺察，趁機會對母親說：「我來家一年多了，母親一定了解我的性格，我因為不願意害人，特意跟隨公子來，沒有別的意思，只因為公子胸懷光明磊落，天和人無不敬仰，我才確實想依靠他、協助他幾年，憑藉他得到皇帝賜給的封號，使我在九泉之下得到光榮。」母親也相信她沒有惡意，只是怕娶了她不能傳宗接代，小倩說：「兒女都是上天注定的。公子名列上天福祿名冊，注定有庇護家族、光耀門庭的兒子三人，不會因為娶了鬼妻，就給消除掉哩。」母親相信，和兒子商量，甯生高興，於是大擺筵席，告知親族。有人要和新娘子見面，小倩爽快地穿著華美的衣服走出來，滿屋人見她長得那麼漂亮，都驚訝地瞪大眼睛，反倒不懷疑她是鬼，而猜想她是仙女。因此，五服以內親戚家的女眷，都帶了禮品來賀喜，爭著拜見認識小倩。小倩擅長畫蘭草和梅花，常作尺幅畫卷答謝，得到的人都珍重收藏，引以為榮。

一天，小倩在窗前低著頭，心中惆悵，像丟失了什麼東西，忽然問甯生：「盛劍的皮袋子在哪裡？」回答說：「因為你害怕它，所以包起來放到別的地方了。」小倩說：「我身受活人的精氣已有很長時間，該不再怕了，應當拿來掛在牀頭上。」甯生詢問原因，小倩說：「這三天來，我心裡總是心慌，擔心那個金華的妖怪恨我逃向遠方，恐怕不久會找到我。」甯生當真把皮袋子拿來，小倩反覆細看，說：「這是劍仙隨身攜帶盛人頭的口袋，破爛到這個樣子，不知殺過多少人，我現在看見它，身上還起雞皮疙瘩。」於是懸掛起來。第二天，小倩又讓改掛在門上。夜間，兩人對面坐在燈下，讓甯生別睡覺。突然門外有個東西，像鳥一般飛來，落到地上。小倩嚇得隱身在帷幕裡。甯生看它，形狀像夜叉，兩眼如電般發光，伸出血紅的舌頭，張牙舞爪地走過來；走到門口停下，徘徊了好久，漸漸走近皮口袋，伸爪摘取，好像就要把它撕裂。皮口袋忽然格地一響，變得有土筐般大，隱約有個鬼物猛地從中露出半身，伸手揪住夜叉拉進去，於是靜無聲響，皮口袋也立即收縮復原。甯生驚訝詫異，小倩也走出來，十分高興地說：「平安無事了！」二人一起檢看皮口袋，只有幾杯清水罷了。又過了幾年，甯生果然考取進士，小倩生了一個男孩兒；

寗生娶妾後，她們又各生一個男孩兒。他們長大以後都做了官，還博得政績優異的好名聲。

【研析】

〈聶小倩〉是篇鬼神志怪小說，通過描寫十八歲死後成鬼的少女聶小倩，被妖物脅迫做害人性命的惡事，偶遇正直剛毅的寗采臣，在寗感動幫助下，決心改邪歸正，又得燕俠之助，擺脫了妖物控制，求得新生。她為了使寗母收納為兒媳，日夜操勞，不辭辛苦，願望終於實現。小說塑造了一個被迫害而又能自強向上的美好的女子形象，表現了她由屈從到反抗的心理變化和奮鬥精神，同時也讚美了寗生剛直磊落的高尚人格和燕俠助人為樂的美德。

小倩雖然是鬼，她的出現卻並不伴隨陰森恐怖，而是充滿溫情暖意的人間氣息。在短牆外邊的小院裡，老嫗與婦人充滿嗔愛埋怨的對話，小倩出來嗲聲嗲氣的腔調，使人聯想到現實社會被人豔羨的少女。老嫗稱讚她為「畫中人」的玩笑，使人想到她的美豔容姿。但是，她卻成了被妖物利用的殺人工具。她夜入寗生寢所，主動要求「修燕好」，卻遭寗叱逐。她又以黃金誘之，也被寗「掇擲庭墀」。寗生色財不動心的浩然正氣，使小倩深受感動，心生自責，自慚形穢。次日晚，來向寗生坦言自己的身世、處境和心裡的痛苦，並請求寗幫助她「歸葬安宅」，「拔生救苦」，表示決心走一條新生之路，並且告訴寗生，請得燕俠幫助便能戰勝妖物。這使讀者看到她心靈深處的痛苦和掙扎，使這一人物形象給人以鮮活的立體感。

寗生將她的骸骨歸葬後，小倩緊抓機遇爭取新生。她同寗生一起回家拜見寗母，寗母以鬼偶無法傳承祧緒為辭不想收留，小倩苦苦要求對寗生「以兄事」才被留下。她立即下廚勞作，代母操持家務。但家中不允她居住，晚上她到寗生書齋陪其讀書，並借讀佛經消磨時光，「二更向盡，不言去」。甯催她走，她愀然曰：「異域孤魂，殊怯荒墓。」生懼母嗔，不敢留，她才「容顰蹙而欲啼，足恇儴而懶步，從容出門，涉階而沒」，把她心存依戀而又不能不走，十分矛盾的哀怨淒涼的情態展露無餘，更將人物因遭不幸而形成的複雜性格淋漓盡致地表現出來。

聶小倩這一藝術形象，既有現實性又富理想色彩。她受制於人，沒有身心自由，但又有自尊心，渴望自由，心存美好理想。作者借助想像構思出虛幻的情節使她得到新生。她身上既有正直向上、追求自由的美好人性，又有鬼魂的某些特點，如懼怕劍囊、預知後事、了解如何對付妖物等，使兩者交融統一，造成作品迷離閃爍，更加耐人尋味。

甯采臣的形象也很成功，他「性慷爽，廉隅自重」，「生平無二色」。小倩被他的品格感動，才以終身相託；也因為他人品正直，燕俠才願意相助。甯身上寄託著作者的人格理想。

寒月芙蕖❶

濟南道人者，不知何許人，亦不詳其姓氏。冬夏惟著一單袷衣❷，繫黃絛，別無袴襦。每用半梳梳髮，即以齒銜髻際，如冠狀。日赤腳行市上，夜臥街頭，離身數尺外，冰雪盡鎔。初來，輒對人作幻劇，市人爭貽❸之。有井曲❹無賴子遺❺以酒，求傳其術，弗許。遇道人浴於河津❻，驟抱其衣以脅之。道人揖曰：「請以賜還，當不吝術。」無賴者恐其紿❼，固不肯釋。道人曰：「果不相授耶？」曰：「然。」道人默不與語，俄見黃絛化為蛇，圍❽可數握，繞其身六七匝，怒目昂首，吐舌相向。某大愕，長跪，色青氣促，惟言乞命。道人乃取絛。絛竟非蛇，另有一蛇蜿蜒入城去。由是，道人之名益著，縉紳家聞其異，招與遊，從此往來鄉先生❾門。司、道❿俱耳⓫其名，每宴集，輒以道人從。

一日，道人請於水面亭⑫報諸憲⑬之飲。至期，各於案頭得道人速客函⑭，亦不知所由至。諸客赴宴所，道人傴僂出迎。既入，則空亭寂然，榻几未設，咸疑其妄。道人顧官宰曰：「貧道無僮僕，煩借諸扈從⑮，少代奔走⑯。」官宰共諾之。道人於壁上繪雙扉，以手撾之。內有應門者，振管⑰而起。共趨覘望，則見憧憧者往來於中；屏幔牀几，亦復都有。即有人傳送門外，道人命吏胥⑱輩接列亭中，且囑勿與內人交語。兩相受授，惟顧而笑。頃刻，陳設滿亭，窮極奢麗；既而旨酒⑲散馥，熱炙騰薰，皆自壁中傳遞而出。座客無不駭異。

亭故背湖水，每六月時，荷花數十頃，一望無際；宴時方凌冬⑳，窗外茫茫，惟有煙綠㉑。一官偶嘆曰：「此日佳集，可惜無蓮花點綴。」眾俱唯唯。少頃，一青衣吏奔白：「荷葉滿塘矣！」一座盡驚，推窗眺矚，果見彌望㉒青蔥，間以菡萏㉓，轉瞬間，萬枝千朵，一齊都開；朔風吹來，荷香沁腦。群以為異，遣吏人蕩舟採蓮，遙見吏人入花深處；

少間返棹，白手來見。官詰之，吏曰：「小人乘舟去，見花在遠際；漸至北岸，又轉遙遙在南蕩㉔中。」道人笑曰：「此幻夢之空花㉕耳。」無何，酒闌，荷亦凋謝；北風驟起，摧折荷蓋，無復存矣。濟東觀察㉖公甚悅之，攜歸署，日與狎玩。

一日，公與客飲。公故有家傳良醞㉗，每以一斗為率㉘，不肯供浪飲。是日，客飲而甘之，固索傾釀㉙，公堅以既盡為辭。道人笑謂客曰：「君必欲滿老饕㉚，索之貧道而可。」客請之。道人以壺入袖中，少刻出，遍斟坐上，與公所藏更無殊別。盡歡始罷。公疑焉，入視酒瓻㉛，則封固宛然，而空無物矣。心竊愧怒，執以為妖，笞之。杖才加，公覺股暴痛；再加，臀肉欲裂。道人雖聲嘶階下，觀察已血殷坐上。乃止不笞，逐令去。道人遂離濟，不知所往。後有人遇於金陵㉜，衣裝如故。問之，笑，不語。

【注　釋】❶芙蕖　荷花的別名。❷單袷衣　單薄的夾衣。❸貽　贈送；給予。❹井曲　街市。❺遺　送給。❻河津　河邊渡口。❼紿　欺騙。❽圍　圓周長度。❾鄉先生　官員年老退職居鄉的人。❿司道　布政司、按察司及其下屬各道。⓫耳　聞。⓬水面亭　原址在大明湖東南岸秋柳園中，清代中期失修，終於毀壞。⓭憲　古代下級官吏對其上司的稱呼。⓮速客函　請帖。⓯扈從　侍從。⓰奔走　忙碌。⓱振管　舉起鑰匙。⓲吏胥　末級官吏和差役。⓳旨酒　美酒。旨，美味。⓴淩冬　寒冬。㉑煙綠　指霧氣和水。㉒彌望　滿眼。㉓菡萏　荷花。㉔蕩　淺水湖。㉕空花　佛教語。隱現於病眼前的花狀虛影。㉖濟東觀察　濟東，濟東道。觀察，道員；道的長官。㉗醞　酒。㉘率　限度。㉙釀　酒。㉚老饕　貪食的人。這裡指貪酒者。㉛酒瓻　陶製盛酒器。大者盛一石，小者盛五斗。㉜金陵　今南京。

【語　譯】濟南道人，人們不知道他是何處人，也不清楚他的姓名。他不論冬天還是夏天，都穿輕便夾衣，腰繫黃絲帶，也沒有套袴和短襖。他常用半截木梳梳髮，梳完就用梳齒插到髮髻中間，像戴了個小帽子。天氣寒冷，他白天打赤腳在市上行走，夜間睡在街頭，離身幾尺以外，冰雪完全融化。他才來的時候，常向人表演魔術，街上的觀眾爭著給他錢。有個無賴漢送給他酒，為的是要他傳授魔術，他不應許。無賴漢遇見他在河渡口邊洗澡，就突然抱起他的衣服要脅他。道人作揖，說：「請把它還給我，我一定不吝惜那小法術。」無賴漢怕他欺騙，執意不肯放下。道人說：「你真的不給我？」回答說：「就是不給。」道人沉默，不和他講話。一會兒，黃絲帶化成一條蛇，有好幾把粗，在無賴漢身上纏了六七圈，睜大眼，抬著頭，直向他伸舌頭。無賴漢大吃一驚，雙膝下跪，臉色發青，氣喘吁吁，連喊饒命。道人這才取下絲帶。這條帶子竟不是蛇，另有一條蛇，曲曲彎彎跑進城去。因此，道人的名聲更大了，官場的人聽說他有特異功能，招他同遊。從此他和退職官員時常來往。司、道的官員都知道他，每有大型宴會，總是請他伴隨。

一次，道人在大明湖的水面亭請客，回報官員們對他的宴請。到了那一日，官員們的案頭都出現道人的請帖，也不了解它是怎麼來的。客人們來到設宴的地方，道人彎著腰，恭恭敬敬地出來迎接。人都進去了，亭子卻還是空的，冷冷清清，連桌椅也沒有，因此都懷疑道人弄虛作假。道人向官員們說：「貧道沒有僮僕，暫借眾侍從，略微給我幫個忙吧。」官員都同意。道人在牆上畫了兩扇門，伸手敲門，裡面有照應門戶的人，舉起鑰匙打開門。大家近前去看，就見裡面人影晃動，來來往往，屏風帷幕，坐具几案，樣樣都有。立刻有人把用具傳送門外，道人讓吏胥接過，排列在亭子裡，並且囑咐他們不要和門中人說話。門裡的送，門外的接，彼此只相視而笑。頃刻間，亭子中擺得滿滿當當，十分奢侈華麗。不久，美酒散發香氣，烤肉香濃，都從牆裡面傳遞出來，滿座賓客，沒有不驚異的。

水面亭原來背靠湖水，每到六月，荷花幾十頃，望不到邊。這次宴請正在寒冬，窗外迷迷茫茫，只有灰霧綠水。一個官員偶然嘆息，說：「今天聚會很好，可惜沒有蓮花點綴。」大家都表示同意。一會兒，一個穿黑衣的差役跑來稟告，說：「荷葉長滿池塘啦！」在座的客人個個驚愕，推窗向遠處一看，果然滿眼青蔥，裡面還有幾朵荷花；轉瞬間萬枝千朵，一齊開放，北風一吹，荷香沁透腦髓。眾人都認為出了奇蹟，派一名差役划船去採蓮，向遠處望去，船進花叢，一會兒回船，差役卻空手來見。官員問他，差役說：「小人乘船去，見荷花遠在湖邊；漸漸到北岸，它反又遠在南湖。」道人笑了，說：「這是幻夢中虛有的空花罷了。」不久，酒筵結束，荷花也凋謝了，突然北風勁吹，荷葉全被摧折，一片也沒剩下。濟東觀察公很高興，帶道士回府，每天同他戲耍。

一天，觀察公和客人一起飲酒。他家中舊有獨傳的美酒，每次限於一人一斗，不讓縱情暢飲。這天，客人喝了感覺很可口，一再請求把這種酒全供獻出來，觀察公硬是推辭說一滴也沒有了。道人笑嘻嘻地說：「如果一定要大喝，滿足酒癮，向貧道要就行。」客人請他拿來，他把壺放進衣袖，稍停又拿出來，一杯又一杯斟酒，客人品嘗了與觀察公的毫無區別，歡飲盡興才罷。觀察公懷疑，去檢查酒瓻，彷彿原封未動，裡面卻空無一物。他心裡既羞愧又憤怒，把道人當作妖怪，要拘捕拷打他。刑杖才下，觀察公的屁股突然疼痛；再打，屁股肉就要裂開。道人在階下慘叫，觀察公的血已經染紅坐榻，這才停止動刑，把他攆走。道人於是離開濟南，沒有人知道他走向何方。後來，有人同他相遇於金陵，他的衣服和裝束還是老樣子。問他，他只是笑，不說話。

【研　析】〈寒月芙蕖〉又名〈濟南道人〉，是描寫神道幻術的志怪小說。這篇作品通過描寫濟南道人的奇行異事和奇妙幻術，展示了人們對美好事物的豐富想像和熱烈追求。作品與現實相結合，展現了懲治惡行、警示酷吏的社會內容，表達了民眾痛恨虛偽、霸道、以勢欺人等惡行的心情。

奇人濟南道人一出場就與眾不同。他「冬夏惟著一單袷衣」，「日赤腳行市上，夜臥街頭，離身數尺外，冰雪盡鎔」，顯示他具有某種特功異術。更令人驚奇的是他在大明湖水面亭宴請客人的場面。寂然空亭，「道人於壁上繪雙扉，以手撾之」，從裡面就抬出「窮極奢麗」的滿亭陳設，接著送上「旨酒散馥，熱炙騰薰」。尤為奇妙的是「時方凌冬，窗外茫茫」，道人施術，「推窗眺矚，果見彌望青蔥，間以菡萏，轉瞬間，萬枝千朵，一齊都開；朔風吹來，荷香沁腦」，而蕩舟採蓮，又「花在遠際」，似真似幻，飄忽空靈，讀後令人心馳神往。

小說中將幻術與社會現實相聯繫，實現了懲治惡人、保護弱者的社會願望。文章開頭一段，以黃絛化蛇治服了無賴者，給人很大快慰。最後一段更描繪了無端施暴的觀察大人自受杖責的可笑場景，「臀肉欲裂」，更是大快人心。評論家但明倫讀到此處說：「聲嘶階下，血殷坐上，安得遍傳此法，以酬天下挾嫌而誣答人者！」說出了廣大讀者的心裡話。

鳳仙

劉赤水，平樂❶人。少穎秀，十五入縣庠❷，父母早亡，遂以游蕩自廢；家不中貲❸，而性好修飾，衾榻皆精美。一夕，被人招飲，忘滅燭而去；酒數行❹，始憶之，急返。聞室中小語，伏窺之，見少年擁麗者眠榻上。宅臨貴家廢第，恒多怪異，心知其狐，即亦不恐，入而叱曰：「臥榻豈容鼾睡！」二人惶遽，抱衣赤身遁去。遺紫紈袴❺一，帶上繫針囊。大悅，恐其竊去，藏衾中而抱之。俄一蓬頭婢自門罅入，向劉索取。劉笑，要償，婢請遺❻以酒，不應；贈以金，又不應。婢笑而去，旋❼返曰：「大姑言：『如賜還，當以佳耦為報。』」劉問：「伊誰？」曰：「吾家皮姓，大姑小字八仙，共臥者胡郎也；二姑水仙，適富川❽丁官人；三姑鳳仙，較兩姑尤美，自無不當意者。」劉恐失信，請坐待好音。婢去久之，復返曰：「大姑寄語官人：好事豈能猝合。適與之言，方遭詬厲；但緩時日以待之，吾家非輕諾寡信者。」劉付之。

過數日，渺無信息。薄暮，自外歸，閉門甫坐，忽雙扉自啟，兩人以被承女郎，手捉四角而入，曰：「送新人至矣！」笑置榻上而去。近視之，酣睡未醒，酒氣猶芳，赬顏醉態，傾絕人寰。喜極，為之捉足解襪，抱體緩裳。而女已微醒，開目見劉，四肢不能自主，但恨曰：「八仙淫婢賣我矣！」劉狎抱之。女嫌膚冰，微笑曰：「今夕何夕，見此涼人❾。」劉曰：「子兮子兮，如此涼人何？」遂相歡愛。既而曰：「婢子無恥，玷人牀寢，而以妾換袴耶！必小報之！」從此靡夕不至，綢繆❿甚殷。袖中出金釧一枚，曰：「此八仙物也。」又數日，懷繡履一雙來，珠嵌金繡，工巧殊⓫絕，且囑劉暴揚之。劉出誇示親賓，來觀者皆以貲酒為贄，由此奇貨居之。女夜來，忽作別語，怪問之，答云：「姊以履故恨妾，欲攜家遠去，隔絕我好。」劉懼，願還之，女云：「不必，彼方以此挾妾，如還之，中其機⑫矣。」劉問：「何不獨留？」曰：「父母遠去，一家十餘口，俱託胡郎經紀，若不從去，恐長舌婦⑬造黑白也。」從此不復至。

逾二年，思念綦切。偶在途遇女郎騎款段馬⑭，老僕鞚之，摩肩過，反啟障紗相窺，丰姿艷絕。頃，一少年後至，曰：「女子何人？似頗佳麗。」劉亟贊之。少年拱手⑮笑曰：「太過獎矣！此即山荊⑯也。」劉惶愧謝過，少年曰：「此何妨。但南陽三葛，君得其龍⑰，區區⑱者又何足道！」劉疑其言。少年曰：「君不認竊眠臥榻者耶？」劉始悟為胡。敘僚婿⑲之誼，嘲謔甚歡。少年曰：「岳新歸，將一省覲，可同行否？」劉喜，從入縈山。山上故有邑人避難之宅，女下馬入。少間，數人出望，曰：「劉官人亦來矣。」入門謁見翁媼。又一少年先在，靴袍炫美。翁曰：「此富川丁婿。」並揖即坐。少時，酒炙紛綸⑳，談笑頗洽。翁曰：「今日三婿並臨，可稱佳集。又無他人，可喚兒輩來，作一團圞之會。」

俄，姊妹俱出。翁命設坐，各傍其婿。八仙見劉，惟掩口而笑；鳳仙輒與嘲弄；水仙貌少亞，而沉重溫克㉑，滿座傾談，惟把酒含笑而已。於是履舄交錯㉒，蘭麝㉓熏人，飲酒樂甚。

劉視牀頭，樂具畢備，遂取玉笛，請為翁壽。翁喜，命善者各執一藝，因而合座爭取；惟丁與鳳仙不取。八仙曰：「丁郎不諳可也，汝寧屈指不伸者？」因以拍板擲鳳仙懷中，便串㉔繁響。翁悅曰：「家人之樂極矣！兒輩俱能歌舞，何不各進所長？」八仙起，捉水仙曰：「鳳仙從來金玉其音，不敢相勞；我兩人可歌〈洛妃〉㉕一曲。」二人歌舞方已，適婢以金盤進果，都不知其何名。翁曰：「此自真臘㉖攜來，所謂『田婆羅㉗』也。」因掬數枚送丁前。鳳仙不悅曰：「婿豈以貧富為愛憎耶？」翁微哂未言，八仙曰：「阿爹以丁郎異縣，故是客耳。若論長幼，豈獨鳳妹妹有拳大酸婿耶？」鳳仙終不快，解華妝，以鼓拍授婢，唱〈破窯〉㉘一折，聲淚俱下；既闋，拂袖逕出，一座為之不歡。八仙曰：「婢子喬性㉙猶昔。」乃追之，不知所往。

劉無顏，亦辭而歸。至半途，見鳳仙坐路旁，呼與並坐，曰：「君一丈夫，不能為床頭人㉚吐氣耶？黃金屋自在書中㉛，願好為之！」舉足云：「出門匆遽，棘刺破複履矣。所贈物，在身邊否？」劉出之。女取而易之。劉乞其敝者。囅然曰：「君亦大無賴矣！幾見自己衾枕之物，亦要懷藏者？如相見愛，一物可以相贈。」出一鏡付之曰：「欲見妾，當於書卷中覓之；不然，相見無期矣。」言已，不見。怊悵自歸，視鏡則鳳仙背立其中，如望去人於百步之外者。因念所囑，謝客下帷。一日，見鏡中人忽現正面，盈盈欲笑，益愛重之。無人時，輒以共對。

月餘，銳志漸衰，遊恒忘返。歸見鏡影，慘然若涕；隔日再視，則背立如初矣：始悟為己之廢學也。乃閉戶研讀，晝夜不輟；月餘，則影復向外。自此驗之：每有事荒廢，則其容戚；數日攻苦，則其容笑。於是朝夕懸之，如對師保㉜。如此二年，一舉而捷，喜曰：「今可以對我鳳仙矣！」攬鏡視之，見畫黛彎長，瓠犀㉝微露，喜容可掬，宛然在目前。愛極，停睇不已。忽鏡中人笑曰：「影裡情郎，畫中愛寵㉞，今之謂矣。」驚喜四顧，則鳳仙已在座後。握手問翁媼起居，曰：「妾別後，不曾歸家，伏處巖穴，聊與君分苦耳。」劉赴宴郡中，女請與俱，共乘而往，人對面不相窺。既而將歸，陰與劉謀，偽為娶於郡也者㉟。女既歸，始出見客，經理家政。人皆驚其美，而不知其狐也。

劉屬富川令門人㊱，往謁之，遇丁，殷殷邀至其家，款禮優渥，言：「岳父母近又他徙，內人歸寧㊲，將復。當寄信往，並詣申賀。」劉初疑丁亦狐，及細審邦族㊳，始知富川大賈子也。初，丁自別業暮歸，遇水仙獨步，見其美，微睨之。女請附驥以行。丁喜，載至齋，與同寢處，櫺隙可入，始知為狐。女言：「郎無見疑。妾以君誠篤，故願托之。」丁嬖之，竟不復娶。

劉歸，假貴家廣宅，備客燕寢㊴，汜掃光潔，而苦無供帳㊵；隔夜視之，則陳設煥然矣。過數日，果有三十餘人，齎旗采酒禮而至，輿馬繽紛，填溢街巷。劉揖翁及丁、胡入客舍，鳳仙逆[41]姮及兩姨入內寢。八仙曰：「婢子今貴，不怨冰人[42]矣。釧履猶存否？」女搜付之，曰：「履則猶是也，而被千人看破矣。」八仙以履擊背，曰：「撻汝寄於劉郎。」乃投諸[43]火，祝曰：「新時如花開，舊時如花謝；珍重不曾著，姮娥[44]來相借。」水仙亦代祝曰：「曾經籠玉筍[45]，著出萬人稱；若使姮娥見，應憐太瘦生[46]。」鳳仙撥灰曰：「夜夜上青天，一朝去所歡；留得纖纖[47]影，遍與世人看。」遂以灰捻柈[48]中，堆作十餘分；望見劉來，托以贈之。但見繡履滿柈，悉如故款。八仙急出，推柈墮地；地上猶有一二隻存者，又伏吹之，其蹤始滅。次日，丁以道遠，夫婦先歸；八仙貪與妹戲，翁及胡屢督促之，亭午始出，與眾俱去。

初來，儀從[49]過盛，觀者如市。有兩寇窺見麗人，魂魄喪失，因謀劫諸途；偵其離村，尾[50]之而去。相隔不盈一矢[51]，馬極奔，不能及；

至一處，兩崖夾道，輿行稍緩，追及之，持刀吼咤，人眾都奔。下馬啟簾，則老嫗坐焉，方疑誤掠其母；才他顧，而兵傷右臂，頃已被縛。凝視之，崖並非崖，乃平樂城門也；輿中人則李進士(52)母，自鄉中歸耳。一寇後至，亦斷馬足而縶之，門丁執送太守(53)，一訊而伏。時有大盜未獲，詰之，即其人也。明春，劉及第(54)，鳳仙亦恐招禍，故悉辭內戚之賀。劉亦更不他娶。及為郎官(55)，納妾，生二子。

異史氏曰：「嗟乎！冷暖之態，仙凡固無殊(56)哉！『少不努力，老大徒傷(57)。』惜無好勝佳人，作鏡影悲笑耳。吾願恒河沙數(58)仙人，並遣嬌女昏(59)嫁人間，則貧窮海中，少苦眾生矣。」

【注釋】❶平樂　府名。今廣西壯族自治區平樂縣。❷縣庠　縣學。秀才可就讀於縣學。❸不中貲　不富有。❹行　斟酒。❺紈袴　絹袴。❻遺　給。❼旋　不久。❽富川　縣名，在平樂府東部。❾今夕何夕二句　《詩經・唐風・綢繆》：「今夕何夕，見此良人，子兮子兮，如此良人何。」良人，可愛的人。子，您。兮，語助詞。如，對待。❿綢繆　喻情意纏綿。⓫殊　特出。⓬機　計。⓭長舌婦　愛說閒話，挑撥是非的婦女。⓮款段馬　慢行的馬。⓯拱手　拱手行禮。⓰山荊　妻子。謙稱。⓱南陽三葛二句　據劉義慶《世說新語・品藻》，三葛，指三國時諸葛謹、諸葛亮、諸葛誕。三人分別於吳、蜀、魏三國做官，時人認為蜀得其龍、吳得其虎、魏得其狗。南陽，郡名，今河南南陽。⓲區區　自我謙稱。⓳僚婿　同一家女兒的丈夫，俗稱連襟。⓴酒炙紛綸　炙，肉。紛綸，眾多。㉑溫克　態度溫和恭敬。㉒履舄交錯　形容男女雜坐，不拘禮節。㉓蘭麝　泛指脂粉香氣。㉔串　演奏。㉕洛妃　傳說中洛水女神。㉖真臘　古國名，今名柬埔寨。㉗田婆羅　水果名。當為「婆出羅」之訛。據《北史．真臘傳》：似棗而小。㉘破窰　戲曲名，即元雜劇《呂蒙正風雪破窰記》，情節略為富家女郎劉月娥選得窮書生呂蒙正為婿，被趕出家門後，兩人居住在燒磚瓦的廢窰裡。後來呂蒙正考取狀元，父女才和好如初時。㉙喬性　脾氣古怪。㉚牀頭人　妻子。㉛黃金屋句　語出宋真宗〈勸學篇〉：「書中自有黃金屋。」代指豪華的生活環境。㉜師保　泛指老師。㉝瓠犀　瓠瓜的種子。代指雪白而整齊的牙齒。㉞畫中愛寵　語出《西廂記》第二本第四折：崔鶯鶯說張生：「他做了個影兒裡的情郎，我做了畫兒裡的愛寵。」㉟也者　表提示的語氣助詞。㊱門人　弟子。㊲歸寧　已婚婦女回娘家探望父母。㊳邦族　籍貫和家族。㊴燕寢　宴請和住宿。㊵供帳　供宴會用的帷帳。㊶逆　迎。㊷冰人　媒人。㊸諸　於。㊹姮娥　嫦娥。㊺籠玉笋　籠，籠罩。玉笋，中、近古時代女子的腳的美稱。㊻太瘦生　太瘦，很瘦。生，為語助詞。㊼纖纖　尖細。㊽柈　盤子。㊾儀從　儀仗和隨從。㊿尾　追隨。51一矢　一箭射程所及之地。52進士　科舉考試中經會試及格後的稱號。53太守　古代郡、府、州的最高長官。54及第　登上考榜，這裡指會試及第。55郎官　古代朝廷有的設六部，其中侍郎、郎中等同稱郎官。56殊　差別。57少不努力二句　語出《漢樂府．長歌行》：「少壯不努力，老大徒傷悲。」58恒河沙數　形容極多。恒河位於印度。59昏　古「婚」字。

【語　譯】劉赤水是廣西平樂人。小時候特別聰明，十五歲進縣學讀書；父母死得早，他就一天到晚遊逛，荒廢學業；家境不富裕，卻愛好裝飾打扮，用的牀榻被褥都很精美。一天晚上，他被人請去飲酒，離家時忘記把燭火熄滅，飲過好幾杯酒才回憶起來，趕緊回家，聽見屋裡有人小聲說話，暗中向裡張望，見一個年輕人抱著美女，在牀上睡覺。他住的房子，緊接富貴人家廢棄的大院，這院裡經常出現怪事，便認為這牀上是狐精，就也不再害怕，走進屋裡呵叱說：「我的牀榻，怎容許你們來睡大覺！」那兩個人嚇得慌慌張張，便抱起衣服赤身露體地逃跑。他們遺漏下一條紫色絹袴，袴帶上拴一個針線包。劉生挺高興，怕這東西被他們偷走，就把它藏在被子裡抱守著。一會兒，有個頭髮蓬鬆的婢女從門縫裡進來，向劉生討取。劉生笑著，要求報酬，婢女應許送酒，劉生不答應；說可以贈送金錢，他還是不答應。婢女笑著離開，不久又回來，說：「大姑說：『如果還給她，回報一位漂亮媳婦。』」劉生問：「她是誰？」回答：「我們家姓皮，大姑的小名叫『八仙』，和她一起在你牀上的是胡公子；二姑名叫『水仙』，嫁給富川縣丁官人；三姑名叫『鳳仙』，長得比大姑、二姑更美，自然沒有不合你心意呦。」劉生怕她失信，要求坐等好音信。婢女回去，過了好長時間又回來，說：「大姑讓我告訴你：好事哪能立刻辦成。剛才跟三姑商量，卻遭她罵了一頓。也不過多等幾天。我們家不是輕易應許、不守信用的。」劉生就把絹袴交給她。

過了好幾天，毫無消息。一天傍晚，劉生從外面回家，關上門，剛到屋裡坐下，忽然兩扇門自動敞開，兩人用被托著女郎，兩雙手抓住四個被角抬進來，說：「送新媳婦到啦！」笑著放在牀上就回去了。劉生走近看，酣睡未醒，酒氣散發芳香，紅顏醉態，人間沒有比她更美麗的。他高興極了，抓著腳為她脫下襪子，抱起來脫下衣服。這時，女郎略微甦醒，睜眼看見劉生，想起身四肢卻不聽支配，只怨恨地說：「八仙把我出賣啦！」劉生親昵地摟抱她，她嫌劉生身上涼，微笑著說：「今夕何夕，見此涼人。」劉生說：「您呀，您呀，怎樣對待我這涼人哪？」就互相歡愛起來。不久，鳳仙說：「這個丫頭不要臉，自己把人家的牀弄髒了，卻拿我來換袴子嗎！我一定給她個小報應！」從此以後，鳳仙沒有一夜不來，兩人情深意切。她從袖子裡取出一只金手鐲，說：「這是八仙的東西。」過了幾天，又從懷裡掏出一雙繡鞋，鞋上嵌珠繡金，縫製得特別精巧，還囑咐劉生拿出去，多向外人張揚。劉生把鞋拿出去，向親戚和客人誇耀，來看的人都拿錢財或酒當見面禮，因此劉生把它當作珍奇的東西收藏起來。一天夜間，忽然鳳仙來到說要辭別，劉生感覺奇怪，問她，回答說：「姐姐為了鞋的事恨我，要把家遷向遠處，斷絕咱們的交好。」劉生害怕，願把鞋送還她，鳳仙說：「不必。她正是以搬家要挾我還鞋，如果還給她，就中她的計了。」劉生問：「為什麼你不獨自留下來？」說：「父母遠去，一家十幾口人，都依賴胡公子照料，如果不跟隨前往，恐怕八仙這個長舌婦搬弄是非黑白哩。」從這以後，鳳仙就不再到劉生家了。

過了兩年多，劉生非常想念鳳仙。偶然在路上遇到一個女郎，她騎著一匹走得很慢的馬，有個老僕人緊拉著韁繩；二人擦肩而過，女郎回頭掀開面紗看劉生，劉生看她風姿非常美。一會兒，後面走來一個年輕人，他說：「這個女郎是什麼人？好像很漂亮。」劉生連忙稱讚她。這年輕人拱手行禮，笑著說：「太過獎了！她就是我老婆呢。」劉生惶恐羞愧，向他表示歉意，年輕人說：「這沒關係。不過如同南陽三葛，你得到的是龍。我的這一位，又怎麼值得一提呢！」劉生對他的話表示疑惑，年輕人說：「你不認識偷偷在你牀上睡覺的人了嗎？」劉生這才領悟他就是胡公子。於是彼此敘談連襟間情誼，互相愉快地開玩笑。胡公子說：「岳父母新近才回來，我要去拜見，能一起去嗎？」劉生歡喜，跟隨他在山裡盤旋迴繞。山上有過去城裡人避難的房子，八仙下馬走進去。不久，有好幾個人出來探望，說：「劉官人也來啦。」劉生和胡公子進門拜見岳父母，又見一個年輕人已經先到了，衣服鞋子都很華麗。岳父介紹說：「他也是我的女婿，家住富川縣，姓丁。」於是彼此行禮後就座。一會兒開筵，酒肉擺了很多，有說有笑，感情很融洽。岳父說：「今天，三個女婿都來到，可說是完美的聚會，又沒有外人，應該把孩子們都喊來，舉行全家團圓的盛會。」一會兒，姐妹們都出來了；岳父讓安置好座位，女兒們各自在自己的夫婿旁入座。八仙看見劉生，只捂著嘴不住地笑，鳳仙就跟她開玩笑。水仙長得模樣稍差一些，卻是莊重溫和，滿座盡情交談，她只手擎酒杯向人微笑罷了。眾人男女雜坐，不拘禮節，蘭麝香味濃厚，又喝著美酒，都非常愉快。

劉生見牀頭上樂器齊全，就拿出玉笛，為岳父祝壽。老先生高興，讓擅長的人各操演一種，於是所有在座的人都爭取樂器，只有丁生和鳳仙不去拿。八仙對鳳仙說：「丁郎不會，可以不演奏，你難道手指一彎就再也伸不開嗎？」接著就把拍板扔到鳳仙懷裡，於是管弦齊鳴。老先生開心，說：「全家人快活極啦！兒女們都會歌舞，怎麼不各盡所長呢？」八仙站起來，催促水仙，說：「鳳仙把自己的歌聲看作金玉，不敢麻煩她，咱倆可以合唱〈洛妃〉曲。」兩人歌舞剛完，恰好婢女端金盤送來水果；水果罕見，都不知道它的名字。老先生說：「這是從真臘國帶回來的，叫做『田婆羅』。」於是拿了幾個放在丁生面前。鳳仙看後不高興，說：「都是女婿，難道因貧富定愛憎，不同對待麼？」老先生微笑不語，八仙說：「阿爹因為丁郎從外縣來，所以把他當作客人。如果論長幼，難道只有你鳳妹妹有個拳頭般大的小酸女婿麼？」鳳仙到底不愉快，脫下華麗的衣服，把鼓和拍板交給婢女，唱起〈破窰〉來，連唱帶哭，唱完一折，氣得一甩袖子徑直走了，所有在座的人都不痛快。八仙說：「這丫頭的脾氣還和從前一樣古怪。」就去追尋她，不知她跑到哪裡去了。

劉生感覺羞愧，也告辭回家。在半路上發現鳳仙坐在路旁，喊他一起坐下，說：「你是男子漢大丈夫，不能為牀頭人爭口氣嗎？黃金屋就在書本裡，希望你好好學習！」她抬起腳來說：「出門時倉猝，棘針把套鞋扎透啦。我送給你的鞋在身邊嗎？」劉生拿出來，鳳仙拿過換上。劉生向她要換下來的舊鞋，鳳仙笑了，說：「你也太無賴了！你幾時見過被子枕頭一類的東西，也要往懷裡藏的？如果愛我，有一件東西可以送給你。」她拿出一面鏡子，交給劉生說：「想和我見面，應當從書本裡尋找。不然，再相見就不知什麼時候了。」說完這句話，她就無影無蹤了。劉生失望傷感地走回家，掏出鏡子看一看，裡面有鳳仙的背影，她站在那裡，像在百步以外。因此，他想起鳳仙的囑咐，就謝絕會客，放下帷幕苦讀。一天，見鏡裡的人忽然轉臉正向，露出笑容，他越發喜愛和珍重鳳仙，沒有別人的時候，常常互相對看一陣兒。

劉生苦讀了一個多月，原來堅決的意志漸漸衰退，出門遊玩，經常忘掉回家。到家看看鏡中身影，面容悽慘，像在哭泣；隔一天再看她，又是背影了，和最初一樣，這才醒悟因為他荒廢學業，鳳仙才這麼做。於是關起門來鑽研誦讀，連晚上也不放下書卷。如此一個多月，影像才又轉臉向外。他從此驗證：每有事荒廢，她就面帶憂傷；接連數日刻苦，她就面帶微笑。於是一天到晚掛起鏡子，好像面對嚴師。他這樣堅持了兩年，第一次參加鄉試就告捷，高興地說：「現在可以面對我的鳳仙了！」拿下鏡子看，見鳳仙眉毛彎長，瓠犀微露，笑容可掬，似乎就在眼前。劉生愛她已到極點，目不轉睛地看她。忽然鏡中人笑著說：「影裡情郎，畫中愛寵，說的就是現在啊。」劉生又驚又喜地四下探望，鳳仙早已下來，站在他座位後面。劉生握起她的手，問候岳父岳母安好，鳳仙說：「我離開你以後並沒有回家，而是隱居在巖洞裡，略微和你分擔清苦罷了。」劉生到府裡參加宴會，鳳仙要同他一起去，共同騎一匹馬前往，別人跟他們面對面卻看不見她。不久就要回家了，鳳仙和劉生暗中商量，假裝從府裡娶來媳婦。鳳仙到家以後開始出面會見客人，管理家中事務。人們都驚訝她長得美麗，卻不知道她是狐仙。

劉生是富川縣令的學生，去拜見老師，遇見丁生。丁生熱情地把他請回家，態度真誠，優厚招待，說：「岳父母現在又遷向別處，我妻子回娘家探望，快回來啦。我要給她傳個好消息，一起到你家賀喜。」劉生起初懷疑丁生也是狐仙，細問籍貫家族，才知道他是富川縣大商人的兒子。當初，丁生在傍晚從別墅回家，遇見水仙獨自走路，看著她長得漂亮，不住地斜眼看她。水仙要跟隨他回家，丁生高興，讓她上車，載到書房，二人睡在一起。她能從窗欞的空隙中進屋，才知道她是狐仙。水仙說：「你不要猜疑，我因為你為人誠實厚道，所以願意把終身託付給你。」丁生十分愛她，居然沒有再娶。

劉生到家，借了富貴人家的大庭院，準備客人來後在這裡宴飲、住宿，並掃除得光滑潔淨，卻愁沒有帷帳；隔夜再看，竟然陳設得煥然一新。過了幾天，果然有三十多個人，送來彩旗、財物和酒宴禮品，車馬紛亂，填塞街巷。劉生揖讓岳父和丁生、胡生進客廳，鳳仙迎接母親和兩個姐姐到內室。八仙說：「小丫頭現在成貴人，不埋怨我這媒人了。鐲子和鞋還保存著嗎？」鳳仙找出來遞給她，說：「鞋子還是那雙鞋子，卻被人家看破了。」八仙就拿起鞋打她的背，說：「打你贈送給劉郎。」於是把它投進火裡，禱告說：「新時如花開，舊時如花謝；珍重不曾著，姮娥來相借。」水仙也隨後說：「曾經籠玉笋，著出萬人稱；若使姮娥見，應憐太瘦生。」鳳仙撥弄著鞋灰說：「夜夜上青天，一朝去所歡；留得纖纖影，遍與世人看。」於是把灰捏到盤子裡，堆成十幾份，望見劉生來，托著盤子送給他。只見滿盤都是繡鞋，每一隻都是原來的款式。八仙趕緊跑出來，把盤子推落地下，見地上還有一兩隻，彎腰向它吹口氣，才消失蹤跡。第二天，丁生因為離家遠，夫妻兩人先回去。八仙貪圖和鳳仙開玩笑不走，老先生和胡公子催促她好幾次，到中午才出門，與眾人一起離開。

到劉生家慶賀的客人來時，儀仗隨從眾多華美，前來觀看的人很多。有兩個強盜看見美女，不由得魂飛魄蕩，因此打算在路上把她們搶走，偵察到她們離開村子就跟上去。前後距離不到一箭之地，強盜催馬拚命跑，總是追不上；趕到一個地方，路兩旁都是高崖，客人坐的車速度放慢，一名強盜趕來，高聲怒吼，隨從逃散，下馬掀開車簾一看，只一位老太婆坐在裡面，正猜想是錯搶美女的母親；剛向別處看一眼，卻被刀砍傷右臂，接著就被繩捆索綁。聚精會神地察看後，崖壁不是山崖，而是平樂府的城門，車裡的人是李進士的母親，她剛從鄉村回來。另一名強盜隨後趕來，也被砍斷馬腿，捆起來，由城門守衛押送知府，一審服罪，當時有大盜逃亡尚未能拘捕歸案，太守追問，知道就是他們。第二年春天，劉生考取進士，鳳仙實在怕再引來災禍，所以全部辭謝娘家人的祝賀。劉生也不再娶妻，做了部裡的郎官之後娶妾，生了兩個兒子。

異史氏說：「唉呀！態度冷暖，仙鄉和人間原來沒有差別啊！『少壯不努力，老大徒傷悲。』可惜沒有性格好勝的美女，作鏡影悲笑。我祝願有恒河沙粒般多的仙人，把他嫵媚可愛的女兒嫁向人間，那麼在貧窮海洋裡受苦難的人就少了。」

【研析】〈鳳仙〉是篇人與狐仙相愛的故事，但反映著人情世故。狐女鳳仙因其父嫌貧愛富而憤然立志，堅決督促丈夫劉赤水改掉「游蕩自廢」的毛病，刻苦讀書，努力上進，終於考取功名，變貧窮為富貴，表達了古代社會人們普遍存在的心情和願望。正如作者最後所說：「吾願恒河沙數仙人，並遣嬌女昏嫁人間，則貧窮海中，少苦眾生矣。」

小說主人公鳳仙，在狐仙三姐妹中最小，她一出場就富有戲劇色彩。她本人不自覺中，竟被大姐八仙拿她交換了自己的褲子。也沒有任何婚禮，趁她酒醉時，用被子把她抬送到劉赤水的牀榻上。劉見她「酣睡未醒，酒氣猶芳，赬顏醉態，傾絕人寰」，十分喜愛，幫她解襪緩裳。女微醒就懷恨地說：「八仙淫婢賣我矣！」但她也喜歡劉生，當劉狎抱她時，嫌他膚冰，就笑著說：「今夕何夕，見此涼人。」劉說：「子兮子兮，如此涼人何？」兩人相歡愛。表現了少女初婚，雖對大姐有點怨恨，終感情愛美滿而流露歡樂的心情。

最能展示鳳仙性格的情節，是三位女婿同聚在岳父家宴上。當其父偏愛二女婿「大賈子」丁郎而怠慢自己的窮丈夫時，她大為憤怒，聲淚俱下，唱一折〈破窰〉表達自己的憤恨和決心，並以此警醒丈夫，表現了她具有極強的自尊心和堅強不屈的性格。她對丈夫說：「君一丈夫，不能為牀頭人吐氣耶？黃金屋自在書中，願好為之！」為了使丈夫從兒女私情中徹底解脫出來，以便全身心用於讀書學習，她不惜忍受夫妻離別的痛苦，自己「伏處巖穴」，用一方魔鏡時時督促丈夫珍惜時光，在鳳仙的鼓舞激勵下，劉兩年後果然「一舉而捷」。

蒲松齡生活的時代，社會上各種勢力爭奪十分激烈，中下層民眾，不但貧困艱難，受富貴人歧視，他們當中一些有見識有志氣的人，就希望通過仕途改變自己的政治經濟地位。鳳仙激勵丈夫讀書仕進的決心，就是這類人的藝術概括，因此很有現實性。但是，鳳仙並非現實中的普通女子，而是充分理想化了的人物。比如，她在家宴上公開宣洩對其父重富輕貧的不滿，毫無顧忌，不飾不掩，是古代社會少女很難做到的。她那種爭強好勝、驕騫桀驁而又純真坦白的性格特點，更帶有理想化的色彩。她身上還具有幽默風趣、慧黠嘲謔的特點，也是現實中少女性格的昇華，使這一形象更豐滿、更可親可愛。

小說在寫作方法上表現出強烈的節奏感。開頭寫鳳仙「出嫁」，新奇別緻，意趣橫生；接著是八仙攜家遠去，使夫妻分離。二年後翁婿同聚，眾人歡歌，一派喜慶氣氛；鳳仙唱曲勸夫，聲淚俱下，形成強烈的節奏對比。劉生中舉的歡慶與八仙遇寇又成對比。這些跌宕起伏的情勢，張馳相間的節奏，使讀者從中獲得更多的審美體驗。

書癡

彭城❶郎玉柱，其先世官至太守❷；居官廉，得俸不治生產❸，積書盈屋。至玉柱尤癡❹：家苦貧，無物不鬻，惟父藏書，一卷不忍置❺。父在時，曾書〈勸學篇〉❻，粘其座右，郎日諷誦，又幛以素紗，惟恐磨滅。非為干祿❼，實信書中真有金粟。晝夜研讀，無間❽寒暑。年二十餘，不求婚配，冀卷中麗人自至。見賓親，不知溫涼❾，三數語後則誦聲大作。客逡巡❿自去。每文宗臨試，輒首拔之⓫，而苦不得售⓬。一日，方讀，忽大風飄卷去。急逐之，踏地陷足；探之，穴有腐草；掘之，乃古人窖粟，朽敗已成糞土。雖不可食，而益信「千鍾」之說不妄，讀益⓭力。一日，梯登高架，於亂卷中得金輦⓮徑尺，大喜，以為「金屋」之驗。出以示人，則鍍金而非真金。心竊⓯怨古人之誑己也。

居無何⑯，有父同年觀察是道⑰，性好佛。或勸郎獻輦為佛龕⑱。觀察大悅，贈金三百、馬二匹。郎喜，以為金屋、車馬皆有驗，因益刻苦。然行年已三十矣，或勸其娶，曰：「『書中自有顏如玉』，我何憂無美妻乎？」又讀二三年，迄⑲無效，人咸揶揄⑳之。時民間訛言：天上織女私逃。或戲郎：「天孫㉑竊奔，蓋為君也。」郎知其戲，置不辨。

一夕，讀《漢書》至八卷，卷將半㉒，見紗剪美人夾藏其中。駭曰：「書中顏如玉，其以此應㉓之耶？」心悵然自失。而細視美人，眉目如生；背隱隱有細字云：「織女。」大異之。日置卷上，反復瞻玩㉔，至忘食寢。一日，方注目間，美人忽折腰起，坐卷上微笑。郎驚絕，伏拜案下；既起，已盈尺矣。益駭，又叩㉕之。下几亭亭㉖，宛然絕代之姝㉗。拜問：「何神？」美人笑曰：「妾顏氏，字如玉，君固相知已久。日垂青盼㉘，脫㉙不一至，恐千載下無復有篤信古人者。」郎喜，遂與寢處。然枕席間親愛倍至，而不知為人㉚。每讀，必使女坐其側。女戒勿讀，不聽。女曰：「君所以不能騰達㉛者，徒以讀耳。試觀春秋榜㉜上，讀如君者幾人？若不聽，妾行㉝去矣。」郎暫從之。少頃，忘其教，吟誦復起。逾刻，索㉞女，不知所在。神志喪失，囑而禱之，殊㉟無影跡。忽憶女所隱處，取《漢書》細檢之，直至舊所，果得之。呼之不動，伏以哀祝，女乃下曰：「君再不聽，當相永絕！」因使治棋枰㊱、樗蒱㊲之具，日與遨戲。而郎意殊不屬㊳。覷女不在，則竊卷流覽。恐為女覺，陰取《漢書》第八卷，雜溷他所以迷之。一日，讀酣，女至竟不之覺㊴；忽睹之，急掩卷，而女已亡㊵矣。大懼，冥㊶搜諸卷，渺不可得；既㊷，仍於《漢書》八卷中得之；葉數不爽㊸。因再拜祝，矢不復讀。女乃下，與之弈㊹，曰：「三日不工㊺，當復去。」至三日，忽一局贏女二子。女乃喜，授以弦索㊻，限五日工一曲。郎手營㊼目注，無暇他及；久之，隨指應節㊽，不覺鼓舞。女乃日與飲博㊾，郎遂樂而忘讀。女又縱之出門，使結客㊿，由此倜儻(51)之名暴(52)著。女曰：「子可以出而試矣(53)。」

郎一夜謂女曰：「凡人男女同居則生子；今與卿[54]居久，何不然也？」女笑曰：「君日讀書，妾固謂無益。今即夫婦一章[55]，尚未了悟，『枕席』[56]二字有工夫。」郎驚問：「何工夫[57]？」女笑不言。少間[58]，潛迎就之。郎樂極，曰：「我不意夫婦之樂，有不可言傳者。」於是逢人輒道，無有不掩口者。女知而責之。郎曰：「鑽穴踰隙[59]者，始不可以告人；天倫之樂，人所皆有，何諱[60]焉？」

過八九月，女果舉[61]一男，買媼撫字[62]之。一日，謂郎曰：「妾從君二年，業[63]生子，可以別矣。久恐為君禍，悔之已晚。」郎聞言泣下，伏[64]不起，曰：「卿不念呱呱[65]者耶？」女亦悽然。良久曰：「必欲妾留，當舉架上書盡散之。」郎曰：「此卿故鄉，乃僕[66]性命，何出此言？」女不之強，曰：「妾亦知其有數[67]，不得不預告耳。」

先是，親族或窺見女，無不駭絕，而又未聞其締姻何家，共詰之。郎不能作偽語，但默不言。人益疑，郵傳幾遍[68]，聞於邑宰[69]史公。史，閩人，少年進士[70]。聞聲傾動，竊欲一睹麗容，因而拘郎及女。女聞知，遯匿無跡。宰怒，收郎，斥革衣衿[71]，梏械備加，務得女所自往[72]。郎垂死[73]，無一言。械其婢，略能道其彷彿[74]。宰以為妖，命駕[75]親臨其家。見書卷盈屋，多不勝搜，乃焚之；庭中煙結不散，瞑若陰霾[76]。

郎既釋，遠求父門人書，得從辨復[77]。是年秋捷[78]，次年舉[79]進士。而銜恨切於骨髓，為顏如玉之位[80]，朝夕而祝曰：「卿如有靈，當佑我於閩。」後果以直指[81]巡閩。居三月，訪史惡款[82]，籍[83]其家。時有中表為司理[84]，逼納愛妾，托言買婢寄署中。案既結，郎即日自劾[85]，取妾而歸。

異史氏曰：「天下之物，積則招妒[86]，好[87]則生魔。女之妖書中之魔也。事近怪誕，治之未為不可，而祖龍之虐[88]不已慘乎？其存心之私，更宜得怨毒之報也。嗚呼！何怪哉！」

【注釋】❶彭城　彭城為縣名，今江蘇徐州。❷太守　官名。明清時期稱知府。❸得俸不治生產　俸，薪金。治，經營。❹癡　入迷。❺置　捨棄。❻書勸學篇　書，寫。勸學篇，宋真宗所作〈勸學文〉，中有：「富家不用買良田，書中自有千鍾粟；安居不用架高堂，書中自有黃金屋；出門莫恨無人隨，書中車馬多如簇；娶妻莫恨無良媒，書中自有顏如玉。」❼干祿　求得俸祿。❽無間　不分。❾溫涼　寒暄。❿逡巡　頃刻。⓫文宗臨試二句　文宗是明清時對提督學政一官的尊稱。臨試，為按臨州府舉行考試。輒，總是。首拔，指歲試、科試第一名。⓬售　指參加鄉試成功。⓭益　更加。⓮輦　人拉的車。⓯竊　私自。⓰居無何　不久。⓱有父同年句　同年，明清時參加省、中央考試，同榜被錄取的人。觀察，清代一省分有數個行政區（道），各道設道員一官，觀察（管理）一道的政務。道員一職又尊稱為觀察。是，此。⓲佛龕　供奉佛像用的小閣子。⓳迄　始終。⓴人咸揶揄　咸，全。揶揄，嘲笑。㉑天孫　即織女星。據傳說：織女在天河之東，是天帝的女兒，被許嫁河西牽牛郎，天帝因其廢織，責令歸河東，使與牛郎一年一度相會。㉒讀漢書二句　《漢書．宣帝紀》：「地節四年，夏五月，詔曰：『父子之親，夫婦之道，天性也。雖有禍患猶蒙死而存之，誠愛結於心，仁厚之至也。』」㉓應　驗證。㉔瞻玩　觀賞。㉕叩　磕頭。㉖亭亭　形容美女身材細長。㉗姝　美女。㉘日垂青盼　垂，給；賞。青盼，喜愛。㉙脫　如果。㉚人　指性生活。㉛騰達　社會地位上升。㉜春秋榜　春榜為考進士的榜，秋榜為考舉人的榜。㉝行　將要。㉞索　尋。㉟殊　絕。㊱枰　棋盤。㊲樗蒱　賭博用具。㊳屬　專心注意。㊴不之覺　為賓語提前句，即不覺之。㊵亡　消失。㊶冥　盡力。㊷既　後來。㊸爽　差錯。㊹弈　下棋。㊺工　精通。㊻弦索　泛指絃樂器。㊼營　操作。㊽應節　合乎節奏。㊾飲博　喝酒賭博。㊿結客　結交賓客。(51)倜儻　豪爽而不受世俗禮法拘束。(52)暴　驟然。(53)子可以出句　子，對男人的尊稱。試，科舉考試。(54)卿　夫妻、情人間的愛稱。(55)章　篇章。(56)枕席　牀上。(57)工夫　技巧。(58)少間　一會兒。(59)鑽穴踰隙　喻偷情私奔。(60)諱　避諱。(61)舉　生。(62)撫字　撫養。(63)業　已經。(64)伏　低頭趴在案上。(65)呱呱　幼兒哭聲。(66)乃僕　乃，是。僕，自稱的謙詞。(67)數　命運。(68)郵傳幾遍　郵傳，傳播。幾，幾乎；將近。(69)邑宰　縣令。(70)進士　清代，舉人經會試及格者的名稱。71斥革衣衿　斥革，取消。衣衿，秀才資格。72自往　來路去處。73垂死　接近死亡。74彷彿　大體情況。75命駕　使人駕車馬外出。76陰霾　渾濁的空氣。77辨復　向官府申訴，恢復原有稱號或職務。78秋捷　秋天參加舉人的考試被錄取。79舉　中選；考取。80位　牌位。81直指　朝廷派往各地巡查處理政事的官員。82款　條款。83籍　登記家產，予以沒收。84時有中表句　中表，這裡指表兄弟。司理，州府主管司法的官員。85自劾　向上級自我揭發錯誤，請求免職。86積則招妬　積，積聚。妬，妒忌。87好愛好。88祖龍之虐　祖龍，秦始皇。虐，暴虐。此指焚書坑儒。

【語　譯】彭城縣書生郎玉柱，他的先人官至知府，是位清廉官員，得到薪金不用來經營生產，卻拚命買書，積書滿屋；傳到玉柱，購書更加入迷，因為貧苦，家中的東西沒有不賣的，只是對他父親的藏書，一卷也不肯賣掉。他父親在世時，寫過〈勸學篇〉，玉柱把它貼在座旁，天天誦讀；又在它前面蒙一幅白紗，只怕磨滅字跡。他這樣做，不是為了將來做官，而是確實相信書中真有「黃金屋」和「千鍾粟」。他夜以繼日地誦讀，不論嚴寒酷暑。這時，他已有二十多歲，還不想結婚，一心盼望書中出來美女。見到親戚朋友，他不會寒暄，應付三兩句話以後，又高聲朗誦，客人因此很快離開。每次學政來舉行考試，他都能考得第一名，而考舉人卻是落榜。一天，他正在念書，忽然刮起大風把書捲跑了；他連忙追去，一隻腳陷到地洞裡；向洞中探望，裡頭有爛草；發掘它，原來是古人貯藏糧食的土坑，糧食已腐朽不可食用，他卻因此更信「千鍾」一說沒錯，讀書更加勤奮了。一天，他搬來梯子，爬近高架，在排列混亂的書卷中找得一輛金色輦車，長一尺左右，為此十分高興，認為書裡講的「黃金屋」也應驗了。可是拿給別人看後都說那金色是鍍上去的，他就私下埋怨古人騙他。

不久，玉柱父親有個同年做了彭城道的觀察，他崇信佛教。有人勸說玉柱把鍍金車給觀察，做佛龕使用。觀察一看十分高興，贈玉柱三百兩銀子、兩匹馬。郎玉柱又樂了，認為金屋和車馬都已應驗，因而讀書更加刻苦。可是他已有三十多歲了，有人勸他結婚，他說：「『書中自有顏如玉』，我何必憂慮沒有美女來做我的妻子呢？」又讀了兩三年，一直不見效，人們都嘲笑他。這時民間有謠言，說天上的織女私自逃亡，於是有人跟玉柱開玩笑，說：「織女偷跑，大概是為了你吧。」玉柱知道他是說笑話，不加辯解。

一天晚上，玉柱讀《漢書》，讀近第八卷半卷時，見一個用輕紗剪成的美女夾在書中，心內驚訝，說：「所謂書中有顏如玉，莫非以這個應驗麼？」他心中大失所望，然而再注目仔細看，這美女眉眼生動；背面寫有小字：「織女。」又很感奇怪。就每天把她放在書卷裡玩賞，玩得廢寢忘食。一天，正目不轉睛地看，沒想到那美女一折腰坐起來，向郎玉柱微笑。玉柱驚異非常，以致在桌下跪倒；美女又站起來，足有尺多高，玉柱更加驚訝，趕緊磕頭；她從桌子上跳下來了，像一位身材苗條的絕代美人。玉柱向她一面行禮一面問道：「請問你是哪位神靈下凡？」美人含笑而語：「我姓顏，字如玉。你本來早就了解，每天那樣看我，如果我不來一趟，恐怕千年以後，就再也沒有相信古人的了。」玉柱歡喜，於是和她同居，枕席上親愛到極點，卻不曉得交合。每逢讀書，玉柱便要求如玉坐在他身邊。如玉勸他放棄讀書，他不聽話，如玉說：「你沒有能一步步高升，原因只在太好讀書。試看那考中舉人和進士的人，像你這樣讀書的有幾個呢？要是再不聽勸，我就要走了。」玉柱暫時放下書，可是一會兒就把勸告忘得一乾二淨，又誦讀起來。讀了片刻，尋找如玉，不知道哪裡去了。他嚇得魂飛魄散，不住聲地禱告，還是不見蹤影；忽然回想到如玉過去那藏身之處，拿來《漢書》細細查尋，直到原來的段落，果然找到她。喊她，她不動彈，便跪下哭哭啼啼地禱告，如玉這才下來，說：「你要是再不聽勸，就只有和你斷絕關係了！」於是讓玉柱備辦棋盤和賭博的用具，每天遊戲。不過，玉柱很不專心一意，見如玉不在身旁便偷著翻書，怕被如玉發現，暗中把《漢書》第八卷，與其他東西混放別處，使如玉分辨不清。一天，他又偷著閱讀，因為興致太高，如玉進來，他竟沒有發覺；忽然看見她，連忙把書捂起來但如玉已經消失了。他很害怕，費盡氣力從其他各卷尋找，依舊渺無蹤跡。後來，他又從《漢書》第八卷中找到，頁數沒有錯，就再次跪拜禱告，發誓再也不讀書。如玉這才又下來，同他下棋，說：「限你三天，如果不能精通棋藝，我還要告辭。」到了第三天，玉柱忽然在一局棋中贏得兩個棋子，如玉歡喜，於是給玉柱一把絃琴，限他五天之內熟練地彈奏一支樂曲。玉柱手撥弄、目注視，顧不上其他，練了很長時間，運指一彈就恰合節奏，因而歡欣鼓舞。如玉同他每日飲酒賭博，玉柱漸漸熱中新生活，不再想讀書了。如玉又慫恿他外出結交友人，於是他豪爽風流的名氣驟然傳揚。如玉滿意，說：「你現在可以去參加科舉考試了。」

郎玉柱一天夜晚對如玉說：「男女同居就生兒女。現在，我和你好久，怎麼不生孩子呢？」如玉笑著說：「你每天讀書，我一再說沒好處，眼前連夫婦之道這一章都不懂，要知道那『枕席』二字上有工夫哩。」玉柱驚異，問：「有什麼功夫？」如玉只笑不回答，一會兒，暗中向他貼近，直逗得玉柱如癡似醉，高興到極點，說：「我沒想到夫妻間的快樂，有無法用言語表達的呢。」事後他見人就說，人們聽後沒有不捂著嘴笑的。如玉聽說他這麼做就責備他，玉柱說：「偷情私奔才不可以告訴外人，夫妻之間的歡樂人人有，有什麼可避諱的？」

八九個月以後，如玉果然生了一個男孩兒，便僱了一名老婦撫養他。一天，如玉對玉柱說：「我和你同居兩年，已經生育了兒子，咱們可以分別了。時間如果太久，怕給你引來災禍，那時後悔就晚了。」玉柱聽她這麼講，馬上哭起來，趴在桌子上，頭也不抬，說：「你就不掛念咱的娃娃嗎？」如玉也為此悲傷，停了很久才說：「一定要我留下來，必須把架上的書全部扔掉。」玉柱說：「書是你的故鄉，我的性命，你怎麼這樣說話？」如玉不再勉強他照做，說：「我也知道它是命中注定，不得不預先告訴你。」

以前，有些郎玉柱的親戚看見如玉，沒有不引起驚奇的，又未曾聽到玉柱和誰家訂婚，就都去問玉柱。玉柱不會說假話，只默不作聲。眾人就更加懷疑，到處傳說，傳到了縣令史某的耳裡。史縣令是福建人，年輕的進士，聽說以後大為震動，想看一看這女郎的美麗容顏，因此拘捕玉柱和如玉。如玉知道以後逃跑，不見蹤影。縣令氣得怒氣沖天，就逮捕郎玉柱，撤銷他的秀才資格，嚴刑拷問，一定要搞清女郎的來歷、去向。玉柱已被折磨得瀕臨死亡，卻始終不講。縣令刑逼婢女，略微知道些大致情況，認為女郎是妖怪；乘車親自到玉柱家，看見滿屋都是書籍，不易搜查，就全部焚燒，燒得庭院中濃煙經久不散，一片昏黑。

郎玉柱被釋放以後，到遠方找到他父親的學生，給寫一封信，交到縣衙，恢復了他的秀才資格。這一年參加了秋試，考中舉人；第二年又考中進士。他對史縣令恨入骨髓，便設立顏如玉的牌位，早晚對她祝禱，說：「你如果有靈，就該保佑我到福建做官。」後來，郎玉柱做官後果然被朝廷派往福建巡察；住了三個月，查得史某各條罪狀，把他家中一切全部沒收充公。有位表兄弟是當地的司理，強使玉柱娶一名史某愛妾，假託買來婢女，送進官府。玉柱處理完案件，當天向朝廷上表自我責備，請求免職，然後娶妾，一同返回彭城故里。

異史氏說：「普天下各種東西，超常的積聚，會招致嫉妒；迷戀就生魔障。書中美女的怪異，就是一味讀書帶來的魔障，這件事情近於離奇荒誕，去處理不是不可以，只是處理中像秦始皇般兇暴，不是太狠毒了嗎？史某私心嚴重，更該遭受怨恨的回報。啊！這有什麼值得驚怪呢！」

【研析】〈書癡〉是篇優秀的奇幻小說，通過郎玉柱癡迷讀書，不得其法，連正常人的普通生活也不能自理。物極必反，書中果然幻化出美女顏如玉。女以「矯枉過正」的方法，逼使郎玉柱學會一些讀書之外的現實的生活內容。又為贓官所害，逼走美女，焚燒藏書。後來他雖考取了功名，但已不熱中官場，「自劾，取妾而歸」，去過正常人的生活。

書籍是人類進步的階梯。人要多才博識，必須讀書。但讀書應當聯繫實際，若方法不當，也可能越讀越蠢。小說主人公郎生就是如此。他把其父抄寫的〈勸學篇〉當作人生圭臬，把「書中自有千鍾粟」、「書中自有黃金屋」、「書中自有顏如玉」作為信條，幻想都能兌現。平時，他終日死讀書，「見賓親，不知溫涼，三數語後則誦聲大作。客逡巡自去」。為了展示人物內在的靈魂，作者作了十分巧妙的構思。

大風把郎生的書吹跑，他追到後院，踏地陷足，挖出一些古人窖藏的糧食，已「朽敗成糞土」。這事與他讀書本無關，而郎生卻因此更信「千鍾粟」之說並不虛妄，讀書更加起勁。又一次，他從亂書堆裡翻出一個金製輦車，欣喜若狂，認為「書中自有黃金屋」也應驗了。他在這類偶發事情面前，不分真假，不辨是非，喪失了正常人的智能，即將成為癡呆廢人，正是死讀書的惡果。

如果僅寫這些，此文不過是篇諷刺小品，但作家巧妙構思匠心創造，把「書中自有顏如玉」由虛說幻化為現實，運用神來之筆描繪出一個動人的美女形象。由實入幻，幻實交錯，達到幻中求真的藝術效果，成為優秀的小說佳作。郎生癡迷書本，得一紗剪美人，「日置卷上，反復瞻玩」，紗人果然活起來，幻化為美女。郎生雖對美人十分歡愛，卻連夫婦「枕席」之事全然不懂，作者用誇張有趣的方法做了深刻的否定。郎生與顏女結合，要點不在男女戀情，顏女是以嚴師改變郎生，要求他戒絕讀書出門結友，限期要他學會下棋彈琴，並與他一起飲酒賭博，運用「矯枉過正」的手段否定他死讀書的人生道路。

竇氏

南三復，晉陽❶世家也。有別墅，去❷所居十里餘，每馳騎日一詣❸之。適遇雨，途中有小村，見一農人家，門內寬敞，因投止焉。近村人故皆威重❹南。少頃，主人出邀，跼蹐❺甚恭。入其舍，斗如。客既坐，主人始操篲❻，殷勤汜埽❼，既而潑蜜為茶。命之坐，始敢坐。問其姓名，自言：「廷章，姓竇。」未幾，進酒烹雛，給奉周至。有笄女❽行炙，時止戶外，稍稍露其半體，年十五六，端妙無比。南心動。雨歇既歸，繫念綦❾切。越日，具粟帛往酬，借此階進❿。是後常一過竇，時攜肴酒，相與留連⓫。

女漸稔⓬，不甚忌避，輒奔走其前。睨之，則低鬟微笑，南益惑焉，無三日不往者。一日，值竇不在，坐良久，女出應客。南捉臂狎之，女慚急，峻拒曰：「奴雖貧，要嫁，何貴倨凌人⑬也！」時南失偶⑭，便揖之曰：「倘獲憐眷⑮，定不他娶。」女要⑯誓，南指矢⑰天日，以堅永約，女乃允之。自此為始，瞰竇他出，即過繾綣⑱，女促之曰：「桑中之約⑲，不可長也。日在帡幪⑳之下，倘肯賜以姻好，父母必以為榮，當無不諧。宜速為計。」南諾之，轉念農家豈堪匹耦，姑假㉑其詞以因循㉒之。會媒來為議姻於大家㉓，初尚躊躇㉔，既聞貌美財豐，志遂決。女以體孕，催併益急，南遂絕跡不往。

無何，女臨蓐，產一男。父怒搒㉕女。女以情告，且言：「南要我矣。」竇乃釋女，使人問南，南立卻㉖不承。竇乃棄兒，益扑女。女暗哀鄰婦，告南以苦。南亦置之。女夜亡，視棄兒猶活，遂抱以奔南，款㉗關而告閽者㉘曰：「但得主人一言，我可不死。彼即不念我，寧不念兒耶？」閽人具以達南，南戒勿內㉙。女倚戶悲啼，五更始不復聞。質明㉚視之，女抱兒坐僵矣。竇忿，訟之上官，悉以南不義，欲罪南。南懼，以千金行賂得免。大家夢女披髮抱子而告曰：「必勿許負心郎，若許，我必殺之！」大家貪南富，卒許之。既親迎㉛，奩妝㉜豐盛，新人亦娟好。然善㉝悲，終日未嘗睹歡容；枕席之間，時復有涕洟。問之，亦不言。過數日，婦翁來，入門便淚，南未遑問故，相將㉞入室，見女而駭曰：「適於後園，見吾女縊死桃樹上；今房中誰也？」女聞言，色暴變，仆然而死。視之，則竇女。急至後園，新婦果自經死。駭極，往報竇。竇發女冢，棺啟屍亡。前忿未蠲㉟，倍益慘怒，復訟於官。官以其情幻，擬罪未決。南又厚餌竇，哀令休結；官亦受其賕囑㊱，乃罷。而南家自此稍替，又以異跡傳播，數年無敢字㊲者。

南不得已，遠於百里外聘曹進士㊳女。未及成禮，會民間訛傳，朝廷將選良家女充掖庭㊴，以故有女者，悉送歸夫家。一日，有嫗導一輿至，自稱曹家送女者，扶女入室，謂南曰：「選嬪之事已急，倉卒不能如禮，且送小娘子㊵來。」問：「何無客？」曰：「薄有奩妝，相從在後耳。」嫗草草徑去。南視女亦風致，遂與諧笑。女俯頸引帶，神情酷類竇女。心中作惡，第㊶未敢言。女登榻，引被障首而眠，亦謂是新人常態，弗為意；日斂昏㊷，曹人不至，始疑；捋㊸被問女，而女已奄然冰絕。驚怪莫知其故，馳伻㊹告曹，曹竟無送女之事。相傳為異。時有姚孝廉㊺女新葬，隔宿為盜所發，破材㊻失屍；聞其異，詣南所徵之，果其女。啟衾一視，四體裸然。姚怒，質狀㊼於官。官以南屢無行㊽，惡之，坐㊾發冢見屍，論死。

異史氏曰：「始亂之而終成之，非德也；況誓於初而絕於後乎！撻於室，聽之；哭於門，仍聽之：抑㊿何其忍！而所以報之者，亦比李十郎(51)慘矣！」

【注釋】❶晉陽　古代縣名，後為山西省太原府府治。明代前已廢去，舊址屬今山西太原。❷去　距離。❸詣　到。❹威重　權勢大。❺跼蹐　局促不安。❻操篲　持帚清掃。貴客來後清掃表示對他特別尊敬。古禮。❼氾

埽　此指「氾埽」。徧掃；廣為掃除。❽笄女　古禮，女子十五歲為成年，可以笄（簪）髮。❾綦　很。❿階進　進入的理由。⓫留連　不願離去。⓬稔　熟悉。⓭貴倨凌人　貴倨，尊貴傲慢。凌，欺侮。⓮偶　妻子；配偶。⓯憐眷　愛慕。⓰要　邀請。⓱矢　同「誓」。⓲繾綣　情意纏綿。⓳桑中之約　男女幽會。語源《詩經・鄘風・桑中》。⓴帡幪　帳幕。引申為庇護，統治。㉑姑假　姑，暫且。假，推託。㉒因循　拖延。㉓大家　高貴人家。㉔躊躇　猶豫不決，徘徊不進。㉕搒　笞擊，用棍棒或竹板打。㉖卻　推辭。㉗款　叩；敲。㉘閽者　守門人。㉙內　「納」的古字。㉚質明　天亮。㉛親迎　古婚禮六禮之一。新郎迎新娘回家行婚禮。㉜奩妝　嫁妝。㉝善　容易。㉞相將　共同；一起。㉟蠲　免除；消滅。㊱賕囑　賄賂囑託。㊲字　女子許嫁。㊳進士　科舉時代，舉人參加會試及格取得的稱號。㊴充掖庭　充，充實。掖庭，皇宮中嬪妃住處。㊵娘子　姑娘。㊶第　但是。㊷日斂昏　黃昏。㊸捋　用手抓住東西的某一部分，向別的部分移動壓取。㊹伻　使者；僕人。㊺孝廉　明清時舉人的別稱。㊻材　棺。㊼質狀　對證情狀。㊽無行　品行不正。㊾坐　判定罪名。㊿抑　又。51李十郎　唐傳奇〈霍小玉傳〉中李益，人稱李十郎，曾與霍小玉訂婚，背約另娶，小玉含恨而死，化厲鬼懲罰李。

【語　譯】南三復，是晉陽顯貴人家的子弟，有別墅，離家十多里路，他每天騎馬去一次。一次半路上下雨，走進小村子，見一所農家庭院，大門裡面寬敞，就走了進去。附近村莊的人都知道南家權大勢強。一會兒，主人出屋邀請，行動局促不安，非常恭敬。南三復走進屋，感覺房間像斗一般狹窄。主人等客人坐下以後，拿起掃帚，勤奮地灑掃；接著又沖蜂蜜代茶。讓客人坐，他才敢坐下；問他的姓名，只說：「名叫廷章，姓竇。」一會兒，拿來酒和炖鶵雞，侍奉得很周到。有個髮間飾簪的女郎送菜，時常停在屋門外，略微露出半邊身體，年約十五六歲，長得無比端莊美麗。南三復看見以後心動，雨停後回家，心裡非常想念。隔了一天，他備辦精米綢緞去表示感謝，實為借此機會進門。從此以後，他經常前往竇家，有時還攜帶酒菜，吃喝閒談，總是不忍離開。

女郎漸漸和南三復熟悉，不很注意禁忌迴避，常在他面前走來走去。南三復向她瞟眼，她低頭微笑，南三復越發著迷，就常到她家，隔不了三天一定前往。一天，正逢竇廷章不在家，他又去了，坐了好久，女郎出來照應客人。南三復一把抓住她的胳膊和她親昵，女郎羞慚焦急，嚴加抗拒，說：「我家雖然貧窮，但我早晚要嫁出去。你怎麼自恃尊貴，對人傲慢，仗勢欺人呢！」這時，南三復死了妻子，便向女郎作揖，說：「如果能得到你的喜愛，我一定不再娶妻。」女郎要他發誓，他就指著天起誓，堅決表示永不變心。女郎這才答應他。從此開始，南三復窺視到竇廷章不在家，就去和女郎情意纏綿。女郎催促他說：「私自幽會，不好常來常往。我家天天在你的庇護下過日子，你如果要和我成婚，我父親、母親必定認為光榮，不會不成功。應該趕快想辦法。」南三復應許，再一想，我怎麼能和農家女子成親呢，就隨意編造幾句假話拖延下去。恰巧有大戶人家派媒人來提親，起初，南三復還猶豫，等聽說這一家女郎長得漂亮，又是家大財主，就下決心拋棄竇家女郎。可是竇女因為已經懷孕，催促他成親，催得越來越急，南三復卻銷聲匿跡，再也不露面了。

不久之後，竇氏分娩，生了一個男孩兒。她父親為此怒氣沖天地毆打她，她才說出舊情，並且說：「南三復和我早有誓約。」竇廷章這才放過她。他派人去問南三復，南三復堅決推卸不承認。竇廷章就把這個嬰兒扔到村外，並且更加兇狠地打自己的女兒。竇氏暗地裡哀求鄰家婦人，去向南三復傾訴苦情，南三復也不加理睬。竇氏趁著夜間逃走，找到被拋棄野外的兒子，見他還活著，便抱起來去找南三復；敲叩他家的大門，並告訴守門人說：「只要有你主人的一句話，我就可以不死。他即使不可憐我，難道能不憐愛自己的兒子嗎？」守門人一一向南三復傳達，南三復卻吩咐無論如何不能讓她進來。竇氏倚靠門邊，不住聲地痛哭，直到黎明時才不再聽到她的哭聲。天亮了，開門一看，竇氏懷裡還抱著嬰兒，她自己卻已經坐著死去了。竇廷章憤怒至極，告向官府，官員都認為南三復不講道義，要判定他有罪。南三復因為害怕被定罪，拿出一千兩銀子行賄，才免予判罪。與南三復結親的大戶人家，夢見竇氏披散著亂髮，抱著嬰兒警告說：「一定不要把你女兒許配給背信棄義的壞男人，如果誰和他成婚，我一定殺死她！」可是大戶人家貪圖南三復錢財多，終究還是把女兒許配給他。

南三復到大戶人家迎娶新娘，女方準備了很多嫁妝，新娘子也長得清秀美麗，可是她動不動就哭，一天到晚，誰也看不到她歡笑的模樣；她睡覺的時候有時也哭；問她，她也不說話。過了幾天，新娘子的父親來到南三復家，一進家門就流下眼淚，南三復沒有來得及詢問他是什麼緣故，便一起走進閨房，父親看見女兒後大吃一驚，說：「剛才在後花園，看見我女兒吊死在桃樹上，現在屋裡這女子是誰呢？」這女子聽到後，臉色突然變得很難看，接著就倒在地上死去。靠近仔細辨認這女子竟是竇氏，急忙再進後花園查看，新娘子果然吊死在桃樹上。南家十分害怕，派人告訴竇家。竇廷章掘開女兒的墳墓，打開棺木一看，屍體竟然不見了。他以前的氣惱還沒有消散，這時就更加悲傷氣憤，於是再次向官府告狀。官府因為他說的情況虛幻，沒有決定如何定罪。這時，南三復向竇家送了很多錢財，苦苦哀求私了訟事；官員也接受他的賄賂囑託，官司就擱下了。不過，南家的家境從此已略有衰敗，他家的怪事四處傳揚，因此幾年下來誰家再也不敢把女兒許配給南三復。

南三復不得已，和遠在百里之外的曹進士的女兒訂親；還沒有來得及行婚禮，民間就訛傳朝廷要選良家女子充作宮中嬪妃，因此有女兒的人家，都把女兒送到丈夫家。一天，有老婦人帶領一頂轎子來到南家，自稱是為曹家送女兒的；她扶著女郎進屋，對南三復說：「朝廷選嬪緊急，倉猝之間不能依禮行事，暫且把姑娘送來。」南三復問：「怎麼沒來送女的貴客？」回答說：「先運來幾件嫁妝，娘家人都跟隨在後面。」老婦人便匆忙離開了。南三復端詳這女郎，也風姿美好，就和她嬉笑。不料女郎低下脖子，拴上一條繩索，神情非常像竇氏。南三復心中憎惡，沒有敢明說；女郎又上牀，拉開被子，蒙上頭睡起來，南三復也認為這是新娘子常有的行徑，沒有在乎。天色已經昏黑，曹家客人還沒有到，南三復開始懷疑，掀開被子問女郎，女郎已經冰冷命絕。他為此驚怪，不知道什麼原故，使僕人趕快到曹家報信，曹家卻沒有送女兒一事。這情況到處傳說，大家都認為出奇。當時有姚舉人的女兒死亡，埋葬後隔夜被人掘墓，姚家發現後打開棺材，不見屍體，便根據那曹家送女的傳說到南家驗證，牀上果然是姚舉人的女兒；掀開被子看，身體裸露。姚舉人大怒，到官府與南三復對質情狀。官府因為南三復多次品行不端很討厭他，就判定發掘他人墳墓接觸屍體的罪名，處他死刑。

異史氏說：「起初私合，最後結親，尚不算合乎道德的行為，何況立誓在前卻背約在後呢！對方在家挨打，聽任不管；在自己門外痛哭，還不聞不問，又是多麼殘忍啊！可是給他的報應，也比給李十郎的厲害！」

【研　析】〈竇氏〉是篇具有異幻色彩的傳奇小說，描寫了劣紳南三復依仗權勢財力，欺騙玩弄貧窮民女竇氏，繼而拋棄殘害致死。其父「訟之上官」，南三復重金賄賂官府得免懲罰。竇氏死後，冤魂自行報仇雪恨，終於使南三復坐罪論死，表現了廣大民眾痛恨惡霸殘害善良的黑暗世道，追求公平正義的願望。

南三復對竇氏的薄倖行為，一開始就具有壓迫欺詐平民百姓的性質。他每天去十餘里外的「別墅」享樂，一次途經小村，為避雨闖進一百姓家。「近村人故皆威重南」，貧窮農民竇翁對不速之客敬若上賓：「跼蹐甚恭」，請進斗舍坐，「殷勤氾掃」，「潑蜜為茶」。老翁在自己家裡，卻要待南「命之坐，始敢坐」。接著「進酒烹雛，給奉周至」。只用二百餘字，就把一個劣紳到老實平民家中作威作福的真實圖景描繪出來。南三復看到老翁女兒「端妙無比」，立生歹意，就「無三日不往者」。趁老翁外出，他乘機軟硬兼施誘迫竇女與之成歡。身分地位的巨大差別，二人不可能有平等相愛的可能。竇氏懇求南三復說：「桑中之約，不可長也。日在帡幪之下，倘肯賜以姻好，父母必以為榮，當無不諧。宜速為計。」南三復卻「姑假其詞以因循之」。這樣，竇氏的悲劇就成為鐵定的了。

竇氏死後，老翁告狀失敗，冤魂出現了。在這裡，鬼魂出現並非迷信，而是人民的心願和理想的反射。因為竇氏變成了鬼，才能看透南三復的本質，才能冷靜對待負心人。她自己也才能變軟弱為剛毅，變幼稚為深沉，才能有辦法對付暗無天日的現實。竇氏冤魂兩次以女屍陳於南家而經官，第一次敗訴，第二次終於把惡人「坐發冢見屍，論死」。竇氏實現了報仇雪恨的願望。

但是，為什麼第二次陳屍經官能達到目的呢？原來這次的女屍是姚孝廉之女，形成舉人對富豪，勢均力敵。南三復的坐罪，並不全是因發冢見屍，而是使貴家女「四體裸然」。這又給封建吏治一次嘲諷。竇氏這一藝術形象也在蹉跌中成熟，豐滿，最終站立起來。

道士

韓生，世家也，好客，同村徐氏常飲於其座。會宴集，有道士托鉢❶門外。家人❷投錢及粟，皆不受，亦不去。家人怒歸不顧❸。韓聞擊剝之聲甚久，詢之，家人以情告。言未已道士竟入。韓招之坐，道士向主客皆一舉手，即坐。略致研詰，始知其初居村東破廟中。韓曰：「何日棲鶴❹東觀❺，竟不聞知，殊缺地主❻之禮。」答曰：「野人❼新至，無交遊。聞居士揮霍❽，深願求飲焉。」韓命舉觴，道士能豪飲。徐見其衣服垢敝，頗淹蹇❾，不甚為禮；韓亦海客❿遇之。道士傾飲二十餘杯，乃辭而去。自是每宴會，道士輒至，遇食則食，遇飲則飲，韓亦稍厭其頻。飲次，徐嘲之曰：「道長日為客，寧不一作主⓫？」道士笑曰：「道人與居士等，惟雙肩承一喙耳。」徐慚，不能對。道士曰：「雖然，道人懷誠久矣，會當⑫竭力作杯水之酬。」飲畢囑曰：「翌午幸賜光寵⑬。」

次日，相邀同往，疑其不設；行去，道士已候於途；且語且步，已至寺外。入門則院落一新，連閣雲蔓，大奇之，曰：「久不至此，創建何時？」道士答：「竣工未久。」比⑭入其室，陳設華麗，世家所無。二人肅然起敬。甫坐，行酒下食，皆二八狡童⑮，錦衣珠履⑯。酒饌芳美，備極豐渥。飯已，另有小進⑰：珍果多不可名，貯以水晶玉石之器，光照几榻；酌以玻璃琖，圍尺許。道士曰：「喚石家姊妹來。」僮去少時，二美人入。一細長，如弱柳；一身短，齒最稚⑱；媚曼⑲雙絕。道士使歌以侑⑳酒，少者拍板而歌，長者和以洞簫，其聲清細。既闋㉑，道士懸爵促釂㉒，又命遍酌，顧問：「美人久不舞，尚能之否？」遂有僮僕展氍毹㉓於筵下。兩女對舞，衣長亂拂，香塵四散；舞罷，斜倚畫屏。

二人心曠神飛，不覺醺醉。道士亦不顧客，舉杯飲盡，起謂客曰：

「姑煩自酌，我稍憩即復來。」即去。屋南壁下，設一螺鈿㉔之牀，女子為施錦裀㉕，扶道士臥。道士乃曳長者共枕，命少者立牀下為之爬搔。二人睹此狀，頗不平，徐乃大呼：「道士不得無禮！」往將撓之。道士急起而遁。見少女猶立牀下，乘醉拉向北榻，公然擁臥。視牀上美人，尚眠繡榻，顧韓曰：「君何太迂㉖？」韓乃逕登南牀，欲與狎褻㉗，而美人睡去；撥之不轉，因抱與俱寢。天明，酒夢俱醒，覺懷中冷物冰人；視之，則抱長石臥青階下。急視徐，徐尚未醒；見其枕遺屙之石，酣寢敗廁中。蹴起，互相駭異。四顧則一庭荒草，兩間破屋而已。

【注　釋】❶托鉢　化緣。❷家人　僕人。❸顧　回頭看。❹棲鶴　道士居住。語出《神僧傳・寶誌》。❺觀　道教廟宇。❻地主　當地的居民。與外來人相對而言。❼野人　對自己謙稱。❽居士揮霍　居士，出家人對在家人的泛稱。揮霍，慷慨大方。❾淹蹇　傲慢。❿海客　走江湖的人。⓫主　指招待賓客的主人。⓬會當　該當。⓭光寵　光彩榮耀。⓮比　等到。⓯狡童　未成年的童僕。⓰珠履　飾有珍珠的鞋。⓱小進　進獻零食。⓲齒最稚　齒，年齡。最，很。稚，幼。⓳媚曼　嬌美溫柔。⓴侑　勸。㉑闋　樂曲結束。㉒促釂　敦促飲酒乾杯。㉓氍毹　毛毯。㉔螺鈿　漆器或雕鏤器物的表面，嵌上各種磨薄的螺殼做為裝飾。㉕裀　褥墊。㉖迂古板。㉗狎褻　不正當的親暱；淫亂。

【語　譯】韓生，出身於世代官宦人家，喜好結交和款待客人，他的同村人徐某經常在他家飲酒。一天，韓生正聚會宴飲，有道士在他門外化緣，僕人給他錢和小米，他一概不要，也不離開。僕人發怒進門，不再理睬他。韓生聽見有人敲門敲了好久，問僕人，僕人就稟告實情，話還沒有說完，道士竟走了進來。韓生招呼他屋裡坐，道士向韓生和他的客人舉手致敬，然後立即坐下。韓生問他幾句，才知道他初次來，住在村東破廟裡，又說：「你哪一天到的，我一直不知道，作為當地人，對你太不禮貌了。」道士回答說：「我這粗野的人新到，沒有朋友，聽說你慷慨大方，我很樂意來你家喝酒。」韓生讓他舉杯飲酒，道士便縱情地喝起來。徐某看道士穿的衣服又髒又破，對他很傲慢，不甚禮貌，韓生也只把道士當作闖江湖的人。道士喝了二十多杯，才告辭離去。從此以後，韓生每有宴會，道士一定趕來，見到吃的就吃，見到喝的就喝，韓生也感覺他來得頻繁，有些討厭。一次飲酒之間，徐某嘲弄道士說：「道長經常來作客，難道不請一次客嗎？」道士笑著說：「我同你一樣，只是兩個肩膀扛一張嘴巴。」徐某聽後羞慚，沒有話能答對。道士又說：「不過，我早有這個誠心，會盡力設一杯水酒相酬謝。」宴會結束，他囑咐說：「明天中午請諸位光臨。」

第二天，韓生和徐某一同前往，猜想道士不會設宴招待，走向村東，道士已在路上等待，一起邊說邊走，很快來到廟外。走進廟門，院中修建一新，殿閣聳立，接連不斷。韓生十分驚奇，說：「好久沒有來，這是什麼時候創建的？」道士說：「完工不久。」及至進屋，裡面陳設華麗，超過官宦人家，不由心中敬佩。兩人剛入座，就有人送菜斟酒，都是十六七歲的童僕，身穿錦繡，鞋飾珍珠。宴席上酒香飯美，極其豐盛，飯後還有零食。果品珍貴，其中有多種叫不出它們的名字。盛放食品的是水晶玉器，瑩潤明澈，光映几案、坐榻。美酒是從玻璃杯中舀出來的，杯口周長約有一尺。道士說：「喊石家姐妹來。」童僕出去不久，進來兩個美女，一個身裁細長，像弱不禁風的楊柳；一個個子矮，年齡很小，都溫柔漂亮無比。道士讓她們唱歌勸酒，小的拍板歌唱，大的吹簫伴奏，聲音清亮柔細。唱後，道士舉杯請一起乾杯，又命童僕斟酒，回頭問：「美女好久沒有舞了，還能舞一舞嗎？」童僕在筵下鋪上毛地氈，兩個女郎對舞，襟袖飄拂，香塵四散，舞後就斜倚在畫屏旁歇息。

韓生和徐某欣賞歌舞，直樂得心曠神飛，不由喝得沉醉。道士也不理會客人，舉杯飲完酒，站起來對客人說：「二位暫且自斟自飲，我休息一會兒就回來。」說後隨即離開。屋裡南牆下，安置一張飾有螺鈿的牀，女郎在上面鋪好織錦的褥子，扶道士躺下。道士就拉石家姐姐共枕而臥，讓她妹子來搔癢。韓生和徐某見道士這樣做，心裡很氣憤，徐某就大聲喊：「道士不要亂來！」前去阻撓，道士急忙逃走。徐某看小美女站在牀邊，趁著酒力把她拉到北牀，毫無顧忌地擁抱她躺下；再看牀上的美女，還睡在鋪蓋錦繡的牀上，就向韓生使眼色說：「你怎麼這樣古板？」韓生就徑直上了南牀，要同石家姐姐交歡，她卻睡著了；搬不動她，就也緊摟她睡去。天明了，韓生酒醒夢也醒了，感覺懷中有東西冰人，一看，原來自己抱一塊長石頭，躺在青石階下面；急忙看徐某，他還沒有醒，枕著一塊沾滿糞便的石頭，沉睡在早已被廢棄的廁所裡。韓生把他踢醒，互相驚怪，向四處一看：滿院荒草，兩間破屋罷了。

【研析】〈道士〉是篇志怪小說，通過描寫一位浪跡江湖的道人的狂放狷介行為和奇特奧妙幻術，揭露諷刺了世人勢利和虛偽的劣根性。

文章可分三段。首段，作者抓住人物之間和人物自身前後的矛盾作描寫。「衣服垢敝」的托鉢道人闖進「好客」的韓生家宴席，且飲且食，行為狂放狷介，無絲毫奴顏婢膝情態，同樣是趁食的同村食客徐氏看不慣，嘲之曰：「道長日為客，寧不一作主？」道士笑，反脣相識：「道人與居士等，惟雙肩承一喙耳。」揭露其勢利嘴臉。因為道士常來，「好客」的韓生「亦稍厭其頻」。可見他並非真好客，而是借賓客盈門博一雅名，實則是個偽君子。出乎他們意料，道士果真請他們到廟裡赴宴。

文之中段寫道士的幻術。韓徐二人如約到廟赴宴，進門發現：「院落一新，連閣雲蔓，大奇之。」入室所見「陳設華麗，世家所無。二人肅然起敬」。童役皆「錦衣珠履」，席間是「酒饌芳美，備極豐渥」。道士又喚來石家姐妹，二美「一細長，如弱柳；一身短，齒最稚；媚曼雙絕」，先「拍板而歌」，「和以洞簫」，「其聲清細」，後又「兩女對舞，衣長亂拂，香塵四散」，更加令人銷魂，韓徐二人對道人敬佩得五體投地。

末段將揭露諷刺的主旨推向頂點，給二人身上的劣根性以無情鞭撻。「二人心曠神飛，不覺醺醉」。道士去「屋南壁下」牀榻，「曳長者共枕，命少者立牀下為之爬搔」。二人見狀頗不平，徐大呼：「道士不得無禮！」走來阻止，道士逃走。徐「見少女猶立牀下，乘醉拉向北榻，公然擁臥」；見南牀上美人尚眠，就向韓說：「君何太迂？」韓「逕登南牀」，「抱與俱寢」，二人的醜陋靈魂和惡劣品質充分展示出來。「天明，酒夢俱醒」，韓「則抱長石臥青階下」，視徐，「見其枕遺屙之石，酣寢敗廟中」。二人起來，「互相駭異。四顧則一庭荒草，兩間破屋而已」。

這篇小說，對現實中那些趨炎附勢和沽名釣譽者，不也是一個很好的警告嗎？

商三官

故諸葛城❶，有商士禹者，士人也。以醉謔忤邑豪，豪嗾家奴亂捶之。舁歸而斃。禹二子：長曰臣，次曰禮；一女，曰三官，年十六，出閣❷有期，以父故不果❸。兩兄出訟，經歲不得結。婿家遣人參母，請從權畢姻事。母將許之，女進曰：「焉有父屍未寒而行吉禮，彼獨無父母乎？」婿家聞之，慚而止。

無何，兩兄訟不得直❹，負屈歸，舉家悲憤。兄弟謀留父屍，張再訟之本❺。三官曰：「人被殺而不理，時事可知矣。天將為汝兄弟專生一閻羅包老❻耶？骸骨暴露，於心何忍矣！」二兄服其言，乃葬父。葬已，三官夜遁，不知所往。母慚怍，唯恐婿家聞，不敢告族黨❼，但囑二子冥冥偵察之。幾半歲，杳不可尋。

會豪誕辰，招優❽為戲。優人孫淳攜二弟子往執役。其一王成，姿容平等，而音詞清徹，群贊賞焉；其一李玉，貌韶秀❾如好女。呼令歌，辭以不稔；強之，所度曲半雜兒女俚謠❿，合座為之鼓掌⓫。孫大慚，白⓬主人：「此子從學未久，祗解行觴⓭耳。幸勿罪責。」即命行酒。玉往來給奉，善覷主人意向。豪悅之，酒闌人散，留與同寢。玉代豪拂榻解履，殷勤周至；醉語狎之，但有展笑⓮。豪益惑之，盡遣諸僕去，獨留玉。玉俟諸僕出，闔扉下楗⓯焉。諸僕就別室飲，移時，聞聽事⓰中格格有聲。一僕往覘之，見室內冥黑，寂不聞聲；行將旋踵，忽有響聲甚厲，如懸重物而斷其索；亟問之，並無應者。呼眾排闥⓱入，則主人身首兩斷；玉自經死，繩絕，墮地上，梁間頸際，殘綆儼然。眾大駭，傳告內闥，群集莫解。

眾移玉屍於庭，覺其襪履虛若無足；解之，則素舄⓲如鉤，蓋女子也。益駭，呼孫淳研詰⓳之。淳駭極，不知所對，但云：「玉月前投作弟子，願從壽主人，實不知所自來。」以其服凶⑳，疑其商家刺客，暫以二人邏守之。女貌如玉，撫之，肢體溫軟，二人竊謀淫之。一人抱屍轉側，方將緩其結束，忽腦如物擊，口血暴注，頃刻已死。其一大驚，告眾，眾敬若神明焉。且以告郡㉑，郡官問臣及禮，並言：「不知。但妹亡㉒去，已半載矣。」俾往驗視，果三官。官奇之，判二兄領葬，敕豪家勿仇。

異史氏曰：「家有女豫讓㉓而不知，則兄之為丈夫㉔者可知矣。然三官之為人，即蕭蕭易水，亦將羞而不流㉕；況碌碌與世浮沉㉖者耶！願天下閨中人，買絲繡之，其功德當不減於奉壯繆㉗也。」

【注釋】❶諸葛城　今四川省涼山彝族自治州冕寧縣。❷出閣　出嫁。❸果　實現；辦理。❹直　申雪。❺張再訟之本　張本指作為事態發展的依據。❻閻羅包老　指宋代包拯。語出司馬光《涑水紀聞》。❼族黨　親友。❽優　戲曲藝人。❾韶秀　秀美。❿俚謠　民歌。⓫鼓掌　這裡指喝倒彩。⓬白　稟告說明。⓭行觴　依次斟酒。⓮展笑　展現笑容。⓯楗　門栓。⓰廳事　正房。⓱排闥　推開門。⓲舄　鞋。⓳研詰　細問。⓴凶　指喪服。㉑郡　明清兩代指府城，此特指清代四川省寧遠府西昌。㉒亡　逃。㉓豫讓　戰國晉卿智氏家臣，韓趙魏三國滅智氏後，豫讓以漆塗身，吞炭為啞，暗殺趙襄子。見《史記・刺客列傳》。㉔丈夫　有所作為的男子。㉕蕭蕭易水二句　易水象徵戰國時衛人荊軻。羞，指荊軻刺秦王未成被殺。㉖與世浮沉　隨波逐流。㉗壯繆　三國時關羽，為國捐軀，蜀後主景耀三年追封他為壯繆侯。

【語　譯】在古代曾名諸葛城的縣裡，有人名叫商士禹，是個讀書人，因酒醉開玩笑，冒犯了縣中某土豪。土豪唆使奴僕把他亂打一頓，他被抬回家就死了。他有兩個兒子，大兒名臣，二兒名禮；一個女兒名叫三官，十六歲，出嫁的日期已定，因為父親去世沒有操辦。她的兩個哥哥離家告狀，告了一年毫無結果。三官的女婿家派人來拜見她母親，要打破常規成婚。母親打算應許，三官提出意見，說：「哪裡有父親去世不久便行婚禮的，他們沒有父母麼？」女婿家知道以後心裡慚愧，婚事就擱下了。

事過不久，兩個哥哥因為得不到公正處理，含冤回家，全家悲痛憤慨。兄弟都想先不埋葬父屍，留作二次告狀的憑據。三官說：「人被殺而官府不加理睬，現在的政事可以想見，難道上天專為你哥兒倆再生一名包公麼？父親屍骨暴露在外，心裡怎麼忍受得了呢！」哥兒倆信服她的意見，就將父親安葬。葬後，三官在夜間逃跑，家裡都不曉得她去哪裡。母親心中慚愧，只怕女婿家知道，也不敢告訴親友，僅僅叮囑兩個兒子暗中探訪。尋找了差不多半年，杳無蹤跡。

恰巧土豪過生日，招藝人演唱，藝人孫淳帶領兩個徒弟伺候。其中一個是王成，容貌平常，而發音咬字清澈，大家讚賞。另一個是李玉，容貌清秀，有些像女子；喊他來唱，推辭說不熟悉；硬讓他唱，唱的曲子中半數混雜孩子們唱的歌調，滿座客人鼓掌喝倒彩。孫師傅很羞慚，稟告主人說：「這孩子來學唱不久，只懂得斟酒，希望不要責怪他。」於是讓李玉依次斟酒。李玉環繞筵席伺候，善於看主人的眼色行事。土豪喜歡他，等酒筵結束，客人散去，要留下他睡在一張牀上。李玉替土豪掃牀脫鞋，照顧得很周到；土豪說醉話，行動輕佻，他只是笑，土豪就越發迷戀他，把僕人都打發走，惟獨留下李玉。李玉等僕人走後，關上門，插下閂。僕人們在別的房間飲酒，一會兒聽見正房裡格格地響，有一個僕人去查看，屋裡黑洞洞的，無聲無息；正要轉身回去，忽然聽得強烈的響聲，像高懸的重物被砍斷繩索墜到地上；急忙詢問，沒有人回應；喊些人來，推開門進去，原來主人被砍下頭顱，身首異處；李玉自縊，因繩子斷絕而墜落在地上，梁頭上、脖子上都殘留著繩子。眾人很驚訝，傳告內院，眾人聚集來，都不知道其中原因。

眾人把李玉的屍體搬出來，放在院子裡，發現他的鞋襪空虛，好像沒有腳，脫下來一看，小腳白鞋，原來李玉是女子。眾人越發驚訝，喊來孫淳細加盤問。孫淳大吃一驚，不知道怎樣回答，只說：「李玉在一個月以前投奔我學藝，願意跟來拜壽，確實不知道她是從哪裡來的。」土豪家因為李玉穿著喪服，懷疑她是商家刺客，暫時派兩個人巡邏看守。李玉的容貌如花似玉，肢體尚溫軟，兩個看守打算姦淫她；一個人抱轉屍體，正要脫去她的衣服，忽然感覺當頭一棒，頓時口噴鮮血，立刻死亡；另一個暗自驚奇萬分，去告訴眾人，眾人把李玉看作神明，尊敬仰慕。天明之後，土豪家到府城告狀，府裡的官員詢問商臣、商禮，都說：「不知道這件事。只是妹子三官逃跑已經半年了。」使他們去查看，果然是三官。官員感到奇異，判決商家兄弟領屍埋葬，告誡土豪家不許仇視商家。

異史氏說：「家中有女豫讓卻不知道，哥哥是什麼樣的男子漢，由此可想而知了。可是三官的事跡，即使戰國時的壯士荊軻，見後也當自感羞愧，何況是平庸的隨波逐流的人呢！希望天下的女子，都買絲線繡幅商三官的肖像供奉，這是一種功業和德行的表現，它不次於供奉關帝老爺。」

【研析】〈商三官〉不是一般的傳奇小說，而是一首歌頌女性英烈的贊歌。故事寫士人商士禹被惡豪打死，兩個兒子臣與禮到官府告狀，「經歲不得結」，最終「訟不得直，負屈歸」。在求告無門的情況下，十六歲的小女兒商三官，為報父仇，伸張正義，女扮男裝，騙得惡豪信任，殺死惡豪並立即自殺，創造出驚天地泣鬼神的英勇悲壯的事跡，應當永遠為世人所景仰！

商三官的英烈事跡，是她性格中四個優點造成的：有眼光、有主見、有勇氣、有才幹。

有眼光。當她兩個哥哥告狀失敗回來，「謀留父屍，張再訟之本」，顯然對腐敗官府仍抱幻想。十六歲的少女商三官卻認清官府的本質和當時的黑暗世道，表示反對說：「人被殺而不理，時事可知矣。天將為汝兄弟專生一閻羅包老耶？骸骨暴露，於心何忍矣！」她已明白，要申冤報仇只有自家想辦法。

有主見。其一，她已經訂婚，「出閣有期」，因父亡，婿家「請從權畢姻事」。母將許，三官反對：「焉有父屍未寒而行吉禮，彼獨無父母乎？」令婿家慚愧而止。其二，她清楚地看到，為父報仇已是她的人生目標。因為實現計畫，不能指望哥哥和母親，只有靠自己。所以，父葬後她就獨自逃出家門去實施計畫。

有勇氣。俗話說：「無私才能無畏。」三官下定自我犧牲的決心，就再也沒有任何可怕的事情。她訂下完整的計畫：女扮男裝，化名李玉，拜師學藝，以藝人的身分接近惡豪，趁機報仇。她就獨立自主按部就班地行動起來。

有才幹。實施計畫沒有才幹是不能成功的，三官可謂才幹非凡。她在惡豪的誕辰宴會上，察顏觀色，膽大心細，曲意逢迎；又為惡豪「拂榻解履，殷勤周至」，甚至當惡豪「醉語狎之」，她也「但有展笑」，使惡豪「益惑之，盡遣諸僕去，獨留玉」，為報仇創造最有利的條件。所以，沒有多久，外面只聽到一點「格格有聲」，已經是「主人身首兩斷；玉自經死」，什麼事情都井井有條地完成了。

和三官相比，她的兩兄長有點窩囊廢，但在兩位兄長襯托下，商三官這一「壓倒鬚眉」的奇女子形象更加炫人眼目、光彩照人。

在寫作上，作者用虛實相間的手法，頗見匠心。父亡、兄告、婆家求完婚、葬不葬父等事，皆用實寫。但到關鍵的為父報仇情節上，卻用虛筆，只說「葬已，三官夜遁」，增加懸念，吊讀者胃口。在惡豪誕辰上，歌唱行酒等用實寫，殺敵報仇又自殺卻改為虛寫。這樣寫可避免情節枝蔓，又給讀者留下自由想像的餘地。

異史氏曰：「顧天下閨中人，買絲繡之，其功德當不減於奉壯繆也。」應予補充：男子更應勒石為銘永誌之。

嬌娜

孔生雪笠，聖裔❶也，為人蘊藉❷，工詩。有執友令天台❸，寄函招之。生往，令適卒，落拓❹不得歸，寓菩陀寺，傭為寺僧抄錄。寺西百餘步，有單先生第❺。先生故，公子以大訟蕭條，眷口寡，移而鄉居，宅遂曠焉。

一日，大雪崩騰，寂無行旅。偶過其門，一少年出，丰采甚都❻。見生，趨與為禮，略致慰問，即屈降臨❼，生愛悅之，慨然從入。屋宇都不甚廣，處處悉懸錦幕；壁上多古人書畫。案頭書一冊，籤云：「瑯嬛❽瑣記」。翻閱一過，俱目所未睹。生以居單第，意為第主，即亦不審官閥❾。少年細詰行蹤，意憐之，勸設帳授徒。生歎曰：「羈旅❿之人，誰作曹丘⓫者？」少年曰：「倘不以駑駘⓬見斥，願拜門牆⓭。」生喜，不敢當師，請為友，便問：「宅何久錮？」答曰：「此為單府，曩以公子鄉居，是以久曠。僕[14]皇甫氏，祖居陝，以家宅焚於野火，暫借安頓。」生始知非單。當晚談笑甚歡，即留共榻。

昧爽，即有僮子熾炭於室。少年先起入內，生尚擁被坐。僮入白：「太公來。」生驚起。一叟入，鬢髮皤然，向生殷謝曰：「先生不棄頑兒，遂肯賜教。小子[15]初學塗鴉[16]，勿以友故行輩[17]視之也。」已，乃進錦衣一襲，貂帽、襪、履各一事[18]，視生盥櫛[19]已，乃呼酒薦饌[20]，几榻、裙衣，不知何名，光彩射目。酒數行，叟興辭，曳杖而去。餐訖，公子呈課業——類皆古文詞，並無時藝[21]。問之，笑云：「僕不求進取[22]也。」抵暮，更酌曰：「今夕盡歡，明日便不許矣。」呼僮曰：「視太公寢未；已寢，可暗喚香奴來。」僮去，先以繡囊將琵琶至。少頃，一婢入，紅妝艷絕。公子命彈〈湘妃〉[23]。婢以牙撥[24]勾動，激揚哀烈，節拍不類夙聞。又命以巨觴行酒，三更始罷。次日，早起共讀。公子最惠，過目成咏，二三月後，命筆警絕。相約五日一飲，每飲必招香奴。一夕，酒酣氣熱，目注之。公子已會其意，曰：「此婢為老父所豢養㉕，兄曠邈無家，我夙夜代籌久矣。行當㉖為君謀一佳耦㉗。」生曰：「如果惠好，必如香奴者。」公子笑曰：「君誠少所見而多所怪者矣。以此為佳，君願亦易足也。」

居半載，生欲翱翔郊郭㉘，至門，則雙扉外扃。問之。公子曰：「家君恐交遊紛意念，故謝客耳。」生亦安之。時盛暑溽熱，移齋園亭。生胸間腫起如桃，一夜如盌，痛楚吟呻。公子朝夕省視，眠食都廢。又數日，創劇，益絕食飲。太公亦至，相對太息。公子曰：「兒前夜思先生清恙㉙，嬌娜妹子能療之。遣人於外祖母處呼令歸，何久不至？」俄僮入白㉚：「娜姑至，姨與松姑同來。」父子疾趨入內。少間，引妹來視生。年約十三四，嬌波流慧，細柳生姿。生望見顏色㉛，嚬呻頓忘，精神為之一爽。公子便言：「此兄良友，不啻胞也㉜，妹子好醫之。」女乃斂羞容，揄長袖，就榻診視。把握之間，覺芳氣勝蘭。女笑曰：「宜有是疾，心脈動㉝矣。然症雖危，可治；但膚塊已凝，非伐皮削肉不可。」乃脫臂上金釧安患處，徐徐按下之。創突起寸許，高出釧外，而根際餘腫，盡束在內，不似前如盌闊矣。乃一手啟羅衿，解佩刀——刃薄於紙，把釧握刃，輕輕附根而割。紫血流溢，沾染牀席。而貪近嬌姿，不惟不覺其苦，且恐速竣割事，偎傍不久。未幾，割斷腐肉，團團然如樹上削下之癭㉞；又呼水來，為洗割處。口吐紅丸如彈大，著肉上，按令旋轉：才一周，覺熱火蒸騰；再一周，習習作癢；三周已，遍體清涼，沁入骨髓。女收丸入咽，曰：「愈矣！」趨步出。

生躍起走謝，沉痼若失；而懸想容輝，苦不自已。自是廢卷癡坐，無復聊賴㉟。公子已窺之，曰：「弟為兄物色，得一佳偶。」問：「何人？」曰：「亦弟眷屬。」生凝思良久，但云：「勿須。」面壁吟曰：「曾經滄海難為水，除卻巫山不是雲㊱。」公子會其指，曰：「家君仰慕鴻才，常欲附為昏因[37]，但止一少妹，齒太穉。有姨女阿松，年十八矣，頗不粗陋。如不見信，松姊日涉園亭，伺前廂，可望見之。」生如其教。果見嬌娜偕麗人來：畫黛彎蛾[38]，蓮鉤蹴鳳[39]，與嬌娜相伯仲[40]也。生大悅，請公子作伐[41]。公子翼日自內出，賀曰：「諧矣。」乃除別院，為生成禮。是夕，鼓吹闐咽[42]，塵落漫飛[43]，以望中仙人，忽同衾幄，遂疑廣寒宮殿[44]未必在雲霄矣。合巹[45]之後，甚愜心懷。

一夕，公子謂生曰：「切磋[46]之惠，無日可以忘之。近單公子解訟歸，索宅甚急。意將棄此而西。勢難復聚，因而離緒縈懷。」生願從之而去。公子勸還鄉閭[47]，生難之。公子曰：「勿慮，可即送君行。」無何，太公引松娘至，以黃金百兩贈生。公子以左右手與生夫婦相把握，囑閉眸勿視。飄然履空，但覺耳際風鳴。久之曰：「至矣。」啟目果見故里。始知公子非人。喜扣家門。母出非望，又睹美婦，方共忻慰。及回顧，則公子逝矣。松娘事姑孝，艷色賢名，聲聞遐邇。後生舉進士[48]，授延安司李[49]，攜家之任。母以道遠不行。松娘舉一男，名小宦。生以忤直指[50]罷官，罣礙[51]不得歸。偶獵郊野，逢一美少年，跨驪駒，頻頻瞻顧。細視則皇甫公子也。攬轡停驂[52]，悲喜交至。邀生去，至一村，樹木濃昏，蔭翳天日。入其家，則金漚浮釘[53]，宛然世族[54]。問妹子則嫁；岳母已亡：深相感悼。經宿別去，偕妻同返。嬌娜亦至，抱生子掇提而弄曰：「姊姊亂吾種矣。」生拜謝曩德。笑曰：「姊夫貴矣。創口已合，未忘痛耶？」妹夫吳郎亦來謁拜，信宿[55]乃去。

一日，公子有憂色，謂生曰：「天降凶殃，能相救否？」生不知何事，但銳自任。公子趨出，招一家俱入，羅拜堂上。生大駭，亟問。公子曰：「余非人類，狐也。今有雷霆之劫。君肯以身赴難，一門可望生全；不然，請抱子而行，無相累。」生矢[56]共生死，乃使仗劍於門，囑曰：「雷霆轟擊，勿動也。」生如所教。果見陰雲晝暝，昏黑如磐[57]，回視舊居，無復閈閎[58]；惟見高冢巋然，巨穴無底。方錯愕間，霹靂一聲，擺簸山岳；急雨狂風，老樹為拔。生目眩耳聾，屹不少動。忽於繁煙黑絮之中，見一鬼物，利喙長爪，自穴攫一人出，隨煙直上。瞥睹衣履，念似嬌娜，乃急躍離地，以劍擊之，隨手墮落。忽而崩雷暴裂，生仆，遂斃。

少間晴霽，嬌娜已能自蘇[59]，見生死於旁，大哭曰：「孔郎為我而死，我何生矣！」松娘亦出，共舁生歸。嬌娜使松娘捧其首，兄以金簪撥其齒；自乃撮其頤，以舌度紅丸入，又接吻而呵之。紅丸隨氣入喉，格格作響。移時，醒然而蘇。見眷口滿前，恍如夢寤。於是一門團圞，驚定而喜。生以幽壙不可久居，議同旋里，滿堂交贊，惟嬌娜不樂。生請與吳郎俱，又慮翁媼不肯離幼子。終日議不果。忽吳家一小奴汗流氣促而至。驚致研詰，則吳郎家亦同日遭劫，一門俱沒。嬌娜頓足悲傷，涕不可止。共慰勸之，而同歸之計遂決。生入城勾當[60]數日，遂連夜趣裝[61]。既歸，以閑園寓公子，恒反關之；生及松娘至始發扃[62]，生與公子兄妹，棋酒談讌❻❸，若一家然。小宦長成，貌韶秀，有狐意。出遊都市，共知為狐兒也。

異史氏曰：「余於孔生，不羨其得豔妻，而羨其得膩友❻❹也。觀其容可以忘饑，聽其聲可以解頤❻❺。得此良友，時一談宴，則『色授魂與』❻❻，尤勝於『顛倒衣裳』❻❼矣。」

【注釋】❶聖裔　孔聖人的後代。聖，特指孔子。❷蘊藉　寬厚而有涵養。❸令天台　令，縣令。官名。天台，縣名。屬浙江省。❹落拓　窮困頹喪。❺第　大院。❻都　美好。❼降臨　光臨。到來的敬詞。❽瑯嬛　傳說中仙境名。❾官閥　家庭社會地位、官階。❿羈旅　寄居外地。⓫曹丘　曹丘生。漢曹丘生讚賞季布，季布因而享有盛名。故後人以曹丘生作為薦引、讚揚者的代稱。⓬駑駘　劣馬。喻才能低。⓭拜門牆　拜在老師門下。⓮僕　男子自稱的謙詞。⓯小子　學生。⓰塗鴉　形容字形醜陋。謙詞。⓱行輩　同輩。⓲事　件。⓳盥櫛　盥，洗臉。櫛，梳髮。⓴薦饌　送食品。㉑時藝　八股文。㉒進取　追求功名。㉓湘妃　即樂曲〈湘妃怨〉。㉔牙撥　象牙製彈奏弦樂器用具。㉕豢養　教養。㉖行當　將要。㉗佳耦　好配偶。㉘翱翔郊郭　翱翔，遊逛。郊郭，城郊。㉙清恙　對別人疾病的敬詞。㉚白　稟報。㉛顏色　姿色。㉜不啻胞也　不啻，如同。胞，同父母所生。㉝心脈動　心臟的脈象顯示波動。這裡又指動心。㉞癭　樹木上突起的贅瘤。㉟聊賴　依賴；寄託。㊱曾經滄海二句　語出唐元稹詩〈離思五首〉。喻無可代替。㊲昏因　同「婚姻」。㊳畫黛彎蛾　畫黛，古代婦女以黛畫眉，因以畫黛形容細眉。彎蛾，彎曲的蠶蛾觸鬚，喻婦女的眉毛。㊴蓮鉤蹴鳳　蓮鉤，弓鞋。蹴鳳，鞋面上繡有鳳凰。㊵相伯仲　不相上下。㊶作伐　說媒。語源《詩經．豳風．伐柯》：「伐柯如何，非斧不克；娶妻如何，非媒不得。」㊷鼓吹闐咽　鼓吹，泛指合奏樂曲。闐咽，喧鬧。㊸塵落漫飛　語源餘音繞梁。又陸機〈擬東城一何高〉詩：「一唱萬夫嘆，再唱梁塵飛。」漫飛，隨意飛舞。㊹廣寒宮殿　傳說月裡嫦娥居處。㊺合巹　行婚禮。㊻切磋　喻互相研究學習問題。㊼鄉閭　家鄉。㊽舉進士　考取進士。科舉時代，舉人經會試及格後稱進士。㊾延安司李　延安，府名。今陝西延安。司李，主管一府訴訟的官員。㊿直指　古代朝廷設置的主管巡視、處理各地政事的官員。㉛罣礙　受到案件的牽連。㉜騾　泛指馬或馬車。㉝金漚浮釘　大門板面上，所釘水泡狀銅釘。㉞世族　世代官宦的家族。㉟信宿　連住兩夜。㊱矢　同「誓」。㊲磐　大石頭。㊳閈閎　里巷中大門。㊴蘇　甦醒。㊵勾當　料理。㊶趣裝　急忙整理行裝。㊷扃　門戶。㊸談讌　邊宴飲邊敘談。㊹膩友　親密的友人。㊺解頤　笑。㊻色授魂與　指男女神交默會的情愛。語出司馬相如〈上林賦〉。㊼顛倒衣裳　代指男女狂愛。語出《詩經．齊風．東方未明》。

【語　譯】書生孔雪笠，是孔聖人的後代，為人寬厚而有涵養，善於作詩。他有個好朋友，在天台縣當縣令，寄信邀請他，他應邀前往，適逢縣令死亡，他窮困頹喪，沒有能力回家，寄住在菩陀寺裡，受僱替寺中和尚做抄寫工作。距寺西一百多步的地方，有單先生的大宅院，先生已經去世，公子因為打一場大官司，家業衰敗，眷屬少，遷移到鄉村居住，這宅院就荒廢了。

一天，大雪紛飛，路上冷清，行人斷絕。孔生偶然經過單家大院門口，從院裡出來一個少年，他的風度神采都很美，見到孔生，快步近前行禮，問候安好，接著邀請到他家作客。孔生喜愛他，爽快地跟隨他進去。院中房屋都不很寬大，屋裡四下懸有華美的帳幕，牆上掛著許多古人字畫；桌子上有一本書，書簽題：「瑯嬛瑣記」。他翻開書看一遍，都是沒有見過的。孔生因為少年住在這裡，認為他是房主，就也不問他家官階門第。少年細問他的經歷，心裡可憐他，勸他教書。孔生嘆氣，說：「我是寄居外地的人，有誰來推薦我呢？」少年說：「如果不因為我才能低劣而拒絕，願意拜你為師。」孔生高興地說不敢當，願意做朋友，就問：「這個宅院，為什麼長期封鎖？」回答說：「這是單府，從前因為單公子到鄉村居住，所以院子閒著。我姓皇甫，老家在陝西。因為家中房屋被野火焚燒，暫時借來居住。」孔生這才知道他不是單家人。這天晚上，他們又說又笑，很歡樂；孔生留下來，兩人同睡在一張牀上。

天剛發亮，就有個書僮進屋，撥旺炭火。少年先起牀，到裡院去了，孔生還擁著被子在牀上坐著。書僮走進屋說：「太公來到。」孔生吃驚，趕緊起來。一位老翁進屋，他頭髮雪白，向孔生深表謝意，說：「先生不嫌棄我這頑鈍的兒子，竟然樂意教導他。小子剛開始學寫字，不要因為友情，把他當同輩對待。」隨後就贈送華美的衣服一套，貂帽、襪、鞋各一件；見孔生梳洗完畢，就招呼送來酒飯。屋裡的桌几臥榻、圍裙裝飾，不知是叫什麼名字，光彩耀眼。飲過幾杯酒，老翁起身告辭，拄著手杖走了。飯後，皇甫公子向孔生呈送學習作業——都是古法文章，沒有八股文；問他，他笑著說：「我不求功名。」傍晚又喝酒，說：「今天晚上盡情歡樂，明天就不允許了。」他喊來書僮，說：「看看太公睡了沒有。如果已經睡下，可以暗中叫香奴來。」書僮去後，先把繡袋中的琵琶抱來；不久，一個婢女進屋，她一身紅妝，長得十分美麗。公子讓她彈〈湘妃怨〉，她捏起牙撥子，勾動四弦，音調激越昂揚，哀傷剛烈，節拍旋律和以往聽過的不同。公子又讓她用大酒器依次斟酒，喝到三更天才散。第二天早起，孔生和公子共同讀書。公子很聰明，看一遍就能背誦，兩三個月以後，文章寫得語言精練，含義深刻。兩人約定每五天飲酒一次，每次一定招呼香奴來。一天晚上，孔生喝得暢快，酒濃心熱，目不轉睛地看著香奴。公子領會他的心意，說：「這個婢女是我老父教養的，老兄離家遼遠，我日夜為你籌劃已經很久了。將要為你找個好配偶。」孔生說：「如果見愛，一定要像香奴的。」公子笑著說：「你真是少見多怪的人，認為她是美女，你的願望也容易滿足。」

孔生在皇甫家住了半年，想到城郊遊逛，走到大門，門扇已從外面鎖閉。去問公子，他說：「我父親恐怕交際會擾亂意念，所以謝絕客人。」孔生也習慣如此。這時正當盛夏，天氣濕熱，將書房搬進花園。孔生生了病，胸部腫塊如桃般大，過了一夜腫得像碗，痛苦呻吟。公子日夜看顧他，廢寢忘食；又過了幾天，病情更加嚴重，漸漸飯也吃不下了。太公也來探望孔生，和公子相對嘆息。公子說：「學生前夜考慮老師的病，嬌娜妹子能治療，派人到外祖母處喊她回家，怎麼去了好久還不回來？」一會兒，書僮進屋稟報：「娜姑姑來到啦。姨母和松姑同來。」父子趕緊走進內院。不久，公子帶領嬌娜來看孔生。她大約有十三四歲，眼如秋波，閃耀聰慧，腰似細柳，搖曳多姿。孔生望見她的容顏，立刻忘掉呻吟，精神忽然爽快。公子就對嬌娜說：「他是我的好朋友，和親弟兄沒有差別。妹子好好醫治。」嬌娜克制自己的羞澀，揮動長袖走到牀邊，診脈看病。把握手腕時，孔生醉心於嬌娜的香味，比蘭花還清香。嬌娜笑說：「怪不得生這個病，心脈動盪哩。不過症狀雖說危急，卻可以治好；只是皮下腫塊已成，非剝皮割肉不可。」於是脫下臂上金鐲，把它安在瘡上慢慢按下。瘡突起，高出鐲子一寸多，根部也全束在內，不似先前如碗般大了。接著嬌娜就一隻手掀羅襟，解下佩刀——刀刃薄得像紙。她左手按鐲，右手握刀，輕輕地緊靠瘡的根部切割。紫色瘡血流出來，沾染牀蓆。孔生貪圖接近嬌娜的嬌媚姿容，不僅不覺疼痛，反倒恐怕這手術迅速結束，和嬌娜偎傍的時間太短。一會兒，嬌娜割掉爛肉，它略呈圓形，很像樹上削下來的贅瘤；又喊人端來水，洗淨創口周圍，然後口中吐出一個紅色丸狀物，大如彈丸，放在皮膚上，按著它環繞創口旋轉。才轉一周，孔生感覺如熱火蒸烤；再一周，癢酥酥的；轉完三周，渾身清涼，滲透骨髓。嬌娜收起紅丸，放在嘴裡咽下去，說：「他的病好啦！」說罷就走了。

孔生跳下牀，追上前向嬌娜致謝。積久難治的病截然消失，可是想起她的容貌神采，卻是心裡老放不下，從此把書扔在一旁，只呆呆地坐著，百無聊賴。公子隨即看出來，說：「弟為兄找到一個好配偶。」問：「是哪一位？」說：「也是我的親屬。」孔生聚精會神地想了好久，只說：「不需要了。」接著臉朝向牆壁吟詩：「曾經滄海難為水，除卻巫山不是雲。」公子領會他的意思，說：「我父親仰慕你才能卓越，常想和你結親，但是我只有一個妹子，年齡太小。我姨母有個女兒，名叫阿松，已經十八歲，長相不算很粗野醜陋。你如果不相信，松姐姐每天來花園，你在前面廂房等候，準能看見她。」孔生照其所說，果然見一個美女和嬌娜一起走來。她畫黛彎蛾眉，小腳踩鳳履，姿色和嬌娜不相上下。孔生看後十分高興，請公子作媒。公子第二天從內院出來，祝賀孔生，說：「辦妥啦。」於是打掃另一庭院，為孔生舉行婚禮。這天傍晚，樂聲喧鬧，梁塵歡舞，想望中的仙女，忽然來同被共帳，他真懷疑廣寒宮未必高在雲霄，婚後心滿意足。

一天晚上，公子對孔生說：「在研討學問中，你給我的恩惠，我永記不忘。近來，單公子訟案了結，將要回來了，索要宅院急迫。我們家打算離開，遷向西方，勢必難得再次聚合，因此離情別緒縈繞心懷。」孔生願意跟隨前往，公子勸他回家，孔生為難，公子說：「不必擔心，可以立刻送你走。」一會兒，太公領松娘來，拿百兩黃金贈送孔生。公子用左右手緊握孔生夫婦的手，囑咐兩人閉上眼，不要睜開看。孔生接著便覺得兩腳飄在空中，耳邊風鳴呼呼。過了好久，公子說：「到了。」睜眼一看，果然是故鄉，這時他才知道公子不是人。他高興地敲開家門。母親看見他，喜出望外，又見到美貌的兒媳，一家人都無比愉快；回頭一看，公子早已無影無蹤了。松娘侍奉婆婆孝順，她的美好姿容和賢惠名聲，遠近知名。後來，孔生考取進士，朝廷任命他為延安府司李，攜帶家眷上任，母親因為路遠沒有去；松娘生了一個男孩兒，起名叫「小宦」。

孔生因為冒犯了巡按大人被罷官，又受到案件牽連，不能回到家鄉。他偶然去野外打獵，遇到一個俊美的少年，騎著黑馬，不斷地看他。他仔細一看，原來是皇甫公子。他勒韁駐馬，悲喜交集，公子邀請孔生回家，來到一個村莊，大樹稠密，濃蔭遮天，一片昏暗。孔生走到大門口，見門上布滿銅帽大釘，感覺很像世代官宦人家。他問及嬌娜，說已出嫁，又問及岳母，已經去世：共同深深感傷哀悼。住了一宿回去，又和松娘同來。嬌娜也回來了，抱起孔生的兒子逗他玩，說：「姐姐打亂我家的種了。」孔生向她作揖，感謝以往的大德，嬌娜笑著說：「姐夫顯貴了，傷口長好了，還沒有忘記疼痛嗎？」嬌娜的女婿吳郎也拜見孔生，他和嬌娜在這裡住了兩夜就回去了。

一天，皇甫公子愁眉苦臉，對孔生說：「老天要降災禍，能相拯救麼？」孔生不知道是什麼事，徑直急切表示全力承擔。公子快步走出去，把全家人都招呼來，在屋裡環繞孔生跪拜。孔生大驚，急忙詢問。公子說：「我們不屬於人類，是狐。現在面臨雷霆大劫，你如果肯投身相救，解除厄難，我全家的生命有望保全。不然，你就抱著兒子走吧，不要連累你。」孔生起誓和他們同生共死，公子就使他拿起劍，在門口等待，囑咐他說：「如果有雷霆轟擊，不要移動。」孔生按照他的意思行動，果然見陰雲驟合，白晝轉眼變得磐石般昏黑，回頭看故居，大門消失，只有一座高大的墳墓，墓穴寬大深邃，望不到底。他正萬分驚愕間，霹靂一聲，山岳搖晃，急雨狂風，老樹拔起。他被震得眼花耳聾，卻昂然挺立不動；忽然看見濃煙烏雲中有個鬼怪，尖嘴長爪，從穴中抓出一個人，隨煙上升；猛地瞅見這人的衣服鞋子，想到很像嬌娜，急忙跳起，劍擊鬼怪，那個人隨即落下來。突然炸雷爆裂，孔生被擊倒在地，終於喪命。

一會兒，天氣晴朗，嬌娜已自然甦醒，看見孔生死在她身旁，大哭不止，說：「孔郎為我而死，我怎麼活下去呢！」松娘也出來了，一同把孔生抬回去。嬌娜使松娘捧起孔生的頭，讓哥哥用金簪子撥他的牙齒，自己就按著他的下巴，用舌頭把紅色的丸子送進孔生口中，又接吻吹氣，丸子隨氣進喉，發出格格的響聲。不久，孔生復活，他看見家屬都在眼前，神情恍惚，像從夢中醒來。於是一家團圓，驚怕化為歡喜。孔生認為幽深的墓穴不可長期居住，商量一同回到故鄉，滿屋人都贊成，只有嬌娜不樂意。孔生要她和吳郎同往，又擔心他父母不肯離開年幼的兒子，商討了一天也沒定下來。忽然吳家一個小僕人汗流浹背、氣喘吁吁地跑來。驚訝地追問他，原來吳郎家也同時遭劫，全家都死了。嬌娜聽後悲痛得跺腳，不住聲地哭泣。大家一同安慰勸導她，全隨孔生回家的事就定下了。孔生進城料理事務，忙了好幾天，然後連夜整理行裝。到家以後，讓公子住進空閒的庭園裡；公子經常從門外上把鎖，孔生和松娘來才開門。孔生和公子兄妹下棋、飲酒，邊吃邊談，像是一家人。小宦長大了，容貌秀美，有狐狸的神情。他到城市裡去，大家都知道他是狐兒。

異史氏說：「我對於孔生，不羨慕他得到豔麗的妻子，而是羨慕他得到情投意合的女友。看見她的容貌，就會忘掉飢餓；聽到她的聲音，就會欣然歡笑。得到這樣的好朋友，能時常一面交談一面宴飲，神色傳情，默然會意，遠遠勝過夫妻之愛。」

【研　析】〈嬌娜〉寫的是人與狐仙之友情和結親的故事，但著重點不在寫愛情婚姻，而是讚頌孔生與嬌娜之間，互相愛慕、崇敬，並曾互相捨命去救對方，終於昇華為男女異性間純潔、真摯、深厚的友情。

孔生訪友未得，流落異鄉，遇狐仙皇甫公子，結為好友，並教其讀書。居半年，孔生瘡腫加身，越來越嚴重，疼痛難忍。公子請其妹來為孔生治瘡。這時嬌娜「年約十三四，嬌波流慧，細柳生姿」。孔生一見鍾情。但因她年齡幼小，公子就將「與嬌娜相伯仲」的美女，年十八歲的表姐阿松介紹給孔生，孔生大悅，並很快完婚。不久，公子家要還歸西方，勸孔生也回故鄉。公子送孔生金百兩，並駕雲將孔生與松娘送回老家。這樣，孔生與嬌娜好似再無瓜葛，但作者筆鋒一轉，情節又新生波瀾。孔生回家，松娘賢惠理家孝敬婆母。後來，孔生舉進士，「授延安司李，攜家之任」。松娘生子，名小宦。孔生偶獵，與公子相遇，兩家重新親密往來。皇甫一家遭大劫難，公子求孔生，孔生慨然應允。面對生死考驗，孔生拚卻性命救下嬌娜，嬌娜又以自我犧牲的精神救活孔生。最後兩家一起到孔生老家居住，共同過起安靜康樂的日子。

小說以嬌娜命名，但描寫她的文字並不多。文中以孔生的經歷為中心線索。怎樣塑造嬌娜這一藝術形象呢？主要是在特定環境，重點進行細節描寫展示人物性格。她給孔生治瘡時，還是天真的少女，經診視把脈發現孔生過分專注異性，就調笑他說：「宜有是疾，心脈動矣。」這次主要展示她純潔善良的品格和高超神妙的醫術。開始治療，嬌娜「脫臂上金釧安患處，徐徐按下之」，「解佩刀——刃薄於紙，把釧握刃，輕輕附根而割」；沖洗之後，嬌娜「口吐紅丸如彈大，著肉上，按令旋轉：才一周，覺熱火蒸騰；再一周，習習作癢；三周已，徧體清涼，沁入骨髓」。何以如此神奇？按小說家言：紅丸是狐仙多年修煉而得的功業心血的結晶，故法力無邊，又貴如生命，所以用完「女收丸入咽」。多年後，當孔生為救嬌娜被雷擊死，嬌娜醒來，大哭曰：「孔郎為我而死，我何生矣！」她「使松娘捧其首，兄以金簪撥其齒；自乃撮其頤，以舌度紅丸入，又接吻而呵之。紅丸隨氣入喉，格格作響。移時，醒然而蘇」。這是以自我犧牲的精神救活了孔生。嬌娜這一形象更加豐滿高大。她與孔生之間的深情至愛已超越男女私情，而昇華為真摯純潔的異性知己，成為一種更加普遍的美好人性。

作者能衝破封建禮教束縛，大膽讚美異性之間的真誠友情，是難能可貴的。

韋公子

韋公子，咸陽❶世家，放縱好淫，婢婦有色❷，無不私❸者。嘗載金數千，欲盡覽天下名妓，凡繁麗之區罔不至。其不甚好者，信宿❹即去；當意，則作百日留。叔某公亦名官，休致❺歸，聞其行，怒之，延明師，置別業❻，使與諸公子鍵戶讀。公子夜伺師寢，踰垣歸，遲明❼而返，以為常，一夜，失足折肱，師始知之。告公，公怒，不之惜，益施夏楚❽，俾不能起而後藥之。月餘漸愈，公與之約：能讀倍諸弟，文字佳，出勿禁；私逸者，撻如前。而公子最慧，讀常過程。如此數年，中鄉榜❾。欲自敗約，而公猶箝制之。赴都，以老僕從，授日記籍，使誌其言動，故數年無過行。後成進士❿，公乃稍弛其禁；而公子或將有作，惟恐公聞，入曲巷⓫中，輒託姓魏。

一日，過西安⑫，見優僮羅惠卿，年十六七，秀麗如好女，悅之。夜留繾綣⑬，贈貽豐隆。聞其新娶婦尤韻妙，益觸所好，私示意惠卿。惠卿無難色，至夜攜婦至，果少好，遂三人共一榻。留數日，眷愛臻至⑭。謀與俱歸，問其家口，答云：「母早喪，惟父存耳。某原非羅姓。母少服役於咸陽韋氏，賣至羅家，四月生余。倘得從公子去，亦可察其耗問。」公子驚問：「母何姓？」答：「姓呂。」駭極，汗下浹體，蓋其母即生家婢也。生無言。天明，厚贈之，勸令改業。偽託他適，約歸時召致之，遂別而去。

後令蘇州某邑，有樂妓沈韋娘，雅麗絕倫，心好之，潛留與狎，戲曰：「卿小字取『春風一曲杜韋娘⑮』耶？」答曰：「非也。妾母十七為名妓，有咸陽公子，與君侯⑯同姓，留三月，訂盟昏⑰娶。公子去，八月生妾，因名韋，實妾姓也。公子臨別時，贈黃金鴛鴦，今尚在。一去竟無音耗，妾母以是憤悒死。妾三歲，受撫於沈媪，故從其姓。」公子聞其言，愧恨無以自容，默移時，頓生一策，忽起挑燈，喚韋娘飲，藏有鴆毒⑱，暗置杯中。韋娘才下咽，潰亂呻嘶。眾集視，則已斃矣。呼優人至，付以屍，重賂之。而韋娘所與交好者盡勢家，聞之，不解其故，悉不平，共賄激優人，使訟於上官。公子懼，瀉橐彌縫⑲，卒以浮躁免官。

歸家，年三十八，頗悔前行。而妻妾五六人皆無子，欲繼公之孫；公以其門無內行⑳，恐習氣染兒，雖諾嗣之，但待其老而後歸之。公子憤欲往招惠卿，家人皆以為不可，乃罷。又數年，忽病，輒搗心曰：「淫婢宿妓者非人也！」公聞之，嘆曰：「是殆將死矣！」乃以次子之子送詣其家，使定省之。月餘尋卒。

異史氏曰：「盜婢私娼，其流弊殆不可問。然以己之骨血，而謂他人父，亦已羞矣；而鬼神又侮弄之，誘使自食便液。尚不自剖其心，自剄其首，而徒流汗投鴆，非人頭而畜鳴㉑者耶！雖然，風流公子所生子女，即在風塵㉒中亦皆擅場。」

【注 釋】❶咸陽 清代陝西省西安府咸陽縣，今陝西咸陽。❷色 指美麗。❸私 通奸。❹信宿 連宿兩夜。❺休致 官吏因年老離職。❻別業 本宅外另建的園林住宅。❼遲明 黎明。❽夏楚 用於體罰的兩種工具，泛指棍打。❾中鄉榜 參加鄉試及格，成為舉人。❿進士 舉人參加會試及格者。⓫曲巷 指妓院。⓬西安 指西安府府城。⓭繾綣 形容情意深厚，難以分離。⓮眷愛臻至 眷愛，親愛依戀。臻至，達到極點。⓯春風句 語出唐劉禹錫贈李紳〈歌妓〉詩。⓰君侯 對達官貴人的敬稱。⓱昏 古「婚」字。⓲鴆毒 鴆羽浸製的毒酒。鴆，古代傳說中的毒鳥。⓳彌縫 設法遮掩，蒙混過關。⓴內行 平日家居的操行。㉑人頭而畜鳴 人頭畜生。語見《史記‧秦始皇本紀》後附文。㉒風塵 賣淫或歌舞業。

【語 譯】韋公子出身於咸陽世代官宦人家，性格放蕩，特別好色，婢女僕婦，只要姿容稍美，沒有他不私通的。他曾經帶著好幾千兩銀子，要看遍天下著名妓女，凡是繁華的地方都去過。那妓女如果不很美，他住兩夜就離開；若稱心如意，就住許多天。他的叔父也是有名氣的官員，已經年老離職在家，聽說姪子的行為，很生氣；請來高明的老師，買了一處別墅，使他同別的公子一起關門讀書。到夜裡，韋公子等老師睡下就跳牆回家，到黎明時回來，經常這樣。一夜，韋公子不小心爬牆摔斷胳膊，老師這才知道；告訴韋公，韋公憤怒，毫不憐惜，反而拿棍子打他，直到他爬不起來之後才替他敷藥。過了一個多月，骨傷漸漸痊癒，韋公與公子約定：讀書能比弟弟們多一倍，寫的文章好，就不禁止他出去；如果私自逃跑，就與從前一樣挨打。可是韋公子很聰明，讀起來經常超過約定數量，他這麼讀了好幾年，參加陝西省鄉試，考取了舉人。想自行解除約定，韋公卻還是限制他。他去大城市，韋公派老僕人跟隨，交給他日記本子，使他記錄公子的言行，所以韋公子離家好幾年，一直沒有出軌的行為，後來他又考取進士，韋公對他的約束才稍有放鬆。然而韋公子還要生事，怕叔父知道，走進妓院，總是假託自己姓魏。

一天，韋公子路過西安，看見一個年輕的演唱藝人，名叫羅惠卿，年約十六七歲，容貌秀麗，像一個漂亮的女郎，心中喜愛，夜間留下他糾纏，戀戀不捨，贈送他許多財物。他聽說羅惠卿的妻子格外風雅美妙，更加觸動愛好，私下向惠卿示意。惠卿沒有表現為難，到夜間就把妻子領來。她果然年輕美貌，就三個人睡在一張牀上；留他夫妻好幾天，互相親暱到極點。韋公子想帶他們一起回家，問惠卿的家屬情況，回答說：「母親早死，只有父親還活著。我原先不姓羅，母親年輕時在咸陽韋家伺候人，被賣到羅家，過了四個月生下我。如果能隨公子去咸陽，也能打聽一下消息。」公子吃驚，問：「你母親姓什麼？」回答：「姓呂。」公子一聽，更驚得渾身是汗。原來惠卿的母親，是韋公子家的婢女。韋公子沒有再說下去。天明，厚贈惠卿，勸他改幹別的事；假託要到別處，約定回家時叫他來，說完就彼此分別了。

後來，韋公子在蘇州某縣做縣令，有個擅長歌舞的女藝人，她名叫沈韋娘，長得無比高雅美麗，縣令喜歡她，偷偷地把她留在府裡，跟她親暱，和她開玩笑說：「你的小字叫韋娘，它是不是來自『春風一曲杜韋娘』呢？」她回答說：「不是的。我母親十七歲時已是有名的妓女，那時有個來自咸陽的公子，和大人你同姓，他留在院裡三個月，和我母親訂了婚約。那公子走了之後八個月後我出生，因此起名叫『韋』，實際這個名字是父姓。韋公子臨別時，贈送我母親一件黃金鴛鴦，我現在還保存著。他走後一直沒有音信，我母親因此憤恨憂鬱而死。當時我才三歲，受沈老太太的撫養，所以隨她姓沈。」韋公子聽她這麼一說，心中十分慚愧，只恨一時沒有什麼地方可以躲進去。他沉默了一陣子，接著心生一計，忽然起來點上燈，喊韋娘喝酒，把所藏鴆毒，偷著倒進酒杯。韋娘喝了酒剛咽下去就神志昏亂，呻吟叫喊。眾人來看時，她已經死亡。韋公子派人喊來別的藝人，交付屍體，又給他很多錢。可是和韋娘有交情的，全是有權勢的人家，他們知道以後，由於死因不清，都憤憤不平，就共同賄賂這藝人，並且激惱他，使他向縣令的上司告狀。韋公子害怕，用盡所有的錢請人遮掩庇護，逃避罪責。結果以輕浮急躁為理由，解除了他縣令的官職。

韋公子回家，時年三十八歲，對自己以往的罪行稍有愧悔。他的五六個妻妾都沒有生下兒子，他為此想過繼韋公的孫子。韋公因為他家的操行不好，怕小孩子去後染上壞習氣，雖答應過繼給他，可是要等他年老才送到他家。韋公子生氣，要去把惠卿叫來，家裡的人都不贊成，就算了。又過了幾年，韋公子忽然生病，每每捶著胸前說：「私通婢女、住妓院的都不算人吶！」韋公聽見之後說：「他大概快死了！」就把他次子的小兒子送到公子家，使他侍奉公子。過了一個多月，韋公子就死了。

異史氏說：「偷著跟婢女私通、嫖娼，對這一相沿成習的社會弊病，不忍心再探討了。可是自己的親生兒子，始終喊別人『父親』，這已經是可恥的了，而鬼神又輕慢地戲弄他，誘使他自己吃自己的屎尿。他卻不自己剖開自己的心，割下自己的頭，而僅僅是流汗、下毒，這不是個人頭畜生麼！雖然如此，風流公子所生的兒女，在娼妓和歌舞娛樂圈子裡，也都技藝超群呢。」

【研　析】封建禮教的虛偽性在於：一方面對青年男女的真情至愛橫加干涉，甚至扼殺；另方面對官宦豪紳及其子弟殘害婦女、縱欲、亂倫的醜惡罪行容忍或默許。〈韋公子〉中的主人公就是封建禮教造就出來的後一方面的典型。作品通過對韋公子罪行的揭露描述，勾劃出這個禽獸不如的敗類的真實面目，並給以無情的鞭撻和批判。

韋公子，「咸陽世家，放縱好淫」，婢婦娼妓都是他洩欲的工具。他「嘗載金數千，欲盡覽天下名妓」，這成為他生活的目標。他路過西安，玩弄一個優僮羅惠卿，後知其妻風雅美妙，就厚贈財物，叫他帶妻同來，夜晚三人同牀縱欲盡歡。問羅家口，才知他是自己與女僕淫亂留下的私生子。他很吃驚，「汗下浹體」。第二天，多給一些錢，就到別處去了。過了一些年，韋公子做了蘇州某縣的縣令，遇到「樂妓沈韋娘，雅麗絕倫」，「潛留與狎」。問她「韋娘」名之起因，得知她原是自己與名妓淫亂留下的私生女，他又「愧恨無以自容」。但他「頓生一策」，以鴆酒將韋娘毒死，重賄優人。最後還是被人告發，他「瀉橐彌縫，卒以浮躁免官」。這又顯示了封建禮教的虛偽與吏治官場的腐敗。

這個故事，對極端自私、淫蕩無度者是深刻教訓。過度淫亂縱欲，已經不只是道德品性的問題，而是殘害婦女、奴役性奴隸的嚴重罪行，對這類人，應依法嚴厲制裁才對。

西湖主

陳生弼教，字明允，燕❶人也。家貧，從副將軍❷賈綰作記室❸。泊舟洞庭❹，適豬婆龍❺浮水面，賈射之，中背；有魚銜龍尾不去，並獲之，鎖置桅間。奄存氣息，而龍吻張翕，似求援拯。生惻然心動，請於賈而釋之；攜有金創藥❻，戲敷患處，縱之水中，浮沉逾刻而沒。

後年餘，生北歸，復經洞庭。大風覆舟，幸扳一竹簏❼，漂泊終夜，絓木而止。援岸方升，有浮屍繼至，則其僮僕。力引出之，已就斃矣。慘怛無聊，坐對憩息，但見小山聳翠，細柳搖青。行人絕少，無可問途，自遲明❽以及辰❾後，悵悵靡❿之。忽僮僕肢體微動，喜而捫之。無何，嘔水數斗，醒然頓蘇⓫。相與曝衣石上，近午始燥可著。而枵⓬腸轆轆，飢不可堪。於是越山疾行，冀有村落。才至半山，聞鳴鏑⓭聲。方疑聽所⑭，有二女郎乘駿馬來，騁如撒菽⑮。各以紅綃抹額⑯，髻插雉尾；著小袖紫衣，腰束綠錦；一挾彈，一臂青韝⑰。度過嶺頭，則數十騎⑱獵於榛莽，並皆姝麗，裝束若一。生不敢前。有男子步馳，似是馭卒，因就問之，答曰：「此西湖主獵首山也。」生述所來，且告之餒。馭卒解裹糧授之，囑云：「宜即遠避，犯駕⑲當死。」生懼，疾趨下山。

茂林中隱有殿閣，謂是蘭若⑳。近臨之，粉垣圍沓㉑，溪水橫流；朱門半啟，石橋通焉。攀扉一望，則臺榭環雲，擬於上苑㉒，又疑是貴家園亭。逡巡㉓而入，橫藤礙路，香花撲人。過數折曲欄，又是別一院宇，垂楊數十株，高拂朱簷。山鳥一鳴，則花片齊飛；深苑微風，則榆錢自落。怡目快心，殆非人世。穿過小亭，有鞦韆一架，上與雲齊；而罥㉔索沉沉，杳無人跡。因疑地近閨閣，恇怯㉕未敢深入。俄聞馬騰於門，似有女子笑語；生與僮潛伏叢花中。未幾，笑聲漸近，聞一女子曰：「今日獵興不佳，獲禽絕少。」又一女曰：「非是公主射得雁落，幾空勞僕馬也。」無何，紅裝數輩，擁一女郎至亭上坐：禿袖㉖戎裝，年可十四五。鬟多斂霧㉗，腰細驚風，玉蕊瓊英㉘，未足方喻㉙。諸女子獻茗熏香，燦如堆錦。移時，女起，歷階而下，一女曰：「公主鞍馬勞頓，尚能鞦韆否？」公主笑諾。遂有駕肩者，捉臂者，褰裙者，持履者，挽扶而上。公主舒皓腕，躡利屣㉚，輕如飛燕，蹴入雲霄。已而扶下。群曰：「公主真仙人也！」嘻笑而去。

生睨良久，神志飛揚。迨人聲既寂，出詣鞦韆下，徘徊凝想；見籬下有紅巾，知為群美所遺，喜內㉛袖中；登其亭，見案上設有文具，遂題巾曰：「雅戲何人擬半仙㉜？分明瓊女散金蓮㉝。廣寒㉞隊裡恐相妒，莫信凌波㉟上九天㊱。」題已，吟誦而出，復尋故徑，則重門扃錮矣。踟躕罔計，反而樓閣亭臺，涉歷幾盡。一女掩㊲入，驚問：「何得來此？」生揖之曰：「失路之人，幸能垂救。」女問：「拾得紅巾否？」生曰：「有之。然已玷染，如何？」因出之。女大驚曰：「汝死無所矣！此公主所常御[38]，塗鴉[39]若此，何能為地[40]？」生失色，哀求脫免。女曰：「竊窺宮儀[41]，罪已不赦。念汝儒冠[42]蘊藉，欲以私意相全；今孽乃自作，將何為計！」遂皇皇[43]持巾去。

生心悸肌慄，恨無翅翎，惟延頸俟死。迂久，女復來，潛賀曰：「子[44]有生望矣！公主看巾三四遍，輾然[45]無怒容，或當放君去。宜姑耐守，勿得攀樹鑽垣，發覺不宥[46]矣。」日已投暮[47]，凶祥不能自必[48]；而餓焰中燒，憂煎欲死。無何，女子挑燈至。一婢提壺榼[49]，出酒食餉[50]生。生急問消息，女云：「適我乘間言：『園中秀才，可恕則放之；不然，餓且死。』公主沉思云：『深夜教渠何之！』遂命饋[51]君食。此非惡耗也。」生徊徨終夜，危不自安。辰刻向盡，女子又餉之，生哀求緩頰[52]，女曰：「公主不言殺，亦不言放。我輩下人[53]，何敢屑屑瀆告[54]！」

既而斜日西轉，眺望方殷，女子坌息[55]急奔而入，曰：「殆矣！多言者洩其事於王妃。妃展巾抵地，大罵狂傖[56]，禍不遠矣！」生大驚，面如灰土，長跽請教。忽聞人語紛拏[57]，女搖手避去。數人持索，洶洶入戶。內一婢熟視曰：「將謂何人，陳郎耶？」遂止持索者，曰：「且勿且勿，待白王妃來。」返身急去。少間來曰：「王妃請陳郎入。」生戰惕從之。經數十門戶，至一宮殿，碧箔[58]銀鉤；即有美姬揭簾，唱：「陳郎至。」上一麗者，袍服炫冶[59]。生伏地稽首，曰：「萬里孤臣[60]，幸恕生命。」妃急起，自曳之曰：「我非君子無以有今日。婢輩無知，致迕佳客，罪何可贖！」即設華筵，酌以鏤杯。生茫然不解其故，妃曰：「再造之恩，恨無所報。息女[61]蒙題巾之愛，當是天緣，今夕即遣奉侍。」生意出非望，神惝恍[62]而無著[63]。

日方暮，一婢前白[64]：「公主已嚴妝[65]訖。」遂引生就帳。忽而笙管敖曹[66]，階上悉踐花罽[67]，門堂藩溷[68]處處皆籠燭。數十妖姬[69]扶公主交拜。麝蘭之氣，充溢殿庭。既而相將入幃，兩相傾愛。生曰：「羈旅[70]之臣，生平不省拜侍。點汙芳巾，得免斧鑕[71]，幸矣；反賜姻好，實非所望。」公主曰：「妾母，湖君[72]妃子，乃揚江王女。舊歲歸寧[73]，偶遊湖上，為流矢所中。蒙君脫免，又賜刀圭[74]之藥，一門戴佩，常不去心。郎勿以非類見疑。妾從龍君得長生訣，願與郎共之。」生乃悟為神人，因問：「婢子何以相識？」曰：「爾日，洞庭舟上曾有小魚銜尾，即此婢也。」又問：「既不見誅，何遲遲不賜縱脫？」笑曰：「實憐君才，但不自主。顛倒[75]終夜，他人不及知也。」生嘆曰：「卿，我鮑叔[76]也。饋食者誰？」曰：「阿念，亦妾腹心。」生曰：「何以報德？」笑曰：「侍君有日，徐圖塞責[77]未晚耳。」問：「大王何在？」曰：「從關聖征蚩尤[78]未歸。」居數日，生慮家中無耗，懸念綦[79]切，乃先以平安書遣僕歸。

家中聞洞庭舟覆，妻子縗絰[80]，已年餘矣，僕歸始知不死；而音問梗塞，終恐漂泊難返。又半載，生忽至，裘馬[81]甚都，囊中寶玉充盈。由此富有巨萬，聲色[82]豪奢，世家[83]所不能及。七八年間，生子五人。

日日宴集賓客，宮室飲饌之奉，窮極豐盛。或問所遇，言之無少諱。有童稚之交梁子俊者，宦遊南服[84]十餘年，歸過洞庭，見一畫舫[85]，雕檻朱窗，笙歌幽細，緩蕩煙波[86]，時有美人推窗憑眺。梁目注舫中，見一少年丈夫，科頭[87]疊股其上；傍有二八姝麗，挼莎交摩。念必楚襄[88]貴官，而騶從[89]殊少；凝眸審諦，則陳明允也，不覺憑欄酣叫。生聞呼罷棹[90]，出臨鷁首[91]，邀梁過舟。見殘肴滿案，酒霧[92]猶濃。生立命撤去。頃之，美婢三五進酒烹茗，山海珍錯[93]，目所未睹。梁驚曰：「十年不見，何富貴一至於此！」笑曰：「君小覷窮措大[94]不能發跡[95]耶？」問：「適共飲何人？」曰：「山荊[96]耳。」梁又異之，問：「攜家何往？」答：「將西渡。」梁欲再詰，生遽命歌以侑酒[97]。一言甫畢，旱雷[98]聒耳，肉竹[99]嘈雜，不復可聞言笑。梁見佳麗滿前，乘醉大言曰：「明允公，能令我真個銷魂[100]否？」生笑云：「足下醉矣！然有一美妾之貲，可贈故人。」遂命侍兒進明珠一顆，曰：「綠珠[101]不難購，明我非吝惜。」

乃趣別[102]曰：「小事忙迫，不及與故人久聚。」送梁歸舟，開纜逕去。梁歸，探諸其家，則生方與客飲，益疑。因問：「昨在洞庭，何歸之速？」答曰：「無之。」梁乃追述所見，一座盡駭。生笑曰：「君誤矣，僕豈有分身術耶？」眾異之，而究莫解其故。後八十一歲而終。迨殯，訝其棺輕；開之則空棺耳。

異史氏曰：「竹簏不沉，紅巾題句，此其中具有鬼神；而要[103]皆惻隱之一念所通也。迨宮室妻妾，一身而兩享其奉，則又不可解矣。昔有願嬌妻美妾，貴子賢孫，而兼長生不死者，僅得其半耳。豈仙人中亦有汾陽、季倫[104]耶！」

【注釋】❶燕　指周代諸侯國燕屬地，在今河北北部。❷副將軍　官名。即副總兵。明代遣將出征，設總兵、副總兵統領軍務。清代，省置提督，其下有總兵、副總兵。❸記室　官名。掌管文書。❹洞庭　湖名。居今湖南北部岳陽西。❺豬婆龍　即揚子鱷。❻金創藥　治療刀劍等創傷藥。❼簏　簍子。❽遲明　天將亮。❾辰　辰時，上午七時至九時。❿靡　沒有。⓫蘇　醒；復活。⓬枵　空虛。⓭鳴鏑　響箭。⓮所　時。⓯菽　豆子。⓰抹額　以巾束額。⓱鞲　同「韝」。皮製袖套。⓲騎　騎馬的人。⓳駕　帝王乘坐的車馬等。⓴蘭若　寺院。

梵語音譯。㉑杳　重疊。㉒上苑　皇家園林。㉓逡巡　小心謹慎貌。㉔罥　掛。㉕恇怯　畏縮害怕。㉖禿袖　短小的衣袖。㉗霧　喻女子鬢髮濃密。㉘玉蕊瓊英　玉蕊，指晶瑩的花苞。瓊英，豔麗的花朵。㉙方喻　比方。㉚利屣　頭小而尖的薄底花鞋。㉛內　納。㉜半仙　唐玄宗稱打鞦韆為半仙之戲。語出《開元天寶遺事》。㉝瓊女散金蓮　瓊女，美女。散金蓮，撒落金色蓮花。金蓮借指女子的小腳。㉞廣寒　月中宮殿名。㉟凌波　喻美女步態輕盈，如乘水波而行。㊱九天　天空最高處。㊲掩　突然。㊳御　用。㊴塗鴉　唐盧仝〈示添丁〉詩：「忽來案上翻墨汁，塗抹詩書如老鴉。」泛指塗抹汙染。㊵為地　為人說理講情。㊶宮儀　宮中風貌。㊷儒冠　指代文士。㊸皇皇　同「惶惶」。匆忙貌。㊹子　古代對男子的尊稱。㊺輾然　笑貌。㊻宥　寬恕。㊼投暮　傍晚。㊽自必　自以為必然；自料。㊾壺榼　泛指食具。㊿餉　送飯。(51)饋　送食物。(52)緩頰　替別人說好話。(53)下人　指僕人。(54)屑屑瀆告　屑屑，瑣瑣碎碎。瀆告，隨意胡亂說話。(55)坌息　喘粗氣。(56)狂傖　狂妄粗野。(57)紛挐　混雜。(58)箔　竹簾。(59)炫冶　豔麗。(60)孤臣　孤陋無知的臣子。(61)息女　親生女。(62)惝怳　心神不安貌。(63)著　底裡。(64)白　稟報。(65)嚴妝　梳妝整齊。(66)敖曹　聲音噪雜。(67)罽　毛氈。(68)藩溷　籬笆和廁所。(69)妖姬　美女。(70)羈旅　客居他鄉。(71)斧鑕　處以死刑。(72)湖君　湖神。(73)歸寧　回家探望父母。(74)刀圭　中藥量器名，借指藥物。(75)顛倒　翻來覆去。(76)鮑叔　鮑叔牙。春秋時代齊國人，深知管仲，向齊桓公推薦輔政。管仲說：「生我者父母，知我者鮑子也。」事見《史記．管晏列傳》。(77)塞責　應付差使。(78)關聖征蚩尤　三國時蜀關羽征討遠古傳說中的蚩尤。此為宋人神話傳說。(79)綦　很。(80)縗絰　用麻布麻帶做的喪服。(81)裘馬　輕裘肥馬。泛指生活豪華。(82)聲色　樂聲美色。泛指生活享受。(83)世家　世代官宦人家。(84)南服　南方。(85)舫　船。(86)煙波　水霧飄裊的水面。(87)科頭　不戴巾帽。(88)楚襄　指古楚國地，今湖南、湖北。(89)騶從　騎馬的侍從。泛指隨從。(90)罷棹　停船。(91)鷁首　船頭。(92)酒霧　酒的氣味。(93)珍錯　珍奇的食品。(94)措大　貧寒失意的讀書人。(95)發跡　成為顯貴。(96)山荊　對自己的妻子的謙稱。(97)侑酒　勸酒。(98)旱雷　晴天中雷鳴。(99)肉竹　肉，歌聲。竹，笙笛之類竹製管樂器。(100)銷魂　形容極歡樂。(101)綠珠　晉代巨富石崇的愛妾。借指身價高的美女。[102]趣別　突然辭別。[103]要　總歸。[104]汾陽季倫　汾陽，唐代郭子儀，被封為汾陽郡王，富貴長壽。季倫，石崇字季倫。

【語譯】書生陳弼教表字明允，住在河北北部，因為貧窮，跟隨副將軍賈綰掌管文書。他一次乘船，停在洞庭湖岸邊，偶然一隻豬婆龍浮出水面，賈綰向牠發箭，射中背部。這時有一條魚，口啣豬婆龍的尾巴不放鬆，賈綰就命人把牠們捉上船，鎖到船桅杆下面。豬婆龍氣息微弱，大嘴一開一合，好似請求援救。陳生心中不忍，求得賈綰許可把牠放開，還把帶來的金創藥拿出來，半開玩笑地為牠治療那傷口，然後把牠放進水裡。牠浮浮沉沉，一會兒就消失了。

過了一年多的時光，陳生返回北方，又經過洞庭湖。大風把船吹翻，他落水後有幸正好漂來一只竹簍，他手扳竹簍，隨水漂流了一夜，掛在一棵樹邊才停下來；爬上岸，正要向上走，水裡漂來一具屍體，原來是他的僮僕；用力把他拉上岸，已經淹死了。陳生心裡悲傷鬱悶，坐下來，面對屍體休息，只見小山聳立，一片青翠，細柳經風，搖搖擺擺。他不見行人，無處問路，從天亮到辰時已過，心裡很不如意，沒有地方可去。忽然僮僕的手腳動彈，陳生高興地撫摸他，一會兒，他嘔了一些水，很快就復活了；主僕一起脫下濕衣服放在石頭上曝曬，靠近中午時候方才曬乾穿上，可是肚子裡早已咕轆轆響，餓得難以忍受，於是越過小山快走，盼望前面有個村莊。他們才走到半山腰，就聽見飛箭的響聲；正在疑惑靜聽時，只見兩個女郎騎著駿馬跑來，蹄聲急促，像傾撒豆粒兒；每人額前紮紅紗巾，髮髻插錦雞翎，穿小袖紫衣，腰束綠綢；一個手握彈弓，一個臂蹲獵鷹。兩人爬過山嶺，見幾十個人騎著馬，在叢生的草木間打獵，都是美女，裝束相同。

陳生不敢再向前走，見一個男子徒步跋涉，像是駕馭車馬的人，就問他，回答說：「這是西湖主來首山打獵啊。」陳生告訴他自己的來歷，還說餓得難受。這個人就解開口袋，拿出乾糧送給他，囑咐說：「應當到遠處躲避，冒犯了公主會被打死的。」陳生害怕，趕快向山下跑。

山下有茂密的樹林，林中隱約建有殿閣，陳生以為是寺院，臨近一看，粉牆層層環繞，溪水牆外橫流，紅門半開，有石橋可以通過；扳門向裡面一望，臺榭間白雲繚繞，可以同皇家園林比美；就又懷疑這是貴官家的園亭。他小心謹慎地進去，路上藤蘿低垂，香花拂人；走過幾道曲折的欄杆，又是別一庭院，裡面有數十棵高大的垂柳，枝條輕拂朱紅的屋簷，那山鳥一叫，就花瓣齊飛；深院微風，便榆錢自落。景色悅目賞心，他懷疑這不是人間。穿過小亭子，有一架鞦韆，它高接雲霄，卻懸索低垂，沒有人的蹤跡。陳生就又懷疑這裡靠近閨房，心裡害怕，不敢再向前走；一會兒，聽見門口有群馬騰躍聲，又似有女子說笑，陳生就同僮僕藏在花叢裡。不久，笑聲越來越近，聽見一個女子說：「今天打獵，興致不好，打來的飛禽極少。」又一個女子說：「要不是公主射落一隻雁，幾乎人馬空跑一趟。」過了不久，好幾個美女扶持一個女郎，到亭子上坐下。這女郎小袖戎裝，約有十四五歲，髮髻烏黑像凝聚的一團霧，腰細得弱不禁風，連晶瑩如玉的豔麗花朵，也比不過她。一群女子來向她獻茶、熏香，服飾絢麗，如堆錦繡。女郎休息了一陣子，站起來走下臺階，一個女子說：「公主馬鞍上勞累，還能盪鞦韆嗎？」公主笑著表示願意，接著就有托肩膀的，架胳膊的，提衣裙的，掂鞋子的，把公主攙扶到橫板上。公主伸出潔白的手腕，抓緊繩索，小花鞋一蹬，身輕似燕，踏入雲霄。不久，扶她下來，眾女子都說：「公主真是仙人吶！」隨即嘻嘻哈哈，一道走了。

陳生偷看了好久，精神振奮，等人聲沉寂之後，他走出花叢，來到鞦韆下，邊徘徊邊回想，看見籬旁有一幅紅巾，知道是那群美女丟失的，心裡歡喜，把它掖到袖子裡；登上亭臺，見案子上放有文具，就取筆在紅巾上題詩，說：「雅戲何人擬半仙？分明瓊女散金蓮。廣寒隊裡恐相妒，莫信凌波上九天。」題後，念著詩句走下亭臺，再沿著來時的路徑回去，門早已上鎖。他猶豫了一陣子，想不出辦法，索性回身去遊覽，幾乎把樓臺亭閣全看了。一個女子突然來到，驚訝地問：「你怎麼到這裡來的？」陳生向她作揖說：「我是迷路的人，希望你能救助。」女子問：「拾到紅絲巾嗎？」陳生說：「拾到了。只是弄髒了，怎麼辦？」就拿出來。女子看後大驚，說：「你死無葬身之地了！這是公主常用的，塗抹得這樣子，別人怎能為你遮掩呢？」陳生嚇得臉色都變了，哀求脫身免禍，女子說：「你偷看宮廷中風貌，這罪已經夠不可寬恕的了，念你是個文雅書生，我想私下成全你；但你又抹髒紅巾，自作罪孽，該怎麼辦呢！」她接著就拿著紅巾急匆匆走了。

陳生嚇得心驚肉跳，恨自己沒長翅膀，只能伸著脖子等死。過了好久，那女子又來了，暗中祝賀他說：「你有活下去的希望了！公主把那紅巾看了三四遍，微微一笑，沒有生氣，或許能放你走。你就姑且耐心等待，不要爬樹鑽牆，不然，覺察之後就不饒你了。」天已傍晚，是吉是凶，陳生自己不能料定，還肚子餓火中燒，熬煎得受不了。不久，那女子挑著燈籠走來，還跟來一個婢女提來壺盒，取出酒飯給陳生吃。陳生急切地打聽消息，女子說：「剛才我找機會說：『園中秀才，可以饒恕就放他走。不然就快餓死了。』公生想了想，說：『深更半夜，教他到哪裡去！』就使人給你送飯。這信息不壞啊。」陳生整夜徘徊，憂懼不安。辰時將過，女子又來送飯，陳生哀求她代為講情，她說：「公主不說殺，也不說放，我們是婢僕，怎麼敢瑣瑣碎碎地隨便說話呢！」

不久，太陽西斜，陳生正急切地向遠處看，那女子口喘粗氣，急匆匆跑進來，說：「不好了！有多嘴的人，把這件事向王妃洩露，王妃攤開紅巾看了看，生氣扔在地下，大罵狂妄粗野，看來大禍不遠了！」陳生聽後大驚，臉色就像灰土，跪下向女子請救。忽然門外人聲喧嚷，女子聽見了，向陳生擺擺手便躲起來。這時有好幾個人手裡拿著繩子，架式兇猛地闖進門來。可是這裡面有一個婢女，向陳生看了又看，說：「以為是誰呢，這不是陳郎嗎？」就阻止拿繩子的人說：「千萬不要，千萬不要。等我去稟報王妃哩。」她轉過身子急忙跑去；一會兒，回來說：「王妃請陳郎到裡面去。」陳生戰戰兢兢地跟她走，路經幾十道門，來到一座宮殿，殿堂門掛綠簾，上垂銀鉤，立刻有美女掀開簾子，大聲說：「陳郎到。」堂上坐的美婦——王妃，袍服華麗。陳生跪伏地上向她磕頭，說：「我來自萬里之外，是一個孤陋無知的臣子，希望饒命。」王妃急忙起來，親自拉起陳生，說：「我如果不遇到你，便不可能有今天。婢女們無知無識，以致冒犯嘉賓，這一罪過怎樣才能贖免呢！」她立刻命人擺上豐盛的筵席，讓陳生用雕花嵌金的杯子飲酒。陳生感覺茫然，不明白她這樣做的原因，王妃說：「救命之恩，正恨沒有什麼報答。我的親生女兒，蒙你紅巾題詩，傾訴愛情，這一定是天定緣分，今天夜裡就使她侍奉你。」這樣的好事，遠遠超出陳生的奢望，他竟為此神志恍惚，不知如何是好。

剛到傍晚，一個婢女前來稟報，說：「公主已經梳妝整齊。」於是她引導陳生來到洞房，頓時管樂喧闐，臺階遍鋪花氈，滿院高掛紅燈。數十個美女扶著公主拜堂，麝蘭芬芳，充滿殿庭。不久，二人一起進入幃幕，互相親暱。陳生說：「我是客居外鄉的人，一向不曾拜見侍奉王妃，汙染了那麼美的紅巾，能罪免一死就很幸運了，卻又使我和你成親，我實在沒有想到。」公主說：「我娘是湖君的妃子，揚江王的女兒。去年她回揚江探親，偶爾在湖上遊覽，被亂飛的箭傷害，蒙你解救，免除大禍，又給塗藥療傷。我全家對你感恩戴德，永不忘懷。請你不要因為我們不屬人類而猜疑。我從龍君處得到長生的秘訣，願意和你共同享用。」陳生這才領悟她們是神仙，就問：「婢女怎麼認識我？」回答說：「那一天在洞庭湖船上，有一條小魚銜住龍尾的，就是她了。」又問：「你見到題詩的紅巾以後，既然不殺我，為什麼也遲遲不放我走呢？」公主笑著說：「我確實愛你的文才，但是自己不能作主。躺在牀上翻來覆去不能入睡，別人都不知道哩。」陳生讚嘆，說：「你是我像鮑叔牙一般的知心人呐。那個給我送飯的女郎是誰？」說：「她名叫阿念，也是我的親信。」陳生說：「怎樣報答她的恩德？」笑著回答：「她伺候你的時間還長，慢慢地想辦法，晚不了。」問：「你的父王在哪裡？」說：「跟從關聖帝君征討蚩尤，還沒有回來。」過了幾天，陳生憂慮家裡得不到他的音信，一定非常掛念，就先寫一封平安家信，讓僕人送回家。

家裡早已聽說陳生在洞庭湖翻船，他的妻子穿喪服已一年多了，僕人回家之後才知道陳生還活著；可是書信不通，到底怕他四處漂泊，難以回家。又過了半年，陳生忽然到家。他氣派豪華，行李袋裡裝滿寶玉。從此他成了百萬富翁，坐享樂聲美色，生活鋪張奢侈，世代官宦之家也比不上他；七八年間，他生了五個兒子；每天宴請賓客；樓臺的修建極盡華美，飲食的供應無比豐盛。有人問他交了什麼好運，他就追述遇難成祥的事，一點兒也不隱諱。他有個童年時代的朋友，名叫梁子俊，在南方做官十幾年了，回家時路過洞庭湖，看見一艘畫船。這船欄杆雕花，窗戶朱紅，裡面吹笙唱歌，樂聲幽婉清細，在煙波浩渺的水面上慢悠悠划行，還常有美女推開窗子憑欄遠望。

梁子俊注視畫船，發現裡面有一個年輕男子，沒有戴帽子，正翹起二郎腿坐著，身旁有一個十五六歲的美女為他按摩。梁子俊估計這一定是湖南或湖北省的貴官，可是隨從人員很少；再目不轉睛地細看，原來他是老友陳明允，不覺憑倚欄杆大聲喊他。陳生聽見喊聲使人停船，走到船頭，邀請梁子俊跨過船來。梁子俊見滿桌吃剩的菜餚，酒味很濃，陳生立即讓撤去。一會兒，有三五個美麗的婢女，送酒烹茶。梁子俊看那擺出的山珍海味，他從來沒有見過，驚訝地說：「十年不相見，你怎麼竟富貴到這般地步！」陳生笑著說：「你小看窮書生不能顯貴麼？」梁子俊問他：「剛才同你一起喝酒的是誰？」回答說：「那是我妻子。」梁子俊又覺奇怪，問：「攜家眷到哪裡去？」回答說：「到西邊去。」梁子俊想再問，陳生趕快使命奏樂歌唱勸酒。他話音剛落，只聽得似旱雷聒耳，歌聲嘹亮，管樂嘈雜，說笑的聲音再也聽不到了。梁子俊見美女擠滿身邊，趁著酒醉大聲說：「明允公，你能使我真的歡樂至極嗎？」陳生笑著說：「你喝醉啦！不過，我有買一個美妾的錢，可以贈送老朋友。」於是讓婢女送給他明珠一顆，說：「像綠珠那樣的愛妾不難買到，這表明我並不吝惜。」說罷就突然辭別，說：「我有件小事要急忙辦理，來不及和老友長時聚談。」陳生把梁子俊送回船上，解開纜繩徑直走了。梁子俊到家，去陳家探望，陳生卻正和客人在家喝酒，因此更加疑惑，就問他：「前些天還在洞庭湖，怎麼回來得這麼快？」陳生回答說：「我沒去洞庭啊。」梁子俊追述所見，滿座客人都很驚訝。陳生笑著說：「你搞錯啦，我哪裡會分身術呢？」大家都覺奇怪，到底不明白這是什麼緣故。後來，陳明允八十一歲時去世，及至出殯，棺木很輕，大家驚訝，開棺一看，原來是空的。

異史氏說：「遇竹簍才沒有沉沒，拾紅巾題詩傳情。這裡面有鬼差神使，而歸根結蒂，都由於他的惻隱之心感動了鬼神。至於廳堂妻妾，一個軀體兩處奉養，就又不可思議了。過去，有人希望得到嬌妻美妾、貴子賢孫，還追求長生不死，他僅僅得到一半。難道仙人中也有郭子儀和石崇那樣的人嗎！」

【研　析】〈西湖主〉是篇神話故事，故事寫陳弼教偶然一次放生行動，卻得到洞庭王妃加倍感恩施報，使他「一身而兩享其奉」：既享受神仙逸樂長生不老，又享受人間天倫之樂，子貴孫賢。這反映出古代文人追求富貴又盼成仙的心理願望和自由幻想。這篇小說成為佳作，主要是藝術上的精湛和優美。突出者有三點：情節曲折動人，心理刻劃細膩，人物環境描寫精美。

情節曲折動人。這篇小說構思精巧，預設伏筆，關節相扣，前後呼應。開頭寫陳生行舟洞庭湖，偶動惻隱之心，請求放生一條豬婆龍，而且「有金創藥，戲敷患處」；同時，「有魚銜龍尾不去」一起放生。這成為後面情節遽然轉折的關鍵，布下的草蛇灰線暗伏千里。一年多後，陳生在洞庭湖上遇難，沉水未死，誤入湖君園林，王妃命人抓他治罪，一婢女認出他是救王妃並賜刀圭之藥「戲敷患處」的陳生，即報王妃，才被招為駙馬，過上神仙的生活。而這認出他的婢女，正是「銜龍尾不去」的小魚。故事的曲折多變，跌宕起伏，呼應自然，嚴絲合縫，使情節更加入情入理，生動有趣，引人入勝。

心理刻劃細膩。把人物心理變化緊跟情節發展去刻劃，起到互為表裡的作用。陳生偷看公主盪鞦韆，拾紅巾並題詩。女婢來找交還，女曰：「竊窺宮儀，罪已不赦。念汝儒冠蘊藉，欲以私意相全；今孽乃自作（指塗鴉紅巾），將何為計！」「生心悸肌慄，恨無翅翎，惟延頸俟死。」心情十分緊張。過了好久，女婢又來，說：「子有生望矣！公主看巾三四遍，輾然無怒容，或當放君去。宜姑耐守，勿得攀樹鑽垣，發覺不宥矣。」心情略有好轉。晚上又有人送來酒食，生望更大。陳生「徊徨終夜，危不自安」。次日晨，女又送飯，生哀求，女曰：「公主不言殺，亦不言放。我輩下人，何敢屑屑瀆告！」夕陽西下，「眺望方殷」，女急來告，王妃見紅巾，「大罵狂傖，禍不遠矣」，「生大驚，面如灰土，長跽請教」。陳生心裡一時緊張恐懼達到極點。忽然，「數人持索，洶洶入戶」。可喜的是，「內一婢熟視」，認出他是救命恩人，一切全都改變。點評家馮鎮巒評：「一起一落，如蝴蝶穿花，蜻蜓點水，妙甚。」人物心理有張有弛，瀠洄起伏，活靈活現，更好地展示人物性格，激起讀者更強烈的閱讀興趣。

人物環境描寫精美。描繪人物，如寫公主：「禿袖戎裝」，「鬟多斂霧，腰細驚風，玉蕊瓊英，未足方喻」，活畫出一位豐姿照人神容慧美的青春少女形象；寫湖畔：「小山聳翠，細柳搖青」；寫園林：「橫藤礙路，香花撲人」，「山鳥一鳴，則花片齊飛；深苑微風，則榆錢自落」，人與自然，恬然親和。

罵鴨

邑❶西白家莊居民某，盜鄰鴨烹之。至夜，覺膚癢。天明視之，茸生鴨毛，觸之則痛。大懼，無術可醫。夜夢一人告之曰：「汝病乃天罰。須得失者罵，毛乃可落。」而鄰翁素雅量❷，生平失物，未嘗徵於聲色。某詭告翁曰：「鴨乃某甲所盜。彼深畏罵焉，罵之亦可警將來。」翁笑曰：「誰有閑氣罵惡人！」卒不罵。某益窘，因實告鄰翁。翁乃罵，其病良已。

異史氏曰：「甚矣，攘❸者之可懼也！一攘而鴨毛生。甚矣，罵者之宜戒也！一罵而盜罪減。然為善有術，彼鄰翁者，是以罵行其慈者也。」

【注釋】❶邑　指作者家鄉淄川縣。❷雅量　胸懷寬宏。❸攘　盜竊。

【語譯】淄川縣城西白家莊某人，偷了鄰家的鴨子，煮後吃肉。到了夜裡渾身發癢；天明後一看，長出細密的鴨毛，用手觸摸，皮膚疼痛。他非常害怕，沒有辦法治療。夜中夢見一個人告訴他：「你的病是上天給的懲罰，只有受到失主辱罵，那鴨毛才能脫落。」可是鄰家那老頭兒，向來胸懷寬廣，平素丟失了東西，沒有動過聲色。這個小偷欺騙老頭兒說：「你那隻鴨子是某甲偷去的，他很怕你罵他。你應該罵他，罵他也是警告他不要再偷嘛。」老頭兒笑著說：「誰有閒力氣罵壞人！」他到底沒有罵。這小偷很為難，就把實話告訴鄰家老頭兒。老頭兒這才罵，小偷的病很快就好了。

異史氏說：「厲害呀，當小偷太可怕了！一偷，就身上長鴨毛。厲害呀，好罵人的人應該引以為戒呢！一罵，對偷竊罪的報應就減輕了。可是做好事也要有本領，這位鄰家老頭兒，是用罵人行善呢。」

【研析】〈罵鴨〉雖短，卻是篇弘揚道德、勸人向善的優秀寓言。據蒲翁長子在〈祭父文〉中介紹，父親為了使《聊齋》如晨鐘暮鼓一樣，大醒村庸、市媪之迷夢，又演為通俗俚曲，以勸善懲惡。良苦用心，光照百世。

〈罵鴨〉筆調鋒利，語言幽默，具有濃郁的喜劇特色。對偷兒的懲罰別出心裁：「一攘而鴨毛生」，「膚癢」，「觸之則痛」，「無術可醫」。雖屬幻虛，但大快人心，妙趣橫生。這是懲罰也是教育。治療的方法也很奇特：「夜夢一人告之曰：『汝病乃天罰。須得失者罵，毛乃可落。』」偷兒狡猾詭黠，不想說實話，也證明不想悔改，用謊言勸鄰翁。「翁素雅量」，偏不罵。病痛逼迫偷兒就範：「因實告鄰翁。翁乃罵，其病良已。」但願「天罰」常常落在偷兒身上，使百姓得平安生活！

胡四娘

程孝思，劍南❶人，少惠能文，父母俱早喪。家赤貧❷，無衣食業❸，求傭為胡銀臺❹司筆札。胡公試使文，大悅之，曰：「此不長貧，可妻也。」銀臺有三子四女，皆褓中論親於大家；止❺有少女四娘，孽出❻，母早亡，笄年未字❼，遂贅程。或非笑❽之，以為惛耄❾之亂命❿，而公弗之顧也。除館⓫館生，供備豐隆。群公子鄙不與同食，婢僕咸揶揄⓬焉。生默默不較短長，研讀甚苦。眾從旁厭⓭譏之，程讀弗輟；群又以鳴鉦鍠聒⓮其側，程攜卷去，讀於閨中。

初，四娘之未字也，有神巫⓯知人貴賤，遍觀之都無諛詞；惟四娘至，乃曰：「此真貴人也！」及贅程，諸姊妹皆呼之「貴人」以嘲笑之；而四娘端重寡言，若罔聞知；漸至婢媼，亦率⓰相呼。四娘有婢名桂兒，意頗不平，大言曰：「何知吾家郎君⑰，便不作貴官耶！」二姊聞而嗤之曰：「程郎如作貴官，當抉我眸子去！」桂兒怒而言曰：「到爾時，恐不捨得眸子也！」二姊有婢春香曰：「二娘食言⑱，我以兩睛代之。」桂兒益恚，擊掌為誓曰：「管教兩丁⑲盲也！」二姊忿其語侵⑳，立批之。桂兒號嘩。夫人聞知，即亦無所可否，但微哂焉。桂兒噪訴四娘，四娘方績，不怒亦不言，績自若㉑。

會公初度㉒，諸婿皆至，壽儀充庭。大婦嘲四娘曰：「汝家祝儀㉓何物？」二婦曰：「兩肩荷一口。」四娘坦然，殊無慚怍。人見其事事類癡，愈益狎之。獨有公愛妾李氏——三姊所自出也，恒㉔禮重四娘，往往相顧恤。每謂三娘曰：「四娘內慧外樸，聰明渾而不露，諸婢子皆在其包羅中而不自知。況程郎晝夜攻苦，夫豈久為人下者？汝勿效尤㉕，宜善之，他日好相見也。」故三娘每歸寧，輒㉖加意相歡。

是年，程以公力得入邑庠㉗；明年，學使科試㉘士，而公適薨㉙，程縗哀㉚如子，未得與試。既離苫塊㉛，四娘贈以金，使趨入「遺才」㉜籍，囑曰：「曩久居，所不被呵逐者，徒以有老父在；今萬分不可矣！倘能吐氣㉝，庶回時尚有家耳。」臨別，李氏及三娘賂遺優厚。程入闈㉞，砥志研思，以求必售㉟。無何放榜，竟被黜。願乖氣結，難於旋里，幸囊資小泰㊱，攜卷入都。時妻黨多任京秩㊲，恐見誚訕，乃易舊名，詭託里居，求潛身於大人之門。東海㊳李蘭臺㊴見而器㊵之，收諸幕中，資以膏火㊶，為之納貢㊷，使應順天舉㊸。連戰㊹皆捷，授庶吉士㊺。自乃實言其故，李公假千金，先使紀綱㊻赴劍南，為之治第㊼。時胡大郎以父亡空匱，貨其沃墅，因購焉。既成，然後貸輿馬往迎四娘。

先是，程擢第㊽後有郵報㊾者，舉宅皆惡聞之；又審其名字不符，叱去之。適三郎完婚，戚眷登堂為饌㊿，姊妹諸姑咸在，惟四娘不見招於兄嫂。忽一人馳入，呈程寄四娘函信；兄弟發視，相顧失色，筵中諸眷客始請見四娘。姊妹惴惴，惟恐四娘銜恨(51)不至。無何，翩然竟來。

申賀者，捉坐者，寒暄者，喧雜滿屋；耳有聽，聽四娘；目有視，視四娘；口有道，道四娘也。而四娘凝重如故。眾見其靡所短長，稍就安帖，於是爭把盞酌四娘。方宴笑間，門外啼號甚急，群致怪問。俄見春香奔入，面血沾染。共詰之，哭不對。二娘訶之，始泣曰：「桂兒逼索眼睛，非解脫，幾抉去矣！」二娘大慚，汗粉交下，四娘漠然，合座寂無一語，客始告別。四娘盛妝，獨拜李夫人及三姊，出門登車而去。眾始知買墅者即程也。四娘初至墅，什物多闕，夫人及諸郎各以婢僕器具相贈遺，四娘一無所受；惟李夫人贈一婢，受之。居無何，程假歸展墓[52]，車馬扈從[53]如雲。詣岳家，禮公柩，次參李夫人。諸郎衣冠既竟，已升輿矣。

胡公歿，群公子日競貲財，柩置弗顧。數年，靈寢漏敗[54]，漸將以華屋作山丘[55]矣。程睹之悲，竟不謀於諸郎，刻期[56]營葬，事事盡禮。殯日，冠蓋[57]相屬，里中咸嘉歎焉。程十餘年歷秩清顯[58]，凡遇鄉黨厄急，罔不極力。二郎適以人命被逮，直指[59]巡方者，為程同譜[60]，風規甚烈；大郎浼婦翁王觀察[61]函致之，殊無裁答，益懼。欲往求妹，而自覺無顏，乃持李夫人手書往。至都，不敢遽進，覷程入朝而後詣之；冀四娘念手足之義[62]，而忘睚眦[63]之嫌。閽人[64]既通，即有舊媼出，導入廳事[65]；具酒饌，亦頗草草。食畢，四娘出，顏色溫霽，問：「大哥人事大忙，萬里何暇枉顧？」大郎五體投地[66]，泣述所來。四娘扶而笑曰：「大哥好男子，此何大事，直復爾爾[67]？妹子一女流，幾曾見嗚嗚向人！」大郎乃出李夫人書，四娘曰：「諸兄家娘子，都是天人[68]，各求父兄，即亦可了，何至奔波到此？」大郎無詞，但固哀之。四娘作色[69]曰：「我以為跋涉來省[70]妹子，乃以大訟來求貴人耶！」拂袖逕入。

大郎慚憤而出，歸家詳述，大小罔不詬詈；李夫人亦謂其忍。逾數日，二郎釋放寧家[71]，眾大喜，方笑四娘之徒取怨謗也。俄白四娘遣价[72]候李夫人。喚入，僕陳金幣，言：「夫人為二舅事。遣發甚急，未遑字覆。聊寄微儀，以代函信。」眾始知二郎之歸，乃程力也。後三娘家漸貧，程施報逾於常格。又以李夫人無子，迎養若母焉。

【注釋】❶劍南　唐代設劍南道，治所在成都。明清時均為成都府，今為四川成都。這裡指成都。❷赤貧　一貧如洗；極貧苦。❸衣食業　維持生活的職業。❹銀臺　官署名。即宋代銀臺司，明清時為通政使司，掌管全國奏狀案牘。❺止　同「只」。❻孽出　妾生。❼笄年未字　笄年，女子十五歲。字，許配；出嫁。❽非笑　譏笑。❾惛耄　年老糊塗。❿亂命　不合情理的指示。⓫除館　修治客舍。⓬揶揄　嘲笑捉弄。⓭厭　嫌棄。⓮鍠聒　響亮刺耳。⓯神巫　巫師。巫，裝神弄鬼為人祈禱治病的人。⓰率　都。⓱郎君　這裡是婢僕對年輕的主人的尊稱。⓲食言　不承認、不履行自己的諾言。⓳丁　人。⓴侵　侮辱。㉑自若　依然如故，鎮靜自如。㉒初度　生日。㉓儀　禮品。㉔恒　長期。㉕效尤　效法壞行為。㉖輒　總是。㉗邑庠　縣學。㉘學使科試　學使，即督學使者，負責一省學校生員考試等事。科試，生員（秀才）參加鄉試前舉行的預選性考試。科試成績優秀者參加鄉試。㉙薨　古代王侯或三品以上官員之死的稱謂。㉚縗衰　披麻戴孝服喪三年。㉛苫塊　服重喪時鋪草墊枕土塊，故稱。㉜遺才　有資格參加考試，但由於正當原因未能參加，稱為遺才，可以補考。㉝吐氣　得意貌。㉞闈　考場。㉟售　被錄取。㊱泰　寬裕。㊲秩　官職。㊳東海　漢代東海郡，治所為郯縣，明清時為郯城。今山東郯城。㊴蘭臺　漢代藏書於蘭臺，由御史掌管，後人以此作為御史的別稱。㊵器　器重。㊶膏火　指代學費。㊷納貢　生員捐錢換得到國子監讀書的資格。㊸順天舉　在北京舉行的鄉試。㊹連戰　指參加鄉試、會試。㊺庶吉士　官名。進士入翰林院初授的官職，見習三年後考試，另行分配官職。㊻紀綱　僕人。㊼治第　修建庭院。㊽擢第　登第。指被錄取為進士。第，榜上的名次。㊾郵報　指送傳喜報。㊿餽婚　婚禮前後，親戚辦酒宴祝賀。(51)銜恨　懷恨。(52)假歸展墓　假歸，休假回家。展墓，探望墳墓。(53)扈從　隨從人員。(54)靈寢漏敗　靈寢，靈柩。漏，同「陋」。破舊。(55)華屋作山丘　以華美的廳堂當作墳墓。語源三國魏曹植

〈箜篌引〉。56刻期　限定日期。57冠蓋　指代貴官。58清顯　清廉簡約，名聲顯揚。59直指　官名。奉帝命出巡各地，調查奸猾、治理重大訴訟的侍御史。60同譜　本家；同一宗族。61觀察　官名。清代對道員的尊稱，是省以下府以上的官員，其主管範圍以地區或專業區分。62手足之義　指兄弟姐妹間的道義。63睚眦　怒目相看。64閽人　守門人。65廳事　正房。66五體投地　雙肘、雙膝和頭著地，表示恭敬。67直復爾爾　直，值得。爾爾，如此。68天人　最高貴的人。69作色　神色嚴肅。70省　探望。71寧家　回家。72价　僕人。

【語譯】程孝思是四川省成都府人，他從小時候就很聰明，能寫文章。父母早死，他一貧如洗，沒有能維持生活的職業，請求僱給胡銀臺去管理文書。胡公測試，讓他寫一篇文章，看後很喜愛他，說：「他不會一直貧窮，可以把女兒嫁給他。」胡公有三個兒子，四個女兒；女兒都在出生不久，就同高貴人家定婚；只有最小的女兒四娘由於是妾生的，母親死得早，長到成年還沒有許配，胡公就招程生入贅。有人譏笑胡公，認為他年老糊塗，胡亂作主。胡公不理睬他，修治客舍，讓程生居住，供應的日用品又多又好。胡公的幾個兒子瞧不起程生，都不同程生一起吃飯，婢女、僕人們都嘲笑捉弄程生。程生對此保持沉默，任他長短，概不計較，只是刻苦讀書。眾人在他身旁挖苦諷刺，他誦讀不停；大家又在他身旁敲鑼，響聲聒耳，他拿起書到閨房裡讀。

從前，四娘還沒有結婚時，有個巫師能預知人生貴賤，為胡家姐妹相面，看了一遍，沒說奉承話，只有四娘來到，他才說：「她真是個貴人呢！」到程生入贅之後，姐妹們都喊她「貴人」用來嘲笑她，然而四娘莊重，寡言少語，像沒有聽見；漸漸地連小婢女、老女僕，也都這麼喊她。四娘有個婢女，名叫桂兒，對這件事很氣憤，高聲說：「怎麼知道我家姑爺，就做不了貴官呢！」二娘聽見嗤之以鼻，說：「程郎如果能做貴官，就挖掉我的眼珠子！」桂兒發怒說：「真到那個時候，恐怕就捨不得了！」二娘的婢女春香說：「二娘如果說話不算數，我拿自己的兩個眼珠代替她。」桂兒更加惱火，同她擊掌為誓，說：「包管你兩個人的眼都瞎！」二娘認為桂兒說話侮辱人，立刻批臉就打，桂兒又哭又叫。老夫人聽說這件事，不加評論，只微微一笑。桂兒喧嚷著告訴四娘，四娘正搓麻線，不發怒也不說話，照舊搓她的線。

正逢胡公過生日，女婿們都來了，所送祝壽的禮品擺滿廳堂。大嫂嘲笑四娘說：「你家的祝壽禮是什麼？」二嫂來幫腔，說：「兩個肩膀扛著一張嘴。」四娘態度平靜，竟不羞愧。很多人見她不論在什麼事上都像傻子，更加對她不尊重，唯獨胡公的愛妾李氏——三娘的生身母，長期以來以禮對待四娘，尊重她，常常照顧她；李氏常對三娘說：「四娘內多才智，外表質樸，聰明渾厚不外露，你們幾個丫頭的能耐，都包容在她心裡，你們自己卻不知道；況且程郎日夜刻苦，怎麼會久居人下呢？你不要像別的姐姐那樣，應當同她友好，以後以好姐妹相見呀。」因此三娘每次回家探親，總是注意同四娘一起歡樂。

這一年，程生在胡公協助下到縣學讀書，第二年，學使來舉行科試，遇到胡公去世，程生同他的兒子一樣，披麻戴孝守喪，沒有能參加考試。守喪結束，四娘給他銀子，使他以「遺才」的資格去參加鄉試，囑咐他說：「以往長期住在這裡，沒有被攆出門外，僅僅是因為老父在世，現在無論如何也辦不到了。倘使你功名得意，揚眉吐氣，也許回來後還有這個家呢。」臨分別時，李氏和三娘都厚待他，贈送很多銀子。程生進了考場，全心全意，反覆思考，謀求考取。不久，貼出考榜，竟被黜落榜外。願望未能實現，他心情鬱悶，難以回家，幸虧錢包裡銀子還很充實，就帶著試卷底本進京。這時，四娘的親族多在京城做官，程生怕被他們諷刺誹謗，就改掉原名，假託籍貫，求得隱身王公貴族家做事。東海人李公這時做御史，看了他寫的文章後很重視他，把他收進府中，資助他學習費用，為他納貢，使他能在順天府參加鄉試，此後，又參加了京城的會試，兩次考試都被錄取，他被授給庶吉士官職。他這才向李公如實講出自己的身世和全部經歷，李公借給他一千兩銀子，先差遣自己的僕人到成都府為他興建宅院。那時胡家大郎因為父親去世，錢不夠用，正要出賣園林別墅，僕人就把它買來。建房竣工後，僕人僱了車馬去迎接四娘。

此前，程生考取進士以後，有人到胡家傳送喜報，胡家的人都不喜聽，查看名字又不對，就把他呵叱回去。正逢三郎結婚，親戚們相聚宴飲祝賀，姐妹和幾位姑母都來到，只是沒有給四娘打招呼。忽然有個人跑進來，送上程生給四娘的信。兄弟們拆開一看，你看我，我看你，驚得神色突變，親戚們這才要請出四娘相見。姐妹們惴惴不安，只怕四娘懷恨在心，拒不赴宴。一會兒，四娘竟輕快地走來。大家有向她祝賀的，湊近她坐的，噓寒問暖的，滿屋喧鬧嘈雜；耳朵聽，都聽四娘說話；眼睛看，都看四娘的臉色；嘴巴說，都說四娘命好。而四娘神態莊重，依然如故。大家看她毫不計較，心裡略微安定平靜，爭著拿起杯子向四娘敬酒。大家正在宴飲歡笑，聽見門外有人火急地哭叫，引起眾人驚問。不久，見春香跑來，臉上有血；眾人問她，她只是哭不講話；二娘呵叱她，她才哭著說：「桂兒逼迫我，要我的眼珠子。如果我沒有掙脫掉，幾乎就被她挖走了！」二娘很羞慚，臉上流汗，把香粉都沖下來了；四娘態度冷淡，在座的人都默默不語；客人開始告別。四娘見僕人來迎接，換上華美的裝束，獨向李夫人和三娘拜別，出門上車走了。這時大家才知道，向大郎買別墅的人是程孝思。四娘剛搬進新宅院，日常生活用品短缺，老夫人和胡家兄弟贈送她婢僕、家具，四娘一概推辭；只有李夫人贈給一個婢女被帶去。不久，程孝思請假回鄉掃墓，車馬和隨從人員很多。他到岳家，先到胡公靈柩前行禮祭祀，又去拜見李夫人。胡家兄弟穿好禮服會見他，他已經上轎走了。

胡公去世後，他的幾個公子每天爭奪錢財，把靈柩停在家，不管不問。過了幾年，靈柩破舊敗壞，眼看就要把華美的廳堂變為墳墓了。程孝思看後感傷，竟不同公子們商量，限定日期辦理喪事，凡事都遵照喪禮進行。出殯那一天，貴官們來弔唁，接連不斷，鄉里的人們都讚美、感嘆。程孝思十多年以來，為官清廉簡約，名聲顯揚，只要遇到鄉親艱難急迫，無不竭力相助。胡家二郎為了人命官司被逮捕，正好出巡的侍御史是程孝思的本家，風格規矩很嚴厲；胡家大郎請他的岳父王觀察去信連絡，他竟置之不理，大郎就更加害怕；他想去求四娘，又覺得沒有臉面，就拿著李夫人的信前往。來到京都，不敢匆忙進四娘家，暗地裡看見程孝思入朝，才敢向她家走，盼望四娘念在兄妹的情義，忘掉已往的怨嫌。守門人為他通報，立刻有原來的女僕走出來，帶領他到正房，供應酒飯，食品也很簡單。飯後，四娘走出來，臉色溫和，問：「大哥家裡的事情很忙，怎麼有閒空跑萬里路來看望我？」大郎五體投地，哭著告訴她來的原因。四娘扶他起來，笑著說：「大哥是好樣的男子漢，這是什麼大事，值得這個樣子？妹子是女子，你什麼時候見我向人哭過！」大郎就拿出李夫人的信，四娘說：「幾位哥哥家的妻子，都是最高貴的人，她們各自去請求父兄，就也辦得了，何至於到這裡來？」大郎沒話可說，只是一再地向她哀求。四娘卻神色嚴肅地說：「我原來以為是來探望我，原來是因為打人命官司，來這裡求貴人出力呀！」她一甩袖子，逕直進屋。

大郎羞愧憤恨地走出程府，回家以後詳說經歷，家中老少沒有不罵四娘的，李夫人也認為四娘心腸狠。過了幾天，二郎被釋放回家，大家十分高興，一起譏笑四娘白惹人怨恨指責。一會兒，僕人稟報四娘派僕人來問候李夫人。喊他進來，僕人拿出金幣，說：「我家夫人正在辦理二舅的事，打發我來時很急促，沒來得及寫回信，暫且帶來一點兒禮物，用它代替信件。」大家才知道二郎能回來，原來是靠程孝思的力量。後來，三娘家漸漸貧窮，程孝思給她的報答超過通常規格；又因為李夫人沒有兒子，就把她迎接來家中侍奉贍養，像對待母親一樣。

【研析】〈胡四娘〉寫「少惠能文」而家境貧寒的程孝思，「求傭為胡銀臺司筆札」。胡公悅其才，以小女胡四娘招贅為婿。因門第貧富之差，程生與胡四娘備受胡家諸公子、眾姐妹、及其婦婿僕婢的奚落蔑視和揶揄嘲笑。程生在胡公、四娘等人幫助鼓舞下，克服困難，刻苦讀書，終於金榜題名，成為貴人。通過對生活的真實描繪，深刻揭露了當時的人情冷暖、世態炎涼；栩栩如生地活畫出各種勢利小人的俗情醜態，是一篇優秀的諷刺小說。

胡公有三子四女，胡四娘最小。兄弟姐妹皆與富貴人家聯姻，獨她從父命嫁給孤貧無靠的窮書生。而她樂於接受，更無怨言。可見她與其父一樣：眼光不凡。對待兄嫂姐妹等人的揶揄嘲笑，四娘「端重寡言，若罔聞知」。胡公壽誕，二嫂曰：「兩肩荷一口。」她「坦然，殊無慚怍」。三媽李夫人讚她：「內慧外樸。」父死之後，她贈金促程生應試。當程得官富貴後，胡四娘一如平常，三郎婚禮，眾人怕她「銜恨不至」，她「翩然竟來」，表現出寬容與灑脫的品性。別人的奉承巴結，她「凝重如故」；而對過去關心同情她的李夫人和三姐，一直十分敬重，生活盡力照顧，並把李夫人作生母視之，奉養終老。在昏濁的世風中，胡四娘能以獨立自重、鄙薄勢利、沉穩莊重、慧而不露的品格立於世，確實是一位高潔優美的女性形象。

胡銀臺力排眾議，招贅窮女婿，並資助鼓勵程生讀書上進，說明是位很有遠見卓識的人。程孝思具有堅定沉著刻苦的品格，處逆境志不減，受挫折增毅力，一直「默默不較短長，研讀甚苦」，終於不負知心人的重望。他身上顯示著貧寒士人忍辱負重、頑強自信的精神。

小說中通過對比，顯示出高雅與卑俗、美與醜陋這兩種精神及做人的態度，作品的主旨是諷刺鞭撻那些醜陋勢利的小人。但在具體所指，卻採取多種多樣的諷刺方法。比如，讓人物自身的言行顯示其可笑可鄙，二姐、春香、大婦、二婦等，就是由一句話裡展露其醜陋靈魂的。又比如，用誇張的手法，將人物勢利醜態放大。胡四娘富貴後，親戚姐妹們趨奉巴結的場面中：「耳有聽，聽四娘；目有視，視四娘；口有道，道四娘。」頗似漫畫，譏刺入骨。再如，用程生與四娘對他們的鄙棄進行諷刺。程生貴後，回來禮祭胡公靈柩並拜見李夫人，對爭相趨奉者一個不見；「諸郎衣冠既竟」，程生四娘的車駕早已走遠了。

席方平

席方平，東安❶人，其父名廉，性戇拙❷，因與里中富室羊姓有郤❸。羊先死，數年，廉病垂危，謂人曰：「羊某今賄囑冥使搒❹我矣。」俄而身赤腫，號呼遂死。席慘怛❺不食，曰：「我父樸訥❻，今見陵❼於強鬼，我將赴地下，代伸冤氣耳。」自此不復言，時坐時立，狀類癡，蓋魂已離舍❽矣。

席覺初出門，莫知所往，但見路有行人，便問城邑。少選❾入城，其父已收獄中；至獄門，遙見父臥簷下，似甚狼狽，舉目見子，潸然❿涕流，便謂：「獄吏悉受賕⓫囑，日夜搒掠，脛股摧殘甚矣！」席怒，大罵獄吏：「父如有罪，自有王章⓬，豈汝等死魅所能操⓭耶！」遂出，抽筆為詞，值城隍⓮早衙，喊冤以投。羊懼，內外賄通⓯，始出質理⓰。

城隍以所告無據，頗不直⑰席。席忿氣無所復伸，冥行⑱百餘里，至郡，以官役私狀告之郡司⑲。遲之半月，始得質理。郡司扑⑳席，仍批城隍覆案㉑。席至邑㉒，備受械梏㉓，慘冤不能自舒。城隍恐其再訟，遣役押送歸家。役至門辭去。

席不肯入，遁赴冥府，訴郡邑之酷貪。冥王立拘質對。二官密遣腹心與席關說，許以千金，席不聽㉔。過數日，逆旅㉕主人告曰：「君負氣已甚㉖，官府求和而執㉗不從，今聞於王前各有函進，恐事殆㉘矣。」席以道路之口㉙，猶未深信。俄有皂衣人㉚喚入，升堂，見冥王有怒色，不容置詞㉛，命笞㉜二十。席厲聲問：「小人何罪？」冥王漠㉝若不聞。席受笞，喊曰：「受笞允當㉞，誰教我無錢耶！」冥王益怒，命置火牀。兩鬼捽席下，見東墀㉟有鐵牀，熾火其下，牀面通赤。鬼脫席衣，掬置其上，反復揉捺之。痛極，骨肉焦黑，苦㊱不得死，約一時許，鬼曰：「可矣。」遂扶起，促使下牀著衣，猶幸跛而能行。復至堂上，冥王問：

「敢再訟乎？」席曰：「大冤未伸，寸心不死，若言不訟，是欺王也。必訟！」又問：「訟何詞？」席曰：「身所受者，皆言之耳。」冥王又怒，命以鋸解其體。二鬼拉去，見立木，高八九尺許，有木板二，仰置其下，上下凝血模糊。方將就縛，忽堂上大呼：「席某！」二鬼即復押回。冥王又問：「尚敢訟否？」答云：「必訟！」冥王命捉去速解。既下，鬼乃以二板夾席，縛木上。鋸方下，覺頂腦漸闢㊲，痛不可禁，顧㊳亦忍而不號。聞鬼曰：「壯哉此漢！」鋸隆隆然尋至胸下。又聞一鬼云：「此人大孝無辜㊴，鋸令稍偏，勿損其心。」遂覺鋸鋒曲折而下，其痛倍苦。俄頃半身闢矣。板解，兩身俱仆。鬼上堂大聲以報。堂上傳呼，令合身來見。二鬼即推令復合，曳使行。席覺鋸縫一道，痛欲復裂，半步而踣㊵。一鬼於腰間出絲帶一條授之，曰：「贈此以報汝孝。」受而束之，一身頓㊶健，殊㊷無少苦，遂升堂而伏。冥王復問如前，席恐再罹㊸酷毒，便答：「不訟矣。」冥王立命送還陽界。隸率出北門，指示歸途，反身遂去。

席念陰曹之暗昧㊹尤甚於陽間，奈無路可達帝聽㊺，世傳灌口二郎為帝勳戚㊻，其神聰明正直，訴之當有靈異㊼，竊喜兩隸已去，遂轉身南向；奔馳間，有二人追至，曰：「王疑汝不歸，今果然矣。」捽回復見冥王。竊意冥王益㊽怒，禍必更慘；而王殊無厲容，謂席曰：「汝志誠孝。但汝父冤，我已為若㊾雪之矣。今已往生富貴家，何用汝嗚呼為㊿。今送汝歸，予以千金之產、期頤(51)之壽，於願足乎？」乃註籍中，鈐以巨印，使親視之。席謝而下。鬼與俱出，至途，驅而罵曰：「姦猾賊！頻頻翻覆，使人奔波欲死。再犯，當捉入大磨中，細細研之！」席張目叱曰：「鬼子胡(52)為者！我性耐刀鋸，不耐撻楚(53)。請反見王，王如令我自歸，亦復何勞相送。」乃返奔。二鬼懼，溫語勸回。席故蹇緩(54)，行數步，輒憩路側。鬼含怒不敢復言。約半日，至一村，一門半闢，鬼引與共坐，席便據門閾(55)，二鬼乘其不備，推入門中。驚定自視，身已生為嬰兒。憤啼不乳，三日遂殤[56]。

魂搖搖不忘灌口，約奔數十里，忽見羽葆[57]來，旛戟橫路。越道避之，因犯鹵簿[58]，為前馬[59]所執，縶送車前。仰見車中一少年，丰儀瑰瑋[60]，問席：「何人？」席冤憤正無所出，且意是必巨官，或當能作威福[61]，因緬訴毒痛。車中人命釋其縛，使隨車行。俄[62]至一處，官府十餘員，迎謁道左[63]，車中人各有問訊。已而[64]指席，謂一官曰：「此下方人，正欲往訴[65]，宜即為之剖決。」席詢之從者，始知車中即上帝殿下九王，所囑即二郎也。席視二郎，修[66]軀多髯，不類世間所傳。九王既去，席從二郎至一官廨[67]，則其父與羊姓並衙隸俱在。少頃，檻車中有囚人出，則冥王及郡司、城隍也。當堂對勘[68]，席所言皆不妄[69]，三官戰慄，狀若伏鼠。二郎援筆立判；頃之，傳下判語，令案中人共視之。

判云：「勘得冥王者，職膺[70]王爵，身受帝恩，自應貞潔以率臣僚[71]，不當貪墨以速官謗[72]。而乃繁纓棨戟[73]，徒誇品秩之尊；羊狠狼貪，竟玷[74]人臣之節；斧敲斲[75]，斲入木，婦子之皮骨皆空；鯨吞魚，魚食蝦，螻蟻之微生可憫。當掬西江[76]之水，為爾湔[77]腸；即燒東壁之牀，請君入甕[78]。城隍、郡司，為小民父母之官[79]，司上帝牛羊之牧[80]，雖則職居下列，而盡瘁者不辭折腰[81]；即或勢逼大僚，而有志者亦應強項[82]，乃上下其鷹鷙之手[83]，既罔[84]念夫民貧，且飛揚其狙獪[85]之奸，更不嫌乎鬼瘦。惟受贓而枉法，真人面而獸心！是宜剔髓伐[86]毛，暫罰冥死；所當脫皮換革，仍令胎生。隸役者，既在鬼曹[87]，便非人類。祇宜公門[88]修行，庶還落蓐之身[89]；何得苦海生波，益造彌天之孽？飛揚跋扈[90]，狗臉生六月之霜[91]；隳突[92]叫號，虎威斷九衢[93]之路。肆淫威於冥界，咸知獄吏為尊；助酷虐於昏官，共以屠伯[94]是懼。當於法場之內剁其四肢，更向湯鑊之中撈其筋骨。羊某：富而不仁，狡而多詐。金光蓋地，因使閻摩殿上，盡是陰霾；銅臭[95]熏天，遂教枉死城[96]中，全無日月。餘腥[97]猶能役鬼，大力[98]直可通神。宜籍[99]羊氏之家，以賞席生之孝。即押赴東岳[100]施行。」

又謂席廉：「念汝子孝義，汝性良懦[101]，可再賜陽壽三紀[102]。」因使兩人送之歸里。席乃抄其判詞，途中父子共讀之。既至家，席先蘇[103]，令家人啟棺，視父，僵屍猶冰；俟之終日，漸溫而活；及索抄詞，則已無矣。自此，家日益豐；三年間，良沃遍野；而羊氏子孫微[104]矣，樓閣田產，盡為席有。里人或有買其田者，夜夢神人叱之曰：「此席家物，汝烏得[105]有之！」初未深信，既而種作，則終年升斗無所獲，於是復鬻歸席。席父九十餘歲而卒。

異史氏曰：「人人言淨土[106]，而不知生死隔世，意念都迷，且不知其所以來，又烏知其所以去；而況死而又死，生而復生者乎？忠孝志定，萬劫不移，異哉席生，何其偉也！」

【注釋】❶東安　明清時直隸省安次縣。位於今河北廊坊東北。❷戇拙　剛直憨厚。❸郤　仇恨。❹搒　拷打。❺慘怛　悲痛。❻樸訥　樸實，不善於講話。❼見陵　被欺侮。❽離舍　離開肉體。❾少選　一會兒。❿濟

然　淚流的樣子。⑪賕　行賄。⑫王章　王法。⑬操　操縱。⑭城隍　保護一縣城池、亡魂的神。⑮賄通　買通。⑯質理　對質評理。⑰直　為之申冤。⑱冥行　在昏暗中行走。⑲郡司　郡，行政區，高於縣，或稱府、州。司，官署；長官。⑳扑　打。㉑覆案　重新審理。㉒邑　縣。㉓械梏　泛指刑具。㉔不聽　不同意。㉕逆旅　旅店。㉖已甚　過分。㉗執　固執己見。㉘殆　危險。㉙道路之口　傳說。㉚皂衣人　差役。㉛詈詞　講話。㉜笞　拷打。㉝漠　冷淡。㉞允當　應當。㉟墀　臺階或臺階上地面。㊱苦　因某事而感痛苦。㊲闢　分開。㊳顧　卻。㊴辜　罪。㊵踣　倒仆。㊶頓　立刻。㊷殊　竟。㊸罹　遭受。㊹暗昧　昏庸。㊺帝聽　帝王聽聞。㊻世傳灌口二郎句　灌口二郎，神名，俗稱二郎神。勛，有功勳的。㊼靈異　靈驗。㊽益　更加。㊾若　你。㊿為　位於句末，作為表提問的助詞。(51)期頤　百歲。(52)胡　何。(53)撻楚　拷打。(54)蹇緩　瘸腿慢走。(55)閾　門檻。(56)殤　未成年而死亡。(57)羽葆　有彩色羽毛為飾的傘蓋。(58)鹵簿　儀仗隊。(59)前馬　馬前的嚮導；前驅。(60)瑰瑋　魁偉優美。(61)作威福　掌賞罰大權。(62)俄　不久。(63)道左　路旁。(64)已而　然後。(65)訴　訴訟。(66)修　高大。(67)廨　署舍。(68)勘　審問。(69)妄　錯。(70)膺　承受。(71)僚　官吏。(72)不當貪墨句　貪墨，貪汙。速，招致。譴，責備。(73)繁纓棨戟　繁纓，馬胸腹飾品。棨戟，套有繒衣並經塗漆的木戟。(74)玷　汙染。(75)斲　砍木工具，這裡應指鑿子。(76)西江　長江。(77)湔　洗。(78)請君入甕　語出《新唐書・周興傳》。甕，指火烤大甕。(79)父母之官　即地方官。(80)牧　治理。(81)折腰　語出《晉書・陶淵明傳》，這裡指屈身奉公。(82)強項　喻剛強不屈。(83)上下其鷹摯之手　語出《左傳・襄公二十六年》，泛指徇私舞弊。摯，抓奪。(84)罔　無。(85)狙獪　狙，獮猴。獪，狡詐。(86)伐　刮除。(87)曹　群。(88)公門　衙門。(89)庶還落蓐之身　庶，或許。落蓐，嬰兒出生。(90)跋扈　專橫兇暴。(91)六月之霜　形容臉色冷酷。(92)隳突　橫衝直撞。(93)九衢　四通八達之路。(94)屠伯　屠宰手。喻嗜殺的凶官。(95)銅臭　喻利用金錢興風作浪，謀取私利。(96)枉死城　陰間屈死鬼住處。(97)餘腥　指少數財物。(98)大力　指大量賄金。(99)籍　登記入冊，予以沒收。(100)東岳　泰山。東岳大帝居泰山，掌管人間生死。(101)良懦　善良懦弱。(102)紀　十二年為一紀。(103)蘇　甦；復活。(104)微　敗落。(105)烏得　怎能。(106)淨土　佛教語，沒有貪、癡、劫、煩惱等清淨自然的西天佛土。

【語　譯】席方平是東安縣人，他父親名廉，生性剛直憨厚，因而與同村富家羊某結仇。羊某先死，數年以後席廉病重，對人說：「羊某現在向陰間差役行賄，要他們打我了。」一會兒就見他全身紅腫，在慘叫聲中死去。席方平十分悲傷，痛苦得吃不下飯，說：「我父親為人實在，不善言詞，現在有惡鬼欺侮他，我要到陰間代他申冤出氣。」從此一言不發，時坐時立，像癡呆一樣，原來他的靈魂已經離開軀體了。

席方平覺得剛走出家門，卻不知走向何方，只見路有行人，便問得進城的路。一會兒走進城，得知父親被關入監獄；到獄門口探望，見他躺在簷下，好像異常困苦；走近他以後，父親慢慢抬起頭，看見兒子，潸然淚流，就對席方平說：「獄吏都接受賄賂，聽從羊某吩咐，日夜拷打，這腿動不得了！」席方平憤怒，大罵獄吏：「我父親如果犯罪，自會有王法追究，難道能由你這群死鬼任意操縱麼！」說罷就走出獄門，抽筆寫了訴狀。正逢城隍早晨升堂問事，他高聲喊冤，投上狀紙。羊某驚怕，趕緊到衙門行賄，裡勾外連，打點停當，這才出來對質評理。城隍評斷，說席方平沒有證據，很不支持他申冤。席方平憤氣滿腔，無處排解，摸黑奔走百多里，來到郡城，向衙門控告城隍和隸役受賄謀私。拖延了半個月，才得到審理。郡司把席方平拷打後，送還被告城隍，要求重新審判。席方平被押回縣衙，慘遭刑具之苦，又添了一肚子冤氣。城隍怕他再上告，打發差役把他押送回家，剛到家門口，差役就轉身離去了。

席方平不肯進家門，暗自逃向閻王府，狀告郡縣官吏殘暴貪贓。閻王立刻命令拘來城隍和郡司對質。兩名被告秘密派遣親信，找席方平說好話，向他許諾：如果撤回訴狀，奉送一千兩銀子，席方平置之不理。過了幾天，旅店老板告訴他：「你賭氣也太過分了吧，官府向你求和，你執意拒絕。今天，聽說兩大官員都向閻王爺送了信，恐怕事情凶多吉少啊。」席方平認為這不過是傳聞，不大相信。一會兒差役來到，喊席方平進殿，閻王升堂，一臉怒氣，不准席方平講話，要先打二十大板。席方平不服氣，厲聲質問：「小人我有什麼罪？」閻王神情冷漠，好像沒有聽見。挨打以後，席方平喊道：「挨打，應該！誰教我沒有錢來！」閻王更加惱火，命令：「火牀伺候！」於是兩名鬼卒揪住席方平走向東臺階。席方平看見一張鐵板牀，牀下烈火熊熊，整個牀面燒得通紅。鬼卒扒下席方平的衣服，抬他上牀臥倒，又反覆揉搽。席方平疼痛萬分，骨焦了，肉黑了，心想還不如死去得好。折騰了大約一個時辰，一名鬼卒說：「可以了。」就把他扶起來，催他下牀穿衣，幸而雖然一瘸一拐，卻還能走動。又來到堂上，閻王問他：「敢再告狀嗎？」席方平說：「天大的冤枉沒得到洗雪，寸心不死。如果說不上訴，是欺騙大王。一定再上告！」又問：「訴狀怎麼說？」席方平說：「我受迫害之苦，全盤托出。」閻王又發怒，命令鬼卒鋼鋸解體。兩名鬼卒又把席方平拉扯下去，看見一截豎立的木樁，有八九尺高，下面平放著兩塊木板，板面血跡模糊。正要把席方平捆進木板，堂上忽然高呼：「席方平！」於是兩名鬼卒又把席方平押回堂下，閻王又問：「還敢再告嗎？」席方平回答說：「一定要告！」閻王命令快拉去鋸解。鬼卒把席方平拉走以後，就搬起兩塊板子，把他夾在當中，綁在那木樁上，鋸刃緊壓頭頂，開始下行。席方平感覺頭顱漸漸被劈開，疼痛難忍，卻竭力忍耐，一聲不吭，就聽得鬼卒讚嘆：「剛強啊！這位好漢！」鋸聲隆隆，一會兒就拉到胸下，又聽見一名鬼卒說：「此人大孝，沒有罪。讓鋸齒稍偏，不要損傷心臟。」於是感覺鋸齒曲折而下，竟然加倍疼痛。不久，身體分為兩半，解開木板，倒向兩邊。鬼卒登堂稟報，堂上向下傳呼合身來見。鬼卒就推動那兩半肉體，復合一起，拉他走動。他感覺鋸縫一陣劇痛，好像又要裂開，只邁半步，摔倒在地。一名鬼卒從腰間抽出一條絲帶，送給席方平，說：「這個贈送給你，作為行孝的報答吧。」他接過來束在腰間，立刻渾身是勁，不再疼痛，又走進殿堂，趴伏地上。閻王又問他告狀的事，席方平擔心再被殘酷摧折，便回答：「不告了。」閻王滿意，立即命差役送還陽世。差役帶領席方平走出北門，指給他回鄉的道路，就轉身回去了。

席方平回想上述經歷，認為陰間的黑暗腐敗，比陽世更嚴重；無奈沒有登天路可說給上帝聽。傳說灌口二郎是上帝的有功勳的親屬，聰明正直，向他控告，一定特別靈驗。他暗喜兩名差役已經回去，就轉身向南跑。正在奔跑，發現有兩人追趕，轉眼已到身邊，說：「閻王爺懷疑你不回家，現在看，果然不錯。」就揪住席方平往北走，再見閻王。席方平猜想：閻王必定怒火沖天，更慘的災禍臨頭了。然而閻王的神色卻不像生氣，對席方平說：「你實在是位大孝子。但是你父親的冤屈，我已經為他洗雪。現在他轉生到富貴人家，哪裡需要你代喊冤枉呢。現在就送你回家，還給你價值千金的產業，保證你長命百歲。你滿意了嗎？」於是把這諾言記入冊籍，蓋上大印，請席方平看過。席方平謝恩，和差役一道走出閻王殿。上路以後，差役催促席方平快走，罵他：「奸猾賊！反來覆去，害得人連日奔波，快累煞了。如果再犯這個病，就把你壓進大磨，研成粉麵！」席方平把眼一瞪，大聲喝叱：「鬼東西！你是幹什麼的！我生性願挨刀鋸，不願挨打。請回去進見閻王。如果令我自己回家，又何必勞你相送呢。」就返身奔走。兩名差役害怕，只得好言勸他回來。席方平轉身，故意放慢腳步，每走幾步就到路旁休息。差役生氣，卻不敢催逼。大約走了半天，來到一個村莊，有一戶人家，大門半掩，差役拉席方平到門下休息，席方平剛坐向門檻，差役就趁他不加提防，突然把他推進門裡。席方平大吃一驚，及至頭腦清醒，發現自己成為嬰兒。他氣得大哭，拒絕吃奶，活了三天就死了。

席方平的靈魂恍恍惚惚，飄泊不定，卻不忘二郎神，大約跑了幾十里，見迎面趕來一隊車馬，車蓋有美麗的鳥羽裝飾，車前旗戟交錯，難以通過。他跨路避讓，冒犯儀仗，被前導抓住，捆送車前。他抬頭看見車裡有位青年，魁梧英俊，問席方平：「你是什麼人？」席方平正含冤無處發洩，又想他一定是高官，也許掌有賞罰大權，就追述痛苦遭遇。青年人命令鬆綁，讓他跟隨同行。不久來到一個地方，有十多位官員在路旁迎接、拜見，車中青年向他們一一問候，然後指著席方平，對一位官員說：「他是陽世間人，正要去告狀，應當即刻為他裁決。」席方平詢問來的隨從，才知道那青年人是上帝殿下九王，他所囑託的人就是灌口二郎。只是席方平看他身材高大，滿臉鬍鬚，不像傳說中那副儀表。九王走後，席方平跟隨二郎神走進一座官署，原來他父親、羊某和衙役早已來到，不久，從鐵檻囚車放出三名囚犯：就是閻王、郡司和城隍。經過公堂對質，證明席方平的話沒錯。三個官員趴在地上，渾身顫抖，就像三隻伏首帖耳的老鼠。二郎神提筆判決，一會兒，傳下判決書，令當事人認定。

判語寫道：「查得：閻王，位居王爵，身受帝恩，自應貞潔作為臣僚楷模，不該貪贓招致非議斥責。你卻儀仗豪華，一味炫耀官級尊貴；羊狠狼貪，完全玷汙人臣氣節。斧敲鑿，鑿入木，婦兒皮骨搾空；鯨吞魚，魚吃蝦，螻蟻小命可憐。當捧長江清水，為你洗腸；燒東面鐵牀，請入火甕。城隍、郡司，是百姓父母之官，任上帝所託民事治理，雖然職在下列，盡力者不辭委屈奉公；即使大官仗勢逼迫，有志者也應敢於抗爭。你們卻肆意鷹擊，明奪暗取，既不可憐民貧，且放縱猴奸，狡猾譎詐，更不嫌棄鬼瘦肉少。因受賄便枉法，真人面而獸心！這就該剔骨髓脫毛髮，暫罰陰司處死；將使脫人皮換獸革，仍令胎生。小吏、差役，既然身在鬼群，也就不屬人類。只應在衙門中修德，或能重生人世；何必於苦海裡揚波，更造滿天罪孽？飛揚跋扈，狗臉陰冷，六月天也生冰霜；橫衝狂呼，狐假虎威，九達路全被阻擋。濫用威力，於陰司逞強，都知獄吏身分尊貴；大施殘暴，助昏官行凶，使大家提到劊子手便膽戰心驚。當於法場剁其四肢，再向湯鍋撈其筋骨。羊某，富卻不仁，狡而多詐；到處行賄，以致閻王殿中充滿陰霾；銅臭熏天，便教枉死城裡全無日月。錢少能差遣鬼，銀多可買通神。應當沒收羊某家產，用以獎賞席生孝順。立刻把罪犯押送東岳執行。」

判決已定，二郎神對席廉說：「考慮你兒子孝義，你為人善良懦弱，可以再賜你陽壽三十六年。」於是派兩個人送他回家。席方平抄寫判詞，途中共同拜讀。到家以後，席方平先復活，令僕人掀開棺木，他父親身上依然僵硬冰冷，等待一天，體溫漸高，終於復活。又尋找抄寫的判詞，已經不見蹤影。此後，席家越來越富裕，三年間良田遍野；羊家兒孫家境衰敗，樓閣田產全賣給席家。同村人若有買得羊家田地，夜間就有神責備，說：「這塊地是席家的，你怎能買下！」最初，人們不相信，種上莊稼，結果忙了一年，卻連一斗一升的收成也沒有，只好把地轉賣給席家。席方平的父親長壽至九十多歲。

異史氏說：「人人講佛教所謂西天淨土，卻不了解生與死，分隔為陰陽兩界，一進陰世，原有的思慮就迷亂了，想不清為什麼來的，又怎會明白到哪裡去，何況死後又死，生後再生呢？忠孝之志堅定，雖經受萬種劫難，初衷毫不動搖。不同尋常喲！席方平多麼高尚啊！」

【研　析】〈席方平〉是篇鬼神志怪小說，但作品是託鬼神以映世情。通過描寫席方平為父申冤到冥間告狀的故事，深刻揭露封建官吏納賄枉法、殘害良民的罪行，塑造出一個重孝義、有膽識、敢抗爭、有毅力的藝術形象席方平，寄託作者向黑暗勢力作堅決抗爭的決心與願望。

小說開頭，寫席父在世時與富豪羊某「有郤」，臨死前被先死的羊某賄通冥使搒打，「身赤腫，號呼遂死」。席方平氣憤難平，魂入地府代父申冤。故事主要描寫席四次冥間告狀。第一次，告羊某於城隍，因羊已「內外賄通」，「城隍以所告無據」敷衍了事。第二次告城隍於郡司，郡司「遲之半月，始得質理」，結果「仍批城隍覆案」，席「備受械梏」，冤上加冤。第三次告「郡邑之酷貪」於冥王，既酷貪又奸詐的冥王，先做秀，又軟硬兼施，更對席方平施盡冥間酷刑。第四次告冥王於二郎神，才衝破黑暗，案子得到公正處理。席方平告狀的經歷說明，各級官吏，本是一丘之貉。他們問案，不論案情，不講是非，只是再三喝問原告：「敢再訟乎？」接著動用酷刑。這證明，在官府統治下，普通百姓沒有能求公正講道理的地方。最後，二郎神主持公道，席得勝訴並昭雪沉冤，也只是作者的善良心願和美好理想。

小說在藝術上的最大成就，是塑造了席方平這一光輝形象。席具有頑強剛毅、不屈不撓的抗爭精神。但也有成長的過程。作者把主人公放在尖銳激烈的抗爭中心經受考驗與磨煉，使其豐富、成長和成熟起來。開始告狀，他只抱定為父申冤的普通孝心，對官府還很迷信。多次失敗，使他的思想認識得到深化，人物性格得到發展。特別是第三次告狀，對他教育最大。冥王「不容置詞，命笞二十」。他又想起各級官吏以金錢收買他，心裡才明白，於是高呼：「受笞允當，誰教我無錢耶！」他遭受火牀燒烤之苦，又經過鋸解，變得更加冷靜聰明，懂得了抗爭需要講策略和方法，冥王問他還訟否？他回答：「不訟矣。」騙過冥王，同時作出上訴天帝的決定。席方平也從單純的孝子昇華為追求公平的鬥士，成為既有鋼鐵意志又懂抗爭策略的光輝形象，使這篇小說成為思想和藝術雙佳的優秀作品。

瞳人語

長安❶士方棟，頗有才名，而佻脫❷不持儀節❸，每陌❹上見遊女，輒輕薄尾綴❺之。清明❻前一日，偶步郊郭，見一小車，朱茀繡幰❼，青衣❽數輩，款段❾以從。內一婢，乘小駟❿，容光絕美；稍稍近覘之，見車幔洞開，內坐二八女郎，紅妝⓫艷麗，尤生平所未睹。目眩神奪，瞻戀弗舍⓬；或先或後，從馳數里，忽聞女郎呼婢近車側，曰：「為我垂簾下！何處風狂兒郎，頻來窺瞻！」婢乃下簾，怒顧生曰：「此芙蓉城⓭七郎子新婦歸寧⓮，非同田舍娘子⓯，放教秀才胡覷！」言已，掬轍土颺生。生眯目不可開，纔一拭視，而車馬已渺。

驚疑而返，覺目終不快。倩人啟瞼撥視，則睛上生小翳；經宿益劇⓰，淚簌簌不得止。翳漸大，數日厚如錢。右睛起旋螺⓱，百藥無效。

懊悶欲絕，頗思自懺悔。聞《光明經》⑱能解厄，持一卷，浼⑲人教誦。初猶煩躁，久漸自安。旦晚無事，惟趺坐⑳捻珠，持之一年，萬緣㉑俱淨。忽聞左目中小語如蠅，曰：「黑漆似，叵耐殺人㉒！」右目中應云：「可同小遨遊，出此悶氣。」漸覺兩鼻中蠕蠕作癢，似有物出，離孔而去；久之乃返，復自鼻入眶中。又言曰：「許時㉓不窺園亭，珍珠蘭㉔遽枯瘠死！」生素喜香蘭，園中多種植，日常自灌溉，自失明，久置不問。忽聞其言，遽問妻：「蘭花何使憔悴死？」妻詰其所自知，因告之故。

妻趨驗之，花果槁矣，大異之。靜匿房中以俟之，見有小人自生鼻內出，大不及豆，營營然竟出門去；漸遠，遂迷所在；俄，連臂歸，飛上面，如蜂螘之投穴者。如此二三日。又聞左言曰：「隧道迂，還往甚非所便，不如自啟門。」右應云：「我壁子厚，大不易。」左曰：「我試闢，得與而㉕俱。」遂覺左眶內隱似抓裂；有頃㉖開視，豁見几物。

喜告妻。妻審之，則脂膜破小竅，黑睛熒熒，才㉗如劈椒㉘。越一宿，幛盡消。細視，竟重瞳㉙也，但右目旋螺如故，乃知兩瞳人合居一眶矣。生雖一目眇，而較之雙目者，殊更了了，由是益自檢束，鄉中稱盛德焉。

異史氏曰：「鄉有士人，偕二友於途，遙見少婦控驢出其前，戲而吟曰：『有美人兮㉚！』顧二友曰：『驅之！』相與笑騁。俄追及，乃其子婦。心赧氣喪，默不復語。友偽為不知也者，評騭殊褻㉛，士人忸怩，吃吃㉜而言曰：『此長男婦也。』各隱笑而罷。輕薄者往往自侮，良可笑也。至於眯目失明，又鬼神之慘報矣。芙蓉城主，不知何神，豈菩薩㉝現身耶？然小郎君㉞生闢門戶，鬼神雖惡，亦何嘗不許人自新㉟哉。」

【注釋】❶長安　今陝西西安。❷佻脫　言行輕佻，不穩重。❸儀節　禮儀。❹陌　道路。❺尾綴　跟隨。❻清明　農曆節氣名。當公曆四月四、五或六日，是踏青、掃墓的日子。❼朱茀繡幰　朱茀，紅色車簾。繡幰，繡花車幔。❽青衣　婢女。❾款段　騎馬慢步行走。❿駟　馬。⓫紅妝　妝束華美。⓬弗舍　不捨。舍，同「捨」。

⑬芙蓉城　仙城之一。見宋歐陽修《六一詩話》。⑭歸寧　婦女回家探望父母。⑮田舍娘子　農家婦女。⑯益劇　更加厲害。⑰旋螺　角膜葡萄腫。⑱光明經　佛經《金光明經》。⑲浼　請。⑳趺坐　兩足分盤腿上的坐勢。㉑緣　這裡指佛教所謂與塵世的因緣。㉒叵耐殺人　叵耐，不可忍耐。殺，置謂語後表深程度副詞。㉓許時　多時。㉔珍珠蘭　即金粟蘭，常綠小灌木，初夏開花，花序穗狀，開黃綠色小花，芳香。㉕而　你。㉖有頃　一會兒。㉗才　剛才。㉘椒　指花椒籽的黑仁。㉙重瞳　一個眼球中有兩個瞳人。㉚有美人兮　見《詩經・鄭風・野有蔓草》。㉛殊褻　極不莊重。㉜吃吃　形容口吃。㉝菩薩　佛教大乘思想的實行者。原為釋迦牟尼修行成佛前的稱號。㉞小郎君　舊稱年輕男子，此指目中小人。㉟自新　自己改正錯誤，重新做人。

【語　譯】長安書生方棟，略有才華和名氣，但是言行輕佻，不守禮儀節操，經常在路上見到出遊的女子，就表現輕薄、追隨身後。清明前一天，他偶爾在城外行走，看見一輛小車掛著紅車簾、繡花帷幔，有幾個婢女騎馬慢慢地跟隨車後。其中有個婢女騎一匹小馬，容貌風姿都很美；方生漸漸向她們靠近，有意窺視，見車幔敞開，裡面坐著一位十五六歲的女子，打扮得華美豔麗，更是他從來沒見過的漂亮女郎。他看得眼花撩亂，神魂飄蕩，只顧依戀不捨，緊隨小車；有時在前，有時在後，跑了好幾里路，忽然聽見女郎喊婢女；婢女走到車邊，女郎吩咐：「為我放下車簾！哪裡來的瘋小子，一次次偷看我！」婢女就把簾子放下來，憤怒地看著方生說：「她是芙蓉城七郎子的新娘子，回娘家探親，不是農家婦，任憑你胡瞧亂看！」說後就抓一把車轍裡的塵土，揚手拋向方生。方生迷了眼，睜不開，剛一擦眼，再看，車馬已經無影無蹤。

方生驚訝不已的回了家，感覺兩隻眼不舒服。請別人掰開眼皮觀察，發現眼珠上長了一層薄膜；過了一夜，病情更加厲害，淚流不止。薄膜逐漸加大，幾天以後膜厚如銅錢，右眼珠生起旋螺，百藥無效。他懊恨苦悶到極點，很想自己悔罪祈福。聽說《光明經》能解除危難，就拿一卷請人指教誦讀；起初還心情煩躁，讀經時間一長，心裡漸漸安定。他早晨和傍晚沒事，只盤腿打坐，手捻串珠誦經，堅持了一年，塵緣萬種，在意念中消失得一乾二淨。忽然聽見左眼裡說話，聲音很低，像飛蠅雙翅震動，說：「眼珠裡黑漆漆，難受煞我了！」右眼裡應聲說：「可以出去玩一陣兒，出出這個悶氣。」他漸漸感覺鼻孔中蠕動發癢，好像有個東西出來，離開鼻子跑掉，過了好久才回來，又從鼻孔鑽進眼眶，在眼中說：「多時不見園亭，珍珠蘭都乾死啦！」方生平常愛香蘭，在園裡種植了許多，一向由自己澆水，自從失明以後，好久沒有過問，忽然聽見這話，急忙問妻子：「怎麼讓蘭花乾死啦？」妻子問他怎麼會知道，他就說明緣故。

妻子跑去查看，珍珠蘭果然乾枯了，因此認為這件事非常奇異，就在屋裡藏起來等待眼中小人；見他們從方生鼻孔中出來，身軀沒有豆子大，盤旋了一陣兒，竟然跑出門外，漸去漸遠，不知哪裡去了；一會兒，臂挽著臂回來，飛奔到方生臉上，就像蜜蜂、螞蟻鑽進窩。這樣觀察了兩三天，方生又聽見左眼裡說：「隧道曲折，很不方便，不如自己另開大門。」右眼中回答：「我這邊牆壁厚，很不容易。」左邊說：「我試著打通，咱們都從這邊走。」於是感覺左眼眶裡隱隱約約似被抓裂。過了一會兒，方生睜開眼，突然能清清楚楚地看見桌子等東西，心中高興，告訴妻子。妻子仔細察看，原來是脂膜上捅破一個小洞，黑眼珠閃閃放光，像剛綻裂欲出的花椒仁。過了一夜，障翳全部消失；妻子仔細看他，左眼珠竟有兩個瞳人，但是右眼仍有旋螺，才知道是兩個瞳人合住在一個眼眶。方生雖然一隻眼瞎，卻比兩隻眼的人看得更加清晰。由此，他言行更加檢點，嚴格約束，終於博得同鄉人的稱讚，說他有高尚的品德。

異史氏說：「我們鄉有個讀書人，與兩個友人一路同行，見遠在前面有個騎驢的人，是年輕婦女。士人開玩笑，吟詩：『有美人兮！』又回頭對友人說：『追上去！』三人就一面笑一面快追。一會兒就追上了。士人一看，竟是自己的兒媳，於是心中慚愧，垂頭喪氣，默不哼聲。友人卻假裝不了解內情，評說這婦女的話很不莊重。這士人尷尬得轉來轉去，結結巴巴地說：『她是我大兒子的媳婦。』兩位朋友這才勉強憋住笑，不再說下去。心意輕薄的人往往自己侮辱自己，很可笑啊！至於方生迷眼失明，卻是鬼神兇惡的報應了。芙蓉城主，不知道他是什麼神，難道是菩薩現身嗎？可是那眼中小人能自開門戶，鬼神雖然兇惡，又何曾不許人自我改正錯誤，重新做人呢。」

【研析】這是篇富有警世意義的寓言故事，文中寫書生方棟，平時行為輕佻，不守禮儀，愛騷擾女性，結果受到仙女的懲罰，從此「頗思自懺悔」，有空就趺坐誦經思過，終於改過自新，一目復明。從此「益自檢束」，被鄉人「稱盛德焉」。故事表現了作者的美好心願：希望有輕薄無禮劣行的人，能接受教訓，改過自新。

文章構思巧妙，矛盾焦點集於眼睛。長安書生方棟，「佻脫不持儀節」，「見遊女，輒輕薄尾綴之」。所以仙女就從眼睛上懲罰他。一把轍土，雙目失明，逼迫他不能不改過自新。

文中最有創意的是，細緻描繪了兩個活靈活現的小瞳人，使人讀來妙趣橫生。小瞳人是懲罰的工具，也是監督改過的使者，為了使其真實可信，把它們描寫得愛說愛動並且各有個性：「忽聞左目中小語如蠅，曰：『黑漆似，叵耐殺人！』」頗似一人發牢騷。「右目中應云：『可同小遨遊，出此悶氣。』」另一人出主意，自我調節，於是就外出一遊。回來之後又說：「許時不窺園亭，珍珠蘭遽枯瘠死！」原來方生喜蘭，園中多植，失明未灌溉，聞言問妻，妻反問何以知道，他才說原因。妻窺園，花果槁，大驚異，才靜候觀察：「見有小人自生鼻內出，大不及豆，營營然竟出門去。」「俄，連臂歸，飛上面，如蜂蟻之投穴者。」把小瞳人的行動寫得維妙維肖，可聞可見，形象生動感人，令人信服。

作者最後說：「鬼神雖惡，亦何嘗不許人自新哉。」方生經過深刻思過，終於得到自新機會。文中卻仍以小瞳人「自啟門」表現出來：「遂覺左眶內隱似抓裂；有頃開視，豁見几物。喜告妻。」「越一宿，幛盡消。」此後，他更嚴於自律，受到同鄉的盛讚。

作者最後又補充一個故事：一輕薄士人，發現調戲的對象竟然是自己的兒媳，說明這類卑汙惡行和醜態是作者深惡痛絕的，所以給予無情的揭露和嘲諷！

白秋練

直隸❶有慕生，小字蟾宮，商人慕小寰之子，聰惠❷喜讀。年十六，翁以文業迂❸，使去而學賈。從父至楚❹，每舟中無事，輒便吟誦。抵武昌❺，父留居逆旅❻，守其居積❼。生乘父出，執卷哦詩❽，音節鏗鏘。輒見窗影憧憧，似有人竊聽之，而亦未之異也。

一夕，翁赴飲，久不歸，生吟益苦。有人徘徊窗外，月映甚悉，怪之；遽出窺覘，則十五六傾城❾之姝。望見生，急避去。又二三日，載貨北旋，暮泊湖濱。父適❿他出，有媼入曰：「郎君⓫殺吾女矣！」生驚問之，答云：「妾白姓。有息女⓬秋練，頗解文字，言在郡城⓭得聽清吟，於今結想，至絕眠餐。意欲附為昏因⓮，不得復拒。」生心實愛好，第慮父嗔，因直以情告。媼不實信，務要盟約，生不肯。媼怒曰：

「人世姻好，有求委禽⑮而不得者。今老身自媒，反不見內⑯，恥孰甚⑰焉！請勿想北渡矣！」遂去。

少間，父歸，善其詞以告之，隱冀垂納⑱。而父以涉遠，又薄⑲女子之懷春⑳也，笑置之。泊舟處水深沒棹；夜忽沙磧㉑擁起，舟滯不得動。湖中，每歲客舟必有留住守洲者，至次年桃花水㉒溢，他貨未至，舟中物當百倍於原直也，以故翁未甚憂怪，獨計明歲南來，尚須揭貲，於是留子自歸。生竊喜，悔不詰媼居里。日既暮，媼與一婢扶女郎至，展衣㉓臥諸榻上，向生曰：「人病至此，莫高枕作無事者！」遂去。生初聞而驚，移燈視女，則病態含嬌，秋波㉔自流；略致訊詰，嫣然微笑。生強其一語，曰：「『為郎憔悴卻羞郎㉕』，可為妾詠。」生狂喜，欲近就之，而憐其荏弱；探手於懷，接脗㉖為戲。女不覺歡然展謔，乃曰：「君為妾三吟王建『羅衣葉葉』之作㉗，病當愈。」生從其言，甫兩過，女攬衣起坐，曰：「妾愈矣！」再讀，則嬌顫相和。生神志益飛，遂滅燭共寢。

女未曙已起，曰：「老母將至矣。」未幾，媼果至，見女凝妝歡坐，不覺欣慰；邀女去，女俯首不語，媼即自去，曰：「汝樂與郎君戲，亦自任也。」於是生始研問㉘居止，女曰：「妾與君不過傾蓋㉙之友，昏嫁尚不可必，何須令知家門。」然兩人互相愛悅，要誓㉚良堅。女一夜早起挑燈，忽開卷淒然淚瑩。生急起問之，女曰：「阿翁㉛行且至。我兩人事，妾適以卷卜，展之得李益〈江南曲〉㉜，詞意非祥。」生慰解之，曰：「首句『嫁得瞿塘賈』即已大吉，何不祥之與有！」女乃稍歡。起身作別曰：「暫請分手，天明則千人指視矣。」生把臂哽咽，問：「好事如諧，何處可以相報？」曰：「妾常使人偵探之，諧否無不聞也。」生將下舟送之，女力辭而去。無何慕果至，生漸吐其情。父疑其招妓，怒加詬厲；細審舟中財物，並無虧損，譙訶㉝乃已。一夕，翁不在舟，女忽至，相見依依，莫知決策。女曰：「低昂㉞有數，且圖目前。姑留君兩月，再商行止。」臨別以吟聲作為相會之約。由此值翁他出，遂高吟，則女自至。四月行㉟盡，物價失時㊱，諸賈無策，斂貲㊲禱湖神之廟。端陽後雨水大至，舟始通。

生既歸，凝思成疾。慕憂之，巫㊳醫並進。生私告母曰：「病非藥禳可痊，唯有秋練至耳。」翁初怒之，久之，支離㊴益憊，始懼，賃車載子，復如楚。泊舟故處，訪居人，並無知白媼者。會有媼操柁湖濱，即出自任。翁登其舟，窺見秋練，心竊喜；而審詰邦族，則浮家泛宅㊵而已。因實告子病由，冀女登舟，姑以解其沉痼㊶。媼以婚無成約弗許。女露半面，殷殷窺聽，聞兩人言，眦淚㊷欲墮。媼視女面，因翁哀請，即亦許之。至夜，翁出，女果至，就榻嗚泣曰：「昔年妾狀，今到君耶？此中況味，要㊸不可不使君知。然羸頓如此，急切何能便瘳？妾請為君一吟。」生亦喜。女亦吟王建前作。生曰：「此卿心事，醫二人何得效？然聞卿聲，神已爽矣。試為我吟『楊柳千條盡向西㊹』。」女從之。生贊曰：「快哉！卿昔誦詩餘[45]，有〈采蓮子〉云：『菡萏香連十頃陂[46]。』心尚未忘，煩一曼聲度[47]之。」女又從之。甫闋[48]，生躍起曰：「小生何嘗病哉！」遂相狎抱，沉痾若失。既而問父見媼何詞，事得諧否。女已察知翁意，直對「不諧」。

既而女去，父來，見生已起，喜甚，但慰勉之，因曰：「女子良佳。然自總角[49]時，把柁棹歌，無論微賤，抑亦不貞。」生不語。翁既出，女復來，生述父意。女曰：「妾窺之審矣。天下事，愈急則愈遠，愈迎則愈距。當使意自轉，反相求。」生問計，女曰：「凡商賈志在利耳。妾有術知物價。適視舟中物，並無少息。為我告翁：居某物，利三之；某物，十之。歸家，妾言驗，則妾為佳婦矣。再來時，君十八，妾十七，相歡有日，何憂為！」生以所言物價告父。父頗不信，姑以餘貲半從其教。既歸，所自置貨，貲本大虧；幸少從女言，得厚息，略相準[50]，以是服秋練之神。生益誇張之，謂女自言，能使己富，翁於是益揭貲而南。

至湖，數日不見白媼，過數日始見其泊舟柳下，因委禽焉。媼悉不受，但涓吉[51]送女過舟。翁另賃一舟為子合巹[52]。女乃使翁益南，所應居貨，悉籍付之。媼乃邀婿去，家於其舟。翁三月而返。物至楚，價已倍蓰[53]。將歸，女求載湖水；既歸，每食必加少許，如用醯醬[54]焉。由是每南行，必為致數罈而歸。

後三四年，舉一子。一日，涕泣思歸。翁乃偕子及婦俱如楚。至湖，不知媼之所在。女扣舷呼母，神形喪失。促生沿湖問訊。會有釣鱘鰉[55]者，得白鱀[56]。生近視之，巨物也，形全類人，乳陰畢具。奇之，歸以告女。女大駭，謂夙有放生願，囑生贖放之。生往商釣者，釣者索直昂。女曰：「妾在君家，謀金不下巨萬，區區者何遂靳直[57]也！如必不從，妾即投湖水死耳！」生懼，不敢告父，盜金贖放之。既返，不見女，搜之不得，更[58]盡始至。問：「何往？」曰：「適至母所。」問：「母何在？」靦然曰：「今不得不實告矣：適所贖，即妾母也。向在洞庭[59]，龍君命司行旅。近宮中欲選嬪妃，妾被浮言者所稱道，遂敕妾母，坐相索妾，母實奏之，龍君不聽，放母於南濱，餓欲死，故罹前難。今難雖免而罰未釋，君如愛妾，代禱真君[60]可免。如以異類見憎，請以兒擲還君。妾去，龍宮之奉，未必不百倍君家也。」生大驚，慮真君不可得見。女曰：「明日未刻[61]，真君當至。見有跛道士，急拜之，入水亦從之。真君喜文士，必合憐允。」乃出魚腹綾一方，曰：「如問所求，即出此，求書一『免』字。」生如言候之，果有道士蹩躠[62]而至。生伏拜之，道士急走；生從其後；道士以杖投水，躍登其上。生竟從之而登，則非杖也，舟也。又拜之，道士問：「何求？」生出羅求書。道士展視曰：「此白鱀翼也，子何遇之？」蟾宮不敢隱，詳陳顛末。道士笑曰：「此物殊風雅，老龍何得荒淫！」遂出筆草書「免」字如符[63]形，返舟令下。則見道士踏杖浮行，頃刻已渺。

歸舟，女喜，但囑勿泄於父母。歸後二三年，翁南遊，數月不歸。

湖水既罄，久待不至，女遂病，日夜喘急。囑曰：「如妾死，勿瘞，當於卯、午、酉(64)三時一吟杜甫〈夢李白〉詩(65)，死當不朽。候水至，傾注盆內，閉門緩(66)妾衣，抱入浸之，宜得活。」喘息數日，奄然遂斃。後半月，慕翁至，生急如其教，浸一時許，漸甦。自是每思南旋。後翁死，生從其意，遷於楚。

【注釋】❶直隸　舊省名，約今河北。❷聰惠　也作「聰慧」。聰明智慧。❸以文業迂　文業，科舉考試。迂，收效緩慢。❹楚　約為今湖南、湖北。特指湖北。❺武昌　今屬武漢。❻逆旅　迎接旅客的地方。即旅館。❼居積　囤積，借指待售的貨物。❽哦詩　吟詩。哦，吟詠。❾傾城　形容女子貌美。語出《漢書．外戚傳》：「北方有佳人，絕世而獨立，一顧傾人城，再顧傾人國。」❿適　正好；剛好。⓫郎君　對年輕人的尊稱。⓬息女　親生女。⓭郡城　此指武昌。⓮昏因　「婚姻」的古體字。⓯委禽　古代婚禮六禮之一，下聘禮。⓰內　「納」的古體字。接受。⓱孰甚　孰，哪種。甚，嚴重。⓲垂納　表示接受的敬詞。垂，賜予。納，接受。⓳薄　鄙視。⓴懷春　少女萌生男女之情。㉑沙磧　沙石堆積成的沙灘地。㉒桃花水　桃花盛開時雨降水漲。㉓展衣　解開衣裳。㉔秋波　喻美女清澈明亮的眼睛。㉕為郎憔悴句　語出唐元稹〈鶯鶯傳〉：「自從消瘦減容光，萬轉千迴懶下床，不為旁人羞不起，為郎憔悴卻羞郎。」㉖頤　下巴。㉗羅衣葉葉之作　唐代王建〈宮詞〉：「羅衣葉葉繡重重，金鳳銀鵝各一叢。每遍舞時分兩向，太平萬歲字當中。」㉘研問　仔細詢問；盤問。㉙傾蓋　兩人各自乘車，途中相遇停留，車蓋靠近。喻短暫會晤。㉚要誓　訂立盟誓。㉛阿翁　婦人稱丈夫的父親。㉜李

益江南曲　詩云：「嫁得瞿塘賈，朝朝誤妾期，早知潮有信，嫁與弄潮兒。」㉝譙訶　責備。㉞低昂　高低成敗。㉟行　將要。㊱失時　錯過好時機。㊲斂貲　集資；湊錢。斂，收納；積聚。㊳巫　以向神禱告為人治病的人。㊴支離　憔悴。㊵浮家泛宅　通「水上人家」。以船為家或長期在水上生活。㊶沉痼　同「沉疴」。積久難癒的病。㊷眦淚　猶眼淚。眦，也作「眥」。眼眶。㊸要　總歸。㊹楊柳句　唐代詩人劉方平〈代春怨〉：「朝日殘鶯伴妾啼，開簾只見草萋萋。庭前時有東風入，楊柳千條盡向西。」㊺詩餘　詞的別名。㊻菡萏句　唐詩人皇甫松〈采蓮子〉：「菡萏香連十頃陂，小姑貪戲採蓮遲。晚來弄水船頭濕，更脫紅裙裹鴨兒。」㊼曼聲度　曼聲，拖長聲音。度，按曲譜歌唱。㊽甫闋　甫，剛剛。闋，樂曲終止。㊾總角　古代兒童束髮兩結，狀似牛角，故稱。借指童年。㊿相準　相抵消。(51)涓吉　選擇良辰吉日。(52)合巹　行婚禮。(53)倍蓰　數倍。五倍稱蓰。(54)醯醬　醋和醬。亦指醬醋拌合的調味料。(55)鱘鰉　魚名，生活於江河，長一二丈。(56)白鱀　白鱀豚，鯨類，長丈餘，胎生。(57)靳直　靳，吝惜。直，通「值」。錢財。(58)更　古代計時單位，一夜約為五更。(59)洞庭　湖名。位於湖南北部。(60)真君　道家對於修道成仙的道徒的尊稱。(61)未刻　即未時，約下午一時至三時。(62)蹩躠　形容瘸腿走路。(63)符　道家的符籙。(64)卯午酉　泛指早晨、中午、傍晚。(65)杜甫夢李白詩　詩有二首，其第二首云：「浮雲終日行，遊子久不至。三夜頻夢君，情親今君意。告歸常局促，苦道來不易。江湖多風波，舟楫恐失墜……。」(66)緩　鬆解。

【語　譯】直隸省有位姓慕的書生，他的小名叫蟾宮，是當地商人慕小寰的兒子。慕蟾宮從小就很聰明，也很喜歡讀書。十六歲的時候，父親慕小寰以為追求科舉考試功成名就的收效慢，於是讓他離開學堂，叫他學做生意。他跟隨父親到了湖北，每逢在船上閒來無事時就朗誦過去學過的詩文。船到了武昌，父親住進旅館，看守貨物。蟾宮趁父親外出，就利用機會手捧書卷吟詩，聲音洪亮，節奏分明。每當此時，常見窗外人影憧憧，好像來偷聽，他也沒有感到驚異。

有一天晚上，慕翁到別處飲酒，好久沒有回船，慕生吟詩更帶勁了。他發現有人在窗外走來走去，月光照耀下，影子很清楚，感覺奇怪；急忙出去察看，原來是一位十五六歲長得很美麗的女子。她望見慕生，趕緊離開。又過了兩三天，載了購進的貨物回北方，傍晚船停湖邊，正逢他父親外出，有位老婦人進船，說：「郎君，你把我女兒害苦了！」慕生吃了一驚，問她到底是怎麼回事，老婦人回答說：「我姓白，有個親生女兒名叫秋練，也懂得一點詩文。她說曾在武昌聽過你朗誦詩，直到現在都還想念不忘，以致睡不著覺，吃不下飯。我想讓她和你結婚，請你不要推辭。」慕生自從那夜見了秋練，心裡確實喜愛，只是怕父親生氣責怪，就直接將實情告訴白老太太。白老太太卻不相信，一定要他發誓訂約。慕生不願意，老太太發怒說：「人世間的婚姻，常常是男方上門求婚還得不到的；現在老身自己為媒，你反而推三阻四不肯接受，有哪種恥辱能比這更嚴重呢！你再不答應，就請別打算乘船回北方了！」說罷就離開了。

一會兒，慕生的父親回來了，慕生把白老太太的話美化後告訴父親，暗自希望能被同意接受。慕翁因為現在遠離家門，又鄙視這女子萌生春心，只笑一笑，不再理睬。停船的地方，原本水深沒棹，到了夜間忽然壅起沙石堆積成的沙灘地，船動彈不得。這湖裡面，過去每年都有客船因沙灘地留下，等到第二年桃花盛開，雨降水漲，運貨上市，別家的貨沒有到，這船貨物就多賺上百倍的錢，因此慕翁並不犯愁，也不引以為怪，只是考慮明年再來，還必須借貸，就留下兒子守船，獨自回家。慕生暗自歡喜，後悔白老太太來時沒有問她的住址。傍晚，白老太太和一個婢女扶秋練來到，讓她解開外衣，躺在牀上。白老太太朝慕生說：「人病到這個地步，你別高枕而臥，沒事人似的！」說完便轉身離去。慕生剛聽她說時嚇了一跳，端燈來看秋練，雖病卻情態嬌媚，秋波流盼。問她幾句話，她笑得很美。慕生勉強她說一句話，她說：「『為郎憔悴卻羞郎』，就是為我說的。」慕生哈哈大笑，想緊靠她身邊，卻可憐她柔弱，便探手懷中，接吻戲笑。秋練不覺興奮得縱情調笑，說：「你為我朗誦三遍『羅衣葉葉』宮詞，我的病一定能痊癒。」慕生聽從，才兩遍，秋練披上衣服坐起來，說：「我的病好啦！」慕生再讀第三遍，她就發出嬌顫的嗓音伴誦。慕生這時情緒更加飛揚，就吹滅燭火，同上牀共寢。

天還沒有亮，秋練已經起牀，說：「老母親就要到了。」一會兒，白老太太果然來到，看見女兒穿得華美整齊，笑容滿面地坐著，心頭不覺欣慰，要秋練回去，秋練低下頭，不說話，白老太太就自己回家，說：「你喜歡和郎君玩，也自己作主吧。」慕生盤問秋練的住址，秋練說：「我和你不過暫時友愛，婚嫁的事不一定辦成，何必知道住處。」可是兩個人互親互愛，訂立了誓約，心意很堅定。一夜，秋練早起身，點上燈看書，打開書卷，忽然心情悲悽，淚眼汪汪。慕生趕緊起來問她，她說：「你父親就要來到。關於咱兩個人的事，我剛才用書卷占卜，掀開一看，是李益〈江南曲〉，詞意不吉祥呢。」慕生安慰她，解釋說：「第一句『嫁得瞿塘賈』就已經是大吉了，有什麼不祥呢！」秋練這才稍微高興，站起來辭別，說：「暫且分手，等到天明，就會有千人手指、圍觀我了。」慕生握住她的手臂泣不成聲，說：「咱倆的事如果能辦成，到哪裡告訴你？」回答說：「我經常使人探聽消息，能成不能成沒有不知道的。」慕生要下船送她，她極力辭謝後走了。不久，慕翁果然來到，慕生逐漸吐露實情。慕翁懷疑他招來妓女，怒沖沖地罵他，可是細查船中財物，並沒有損失，責備他幾句後便不再追究。一天晚上，慕翁不在船上，秋練忽然來到，相見以後依戀不捨，不知道該怎麼辦，秋練說：「高低成敗，命運決定。還是只顧眼前吧。暫時留你住兩個月，以後再商量如何行動。」臨別約定以朗誦詩詞作相會的信號。從此每逢慕翁外出，慕生就高聲朗誦，秋練就應聲趕來。四月份快要過完了，貨物的價格已經失去好時機，商人們沒有辦法，大家出錢到湖神廟去禱告，端陽節以後大雨水下了，船才通行。

慕生回家以後，因為一心思考和秋練的事而病倒。慕翁憂愁，請來巫師，又請來醫生治療。慕生暗地裡告訴母親：「我的病，服藥祈禱治不好，只有秋練來才能痊癒。」慕翁起初生兒子的氣，時間長了，兒子更加憔悴，就害怕了，便租車又到湖北，到原來停船的地方，訪問當地人，都不認識白老太太。恰巧有位老婦人在湖邊搖船，說她就姓白。慕翁上了她的船，看見秋練，心中暗喜；仔細詢問籍貫姓氏，僅是水上人家罷了，就如實說出兒子生病的原因，希望秋練到他船上相見，暫且解消他那積久難治的病。白老太太因為他們沒有正式訂婚不允許。這時秋練早已露出半個臉，殷切地聽著，聽完兩人的對話，淚水眼看就淌下來。白老太太看到女兒的臉色，又因為慕翁苦苦哀求，也就許可了。到夜間，慕翁外出，秋練果然來到，坐在牀邊哭著說：「我以前的情形，現在轉到你身上了嗎？這裡面的滋味，總得讓你嘗一嘗。但是你瘦弱疲憊到這個地步，短時間內怎能痊癒呢？讓我為你朗誦詩詞吧。」慕生很開心。秋練便朗誦王建那〈宮詞〉，慕生說：「這是你的心事，用它醫治兩個人的病怎能有效？不過，聽到你的聲音，我心裡就挺爽快了。你試一試，為我朗誦『楊柳千條盡向西』吧。」秋練順從。慕生讚美說：「太痛快啦！你過去朗誦詞，有〈采蓮子〉云：『菡萏香連十頃陂』一句，我還沒有忘，煩你拖長聲音再唱一唱。」秋練又順從他。剛剛唱完，慕生一跳下了牀，說：「我哪曾生過病呢！」於是兩人擁抱，已久的大病像全好了。不久，慕生問父親見白老太太後說的話，事情能不能辦成，秋練早已看透慕翁的意思，直接說「不成」。

過了一會兒，秋練走了。慕翁回來，見慕生下了牀，高興極了，安慰勉勵他說：「這女郎很好，可是從小時候就划船唱歌，且不說她貴賤，也許不是貞潔女子。」慕生不說話。慕翁出去以後，秋練又來，慕生講了父親的意思，秋練說：「我看得很清楚了。天下的事，越急著到手，它離你越遠；越去迎合，你越遭拒絕。應該讓他自覺回心轉意，反過頭來請求。」慕生問她有什麼打算，秋練說：「凡是商人，一心想的都是賺錢。我有辦法知道物價。剛才我看過船中的貨物，無利可圖。代我告訴你父親，販得什麼貨三分利，什麼貨十分利；運貨回家，如果我的話說準了，那麼我就成好媳婦了。下次再來時，你年十八，我十七歲，相歡愛的日子長著哩，有什麼可愁的呢！」慕生把秋練所說的物價告訴父親，父親有點不相信，暫且拿出一半餘款照辦。運回家以後，他自作主張進的貨賠本很多，幸虧聽了秋練的話，賺了很多錢，兩項相抵差不多保住本錢。慕翁佩服秋練料事如神。慕生趁機誇張，說秋練能使他成富戶，於是慕翁帶更多資本到南方經商。又來到湖邊，停了幾天沒看見白老太太；又過了幾天，才見她停船在柳樹下面，就下聘禮。白老太太什麼聘禮也不要，只是定下良辰吉日，送女兒到船上來。慕翁另租了一艘船為兒子成婚。秋練就讓慕翁再向南走，把應當買的貨物，都登記入冊交給他。老太太就迎女婿住在她的船上。慕翁走後三個月回來，運貨物到湖北，價格已提高數倍。將要回直隸省時，秋練請求裝載湖水。到家以後，她每次吃飯一定用少量湖水，就像加醬瀝醋。從此每到南方，回來時一定為她帶回幾罈子湖水。

到北方三四年，秋練生了一個兒子。一天，她哭起來，想回娘家，慕翁就同兒子、兒媳去湖北。船到湖畔，不知白老太太在什麼地方。秋練拍著船舷呼喊母親，心煩意亂，恐慌不安，催促慕生沿湖探聽消息。正逢有一位釣鱘鰉的人，得到一條白鱀豚，慕生向前一看，牠體形很大；同人一樣，乳房、生殖器官都有。慕生感覺很奇怪，回去告訴秋練，秋練大吃一驚，對慕生說她曾在神前許願放生，囑咐慕生買後放牠回湖。慕生和漁夫商議，漁夫開價很高，秋練說：「我在你家，謀求的金錢成萬，在這件小事上，怎麼竟吝惜錢財呢！如果一定不聽我的話，我就跳湖去死！」慕生害怕，又不敢告訴父親，就偷錢贖放。他回來以後，秋練不見了，到處找也找不到，五更天過去了她才回來。問她：「到哪裡去了？」說：「只是到母親住處。」問：「母親在何處？」她不好意思地說：「現在不能不向你實說了：你向漁夫買的，就是我母親。她一向在洞庭湖，龍王命她管理行旅客商的事，近來龍宮要選嬪妃，編造流言蜚語的人讚美我，宮中就向我母親下命令，非要我不行。母親如實上奏，龍王聽不進去。把我母親放逐到南湖的邊沿，餓得她快要死去，所以才遭受日前的災難。現在死難雖然免去，處罰還沒有解除。你如果真愛我，去代我請求真君就可以免去處罰。如果因為我不是人而討厭我，就把孩子還給你，我去龍宮。龍宮的生活享受，說不定比你家好一百倍呢。」慕生聽後十分驚異，只擔心見不到真君。秋練說：「明天未時真君會來，你看見一位瘸腿道士，急忙向他下拜，他到水裡去你就跟他去。真君喜愛文士，一定會同情你，答應你的請求。」於是拿出一方魚腹綾，說：「他如果問你有什麼請求，你就把這綾巾拿出來，求他在上面寫一個『免』字。」慕生依照囑託等待，果然有一位道士一瘸一拐地來到。慕生向他磕頭作揖，他急忙走過；慕生追趕，他把手杖投下水，跳上去，慕生也隨後向上跳，這時手杖變成船。慕生又向他行禮，道士問：「你有什麼要求？」慕生拿出綾巾求他寫。道士展開綾巾一看，說：「這是白鱀豚的鰭膜，你怎麼得到它的？」慕生不敢隱瞞，詳細陳述事情的全部經過，道士笑道：「此物很風雅，老龍王怎麼能這樣荒唐淫亂！」就拿出毛筆寫了一個草字「免」，字形像符籙，然後回船岸邊，讓慕生下去。於是見道士腳踩手杖漂浮遠行，一會兒就看不到了。

慕生回到船上，秋練高興了，只囑咐他事情別向父母洩露。他一家回北方後三年，慕翁又去南方，過了好幾個月還沒有回來。以前運來的湖水已經用光了，久等不到，秋練就因此生病，日夜呼吸困難，囑咐說：「如果我死了，不要埋葬，要在卯、午、酉三個時辰，為我朗誦杜甫〈夢李白〉詩。這樣，我雖死不腐；等到湖水運到，倒在盆裡，關上門，鬆開我的衣服，把我抱到盆子裡浸泡，大概能復活。」她又喘息了幾天就死了。此後半個月，慕翁到家，慕生趕緊照秋練的囑託辦理，泡了一個多時辰，秋練漸漸甦醒。從此，秋練常想回南方。後來慕翁去世，慕生按照秋練的打算，把家遷移到湖北。

【研析】〈白秋練〉是篇人與白鱀豚精之間相愛並成婚的神異傳奇故事，創新處在於，自始至終貫穿著對吟誦詩詞的熱愛和神奇應用。文中讚揚了白秋練和慕蟾宮二人為爭取愛情自由，不怕困難、衝破障礙的奮鬥精神，寄託著人們追求美滿幸福生活的理想。

按故事內容，可分三部分理解：

第一部分，初結情緣。直隸商人之子慕蟾宮從父至楚，舟中吟誦詩詞，白鱀豚精少女白秋練竊聽，迷戀慕生，結想成疾。其母白媼留住慕舟，送女兒至慕生榻上，說：「人病至此，莫高枕作無事者！」遂去。生「移燈視女，則病態含嬌，秋波自流」。強求一語，則曰：『為郎憔悴卻羞郎』，可為妾咏。」生狂喜，「探手於懷，接腦為戲。女不覺歡然展謔」，並要求慕生為其三吟王建「羅衣葉葉」詞，才吟兩遍，「女攬衣起坐，曰：『妾愈矣！』」二人相處兩月，慕父「以涉遠，又薄女子之懷春也」，反對兒子與秋練相愛，並帶子北返。

第二部分，反相求親。慕生回家，心繫秋練，「凝思成疾」，「巫醫並進」無效。生私告母，病癒「唯有秋練至耳」，「翁初怒」，日久見生「支離益憊，始懼」，帶兒一起至楚尋找白氏。翁哀請，女殷殷，媼方許見面。女就榻嗚泣曰：「昔年妾狀，今到君耶？此中況味，要不可不使君知。」女為生吟王建詞，慕生聽後神爽，又叫她吟「楊柳千條盡向西」和「菡萏香連十頃陂」。吟罷，「生躍起曰：『小生何嘗病哉！』遂相狎抱，沉痾若失」。其父仍看不起白女，女曰：「天下事，愈急則愈遠，愈迎則愈距。當使意自轉，反相求。」生問計，女曰：「凡商賈志在利耳。妾有術知物價。」按她的指引，慕翁得厚利，「以是服秋練之神」，這才決心為子求婚。媼不收彩禮，將女兒送來與慕生成親。將回北方，女要求載些湖水，她每食必加少許，成為習慣。

第三部分，救母和自救。三四年後，有一子。一日，女「涕泣思歸」。原來是母遇難，促生放生救母，並求真君書「免」字才平息。這才告訴慕生自己是白鱀豚之女。歸家二三年，因湖水用完，女將死。囑生，死不要葬，每日三吟杜甫〈夢李白〉詩可不腐，候湖水至浸入，可復活。生照辦，果然甦醒。翁死後，遷楚居住。

小說獨特構思，將詩詞吟誦發揮了神奇作用：吟詩可為媒、吟詩可醫病、詩詞可占卜、吟詩作約會、吟詩能保命！令人讀來妙趣橫生，也使作品更加文雅與浪漫！

小說塑造了白秋練這美妙的女子形象，她不僅有傾城之美貌，而且深通詩詞；她有聰慧嬌嬈、曼妙多情的品格，又有預知物價、深明世情的奇才。她身上體現了普通漁家女兒追求愛情自主和生活快樂的美好心願。

喬女

平原❶喬生有女黑醜：壑一鼻，跛一足；年二十五六，無問名❷者。邑有穆生，年四十餘，妻死，貧不能續，因聘焉。三年，生一子。未幾，穆生卒，家益索❸，大困，則乞憐其母；母頗不耐之。女亦憤不復返，惟以紡織自給。

有孟生喪偶，遺一子烏頭，裁❹周歲，以乳哺之人，急於求配，然媒數言，輒不當意。忽見女，大悅之，陰使人風示❺女。女辭焉，曰：「饑凍若此，從官人得溫飽，夫寧❻不願？然殘醜不如人，所可自信者，德耳；又事二夫，官人何取焉！」孟益賢之，向慕❼尤殷，使媒者函金加幣，而說其母。母悅，自詣女所，固要之；女志終不奪❽。母慚，願以少女字孟；家人皆喜，而孟殊❾不願。

居無何，孟暴疾卒，女往臨⑩哭盡哀。孟故無戚黨⑪，死後，村中無賴悉憑陵⑫之，家具攜取一空，方謀瓜分其田產。家人亦各草竊⑬以去，惟一嫗抱兒哭帷中。女問得故，大不平。聞林生與孟善，乃踵門而告曰：「夫婦、朋友，人之大倫⑭也。妾以奇醜，為世不齒⑮，獨孟生能知我；前雖固拒之，然固已心許之矣。今身死子幼，自當有以報知己。然存孤易，禦侮難，若無兄弟父母，遂坐視其子死家滅而不一救，則五倫⑯中可以無朋友矣。妾無所多須於君，但以片紙告邑宰；撫孤，則妾不敢辭。」林曰：「諾！」女別而歸。

林將如其所教，無賴輩怒，咸欲以白刃相仇。林大懼，閉戶不敢復行。女聽之，數日寂無音；及問之，則孟氏田產已盡矣。女忿甚，銳身⑰自詣官。官詰女屬孟何人。女曰：「公宰一邑，所憑者理耳。如其言妄，即至戚無所逃罪；如非妄，則道路之人可聽也。」官怒其言戇⑱，訶逐⑲而出。女冤憤無以自伸，哭訴於搢紳⑳之門。某先生聞而義之，代剖於宰。宰按之，果真，窮治諸無賴，盡返所取。或議留女居孟第，撫其孤；女不肯。扃㉑其戶，使嫗抱烏頭，從與俱歸，另舍之。凡烏頭日用所需，輒同嫗啟戶出粟，為之營辦；己錙銖㉒無所沾染，抱子食貧㉓，一如曩日。

積數年，烏頭漸長，為延師教讀；己子則使學操作。嫗勸使並讀，女曰：「烏頭之費，其所自有；我耗人之財以教己子，此心何以自明？」又數年，為烏頭積粟數百石，乃聘於名族，治其第宅，析令歸。烏頭泣要同居，女乃從之，然紡績如故。烏頭夫婦奪其具，女曰：「我母子坐食，心何安矣？」遂早暮為之紀理，使其子巡行阡陌㉔，若為傭然。烏頭夫妻有小過，輒斥譴不少貸；稍不悛㉕，則怫然㉖欲去，夫妻跪道悔詞，始止。

未幾，烏頭入泮㉗。又辭欲歸，烏頭不可，捐聘幣，為穆子完婚。女乃析子令歸。烏頭留之不得，陰使人於近村為市恒產百畝，而後遣之。

後女疾求歸，烏頭不聽；病益篤，囑曰：「必以我歸葬。」烏頭諾。既卒，陰以金啖穆子，俾合葬於孟。及期，棺重，三十人不能舉。穆子忽仆，七竅㉘血出，自言曰：「不肖兒，何得遂賣汝母！」烏頭懼，拜祝之，始愈。乃復停數日，修治穆墓已，始合厝之。

異史氏曰：「知己之感，許之以身，此烈男子之所為也。彼女子何知，而奇偉如是？若遇九方皋㉙，直牡㉚視之矣。」

【注釋】❶平原　縣名。今山東平原。❷問名　古代婚禮六禮之一，提親。❸索　衰敗。❹裁　才。❺風示　暗示。❻夫寧　夫，發語助詞。寧，難道。❼向慕　嚮往仰慕。❽奪　動搖。❾殊　很。❿臨　哭弔。⓫戚黨　親族。⓬憑陵　欺侮。⓭草竊　盜竊。⓮大倫　基本倫理道德。⓯不齒　看不起。⓰五倫　君臣、父子、兄弟、夫妻、朋友之間的倫理關係。⓱銳身　挺身。⓲戇　愚戇剛直。⓳訶逐　呵斥驅逐。⓴搢紳　古代仕宦的人插笏於紳帶。後因稱士大夫為搢紳。㉑扃　關閉；關上。㉒錙銖　喻數量很小。錙，四分之一兩。銖，一兩的二十四分之一。㉓食貧　過窮日子。㉔阡陌　田間小路。㉕悛　停止；悔改。㉖怫然　生氣的樣子。㉗入泮　考中秀才，入縣學讀書。㉘七竅　人的眼、耳、口、鼻七處孔穴。㉙九方皋　春秋時代擅長相馬的人。喻善於發現人才的人。見《列子．說符》。㉚牡　鳥獸的雄性。

【語譯】平原縣的喬生有個女兒，長得又黑又醜，豁鼻子，瘸一條腿，已經二十五六歲，沒有人向她提親。同縣有個姓穆的讀書人，四十多歲了，妻子死亡；因為家境貧窮，沒有續娶繼室，就娶她為妻；成婚後三年，生了一個兒子。過了不久，穆生死了，家境越發敗落，喬女母子生活很困難，就乞求母親可憐她，母親很不耐煩。喬女生氣，不再回娘家，只靠紡線織布過日子。

有個孟生，他的妻子死了，撇下一個兒子，名叫烏頭，才滿一歲，因為沒有人哺育，孟生急於再婚，可是媒人來講過幾次，總是不合心意。他忽然間見到喬女，內心十分喜愛，背地裡讓人向她暗示。喬女推辭，說：「我們母子二人忍飢受凍，這麼窮苦，如果跟隨你，就能穿得暖吃得飽，難道不願意麼？只是我殘疾醜陋，不如別人長得好，可以自信的只有修養德行，卻再嫁第二個丈夫，有什麼值得你選取呢！」孟生聽到這番話，嚮往仰慕喬女更加殷切，使媒人帶了銀子和綢緞，去勸說喬女的母親講情。喬女的母親歡喜，自己到女兒家，一再要挾，喬女卻堅持自己的主張，始終沒有動搖。母親覺得很不好意思，希望讓小女兒嫁給孟生；孟家的人都高興，只是孟生卻不願意。

不久，孟生突然發病死亡，喬女去弔喪，十分悲痛。孟生向來沒有親族，死後，村裡的無賴都欺侮他家：把他的家具搶光，正打算瓜分他的田產；僕人也偷了些東西後離開，只剩下一個老女僕，抱著幼兒躲在帳子裡哭。喬女知道這情況以後，心中憤憤不平，聽說林生和孟生友好，就到他家去，說：「夫婦和朋友的關係，屬於人倫的大道理。我因為容貌奇醜，被人們看不起，只有孟生賞識我。以前來提親，我雖然一再拒絕，可是心中已經應許他。他自身死去，兒子幼小，我應當要報答知己。可是代養孤兒容易，抵擋別人的欺陵就困難了。孟生沒有兄弟父母，眼看他兒死家滅卻毫不救助，那麼『五倫』中可以刪去『朋友』這一項了。我對先生沒有更多的需求，只是請你寫一紙短小的訴狀，交給縣令。撫養孤兒，我不敢推辭。」林生說：「好吧！」喬女就告別回家了。

林生要依照喬女的意見辦理，無賴們聽說之後十分惱火，揚言要拿刀跟他拚命。林生心裡非常害怕，就緊關家中大門，不敢再做下去。喬女等待林生告狀，等了好幾天沒見回音，及至去問他，孟生的田產已經被分光了。喬女感到很氣憤，便挺身自去見官。縣令問她是孟生家的什麼人，喬女說：「你主管一個縣的事務，依憑的是公理。如果有人胡說八道，就算是最近的親戚也逃脫不了罪責；如果說的是實情，即使他是過路的人，也應當可以聽信。」縣令聽她講話愚蠢剛直，有辱官威，便憤怒呵叱，攆她出去。喬女又冤又氣，找不到地方可以申訴，於是找到做過官的人家去哭訴。有一個先生聽後認為她講求正義，便代她向縣令說明辯解。縣令經過查辦，果然不錯，於是就對無賴們嚴加懲處，把他們搶去的東西全部送還給孟家。有人提議讓喬女留居孟家，撫養孟氏孤兒，喬女不同意。關上孟家的門，使老女僕抱著烏頭跟她回家，住在另一座屋裡；凡是為烏頭購置日用品，喬女總是和老女僕一起，打開孟家的屋門，取出糧食換了錢去辦理，自己分文不沾。她抱著自己的兒子過窮日子，跟以前一模一樣。

過了幾年，烏頭漸漸地長大，喬女為他請老師，教他讀書；對自己的兒子，只是讓他勞作。老女僕勸說喬女讓他們兩個孩子一起讀書，喬女說：「烏頭的學費是他自己的，如果我使用別人的錢教自己的兒子讀書，我的心意怎樣向別人表白呢？」又過了幾年，喬女為烏頭積攢的糧食，已經多達好幾百石，才讓他和有名望的家族的女兒成婚；又把他家的房子重新整修，讓他回去居住。烏頭哭著要求和她住在一起，喬女就也到孟家居住，可是她照舊紡織。烏頭夫婦奪走她的工具，喬女說：「你讓我母子兩個吃閒飯，我心裡怎麼能安寧呢？」於是她自己一天到晚為他管理家務，讓兒子為他巡查田野的耕作，當長工使用。烏頭夫妻行事，如果出現小的過錯，喬女就責備他們，不輕易放過；稍有不悔改的表現，她就生氣要離開孟家，直到烏頭夫妻跪下表明堅決悔改為止。

不久，烏頭進縣學讀書了，喬女又想告辭，要回到自己家居住。烏頭不同意，還出錢買聘禮，給穆生的兒子結婚。喬女見兒子有了妻室，打算和兒子分開，讓他回家，烏頭知道挽留不住，暗自使人為他在附近村莊買了一百畝地，然後送他走。此後，喬女生病，要求回去，烏頭不同意。喬女的病越來越重，囑咐說：「一定要把我埋葬到穆家墳地。」烏頭應許照辦。可是她去世以後，烏頭卻拿錢利誘穆生的兒子，使喬女與孟生合葬。到出殯那天，棺材很沉重，用三十個人也抬不動；穆生的兒子忽然倒在地上，七竅流血，自己說：「不成材的孩子，怎麼竟把母親賣了！」烏頭害怕，向棺材磕頭禱告，他的病情才得痊癒。於是喪葬暫停，拖延了好幾天，重修穆生的墳墓完工，這才合葬。

異史氏說：「感激懷念知心友人，終身為他奉獻，這是強烈堅持道義的男子漢的行為。喬女這個女子，有什麼高明見解，卻這麼奇特壯美？如果擅長相馬的九方皋遇見她，簡直要把她看作雄性的千里馬了。」

【研　析】這是一篇人物傳奇。喬女體貌殘醜，卻具有剛烈自信的品格；遭遇困頓，卻能堅持自己的理念，誠心報答知己，幫助別人。她以自己的思想行為，創造出動人的奇行義跡，成為古代社會理想的女性人格典範。

喬女黑醜且有殘疾，二十五六歲才嫁給四十多歲的穆生做填房。三年生一子，不久穆生死，本來就窮，生活更難，「乞憐其母；母頗不耐之」。從此不回家，以紡織自給。有孟生喪偶，留一歲的兒子烏頭。孟生向喬女求婚，喬女推辭說：「然殘醜不如人，所可自信者，德耳；又事二夫，官人何取焉！」「孟益賢之，向慕尤殷」，以重禮求其母，母悅但女不同意。不久，孟生暴疾死，喬女「臨哭盡哀」。孟家族無人，只一老嫗抱撫烏頭，受盡無賴欺陵，家財田產遭竊。喬女歷盡艱辛求官府追回，並幫助老嫗安排好家事，自己「錙銖無所沾染」，仍過窮日子。後來她又為烏頭「延師教讀」，成年後為其娶妻。烏頭想報恩，祈求喬女到自己家居住，女從，但仍然紡織，「使其子巡行阡陌，若為傭然」，對於烏頭夫妻也盡力教導。烏頭出錢為穆子完婚，喬女令他搬回去住，烏頭為他暗置田產。喬女病危，堅持要：「必以我歸葬。」女死，烏頭與穆子商定與孟生合葬。及期，穆子倒地，七竅流血，自言：「不肖兒，何得遂賣汝母！」烏頭害怕，拜祝，始癒。修治穆墓，合葬。

文章寫作的特點是，在特定的環境中展示人物性格。作者集中筆墨描寫喬女遭遇的困難艱辛。烈火識真金，正是在困境中，才使她的高尚性格凸顯出來。文章開頭就說：「女黑醜：壑一鼻，跛一足。」把這許多缺陷堆積到一個少女身上，她應該怎樣度過自己的一生呢？喬女坦然面對現實，正視現實，確定以高尚的道德修養來樹立自信心，作為人生目標。她出嫁後又遭遇夫亡，母子二人無生途，連自己的母親也不耐煩接濟，她以紡織自給，堅強地活下去。她見孟生孤兒遭人欺陵，挺身而出，據理到官府告狀，雖經挫折，終於為孟子討得公道處理。這些艱難險阻的境遇，使她經受了鍛練，激發了奮鬥精神，大膽堅持理念，顯示了她無私無畏的高尚道德風範和剛毅不屈的非凡性格，使她成為超過烈男子的奇偉女子。

顏氏

順天❶某生，家貧，值歲饑❷，從父之洛❸。性鈍，年十七，裁不能成幅❹。而丰儀秀美，能雅謔，善尺牘❺。見者不知其中之無有也。無何，父母繼歿，孑然一身，授童蒙❻於洛汭❼。時村中顏氏有孤女，名士裔也，少惠❽；父在時嘗教之讀，一過輒❾記不忘；十數歲，學父吟詠。父曰：「吾家有女學士❿，惜不弁⓫耳。」鍾愛之，期擇貴婿。父卒，母執此志，三年不遂，而母又卒。或勸適佳士，女然之而未就也。適鄰婦逾垣來，就與攀談。以字紙裹繡線，女啟視，則某手翰⓬，寄鄰生者。反復之而好焉。鄰婦窺其意，私語曰：「此翩翩⓭一美少年，孤與卿⓮等，年相若也。倘能垂意⓯，妾囑渠儂睇合⓰之。」女脈脈不語。婦歸，以意授夫。鄰生故與生善，告之，大悅。有母遺金鴉鬟⓱，託委致焉。刻日成禮，魚水⑱甚歡。及睹生文，笑曰：「文與卿似是兩人，如此，何日可成？」朝夕勸生研讀，嚴如師友。斂昏，先挑燭據案自哦，為丈夫率，聽漏三下⑲乃已。如是年餘，生制藝⑳頗通，而再試再黜。身名蹇落，饔飧不給，撫情寂漠，嗷嗷悲泣。女訶之曰：「君非丈夫，負此弁耳！使我易髻而冠，青紫直芥視之㉑！」生方懊喪，聞妻言，睒暘㉒而怒曰：「閨中人身不到場屋㉓，便以功名富貴，似汝在廚下汲水炊白粥，若冠加於頂，恐亦猶人耳！」女笑曰：「君勿怒。俟試期，妾請易裝相代。倘落拓㉔如君，當不敢復藐天下士矣。」生亦笑曰：「卿自不知蘗苦㉕，真宜使嘗試之。但恐綻露，為鄉鄰笑耳。」女曰：「妾非戲語。君嘗言：燕㉖有故廬，請男裝從君歸，偽為弟。君以襁褓出，誰得辨其非？」生從之。女入房，巾服而出，曰：「視妾可作男兒否？」生視之，儼然一顧影㉗少年也。生喜，遍辭里社。交好者薄有饋遺，買一羸蹇㉘，御妻而歸。

生叔兄尚在，見兩弟如冠玉[29]，甚喜，晨夕卹顧之。又見宵旰[30]攻苦，倍益愛敬。僱一翦髮雛奴，為供給使，暮後輒遣去之。鄉中弔慶，兄自出周旋[31]。弟惟下帷讀，居半年罕有睹其面者；客或請見，兄輒代辭；讀其文，瞲然[32]駭異，或排闥而迫之，一揖便亡[33]去。客睹丰采，又共傾慕。由此名大譟，世家爭願贅焉。叔兄商之，惟囅然[34]笑；再強之，則言：「矢志青雲[35]，不及第不婚也。」會學使案臨[36]，兩人並出，兄又落。弟以冠軍應試，中順天第四；明年成進士[37]，授桐城[38]令，有吏治；尋遷河南道[39]掌印御史，富埒王侯。因託疾乞骸骨[40]，賜歸田里。賓客填門，迄謝不納。又自諸生以及顯貴，並不言娶，人無不怪之者。歸後，漸置婢，或疑其私；嫂察之，殊無苟且。

無何，明鼎革，天下大亂，乃告嫂曰：「實相告：我小郎婦也。以男子闒茸[41]，不能自立，負氣自為之。深恐播揚，致天子召問，貽笑海內耳。」嫂不信，脫靴而示之足始愕；視靴中，則敗絮滿焉。於是使生承其銜，仍閉門而雌伏㊷矣。而生平不孕，遂出貲購妾，謂生曰：「凡人置身通顯，則買姬媵㊸以自奉；我宦跡十年，猶一身耳。君何福澤，坐享佳麗！」生曰：「面首三十人㊹，請卿自置耳。」相傳為笑。是時生父母屢受覃恩㊺矣。搢紳㊻拜往，尊生以侍御㊼禮，生羞襲閨銜，惟以諸生㊽自安，終身未嘗輿蓋㊾云。

異史氏曰：「翁姑受封於新婦，可謂奇矣。然侍御而夫人也者，何時無之？但夫人而侍御者少耳。天下冠儒冠、稱丈夫者，皆愧死矣！」

【注釋】❶順天　明清時府名，京師所在地。今北京。❷歲饑　年中饑荒。❸之洛　之，到。洛，洛陽。今河南洛陽。❹裁不能成幅　裁，才。成幅，寫成一篇八股文。❺尺牘　書信。古代的公文、書信寫在長一尺的木片或紙上，故稱尺牘。牘，薄木片。❻童蒙　無知的兒童。❼洛汭　洛水入黃河處。即河南洛陽一帶。❽惠　同「慧」。聰明。❾輒　總是。❿學士　有才學者。⓫弁　古代男子二十歲行加冠禮。⓬翰　信件。⓭翩翩　形容風度優美。⓮卿　夫妻間愛稱。⓯垂意　願意。敬詞。垂，賜。⓰渠儂晒合　渠儂，他。晒合，調和；撮合。⓱金鴉鐶　飾有鴉雀的金手鐲。⓲魚水　比喻夫妻關係。⓳漏三下　漏，漏壺。古代計時器。以漏計更，一夜分作五更，漏三下即三更天。⓴制藝　八股文。是明清科舉考試採用的一種制式文體。㉑青紫直芥視之　青紫，高官的服色，借指顯貴。直，只不過。芥，小草。㉒睒晹　目光閃爍。㉓場屋　考場。㉔落拓　不如意。

㉕蘗苦　黃柏樹皮的苦味。㉖燕　河北北部。㉗顧影　自顧其影，揚揚自得。㉘蹇　驢。㉙冠玉　裝飾帽子的美玉，喻男子美貌。㉚宵旰　日夜。㉛周旋　應酬。㉜矚然　驚視貌。㉝亡　逃走。㉞囅然　笑貌。㉟矢志青雲　矢志，立誓願。青雲，喻高官。㊱學使案臨　學使，主管一省科舉考試的官員。案臨，到所屬地區主持科試。㊲進士　明清時會試及格者。㊳桐城　縣名。今安徽桐城。㊴河南道　行政區劃名。明代都察院下分十三道，每道設監察御史，考察所屬州縣吏治。㊵乞骸骨　古代官員因老病自請退職。㊶闒茸　本領不大。㊷雌伏　退藏閨閣。㊸姬媵　妾。㊹面首三十人　見《南史・宋本紀》。面首，美男子。㊺覃恩　指皇帝封贈。㊻搢紳　官吏紳士。㊼侍御　御史。㊽諸生　秀才。㊾輿蓋　指官用車轎傘蓋。

【語　譯】順天府某書生，家境貧窮，遇到饑荒年景，跟著他父親逃到河南洛陽。他生性比較遲鈍，已經十七歲，還寫不成一篇八股文；可是他風度儀表俊美，會說趣味高雅的笑話，還擅長寫書信，所以看見他的人都不知道他學識淺薄。不久，他父母相繼去世，他孤獨一人在洛陽教兒童讀書。這時，他住的村子裡有個姓顏的孤女，是一位知名文人的後代，自幼聰明；她父親在世的時候，教她讀過書，讀一遍就不會忘；十幾歲時學父親作詩填詞，她父親說：「我家有個富有才學的女孩子，可惜不是個男孩兒。」特別喜愛她，期待選擇顯貴的女婿。她父親去世之後，母親堅持這一意願，連選了三年也沒有成功，而母親也與世長辭。有人勸這女郎嫁給富有才學的人，她同意卻還沒有找到。正好鄰家婦女過牆來，就和她閒聊。鄰家婦手拿繡花線，線外裹一層字紙，女郎要來打開一看，字紙是順天某生的親筆信，是寄給鄰家婦的丈夫的。她反覆觀賞，心中愛好。鄰家婦看清她的心意，放低聲音說：「寫信的人是一個風度優美的少年郎，同你一樣也是孤兒，年齡也差不多；如果你願意，我囑咐俺家那一位撮合。」女郎脈脈含情，沒有說話。

鄰家婦回家之後，把女郎的情意告訴丈夫。她丈夫和順天某書生友好，就去傳送消息。書生很高興，拿母親遺留給他的金鴉手鐲作聘禮，委託他送給女郎，並選定日期舉行了婚禮。夫妻感情如魚得水，十分歡樂。可是顏氏看過某生寫的文章以後，笑著說：「文章和相貌不像同一個人的。寫得這麼糟，什麼時候能撈到功名呢？」她日夜勸說某生鑽研誦讀，以師友自居，對他嚴格要求；天黑以後，自己先在燭光下靠在桌邊誦讀，為丈夫作榜樣，兩人到半夜才休息。這樣堅持了一年多，某生對八股文作法已有透徹的了解，可是一再參加考試卻屢次落榜。他身體衰弱，名聲低落，窮得連飯也吃不起了；面對這一情景，他深感冷清空虛，放聲痛哭。顏氏大聲責備他說：「你不是男子漢，對不起那頂男兒戴的帽子！假使我把髮髻換成帽子，謀求做高官，只不過看作彎腰拾一根小草罷了！」某生正在苦惱傷心，聽見妻子這麼講，目光閃爍，怒不可忍，說：「閨房裡的人不進考場，便認為得到功名富貴，就像你在廚房裡舀水燒白米粥那麼容易，如果真的戴上帽子，恐怕也像別人一樣！」顏氏笑著說：「你不要惱火。等著下次考試，我要改扮男裝替你去。倘使像你一樣不得志，我一定不敢再小看天下的書生。」某生也笑了，說：「你本是不知道黃柏苦味，真該讓你嘗一嘗。只是擔心露餡，被鄉親鄰居笑話。」顏氏說：「我可不是給你說著玩。你說過河北還有老房子，請讓我穿男兒的服裝跟你前往，冒充是你弟弟。你還在嬰兒時就離開老家，有誰能辨別真假？」某生同意。顏氏走進屋，穿了書生的衣服出來，說：「看我能做個男兒嗎？」某生看她，很像一位顧盼自己的身影而洋洋得意的少年，看後歡喜。向鄰里一一告別，友人略微贈送財物，就買了一頭瘦驢，載著妻子回到故鄉。

某生的老家還有個堂兄，他見兩個弟弟相貌俊美，心裡很高興，天天憐愛照顧他們；又見兩人日夜刻苦研讀，對他們更加愛敬，僱了一個剪髮的童僕，供他們支使，太陽落山就打發他回去。遇到弔喪或者慶賀的事，某生自己應酬。他弟弟只是放下帷幕讀書，經過半年，很少有外人看見她；客人有的要和她見面，某生總是代為辭謝；有人讀她的文章，邊讀邊驚奇；有人推開門接近她，她向對方作個揖，接著就逃跑了。客人們見她風度神采優美，都一心愛慕她，因此弟弟的名聲到處傳揚，官宦人家爭相表示願讓她做贅婿；堂兄就此和她商量，她只是笑，再勉強她，就說：「我立誓要做大官，不考取進士不結婚。」正逢學使來主持科試，兩人都參加考試，哥哥又落榜。弟弟以科試冠軍的資格參加鄉試，考取順天府第四名舉人；下一年參加會試及格，成為進士，被任命為安徽桐城縣令，又因為政績優秀，升官為河南道掌印御史，富比王侯。於是假託有病自請退職，皇帝允許她回家。要來送行的客人很多，她始終推辭，沒有接受。從考取秀才直到顯貴，她並不提娶親的事，因此人們沒有不覺得她奇怪的。她回家以後，開始買來婢女，有的懷疑她和婢女私通，堂嫂注意觀察，沒發現有不正當的男女關係。

不久，明朝滅亡，天下大亂，顏氏告訴堂嫂說：「老老實實對你說，我是你弟弟的妻子。因為男人本領小，不能靠自己的力量成就大事，我賭氣自己考取功名。很怕傳出去，招致皇帝問罪，使得全國人都笑話。」堂嫂不信，顏氏脫下靴子讓她看腳，她這才驚愕；又看靴子裡面，原來裝滿破棉花。從此以後，顏氏就讓丈夫承襲她的官銜，自己依然關起門安守閨閣。她沒有懷過孕，這時出錢為丈夫買妾，對丈夫說：「很多人地位一顯貴就買妾侍奉自己，而我做高官十年，還只有一個人。你怎麼有這樣的福氣，自己不能顯貴，卻得到美女伺候！」某生說：「我批准美男子三十人，任憑你自己選購。」這一對話竟被傳揚出去，聽到的人都哈哈大笑。這時某生的先父母，已經多次因顏氏而受朝廷封贈了。官紳和某生交往，尊稱某生為御史，重禮對待。某生卻以承襲妻子的官銜為恥，只把他當作秀才，他就心滿意足了，始終沒有享用過高官的車轎和傘蓋。

異史氏說：「公婆因為兒媳得到朝廷的封贈，可以說世間奇聞。可是御史就像夫人一樣，愛遊樂於深閨，什麼時候沒有？僅僅夫人能當上御史的非常少。天下戴儒生帽子，自稱男子漢的人，都慚愧死了！」

【研　析】這篇傳奇是寫奇女子顏氏，為了證明女子才智不遜於男人，她憑藉自己的聰明學識，女扮男裝參加科舉考試，接連考中，成進士，官授縣令又遷掌印御史，有政績。後託疾歸田，功名讓給丈夫，自己雌伏理家。這個故事說明，男女在才智上是一樣的，女子並不是都不如男子。

顏氏是名士後裔，自幼聰慧，讀書「一過輒記不忘」，父母鍾愛。可惜父母早亡，嫁給「丰儀秀美」而「性鈍」的某生。某生屢試皆落第，不思奮進，只會「撫情寂漠，嗷嗷悲泣」。顏氏以丈夫不能自立，負氣女扮男裝參加科舉考試，皆及第，成進士，「授桐城令，有吏治；尋遷河南道掌印御史，富埒王侯」。後來歸田，把功名讓給丈夫。她平生不孕，就出錢給丈夫買妾。顏氏對丈夫開玩笑說：「凡人置身通顯，則買姬媵以自奉；我宦跡十年，猶一身耳。君何福澤，坐享佳麗！」顏氏雖在仕途一展雄才，但迫於當時重男輕女的不合理的社會制度，最終還是退回深閨。這故事本身是對古代社會男女不平等的制度的辛辣諷刺。

文章寫作上最明顯的成功之處是，將出人意料的新奇情節與接茬扣榫的精雕細鑿，天衣無縫地緊密融合在一起。文章情節的動人，是女扮男裝的成功實施，這是出乎常人意料的。但是，實施中必遇許多具體困難，怎樣克服這些困難？作者於行文中時時巧妙暗伏點染，早設伏筆，似不經意，反向回視，更見其錦心妙筆。比如，某生何以能以妻為弟？鄉人地方能認可嗎？原來他「燕有故廬」，襁褓時離鄉至洛，久絕訊息。今攜翩翩一少年弟弟歸故里，「誰得辨其非」？又如，返故鄉後，二人在人前，共同「宵旰攻苦」，在人後則是夫妻，別人怎看不出破綻？原來家中只「僱一翦髮雛奴，為供給使，暮後輒遣去之」，僅一僕人，還是兒童，哪有此種辨別能力！再如，女扮男裝參加考試，並十年為官，貴為御史，聲名顯赫，如何躲過欺君罔上的罪過？偏偏趕上「明鼎革，天下大亂」，一陣風全吹散了。還有，文中有「生平不孕」一語十分重要，馮鎮巒評曰：「補此句好，萬一御史時生子奈何？」文章真正做到情致周密，合情合理，令人信服，顯示了作者高超純熟的藝術技巧。

局詐❶

某御史家人❷，偶立市間，有一人衣冠華好，近與攀談，漸問主人姓字，又審官閥❸，家人並告之。其人自言：「王姓，貴主❹家之內使❺也。」語漸款洽❻，因曰：「宦途險惡，顯者皆附於貴戚❼之門，尊主人所托何人也？」答言：「無之。」王曰：「此所謂『惜小費而忘大禍』者也。」家人曰：「何托而可？」王曰：「公主待人以禮，又能覆翼❽人。某侍郎❾亦僕階進❿。倘不惜千金贄⓫，引見公主當亦非難。」家人喜，問其居止，便指其門戶曰：「日同巷，不知耶？」家人歸告侍御。侍御喜，即張盛筵，使家人往邀王，王欣然來。筵間道公主情性及起居瑣事甚悉，且言：「非同巷之誼，即賜百金賞，不肯效牛馬⓬。」御史益佩戴之。臨別訂約，王曰：「公但備物，僕乘間⓭言之，旦晚⓮當有以報尊命。」

越數日始至，騎駿馬甚都⑮，謂侍御曰：「可速治裝行。公主事大⑯煩，投謁⑰者踵日相接⑱，自晨及夕，常不得一間。今得少⑲隙，宜急往，誤則相見無期矣。」侍御乃出兼金重幣⑳，從之去。曲折十餘里，始至公主第，下騎祗候㉑。王先持贄入，久之，出，宣言：「公主召某御史。」即有數人接遞傳呼。侍御傴僂㉒入，見高堂上坐麗人，姿貌如仙，服飾炳耀；侍姬皆著錦繡，羅列成行。侍御伏謁盡禮。傳命賜坐簷下，金碗進茗。主略致溫旨㉓，侍御肅而退。自內傳賜緞靴、貂帽。既歸，深德㉔王，持刺謁謝，則門闔無人。疑其侍主未復。三日三詣，終不復見，使人詢諸貴主之門，則高扉扃錮㉕。訪之居人，並言：「此間曾㉖無貴主，前有數人僦屋㉗而居，今去已三日矣。」使反命，主僕喪氣而已。

副將軍㉘某，負貲入都，將圖握篆㉙，苦無階。一日，有裘馬者謁之，自言內兄為天子近侍。茶已，請間㉚云：「目下有某處將軍缺，倘不吝重金，僕囑內兄游揚聖主[31]之前，此任可致。大力者不能奪也。」某疑其唐突[32]涉妄，其人曰：「此無須踟躕。某不過欲抽小數於內兄，於將軍錙銖[33]無所望。言定如干數，署券為信。待召見後，方求實給，不效則汝金尚在，誰將就懷中而攫之耶。」某乃喜，諾之。

次日復來，引某去，見其內兄，云姓田，煊赫[34]如侯家。某參謁，殊[35]傲睨，不甚為禮。其人持券向某曰：「適與內兄議，率非萬金不可，請即署尾[36]。」某從之。田曰：「人心叵測[37]，事後慮有反覆。」其人笑曰：「兄慮之過矣，既能予之，寧不能奪之耶？且朝中將相，有願納交而不可得者。將軍前程方遠，應不喪心至此。」某亦力矢[38]而去。其人送之，曰：「三日即覆公命。」逾兩日，日方夕，數人吼奔而入，曰：「聖上坐待矣！」某驚甚，疾趨入朝。見天子坐殿上，爪牙[39]森立。某拜舞[40]已，上命賜坐，慰問殷勤，顧左右曰：「聞某武烈非常，今見之，真將軍才也！」因曰：「某處險要地，今以委卿，勿負朕[41]意，侯封有日耳。」某拜恩出。即有前日裘馬者從至客邸，依券兌付而去。於是高枕㊷待授，日誇榮於親友。

過數日，探訪之，則前缺已有人矣。大怒，忿爭於兵部㊸之堂，曰：「某承帝簡㊹，何得授之他人！」司馬㊺怪之，及述寵遇㊻，半如夢境。司馬怒，執下廷尉㊼，始供其引見者之姓名，則朝中並無此人。又耗萬金，始得革職而去。異哉！武弁㊽雖騃，豈朝門㊾亦可假耶？疑其中有幻術存焉，所謂「大盜不操矛弧㊿」者也。

【注釋】❶局詐　設圈套騙人。❷御史家人　御史，官名。明清兩代有監察御史，別稱侍御。家人，僕人。❸官閥　官階和門第。❹貴主　公主的敬稱。❺內使　皇家的太監。❻款洽　真摯融洽。❼貴戚　帝王的親族。❽覆翼　庇護。❾侍郎　官名。明清時中央六部的副長官。❿階進　經人介紹推薦而晉升。⓫贄　初次見面時所送的禮物。⓬效牛馬　為人出牛馬之力。喻為人奔走效勞。⓭乘間　利用機會。⓮旦晚　早晚。指代短時間內。⓯都　美。⓰大　太。⓱投謁　參見；拜訪。⓲踵日相接　指一日接著一日，連續不斷。⓳少　略；少量。⓴兼金重幣　兼金，精金。泛指大量金銀錢幣。重幣，很多金錢。㉑祗候　恭候。㉒傴僂　古代以彎腰駝背表示恭敬的醜態。㉓溫旨　溫和懇切的勸教。㉔德　感激。㉕扃錮　關閉。㉖曾　從來。㉗僦屋　租賃房屋。㉘副將軍　即副總兵。總兵為統軍鎮守一方的二品高級武官。㉙握篆　掌印。這裡指升為將軍。㉚請間　請私下交談。㉛游揚聖主　游揚，宣揚才能。聖主，皇帝。㉜唐突　冒失。㉝錙銖　古代重量單位，喻很少。㉞煊赫氣派宏大。㉟殊　非常。㊱署尾　在文書末尾簽字署名。㊲叵測　詭詐莫測。㊳力矢　發大誓。㊴爪牙　喻衛士。㊵拜舞　古代朝拜皇帝的禮節，是又跪拜又舞蹈的動作。㊶朕　皇帝自稱。始於秦始皇二十六年。㊷高枕高枕頭。指代無憂無慮。㊸兵部　古代政權中央六部之一，主管全國武官選用和兵籍、軍械、軍令等事。㊹帝簡　皇上知情。㊺司馬　古官名，主管軍政、軍賦。為後代兵部尚書的別稱。㊻寵遇　帝王所給恩寵和待遇。㊼廷尉　官署名，掌管刑獄，明清時已改名大理寺。㊽武弁　武官。㊾朝門　皇帝宮殿的正門。㊿矛弧　泛指兵器。

【語　譯】某御史的僕人，偶然站在街頭，有個人衣帽華美，走近前和他閒談，逐漸問起他主人的名字，又細問官職、門第。僕人一併告訴他，他說：「我姓王，是公主家的太監。」交談越來越真摯融洽，他就說：「做官的道路險惡，顯貴的官員都投靠皇帝親族門下，你的主人依靠哪一位？」僕人回答說：「他沒有。」王某說：「這就是人們說的『捨不得花小錢而忘掉大禍災』的事呢。」僕人說：「能依靠誰呢？」王某說：「公主對人以禮相待，又能庇護人。某侍郎也是經我推薦而晉升的。你如果捨得拿出一千兩銀子做見面禮，我引導你主人見公主也不難。」僕人很高興，問他住在哪裡，他就手指自己的大門，說：「咱一天到晚住在同一條巷子裡，你不知道嗎？」僕人回家後稟告御史，御史滿心歡喜，立刻擺上豐盛的酒宴，使僕人去邀請王某。王某喜笑顏開地走來，在宴席間介紹公主的性情、生活瑣事，說得很詳細，還說：「如果不是同住一巷的情誼，賞給我一百兩銀子，我也不肯像牛馬般效勞。」御史更加欽佩感激他。臨別和他約會，他說：「你只管準備好財物，我找機會去說，一定很快給你回音。」

過了好幾天，王某才騎著一匹漂亮的駿馬來到，對御史說：「可以急速整理行裝。公主的事情太多，進見她的人接連不斷，從早忙到晚，經常沒有空閒，今天有一點兒間隙，應當趕快去。機會一旦誤失，就相見無期了。」於是御史拿出大量銀錢，跟隨前往。曲曲彎彎走了十幾里才到公主府第，御史下馬恭敬地等候。王某先帶著錢進府，停了好長時間，出來宣告：「公主召見某御史。」立刻有好幾個人由遠而近，依次傳呼。御史彎著腰進去，見殿堂上坐著一位美人，姿態容貌像是仙女，服飾鮮明耀眼，女侍從們都一身錦繡，排列成行。御史遵照禮儀跪拜，上報姓名。堂上傳下命令，恩賜他坐在殿簷下，用金碗飲茶。然後，公主溫和懇切地向他說了幾句勸教的話，御史便恭敬地退出宮殿。接著便從裡面傳出賞賜的緞靴、貂皮帽。御史回家，深切感激王某，拿著名帖去拜見，表示感謝，他家卻緊關門戶，裡面沒有人，懷疑他伺候公主沒回來；一連三天去拜訪，卻一直見不到；使喚僕人到公主府打聽，高大的門樓卻關閉上鎖；訪問附近住戶，都說：「這裡面從來沒有住過公主。前幾天，有夥人租房居住，離開這裡已經三天了。」僕人回去稟報，主僕只能一起哭喪著臉生氣罷了。

某副將軍，帶著錢來到京城，想要謀求將軍的職位，為找不到門路發愁。一天，有個很闊氣的人拜見他，還自我介紹，說他的內兄是皇上的貼身侍從。他喝過茶，請求私下交談，說：「眼下某個地區將軍官職空額，如果捨得花大錢，我囑咐內兄在皇上面前宣揚你的才能，你便能得到這個職位。別人的權勢再大也搶不走。」副將軍懷疑他冒失、胡思亂想，他說：「這件事，你就不必猶豫了。我不過是想從內兄那裡提個小成，並不直接要你一文錢。定下酬金多少，立下文書，簽名畫押為憑，直到皇上親自召見你以後，才付報酬。倘使辦不成，你那銀子還在，誰能從你懷裡搶走呢。」副將軍聽後挺高興，就答應請他試辦。

第二天，那個人又來了。他引導副將軍去會見內兄，說是姓田，家中氣勢盛大，像王侯之家。副將軍拜見田某，他傲慢地斜眼一看，並不鄭重還禮。那個人拿來文書，向副將軍說：「剛才和內兄商議，非一萬兩銀子不能辦。請在文書上簽名吧。」副將軍照辦。田某在一旁對那人說：「人心詭詐莫測，我擔心他事後不認帳。」那個人笑著說：「哥哥想得太多了，既然能給了他，難道不能再奪回來嗎？況且朝裡的將相，有願意交錢還撈不到機會的呢。這副將軍的前途還遠哩，料想他不會那樣沒良心，不講道理。」副將軍又立下大誓，然後離開。那個人送他，說：「三天以後就給回信。」過了兩天，傍晚，有好幾個人高聲叫喊著跑來，說：「皇上坐殿等待將軍了！」副將軍很驚訝，急速進宮朝見，見皇帝坐在金鑾殿中，武士們森嚴挺立。他連拜帶舞以後，皇上命令賜坐，殷勤慰問，轉臉向身邊的侍從說：「聽說他的武功不同尋常，現在看來，的確是將軍之材呀！」又說：「某處形勢險要，現在委任你掌管。不要辜負朕的心意。你等待受封的文書吧，不會太久。」副將軍跪拜謝恩，走出宮殿。那個日前新結識的闊氣人，跟隨他到旅舍，按照文書辦事，就把銀子取走了。那時候，副將軍無慮無憂，只等接受正式任命，一天到晚向親友誇耀他的光榮。

過了幾天，副將軍打聽升官的消息，原來日前說的那將軍職位已經授給別人了。他非常氣惱，在兵部的大堂上忿怒爭辯，說：「我被任命，皇上知情，怎麼能委任別人呢！」兵部尚書感覺奇怪，等他陳述皇上對他的恩寵待遇，有一半像睡夢中境況。尚書惱火，把他抓起來，交給掌管刑獄的大理寺，副將軍供出那引見人的姓名，朝中查無此人。副將軍又耗費萬兩銀子，才落得撤職回家。奇怪！這位武將雖然愚蠢，難道他所見皇宮的大門是假的麼？我懷疑田某等施用了魔術，他們正是所謂手裡不拿長矛大刀的大盜。

【研　析】本篇包含兩個設局詐騙的故事，兩者題材相類，主題近似，而內容情節沒有連帶關係。被騙的對象是御史、副將軍，都是當時的高官。行騙者假託公主、偽裝天子，甚至虛設朝廷，騙術並不高明，常人也易識破，但那些四處鑽營急欲升官的大小官僚，由於利令智昏，所以極易上當受騙。進一步分析，正是當時官僚制度黑暗，賣官鬻爵貪汙腐敗成風，才滋生培植了詐騙集團和某些受騙者。這也正是本篇揭露諷喻的主旨。

前一騙局受騙者是御史，明清只設監察御史，分道行使對官員的糾察職權。但是，就是這位身負監察重責的官員，自己卻對依附權貴、買官求祿趨之若鶩。聽說有人能幫助結識公主，就喜不自勝，立即盛宴相請，殷勤訂約。為了見到公主，更忘乎所以，不暇思索，急忙送上成色最好的銀子。後一個騙局更加離譜。受騙者是副將軍，為了抹去「副」字，執掌將軍大印，帶上銀子專程進京跑官。一個副將軍，居然被人用虛設的朝廷，偽裝的天子所欺騙。這本身證明他是個利欲薰心昏頭昏腦的小丑！不僅如此，他見「天子」後，還「高枕待授，日誇榮於親友」。真是官迷心竅，愚蠢到極致。

黑暗的社會現實，腐朽的官僚制度，是有毒的土壤，詐騙者與受騙者是這種土壤培育出的相反相成的兩類毒瓜！蒲松齡在給友人的信中寫道：「仕途黑暗，公道不彰，非袖金輸璧不能自達於聖明，真令人氣憤填膺，欲望望然哭向南山而去。」

除了官場黑暗欺詐外，社會上百姓中間行騙與受騙的事情也時常發生。對一般人來說，從〈局詐〉能吸取什麼經驗教訓呢？凡以重利誘人者，百分之百是騙局；不存「天上掉餡餅」的念頭，就永遠不會受騙。

蓮花公主

膠州❶竇旭，字曉暉。方晝寢，見一褐衣人立榻前，逡巡❷惶顧，似欲有言。生問之，答云：「相公奉屈❸。」生問：「相公何人？」曰：「近在鄰境。」從之而出。轉過牆屋，導至一處，疊閣重樓，萬椽❹相接。曲折而行，覺萬戶千門，迥非人世。又見宮人女官❺，往來甚夥，都向褐衣人問曰：「竇郎來乎？」褐衣人諾。俄，一貴官出，迎見甚恭。既登堂，生啟問曰：「素既不敘，遂疏參謁❻。過蒙愛接，頗注疑念。」貴官曰：「寡君❼以先生清族世德❽，傾風結慕，深願思晤焉。」生益駭，問：「王何人？」答云：「少間自悉。」

無何，二女官至，以雙旌導生行。入重門，見殿上一王者；見生入，降階而迎，執賓主禮。禮已，踐席，列筵豐盛。仰視殿上一扁曰「桂府」。

生踧蹙不能致辭。王曰：「忝❾近芳鄰，緣即至深。便當暢懷，勿致疑畏。」生唯唯。酒數行❿，笙歌作於下，鉦鼓不鳴，音聲幽細。稍間，王忽左右顧曰：「朕⓫一言，煩卿⓬等屬對：『才人登桂府。』」四座方思，生即應云：「君子愛蓮花。」王大悅曰：「奇哉！蓮花乃公主小字，何適合如此？寧非夙分⓭？傳語公主，不可不出一晤君子。」

移時，珮環聲近，蘭麝香濃，則公主至矣。年十六七，妙好無雙。王命向生展拜，曰：「此即蓮花小女也。」拜已而去。生睹之，神情搖動，木坐凝思。王舉觴勸飲，目竟罔睹。王似微察⓮其意，乃曰：「息女⓯宜相匹敵⓰，但自慚不類，如何？」生悵然⓱若癡，即又不聞。近坐者躡之曰：「王揖君未見，王言君未聞耶？」生茫乎若失，懡㦬⓲自慚，離席曰：「臣蒙優渥，不覺過醉，儀節失次⓳，幸能垂⓴宥。然日旰君勤㉑，即告出也。」王起曰：「既見君子，實愜心好，何倉卒而便言離也？卿既不住，亦無敢於強。若煩縈念㉒，更當再邀。」遂命內官㉓導之出。途中內官語生曰：「適王謂可匹敵，似欲附為昏因㉔，何默不一言？」生頓足㉕而悔，步步追恨，遂已至家。忽然醒寤，則返照已殘。冥坐㉖觀想，歷歷在目。晚齋滅燭，冀舊夢可以復尋，而邯鄲路㉗渺，悔嘆而已。

一夕，與友人共榻，忽見前內官來，傳王命相召。生喜，從去；見王，伏謁。王曳起，延止偶㉘坐，曰：「別後知勞思眷㉙。謬以小女子奉裳衣㉚，想不過嫌也。」生即拜謝。王命學士㉛大臣，陪侍宴飲。酒闌，宮人前白㉜：「公主妝竟。」俄見數十宮女，擁公主出。以紅錦覆首，凌波㉝微步，挽上氍毹㉞，與生交拜成禮，已而送歸館舍。洞房溫清，窮極芳膩。生曰：「有卿在目，真使人樂而忘死。但恐今日之遭，乃是夢耳。」公主掩口曰：「明明妾與君，那得是夢！」詰旦方起，戲為公主勻鉛黃㉟；已而以帶圍腰，布指度足。公主笑問：「君顛耶？」曰：「臣屢為夢誤，故細志之。倘是夢時，亦足動懸想耳。」調笑未已，一宮女馳入曰：「妖入宮門，王避偏殿㊱，凶禍不遠矣！」

生大驚，趨㊲見王。王執手泣曰：「君子不棄，方圖㊳永好。詎㊴期孽降自天，國祚㊵將覆，且復奈何！」生驚問何說，王以案上一章㊶，授生啟讀。章云：「含香殿大學士臣黑翼，為非常妖異，祈早遷都，以存國脈事：據黃門㊷報稱：自五月初六日，來一千丈巨蟒，盤踞宮外，吞食內外臣民一萬三千八百餘口；所過宮殿盡成丘墟，等因。臣奮勇前窺，確見妖蟒：頭如山岳，目等江海，昂首則殿閣齊吞，伸腰則樓垣盡覆。真千古未見之凶，萬代不遭之禍。社稷㊸宗廟，危在旦夕。乞皇上早率宮眷，速遷樂土。」云云。

生覽畢，面如灰土。即有宮人奔奏：「妖物至矣！」闔殿哀呼，慘無天日。王倉遽不知所為，但泣顧曰：「小女已累先生。」生坌息㊹而返。公主方與左右抱首哀鳴，見生入，牽衿曰：「郎焉置妾？」生愴惻欲絕，乃捉腕思曰：「小生貧賤，慚無金屋㊺。有茅廬三數間，姑同竄匿可乎？」公主含涕曰：「急何能擇？乞攜速往！」生乃挽扶而出。未幾，至家，公主曰：「此大安宅，勝故國多矣。然妾從君來，父母何依？請別築一舍，當舉[46]國相從。」生難之。公主號咷曰：「不能急人之急，安用郎也！」生略慰解。即已入室，公主伏牀悲啼，不可勸止。焦思無術，頓然而醒，始知夢也。而耳畔啼聲，嚶嚶未絕。審聽之，殊非人聲，乃蜂子二三頭，飛鳴枕上。大叫怪事。

友人詰之，乃以夢告。友人亦詫為異。共起視蜂，依依裳袂間，拂之不去。友人勸為營巢，生如所請，督工構造。方豎兩堵，而群蜂自牆外來，絡繹如繩；頂尖未合，飛集盈斗。跡所由來，則鄰翁之舊圃也。圃中蜂一房[47]，三十餘年矣，生息頗繁。或以生事告翁，翁覘之，蜂戶寂然；發其壁，則蛇據其中，長丈許。捉而殺之，乃知巨蟒即此物也。蜂入生家，滋息更盛，亦無他異。

【注釋】❶膠州　明清時山東省萊州府膠州，今山東膠州。❷逡巡　小心謹慎貌。❸相公奉屈　相公，對官吏的敬稱。奉屈，屈駕。即委屈大駕光臨。❹椽　指代房屋的間數。❺宮人女官　宮人，即宮女，宮廷中服役的女子。女官，王宮中有官職的女子。❻參謁　晉見上級或所尊敬的人。❼寡君　臣下對別國謙稱本國君主。❽清族世德　清族，清白的家族。世德，累世積德。❾忝　辱。自我謙詞。❿行　量詞。斟酒的遍數。⓫朕　第一人稱代詞。自秦始皇始被皇帝獨自占用。⓬卿　君對臣愛稱。⓭夙分　前世所定緣分。⓮微察　暗中明白。⓯息女　親生女兒。⓰匹敵　相比；相當。⓱悵然　憂思失意的樣子。⓲懡㦬　羞慚貌。⓳儀節失次　儀節，禮節。失次，失常。⓴垂　賜予。㉑日旰君勤　旰，晚；暮。勤，勞苦。㉒縈念　牽掛。㉓內官　宦官。㉔昏　因「婚姻」的古字。㉕頓足　以足踩地。形容著急、悲痛的樣子。㉖冥坐　在昏暗中坐著。㉗邯鄲路　「邯鄲夢」的路。泛指做享受富貴榮華的夢。語源唐沈既濟〈枕中記〉。㉘偶　通「隅」。旁邊。㉙思眷　想念。㉚奉裳衣　伺候穿衣，指代做妻子。㉛學士　君主的文學侍從。㉜白　稟報。㉝凌波　在水上行走。比喻美女邁步輕盈。㉞氍毹　毛織地毯。㉟鉛黃　白色和黃色的粉。㊱偏殿　正殿兩側的宮殿。㊲趨　快跑。㊳圖　謀取。㊴詎　怎。㊵國祚　國家的福運。㊶章　臣下呈報君主的文書。㊷黃門　宦官。㊸社稷　國家。㊹坌息　喘粗氣。㊺金屋　供美女居住的華美房屋。此處語源《漢武故事》中膠東王事。㊻舉　全。㊼房　量詞。用於房形物。

【語譯】膠州人竇旭，字曉暉，正在午睡，看見一個穿黃黑色衣服的人，站在他的牀前，小心謹慎又惶恐不安地四下張望，像要急於說話。竇生問他，回答說：「我家的相公希望您屈駕光臨。」竇生問：「你相公是誰？」說：「很近，和您是鄰居。」竇生跟著他出去，轉過牆角屋旁，領他來到一個地方，見樓閣重疊，接連萬間。轉彎抹角，感覺萬戶千門，與人世大不相同。又見院中宮女嬪妃來來往往，人數很多，都問穿黃黑衣服的人：「竇郎來了嗎？」回答說來啦。一會兒，一個高貴的官員出來，恭敬地迎接他。走進廳堂，竇生問道：「平素不曾敘談，也就沒有拜見您。蒙您非常熱情地接待，我想來想去，不明白有什麼事。」這貴官說：「我們的國王，因為先生家族清白，累世積德，欽佩仰慕您的風采，很想同您見面。」竇生更加驚訝，問：「國王是誰？」回答說：「一會兒您就知道啦。」

不久，走來兩個女官，各自手持鳥羽裝飾的旗幟，引導竇生進殿，經過兩層大門，見國王已坐在殿上。他見竇生來到，走下臺階迎接，賓主互相行禮，就座之後擺出豐盛的酒筵。竇生抬頭一看，殿上有匾額：「桂府」。他心裡局促不安，不知道說什麼好。國王說：「朕能有你這樣的近鄰，可以說緣分極深，你就心懷暢快，別疑惑顧慮了吧。」竇生連說是，是。堂上飲酒，喝過好幾杯了。堂下鉦鼓停息，改為吹笙唱歌，歌聲隱約清細。一會兒，國王忽然向兩旁看了看，說：「朕說一句，煩勞愛卿們湊成對聯：『才人登桂府。』」圍坐的大臣還正在思考，竇生就回應說：「君子愛蓮花。」國王很高興，說：「奇怪呀！蓮花是公主的乳名，怎麼用得這樣恰當呢？這難道不是前定的緣分麼？向公主傳話，不能不出來和這位『君子』見面。」

不久，玉珮金鐶的聲音越來越近，蘭草、麝香的氣味越來越濃，原來是公主到了。她年齡有十六七歲，長得美麗無比。國王讓她拜見竇生，還介紹說：「她就是蓮花，朕的小女兒。」公主禮畢回宮；竇生一見她，立即心動神搖，呆如木偶，陷入沉思。國王舉起酒杯，勸說他飲酒，他直瞪兩眼，竟視而不見。國王似乎明白他的心意，於是說：「她是朕親生女兒，條件大體和你相當。朕慚愧的是咱們不是同類，怎麼辦？」這時，竇生正心中迷惘，像變成傻子，就又沒有聽見。同他挨邊坐的踩踩他的腳，低聲對他說：「國王向您拱手，您沒有看見嗎？對您說的話，您沒有聽見嗎？」竇生掉了魂兒似的，不知道該怎樣回答他，只是心頭有些羞慚罷了。他不覺離開座席，說：「臣蒙優厚相待，不覺喝得沉醉，禮節失去常態，希望恕罪。然而天色已晚，君王辛勞，臣該走了吧。」國王站起來說：「見到你，朕實在稱心如意，怎麼這樣匆忙便說回去呢？你既然不住下，朕也不敢勉強。如果勞你牽掛懷念，一定再邀請你來。」於是命令宦官引導竇生出殿。在路上，宦官對竇生說：「剛才國王對您說：你和公主相當，像要把公主嫁給您，您怎麼不講話呢？」竇生後悔得跺腳，邊走邊恨自己，便已經到家。他忽然醒來，已經睡到夕陽西下了；閉目而坐，回顧追想，夢境歷歷，如在眼前。他剛吃過晚飯就熄燈，盼望繼續做那個夢，可是「邯鄲夢」的路已經遙遠，他只有懊悔哀嘆罷了。

一天夜間，竇生和友人同牀睡眠，忽然看見以前的宦官來到面前，傳信國王召見。竇生高興，跟隨他前往；晉見國王，俯伏叩拜。國王扶他起來，領他到案旁坐下，說：「分別之後，知道你懷念，朕要把女兒嫁給你，料想你不會太嫌棄她。」竇生立刻叩首謝恩，國王讓學士、大臣陪他宴樂飲酒。宴會將要結束，宮人前來稟報，說：「公主妝束完畢。」不久，見到幾十個宮女簇擁公主出來，頭上蒙著紅絲巾帕，碎步輕盈，被挽引到毛地毯上，與竇生舉行交拜成禮，然後送進客館。洞房溫存體貼春意盎然，極其芳香光潤。竇生對公主說：「能夠看見你，我就高興得把一切都忘了。只怕今天的際遇是一場春夢呢。」公主捂著嘴說：「明明是我和你，哪會是夢呢！」清晨才起牀，竇生逗趣兒，為公主搽粉，然後用帶子量她的腰，叉開手指量她的腳，公主笑著問：「你瘋了嗎？」竇生說：「我多次被夢境迷惑，所以仔細記錄；如果真的是夢，它也完全可以活躍我的想像呢。」開玩笑還沒有完，一個宮女跑進屋說：「妖怪打進宮門，國王躲進偏殿，兇暴的災禍不遠了！」

竇生大驚，跑去見國王，國王拉著他的手哭著說：「你沒有嫌棄，正在謀劃長久合好，怎料禍從天降，國運將要覆滅，現在怎麼辦呢！」竇生驚訝地問為什麼，國王拿起桌上的奏章，交給竇生打開看，奏章中說：「含香殿大學士臣黑翼，為遭遇不尋常的妖異，請早遷國都，借以保存國家命脈事：據宦官稟報：自五月初六日，來了一條長有千丈的大蟒。牠盤踞宮外，吞吃宮內外臣民一萬三千八百餘口；牠所經過的宮殿，都成為丘墟。臣奮勇前去窺看，確實見到妖蟒：牠頭如山岳，眼同江海，一抬頭，把殿閣都吞進肚子，一伸腰，樓牆便全部倒塌。真是千古以來沒見過的大災，萬代不曾遭受的巨禍。國家和祭祖的廟宇，危險迫在眼前。敬請皇上及早率領眷屬，迅速遷居安樂之處。」

竇生看後，嚇得面如灰土。立即又有宮人跑來，上奏國王：「妖怪來了！」於是殿中人齊聲哭喊，情景悽慘到極點。國王倉促間不知道怎麼辦才好，只是哭著面對竇生說：「小女兒已經託付給先生了。」竇生出殿，跑得喘粗氣，來到公主身旁，公主正在和宮女們抱頭哭叫，見竇生進屋，便牽著他的衣襟說：「郎君怎麼安置我呢？」竇生無比悲痛，就握起公主的手腕，想了想說：「小生貧賤，慚愧沒有華美的房舍，只有三幾間茅草房，暫且一起跑去，躲藏在那裡，可以嗎？」公主眼含淚水說：「情況緊急，哪裡還能選擇？求你快把我帶去吧！」竇生攙扶著她走出去。不久，一起到家，公主說：「這裡是很安全的地方，比故鄉好多啦。可是我跟你回家，父母依託哪裡？請另外建築房屋，就全國都跟你來吧。」竇生認為難以如願，公主號啕大哭，說：「不能助人擺脫急難，要你這個郎君有什麼用啊！」竇生略加安慰勸解；當走進內室以後，公主趴在牀上哭起來，勸說也沒有用。竇生心裡焦躁，想來想去沒辦法，急得醒了過來，這才知道是夢境。然而耳朵旁邊，嚶嚶的哭聲還不斷傳來。仔細聽，不是人聲，竟是兩三隻蜜蜂，在枕頭上方邊飛邊叫。竇生不禁大喊一聲。

友人被驚醒，問他，他就追述了夢中奇遇。友人也認為事情奇怪，一起下牀觀察，蜜蜂在竇生衣袖間依戀不捨，拂拭牠，牠也不離開。友人勸竇生為蜜蜂築巢，竇生同意，督工構造。剛壘起兩面牆，蜜蜂就成群地從牆外飛來，接連不斷像一束繩子；房頂還沒有接合，蜂群已經聚集笆斗般大小。追蹤牠們的來路，原來在鄰家老漢的舊園。園中原有一窩蜜蜂，已經有三十多年了，繁殖得很多。有人把竇生的事告訴這老漢，老漢到園中一看，蜂房靜悄悄，打開牆壁，卻有一條大蛇，長有丈餘，便捉住牠殺掉。這才知道含香殿大學士所說大蟒，就是這個東西。蜜蜂遷入竇生家，繁衍更加興盛，也沒有出現別的怪事。

【研析】這是一篇通過描寫夢境，又與現實交相融匯，反映人與蜂群相親相助的傳奇故事。小說的寫作，受唐傳奇〈南柯太守傳〉影響，但作者完全擯棄其出世思想，弘揚積極追求幸福生活的意念。在寫作方法上，更立足於發展和創新，通過寫夢、尋夢、證夢，展示出人與自然和睦相助的美好願望。

在藝術創新上有如下三點：

夢境雙關，亦人亦物。膠州竇旭晝寢，被「一褐衣人」引進一個「近在鄰境」的王國。他所見「疊閣重樓，萬椽相接。曲折而行，覺萬戶千門，迥非人世」，表面上類似人世的帝王宮殿樓閣，實際上暗示著蜂巢。又見「宮人女官，往來甚夥」，好像是樓閣中人多事忙，實際上暗寓蜜蜂匆匆忙忙在蜂房爬出爬進。宮殿掛匾曰「桂府」，實則暗示是花房。國王宴請竇生時奏樂，「笙歌作於下，鉦鼓不鳴，音聲幽細」，明示王府的高貴清雅，暗寓群蜂飛鳴，緊扣蜂鳴幽細落筆。蓮花公主出現，「珮環聲近，蘭麝香濃」，是位裝飾珍貴「妙好無雙」的少女，又暗示蜂飛花叢散布花香。蒲翁寫人與物相愛相親的故事，常常用寓意雙關的暗點筆法，使物人格化，環境人間化，但又使形象不離本來的物性特徵和真實環境，使藝術形象亦人亦物，環境亦真亦幻，誘導讀者聯想，創造一種特有的美學氛圍。

情節緊湊，靈動妙轉。蒲翁寫作，文筆簡潔，絕不拖泥帶水。此文開頭，從第八個字就進入主要情節，這樣寫，更符合短篇小說的要求。此篇名〈蓮花公主〉，公主的出場設計得新穎別致。國王宴請竇生，忽生奇想要對楹聯，自撰上聯是「才人登桂府」，叫大家對下聯。「四座方思，生即應云：『君子愛蓮花。』」竇生第一次入夢，一切茫然，卻一語點中公主，國王即刻傳語叫公主出來見面，真是靈巧運筆，使情節有了新發展。這一豔遇，使生「神情搖動，木坐凝思」，進入癡迷狀態，連國王說「息女宜相匹敵」這麼重要的話也沒入耳。過後卻又「頓足而悔，步步追恨」，甚至「晚齋滅燭，冀舊夢可以復尋」，終於「悔嘆而已」。第二次入夢，竇生如願，很快與公主結婚，如他自言：「使人樂而忘死。」因經歷過追悔尋夢之苦，所以他戲為公主勻粉，更「以帶圍腰，布指度足」，以構「懸想」。樂極生悲，王國遭巨蟒入侵，如何解救，「焦思無術」夢醒而返回現實。

人與自然，亦實亦幻。竇生二次入夢「與友人共榻」，正好為夢境作證。夢中慌亂避禍，枕上有蜂飛鳴，「共起視蜂，依依裳袂間，拂之不去」。「友人勸為營巢」，生「督工構造」。「跡所由來，則鄰翁之舊圃也」。翁視蜂房，蛇據其中，捉而殺之。最後，「蜂入生家，滋息更盛，亦無他異」，把人與自然界的和睦相處關係成功地體現出來。

口技

村中來一女子，年二十有四五，攜一藥囊，售其醫。有問病者，女不能自為方，俟暮夜請諸❶神。晚潔斗室❷，閉置其中。眾繞門窗，傾耳寂聽；但竊竊語，莫敢欬❸。內外動息俱冥。

至半更❹許，忽聞簾聲。女在內曰：「九姑來耶。」一女子答云：「來矣。」又曰：「臘梅從九姑來耶。」似一婢答云：「來矣。」三人絮語間雜，刺刺不休❺。俄聞簾鉤復動，女曰：「六姑至矣。」亂言曰：「春梅亦抱小郎子來耶。」一女曰：「拗哥子，嗚❻之不睡，定要從娘子來。身如百鈞❼重，負累煞人！」旋聞女子殷勤聲，九姑問訊聲，六姑寒暄聲，二婢慰勞聲，小兒喜笑聲，貓子聲，一齊嘈雜。即聞女子笑曰：「小郎君❽亦大❾好耍，遠迢迢抱貓兒來。」既而聲漸疏，簾又響，滿室俱嘩，曰：「四姑來何遲也？」有一小女子細聲答曰：「路有千里且溢⑩，與阿姑走爾許⑪時始至。阿姑行且緩。」遂各各道溫涼，並移坐聲，喚添坐聲，參差並作，喧繁滿屋，食頃始定。即聞女子問病：九姑以為宜得參⑫，六姑以為宜得芪⑬，四姑以為宜得朮⑭，參酌移時，即聞九姑喚筆硯。無何，折紙戢戢⑮然，拔筆擲帽丁丁⑯然，磨墨隆隆然；既而投筆，觸几震震作響，便聞撮藥包裹蘇蘇⑰然。頃之，女子推簾呼病者，授藥並方。反身入室，即聞三姑作別，三婢作別，小兒啞啞⑱，貓兒唔唔，又一時並起。九姑之聲清以越⑲，六姑之聲緩以蒼⑳，四姑之聲嬌以婉，以及三婢之聲，各有態響，聽之了了㉑可辨。群訝以為真神，而試其方不甚效。此即所謂口技，特借之以售其術耳。然亦奇矣！

【注釋】❶諸　「之於」二字的合音。❷斗室　小房間。❸欶　同「嗽」。❹半更　半更天，今夜間八時。❺刺刺不休　話多。語出唐韓愈〈送殷員外序〉。刺刺，絮叨。❻嗚　撫慰幼兒的聲音。❼鈞　量詞。一鈞合三十市斤。❽小郎君　對男童的稱呼。❾大　太。❿溢　多。⓫爾許　這麼長。⓬參　中藥名。有丹參、沙參等。⑬茋　中藥名。黃茋。⑭朮　中藥名。如蒼朮、白朮。⑮戢戢　形容細小之聲。⑯丁丁　形容聲音。⑰蘇蘇　象聲詞。⑱啞啞　即牙牙，幼兒語聲。⑲越　悠揚。⑳蒼　蒼老。㉑了了　清楚。

【語譯】村子裡來了一個女子，年齡有二十四五歲，攜帶一個草藥口袋，為人治病。有人問病，她不能自己開藥方，要等到夜間請教神仙。天到傍晚，把一間小屋清掃乾淨，這女醫生進去，關上門。大家環繞門外窗下，側耳靜聽，只悄聲細語，不敢咳嗽。屋內屋外，半點動靜也沒有。

約計半更天，大家忽然聽見屋裡有簾子的響聲，女醫生說：「九姑來到啦。」一個女子回答說：「來啦。」又說：「臘梅跟隨九姑來啦。」像是一個婢女回答：「來啦。」三人低聲交談，語音交錯，說個不停。一會兒，簾鉤又搖動，女醫生說：「六姑到啦。」於是語聲混淆，有人說：「春梅也抱小郎子來啦。」一個女子說：「倔拗的小哥子，哄他，他偏不睡，非跟娘子來不可。他像有幾百斤重，把我累煞了！」隨後就聽到女醫生殷勤招待的聲音，九姑詢問的聲音，六姑寒暄的聲音，兩個婢女互相問候的聲音，幼兒的歡笑聲，貓兒喵喵的叫聲，一齊嘈雜。女醫生笑著說：「小郎君也太好玩了，路程遠迢迢，還把貓兒抱來。」不久，聲響漸漸稀少，簾子又響，滿屋嘩然，說：「四姑怎麼來得這麼晚呢？」有一個小女子細聲細氣地回答說：「路程有一千里還多，同阿姑走這長時間才到，阿姑走得慢吶。」接著各個問寒問暖，又有拉座位聲，喊人添座聲，音響錯落，都動起來，屋裡又一陣喧騰繁亂，有吃一頓飯的工夫才靜下來。大家便聽見女醫生問治病的事：九姑認為該使用丹參，六姑要配上黃茋，四姑說可以加上蒼朮。她們商量了一會兒，大家聽見九姑喊人取筆和硯臺，不久，又聽見細小的裁紙聲，錚錚的拔筆擲帽聲，呼嚨的磨墨聲，隨後大概是把毛筆向桌上一擱，傳出震顫的響聲，接下來就聽見抓藥、包藥，以手拂紙發出蘇蘇的聲音。安靜片刻，女醫生推開門簾喊病人，交出藥包、藥方，轉身回屋。外面立刻聽見三位仙姑告別，三個婢女說「再見」，幼兒牙牙，貓兒嗚嗚，又同時行動。九姑講話，聲調清亮悠揚；六姑講話，聲調和緩蒼老；四姑講話，聲調輕細柔美。三個婢女的聲音，也各具不同特點，一聽就能分得清楚明白。大家驚訝，都認為她們真是神仙，可是病人服藥，並不明顯見效。這就是所謂的「口技」，女醫生特意借它來行醫呢，不過這也夠奇妙了！

【研　析】這是一篇聲情並茂的記事散文。文中對一女子借口技表演出售藥物的描寫，反映了清代初年口技藝人高超的技藝水平。全文描述口技表演的內容和經過，因聲見象，文傳聲貌，細緻生動。

一位女子來村中售藥，不能開處方，要等晚上請神開方。這是表演的起因，又給售藥罩上一層神秘面紗，吸引聽眾，引人入勝。「晚潔斗室，閉置其中。眾繞門窗，傾耳寂聽；但竊竊語，莫敢欬。內外動息俱冥」。寥寥數語，勾劃出表演的時間、場景、氛圍和人們緊張興奮的心情，簡約精煉，以少勝多。口技表演過程，分三個階段：人物出場、處方包藥、送別三姑。層次清晰，有條不紊。文章最後聲明「試其方不甚效」，但口技表演「亦奇矣」，表明蒲翁撰文意在記錄技藝。從寫作上看，有以下三個優點：

妙筆繪聲。人物出場，「忽聞簾聲」，女問：「九姑來耶。」又問臘梅。三人皆年輕女性，爛漫多言：「絮語間雜，刺刺不休。」寫出共同的特點。全部表演出場八人，還有隻小貓。口技藝人同時模仿多種聲音，出現諸聲並作的場面，描繪起來實在不易。如六姑來到後，「聞女子殷勤聲，九姑問訊聲，六姑寒暄聲，二婢慰勞聲，小兒喜笑聲，貓子聲，一齊嘈雜」，一氣寫出九聲並發的熱鬧場面。另外還用「喧繁滿屋」，「一時並起」等語，都寫得效果逼真，如同身臨其境。

聲有特徵。有聲響，但眾人諸物聲響各有特色，才能創造出真實的場面、動人的情境。九姑開處方，「聞九姑喚筆硯。無何，折紙戢戢然，拔筆擲帽丁丁然，磨墨隆隆然；既而投筆，觸几震震作響，便聞撮藥包裹蘇蘇然」，一板一眼，滴水不漏，表現出處方取藥的全過程。各人的口聲，顯示著不同的個性、年齡和品格，並且寫出了每個人的聲音特色：「九姑之聲清以越，六姑之聲緩以蒼，四姑之聲嬌以婉。」都寫得非常成功。

妙用口語。六姑婢女說：「拗哥子，嗚之不睡，定要從娘子來。身如百鈞重，負累煞人！」是表功，又爭取同情。一女子笑曰：「小郎君亦大好耍，遠迢迢抱貓兒來。」記下這些口語，不僅使人感覺真實，而且增加許多生活情趣。同時顯示蒲翁善於取材民間的藝術特色。

夏雪

丁亥年❶七月初六日，蘇州❷大雪。百姓皇駭，共禱諸大王❸之廟。大王忽附人而言曰：「如今稱老爺者，皆增一『大』字；其以我神為小，消不得一『大』字也？」眾悚然，齊呼「大老爺」，雪立止。由此觀之，神亦喜諂，宜乎治下部❹者之得車多矣。

異史氏曰：「世風之變也，下者益諂，上者益驕。即康熙四十餘年中，稱謂之不古，甚可笑也：舉人❺稱爺，二十年始；進士❻稱老爺，三十年始；司、院❼稱『大老爺』，二十五年始。昔日大令❽謁中丞❾，亦不過『老大人❿』而止；今則此稱久廢矣；即有君子⓫，亦素諂媚，行乎諂媚，莫敢有異詞也。若縉紳⓬之妻呼『太太』，裁⓭數年耳。昔惟縉紳之母始有此稱；以妻而得此稱者，惟淫史中有林、喬⓮耳，他未之見也。唐時，上欲加張說⑮『大學士』，說辭曰：『學士從無「大」名，臣不敢稱。』今之『大』，誰大之？初由於小人之諂，而因得貴倨⑯者之悅，居之不疑，而紛紛者遂遍天下矣。竊意數年以後，稱爺者必進而『老』，稱老者必進而『大』，但不知『大』之上造何尊稱，匪夷所思⑰已！」

丁亥年六月初三日，河南歸德府⑱大雪尺餘，禾皆凍死，惜乎其未知媚大王之術也。悲夫！

【注釋】❶丁亥年　指清康熙四十六年，西元一七〇七年。❷蘇州　清代江蘇省蘇州府。今江蘇蘇州。❸大王　指金龍四大王。❹治下部　舐痔瘡，喻諂媚。語源《莊子・列禦寇》：「秦王有病，召醫，破癰潰痤者得車一乘，舐痔者得車五乘，所治愈下，得車愈多。子豈治其痔邪，何其得車多也？子行矣。」❺舉人　清代科舉考試中，稱鄉試被錄取者。❻進士　舉人參加會試被錄取者。❼司院　省中布政使司、按察使司和總督、巡撫。❽大令　縣令。❾中丞　即巡撫。❿大人　官場中下級對上一級的尊稱。⓫君子　才德出眾的人。⓬縉紳　官吏或有聲望地位的文士。⓭裁　同「才」。⓮林喬　指《金瓶梅》中王寀的母親林太太和皇親喬五的妻子。⓯張說　唐代洛陽人，曾任翰林學士、中書令等職，著有《張燕公集》。⓰貴倨　尊貴傲慢。⓱匪夷所思　不是根據常理能夠想見的。⓲歸德府　清代屬河南省，今河南商丘。

【語譯】清康熙四十六年七月初六，蘇州大雪，老百姓都驚慌害怕，一起到金龍四大王廟祭神禱告。大王忽然附在人體說話，說：「現在稱『老爺』的，都上加『大』，稱『大老爺』，難道說嫌我神的品級低，承受不了一個『大』字麼？」大家聽後惶恐不安，齊喊「大老爺」，大雪接著就停了。由此可見，神也喜歡阿諛奉承，這就難怪秦王賞賜為他治病的人，那舐痔的人比治瘡的人得的車輛多了。

異史氏說：「社會風氣在改變，處於社會下層的人越是諂媚，高層的人物越驕傲。只康熙四十幾年來，稱呼之時尚非常可笑：舉人稱『爺』，從二十年開始；進士稱『老爺』，從三十年開始；布政使、按察使和巡撫稱『大老爺』，從二十五年開始。以往縣令拜見巡撫，也不過尊稱為『老大人』，現在早就拋開這個稱呼了，即使才德出眾的人，也認為這樣的諂媚不過是個空名稱，也就隨俗奉承，沒有人敢提不同的意見。像對縉紳的老婆，喊她『太太』，才是近幾年的事，以前只對縉紳的娘才這麼稱呼。這樣稱呼老婆，只在《金瓶梅》裡有，那是稱王家的娘為『林太太』，稱喬五的老婆為『喬五太太』，在別處沒有見過。唐代，張說的官職是翰林院學士，玄宗要稱他『大學士』，他辭謝說：『在「學士」上，過去沒有「大」字，臣不敢稱「大學士」。』現在要在『老爺』上加『大』，是從誰開始的？最初是因為有識見淺陋的人如此諂媚，由此博得傲慢的貴官的歡心；貴官以『大』自居，毫不懷疑，於是紛紛效法，就逐漸遍及天下了。我心中暗想：幾年之後，稱『爺』的一定進而為『老爺』，原來稱『老爺』的，一定進而稱『大老爺』，只是不知道這『大老爺』上將會創一個什麼尊稱，這可不是根據平常的道理，就能推算出來的啊！」

康熙四十六年六月初三，河南省歸德府下了一尺多深的大雪，把莊稼都凍死了。可惜啊，那地方的人沒有得到向「金龍四大王」獻媚的辦法。令人悲傷噢！

【研析】〈夏雪〉是篇構思巧妙的微型諷刺小說。因為一次超常的夏季落雪，引出「神亦喜諂」的效果，借以諷喻諂媚日盛的不良世風。作者又用三倍於正文的篇幅寫了「異史氏曰」，引用事實，進一步說明下諂上驕現象的普遍和嚴重，感嘆純樸古風喪失，不知社會風氣會變成什麼樣子！最後又引河南歸德府同年六月也下雪，禾皆凍死，給百姓生活造成極大困難。作者說：「惜乎其未知媚大王之術也。悲夫！」這是用反話進一步諷刺「神亦喜諂」的虛偽性，從而更深刻地批判諂媚之風的危害與醜惡。

文章寫作的高明處在於，借一次反常的氣象變化和社會上的迷信活動，引申出一項對社會不良風氣的批判，具有淨化時風、移風易俗的作用。故事正文只六十六字，非常凝練，極具喜劇效應。「大王忽附人而言」，純屬迷信的巫術。「眾悚然，齊呼『大老爺』，雪立止」，更像喜劇小品演出！作者所以能得心應手進行藝術構思，是因為對社會生活熟悉和爐火純青的藝術造詣。

青娥

霍桓，字匡九，晉❶人也。父官縣尉❷，早卒。遺生最幼，聰惠絕人❸，十一歲以神童入泮❹。而母過於愛惜，禁不令出庭戶，年十三，尚不能辨伯叔甥舅焉。同里有武評事❺者，好道，入山不返；有女青娥，年十四，美異常倫❻。幼時竊讀父書，慕何仙姑❼之為人。父既隱，立志不嫁。母無奈之。一日，生於門外瞥見之，童子雖無知，祇覺愛之極，而不能言；直告母，使委禽❽焉。母知其不可，故難之；生鬱鬱不自得；母恐拂兒意，遂托往來者致意武，果不諧。

生行思坐籌，無以為計。會有一道士在門，手握小鑱，長裁尺許。生借閱一過，問：「將何用？」答云：「此劚藥之具，物雖微，堅石可入。」生未深信，道士即以斫牆上石，應手落如腐。生大異之，把玩不釋於手，道士笑曰：「公子愛之，即以奉贈❾。」生大喜，酬之以錢，不受而去。持歸，歷試磚石，略無隔閡。頓念穴牆則美人可見，而並不知其非法也。更定❿，逾垣而出，直至武第⓫，凡穴兩重垣，始達中庭。見小廂中尚有燈火，伏窺之，則青娥卸晚妝矣；少頃，燭滅，寂無聲，穿墉入，女已熟眠。輕解雙履，悄然登榻；又恐女郎驚覺，必遭訶逐，遂潛伏繡衾之側；略聞香息，心願竊慰。而半夜經營，疲殆頗甚，少一合眸，不覺睡去。

女醒，聞鼻氣休休；開目，見穴隙亮入；大駭，急起，暗搖婢醒，拔關⓬輕出；敲窗喚家人婦。共爇火操杖以往，則見一總角⓭書生，酣眠繡榻；細審視，為霍生。抏之始覺，遽起，目灼灼如流星，似亦不大畏懼，但靦然不作一語。眾指為賊，恐呵之，始出涕曰：「我非賊，實以愛娘子故，願一近芳澤⓮耳。」眾又疑穴數重垣，非童子所能者。生出鑱以言其異。共試之，駭絕，訝為神授。將共告諸夫人，女俯首沉思，意似不以為可。眾窺知女意，因曰：「此子聲名門地[15]，殊[16]不辱玷。不如縱之使去，俾復求媒焉。詰旦[17]，假盜以告夫人，如何也？」女不答，眾乃促生行。生索鑱，共笑曰：「騃兒童！猶不忘凶器耶？」生覷枕邊，有鳳釵一股，陰納袖中。已為婢子所窺，急白之，女不言亦不怒。一媼拍頸曰：「莫道他騃。若小[18]意念乖絕也！」乃曳之，仍自竇中出。

既歸，不敢實告母，但囑母復媒致之。母不忍顯拒，惟遍託媒氏急為別覓良姻。青娥知之，中情皇急，陰使腹心者風示媼。媼悅，託媒往。會小婢漏洩前事，武夫人辱之，不勝恚憤；媒至，益觸其怒，以杖畫地，罵生並及其母。媒懼，竄歸，具述其狀。生母亦怒曰：「不肖[19]兒所為，我都夢夢[20]。何遂以無禮相加！當交股時，何不將蕩兒淫女一並殺卻？」由是見其親屬，輒便披訴。女聞，愧欲死。武夫人大悔，而不能禁之使勿言也。女陰使人婉致生母，且矢[21]之以不他，其詞悲切。母感之，乃不復言，而論親之謀亦遂輟矣。會秦中[22]歐公宰是邑[23]，見生文，深器[24]

之，時召入內署，極意優寵。一日，問生：「婚乎？」答言：「未。」細詰之，對曰：「夙與故武評事女小有盟約，後以微嫌，遂致中寢㉕。」問：「猶願之否？」生靦然不言。公笑曰：「我當為子成之。」即委縣尉、教諭㉖，納幣㉗於武。夫人喜，婚乃定。逾歲，娶女歸。女入門，乃以鑱擲地曰：「此寇盜物，可將去！」生笑曰：「勿忘媒妁。」珍佩之，恒不去身。

女為人溫良寡默，一日三朝㉘其母；餘惟閉門寂坐，不甚留心家務。母或以弔慶他往，則事事經紀㉙，罔不井井㉚。二年餘，生一子孟仙，一切委之乳保，似亦不甚顧惜。又四五年，忽謂生曰：「歡愛之緣㉛，於茲八載。今離長會短，可將奈何！」生驚問之，即已默默；盛妝拜母，返身入室；追而詰之，則仰眠榻上而氣絕矣。母子痛悼，購良材㉜而葬之。母已衰邁，每每抱子思母，如摧肺肝，由是遘疾，遂憊不起。逆害飲食，但思魚羹，而近地無魚，百里外始可購致。時廝騎㉝皆被差遣，生性純孝，急不可待，懷貲獨往，晝夜無停趾。返至山中，日已沉冥，兩足跛踦，步不能咫。後一叟至，問曰：「足得毋[34]泡乎？」生唯唯。叟便曳坐路隅，敲石取火，以紙裹藥末，熏生兩足訖，試使行。不惟痛止，兼益矯健，感極申謝。叟問：「何事汲汲[35]？」答以母病，因歷道所由。叟問：「何不另娶？」答云：「未得佳者。」叟遙指山村曰：「此處有一佳人，倘能從我去，僕當為君作伐。」生辭以母病待魚，姑[36]不遑暇。叟乃拱手，約以異日[37]：「入村但問老王。」乃別而去。

生歸，烹魚獻母。母略進，數日尋[38]瘳。乃命僕馬往尋叟，至舊處，迷村所在。周張[39]逾時，夕暾漸墜；山谷甚雜，又不可以極望，乃與僕分上山頭，以瞻里落；而山徑崎嶇，不可復騎，跋履[40]而上，昧色籠煙矣；蹀躞[41]四望，更無村落。方將下山，而歸路已迷，心中燥火如燒。荒竄間，冥墮絕壁，幸數尺下有一線荒臺，墜臥其上，闊僅容身，下視黑不見底。懼極，不敢少動。又幸崖邊皆生小樹，約體如欄。定移時[42]，見足傍有小洞口；心竊喜，以背著石，螬[43]行而入。意稍穩，冀天明可以呼救。少頃，深處有光如星點，漸近之，約二三里許，忽睹廊舍，並無釭[44]燭，而光明若晝。一麗人自房中出，視之，則青娥也。見生，驚曰：「郎何能來？」生不暇陳[45]，把袪[46]嗚惻。女勸止之，問母及兒，生悉述苦況，女亦慘然。生曰：「卿死年餘，此得無[47]冥間耶？」女曰：「非也，此乃仙府。曩實非死，所瘞，一竹杖耳。郎今來，仙緣有分也。」因導令朝父，則一修髯丈夫，坐堂上。生趨拜，女白：「霍郎來。」翁驚起，握手略道平素[48]，曰：「婿來大好，分當留此。」生辭以母望，不能久留。翁曰：「我亦知之。但遲三數日，即亦何傷[49]。」乃餌以肴酒，即令婢設榻於西堂[50]，施錦裀焉。

　　生既退，約女同寢，女卻之曰：「此何處，可容狎褻！」生捉臂不捨。窗外婢子笑聲嗤然，女益慚。方爭拒間，翁入，叱曰：「俗骨汙吾洞府！宜即去！」生素負氣，愧不可忍，作色曰：「兒女之情人所不免，長者何當窺伺我？無難[51]，即去。但令女須便將隨[52]。」翁無辭，招女隨之，啟後戶送之；賺生離門，父子闔扉去。回頭則峭壁巉巖，無少隙縫。隻影煢煢[53]，罔所歸適，視天上，斜月高揭，星斗已稀。悵悵良久，悲已而恨；面壁叫號，迄無應者。憤極，腰中出鑱，鑿石攻進，且攻且罵。瞬息洞入三四尺許，隱隱聞人語曰：「孽障哉！」生奮力鑿益急，忽洞底豁開二扉，推娥出曰：「可去，可去！」壁即復合。女怨曰：「既愛我為婦，豈有待丈人如此者！是何處老道士，授汝凶器，將人纏混欲死！」生得女，意願已慰，不復置辨，但憂路險難歸。女折兩枝，各跨其一，即化為馬，行且駛，俄頃至家。時失生已七日矣。

初，生之與僕相失也，覓之不得，歸而告母。母遣人窮搜山谷，並無蹤緒。正憂惶無所[54]，聞子歸，歡喜承迎；舉首見婦，幾駭絕。生略述之，母益忻慰。女以形跡詭異，慮駭物聽[55]，求母播遷，母從之。異郡[56]有別業[57]，刻期徙往，人莫之知。偕居十八年，生一女，適[58]同邑李氏。後母壽終，女謂生曰：「吾家茅田中，有雉抱八卵，其地可葬。汝父子扶櫬歸窆。兒已成立，宜即留守廬墓[59]，無庸[60]復來。」生從其言，葬後自返。月餘，孟仙往省之，而父母俱杳。問之老奴，則云：「赴葬未還。」心知其異，浩嘆[61]而已。

孟仙文名甚譟，而困於場屋[62]，四旬不售[63]。後以拔貢[64]入北闈[65]，遇同號生[66]，年可十七八，神采俊逸，愛之。視其卷，註「順天廩生[67]霍仲仙」。瞪目大駭，因自道姓名。仲仙亦異之，便問鄉貫[68]，孟仙悉告之。仲仙喜曰：「弟赴都時，父囑文場中如逢山右霍姓者，吾族也，宜與款接[69]，今果然矣。顧[70]何以名字相同如此？」孟仙因詰高、曾[71]，並嚴、慈姓諱[72]，已而驚曰：「是我父母也！」仲仙疑年齒[73]之不類。孟仙曰：「我父母皆仙人，何可以貌信其年歲乎？」因述往跡，仲仙始信。

場[74]後不暇休息，命駕[75]同歸。才到門，家人迎告，是夜失太翁及夫人所在。兩人大驚。仲仙入而詢諸婦，婦言：「昨夕尚共杯酌，母謂：『汝夫婦少不更事⑯，明日大哥來，吾無慮矣。』早旦入室，則闃無人矣。」兄弟聞之，頓足悲哀。仲仙猶欲追覓，孟仙以為無益，乃止。是科仲領鄉薦⑰。以晉中祖墓所在，從兄而歸。猶冀父母尚居人間，隨在探訪，而終無蹤跡矣。

異史氏曰：「鑽穴眠榻，其意則痴；鑿壁罵翁⑱，其行則狂。仙人之撮合之者，惟欲以長生報其孝耳。然既混跡人間，狎生子女，則居而終焉，亦何不可？乃三十年而屢棄其子，抑獨⑲何哉？異已⑳！」

【注釋】❶晉　山西省簡稱。❷縣尉　官名。管理一縣刑獄緝捕。❸聰惠絕人　聰惠，聰敏。惠，同「慧」。絕人，超越平常人。❹以神童入泮　因特別聰明，才智非凡，被稱為神童，為此進學宮讀書，成為秀才。泮，學宮前水池。❺評事　官名。主管評審刑獄。❻常倫　尋常之輩。❼何仙姑　道教八仙之一。❽委禽　古婚禮六禮之一。男方到女方家下聘禮。因禮品中有雁，故稱。❾奉贈　敬詞。贈送。❿更定　同「定更」。天黑以後，約晚上八點左右。⓫第　大住宅；官邸。⓬關　門閂。⓭總角　代指兒童。實為兒童頭頂左右各一的髮髻。⓮芳澤　古代女用芳香髮油。代指女子儀容。⓯門地　同「門第」。家庭的社會地位，成員身分。⓰殊　尚且。⓱詰

旦 早晨。⑱若小 這個孩子。⑲不肖 不成材；不正派。⑳夢夢 同「懜懜」。昏昧不明；糊裡糊塗。㉑矢同「誓」。㉒秦中 陝西中部。㉓宰是邑 宰，管理。是邑，這個縣。㉔器 器重。㉕中寢 中止。㉖教諭明清時主管縣學、文廟祭祀等事的官員。㉗納幣 古代婚禮六禮之一，今俗稱送彩禮。㉘朝 拜見問候。㉙經紀 管理照料。㉚井井 有條理。㉛緣 緣分；機緣。㉜材 棺材。㉝廝騎 僕人和坐騎。㉞得毋 莫非。㉟汲汲 心情急切。㊱姑 暫時。㊲異日 來日；隔一天。㊳尋 不久。㊴周張 形容心中憂愁悵惘。㊵跋履 邁步。㊶蹀躞 行進艱難貌。㊷定移時 定，安定。移時，過了一段時間。㊸螬 蠐螬，屎殼螂的幼蟲。㊹缸油燈。㊺陳 述說。㊻袪 袖；袖口。㊼得無 同「得毋」、「得勿」。㊽平素 以往的事情。㊾傷 妨礙。㊿西堂 西殿。(51)無難 沒有必要責難。(52)將隨 帶領跟隨。(53)煢煢 形容孤獨無依。(54)無所 沒有地方。(55)物聽眾人的言論。(56)郡 府；州。(57)別業 別墅。(58)適 嫁。(59)守廬墓 父母去世，兒子於服喪期中，在墓邊建房守護。(60)無庸 無須；不必。(61)浩嘆 長嘆；大聲嘆息。(62)場屋 科舉考試的考場。也稱「科場」。(63)不售不被錄取。(64)拔貢 科舉制度中，明清兩代為經過選擇貢入國家最高學府國子監的生員。(65)北闈 順天府的鄉試。(66)同號生 在同一考場編號的房間中參加考試者。(67)廩生 每月領取官學米糧的生員。(68)鄉貫 籍貫。(69)款接 誠懇交往。(70)顧 但是。(71)因詰高曾 詰，詢問。高，高祖。曾，曾祖。(72)嚴慈姓諱 嚴，父親。慈，母親。諱，名字。(73)年齒 年齡。(74)場 人群會聚的處所。此指考場。代指考試。(75)命駕 命人駕車馬；起程。(76)更事 懂事。(77)領鄉薦 考取舉人。(78)翁 對年長者的尊稱。(79)獨 卻是。(80)已 表肯定和感嘆的語氣詞。

【語譯】霍桓，字匡九，是山西人。他父親做過縣尉，死得早，留下的孩子霍生最小。他聰明機智，超過常人，十一歲時，以神童的資格進官學讀書，已經是秀才。可是他的母親過於疼愛他，不許他走出家門，長到十三歲，他還分不清伯、叔、甥、舅的關係。同里武某，做過評事，好學道，進山隱居，不再回家。他有個女兒，名叫青娥，十四歲，長得美麗無比，年幼時偷讀父親的書，羨慕何仙姑那樣的人。父親隱居後，她立下志向不嫁人，母親對她無可奈何。一天，霍生在門外看見青娥，童子無知，只感覺她極可愛，講不出愛她的道理。他直接告訴母親，請她去送聘禮。母親知道辦不成，因此明說困難，他悶悶不樂。母親怕違背他的心意，就託有交往的人向武家致意，果然沒有成功。

霍生行走時思考，靜坐時謀劃，心裡總放不下和青娥的事，終歸一籌莫展。恰巧有一位道士在他門外，手裡握著一把小鑱子，有一尺多長。霍生借來看了看，問：「它有什麼用處？」回答說：「這是挖草藥的用具，物件雖小，堅硬的石頭也能插進去。」霍生不很相信，道士就用它砍牆上的石頭。隨手落下，像切豆腐。霍生十分驚異，拿過來玩賞，捨不得放手。道士笑著說：「公子你喜歡它，就把它送給你吧。」霍生很高興，給他錢，他不要，轉身就走了。霍生拿回家，一次次拿磚頭、石頭試驗，一點也擋不住它。忽然想起用它在牆上挖個窟窿，就能見到那美女，可是不懂得這麼做犯法。天黑以後，跳牆去找她，直達武家宅院，挖了兩道牆才走進裡院。小廂房中還有燈光，近窗偷看，原來美女正卸晚妝。一會兒，燭火熄滅，寂靜無聲，挖牆鑽進屋，女郎已經睡熟。他輕輕地脫下鞋子，悄沒聲地爬上牀；又怕女郎驚覺，一定遭受呵叱驅逐，就偷偷地蜷臥繡花被邊；稍微聞到香味，暗自心願滿足。因忙碌了半夜，十分疲勞，一合眼就睡著了。

青娥睡醒，聽到呼吸的聲音，睜眼一看，牆根有個洞口透進亮光。她大吃一驚，趕緊起牀，暗中把婢女搖醒，拔開門閂，躡手躡腳地出去；敲窗喊女僕，一同點燃火把、提著棍子前往，就見一個頭上紮著兩個角髻的書生，正躺在彩繡的牀榻上沉睡；仔細看他，是霍桓；搖動他，他才醒過來，連忙起身，兩隻眼轉來轉去，流星般閃閃發光；好像還不大害怕，只是臉色羞愧，一言不發。眾人指著他說是賊，嚇唬他，他才哭起來，說：「我不是賊，確實是因為喜愛她才親近她。」眾人又懷疑挖透幾道牆不會是這小孩兒自己幹的，霍生便拿出鑱子，介紹它的神奇。眾人共同試驗，大吃一驚，都猜想是神仙送給他的。眾人要一起去稟告夫人，青娥低頭沉思，好像認為沒有必要。眾人暗自領會她的心意，就說：「這位公子的名聲和門第還不壞，不如放他回去，讓他找人來說媒。到早晨，假託小偷進來，去稟告夫人，怎麼樣？」青娥沒有回答，眾人就催促霍生走。霍生要他的小鑱子，惹得大家都笑了，說：「呆小子！還沒有忘記做案的傢伙嗎？」霍生偷著看到枕頭旁邊有一股鳳釵，暗自摸起，放進袖筒。一個婢女看見了，急忙稟告青娥，青娥不說話，更沒有憤怒；一個老女僕拍著霍生的腦袋說：「不要說他呆，這小傢伙機靈極啦！」就拉著霍生，讓他還是從牆窟窿裡出去。

霍生回家以後，不敢把實情告訴母親，僅是囑咐母親再向武家派媒人說親。母親不忍心明顯拒絕，而是到處託媒急迫地為他另找好姻緣。青娥知道以後心情急慌，偷著派心腹人暗示霍生的母親。母親挺歡喜，託媒人前往。恰巧有個小婢女把以前那小鑱子的事洩漏了，武夫人感覺恥辱，非常憤怒，媒人來到，更觸起怒火，用手杖狠劃地面，罵霍生和他的母親。媒人害怕，跑回霍家，詳細述說武夫人的情狀，霍生的母親一聽也惱了，說：「這個不成材的孩子幹了些什麼事，我都不清楚，為什麼對我這樣沒有禮貌！當初兩腿相交的時候，為什麼不把蕩兒淫女一併殺掉？」從這以後，她見到武家的親戚就訴說一番。青娥聽到以後羞愧得要死。武夫人十分後悔，卻沒有辦法不讓霍家老太太說。青娥又暗自派人婉言告訴霍生的母親，她發誓不嫁別人，言詞哀傷懇切。霍家老太太這才不再宣揚，不過，兩家對婚事的商議也到此為止。正逢陝西歐公到他們縣當縣令，看見霍生的文章後，十分器重他，時常邀他進官署，對他極其優待寵愛。一天，歐公問霍生：「娶妻了嗎？」霍生回答：「沒有。」歐公細加追問，霍生回答說：「從前和武評事的女兒有誓約，後來因為兩家略有猜疑就中止了。」歐公問：「還願意嗎？」霍生害羞，不說話。歐公笑著說：「我一定為你成全這門親事。」此後，歐公就委託縣尉、教諭，到武家送彩禮，武夫人高興，婚事就定了。過了一年，霍生把青娥娶回家。青娥到霍家以後，拿出小鑱子向地上一扔，說：「這是強盜的東西，拿走吧！」霍生笑著說：「不要忘記，它才是媒人喲。」他拾起來，此後一天到晚佩帶在身邊。

青娥為人溫厚善良，沉默寡言，一天三次向婆母請安，此外就是關門靜坐，不大留心家務。可是婆母有時為別家婚喪事外出，她照料家中各種事務，無不井井有條。過了兩年多，她生了一個兒子，取名孟仙，一切養育的事務，全交給乳母，好似也不大愛惜。又過了四五年，她忽然對霍生說：「咱倆歡愛的緣分，已經八年，現在面臨離長會短了，你看這該怎麼辦呢！」霍生驚愕地問她，她只是默默不語，又穿起華美的服裝去拜別婆母，回來以後走進內室。霍生追上去問她，她早已仰身躺在牀上停止呼吸了。霍家母子沉痛悼念青娥，買來好棺木安葬她。霍生的母親已經衰老，經常抱著孫子便想起兒媳，心如刀割，因此生病，終於衰弱得一天到晚躺在牀上，不愛吃飯，但想喝魚湯，可是近處沒有魚，百里以外才能買到。這時，能幹粗活的僕人和馬匹都被差遣外地，霍生極其孝順，急不能待，帶上錢獨自前往，日夜不停。他回來的時候走到山裡，天色已經昏暗，兩隻腳一瘸一拐，一步邁不出半尺遠。後面走來一位老先生，問他：「腳底是不是起泡了？」霍生說是。老先生便拉他坐在路旁，敲碰火石取火，用紙裹進藥草末，點燃後薰霍生的雙腳；薰後讓他試著走幾步，竟不再疼痛，還比平時更矯健有力，他十分感動，向老先生深表感謝。老先生問：「你這樣急忙，有什麼事？」回答說母親有病，就一一說出原因。老先生問：「為什麼不另娶？」回答說：「還沒有找到好的。」老先生指著遠處的山村說：「這裡有一個漂亮的女郎，倘使你跟我一起去，我一定為你當媒人。」霍生辭謝，說母親等著吃魚，暫時沒有時間去。老先生就拱手行禮，約定來日，說：「進村以後你打聽我老王。」他就走開了。

霍生到家，燉好魚，恭敬地送到母親面前，母親吃了幾口，過了幾天就痊癒了。於是他讓僕人備馬，一起去尋找那老先生。來到山裡原先薰腳的地方，迷失了要去的村莊的方位，不由心中惆悵；過了約一個時辰，夕陽漸漸落下，山谷很雜亂，又不能遠望，就和僕人分別登向山頂，以便瞭望村落；可是山間小徑忽高忽低，不能再騎馬，只好邁步而上。這時已經暮色蒼茫，煙籠霧罩了。在山頂走來走去，四下探望，根本沒有村莊；正要下山，卻連來時的路也迷失了，霍生心裡急躁得如火燒火燎，慌急中胡奔亂跑，迷迷糊糊掉下絕壁，幸而幾尺以下有一線荒僻的石臺，滾下去正好躺在上面。臺子很窄，剛能容下身體。他向下一看，黑得看不見谷底，十分害怕，不敢動彈。還多虧崖壁邊長著小樹，像欄杆擋著身體。他神志安定了一會兒，看見腳邊有個小洞口；心中暗喜，就脊背挨著石頭，蠐螬般蠕動爬進去。心情稍微安穩，期望天明以後可以呼救。霎時間又發現洞深處有光點，僅像小星星那樣大，就向前接近它，大約爬了二三里路，忽然看見有走廊的房屋，裡面沒有燈燭，卻光亮得很像白天。一位美女從屋裡出來，看看她，原來是青娥。她看到霍生，驚訝地說：「你怎麼能來到這裡？」霍生沒時間回答，一把抓起她的衣袖就哭起來。青娥勸住他，問婆母和兒子的情況，霍生把生活苦況全告訴她，青娥也心中悽慘。霍生說：「你已經死去一年多，這裡莫非是陰間嗎？」青娥說：「不是。這裡是仙人洞府。那時我不是死去，你埋葬的只是一根竹杖罷了。你今天來到，有成為仙人的緣分哪。」於是帶領他去拜見父親，原來是一位長鬍子老翁，正坐在堂上。霍生快步向前拜見，青娥稟告：「霍郎來了。」老翁驚異起身，和霍生握手，彼此說了幾句往事，老翁說：「女婿來了，很好。論緣分，應當留在這裡。」霍生辭謝，說母親正等待他，不能久留。老翁說：「我也知道，僅是晚回去幾天，有什麼妨礙。」於是用酒菜招待他，立刻使婢女在西殿安牀榻，放上織錦被褥。

霍生離開老翁，來到西殿，邀青娥一起睡，青娥拒絕，說：「這是什麼地方，能讓你放蕩！」霍生拉著她的胳膊不放。聽見窗外有婢女吃吃地笑，青娥更加羞慚。正在彼此爭執的時候，老翁進來，呵叱說：「一身俗骨頭，攪髒了我的洞府！就該立刻出去！」霍生向來好賭氣，羞愧得受不了，滿臉怒色地說：「青年男女之情人人難免，作為長輩，怎麼偷看我？不要責備了，我立刻就走。但是你女兒必須隨我回去。」老翁無話可講，招呼青娥跟在他身後，開了後門送他，騙霍生前行，剛離開門，父女二人趕緊關門離去。霍生回頭一看，峭壁巉岩，連個石頭縫也沒有。他形單影孤，沒有地方可去；看看天空，斜月高掛，星星已經稀少了。他悶悶不樂好久，悲傷轉為怨恨，面對石壁喊叫，始終沒人答應。他心中氣憤到極點，就從腰間拔出鑱子，挖鑿石頭攻進去，一面攻一面罵，轉眼間攻進三四尺，隱隱約約聽見有人說：「罪孽呀！」霍生奮力挖掘，更加急迫，忽然洞底打開兩扇門，把青娥推出來，說：「走吧，走吧！」石壁就又合成一塊。青娥埋怨霍生，說：「你既然喜愛我做媳婦，豈有這麼對待岳父的！是哪裡的老道士，給你行凶的傢伙，把人纏磨死了！」霍生得和青娥在一起，心願已經滿足，不再辯解，只是憂慮山路險阻，走回家不容易。青娥折下兩段樹枝，各跨一段；樹枝立刻變成馬，跑得很快，一會兒就到家了。這時，霍生失蹤已經七天了。

起初，霍生和僕人在山坡失散。僕人找不到他，回家告訴他母親。母親派人搜遍山谷，不見蹤影，茫無頭緒。她正在憂愁惶恐沒有辦法的時候，聽說兒子已經回來，高興地去迎接他，抬頭看見青娥，幾乎驚煞。霍生約略述說青娥的情況，母親越發欣喜滿意。青娥因為自己的身世奇異，擔心驚動別人，引起議論，乞求母親遷居外地，母親同意。霍家在別的府縣有別墅，便定了日期搬遷過去，他們的去向外人都不了解。在別墅住了十八年，青娥生了一個女兒，嫁給同縣的李家。後來母親去世，青娥對霍生說：「咱家的茅草地裡，有錦雞孵著八顆蛋，這個地方可以安葬。你父子倆護送靈柩去埋葬，兒子孟仙已經是成年人，應該留守廬墓，不必很快回家。」霍生同意她的安排，葬後獨自回家。過了一個多月，孟仙回來探望父母，父母卻無影無蹤。問老僕人，只說：「去安葬老太太，還沒有回來。」孟仙對這件怪事心中明白，一聲聲嘆氣罷了。

孟仙的文章寫得好，名聲很大，但是在考場裡總是遭受挫折，四十歲的時候還沒有考取舉人；後來以拔貢的資格，參加順天府的鄉試，遇到一位考場同號的秀才，有十七八歲，儀容俊美超逸，引起他心中愛慕，看見他的卷子上寫「順天廩生霍仲仙」。他很驚訝，不由瞪大眼睛，就主動告訴他自己的姓名。仲仙也覺奇怪，便問起家鄉，孟仙詳細說明。仲仙高興地說：「我進京時，父親囑咐在文場裡如果遇到姓霍的山西人，他就是我們家族的，應當誠懇交往。現在果然如此。只是彼此的名字怎麼這樣接近？」孟仙就問他的高祖、曾祖和父母的姓名，然後驚奇地說：「你的父母就是我的父母呢！」仲仙疑心孟仙的年齡比父母大，不像哥哥。孟仙說：「咱們的父母都是仙人，怎麼可以憑相貌判斷他們的年齡呢？」於是陳述以往的家事，仲仙這才相信。

考試以後，兩人顧不上休息，一同起程回仲仙的家鄉。他們剛到家門口，就有僕人相迎，說老爺和夫人不在家，不知道今夜哪裡去了。兄弟兩人為此十分驚訝，仲仙進家問他的妻子，妻子說：「昨天晚上還一起喝酒。母親對我說：『你夫妻倆年輕不懂事，明天你大哥就來了。我無憂無慮了。』天亮以後到她屋裡一看，就靜悄悄地沒有人了。」兄弟倆聽後傷心得跺腳。仲仙還要追蹤尋覓，孟仙認為沒有用，仲仙才放棄這個打算。這次考試，仲仙考取舉人，因為祖先的墳墓在山西，就跟隨哥哥遷居老家。他盼望父母還在人間，隨處探訪，終歸沒有蹤跡。

異史氏說：「鑽牆洞，睡繡榻，心意癡迷；挖峭壁，罵岳父，行為張狂。仙人撮合成婚配，只不過要以長生不老酬報他的孝行。既然混雜在人間，還生了子女，居住下來到底有什麼過錯？竟然在三十年裡，多次離開自己的兒子，卻是為了什麼呢？奇怪呀！」

【研　析】這篇小說用寫實與想像相結合的手法，創造出一對男女青年既嚮往成仙又熱中於人世的愛情婚姻故事，反映出古代社會士人既仰慕超塵脫俗的仙境，又眷戀至愛真情的家族子嗣，既矛盾又堅定的心願和幻想。

小說可分為前後兩大部分：前者，寫霍生與青娥初識到成婚，生一子，共同生活八年，青娥仙化而去；後者，寫霍生誤入仙山奪回青娥，生活十八年，生一女，母亡兒大，二人一起隱去。兒四十歲後，於考場上遇見十七八歲的弟弟，考完隨弟回家，父母「無蹤跡矣」。

霍桓，縣尉之子，「聰惠絕人」，這年十三歲。同里武評事女「青娥，年十四，美異常倫」，仰慕何仙姑，「立志不嫁」。霍生偶然見到青娥，「愛之極」，但無法接近。有道士送他小鑱，斫石如腐。這一寶物成了他開拓幸福生活的武器。他「頓念穴牆則美人可見，而並不知其非法也」，當夜行動，果然進入青娥閨房，並「潛伏繡衾之側」睡了一覺。女醒，「見穴隙亮入」，大駭，急喚家人婦「爇火操杖」捉賊，見是一「總角書生，酣眠繡榻」。就這一見，使青娥動搖了「立志不嫁」的決心，暗使心腹向霍母致意來說媒。但受挫。後由歐邑宰派人促進，婚乃定。次年完婚。「女入門，乃以鑱擲地曰：『此寇盜物，可將去！』生笑曰：『勿忘媒妁。』珍佩之，恒不去身。」他們歡樂平靜地過了八年。

女去母病，「思魚羹」。近處無，需百里外去購，「生性純孝，急不可待，懷貲獨往，晝夜無停趾」；返回行至山中，足跛踦不能行，一叟至，為生療足，並指山村，願為生介紹佳麗，「生辭以母病待魚，姑不遑暇」。母病癒，來找山村，迷路誤入仙山，見到青娥並介紹翁婿相見。後因生欲與女歡好，受翁怒斥而翻臉，被騙出山。霍生又以鑱鑿石攻進，逼迫丈人將青娥推出。這次又是小鑱的功勞。二人回家，偕居十八年，母逝，「父子扶櫬歸窆」，留兒守廬墓，二人隱去。後邊的事實說明，他們並未入山修仙，而是換個地方繼續過人間生活，並且又生一子。這表明他們仍眷戀至愛真情和家族傳承，其實是透露出作者的矛盾心理。

小說雖有大量想像成分，但因描寫情態場景非常生動逼真，顯示了作者高超的藝術表現力。如霍生與青娥初次相見的一段：霍生挖了兩道牆才進入女廂房，「輕解雙履，俏然登榻；又恐女郎驚覺，必遭訶逐，遂潛伏繡衾之側；略聞香息，心願竊慰」，「少一合眸，不覺睡去」。被發覺，他「目灼灼如流星，似亦不大畏懼，但靦然不作一語。眾指為賊，恐呵之，始出涕曰：『我非賊，實以愛娘子故，顧一近芳澤耳。』正是這種不驚不懼近於癡騃不解事的情態，從心肝五臟流出的癡人癡話，表達了至誠愛心，才深深打動青娥的心，最終贏得了愛情。

妖術

于公者，少任俠，喜拳勇，力能持高壺❶作旋風舞❷。崇禎❸間，殿試❹在都，僕疫不起，患之。會市上有善卜者，能決人生死，將代問之。既至，未言。卜者曰：「君莫欲問僕病乎？」公駭，應之。曰：「病者無害，君可危。」公乃自卜。卜者起卦❺，愕然曰：「君三日當死。」公驚詫良久。卜者從容曰：「鄙人有小術，報我十金，當代禳❻之。」公自念，生死已定，術豈能解。不應而起，欲出。卜者曰：「惜此小費，勿悔勿悔！」愛公者皆為公懼，勸罄橐以哀之。公不聽。

倏忽至三日，公端坐旅舍，靜以覘之，終日無恙。至夜，闔戶挑燈，倚劍危坐。一漏❼向盡，更❽無死法。意欲就枕，忽聞窗隙窣窣有聲。急視之，一小人荷戈入，及地則高如人。公捉劍起，急擊之，飄忽未中，遂遽小，復尋窗隙，意欲遁去。公疾斫之，應手而倒。燭之，則紙人，已腰斷矣。公不敢臥，又坐待之。踰時，一物穿窗入，怪獰如鬼。才及地，急擊之，斷而為兩，皆蠕動；恐其復起，又連擊之，劍劍皆中。其聲不耎，審視，則土偶，片片已碎。於是移坐窗下，目注隙中。

久之，久之，聞窗外如牛喘，有物推窗櫺，房壁震搖，其勢欲傾。公懼覆壓，計不如出而鬥之。遂劃然[9]脫扃，奔而出。見一巨鬼，高與簷齊；昏月中，見其面黑如煤，眼閃爍有黃光；上無衣，下無履，手弓而腰矢。公方駭，鬼則彎[10]矣。公以劍撥矢，矢墮；欲擊之，則又關[11]矣。公急躍避，矢貫於壁，戰戰[12]有聲。鬼怒甚，拔佩刀，揮如風，望公力劈。公猱[13]進，刀中庭石，石立斷。公出其股間，削鬼中踝，鏗然有聲。鬼益怒，吼如雷，轉身復剁。公又伏身入；刀落，斷公裙。公已及脅下，猛斫之，亦鏗然有聲，鬼仆而僵。公亂擊之，聲硬如柝[14]；燭之，則一木偶：高大如人，弓矢尚纏腰際，刻畫猙獰；劍擊處，皆有血出。公因秉燭待旦，方悟鬼物皆卜人遣之，欲致人於死，以神其術也。次日，徧告交知，與共詣卜所。卜人遙見公，瞥不可見。或曰：「此翳形術⑮也，犬血可破。」公如言，戒備而往，卜人又匿如前。急以犬血沃立處，但見卜人頭面皆為犬血模糊，目灼灼如鬼立，乃執付有司⑯而殺之。

異史氏曰：「嘗謂買卜為一癡。世之講此道而不爽⑰於生死者幾人？卜之而爽，猶不卜也。且即明明告我以死期之至，將復如何？況有借人命以神其術者，其可畏不尤甚耶！」

【注釋】❶高壺　高壺鈴。壺鈴，體力鍛煉器械，鐵製，梨形。❷旋風舞　一種以連續快速轉體動作為特點的舞蹈。❸崇禎　明思宗的年號，西元一六二八－一六四四年。❹殿試　舉人參加會試及格後，皇帝親臨殿廷策試。❺起卦　觀察卦象。❻禳　通過祭祀除邪消災。❼一漏　一更天。晚上七時至九時。❽更　卻。❾剨然　門驟然打開的聲音。❿彎　彎弓欲射箭。⓫關　同「彎」。⓬戰戰　象聲詞。⓭猱　猿類動物。喻動作輕捷。⓮柝　梆子。⓯翳形術　隱身法。⓰有司　官府。⓱爽　錯。

【語譯】于公自幼見義勇為，扶助弱小。他喜愛拳術，力氣很大，能舉起高壺鈴跳旋風舞。明代崇禎年間，他到京城參加殿試，帶來的僕人病倒在牀，他因此憂愁。恰巧市上有個會算卦的人，能判斷人的生死，于公去為僕人占卦；來到卦攤，還沒有開口，算卦的人說：「你是不是想問僕人的病呀？」于公驚訝，答應說是。算卦的人說：「病的人無妨，你卻有危險。」于公就讓他為自己占卜。算卦的人一看于公的卦象，驚愕地說：「你只能再活三天了。」于公驚訝詫疑了好久，算卦的人從容地說：「鄙人有個小方術。給我十兩銀子作報酬，我立刻為你祭神消災。」于公考慮生死已經決定，方術怎麼能消解呢，沒有答應他；起身要走，算卦的人說：「捨不得小破費，你不要後悔，不要後悔！」愛護于公的人，都為他擔心，勸他把帶來的錢都拿出來，哀求算卦的人救命，于公不同意。

很快就到了第三天，于公端正地坐在旅舍裡，鎮靜地注意察看，一整天平安無事。到夜間，他關好門，在燈光下靠近利劍正身而坐。一更天剛過，卻沒有發現會死去的徵候，正想上牀躺下，忽然聽見窗櫺裡有窣窣的聲音；急忙去看，一個小人扛著木槍擠進來，他下地以後就同人一樣高。于公提起劍，急忙劈刺，他一閃身躲過，竟很快縮小，又找窗櫺，要逃走；于公迅速砍去，他隨手倒地。端來燈一看，原來是一個紙人，腰已經斷了。于公不敢睡，又坐下等候。過了一個時辰，有一個東西穿過窗子進來，面目兇惡像是鬼；它剛到地上，于公又急忙劈刺，一砍兩半，都能蠕動；恐怕它再起來，又接連擊斬，劍無虛落；聽聲音，它不軟和，仔細看它，原來是土偶，已砍成碎片。於是于公坐在窗下，兩眼直盯窗櫺……。

過了好久，于公聽見窗外似有牛喘氣聲，有物推窗櫺。房屋牆壁震盪搖擺，看情況似乎就要倒塌，他害怕被壓死，考慮不如出去搏鬥，就劃的一聲把門推開，跑了出來；看見一個大鬼，跟屋簷一般高，在昏暗的月光中，它臉黑如煤，眼睛烱爍黃光；光脊梁，打赤腳，手中握弓，腰間掛箭。于公正在驚訝，鬼已經拉開弓；于公揮劍撥箭，箭落地上，正要去砍它，它又拉開弓。于公趕快跳躍躲閃，箭射進牆壁，發出戰戰的響聲。鬼非常惱火，拔出佩刀，刀舞風鳴，向于公極力劈刺。于公像猿猴一般向它逼近，刀砍進院中的石頭，石頭立即斷裂。于公跳進它腿間，砍鬼，鏗地一聲，傷了它的踝骨。鬼更加憤怒，吼聲如雷，轉身又剁；于公又彎腰到它腿間，刀落，砍破于公的衣襟。這時，于公已到它腋下，揮劍猛砍，又鏗地一聲，鬼倒地僵死。于公舉刀亂砍，鬼體硬似木柝，啷啷響；再端燈照看，原來是木偶：身高如人，弓和箭還纏在腰間，面部刻劃猙獰，劍劈處都有血跡。于公就在燈下等待天明，這才恍然大悟：鬼是算卦的人派來的，他想把人害死，用來證明他判斷的神奇。第二天，于公把這件事告訴各個知心朋友，同他們一起來到卦攤。算卦的人遠遠望見于公，眨眼間消失。有人說：「這是隱形術，狗血可以攻破。」于公照他說的，做了警戒防備後前往。算卦的人同上次一樣，又隱身不見，于公急忙把狗血向他站立的地方潑去，只見他頭上臉上狗血模糊，兩眼眨眨閃光，鬼一般站立。於是把他抓起來，送到官府殺掉。

異史氏說：「常說花錢算卦是件蠢事。世間講占卜，能判斷人生死準確無誤的有幾個人？算錯了，和不算一樣。即使明明告訴我死的日期，又能怎麼樣呢？何況有算卦的人，借人命宣揚他的占卜靈驗，不是更可怕麼！」

【研析】這是一篇以人力戰勝妖術的鬼怪異幻故事，雖以〈妖術〉為題，卻並非是寫妖術的神秘莫測，筆墨的重心是塑造于公不迷信鬼怪，不懼怕妖術，豪俠勇武這一英雄形象。文中所記妖術，只是人們的想像，摻雜著迷信色彩的虛幻怪異傳說，現實中根本不存在。

于公「少任俠，喜拳勇，力能持高壺作旋風舞」，說明他力大過人武功精湛。這是他能克敵致勝的基礎。他為僕人問卜，卜者卻說他三日必死，並說：「報我十金，當代禳之。」一聽就知是江湖騙子。于公驚異，認為「生死已定，術豈能解」，確立了不相信的態度。卜者又動員，友人也勸勉，他一律不聽。但在實際行動上並不輕視，而是做好充分準備加以應對。第三天夜晚，果然有鬼妖來滋事，先是紙人，又是土偶，最後是木偶，皆為于公揮劍斬殺。「公因秉燭待旦，方悟鬼物皆卜人遣之，欲致人於死，以神其術也」。于公去找卜者，卜者以幻術隱身，于公按人提示，用犬血潑卜人立處，將其擒獲，「執付有司而殺之」。

小說中描寫了于公大戰鬼物的場面，緊張、激烈、生動，令人大氣不得喘。尤以大戰第三者寫得最出色。公出屋，「見一巨鬼，高與簷齊；昏月中，見其面黑如煤，眼閃爍有黃光；上無衣，下無履，手弓而腰矢。公方駭，鬼則彎矣。公以劍撥矢，矢墮，欲擊之，則又關矣。公急躍避，矢貫於壁，戰戰有聲。鬼怒甚，拔佩刀，揮如風，望公力劈。公猱進，刀中庭石，石立斷。公出其股間，削鬼中踝，鏗然有聲。鬼益怒，吼如雷，轉身復剁。公又伏身入；刀落，斷公裙。公已及脅下，猛斫之，亦鏗然有聲，鬼仆而僵。公亂擊之，聲硬如柝；燭之，則一木偶：高大如人」。這一切，充分顯示了于公達觀的氣度、超人的勇氣、非凡的武功和敢向邪惡抗爭到底的精神，同時也表現了作者描繪武打場面的精妙的藝術才能。

公孫九娘

于七一案❶，連坐被誅者，棲霞、萊陽兩縣最多。一日俘數百人，盡戮於演武場❷中。碧血❸滿地，白骨撐天。上官慈悲，捐給棺木。濟城工肆，材木一空。以故伏刑東鬼，多葬南郊。甲寅❹間，有萊陽生至稷下❺，有親友二三人，亦在誅數，因市楮帛❻，酹奠榛墟❼，就稅舍❽於下院❾之僧。明日，入城營幹，日暮未歸。忽一少年造室來訪；見生不在，脫帽登牀，著履仰臥。僕人問其誰何，合眸不對。

既而生歸，則暮色矇矓，不甚可辨，自詣牀下問之，瞠目曰：「我候汝主人。絮絮逼問，我豈暴客耶！」生笑曰：「主人在此。」少年急起著冠，揖而坐，極道寒暄。聽其音，似曾相識；急呼燈至，則同邑朱生，亦死於于七之難者。大駭，卻走，朱曳之云：「僕與君文字交，何寡於情？我雖鬼，故人之念耿耿不去心。今有所瀆，願無以異物遂猜薄之。」生乃坐，請所命，曰：「令女甥寡居無耦，僕欲得主中饋⑩。屢通媒妁，輒以無尊長之命為辭。幸無惜齒牙餘惠⑪。」先是，生有甥女，早失恃⑫，遺生鞠養，十五始歸其家。俘至濟南，聞父被刑，驚慟而絕。生曰：「渠自有父，何我之求？」朱曰：「其父為猶子⑬啟櫬⑭去，今不在此。」問女甥向依阿誰。曰：「與鄰媼同居。」生慮生人不能作鬼媒，朱曰：「如蒙金諾⑮，還屈玉趾⑯。」遂起握生手，生固辭，問何之，曰：「第⑰行。」勉從與去。

北行里許，有大村落，約數十百家。至一第宅，朱以指彈扉，即有媼出。豁開二扉，問朱何為，曰：「煩達娘子，阿舅至。」媼旋反，須臾復出，邀生入，顧朱曰：「兩椽茅舍子大隘，勞公子門外少坐候。」生從之入，見半畝荒庭，列小室二。甥女迎門啜泣，生亦泣。室中燈火熒然。女貌秀潔如生時，凝眸含涕，徧問妗姑。生曰：「具各無恙，但荊人物故⑱矣。」女又嗚咽曰：「兒少受舅妗撫育，尚無寸報，不圖先葬溝瀆，殊為恨恨。舊年伯伯家大哥遷父去，置兒不一念，數百里外，伶仃如秋燕。舅不以沉魂可棄，又蒙賜金帛，兒已得之矣。」生乃以朱言告，女俯首無語。媼曰：「公子曩託楊姥三五返，老身謂是大好；小娘子不肯自草草⑲，得舅為政，方此意慊得⑳。」

言次，一十七八女郎，從一青衣，遽掩入；瞥見生，轉身欲遁。女牽其裾曰：「勿須爾！是阿舅，非他人。」生揖之。女郎亦斂衽㉑。甥曰：「九娘，棲霞公孫氏。阿爹故家子㉒，今亦『窮波斯㉓』。落落㉔不稱意，旦晚與兒還往。」生睨之：笑彎秋月，羞暈朝霞，實天人㉕也，曰：「可知是大家。蝸廬人㉖那如此娟好！」甥笑曰：「且是女學士㉗，詩詞俱大高。昨兒稍得指教。」九娘微哂曰：「小婢無端敗壞人㉘，教阿舅齒冷㉙也。」甥又笑曰：「舅斷弦㉚未續，若個小娘子，頗能快意否？」九娘笑，奔出，曰：「婢子顛瘋作也！」遂去。言雖近戲，而生殊愛好之。甥似微察，乃曰：「九娘才貌無雙，舅倘不以糞壤㉛致猜，兒當請諸其母。」生大悅，然慮人鬼難匹，女曰：「無傷，彼與舅有夙分㉜。」生乃出。女送之，曰：「五日後，月明人靜，當遣人往相迓㉝。」生至戶外，不見朱；翹首西望，月銜半規㉞。昏黃中猶認舊徑，見南向一第，朱坐門石上，起逆曰：「相待已久。寒舍㉟即勞垂顧㊱。」遂攜手入。殷殷展謝，出金爵一、晉珠㊲百枚，曰：「他無長物㊳，聊代禽儀㊴。」既而曰：「家有濁醪㊵，但幽室㊶之物，不足款嘉賓，奈何！」生撝謝而退，朱送至中途始別。

生歸，僧僕集問，生隱之曰：「言鬼者妄也，適赴友人飲耳。」後五日，果見朱來；整履搖箑㊷，意甚忻適，才至戶庭，望塵即拜。少間，笑曰：「君嘉禮既成，慶在今夕，便煩枉步㊸。」生曰：「以無回音，尚未致聘，何遽成禮？」朱曰：「僕已代致之矣。」生深感荷，從與俱去。直達臥所，則甥女華妝迎笑。生問：「何時于歸㊹？」朱云：「三日矣。」生乃出所贈珠為甥助妝[45]。女三辭乃受，謂生曰：「兒以舅意白公孫老夫人，夫人作大歡喜。但言老耄，無他骨肉，不欲九娘遠嫁，期今夜舅往贅諸其家。伊家無男子，便可同郎拜也。」

朱乃導去。村將盡，一第門開，二人登其堂。俄白老夫人至。有二青衣扶嫗升階。生欲展拜，夫人云：「老朽龍鍾[46]，不能為禮，當即脫邊幅[47]。」乃指畫青衣置酒高會[48]。朱乃喚家人，另出肴俎，列置生前；亦別設一壺，為客行觴[49]。筵中進饌，無異人世，然主人自舉，殊不勸進。既而席罷，朱歸。青衣導生去，入室，則九娘華燭凝待。邂逅[50]含情，極盡歡暱。初，九娘母子，原解赴都。至郡，母不堪困苦死，九娘亦自剄。枕上追述往事，哽咽不成眠，乃口占兩絕云：「昔日羅裳[51]化作塵，空將業果[52]恨前身。十年露冷楓林月，此夜初逢畫閣春。」「白楊風雨繞孤墳，誰想陽臺更作雲[53]；忽啟縷金箱[54]裡看，血腥猶染舊羅裙。」天將明即促曰：「君宜且去，勿驚廝僕[55]。」自此晝來宵往，嬖惑[56]殊甚。

一夕，問九娘：「此村何名？」曰：「萊霞里。里中多兩處新鬼，因以為名。」生聞之欷歔。女悲曰：「千里柔魂，蓬遊無底[57]，母子零孤，言之愴惻。幸念一夕恩義，收兒骨歸葬墓側，使百世得所依棲，死且不朽。」生諾之。女曰：「人鬼路殊，君亦不宜久滯。」乃以羅襪贈生，揮淚促別。生淒然而出，忉怛若喪，心悵悵不忍歸，因過拍朱氏之門。朱白足出逆；甥亦起，雲鬟籠鬆，驚來省問。生怊悵移時[58]，始述九娘語。女曰：「妗氏不言，兒亦夙夜圖之。此非人世，久居誠非所宜。」於是相對汍瀾[59]。生亦含涕而別。叩寓歸寢，展轉申旦[60]。欲覓九娘之墓，則忘問誌表；及夜復往，則千墳纍纍，竟迷村路，嘆恨而返。展視羅襪，著風寸斷，腐如灰燼，遂治裝東旋。

半載不能自釋，復如稷門[61]，冀有所遇。及抵南郊，日勢已晚，息駕庭樹。趨詣叢葬所，但見墳兆萬接，迷目榛荒，鬼火狐鳴，駭人心目，驚悼歸舍。失意遨遊，返轡遂東。行里許，遙見女郎獨行丘墓間，神情意致，怪似九娘；揮鞭就視，果九娘；下騎欲語，女竟走，若不相識；再逼近之，色作努62，舉袖自障。頓呼：「九娘！」則煙然滅矣。

異史氏曰：「香草沉羅63，血滿胸臆；東山佩玦64，淚漬泥沙。古有孝子忠臣，至死不諒於君父者。公孫九娘豈以負骸骨之託，而怨懟不釋於中65耶？脾鬲間物66，不能掬以相示，冤乎哉！」

【注釋】❶于七一案　于七，山東棲霞人。於清順治五年（西元一六四八年）領導民眾起義，殺死知州劉文琪，攻克福山，後遭清軍圍攻，下落不明。清政府屠殺棲霞、萊陽兩縣農民眾多。❷演武場　士兵的操場。此指當時山東省濟南府南門外操場。❸碧血　青綠色或青白色的血。語出《莊子・外物》：「萇弘死於蜀，藏其血，三年而化為碧。」後因以碧血稱忠臣烈士流的血。❹甲寅　指清康熙十三年，西元一六七四年。❺稷下　這裡指山東省濟南府，今山東濟南。❻楮帛　祭祀用的紙錢。❼酹奠榛墟　酹奠，以酒澆地的祭奠。榛墟，草木叢生的荒野。❽稅舍　租房居住。❾下院　大寺的分院。❿主中饋　主持辦理膳食。代指妻子。⓫齒牙餘惠　幫人說好話。⓬失恃　母親去世。⓭猶子　姪子。⓮啟櫬　移棺另葬別處。⓯金諾　對別人所給予承諾的敬稱。⓰還屈玉趾　委屈你走一趟。玉趾，對別人腳步的敬稱。⓱第　只管。⓲荊人物故　荊人，對自己的妻子的謙稱。物故，死亡；去世。⓳草草　草率。⓴慊得　滿足。得，助詞。表示能夠。㉑斂衽　整理衣襟，表示敬意。

㉒故家子　世代世宦人家的子弟。㉓窮波斯　已窮困的波斯富商。比喻家境破落的大家。㉔落落　淒涼寂寞。㉕天人　天上的仙人。㉖蝸廬人　小戶人家。㉗女學士　有文才的女子。㉘敗壞人　說人的壞話。㉙齒冷　恥笑。㉚斷弦　妻子死亡。㉛糞壤　代指死者。㉜夙分　前世已定的緣分。㉝迓　迎接。㉞半規　半圓。㉟寒舍　對自己家庭房舍的謙稱。㊱垂顧　意同「光臨」。垂，自上而下。顧，看。㊲晉珠　山西霍山特產玉珠。㊳長物　多餘的東西。㊴禽儀　委禽所送禮品。委禽，古婚禮之一，送訂婚的禮物。㊵醪　米酒。㊶幽室　陰間。㊷箑　扇子。㊸枉步　屈尊行走。㊹于歸　女子出嫁。㊺助妝　贈送陪嫁物品。㊻老朽龍鍾　老朽，老人自謙之詞。龍鍾，衰老貌。㊼邊幅　規矩。㊽高會　宴會。㊾行觴　斟酒。㊿邂逅　偶然相遇。(51)裳　裙。(52)業果　身口意的表現為「業」，業有善惡之分。(53)陽臺更作雲　男女交歡。語出宋玉〈高唐賦〉。(54)縷金箱　嵌金絲箱子。(55)廝僕　僕役。(56)嬖惑　寵愛迷戀。(57)蓬遊無底　蓬遊，蓬草隨風滾動。無底，不止。(58)移時　過了一段時間。(59)汍瀾　淚流貌。(60)申旦　從夜到天明。(61)稷門　濟南府南門。(62)努　指鼓脣怒目。(63)香草沉羅　香草，指代戰國時楚國屈原。沉羅，指屈原被放逐後自沉汨羅江而死。(64)東山佩玦　春秋時代，晉獻公的驪姬迫害太子申生，使獻公命申生帥軍出征東山的皋落氏，臨行賜以表示不願他再回朝的佩玦。玦，為缺口的玉環。(65)中心　心中。(66)脾鬲間物　心中實情。

【語　譯】在于七反清的案件裡，受牽連被殺的人，以山東棲霞、萊陽兩縣最多。官府一天逮捕好幾百人，都拉到濟南府南門外演武場殺死。碧血滿地流，白骨撐天高。長官慈悲，捐出棺木，城中木場的木材都用光了。所以被捕殺的人，多被埋葬南郊。康熙十三年，有個萊陽縣的生員來到濟南城。他有兩三個親友，也是因這一案件被殺的，便趁機買來紙錢，到荒野祭奠；回來以後到佛寺的分院，向和尚租房間住宿。第二天，他到城裡辦事，直到傍晚還沒有回去。突然有個年輕人，走進他的房間訪問，見萊陽生不在，就摘下帽子上牀，穿著鞋躺在牀上。僕人問他是誰，他緊閉雙眼不瞅不睬。

一會兒，萊陽生回來，這時暮色朦朧，看不清楚。他到牀邊詢問，那年輕人瞪起眼睛說：「我在等候你的主人。你緊相查問，我難道是強盜麼！」萊陽生笑了，說：「主人就是我。」年輕人急忙起身，戴上帽子。拱手作揖，坐下以後，說不盡的噓寒問暖。聽他的聲音，好像過去認識；萊陽生趕快喊人把燈送來，原來他是同縣的朱生，也是在于七之難中被殺的。萊陽生十分害怕，抬腳要走，朱生拉住他說：「我和你本是詩文相交的朋友，怎麼一點兒感情都沒有？我雖然是鬼，對於舊交卻一向懷念。現在有事要打擾你，希望不要因為我是鬼，就猜忌嫌棄。」萊陽生這才坐下，請他提出要求，他說：「你的甥女獨自生活，沒有配偶。我想娶她為妻，多次請人提媒，她總是因為沒有尊長之命，把我拒之門外。希望你不要捨不得費口舌，就為我去說句好話吧。」先前，萊陽生有一個甥女，她母親早死，撇下她由萊陽生撫養。她十五歲時才回到自己的家。她被官兵捉到濟南，聽說父親被殺，她自己也受驚悲痛而死。萊陽生說：「她有父親，怎麼你來求我呢？」朱生說：「她父親的棺木被姪子遷走了，現在不在這裡。」問甥女一向依靠誰，回答說：「和鄰家的老婦人住在一起。」萊陽生擔心活人不能為鬼作媒，朱生說：「如果你應許，還要委屈你走一趟。」就站起來握住萊陽生的手，萊陽生一再推辭，問到哪裡去，朱生說：「你只管走。」就勉強跟他去了。

他們向北走了一里多路，眼前有個大村莊，約計有好幾百戶；到了一座宅院前，朱生屈指敲門，立即有個老婦人出來，敞開兩扇門，問朱生有什麼事，朱生說：「麻煩你告訴娘子，她舅父來到。」老婦人立刻回去，一會兒又出來，招呼萊陽生進去，回頭對朱生說：「裡面兩間小房子，太狹窄，勞公子在門外坐等一會兒。」萊陽生跟她進去，見庭院荒涼，有半畝地大，只兩間房子；甥女在屋門外哭著迎接，萊陽生也哭。屋裡燈光微弱。甥女的容貌卻看得清：秀美潔淨，同活著的時候一樣。她目不轉睛，飽含熱淚，打聽舅母、姑母的情況。萊陽生說：「都平安無事，只是你舅母不在了。」甥女又低聲哭起來，說：「我自幼依靠舅父和舅母養育，還沒有一點兒報答，不料先葬溝渠，格外抱恨。去年，伯伯家大哥把我父親遷向別處，他心裡沒有我。我離家好幾百里，孤苦伶仃，像一隻秋天的燕子。舅父沒有認為冤魂就該拋捨，又給我送錢物，我已經收到了。」萊陽生就把朱生的話告訴她，她低下頭，不說話。老婦人說：「朱公子過去託楊姥往返三五趟，我認為很好；她卻不肯草率了事，得有舅父做主，她才滿意。」

正說話的時候，有一個十七八歲的女郎，身後跟隨一名婢女，突然闖進屋來，一眼看到萊陽生，轉身想逃跑，甥女拉住她的衣襟，說：「別這樣，他是我舅父，不是外人。」萊陽生向她作揖，女郎也向他致敬。甥女說：「她小名叫九娘，家在棲霞，姓公孫，她父親是官宦人家的子弟，現在也是破落戶了。她心情淒涼寂寞，每天和我來往。」萊陽生看她：笑如眉彎秋月；羞若面映朝霞，真是美如天仙。因此，萊陽生說：「一見就知是大家閨秀，小戶人家的女兒，哪會這般清秀美麗！」甥女笑著說：「還是女學士呢。作詩填詞都是高手。昨天我還得到她一些指教。」九娘微笑著說：「你這個小丫頭，平白無故地敗壞人，教舅父恥笑呢。」甥女又笑著說：「舅父斷弦以後沒有續娶，這個小娘子，能很稱心如意麼？」九娘笑著跑了出去，說：「你這個丫頭，發瘋了嗎！」就離開了。甥女的話雖然近似開玩笑，而萊陽生卻很喜愛九娘。甥女像暗自覺察，又說：「九娘才貌無雙，舅父如果不因她是鬼而猜疑，我立刻去告訴她母親。」萊陽生很高興，可是憂慮人和鬼難以成親，甥女說：「不妨。她和你有前世緣分。」萊陽生就走出屋門，甥女送他，說：「五天以後，月明人靜，一定派人迎接你。」萊陽生來到門外，沒有看見朱生；抬頭向西望去，半個月亮懸在天空，夜色昏黃，還能認出來時的路徑；見一座門朝南的庭院，朱生就坐在門墩上。他起來迎接，說：「已經等你好久，勞你光臨寒舍。」便攜手進院。他情意深厚地致謝，還拿出一只金酒杯，一百枚山西產珠玉，說：「沒有多餘的好東西，暫且用它作為聘禮。」又說：「家裡有米酒，但是陰間的東西，不能招待尊貴的客人，怎麼辦！」萊陽生謙遜地表示感謝，然後告別，朱生送他到半路才回去。

萊陽生回到佛寺分院，和尚和僕人圍攏來問他，他隱瞞真情，說：「那客人自稱是鬼，是隨便胡說，我是到朋友家喝酒去了。」過了五天，果然見朱生走來，步態端莊，紙扇輕搖，心情十分歡暢；剛進院門，遠遠看見萊陽生就作揖，一會兒笑著說：「你的婚禮全準備好了，今天晚上賀喜，就去吧。」萊陽生說：「因為沒有得到九娘的回信，還未曾送聘禮，怎麼倉猝間成婚呢？」朱生說：「我已經替你送了。」萊陽生表示非常感謝，跟著他走出去；徑直先到他的住處，卻看見甥女穿著華麗的衣服，在門口笑臉相迎。問她：「什麼時候嫁過來的？」朱生說：「三天了。」萊陽生就拿出朱生送給他的珠玉，作為助妝禮品，甥女一再辭謝，收下後對萊陽生說：「我把舅父的心意告訴公孫老夫人了。她很歡喜；只是說她年紀很大，沒有別的兒女，不想讓九娘嫁到遠處。正等你今天夜間舉行婚禮，在她家居住。她家沒有男子，就和朱郎一起去拜見她吧。」

朱生帶領萊陽生前去，走到村頭上，一座院落的大門已經敞開，就一起走進堂屋。不久，僕人告訴老夫人來到，有兩個婢女扶著老夫人走上臺階。萊陽生要給她磕頭，她說：「老朽體衰，不能還禮，就不要按老規矩行大禮了。」於是指使婢女擺酒開筵。朱生就喊來僕人，另拿出菜餚，放在萊陽生面前，又另擺上一個酒壺，為客人斟酒。筵席上送來的食品，和人世間一樣，只是主人自取自用，竟不勸客人吃喝。不久，筵會已罷，朱生回家，婢女引導萊陽生去新房。萊陽生走進去，九娘早已在花燭邊專心等待。他們雖不期而會，卻相親相愛，十分歡暱——當初，九娘母子本來要被押解到北京，到了濟南府，母親因為忍受不了途中困苦去世，九娘也自殺——在枕上，九娘追述往事，悲痛氣結，不能入睡，順口吟出兩首絕句：「昔日羅裳化作塵，空將業果恨前身。十年露冷楓林月，此夜初逢畫閣春。」「白楊風雨繞孤墳，誰想陽臺更作雲；忽啟縷金箱裡看，血腥猶染舊羅裙。」天快明的時候，九娘催促萊陽生說：「你該暫且回去了。不要驚動你的僕人。」從此，萊陽生晝來夜往，對九娘異常寵愛，萬般迷戀。

一夜，萊陽生問九娘：「這個村莊叫什麼名字？」說：「叫萊霞里。里中多是萊陽、棲霞兩縣的新鬼，因此起了這個村名。」萊陽生聽後長噓短嘆，九娘悲傷地說：「千里外柔弱陰魂，像蓬草隨風游移，沒完沒了。母親和我孤苦零丁，說起來就傷心。希望你不忘夫妻恩義，收拾我的骸骨，葬於你家墓地旁，以便世世代代有個依靠。我就雖死不忘你的恩德了。」萊陽生應許。九娘說：「人和鬼不同，你也不宜久留。」於是拿出羅襪相贈，擦著眼淚催萊陽生離別。萊陽生滿懷悽慘地走出門外，他心裡無限悲痛，深感失落，悵惘留戀，不願回去；路過朱生家，就拍他的門。朱生赤腳出來迎接，甥女也起來了，她鬢髮蓬鬆，驚訝地問候，萊陽生感傷了一陣子，才追述了九娘的話。甥女說：「就算舅母不講，我也日夜考慮，這裡不是人間，長時間居住確實不合適。」於是舅甥相對淚流，萊陽生含淚告別。他敲開寓所的門，回屋睡覺，在牀上翻來覆去，一直到天明。要去尋找九娘的墳墓，卻忘記問她墳墓的標誌；天黑以後再去南郊，只見千墳累累，竟然迷失萊霞里的道路。他嘆息，悔恨自己粗心大意，返回分院。掏出九娘所贈羅襪，它見風寸斷，朽敗如灰，就整理行裝趕回東方。

萊陽生回鄉半年，想起遷葬九娘事，不能自我寬解，心中忐忑不安，便又到濟南府南門，企盼再會九娘；到達南郊，天色已晚，院旁大樹下駐馬，快步走向亂葬岡，只見無數墳包，接連不斷，草叢一片迷茫；鬼火熌爍，野狐哀鳴，令人觸目駭心。他震驚而又悲痛地走回到寓所。無意遊覽，回馬東行；走了一里多路，遠遠望去，有一個女郎獨自在墳墓間行走，神態風度酷似公孫九娘；打馬向前仔細看，果然是她；翻身下馬，想和她說話，她竟然走開，好像素不相識；再向她靠近，她怒氣沖沖，舉起衣袖遮臉；他急忙高呼：「九娘！」她便像一縷輕煙般消失了。

異史氏說：「屈原被逐，自沉於汨羅，熱血滿腔；申生佩玦，遠征東山，淚浸泥沙。古代的孝子忠臣，就有至死得不到君父諒解的。公孫九娘是不是因為萊陽生辜負了她遷葬的囑託，而對他怨恨不止呢？心中的實情沒有辦法捧出來給人看，他冤枉啊！」

【研　析】這是篇借人與鬼魂之間淒婉感人的幽婚故事，表達的是壓抑已久的哀怨悲涼之情。文章以真實的歷史慘案為背景，對清王朝統治者慘絕人寰屠殺無辜的罪行，進行了血淚控訴。

文中所寫故事發生在甲寅年，即清康熙十三年（西元一六七四年），但起因卻在十餘年前的于七案。清順治五年（西元一六四八年），山東棲霞于七率民眾占據鋸齒山，波及周圍八縣。清廷震驚，派都統濟世哈帶兵進剿，殘酷鎮壓。于七軍在順治十九年失敗，棲霞、萊陽兩縣為主的成千上萬的無辜百姓慘遭殺戮。文章開頭就寫：「于七一案，連坐被誅者，棲霞、萊陽兩縣最多」，造成濟南南郊「碧血滿地，白骨撐天」。到康熙十三年，萊陽生到濟南辦事，因死者中有親友，就到南郊祭奠。次日晚，亡友朱生來訪，求他促成其甥女與自己的婚事。萊陽生隨朱生到甥女家。女見舅嗚咽曰：「兒少受舅妗撫育，尚無寸報，不圖先葬溝瀆，殊為恨恨。舊年伯伯家大哥遷父去，置兒不一念，數百里外，伶仃如秋燕。」孤魂冤鬼，哀婉欲絕，令人不忍卒讀。她是秀潔慧婉的少女，朱生是文雅知禮的書生，二人死後還嚴守禮法，竟因「連坐」而遭殺害！

文章主人公公孫九娘出場，氣氛為之一變。她「笑彎秋月，羞暈朝霞，實天人也」。她的美貌、風致，尤其她與女友半真半戲的談笑，慧智情濃，維妙維肖，展示了青春少女天真活潑的心理情態。九娘與萊陽生在甥女家相見，兩相愛悅，甥女慧心戲語，促成婚事。但是洞房花燭夜，「枕上追述往事，哽咽不成眠」。當初，九娘母女要押解京都，剛到濟南，「母不堪困苦死，九娘亦自剄」。這位女學士口吟兩首絕句，其二是：「白楊風雨繞孤墳，誰想陽臺更作雲；忽啟縷金箱裡看，血腥猶染舊羅裙。」這種充滿血淚的詩出現在新婚第一夜，還不夠令人震驚而引起深思嗎？他們畫來宵往地過了些時日，一夕，女悲曰：「千里柔魂，蓬遊無底，母子零孤，言之愴惻。幸念一夕恩義，收兒骨歸葬墓側，使百世得所依棲，死且不朽。」生應諾。但是這個願望終未實現。表面原因是女未告訴墓之誌表，「千墳纍纍」無法辨認。實際上，則是作者精心安排這樣的遺憾結尾，令人體會其悲哀綿綿無絕期，增加作品的悲劇效應。

這是篇政治色彩很濃的寓意作品，但描寫人情神態卻非常出色。比如朱生來訪萊陽生，生不在，朱就「脫帽登牀，著履仰臥」，僕人詢問，「合眸不對」，他還發火。聽說「主人在此」，又「急起著冠」，作揖寒暄。全然非鬼魂，分明疏放曠達少年書生。九娘與女友對話更有情趣。甥曰：「九娘，棲霞公孫氏。阿爹故家子，今亦『窮波斯』。落落不稱意，旦晚與兒還往。」萊陽生讚曰：「可知是大家。蝸廬人那如此娟好！」甥笑曰：「且是女學士，詩詞俱大高。昨兒稍得指教。」九娘微哂曰：「小婢無端敗壞人，教阿舅齒冷也。」甥又笑曰：「舅斷弦未續，若個小娘子，頗能快意否？」九娘笑，奔出，曰：「婢子顛瘋作也！」遂去。這充分寫出青春少女之間的和諧友情和追求幸福的美好人性！

折獄❶二則

邑❷之西崖莊，有賈❸者被人殺於途；隔夜，其妻亦自經死。賈弟鳴❹於官。時浙江費公禕祉令淄❺，親詣驗之。見布袱裹銀五錢餘，尚在腰中，知非為財者也。拘兩村鄰保❻，審質❼一過，殊❽少端緒，並未搒掠，釋散歸；但命約地❾細察，十日一關白❿而已。逾半年，事漸懈。賈弟怨公仁柔，上堂屢譟，公怒曰：「汝既不能指名，欲我以桎梏加良民耶？」呵逐而出。賈弟無所伸訴，憤葬兄嫂。一日，以逋賦故，逮數人至。內一人周成，懼責，上言錢糧措辦已足，即於腰中出銀袱，稟⓫公驗視。公驗已便問：「汝家何里？」答云某村。又問：「去西崖幾里？」答：「五六里。」「去年，被殺賈某，係汝何人？」答云：「不識其人。」公勃然曰：「汝殺之，尚云不識耶！」周力辨，不聽，嚴梏之，果伏其罪。

先是：賈妻王氏，將詣姻家，慚無釵飾，聒⑫夫使假於鄰，夫不肯。妻自假之，頗甚珍重。歸途卸而裹諸袱，內袖中；既至家，探之已亡⑬。不敢告夫，又無力償鄰，懊惱欲死。是日，周適拾之，知為賈妻所遺，窺賈他出，半夜踰垣，將執以求合。時溽暑⑭，王氏臥庭中，周潛就淫之。王氏覺，大號。周急止之，留袱納釵。事已，婦囑曰：「後勿來，吾家男子惡，犯恐俱死。」周怒曰：「我挾勾欄⑮數宿之貲，寧一度可償耶！」婦慰之曰：「我非不願相交，渠常善病⑯，不如從容以待其死。」周乃去，於是殺賈，夜詣婦曰：「今某已被人殺，請如所約。」婦聞大哭，周懼而逃。天明，則婦死矣。公廉⑰得情，以周抵罪。共服其神，而不知所以能察之故。公曰：「事無難辨，要⑱在隨處留心耳。初驗屍時，見銀袱刺卍字文，周袱亦然，是出一手也。及詰之，又云無舊，詞貌詭變，是以確知其情也。」

異史氏曰：「世之折獄者，非悠悠置之，則縲繫數十人而狼藉[19]之耳。堂上肉鼓吹[20]，喧闐旁午[21]，遂嚬蹙曰：『我勞心民事也。』雲板[22]三敲，則聲色並進，難決之詞，不復置諸念慮；專待升堂時，禍桑樹以烹老龜[23]耳。嗚呼！民情何由得哉！余每謂『智者不必仁，而仁者則必智；蓋用心苦則機關[24]出也。』『隨在留心』之言，可以教天下之宰民社[25]者矣。」

邑人胡成，與馮安同里，世有隙。胡父子強，馮屈意交歡，胡終猜之。一日，共飲薄醉，頗傾肝膽，胡大言：「勿憂貧，百金之產無難致也。」馮以其家不豐，故嗤之；胡正色曰：「實相告：昨途遇大商，載厚裝來，我顛越[26]於南山眢井中矣。」馮又笑之。時胡有妹夫鄭倫，託為說合田產，寄數百金於胡家，遂盡出以炫馮。馮信之，既散，陰[27]以狀報邑。公拘胡對勘，胡言其實，問鄭及產主，不訛。乃共驗諸眢井，一役縋下，則果有無首之屍在焉。胡大駭，莫可置辯，但稱冤苦。公怒，擊喙數十，曰：「確有證據，尚叫屈耶！」以死囚具禁制之。屍戒勿出，惟曉示諸村，使屍主投狀。

逾日，有婦人抱狀，自言為亡者妻，言：「夫何甲，揭數百金出作貿易，被胡殺死。」公曰：「井有死人，恐未必即是汝夫。」婦執言甚堅。公乃命出屍於井，視之，果不妄。婦不敢近，卻立而號。公曰：「真犯已得，但骸軀未全。汝暫歸，待得死者首，即招報令其抵償。」遂自獄中喚胡出，訶曰：「明日不將頭至，當械㉘折股！」役押終日而返，詰之，但有號泣。乃以梏具置前作刑勢，即又不刑，曰：「想汝當夜扛屍忙迫，不知墮落何處，奈何不細尋之？」胡哀冤，祈容急覓。公乃問婦：「子女幾何？」答言：「無。」「甲有何戚屬？」云：「但有堂叔一人。」公慨然曰：「少年喪夫，伶仃如此，其何以為生矣！」婦乃哭，叩求憐憫。公曰：「殺人之罪已定，但得全屍，此案即消；消案後速醮可也。汝少婦，勿復出入公門㉙。」婦感泣，叩頭而下。公即票㉚示里人，代覓其首。

經宿，即有同村王五報稱已獲。問驗既明，賞以千錢；喚甲叔至，曰：「大案已成，然人命重大，非積歲不能得結。姪既無出，少婦亦難存活，早令適人。此後亦無他務，但有上臺㉛檢駁，止須汝應身耳。」甲叔不肯，飛兩簽下；再辯，又一簽下。甲叔懼，應之而出。婦聞，詣謝公恩，公極意慰諭之，又諭有買婦者，當堂關白。既下，即有投婚狀者，蓋即報人頭之王五也。公喚婦上，曰：「殺人之真犯，汝知之乎？」答以「胡成。」公曰：「非也。汝與王五乃真犯耳。」二人大駭，力辯冤誣。公曰：「乃久知其情，所以遲遲而發者，恐有萬一之屈耳。屍未出井，何以確信為汝夫？蓋㉜先知其死矣。且甲死猶衣敗絮，數百金何所自㉝來？」又謂王五曰：「頭之所在，汝何知之熟也？所以如此其急者，意在速合耳。」兩人驚顏如土，不能強置一詞。並械之，果吐其實。

蓋王五與婦私已久，謀殺其夫，而適值胡成之戲也，乃釋胡。馮以誣告，重笞，徒㉞三年。事既結，並未妄刑一人。

異史氏曰：「我夫子有仁愛名，即此一事，亦以見仁人之用心苦矣。方宰淄時，松裁弱冠㉟，過蒙器許㊱而駑鈍㊲不才，竟以不舞之鶴為羊公辱㊳。是我夫子生平有不哲㊴之一事，則松實貽㊵之也。悲夫！」

【注釋】❶折獄　判決訴訟案件。❷邑　指作者家鄉山東淄川。❸賈　經商。❹鳴　控告。❺費公禕祉令淄　費禕祉為浙江鄞縣人，進士，清順治十五年任淄川縣令。當時作者蒲松齡十九歲，以縣、府道試第一名成為秀才。❻鄰保　鄰居。❼審質　審問。❽殊　尚。❾約地　鄉約和地保。鄉約負責教化民眾，地保為鄉村差役。❿關白　報告。⓫稟　對上報告。⓬聒　喧鬧。⓭亡　丟失。⓮溽暑　盛夏潮濕悶熱。⓯勾欄　妓院。⓰善病　容易生病。⓱廉　了解。⓲要　總歸；總之。⓳狼藉　折磨。⓴肉鼓吹　拷打犯人，犯人慘叫。後蜀李匡遠為鹽亭令，一日不拷打犯人便悶悶不樂，稱棰打犯人為「肉鼓吹」。見《十國春秋》。㉑旁午　紛亂；縱橫交錯。㉒雲板　兩端作雲頭形響器，用於報時報事。㉓禍桑樹句　喻使原、被告雙方同時受害。語源《異苑》：三國時吳人捉一龜，夜拴於船中，龜與江岸桑樹交談，龜說：「燒盡南山柴，他也煮不死我。」桑樹說：「諸葛恪知識淵博，如果遇到他該怎麼辦？」孫權得龜烹煮，焚柴萬車，龜游如故，諸葛恪說：「龜怕桑木。」孫權使伐江邊桑樹煮龜，立刻爛熟。㉔機關　計謀。㉕宰民社　宰，治理。民社，州、縣等地。㉖顛越　推倒。㉗陰暗中。㉘械　使用刑具。㉙公門　衙門。㉚票　官府的文書。㉛上臺　上級長官。㉜蓋　承接上文表示其原因的連詞。㉝何所自　從何處。㉞徒　徒刑。㉟松裁弱冠　松，作者自稱。裁，才。弱冠，二十歲。古代，男子二十歲為成年，可加冠，初加冠時體未壯，故稱弱冠。㊱器許　器重並讚許。㊲駑鈍　才能低下。駑，劣馬。㊳以不舞之鶴為羊公辱　《世說新語・排調》：羊祜有鶴善舞，曾對客誇獎，客人試驗，鶴不舞。後人因以不舞之鶴自謙無能。這裡以羊祜比費褘祉，以羊公鶴比作者自己。㊴哲　明智。㊵貽　給予。

【語　譯】淄川縣西崖莊，有個商人被殺死在路上；隔了一夜，他的妻子也上吊死去。商人的弟弟到官府告狀。這時，浙江省人費褘祉是淄川縣令，他親自去驗屍，見布包袱裡有五錢多銀子，還留在腰間，就認為這一兇殺案，不會是圖財害命，把兩個村中的鄰居找來，審問了一番，還缺少頭緒，並沒有拷打人，釋放回家。只是吩咐鄉約、地保們細加查訪，每十天一次到縣報告罷了。半年多以後，案子的事漸漸鬆懈，商人的弟弟埋怨費公太仁柔溫和，上堂吵嚷多次，費公發怒說：「你始終不說出嫌疑人的名字，是要我把腳鐐手銬戴在良民身上嗎？」大聲叱責，攆他出去。商人的弟弟沒得申訴，憤憤不平，安葬了兄嫂。一天，為了逃稅的事，差役逮了幾個人送進衙門。裡面有個人名叫周成，害怕責打，說他該交納的稅款，已經準備齊全；說罷就從腰間掏出放銀子的包袱，稟告費公驗看。費公看過問：「你家住哪裡？」回答了村名，又問：「離西崖莊幾里？」回答：「五六里。」費公說：「去年那個村裡有個商人被殺。他是你的什麼人？」回答：「我可是不認得他。」費公發怒說：「是你殺了他，還說不認識嗎！」周成竭力辯解，費公不加理睬，嚴加拷打，周成果然認罪。

當初，那商人的妻子王氏要走訪親家，因為自己沒有首飾心裡羞慚，對丈夫絮絮叨叨，要他向鄰人借取，丈夫不肯，自己借來，非常珍貴，回家時中途就卸下，裹進包袱，放進袖筒。不料到家以後向袖裡一摸，卻早已丟失。她既不敢告訴丈夫，又沒有錢買來賠償，心裡極其懊惱。這一天，正好周成拾到，他知道是那商人的妻子遺失的，暗中見商人外出，他半夜跳牆，打算以首飾換取與商人妻子歡合。這時正是盛夏，潮濕悶熱，王氏睡在院子裡，周成趁她熟睡，偷偷摸摸地奸淫了她。王氏醒來，大聲呼喊。周成急忙阻止她，把包袱留給自己，首飾給王氏。他們辦完事兒，王氏囑咐他：「以後不要再來。我家男人兇惡，事情被他發現，你我都活不成。」周成發怒說：「我給你的東西，即使逛妓院也能去好幾次，能這一回就抵償了！」王氏勸慰他說：「不是我不願意交往，他常犯病，倒不如慢慢地等他死了再說。」周成這才離開，於是他去殺死那商人，當天夜間又去見王氏，說：「現在他被人家殺了，請你照自己說的辦吧。」王氏聽後大哭。周成害怕災禍臨頭，立刻逃跑。天明，王氏已經自殺。費公了解到這一案情，判決周成以命抵罪。大家都佩服費公明智如神，卻不知他能洞察案情的原因，他說：「事情不難辦。總之是隨處留心罷了。當初驗屍，發現商人裹銀子的包袱上有卍字花紋，周成的包袱也有這花紋，表明包袱是同一個人繡製的；等問周成，他卻說和商人沒有來往，他言談和表情又詭詐多變，所以能確切認定案件真情。」

異史氏說：「世上判決訴訟的官員，不是安於懶散，把案件放在一邊，就是逮捕幾十個人折磨他們。堂上拷打犯人，犯人疼得嗷嗷叫，審判官皺皺眉頭，說：『我為老百姓操碎心了。』雲板連敲三下退堂，歌舞、美女一齊進府，難以判明的訟案也毫不思慮，專等升堂後焚桑煮龜，使原告被告同歸於盡。唉呀！這麼做怎能得民心呢！我常說『聰明人不一定有仁德，可是有仁德的人一定聰明，用心刻苦就能得到巧妙的計謀。』『隨在留心』這句話，值得用來教導所有州縣的長官。」

我們縣裡的胡成，和馮安同住一個村莊，從老輩就有仇。胡家父子強橫，馮安委屈心意求得他們的喜愛，胡成到底還是猜疑他。一天，他們共同喝酒，胡成誇口說：「不必為貧窮發愁了，一百兩銀子的財產不難到手。」馮安因為胡成家境不富譏笑他。胡成嚴肅地說：「實話告訴你，昨天在路上遇見一個大商人，載來很多東西，我把他打死，填到南山枯井裡了。」馮安又嘲笑他。這時胡成的妹夫鄭倫為託胡成說合田產，在他家寄存了幾百兩銀子，胡成就全拿出來向馮安炫耀。馮安相信他，散席後暗中寫訴狀上報官府。費公逮捕胡成核對，胡成照實回答，又問鄭倫和田產主人，沒有差錯，就一同去檢查枯井。用繩子縋下一名差役，竟真的發現一具無頭屍體。胡成十分害怕，沒有辦法辯解，只是說自己冤枉。費公發怒，命令差役掌嘴，打了幾十下，說：「證據確實，還說冤屈嗎！」施加對死刑罪犯使用的刑具，把他關押起來；還告戒差役不能取出屍體，僅僅公告各村，使屍體的家屬投遞訴狀。

過了一天，有一個婦人投了訴狀，自稱是死者妻子，說：「丈夫何甲借了幾百兩銀子出門作生意，被胡成殺死。」費公說：「井裡的死人，怕未必是你丈夫。」婦人還執意那麼說，態度很堅決。費公就命令撈出屍體；一看，果然不錯。婦人不敢近前，腳步後退，不住聲地乾號。費公說：「真殺人犯，我找到了。但是屍體不全，你暫且回家，等找到死人的頭，就公開判決，令犯人抵償。」接著從監獄裡喊來胡成，訶叱他說：「如果明天不把人頭交來，一定打斷你的腿！」第二天，差役押著胡成去找人頭，去了一整天才回監獄。費公問他，他只是大聲哭泣，於是拿刑具扔在他身邊，做出要打的架勢，卻又不打，說：「可以想見，你那一夜扛著屍體慌慌張張，不知道人頭掉在哪裡。怎麼不仔細尋找呢？」胡成心裡悲痛、冤屈，乞求允許他再盡快尋找。費公問婦人：「你有兒女幾人？」回答說：「一個也沒有。」又問：「你丈夫何甲有什麼親戚？」說：「只有一個堂叔。」費公頗有感慨地說：「你這麼年輕，死了丈夫，孤單一人，怎麼生活呀！」婦人就啼哭，向費公磕頭，哀求憐憫。費公說：「殺人的罪犯已經定了，只要得到全屍，這個案子就了結了。結案以後可以快些改嫁。你一個年輕婦女，不要再在衙門裡出出進進。」婦人感激得又哭了，向費公磕頭以後回家。費公立刻發文書到婦人村中，使村民代找人頭。

過了一宿，就有那婦人的同村人王五稟報，說已經找到。送交以後，費公訊問驗明，賞他一千銅錢；又把何甲的堂叔喊來，說：「大案已經確定，可是人命重大，非多年不能了結。你姪子既然沒有子女，他年輕的妻子也難以生存，早使她改嫁。此後也沒有別的事情，只有上級長官來檢查分辨，需要你來充當應對人了。」何甲的堂叔不同意，堂上扔下兩根命令動刑的竹簽；再爭辯，又扔下一根。何甲的堂叔怕挨打，應承以後回家。那婦人聽得堂叔傳話，進衙門感謝費公的恩德，費公盡心慰問勸導她。然後發公告：來娶妻的，當堂報告。這話傳出去，接著有人呈文求婚，他就是找得人頭的王五。費公喊那婦人上堂，說：「殺人的真罪犯，你知道嗎？」回答說：「是胡成。」費公說：「不是，你和王五才是真罪犯。」婦人和王五非常害怕，竭力辯白，說自己冤枉。費公說：「早已查清這案子的真情，拖延到今天才宣告，是怕萬一冤屈了好人。屍體還沒出井，你怎麼就一口咬定他是你丈夫？因為你早就知道他死了。再說，何甲死時衣服破爛，幾百兩銀子能從何處借來？」又說王五：「人頭在何處，你怎麼知道得那樣清楚？急忙送來人頭，目的是想快和她成親。」兩人聽後驚慌失措，面如灰土，勉強辯解的話一句也說不出來了。一併動刑拷打，終於都吐露了真情：王五早就和這婦人私通，謀殺何甲的時候，恰巧遇到胡成和馮安因開玩笑出事。於是釋放胡成，馮安因誣告好人，被狠狠打了一頓，判處有期徒刑三年。審判的事全部完結，這一過程中並沒有胡亂拷打一人。

異史氏說：「我的座師費禕祉，以仁愛著名，從以上事件，也足以表明仁愛的人用心之苦了。他剛為淄川縣令時，我才一二十歲，他過分看重並稱讚我，可是我才能平庸低下，做了羊公的鶴，使羊公蒙受到恥辱。因此，說費公平生有一件事表現得不明智，就是我給他造成的。可悲啊！」

【研 析】本篇記敘了兩個生動的案例，是篇優秀的紀實小說。案件的發生和處理都在費禕祉任淄川縣令期間。據《淄川縣志》載，費禕祉字支嶠，浙江鄞縣人，清順治十五年開始上任，是一位仁心愛民、為官清廉、經驗豐富的好官。

案例一，西崖莊賈某被人殺害，次日夜其妻上吊自殺。賈弟告官，費公親往驗屍，「見布袱裹銀五錢餘，尚在腰中，知非為財者也」。審兩鄰居作調查，未動刑，無線索。「賈弟怨公仁柔，上堂屢譟」。公呵逐，不潦草結案。事過半年，拘幾個欠稅人，有周成，怕責罰，自稱錢糧已備足，並從腰裡拿出銀袱請公驗視。公心存賈案，一眼就發現周成銀袱上所繡卍字花紋，與賈某的同出一人之手。問周與被殺者的關係，答：「不識其人。」「嚴梏之，果伏其罪」。費公得破此案，主要是用心精細，仁心愛民。案初發，他親去驗屍，記下各種細節，所以一見周成的銀袱就起疑心，又見他言辭搪塞，神色驚慌，就斷定他是嫌犯；但在無證據時，堅持不對鄰居動刑逼問，保護了善良百姓，愛民之心，令人景仰！

案例二，胡成自吹，對馮安說，自己殺人搶銀，屍投枯井。馮報官，公拘胡驗枯井，果然有無首屍，似成鐵案。胡申訴實情，查不訛，公知有疑點，但仍以死囚禁制之。同時布下羅網，待蛇出洞，尋覓真兇。「屍戒勿出，惟曉示諸村，使屍主投狀」。一婦人投狀，堅執認定井中死者是她丈夫。屍出井後，「婦不敢近，卻立而號」。費公生疑，但仍不露聲色，只說：「真犯已得，但骸軀未全。汝暫歸。」役押胡成找人頭，未果。公以談家常詢問婦人的家庭情況與心思，對她表示憐憫：你還年輕，消案後可盡快改嫁。並公示同村人代覓人頭。第二天同村人王五即報找到人頭，「問驗既明，賞以千錢」。又喚婦人婆家叔父做姪媳的應對人，為消案和姪媳改嫁作準備。費公公告：「有買婦者，當堂關白。」話一傳出，王五即呈文求婚。在大堂上，公宣布：真罪犯是王五和婦人。費公講：「屍未出井，何以確信為汝夫？蓋先知其死矣。且甲死猶衣敗絮，數百金何所自來？」又謂王五曰：「頭之所在，汝何知之熟也？所以如此其急者，意在速合耳。」兩人驚，不能強置一詞。釋放胡成，馮以誣告，判三年徒刑。費公破此案，用攻心為主、張網待出之法。同時表現了他深懷仁愛，不冤枉好人，又具有非凡的智慧和豐富的辦案經驗。

文章作者說：「智者不必仁，而仁者則必智；蓋用心苦則機關出也。」對照偵破兩案的過程，此言至為確鑿。

黃英

馬子才，順天❶人，世❷好菊，至才尤甚：聞有佳種，必購之，千里不憚。一日，有金陵❸客寓其家，自言其中表親有一二種，為北方所無。馬欣動，即刻治裝，從客至金陵。客多方為之營求，得兩芽，裹藏如寶。歸至中途，遇一少年，跨蹇從油碧車❹，丰姿灑落❺。漸近與語，少年自言「陶姓」，談言騷雅❻，因問馬所自來，實告之，少年曰：「種無不佳，培溉在人。」因與論藝菊之法。馬大悅，問：「將何往？」答云：「姊厭金陵，欲卜居於河朔❼耳。」馬欣然曰：「僕雖固貧❽，茅廬可以寄榻。不嫌荒陋，無煩他適。」陶趨❾車前，向姊咨稟❿，車中人推簾語——乃二十許絕世美人也，顧弟言：「屋不厭卑，而院宜得廣。」馬代諾之，遂與俱歸。

第[11]南有荒圃，僅小室三四椽，陶喜，居之。日過北院，為馬治菊。菊已枯，拔根再植之，無不活。然家清貧，陶日與馬共食飲，而察其家似不舉火[12]。馬妻呂亦愛陶姊，不時以升斗饋恤之。陶姊小字黃英，雅善談，輒過呂所，與共紉績。陶一日謂馬曰：「君家固不豐，僕日以口腹累知交，胡[13]可為常。為今計，賣菊亦足謀生。」馬素介，聞陶言，甚鄙之，曰：「僕以君風流高士[14]，當能安貧，今作是論，則以東籬為市井[15]，有辱黃花矣。」陶笑曰：「自食其力不為貪，販花為業不為俗。人固不可苟求富，然亦不必務求貧也。」馬不語，陶起而出。自是，馬所棄殘枝劣種，陶悉掇拾而去。由此不復就馬寢食，招之始一至。

未幾，菊將開，聞其門囂喧如市。怪之，過而窺[16]焉，見市人買花者，車載肩負，道相屬[17]也。其花皆異種，目所未睹。心厭其貪，欲與絕[18]，而又恨其私秘佳本[19]，遂款其扉，將就誚讓[20]。陶出，握手曳入，見荒庭半畝皆菊畦，數椽[21]之外無曠[22]土。劚去者，則折別枝插補之；

其蓓蕾在畦者，罔不佳妙，而細認之，皆向所拔棄也。陶入屋，出酒饌，設席畦側，曰：「僕貧不能守清戒㉓，連朝㉔幸得微貲，頗足供醉。」少間，房中呼「三郎」，陶諾而去。俄獻佳肴，烹飪良精。因問：「貴姊胡以不字㉕？」答云：「時未至。」問：「何時？」曰：「四十三月。」又詰：「何說？」但笑不言。盡歡始散。過宿，又詣之，新插者已盈尺矣。大奇之，苦求其術，陶曰：「此固非可言傳，且君不以謀生，焉用此？」又數日，門庭略寂，陶乃以蒲席包菊，捆載數車而去。踰歲，春將半，始載南中異卉而歸，於都中設花肆，十日盡售，復歸藝菊。問之去年買花者，留其根，次年盡變而劣，乃復購於陶。陶由此日富，一年增舍，二年起夏屋㉖，興作從心，更不謀諸主人。漸而舊日花畦，盡為廊舍，更於牆外買田一區，築墉四周，悉種菊。至秋，載花去，春盡不歸。而馬妻病卒，意屬㉗黃英，微使人風示之。黃英微笑，意似允許，惟專候陶歸而已。

年餘，陶竟不至。黃英課僕種菊，一如陶。得金益合㉘商賈，村外治膏田二十頃，甲第㉙益壯。忽有客自東粵㉚來，寄陶生函信，發㉛之則囑姊歸馬。考其寄書之日，即妻死之日；回憶園中之飲，適四十三月也，大奇之。以書示英，請問致聘何所，英辭不受采㉜；又以故居陋，欲使就南第居，若贅㉝焉。馬不可，擇日行親迎禮㉞。黃英既適㉟馬，於間壁開扉通南第，日過課㊱其僕。馬恥以妻富，恒㊲囑黃英作南北籍㊳，以防淆亂。而家所須，黃英輒取諸南第。不半歲，家中觸類皆陶家物。馬立遣人一一賫㊴還之，戒勿復取。未浹旬㊵，又雜之。凡數更㊶，馬不勝煩。黃英笑曰：「陳仲子㊷毋乃㊸勞乎？」馬慚，不復稽㊹，一切聽諸黃英。鳩工庀料㊺，土木大作，馬不能禁。經數月，樓舍連亘，兩第竟合為一，不分疆界矣。然遵馬教，閉門不復業㊻菊，而享用過於世家，馬不自安，曰：「僕三十年清德，為卿所累。今視息㊼人間，徒依裙帶㊽而食，真無一毫丈夫氣㊾矣。人皆祝富，我但祝窮耳！」黃英曰：「妾非貪鄙；

但不少致豐盈，遂令千載下人，謂淵明貧賤骨，百世不能發跡[50]，故聊為我家彭澤解嘲[51]耳。然貧者願富，為難；富者求貧，固亦甚易。牀頭金任君揮去之，妾不靳[52]也。」馬曰：「捐他人之金，抑亦良醜[53]。」黃英曰：「君不願富，妾亦不能貧也。無已[54]，析君居。清者自清，濁者自濁，何害[55]？」乃於園中築茅茨[56]，擇美婢往侍馬。馬安之，然過數日，苦念黃英；招之，不肯至，不得已反就之。隔宿輒[57]至，以為常。黃英笑曰：「東食西宿[58]，廉者當不如是。」馬亦自笑，無以對，遂復合居如初。

會馬以事客金陵，適逢菊秋，早過花肆，見肆中盆列甚煩，款朵佳勝，心動，疑類陶製。少間，主人出，果陶也。喜極，具道契闊[59]，遂止宿焉。要[60]之歸，陶曰：「金陵，吾故土，將婚於是。積有薄貲，煩寄吾姊。我歲杪[61]當暫去。」馬不聽，請之益苦[62]，且曰：「家幸充盈，但可坐享，無須復賈[63]。」坐肆中，使僕代論價，廉其直，數日盡售。

逼促囊裝，賃舟遂北。入門，則姊已除舍[64]，牀榻裀褥皆設，若預知弟也歸者。陶自歸，解裝課役，大修亭園，惟日與馬共棋酒，更不[65]復結一客。為之擇婚，辭不願。姊遣兩婢侍其寢處，居三四年，生一女。

陶飲素豪[66]，從不見其沉醉。有友人曾生，量亦無對，適過馬，馬使與陶相較飲。二人縱飲甚歡，相得[67]恨晚。自辰以訖四漏[68]，計各盡百壺。曾爛醉如泥，沉睡座間；陶起歸寢，出門踐菊畦，玉山傾倒[69]，委衣於側，即地化為菊：高如人，花十餘朵，皆大於拳。馬駭絕[70]，告黃英。英急往，拔置地上，曰：「胡醉至此！」覆以衣，要馬俱去，戒勿視。既明而往，則陶臥畦邊。馬乃悟姊弟菊精也，益愛敬之。而陶自露跡，飲益放，恒自折柬招曾，因與莫逆[71]。值花朝[72]，曾來造訪，以兩僕舁藥浸白酒一罈，約與共盡。罈將竭，二人猶未甚醉。馬潛以一瓻[73]續入之，二人又盡之。曾醉已憊，諸僕負之以去。陶臥地，又化為菊。馬見慣不驚，如法拔之，守其旁以觀其變；久之，葉益憔悴。大懼，始告黃英。英聞駭曰：「殺吾弟矣！」奔視之，根株已枯。痛絕，掐其梗，埋盆中，攜入閨中，日灌溉之。馬悔恨欲絕，甚怨曾。越數日，聞曾已醉死矣。盆中花漸萌，九月既開，短幹粉朵，嗅之有酒香，名之「醉陶」，澆以酒則茂。後女長成，嫁於世家。黃英終老，亦無他異。

異史氏曰：「青山白雲人[74]，遂以醉死，世盡惜之，而未必不自以為快也。植此種于庭中，如見良友，如對麗人，不可不物色之也。」

【注釋】❶順天　今北京。❷世　接連數代。❸金陵　今南京。❹跨蹇從油碧車　蹇，驢。油碧車，古代婦女所乘裝有油幕的車。❺灑落　瀟灑。❻騷雅　文雅。❼河朔　黃河以北地域。❽僕雖固貧　僕，謙詞，用於自稱。固，常。❾趨　小步快走。❿咨稟　告訴並請教。⓫第　宅院。⓬舉火　點火做飯。⓭胡　怎麼。⓮風流高士　風流，超凡脫俗。高士，志行高潔之士。⓯今作是論二句　是，此。東籬，代指菊圃。市井，市場。⓰窺　暗中偷看。⓱相屬　相連結。⓲絕　絕交。⓳佳本　上等植株。⓴誚讓　責備。㉑椽　同「間」。計算房屋的量詞。㉒曠　閒置。㉓清戒　清廉的戒條。㉔連朝　連日。㉕字　出嫁。㉖夏屋　大屋。㉗屬　注目。㉘益合　益，更加。合，聚合。㉙甲第　大宅院。㉚東粵　廣東省。㉛發　開啟。㉜請問致聘二句　致聘，送交定親禮品。采，采禮。㉝若贅　若，像。贅，夫住妻家。㉞親迎禮　古代六禮之一，夫婿至女家迎新娘回家行婚禮。㉟適　嫁。㊱課　督促勞作。㊲恒　常。㊳籍　登記簿。㊴賫　送。㊵浹旬　滿十天。㊶更　調換。

㊷陳仲子　古代極度廉潔的人，見《孟子・滕文公下》。㊸毋乃　莫非。㊹稽　查。㊺鳩工庀料　鳩工，招集工匠。庀料，籌集材料。㊻業　從事。㊼視息　生活。㊽裙帶　喻妻女姐妹關係。㊾丈夫氣　有所作為的氣概。㊿謂淵明二句　陶潛字淵明，做過幾任小官，一生斷斷續續耕種，家境不富裕。發跡，從位卑到顯達。51彭澤解嘲　彭澤，指陶潛。因陶潛曾做彭澤縣縣令，故稱。解嘲，因被人嘲笑而自作解嘲。52靳　吝惜。53捐他人之金二句　捐，耗費。抑，好像。良，很。54無已　不得已。55害　妨礙。56茅茨　草房。57輒　總是。58東食西宿　喻唯利是圖。語出漢應劭《風俗通》：齊人有女，二人求之。東家子醜而富，西家子好而貧。父母疑不能決，問其女……女云：「欲東家食，西家宿。」59契闊　久別。60要　邀。61歲杪　年底。62請之益苦　請，請求。苦，急。63賈　經商。64除舍　整修、清掃房舍。65更不　再不。66素豪　素，平時。豪，縱情。67相得　相會。68自辰以訖四漏　辰，辰時。訖，止。四漏，四更天。69玉山傾倒　醉倒。語源《世說新語・容止》。70絕　極。71莫逆　志同道合。72花朝　舊曆二月十五日為百花生日，稱花朝節。73瓻　盛酒器。74青山白雲人　唐代，傅奕自作墓誌銘：「傅奕，青山白雲人也，因酒醉死。」指代醉死者。

【語　譯】馬子才家住順天府，他家世代都喜愛菊花，傳到子才，更是愛菊成癖，聽說有好品種，一定買來，為此跑千里路也不嫌遠。一天，有金陵來客住在他家，說他表親家有一兩種，北方還沒有。子才欣喜，觸動心事，立刻整理行裝，隨客人到金陵。客人從多方面謀求，找得兩個菊芽，子才把它裹好，當作珍寶收藏。他在回家的路上，遇到一位青年，身騎毛驢，風度瀟灑，跟在一輛油碧車後面。彼此漸近，互相招呼。青年自稱姓陶，言談文雅，問子才從何處來。子才如實相告，這青年就說：「菊花的品種，沒有不好的，只是培育灌溉，長得如何，事在人為。」接下去就議論養菊的方法。子才非常高興，問：「準備到哪裡去？」回答說：「我姐姐討厭金陵，想到河朔地區居住。」子才歡喜，說：「我雖然常常過窮日子，卻有茅屋可以寄居。如果不嫌荒僻簡陋，就不用到處去了。」陶生快步走到車前，向姐姐請示，車中人掀起簾子講話——原來是二十多歲美麗無比的女子，她看著弟弟說：「住房不嫌低矮，院子要大。」子才代替陶生答話，表示應許。於是一道去往順天府馬家。

馬家宅院南面，有所荒蕪的園子，裡邊僅有三四間房屋。陶生滿意，就住下了。他每天到北院為子才整治菊花，有的菊株乾枯，把它拔出來，重新栽培，沒有不活的。陶家清貧陶生每天在馬家就餐。子才注意他家，似乎從來不做飯。子才的妻子呂氏喜愛陶生的姐姐，經常到南院送她些米麵；她有個乳名叫做黃英，又很會講話，常到呂氏屋中，一同縫衣捻線。一天，陶生對子才說：「你家本來就不富，我天天在你家吃喝，麻煩好友，怎好經常這麼做。現在設計，賣菊花也可以維持生活。」子才向來孤僻高傲，聽陶生這樣說，很看不起他，說：「我原以為你超凡脫俗、志行高潔，一定能安守清貧，現在說出這樣的話，就是拿菊園當市場，侮辱菊花了。」陶生笑著說：「靠出力吃食，不為貪財；賣菊花為業，不算俗氣。人當然不可貪求富有，卻也不必力求窮苦啊。」子才默不作聲，陶生就走了。從這以後，子才菊畦中扔的殘枝、劣種，陶生全部拾去，也不再到他家住宿吃飯，只有子才招呼才去一次。

菊花不久就要接連開放，子才聽見陶生門口喧鬧，市場似的，暗自驚怪，就過去留心察看，見市上來人車載肩扛，一路接連不斷。所有的菊花都是奇特的品種，從來沒見過，心裡討厭他貪財，想同他絕交，又恨他私藏優良品種，於是去敲他的大門，打算責備他。陶生開門，握手拉他進去。子才發現原來那半畝荒園，都成為菊畦，幾間房屋外面沒有閒置的土地；掘去菊花，補插新枝；含苞待放的植株，沒有不美妙的，而仔細辨認，都是自己過去拔掉的殘枝。陶生進屋拿出酒飯，把坐席設在菊畦旁邊，說：「我家貧窮，不能遵守清規，幾天來有幸賺得幾個錢，很夠買酒醉個痛快了。」一會兒，屋裡喊「三郎」，陶生答應一聲去了，霎時拿來酒餚，都是上等菜，烹調得很精細。子才就問：「你姐姐怎麼還沒有出嫁？」回答說：「時候不到。」問：「什麼時候？」說：「四十三月。」又問：「這是什麼意思？」陶生只是笑，不回答。二人歡樂，盡興才散。第二天，子才又到南院，新插的菊枝已長尺把高。他十分驚奇，一再向陶生求教技藝，陶生說：「這本來是講不清楚的，何況你不靠它生活，怎能用得著它呢？」又過了幾天，陶生見門前已較冷落，便以蒲席包菊打綑，裝載幾車離家。轉過年，時近二月，才車載罕見的南方花草回來；去京城開花店，十天賣完，又回家培植菊花。有人問過去年的顧客，說是花謝後留下根，再次培植，全變成不好的品種，就再向陶生購買。陶生因此一天天地富裕起來，一年蓋了小房，二年建起廳堂，任意大興土木，不再和子才商量。漸漸花畦都變成迴廊房屋；又買了牆外一塊地，打起圍牆，全栽上菊花。秋天又到，載花而去，第二年春天已過也沒有回家。這時子才的妻子病故，子才傾心黃英，悄悄使人向她暗示，黃英微笑，似表示允許，只是要等弟弟回來。

陶生走後一年多，竟沒有回來。黃英督促僕人培植菊花，也是使用陶生的技法；賣了錢，更擴大商貿。又在村外買了肥沃土地二十頃，宅院裝修，更為壯觀。忽然有客人從廣東來，捎得陶生所寫信件，拆開一看，說的是願姐姐嫁給子才。子才核對寫信的時間，正是呂氏去世那一天，回想和陶生畦旁歡飲，恰巧已過了四十三個月，他感覺這事很怪；拿信去見黃英，請問向哪裡送聘禮，黃英說不要彩禮，只以北院房舍簡陋，要求子才搬到南院居住，像入贅一般。子才不願意，就商定日期舉行婚禮。黃英結婚之後，為了方便，於北院南牆開一個門通南院，她每天回南院督促考核僕人。子才由於妻子是個富戶而自覺可恥，常囑咐黃英把前後院的物品各自登記，預防混亂，而家中需要的東西，黃英總是到南院拿，不到半年，家裡各種物件都來自陶家。子才派人一一送還，勸說黃英不要再拿，可是還不到十天，兩院的物品又攙雜一起。這樣調換了數次，子才麻煩得受不了。黃英笑話他，說：「你這個廉潔的陳仲子，是不是有點太勞苦啊？」子才羞慚，從此不再過問這件事，一切照黃英的意思辦。黃英招集工匠。籌備材料，又大興土木。子才阻止不住，經過幾個月，樓房連成一片，南北兩院合而為一，不再有界限了。與前不同的是黃英聽從子才的意見，關上門，不再種菊。可是享用超過世代顯貴人家，子才總是心中不安，對黃英說：「我堅持了三十年的高潔品德，受到你的連累，現在生活於人間，白白地依靠妻子吃飯，真是一點大丈夫的氣概也沒有了。人家都願意富，我願意窮！」黃英說：「我並不貪得無厭、淺薄粗俗，可是不使家中資財雄厚些，就會永遠被人認為，陶家淵明天生一副貧賤骨，往後百代也不會顯達，所以姑且以此為我家彭澤令解嘲罷了。然而窮人要成富翁，確實很難，而富戶求貧，肯定容易達到目的。牀頭金錢任你揮霍，我不吝惜。」子才說：「耗費別人的錢財，好像也很羞恥。」黃英說：「你不願富，我也不能貧窮。不得已，分開過日子吧！你清的自己去清，我渾濁的自己守濁，有什麼妨害呢？」於是為子才在園子裡蓋上茅草屋，又選了美麗的婢女去侍奉他。子才對這個辦法很滿意，但是住了幾天就想黃英；招呼她，她不肯來，不得已就自己再回去，常是隔一天就找她。黃英笑著說：「你呀，『東家吃飯，西家住宿。』愛講廉潔的人，不該如此吧。」子才也嘲笑自己，沒有正面回答。從此又合住一處，像當初一樣生活。

恰好子才因事來到金陵，正逢菊花盛開時節，他在清晨路經花店，見店中菊花很多，植株的款式和花朵都很美，心裡激動，懷疑是陶生培植的。一會兒，主人走出店外，果然是他，高興極了，互訴別情，住在店裡。子才要求陶生趕快回家，陶生說：「金陵是我的故鄉，我將要在這裡結婚。攢了一點兒錢，請你捎給我姐姐。我歲末將要回去住幾天。」子才不同意，請求更加緊迫，還說：「家境有幸富足，你儘管坐下享福，不需要再經商了。」於是陶生就坐在店裡，使僕人代論菊價，減價出售，幾天就賣光了，子才催整行裝，乘船北上。走進家，姐姐已經清掃過房屋，設置好牀褥，好像她早就知道弟弟將要回來。陶生到家，放下行李就督促僕人大修亭園，每天與子才下棋飲酒，不再聯繫商客。為他選擇配偶，他不願意，姐姐派兩個婢女伺候他睡眠，三四年以後生了一個女娃娃。

陶生平素酒量很大，從來沒見他醉酒。子才有個朋友姓曾，酒量也大，沒見過對手，正好到來，子才就請他與陶生作飲酒賽。兩人開始縱情歡飲，只恨彼此相會太晚；從辰時直喝到入夜四更天，算一算，已經各自喝夠百壺。曾生喝得爛醉如泥，坐著昏睡。陶生回家去睡，出門踩上菊畦而醉倒，衣服褪落，就地變成一棵菊花，花有一人高，開花十餘朵，每朵比拳頭還大。子才驚駭極了，告訴黃英。黃英急忙趕到，把菊花拔出來放在地上，說：「怎麼醉成這樣！」蓋上衣服，要求子才和她一同回去，勸他不要再看。等到天亮前往，見陶生躺在畦旁。子才悟出姐弟倆都是菊精，更加敬愛他們。陶生自從形跡顯露以後，飲酒更為豪縱，常主動寫信邀曾生，兩人成為志同道合的朋友。百花節那天，曾生拜訪陶生，後跟兩個僕人，抬著一罈藥泡白酒，邀請陶生共同喝光。眼看酒罈要空，兩人還沒有沉醉，子才偷著續進一瓶。兩人又喝光。曾生喝得精疲力盡，僕人把他背回家；陶生向地上一躺，又變成菊花。子才見慣，不再驚慌，依照陶氏的辦法，拔出來放在地上，守在一旁，看它的變化；等了好久，菊葉更加枯槁，他非常害怕，這才去告訴黃英。黃英聽後大驚，說：「害死弟弟了！」跑去一看，連根帶葉都乾了。黃英無比悲痛，掐菊梗埋到盆裡，捧進閨房，每天灌溉。子才十分後悔、痛恨，埋怨曾生。幾天以後，聽說曾生已經醉死。黃英盆中插的菊花，漸漸生出新芽，九月開花，短枝粉花，聞一聞，有酒的香味，就給它起名叫「醉陶」，盆中澆酒，它就長得茂盛。後來陶生的女兒長大了，嫁到世代顯貴的人家；黃英到老沒出現異乎常人的事。

異史氏說：「青山白雲人，終於因酒醉而死。人們都惋惜，他自己卻未必不以為是快樂。把『醉陶』栽在院中，如見好友，面對美人，不可不去訪求啊。」

【研　析】這篇小說，在《聊齋》中是富有進步思想的優秀作品。小說雖然是寫人與花精之間的友情和婚姻故事，其中卻深刻體現著創新和保守兩種價值觀念和人生態度的對立。作者站在進步的立場，辛辣諷刺因循守舊的傳統意識，以濃筆重彩塑造出富有積極創新精神、代表新興市民意識的人物形象，開拓出一片藝術審美的新天地。

順天人馬子才極愛菊，去金陵求佳菊返回途中，結識由金陵北上謀生的陶氏姐弟。馬有荒院閒室，邀陶氏居住。馬並不富裕，生活上仍給姐弟很多幫助。馬妻呂氏也很愛陶姐，姐小字黃英，常與呂一起做針線活。姐弟共同努力，逐漸富裕。後來呂氏病故，馬與黃英結婚，弟亦亡，留一女，共同安度富裕清雅的幸福晚年。

故事通過三件事，塑造黃英這一藝術形象。

自食其力不為貪。黃英厭金陵而到北方來，安居後就由其弟向馬生提出要「賣菊謀生」。遭鄙視，說是不安貧，「以東籬為市井，有辱黃花矣」。陶笑曰：「自食其力不為貪，販花為業不為俗。」這是姐弟共同的生活方向。馬不聽，他們就收集「殘枝劣種」創建菊花產業，育出佳妙鮮花，收到第一桶金。

事實勝於空想。菊花產業越來越好，陶又向外販運，獲利更多，又到金陵開店。黃英就在南院建新屋修廊舍，買良田沃土，擴大菊圃。馬妻病卒，馬向英求婚。英允，欲以南院為第居，馬反對。黃英婚後到北院住。「馬恥以妻富」，叫分別登記器物，見有南院物，立即派人送回。用時又要去取，不久又混雜。多次反覆，他也厭煩，才不計較。財力擴大，英又大興土木，「樓舍連亘，兩第竟合為一」，無法分界，「享用過於世家」。馬更不安，認為「清德」受累，「依裙帶而食」無丈夫氣。並說：「人皆祝富，我但祝窮耳！」英即於園中築草房請馬居住，數日苦念黃英，不得已而返回，終於「復合居如初」，放棄空想。

舊觀念害死人。馬因事去金陵，見陶花肆興旺，勸歸，陶曰：「金陵，吾故土，將婚於是。」馬不聽，請之益苦，勉強陶跟他返回順天。陶歸，除大修亭園別無事做，日與馬共棋酒，連婚姻也無興趣，「姊遺兩婢侍其寢處，居三四年，生一女」。後與人狂飲醉酒化菊，第二次，馬處理不當而亡。「英聞駭曰：『殺吾弟矣！』」這是指「觀其變」，更是指其封建的舊觀念。馬亦悔恨。

在寫作方面，構思巧妙。主人公名黃英，暗指菊花。陶淵明愛菊，姐弟就姓陶。姐還說，致豐盈，「聊為我家彭澤解嘲耳」。這便擴大了作品的審美情趣。陶氏姐弟是花精，自有特功異術，如陶預知馬妻亡期，姐預知弟歸，特別是人化為菊，菊返化為人，都透露著本來的物性特點，顯示出神怪傳奇的異幻特色。

濰水狐

濰邑❶李氏有別第❷。忽一翁來稅居❸，歲出直❹金五十，諾之。既去無耗，李囑家人別租。翌日，翁至，曰：「租宅已有關說❺，何欲更僦❻他人？」李白所疑，翁曰：「我將久居是❼，所以遲遲者，以涓吉❽在十日之後耳。」因先納一歲之直，曰：「終歲空之，勿問也。」李送出，問期，翁告之。過期數日，亦竟渺然。及往覘之，則雙扉內閉，炊煙起而人聲雜矣。訝之，投刺❾往謁。翁趨出，逆而入，笑語可親。既歸，遣人饋遺❿其家，翁犒⓫賜豐隆。又數日，李設筵邀翁，款洽甚歡。問其居里，以秦中⓬對。李訝其遠，翁曰：「貴鄉福地也。秦中不可居，大難將作。」時方承平，置未深問。越日，翁折柬⓭報居停⓮之禮，供帳⓯飲食，備極侈麗。李益驚，疑為貴官。翁以交好，因自言為狐。李駭絕，逢人輒道。

邑搢紳聞其異，日結駟⑯於門，願納交翁。翁無不傴僂接見。漸而郡官亦時還往，獨邑令求通，輒辭以故。令又託主人先容⑰，翁辭。李詰其故，翁移席近客而私語曰：「君自不知，彼前身為驢，今雖儼然民上，乃飲糙而亦醉⑱者也。僕固異類，羞與為伍。」李乃託詞告令，謂狐畏其神明，故不敢見也。令信之而止。此康熙十一年事。未幾，秦罹兵燹。狐能前知，信矣。

異史氏曰：「驢之為物龐然⑲也。一怒則踶趹⑳嗥嘶，眼大於盎，氣粗於牛。不惟聲難聞，狀亦難見；倘執束芻㉑而誘之，則貼耳輯首㉒，喜受羈勒矣。以此居民上，宜其飲糙而亦醉也。願臨民㉓者以驢為戒，而求齒㉔於狐，則德日進㉕矣。」

【注釋】❶濰邑　濰縣。清代屬萊州府，今為山東濰坊。❷別第　正宅之外的宅院。❸稅居　租房居住。❹直　酬金。這裡指租金。❺關說　約定。❻僦　租賃。❼是　這裡。❽涓吉　選擇吉祥的日子。❾投刺　送名帖。

❿餽遺　贈送。⓫犒　犒勞。⓬秦中　陝西中部地區。⓭折柬　下請帖。⓮居停　房東。⓯供帳　供宴會中使用的帷帳。⓰結駟　泛指車馬。⓱先容　事先介紹、推薦。⓲飲糲而亦醉　指代寡廉鮮恥的人。語源唐崔令欽《教坊記》：蘇五奴妻張少娘善歌舞，有人邀請迎接少娘，五奴總隨而前往。迎者欲五奴速醉而勸酒。五奴說：「只要多給錢，我喝米粉也能醉，不一定用酒。」糲，同「䭏」。或為蒸餅，或為米粉類食品。⓳龐然　大貌。⓴踶趹　騾馬等跳起後用後蹄向後踢蹬。㉑束芻　束起來的草。㉒輯首　溫順貌。㉓臨民　管理民眾。㉔齒稱道。㉕日進　每天有進步。

【語　譯】濰縣的李某另有一座院落。忽然一個老人來租賃居住，一年交房租五十兩銀子，李某應許。老人走後沒有消息，李某囑咐僕人另租給別人。第二天，老人來到，說：「租房子的事已經說過，為什麼要改租給別人？」李某就說明自己的疑惑，老人說：「我就要長期住在這裡，遲遲沒有把家搬來，是因為選定吉祥的日子在十天以後啊。」於是先交一年的租金，說：「我就算一年不搬來，你也不要過問了。」李某送他出去，問搬家的日期，老人告訴他。可是過期好幾天了，一直不見搬家的蹤影，及至到閒院去看，原來兩扇大門從裡面關閉，院裡已炊煙繚繞、人聲嘈雜了。李某驚訝，送上名帖拜訪，老人快步出來，迎接他進去，有說有笑，顯得可以親近。李某回去，派人向老人贈送禮物，老人給僕人的犒賞很豐富。又過了幾天，李某設筵邀請老人，真摯融洽，十分歡樂。李某問他的家鄉，回答說是陝西中部。李某因為路遠，表情驚訝，老人說：「你們這裡是塊福地呀。陝西中部住不得了，快有大災大難了。」這時局勢太平，李某不在意，沒有細問。過了一天，老人送來請帖，回報房東的宴請，宴會中使用的帷帳，享用的飲食，十分奢侈華麗，李某為此更加驚訝，懷疑老人是顯貴的官員。老人因為和李某友好，主動表明自己是狐仙，李某非常吃驚，逢人就說。

縣裡有些紳士，聽說老人奇異，每天乘坐高車登門拜訪，希望和老人結交，老人總是恭敬地接見；漸漸地萊州府的官員，也時常和老人來往，只有當地的縣令要求交好，他總是托故推辭；縣令又託李某介紹推薦，老人還是推辭。李某問這是什麼緣故，老人湊近他坐下，小聲說：「你不了解啊，他上輩子是一頭驢，現在雖然很像官員，實際是喝米粉也能醉的蘇五奴之流的人物，只要多給他錢，任何寡廉鮮恥的事，他都會幹的。我固然不與人同類，如果同他來往也感覺羞恥。」李某就另找藉口回答縣令，說狐仙害怕縣令明智如神，因此不敢相見。縣令相信了，就不再求見狐仙了。這是康熙十一年的事。不久，陝西中部就遭受到戰亂的破壞，狐仙能預知未來，果真不錯。

異史氏說：「驢是一個龐然大物，牠一發怒就亂踢亂蹬，大聲吼叫，眼大如盆，氣粗似牛，不只聲音難聽，形狀也難看；可是如果拿一束草引誘牠，牠就俯首貼耳，喜愛戴馬籠頭了。這樣做官，難怪他喝米粉也可以醉了。我希望管理民眾的人以驢為鑑戒，並且追求博得狐仙的稱讚。那麼，德行就會一天天有進展了。」

【研　析】這是一篇立意、文筆都很出色的諷刺小說。

文中寫一老翁來租李氏房居住，待人熱情有禮。自稱祖籍秦中，彼將大亂故來此，並自言是狐。李驚訝駭絕，逢人輒道。搢紳官吏聞其異，皆來接交，翁亦恭敬接見。獨該縣縣令求見，他推辭不見。令託李事先推薦，翁仍不見，聲稱「羞與為伍」。李託詞告令才罷。未幾，秦地果然發生兵亂，證明狐能先知。

這篇小說明寫狐翁，實表人情，反映的是人世的生活情態，抒發對貪官汙吏的無限憤恨和蔑視。這是揭露，是諷刺，更是鞭撻。這類貪官的立身行事，不僅為人類所不齒，而且為狐類所不齒。文末注明事情發生於清康熙十一年，說明作者筆伐所指可能實有其人。異史氏曰：「驢之為物龐然也。……倘執束芻而誘之，則貼耳輯首，喜受羈勒矣。以此居民上，宜其飲糙而亦醉也」。顧臨民者以驢為戒，而求齒於狐，則德日進矣。」這樣，就由點到面，社會意義更加廣泛深刻了。

蒲公所寫諷刺小說，變化多而趣味濃。此文除明顯的諷刺描寫外，有兩點可細加玩味。其一，正寫反常事作烘托，造成「怪事多」的社會風氣，增加諷刺效果。狐本異類，來到人世，通常是隱身藏名，此翁卻主動「自言為狐」，使李「逢人輒道」，到處張揚。此地搢紳官吏好奇心也特強，「日結駟於門，願納交翁」，甚至「郡官亦時還往」。無形中擴大了狐翁的影響，提高其社會地位，才引出縣令求見而不成的情節。其二，結尾意味深長。李問翁不見令的原因，「翁移席近客而私語曰：『君自不知，彼前身為驢，今雖儼然民上，乃飲糙而亦醉者也。僕固異類，羞與為伍。』」他前世是驢，現世乃是蘇五奴之流的無恥之徒。李不敢原話告訴縣令，託詞：「狐畏其神明，故不敢見也。」這樣無稽的託詞，縣令居然信以為真，無怪乎但明倫評曰：「給之以神明而自信，此令終身為驢矣。」這種深邃犀利的諷刺筆法，真可謂「刺貪刺虐，入骨三分」了！

鞏仙

鞏道人，無名字，亦不知何里❶人。嘗求見魯王❷，閽人❸不為通。有中貴人❹出，揖求之。中貴見其鄙陋，逐去之；已而復來，中貴怒，且逐且撲。至無人處，道人笑出黃金百兩，煩逐者覆中貴：「為言我亦不要見王，但聞後苑花木樓臺，極人間佳勝，若能導我一遊，生平足矣。」又以白金❺賂逐者。其人喜，反命。中貴亦喜，引道人自後宰門❻入，諸景俱歷，又從登樓上。中貴方憑窗，道人一推，但覺身墮樓外，有細葛綳腰，懸於空際；下視，則高深暈目，葛隱隱作斷聲。懼極，大號。無何，數監❼至，駭極，見其去地絕遠，登樓共視，則葛端繫欞上；欲解援之，則葛細不堪用力。遍索道人，已杳矣。束手無計，奏知魯王。王詣視，大奇之，命樓下藉茅鋪絮，將因而斷之。甫畢，葛崩然自絕，去地乃不咫耳。相與失笑。

王命訪道士所在。聞館於尚秀才❽家，往問之，則出遊未復；既遇於途，遂引見王。王賜宴坐，便請作劇，道士曰：「臣草野❾之夫，無他庸能❿，既承優寵，敢獻女樂⓫為大王壽。」遂探袖中，出美人，置地上。向王稽拜已，道士命扮〈瑤池宴〉本⓬，祝王萬年。女子弔場⓭數語，道士又出一人，自白「王母⓮」。少間，董雙成、許飛瓊⓯……一切仙姬，次第俱出。末有織女⓰來謁，獻天衣一襲⓱，金彩絢爛，光映一室。王意其偽，索觀之，道士急言：「不可！」王不聽，卒觀之，果無縫之衣，非人工所能製也。道士不樂曰：「臣竭誠以奉大王，暫而假諸天孫⓲，今為濁氣所染，何以還故主乎？」王又意歌者必皆仙姬，思欲留其一二；細視之，則皆宮中樂妓耳；轉疑此曲非所夙諳，問之，果茫然不自知。道士以衣置火燒之，然後納諸袖中，再搜之，則已無矣。王於是深重道士，留居府內。道士曰：「野人之性，視宮殿如藩籠，不如秀才家得自由也。」每至中夜，必還其所；時而堅留，亦遂宿止，輒於筵間顛倒四時花木為戲。王問曰：「聞仙人亦不能忘情[19]，果否？」對曰：「或仙人然耳，臣非仙人，故心如枯木矣。」一夜宿府中，王遣少妓往試之。入其室，數呼不應；燭之，則瞑坐榻上；搖之，眸一閃即復合；再搖之，齁聲作矣；推之，則隨手而倒，酣臥如雷；彈其額，硬迕指，作鐵釜聲。返以白[20]王。王使刺以針，針弗入；推之，重不可搖；加十餘人舉擲牀下，若千斤石墮地者。旦而窺之，仍眠地上。醒而笑曰：「一場惡睡，墜牀不覺耶！」後女子輩每於其坐臥時，按之以為戲：初按猶軟，再按則鐵石矣。

道士舍[21]尚秀才家，恒中夜[22]不歸。尚鎖其戶，及旦[23]啟扉，道士已臥室中。初，尚與曲妓[24]惠哥善，矢志嫁娶。惠雅善[25]歌，弦索傾一時[26]，魯王聞其名，召入供奉[27]，遂絕情好。每繫念之，苦無由通。一夕，問道士：「見惠哥否？」答言：「諸姬皆見，但不知其誰何[28]。」尚述其貌，道其年，道士乃憶之。尚求轉寄一語，道士笑曰：「我世外人，不能為君塞鴻㉙。」尚哀之不已，道士展其袖曰：「必欲一見，請入此。」尚窺之，中大如屋；伏身入，則光明洞徹，寬若廳堂，几案牀榻，無物不有。居其內，殊㉚無悶苦。道士入府，與王對弈，望惠哥至，陽以袍袖拂塵，惠哥已納袖中，而他人不之睹也。尚方獨坐凝想，忽有美人自簷間墮，視之，惠哥也。兩相驚喜，綢繆臻至㉛。尚曰：「今日奇緣，不可不誌，請與卿聯之㉜。」書壁上曰：「侯門似海久無蹤㉝。」惠續云：「誰識蕭郎㉞今又逢。」尚曰：「袖裡乾坤㉟真個大。」惠曰：「離人思婦盡包容。」書甫畢，忽有五人入，角冠㊱、淡紅衣，認之，都與無素㊲，默然不言，捉惠哥去。尚驚駭，不知所由。

道士既歸，呼之出，問其情事，隱諱不以盡言。道士微笑，解衣反袂示之。尚審視，隱隱有字跡，細裁如蟣㊳，蓋即所題句也。後十數日，又求一入。前後凡三入，惠哥謂尚曰：「腹中震動，妾甚憂之，常以緊帛束腰際。府中耳目較多，倘一朝臨蓐[39]，何處可容兒啼？煩與鞏仙謀，見妾三叉腰[40]時，便一拯救。」尚諾之。歸見道士，伏地不起。道士曳之曰：「所言，予已了了[41]。但請勿憂。君宗祧[42]賴此一線，何敢不竭綿薄[43]。但自此不必復入。我所以報君者，原不在情私[44]也。」後數月，道士自外入，笑曰：「攜得公子至矣，可速把襁褓來。」尚妻最賢，年近三十，數胎而存一子；適生女，盈月而殤。聞尚言，驚喜自出。道士探袖出嬰兒，酣然若寐，臍梗[45]猶未斷也。尚妻接抱，始呱呱而泣。道士解衣曰：「產血濺衣，道門最忌，今為君故，二十年故物，一旦棄之。」尚為易衣，道士囑曰：「舊物勿棄卻，燒錢[46]許，可療難產，墮死胎。」尚從其言。

居之又久，忽告尚曰：「所藏舊衲[47]，當留少許自用，我死後亦勿忘也。」尚謂其言不祥。道士不言而去，入見王曰：「臣欲死。」王驚問之。曰：「此有定數，亦復何言。」王不信，強留之；手談[48]一局，急起，王又止之。請就外舍，從之。道士趨臥，視之已死。王具棺木禮葬之。尚臨哭盡哀，始悟曩言蓋先告之也。遺衲用催產，應如響(49)，求者踵接於門。始猶以汙袖與之；既而翦領衿，罔不效。及聞所囑，疑妻必有產厄，斷血布如掌，珍藏之。會魯王有愛妃臨盆(50)，三日不下，醫窮(51)於術。或有以尚生告者，立召入，一劑而產。王大喜，贈白金、彩緞良厚，尚悉辭不受。王問所欲，曰：「臣不敢言。」再請(52)之，頓首(53)曰：「如推天惠(54)，但賜舊妓惠哥足矣。」王召之來，問其年，曰：「妾十八入府，今十四年矣。」王以其齒(55)加長，命遍呼群妓，任尚自擇，尚一無所好。王笑曰：「癡哉書生！十年前訂婚嫁耶？」尚以實對。乃盛備輿馬，仍以所辭彩緞，為惠哥作妝，送之出。惠所生子，名之秀生——秀者袖也——是時年十一矣。日念仙人之恩，清明(56)則上其墓。

有久客川中者，逢道人於途，出書一卷曰：「此府中物，來時倉猝，未暇璧返(57)，煩寄去。」客歸，聞道人已死，不敢達王，尚代奏之。王展視，果道士所借。疑之，發其冢，空棺耳。後尚子少殤，賴秀生承繼，益服鞏之先知云。

異史氏曰：「袖裡乾坤，古人之寓言耳，豈真有之耶？抑[58]何其奇也！中有天地、有日月，可以娶妻生子，而又無催科[59]之苦，人事之煩，則袖中蟣虱，何殊桃源[60]雞犬哉！設容人常住，老於是鄉可耳。」

【注釋】❶里　家鄉。❷魯王　明太祖第十子檀為第一代魯王。王府在山東兗州。❸閽人　守門人。❹中貴人　帝王的隨從宦官。❺白金　銀子。❻後宰門　王府後門。❼監　太監。❽秀才　科舉制下考入縣學的學生。❾草野　草莽山野。❿庸能　平常的能力。⓫敢獻女樂　敢獻，願進獻。女樂，女子歌舞。⓬瑤池宴本　明雜劇有《瑤池宴八仙慶壽》。瑤池，神話傳說中西王母居處。本，劇本。⓭弔場　一齣戲演至一個場面結束，留一演員說白，轉入下場。或於最後一場結束時留一演員念下場詩。⓮王母　西王母。神話中美麗的女仙人。⓯董雙成許飛瓊　西王母的侍女。⓰織女　天帝的女兒。見殷芸《小說》。⓱天衣一襲　天衣，天人穿的衣服。天衣無縫。襲，件；套。⓲假諸天孫　假諸，借於。天孫，即織女。⓳忘情　沒有喜樂哀怒之情。⓴白　稟報。㉑舍　居住。㉒恒中夜　恒，經常。中夜，半夜。㉓旦　天亮；早晨。㉔曲妓　曲藝女演員。㉕雅善　很擅長。㉖弦索傾一時　弦索，演奏琵琶、箏等弦樂器。傾，勝過；壓倒。㉗供奉　侍奉帝王。㉘誰何　哪個人。㉙塞鴻　代指傳信人。語源薛調〈無雙傳〉。㉚殊　竟然。㉛綢繆臻至　綢繆，情愛纏綿。臻至，到極點。㉜與卿聯之　卿，情人間愛稱。聯，聯句成詩篇。㉝侯門句　語源《雲溪友議・襄陽傑》：崔郊與姑母家婢女相愛，後來婢女被轉賣於連帥。崔郊遇婢深有感觸，作〈贈去婢〉：「公子王孫逐後塵，綠珠垂淚濕羅巾。侯門一入深如海，從此蕭郎是故人。」㉞蕭郎　女子對其情人的愛稱。語源漢劉向《列仙傳》。㉟袖裡乾坤　語見《封神演義》：「袖裡乾坤大，壺中日月長。」㊱角冠　帽後有翅狀物下垂至肩的女帽。㊲無素　以往沒有交情。㊳蟣　蝨子的卵。㊴臨蓐　臨產；分娩。㊵三叉腰　兩手叉腰三次，作為信號。㊶了了　明白。㊷宗祧　宗嗣；傳宗接代。㊸綿薄　微弱的力量。謙詞。㊹情私　情誼。㊺臍梗　臍帶。㊻錢　量詞，一兩的十分之一。㊼衲　道袍。㊽手談　下棋。㊾應如響　喻效驗迅速。㊿臨盆　分娩。(51)窮　用盡。(52)請　詢問。(53)頓首　磕頭。(54)如推天惠　廣施帝王的恩惠。(55)齒　年齡。(56)清明　農曆節氣名。(57)璧返　奉還。送還別人物品的敬詞。(58)抑　又。(59)催科　催租稅。(60)桃源　桃花源。喻理想的生活境地。語源晉陶潛〈桃花源記〉。

【語譯】有位姓鞏的道人，沒有名字，也不知道他的家鄉在哪裡。他曾經求見魯王，守門人不為他傳達。有個太監出來，道人就向他作揖請求。太監看他庸俗淺薄，把他趕走；不久，他又回來。太監惱火，使人邊打邊驅趕，等驅趕到沒有人的地方，道人笑著掏出黃金百兩，請攆他的人回報太監：「說我也不要見魯王了，只是聽說後苑花木樓臺，為人間頂尖美境，如果能導我一遊，我這一輩子就滿足了。」又用銀子賄賂攆他的人。這個人挺高興，回去稟報。太監也歡喜，帶領道人從王府後門進去。道人看遍後苑風景，又跟隨太監上樓；太監正伏窗遠眺，道人伸手一推，他只覺自己掉出樓外。有葛草的細藤攔住腰，他被懸在半空；向下看，很深，頭暈眼花，還聽見葛藤隱隱約約有斷裂的聲音。他怕得要命，嗷嗷大叫。一會兒，走來幾個太監，見後非常驚異，看他離地很遠；一起登樓去看，葛草上端拴在窗櫺上，想解下來援救，只是葛草太細，經不起用力。他們到處尋找道人，道人卻早已渺無蹤影了；束手無策，便上奏魯王。魯王來看，感覺很奇怪，命令在樓下鋪上茅草、棉花，隨後就割斷葛藤，剛準備完，葛藤自己斷裂，離地原來不到尺把遠，大家都笑了。

魯王命令查訪道人的住所，聽說寄居尚秀才家，派人去訪問他，卻出去遊歷沒回來；後來在路上相遇，就領他去見魯王。魯王設宴，請他坐下來表演戲法，道人說：「臣是草莽山野裡的人，沒有別的技能，既然承蒙優待寵愛，願意奉獻女子歌舞，為大王祝壽。」於是從袖子裡掏出美女，放在地上。美女向魯王磕頭行禮以後，道人讓演〈瑤池宴〉的戲，祝魯王萬壽無疆。有一個女子介紹了幾句劇情，道人又拿出一個人，這人自我介紹說是西王母。一會兒，董雙成、許飛瓊……所有的仙女，一位接一位都出來；最後是織女來拜見，獻天衣一套，爍金耀彩，光輝燦爛，映射滿屋。魯王認為天衣是假的，想要來細看，道人急忙說：「不行，不行！」魯王不理他，終於看過，果然是沒有縫的衣服，不是人工能製造的。道人不高興，說：「臣全心全意侍候大王，暫時向織女借來。現在沾染上惡濁的氣味，怎麼歸還原主人哪？」魯王又想，唱歌的女郎一定都是仙女，想留下一兩個，仔細看，原來都是自己宮中的歌妓；由此轉而懷疑演出的戲曲，她們過去不熟悉，一問歌妓，果然都不知道。道人火烤過天衣，放進袖子裡。有人掀開他的袍袖尋找，早已不見了。魯王因此很重視道人，留他住在府裡，道人說：「我這村野人的性情，看宮殿像籠子，不如秀才家自由。」每到半夜，他一定回秀才家，有時魯王執意留他，也就在府裡住下。王府有宴會，他常常在宴會玩戲法，讓四時花木顛倒時令生長開花。魯王問他：「聽說仙人也不會忘掉情性，真的如此嗎？」回答說：「也許仙人是這樣吧。臣不是仙人，所以性情就像乾枯的老樹。」一夜，道人住在府裡，魯王派年輕的歌女去試探他。歌女到道人屋裡，喊了好幾遍沒有答應；拿燈一照，他在牀上閉目靜坐；搖動他，眼光一閃又合上；再搖，他打起呼嚕來；推他一下，隨手躺倒，熟睡不醒，鼾聲似雷；用手指彈彈他的前額，硬碰得發出鐵鍋的聲音。歌女回去稟告魯王，魯王讓她拿針扎，她卻扎不進去；再推他，推不動；叫來十幾個人把他抬下來，向牀下一扔，像重有千斤的石頭落在地上。天亮以後悄悄去看他，他還躺在地上，醒後笑著說：「一場惡睡，掉下牀來怎麼不知道呢！」從此以後，歌女們常在道人閉目而坐，或者睡臥的時候，按捺他開玩笑；剛剛按捺，還覺軟和，繼續按就像鐵石一般了。

道人住在尚秀才家，經常到半夜還不回尚家。尚秀才鎖上道人住屋的門，到天亮把門打開，道人已經睡在裡面。早先，尚秀才和曲妓惠哥相好，發誓作夫妻。惠哥很擅長唱歌、演奏弦樂，技藝壓倒一時。魯王聽到她的名聲，徵召她入宮侍候。尚秀才和她斷絕了交情，時常掛念她，令他痛苦的是沒有機會溝通。一天晚上，他問道人：「見惠哥了嗎？」回答說：「所有的歌女都見了，但是不知是哪一位。」尚秀才說出惠哥的相貌、年齡，道人這才想起來。尚秀才請求道人向她傳話，道人笑著說：「我是塵世以外的人，不能為你當向情人傳話的人。」尚秀才哀求他，纏住不放，道人舒展開袍袖，說：「你如果一定要見她，請鑽進來。」尚秀才向袖裡一看，像一間大屋，彎腰進去，原來十分明亮寬敞，像進了大廳堂，几案牀榻，應有盡有，住在裡面沒感到有悶氣的痛苦。道人到王府，正和魯王對面下棋，望見惠哥來到，擺動袖口，假裝拂塵，惠哥已經被裝進去了，別人卻看不見。尚秀才正坐在袖中沉思，忽然有位美女從屋簷間落下來，他一看，是惠哥。兩人又驚又喜，接著，情愛纏綿達到極點。尚秀才說：「今天是料想不到的緣分，不可不記下來，就和你聯句吧。」他先在牆上寫：「侯門似海久無踪。」惠哥續句：「誰識蕭郎今又逢。」尚秀才說：「袖裡乾坤真個大。」惠哥說：「離人思婦盡包容。」她剛寫完，忽然走來五個人，頭戴名叫角冠的女帽，穿著淡紅色的衣服，辨認一下，都不是舊交。她們一句話也沒說，就把惠哥抓去了。尚秀才驚愕害怕，不知道她們是從哪裡來的。

道人回到尚秀才家以後，把尚秀才從袍袖裡叫出來，問他裡面的情況，他有所隱瞞，沒有全說。道人微笑，解開道袍，反過來袖筒讓他看。尚秀才仔細觀察，上面隱約有文字痕跡，小的像蟣子，那就是他題的詩句。過了十幾天，他又求道人帶他進府。前後共去了三次，惠哥對尚秀才說：「我肚子裡動彈，很愁人，常用布緊束著腰。府裡耳目較多，倘使一天臨產，哪個地方能容忍兒哭？勞你同羣仙商量，他什麼時候看見我接連叉腰三次，就快拯救我。」尚秀才同意。他回家以後向道人下跪不起，道人把他拉起來，說：「惠哥的話，我早已明白了。只請你別發愁。你家傳宗接代，全依賴這條線，我怎敢不盡力呢。只是從此不必再進府，我對你的報答，本來不在你兩人的情誼啊。」此後幾個月，道人回到尚秀才家，笑著說：「把你兒子帶來啦，快把小兒被拿來。」尚秀才的妻子很賢惠，差不多有三十歲，好幾次懷胎，只存活一個男孩兒；現在正逢她生了個女孩兒，活了一個月死去。門外尚秀才的話她都聽見了，心中驚喜，出屋相迎。道人從袖中托出嬰兒，嬰兒在沉睡，臍帶還沒有斷。她接過兒子，抱在懷裡，兒子才哇哇地哭起來。道人脫下袍子，說：「分娩時流的血，道教最忌諱。今天為了你，我這穿了二十年的袍子，一天之間只得拋棄了。」尚秀才為他換了新袍，道人囑咐他說：「舊袍不要扔掉，取它一錢重，燒成灰，能治療婦女難產；服用它也能墮死胎。」尚秀才聽從了他的意見。

又過了好久，道人忽然告訴尚秀才：「所收藏的舊袍，應當留一點兒自用。我死後你也不要忘記。」尚秀才認為這話不吉祥。道人沒有說什麼就走了，到王府拜見魯王，說：「臣要死了。」魯王驚愕，問他，他說：「這是命運，又有什麼可說呢。」魯王不信，勉強留住他；他下過一盤棋，急忙站起，魯王又阻止他；他要到外屋，魯王允許。道人跑去躺倒，別人近前一看，已經死亡。魯王備辦棺木，按照禮儀安葬他。尚秀才參加葬禮，極為哀傷，這時才領悟道人那幾句話是臨終預告。道人遺留的長袍，用來催產，收效很快，來要的人接連不斷，最初尚且從已汙染的袍袖上截取相贈，後來剪衣領、衣襟，無不神效。尚秀才想起道人去世前的叮囑，懷疑妻子將來一定有難產的危險，截下巴掌大的一塊血布，當作珍寶收藏起來。正逢魯王有愛妃生孩子，三天還出不來，醫生已經束手無策。有人向魯王說尚秀才有辦法，魯王立刻召他進府，妃子飲用一劑就順利分娩。魯王大喜，贈送尚秀才很多銀子、彩色綢緞。尚秀才一概不接受，魯王就問他想要什麼，尚秀才說：「臣不敢講。」再問他，他跪下磕頭，說：「如果王爺廣施恩惠，只把舊歌妓惠哥賞給我，我就心滿意足了。」魯王把惠哥召來，問她的年齡，回答說：「我十八歲進府，到現在十四年啦。」魯王因為她年齡大，命令把歌妓都喊來，讓尚秀才任意選擇，尚秀才全不喜愛。魯王笑著說：「書呆子！莫非你和惠哥十年前就約定婚嫁了嗎？」於是尚秀才向魯王實情實說。魯王命令多備車馬，還把尚秀才辭謝不受的綢緞作為惠哥的嫁妝，歡送兩人回家。惠哥生的兒子名叫秀生——秀，就是袖啊——這時已經十一歲了。尚秀才和惠哥日夜不忘鞏仙的恩德，每年清明節都到他墓前祭掃。

有人長期在四川作客，路途中遇見鞏仙。鞏仙拿出一卷書，說：「這是魯王府的東西，我從那裡來時倉猝，沒來得及歸還，麻煩你順便送給魯王。」這人回到兗州，聽說鞏仙早已去世，不敢到王府送書。尚秀才替他進獻，魯王翻開看看，果然是道人借去的，引起懷疑，派人掘開他的墳墓，僅是空棺一口罷了。後來，尚秀才的大兒子少年夭折，只能依賴秀生承繼尚家宗嗣，於是更佩服鞏仙預言未來。

異史氏說：「袖裡乾坤，是古人的寓言罷了，難道是真有的事麼？鞏道人的袍袖又多麼出奇啊！裡面有天地，有日月，可以在裡面娶妻生子，而且還沒有被催納租稅的痛苦、交際應酬的煩惱。就算是他那袍中的蟣蝨，和桃花源裡的雞犬有什麼分別呢！假設這袍袖允許人在裡面定居，老死在這地方也值得喲。」

【研　析】這是一篇純用想像力創造出來的異幻傳奇。作者最後也說：「袖裡乾坤，古人之寓言耳，豈真有之耶！」正是以道人袖中的描寫，寄託「無催科之苦，人事之煩」類似世外桃源的一種理想，同時又對魯王重聲色微有諷刺。

鞏道人求見魯王，守門人不予通報。宦官出，見其鄙陋，逐之，再來，且打且逐。道人拿出黃金百兩，說只求覽後花園佳景，宦官喜，引道人後門入，又引道人登樓憑窗，道人將宦官推下，以細葛懸半空，宦官嚇得嚎叫。魯王來命人救，葛自斷，宦官落地，實際不足一尺高，引得眾人大笑。魯王命人找來道人，請他作劇。道人探袖中，出美人、仙姬、「王母」，織女來獻天衣。王要細看真假，使天衣染上濁氣。王想留仙姬，細視皆宮中樂妓。欲留道人，他常以不自由而中夜離去。道人住尚秀才家。尚與曲妓惠哥相愛。惠被召入王宮二人苦思不得見。道人以袖帶尚進宮，二人於袖中歡聚三次，惠懷孕，後生一子，為尚傳續宗祧。

故事雖然事屬虛幻，但由於作者高超的創作才能，卻描繪得形象逼真、情趣盎然。請看袖裡乾坤。「道士展其袖曰：『必欲一見，請入此。』尚窺之，中大如屋；伏身入，則光明洞徹，寬若廳堂，几案牀榻，無物不有。居其內，殊無悶苦」，「尚方獨坐凝想，忽有美人自簷間墮，視之，惠哥也。兩相驚喜，綢繆臻至」，兩人還題句留念，成歡生子。無怪作者說：「設容人常住，老於是鄉可耳。」此外，道人的法術也描寫得波詭雲譎，變化莫測，令人目眩神迷。他「獻女樂為大王壽」一場，仙女、歌舞和天衣，「金彩絢爛，光映一室」。平時，「輒於筵間顛倒四時花木為戲」，亦令人驚嘆不已。「一夜宿府中，王遣少妓往試之。入其室，數呼不應；燭之，則瞑坐榻上；搖之，眸一閃即復合……。王使刺以針，針弗入；推之，重不可搖；加十餘人舉擲牀下，若千斤石墮地者」。真是奇極幻極，處處出人意表，處處令人稱異。

毛大福

太行❶毛大福，瘍❷醫也。一日，行術歸，道遇一狼，吐裹物，退蹲道左。毛拾視，則布裹金飾數事❸；方怪異間，狼前歡躍，略曳袍服，即復去；毛行，又曳之。察其意不惡，因從之去。未幾，至穴，見一狼病臥，視頂上有巨瘡，潰腐生蛆。毛悟其意，撥剔淨盡，敷藥如法，乃行。日既晚，狼遙送之。行三四里，又遇數狼，咆哮相侵，懼甚。前狼急入其群，若相告語，眾狼悉散去。毛乃歸。

先是，邑有銀商甯泰，被盜殺於途，莫可追詰。會毛貨金飾，為甯氏所認，執赴公庭。毛訴所從來，官不之信❹，將械之。毛冤極不能自伸，唯求寬釋，請問諸狼。官遣兩隸押入山，直抵狼穴；值狼未歸，既暮不至，三人遂反，至半途，遇二狼。其一瘡痕猶在，毛識之，因揖而祝曰：「前蒙饋贈，今遂以此被屈。君不為我昭雪❺，回去撈掠死矣！」狼見毛被縶，怒奔隸。隸拔刀相向。狼以喙拄地大嗥，嗥兩三聲，山中百狼群集，圍旋之。隸大窘。狼競前齧縶索，隸悟其意，解毛縛，狼乃俱去。歸述其狀，官異之，而猶未遽❻釋毛。

後數日，官出行在道，一狼銜敝履，委❼路間；未以為異，過之，狼又銜履奔前途而置之。官命收履，狼乃去。既歸，陰❽遣人訪履主。或傳某村有叢新者，被一狼迫逐，銜履而去。拘來認之，果其履也。遂疑殺甯者即新，鞫❾之果然。蓋新殺甯，取其巨金，衣底藏飾，未遑搜括❿，被狼銜去也。

【注釋】❶太行　黃河以北太行山地域。❷瘍　瘡腫；潰瘍。❸事　件。❹之信　同「信之」。❺昭雪　清洗冤屈。❻遽　趕快。❼委　放置。❽陰　暗地裡。❾鞫　審訊。❿搜括　搜索。

【語譯】家住太行地區的毛大福，是一個治療瘡瘍的醫生。一天，外出治病後回家，在路上遇見一隻狼，從嘴裡吐出啣著的一個小包裹，蹲在路旁。毛大福拾起來一看，原來裡面包著幾件金首飾；正在驚異，狼到他身邊撒歡跳躍，用嘴拉扯一下衣服，又立即閃開；毛大福一走，牠又拉衣服。毛大福體察這狼的意思不壞，就跟隨牠走。一會兒，來到狼洞，見一隻狼有病，臥在地上，頭頂上長一個很大的瘡，已經潰爛，還生了蛆。毛大福領會狼的意圖，就把瘡剔刮乾淨，照正規要求敷上藥，然後走開。天色已晚，狼遠遠地隨後相送。毛大福走了三四里路，又遇到好幾隻狼。狼向他怒吼，將要進攻，他很害怕。送他的那隻狼急忙跑進狼群，好像告知了情況，群狼分別離去，毛大福才回家。

先前，縣裡有個賣金銀首飾的商人，他名叫甯泰，被強盜殺死在路上，官府沒有辦法追查。正逢毛大福賣金首飾，被甯家人發現，把他抓起來送到官府。毛大福訴說首飾的來歷，官員不相信，就要打他。他很冤屈，自己沒辦法申雪，只乞求官長寬恕免罪，請去問狼。官員派兩名差役押解毛大福進山，直達狼洞。碰上狼沒有回來，直到傍晚也沒有回洞。他們三個人向回走；到半路，遇見兩隻狼，有一隻頭上還有瘡疤，毛大福認識牠，便向牠作揖說：「蒙你以前贈送我首飾，我現在竟為此受到冤屈，如果你不為我申冤，我回去之後就會被打死了！」狼見毛大福被拴起來，憤怒地跑到差役身邊，差役拔出佩刀要砍牠。牠就把嘴向地上一拄，高聲嚎叫；叫了兩三聲，很多狼從山裡跑來，把差役團團包圍。差役處境困難，十分危急；狼又爭著去咬拴毛大福的繩索，差役領悟牠們的意思，就為毛大福解開，狼群這才分散離開。差役回府稟報，官員感覺奇怪，卻還沒有立即釋放毛大福。

過了幾天，那官員外出，正在路上行走，一隻狼啣著一隻破鞋，放在路當中；官員並未感覺奇怪，從一旁走過；狼又啣了鞋，跑到他前面放下。官員使差役拾鞋，狼這才離開。官員回府，暗中派人調查，尋找鞋的主人。有人說某村莊有個名叫叢新的人，曾被狼急切追趕，後來他的鞋被狼啣走了。官員拘捕叢新，發現那隻鞋真是他的，就懷疑殺甯泰的兇手是他，審訊一番，果然不錯。那時候，叢新殺了甯泰，只是拿去很多銀子，甯泰衣服裡藏的金首飾，他沒有來得及搜索，後來被狼啣去了。

【研　析】這是一篇全用寫實不涉虛幻的動物傳奇故事。

故事不複雜卻很離奇。毛大福是專門療瘡的醫生。路遇一狼，啣金飾請他為友狼治瘡，毛認真清洗敷藥作了治療。狼送他回家，避免狼群攻擊。此前，銀商甯泰被殺於路，案未破，毛賣金飾被捕，自述來歷，官不信。請求問諸狼。二隸押入山，狼見毛被縶，嗥叫百狼群集，隸解毛縛，狼俱去。歸述情狀，官異之，但仍未釋毛。幾天後，官出行，狼啣破鞋放路中間，官繞過，狼又啣而奔置官前。官令收起，狼乃去。官派人暗訪鞋的主人，發現是村民叢新被狼追而丟失。官疑殺甯者是他，拘而審訊，確然。他殺甯泰劫走大批銀錢，衣藏金飾未得查找，所以為狼啣走。

人們歷來認為，狼是最兇殘的動物，《聊齋》中也有許多描寫狼性殘忍的篇章，但本篇中的狼，卻一改兇殘的面貌，變得深通人性。牠不僅知道奉金請醫為友狼治瘡，而且懂得為醫生排除困境，受恩必報，頗知禮義。尤為驚人處，還能主動協助人破案，緝拿真兇，表現得有智有謀。一般來說，狼與狗相似，與人之間確有許多情感相通處。但如本文中狼這樣精細理智處理各種問題，還必然有作者的想像加工創造。作者的高明在於，狼的一切表現，沒有超出作為自然生物所能做到的範圍。這樣，就使人感覺真實可信，增加作品的藝術感染力。

在今天，從人與自然和睦相處的角度看，這篇小說有助於消除人們對狼的恐懼和盲目仇視心理，對保護物種多樣化有促進作用。

菱角

胡大成，楚❶人，其母素奉佛。成從塾師讀，道由觀音❷祠，母囑過必入叩。一日，至祠，有少女挽兒遨戲其中，髮裁❸掩頸，而風致娟然。時成年十四，心好之，問其姓氏，女笑云：「我祠西焦畫工女菱角也。問將何為？」成又問：「有婿家無？」女酡然❹曰：「無也。」成言：「我為若❺婿，好否？」女慚云：「我不能自主。」而眉目澄澄，上下睨成，意似欣屬❻焉。成乃出，女追而遙告曰：「崔爾誠，吾父所善，用為媒，無不諧。」成曰：「諾。」因念其慧而多情，益傾慕之。歸，向母實白心願。母止❼此兒，常恐拂之，即浼崔作冰❽。焦責聘財奢，事已不就；崔極言成清族❾美才，焦始許之。

成有伯父，老而無子，授教職於湖北，妻卒任所。母遣成往奔其喪。

數月將歸，伯又病，亦卒。淹留既久，適大寇據湖南，家耗遂隔。成竄民間，弔影⑩孤惶而已。一日，有媼年四十八九，縈迴村中，日昃⑪不去，自言：「離亂罔歸，將以自鬻。」或問其價，言：「不屑為人奴，亦不願為人婦，但有母我⑫者，則從之，不較直⑬。」聞者皆笑。成往視之，面目間有一二頗肖其母，觸於懷而大悲。自念隻身，無縫紉者，遂邀歸，執子禮焉。媼喜，便為炊飯織屨，劬勞⑭若母；拂意輒譴之，而少有疾苦，則濡煦⑮過於所生。忽謂曰：「此處太平，幸可無虞。然兒長矣，雖在羈旅，大倫⑯不可廢。三兩日，當為兒娶之。」成泣曰：「兒自有婦，但間阻南北耳。」媼曰：「大亂時，人事翻覆，何可株待⑰？」成又泣曰：「無論結髮之盟⑱不可背，且誰以嬌女付萍梗⑲人？」媼不答，但為治簾幌衾枕，甚周備，亦不識所自來。

一日，日既夕，戒成曰：「燭坐勿寐，我往視新婦來也未。」遂出門去。三更既盡，媼不返，心大疑。俄聞門外譁，出視，則一女子坐庭中，蓬首啜泣。驚問：「何人？」亦不語。良久，乃言曰：「娶我來，即亦非福，但有死耳！」成大驚，不知其故。女曰：「我少受聘[20]於胡大成，不意胡北去，音信斷絕。父母強以我歸汝家，身可致，志不可奪也！」成聞而哭曰：「即我是胡某，卿菱角耶？」女收涕而駭，不信。相將入室，即燈審顧，曰：「得無夢耶？」於是轉悲為喜，相道離苦。先是，亂後，湖南百里滌地無類，焦擕家竄長沙[21]之東，又受周生聘。亂中不能成禮，期是夕送諸其家。女泣不盥櫛，家中強置車中；至途次，女顛墜車下。遂有四人荷肩輿[22]至，云是周家迎女者，即扶升輿，疾行若飛，至是始停。一老姥曳入曰：「此汝夫家，但入勿哭。汝家婆婆，旦晚將至矣。」乃去。成詰知情事，始悟媼神人也。夫妻焚香共禱，願得母子復聚。

母自戎馬戒嚴，同儔人[23]婦奔伏澗谷。一夜，譟言寇至，即並張皇四匿。有童子以騎授母，母急不暇問，扶肩而上，輕迅剽遫[24]，瞬息至湖上。馬踏水奔騰，蹄下不波。無何，扶下，指一戶云：「此中可居。」母將啟謝，回視其馬，化為金毛犼㉕，高丈餘，童子超乘而去。母以手撾門，豁然啟扉。有人出問，怪其音熟，視之成也，母子抱哭，婦亦驚起，一門歡慰。疑媼為大士現身㉖。由此持觀音經咒益虔。遂流寓湖北，治田廬焉。

【注釋】❶楚　古代楚國發源於湖南、湖北，故後稱湖南、湖北為楚。這裡特指湖南。❷觀音　佛經中救苦救難的菩薩。❸裁　才。❹酡然　含羞的樣子。❺若　你的。❻屬　應許。❼止　僅。❽作冰　作媒。冰，冰人。語出《晉書・藝術傳・索紞》。❾清族　清廉人家。❿弔影　身和影相對。極言孤獨。⓫昃　太陽西斜。⓬母我　以我為母親。這裡「母」為名詞作動詞使用。⓭直　同「值」。價錢。⓮劬勞　勞苦。⓯濡煦　體貼愛護。⓰大倫　倫理道德。⓱株待　不顧情況變化，死守不放。語源《韓非子・五蠹》。⓲結髮之盟　少年時所訂婚約。結髮，男子初成年時束髮。⓳萍梗　浮萍斷梗。喻行止無定。⓴受聘　接受聘禮；定婚。㉑長沙　今湖南長沙。㉒肩輿　轎。㉓儔人　眾人。㉔剽遬　迅疾。遬，同「速」。㉕犼　傳說中獸名，似犬，吃人。㉖大士現身　大士，菩薩，此指觀音大士。現身，神佛等幻化出的身形。

【語譯】胡大成是湖南人，他的母親一向信佛。胡大成在私塾老師家讀書，路上經過觀音祠，母親囑咐他走到那裡，一定要進去磕頭。一天，他來到觀音祠，見一位少女拉著一個小孩兒，正在裡面玩耍，烏髮下垂，剛能遮掩住脖子。可是容貌舉止都很美。這時大成已經十四歲，心裡喜愛她，問她姓什麼，她笑著說：「我是祠西焦畫工的女兒菱角，問這個幹什麼？」大成又問：「你有婆家沒有？」菱角羞得臉通紅，說：「沒有。」大成說：「我做你的女婿，好嗎？」菱角羞慚，說：「我不能自作主張。」她那清澄明亮的眼睛，上下打量大成，好像心裡歡喜，暗自應承。大成走出祠外，菱角追去，遠遠地告訴他：「崔爾誠是我父親的朋友，讓他做媒人，沒有不成功的。」大成說：「好吧。」他因而心想菱角又聰明又多情，更加傾心愛慕她。回家以後，他向母親如實稟白自己的心願。胡母只有他一個兒子，經常怕違背他的心意，就請託崔爾誠做媒人，只是焦畫工索要訂婚財禮太多，事情遇到阻礙，沒有完成，崔爾誠又竭力稱讚大成家世清廉，貌美多才，焦畫工才應許。

大成有位伯父，年紀老了，沒有兒子，在湖北做學官，他的妻子在那裡去世。胡母派大成去弔喪，住了好幾個月，將要回家的時候，伯父又生病去世。他在湖北已逗留了很久，想回家鄉，恰逢大群盜匪占據湖南，家中音信就斷絕了。流竄民間，形單影隻，孤獨淒涼。一天，有位年齡約四十八九歲的老婦人，在村子裡轉來轉去，太陽偏西還不離開。她自我表白：「遭遇變亂，無家可歸，想把自己賣掉。」有人問價錢，她說：「不屑為人當奴僕，也不願意當人老婆，只有把我買去當作母親的，我才跟他走。價錢高低不計較。」人們聽她這麼說都笑了。大成去看她，面目有一兩分很像他母親，觸目傷懷，心頭悲痛；考慮獨自一人，沒有人給縫縫補補，就請她一起回到住處，像對待母親那樣侍奉她。老婦人高興，便為他做飯、編草鞋，似母親一般勞苦；如果大成違忤她的心意，她就批評指責；如果他稍有病痛，就備加體貼照護，勝似親生。一天忽然對大成說：「這地方太平，完全可以無憂無慮。可是你老大不小了，雖說是出門在外，倫常中夫妻一倫不能扔開。三兩天後，我一定為你娶妻。」大成抽泣，說：「我已經有妻子，只是被隔離在南北兩地。」老婦人說：「現在天下大亂，人事翻覆變化，怎麼可以像守株待兔一樣，固執不變呢？」大成又哭著說：「且不說少年時初訂的婚約不可違背，又有誰會把愛女嫁給一個像浮萍斷梗般的人呢？」老婦人不回答，只是為他準備窗簾、帷幔、被褥和枕頭等物品，想得很周到。這些東西是從哪裡來的？大成一概不了解。

一天傍晚，老婦人告誡大成說：「你坐在燈光下面，不要睡覺。我去看看新媳婦來了沒有。」於是她走出門外。三更天已過，老婦人沒有回來，大成十分疑惑；一會兒，他聽見門外喧嘩，走出去看，一個女郎坐在院子裡，頭髮蓬鬆，正在抽抽搭搭地哭。大成吃驚，問：「你是什麼人？」也不回答。過了好久才說：「娶我來，也不是福。我只有一死罷了！」大成很驚訝，不知道她這麼說的緣故。女郎又說：「我小時候同胡大成定婚，不料大成前往湖北，音信斷絕。父母強迫我嫁到你家。身體，能硬送來；志氣，堅決不改！」大成聽後哭著說：「我就是胡大成，你是菱角嗎？」女郎停止哭泣，心中驚異，不相信；一起進屋，近燈細看，女郎說：「這是不是做夢啊？」於是悲傷化為欣喜，一同訴說起分別後的苦情。在此以前，遭受大盜之亂以後，湖南百里之間被劫掠一空，荒無人跡。焦畫工攜帶家眷逃到長沙以東，又接受周生的聘禮；變亂中不能舉行婚禮，約定這天夜間把菱角送到周家。菱角哭泣，拒不梳洗，家裡人勉強把她抬到車裡；走到半路，她從車上顛簸下來，就有四個人抬來轎子，說是周家來迎接新娘子，於是把菱角扶上轎子。轎夫舉步如飛，到大成住處才停下。接著有一位老婦人，拉著菱角走進一個庭院，說：「這裡是你女婿家，只管進去，不要哭，你婆婆很快就來到。」她說罷就走了。大成問明情由，這才恍然大悟：老婦人是神仙。於是夫妻倆一同焚香禱告，祝願母子團圓。

大成的母親自從戰亂發生，就和許多婦女逃難，藏進山谷。一夜，聽見大聲喧嚷，說盜匪來了，大家驚慌，四下躲藏。這時有個童子為大成的母親牽來一匹馬，母親心裡著急，顧不上問他，就扶著他的肩膀跨上去。馬跑得飛快，轉眼之間來到湖上。牠在水面上奔騰，蹄下平靜，沒有波浪。一會兒，童子扶她下馬，指著一個大門說：「這裡面可以住宿。」母親剛要開口致謝，回頭一看，那匹馬變成金毛犼，身高一丈多，童子跳上去就離開了。她伸手拍門，門扇豁地打開，有人出來問話。她聽著這聲音熟悉，看看他，原來是大成。母子相抱痛哭，把媳婦也驚起來了。一家歡笑欣慰，猜想那老婦人是觀音大士現身，從此誦觀音經咒更加虔誠，就留居在湖北，購置田地，修建房屋。

【研　析】這是一篇描寫誠敬感神、天人相通的神幻傳奇故事。反映了民間崇拜觀音菩薩祈求平安的美好心願。

湖南人胡大成，幼年讀書每天過觀音祠，「母囑過必入叩」。一天至祠，見一少女「髮裁掩頸，而風致娟然」，心好之，問姓氏，答：「祠西焦畫工女菱角也。」問：「有婿家無？」女酡然回：「無也。」成說：「我為若婿，好否？」「女慚云：『我不能自主。』而眉目澄澄，上下睨成，意似欣屬焉。成乃出，女追而遙告曰：『崔爾誠，吾父所善，用為媒，無不諧。』」成覺得她「慧而多情，益傾慕之」。成歸告母，請崔為媒，最終訂下姻親。但明倫評：「分來一滴楊柳水，灑作人間並蒂蓮。」好事多磨，世事常變。大成湖北探親滯留，湖南大亂，使二人隔絕。成得到觀音化身的義母。變亂中菱角被父另許別家，觀音攝來使二人團圓。成母也得觀音之助來到湖北，三人團聚，感念觀音救苦救難的恩德，治田廬在此安家。

小說通過描寫菱角與大成之間純潔無邪、堅貞如磐的愛情故事，塑造了一對小兒女天真、稚氣、誠樸、執著的光輝形象。文中大部分篇幅寫大成，但小說真正的主人公是菱角。因為她在和大成的愛情發展進程中，一直起關鍵和主導作用。比如最初大成向她求愛，她口頭說不能自主，但她告訴要找崔爾誠作媒，起了決定作用，促成定婚。最後團圓時，她認為這是周家。她「蓬首啜泣」，並聲言：「娶我來，即亦非福，但有死耳！」聲明：「我少受聘於胡大成，……。父母強以我歸汝家，身可致，志不可奪也！」表現了她堅守愛情心願、情如烈火、誓死不屈的剛烈性格。菱角雖只兩次出場，但有血有肉鮮活靈動的主人公形象，卻成功地樹立起來。

小說情節的安排，曲折離奇出人意料。大成母子和菱角都是湖南人，卻在各不相同的事件、環境、遭遇下，先後都來到湖北，並最後安全幸福地團聚在一起。這一切都展示著觀音救世的法力，也反映民間崇拜觀音的心理需求。同時，更重要的是極大地增進了作品的藝術性，使小說更有吸引力，提高了藝術審美價值，也表現了作者小說創作敢於獨闢蹊徑的高超才能。

大鼠

萬曆❶間，宮中有鼠，大與貓等，為害甚劇；遍求民間佳貓捕制，輒❷被啖食。適異國來貢獅貓，毛白如雪。抱投鼠屋，闔其扉，潛窺之。貓蹲良久，鼠逡巡❸自穴中出；見貓，怒奔之，貓避登几上；鼠亦登，貓則躍下。如此往復，不啻❹百次。眾咸謂貓怯，以為是無能為者。既而鼠跳擲漸遲，碩腹似喘，蹲地上少❺休。貓即疾下，爪掬頂毛，口齕首領。輾轉爭持間，貓聲嗚嗚，鼠聲啾啾。啟扉急視，則鼠首已嚼碎矣。然後知貓之避非怯也，待其惰也。「彼出則歸，彼歸則復❻」，用此智耳。

噫！匹夫按劍，何異鼠子！

【注釋】❶萬曆　明神宗朱翊鈞年號之一。西元一五七三—一六二〇年。❷輒　總是。❸逡巡　小心謹慎貌。❹不啻　不止。❺少　略。❻彼出一句　語源《左傳・昭公三十年》。復，返回。

【語譯】明代萬曆年間，皇宮裡有一隻老鼠，長得像貓一樣大，為害很大；向各處求得最會逮老鼠的貓捕捉制伏，總是反被它吃掉。恰巧外國進貢獅貓，毛白似雪。抱起牠放進大鼠藏身的屋裡，關上門，偷偷地看著牠。獅貓蹲了好久，大鼠探頭探腦地從洞裡出來，牠一見貓便兇猛奔撲。獅貓躲避，跳上小桌子；大鼠也跳上去，獅貓就跳下來。如此跳上跳下，足有一百多次。大家都說這獅貓膽怯，認為牠是沒有能耐的。不久，大鼠的上竄下跳漸漸緩慢，大肚子不停地快速起伏，像在哮喘，要蹲著略事休息。獅貓立即跳下，爪抓大鼠頭頂毛，口咬牠的頭和脖子。翻來覆去中，貓聲嗚嗚，鼠音啾啾。敞開屋門，急忙去看，大鼠的頭已經被嚼碎了。此後才知道獅貓的躲避，並不是因為膽怯，而是等待對方懈怠。「他出來，我就回去；他回去，我就出來」，獅貓用的是這一智謀。噫！有勇無謀的人按劍，與這個大老鼠的張牙舞爪，有什麼區別！

【研　析】這是一篇形象生動並富有奇趣的記事小品。

《詩經・魏風》有〈碩鼠〉一首，是古代勞動人民用形象比喻，表達對不勞而獲、巧取豪奪的奴隸主的憤怒和仇恨。明代萬曆年間，宮中出現一隻真正的碩鼠，個大如貓，危害嚴重，放貓去捕捉，貓反被大鼠吃掉。這時，外國進貢一隻獅子貓，毛白如雪。放進大鼠出沒的房間，人在外邊偷看。鼠見貓來，非但不怕，而且主動進攻。貓不知虛實，退讓三分，避於几上，又躍跳几下，鼠也跟著追上追下，如此往復，不下百次。鼠在宮中，食物豐富，養尊處優，體態肥胖，碩腹似喘，蹲在地上休息。機不可失，「貓即疾下，爪掬頂毛，口齕首領。輾轉爭持間，貓聲嗚嗚，鼠聲啾啾。啟扉急視，則鼠首已嚼碎矣」。這是多麼緊張激烈的戰鬥！至此，才知貓之避並非怯，待鼠惰也，運用「彼出則歸，彼歸則復」的計謀。這也可給人一種啟發：那些蠻橫霸道、以力欺人者，應當接受大鼠的教訓。

賈奉雉

賈奉雉，平涼❶人，才名冠一時，而試輒不售❷。一日，途中遇一秀才，自言郎姓，風格灑然❸，談言微中❹，因邀俱歸。出課藝❺就正，郎讀罷，不甚稱許，曰：「足下文，小試❻取第一則有餘，闈場❼取榜尾則不足。」賈曰：「奈何？」郎曰：「天下事，仰而跂之則難，俯而就之甚易，此何須鄙人❽言哉！」遂指一二人、一二篇以為標準，大率賈所鄙棄而不屑道者。聞之，笑曰：「學者立言，貴乎不朽❾，即味列八珍❿，當使天下不以為泰耳。如此獵取功名，雖登臺閣⓫，猶為賤也。」郎曰：「不然。文章雖美，賤則弗傳。君欲抱卷以終也則已；不然，簾內⓬諸官，皆以此等物事進身，恐不能因閱君文，另換一副眼睛肺腸也。」賈終嘿然。郎起而笑曰：「少年盛氣哉！」遂別而去。是秋入闈復落，鬱邑不得志，頗思郎言，遂取前所指示者強讀之。未至終篇，昏昏欲睡，心惶惑無以自主。

又三年，闈場將近，郎忽至，相見甚歡。因出所擬七題⓭，使賈作之。越日，索文而閱，不以為可，又令復作；作已，又訾之。賈戲於落卷中，集其闒冗泛濫⓮，不可告人之句，連綴成文。俟其來而示之，郎喜曰：「得之矣！」因使熟記，堅囑勿忘。賈笑曰：「實相告：此言不由中⓯，轉瞬即去，便受榎楚⓰，不能復憶之也。」郎坐案頭，強令自誦一過；因使袒背，以筆寫符⓱而去，曰：「只此已足，可以束閣群書矣。」驗其符，濯之不下，深入肌理。至場中，七題無一遺者。回思諸作，茫不記憶，惟戲綴之文，歷歷在心。然把筆終以為羞；欲少竄易⓲，而顛倒苦思，竟不能復更一字。日已西墜，直錄而出。郎候之已久，問：「何暮也？」賈以實告，即求拭符；視之，已漫滅矣。再憶場中文，遂如隔世。大奇之，因問：「何不自謀？」笑曰：「某惟不作此等想，故能不讀此等文也。」遂約明日過諸其寓，賈諾之。郎既去，賈取文稿自閱之，大非本懷，怏怏不自得，不復訪郎，嗒喪⑲而歸。

未幾榜發，竟中經魁⑳。又閱舊稿，一讀一汗。讀竟，重衣盡濕，自言曰：「此文一出，何以見天下士乎！」方慚怍間，郎忽至曰：「求中，既中矣，何其悶也？」曰：「僕適自念，以金盆玉碗貯狗矢㉑，真無顏出見同人㉒。行將㉓遯跡山丘，與世長絕矣。」郎曰：「此亦大高，但恐不能耳。果能之，僕引見一人，長生可得，並千載之名，亦不足戀，況儻來㉔之富貴乎！」賈悅，留與共宿，曰：「容某思之。」天明，謂郎曰：「予志決矣！」不告妻子，飄然遂去。

漸入深山，至一洞府，其中別有天地。有叟坐堂上，郎使參之，呼以師。叟曰：「來何早也？」郎白：「此人道念㉕已堅，望加收齒㉖。」叟曰：「汝既來，須將此身並置度㉗外，始得。」賈唯唯聽命。郎送至一院，安其寢處，又投以餌，始去。房亦精潔，但戶無扉，窗無欞，內惟一几一榻。賈解屨㉘登榻，月明穿射矣。覺微飢，取餌啖之，甘而易飽。竊意郎當復來，坐久寂然，杳無聲響。但覺清香滿室，臟腑空明，脈絡㉙皆可指數。忽聞有聲甚厲，似貓抓癢，自牖睨之，則虎蹲簷下。乍見，甚驚；因憶師言，即復收神凝坐。虎似知其有人，尋入近榻，氣咻咻，遍嗅足股。少頃，聞庭中嗥動，如雞受縛，虎即趨出。又坐少時，一美人入，蘭麝㉚撲人，悄然登榻，附耳小言曰：「我來矣。」一言之間，口脂散馥，賈瞑然不少㉛動；又低聲曰：「睡乎？」聲音頗類其妻，心微動；又念曰：「此皆師相試之幻術也。」瞑如故；美人笑曰：「鼠子動矣！」初，夫妻與婢同室，狎褻㉜惟恐婢聞，私約一謎曰：「鼠子動，則相歡好。」忽聞是語，不覺大動，開目凝視，真其妻也。問：「何能來？」答云：「郎生恐君岑寂思歸，遣一嫗導我來。」言次，因賈出門不相告語，偎傍之際，頗有怨懟。賈慰藉良久，始得嬉笑為歡。既畢，夜已向晨，聞叟譙訶㉝聲，漸近庭院。妻急起，無地自匿，遂越短牆而去。俄頃，郎從叟入。叟對賈杖郎，便令逐客。郎亦引賈自短牆出，曰：「僕望君奢，不免躁進；不圖㉞情緣未斷，纍受扑責。從此暫去，相見行㉟有日也。」指示歸途，拱手㊱遂別。

賈俯視故村，故在日中。意妻弱步，必滯途間。疾趨㊲里餘，已至家門，但見房垣零落㊳，舊景全非，村中老幼，竟無一相識者，心始駭異。忽念劉、阮返自天台㊴情景真似。不敢入門，於對戶憩坐。良久，有老翁曳杖出。賈揖之，問：「賈某家何所？」翁指其第㊵曰：「此即是也。得無㊶欲問奇事耶？僕㊷悉知之。相傳此公聞捷即遁，遁時，其子才七八歲。後至十四五歲，母忽大睡不醒。子在時，寒暑為之易衣；迨歿，兩孫窮踧，房舍拆毀，惟以木架苫㊸覆蔽之。月前，夫人忽醒，屈指百餘年矣。遠近聞其異，皆來訪視，近日稍稀矣。」賈豁然頓悟，曰：「翁不知賈奉雉即某是也。」翁大駭，走報其家。時長孫已死；次孫祥，至五十餘矣。以賈年少，疑有詐偽。少間，夫人出，始識之，雙涕霪霪[44]，呼與俱去。苦無屋宇，暫入孫舍。大小男婦，奔入盈側，皆其曾、玄[45]，率陋劣少文。長孫婦吳氏，沽酒具藜藿，又使少子杲及婦與己共室，除舍舍祖翁姑[46]，賈入舍，煙埃兒溺，雜氣熏人。居數日，懊惋殊不可耐。兩孫家分供餐飲，調飪尤乖[47]。里中以賈新歸，日日招飲；而夫人恒不得一飽。吳氏故士人女，頗嫻閨訓[48]，承順[49]不衰。祥家給奉漸疏，或嘑爾[50]與之。賈怒，攜夫人去，設帳[51]東里。每謂夫人曰：「吾甚悔此一返，而已無及矣。不得已，復理舊業，若心無愧恥，富貴不難致也。」居年餘，吳氏猶時饋餉，而祥父子絕跡矣。

是歲，試入邑庠[52]。邑令重其文，厚贈之，由此家稍裕。祥稍稍來近就之。賈喚入，計曩所耗費，出金償之，斥絕令去。遂買新第，移吳氏共居之。吳二子，長者留守舊業；次杲頗慧，使與門人[53]輩共筆硯[54]。賈自山中歸，心思益明澈。無何，連捷登進士第[55]。又數年，以侍御出巡兩浙[56]，聲名赫奕，歌舞樓臺，一時稱盛。賈為人骾峭[57]，不避權貴，朝中大僚，思中傷之。賈屢疏恬退，未蒙俞旨[58]，未幾而禍作矣。先是，祥六子皆無賴，賈雖擯斥不齒，然皆竊餘勢以作威福，橫占田宅，鄉人共患之。有某乙娶新婦，祥次子篡取為妾。乙故狙詐[59]，鄉人斂金助訟，以此聞於都。於是當道者交章[60]攻賈。賈殊無以自剖，被收[61]經年。祥及次子皆瘐死[62]，賈奉旨充遼陽軍[63]。時杲入泮[64]已久，為人頗仁厚，有賢聲。夫人生一子，年十六，遂以屬[65]杲，夫妻攜一僕一媼而去。賈曰：「十餘年富貴，曾不如一夢之久。今始知榮華之場，皆地獄境界，悔比劉晨、阮肇，多造一重孽案耳。」數日，抵海岸，遙見巨舟來，鼓樂殷作，虞候[66]皆如天神。既近，舟中一人出，笑請侍御過舟少憩。賈見，驚喜，踴身而過，押隸不敢禁。夫人急欲相從，而相去已遠，遂憤投海中。漂泊數步，見一人垂練於水，引救而去。隸命篙師蕩舟，且追且號，但聞鼓聲如雷，與轟濤相間，瞬間遂杳。僕識其人，蓋郎生也。

異史氏曰：「世傳陳大士[67]在闈中，書藝[68]既成，吟誦數四[69]，嘆曰：

『亦復誰人識得！』遂棄去更作，以故闈墨㉟不及諸稿。賈生羞而遯去，此蓋有仙骨焉。乃再返人世，遂以口腹自貶71，貧賤之中72人甚矣哉！」

【注釋】❶平涼 今甘肅平涼。❷輒不售 輒，總是。不售，不及格。❸灑然 瀟灑。❹微中 精深而切中事理。❺課藝 研讀八股文的習作。八股文為明清科舉考試的文體，文章就四書選題，固定以八個步驟寫作，只許代聖人立言，不許自由發揮。❻小試 鄉試前的小考。❼闈場 這裡指參加省級考試，即鄉試。場，考場。❽鄙人 庸俗淺薄的人。謙稱。❾不朽 《左傳．襄公二十四年》：「太上有立德，其次有立功，其次有立言，雖久不廢，此之謂不朽。」見。❿八珍 供應天子的八種珍奇食物，有鹿脣、野駝蹄、天鵝炙、紫玉漿等。⓫臺閣 泛指宰相等高官。⓬簾內 科舉考試中閱卷評卷的官員。⓭七題 七篇八股文的題目。鄉試題共七道：四書義三道，五經義四道。⓮蕪宂泛濫 蕪宂，繁雜。宂，同「冗」。泛濫，不切實。⓯中 內心。⓰榎楚 泛指打人的刑具。⓱符 道教的符籙。⓲竄易 改動。⓳嗒喪 灰心失望。⓴經魁 明清科舉考試分五經取士，鄉試、會試的前五名，來自五經卷中第一名，稱經魁。㉑矢 即「屎」。㉒同人 志同道合的友人。㉓行將 將要。㉔儻來 意外得來。㉕道念 要求修道的意志。㉖收齒 接納；收留。㉗度 計較。㉘屨 鞋。㉙脈絡 人身的經絡。㉚蘭麝 香料名。蘭草、麝香。㉛少 稍微。㉜狎褻 狎暱；歡好。㉝譙訶 斥責。㉞不圖 不料想。㉟行 將。㊱拱手 兩手相合，表示敬意。㊲趨 快走；奔跑。㊳零落 稀疏。㊴劉阮返自天台 傳說東漢劉晨、阮肇入天台山採藥，遇仙女，同居半年回鄉，子孫繁衍已七代。見劉義慶《幽明錄》。㊵第 庭院。㊶得無 莫非；是不是。㊷僕 自我謙稱。㊸苫 用草蓆等遮蓋。㊹霪霪 淚下不止貌。㊺曾玄 泛指後代。向下三代為曾孫，五代為玄孫。㊻祖翁姑 祖公公和祖婆婆。㊼乖 不合適。㊽嫻閨訓 嫻，熟習。閨訓，婦女應遵守的道德規範。㊾承順 敬奉恭順。㊿嘷爾 呵叱。51設帳 教書。52邑庠 縣學。53門人 弟子；學生。(54)共筆硯　同處學習。(55)連捷登進士第　連捷，鄉試、會試中接連勝利。登進士第，考取進士。(56)侍御出巡兩浙　侍御，官名。明、清時為監察御史。出巡，離京出外巡視。兩浙，浙西、浙東。以錢塘江分界。(57)骾峭　正直嚴肅。(58)俞旨　表示同意的聖旨。(59)狙詐　狡猾奸詐。(60)當道者交章　當道者，掌握實權的官員。交章，交互向皇帝上書奏事。(61)收　拘捕。(62)瘐死　囚犯在獄中死亡。(63)充遼陽軍　充軍到遼陽。充軍，將罪犯發配到邊遠地區服勞役。遼陽，今遼寧遼陽。(64)入泮　入縣學讀書。(65)屬　委託。(66)虞候　侍從。(67)陳大士　明代江西臨川人，崇禎年間進士，著名文人。(68)書藝　以四書文句為題的文章。(69)數四　再三再四，喻多次。(70)闈墨　科舉考試的鄉試、會試後，主考官從試卷中選編刻印的書。(71)自貶　自我貶低人格。(72)中　傷害。

【語　譯】賈奉雉家住平涼縣，他的才華和名氣，當時誰也比不過，可是參加鄉試總是不中選。一天，他在路上遇到一位秀才，自我介紹說姓郎，風度瀟灑，言談精深又切中情理，因此邀請他到家中，拿出自己寫的八股文，請他指教，郎秀才讀後不大稱讚，說：「你的文章，參加小考，得第一綽綽有餘，參加鄉試，在榜尾掛個名也不夠格。」賈生說：「怎麼辦？」郎生說：「天下事，踮起腳尖高攀便難，蹲下去靠近它很容易，這還用得著說嗎！」於是指出一兩個人、一兩篇文章為標準，大多是賈生看不起的、討厭的，認為不值一提的。賈生聽後笑著說：「學者著書立言，貴在文章久而不廢，如果能做到這一步，即使你吃八珍御膳，一定會使天下人不認為是享受過分；假設降低為文標準求功名，就算官居宰相也是賤臣。」郎秀才說：「不然。文章雖美，其作者身分低賤就不能傳世。如果你想這輩子只念書就不必多講，否則，那負責評定試卷的官員，都憑處理這樣的八股文晉升，恐怕不會因為看你的文章，另換一副眼光和心思。」賈生終歸沉默。郎生站起來笑著說：「少年倔強，難以馴服啊！」說完就走了。這一年秋天，賈生參加鄉試又名落榜外，心中鬱悶，很不得意，想起郎秀才的話，就取出他指示的文章勉強閱讀，還沒有看完，頭腦昏沉只想睡覺，心裡恐慌困惑，不知如何是好。

又過了三年，行將舉行鄉試的時候，郎秀才忽然來到，兩人相見，非常高興。秀才擬出七道試題，使賈生依題作文。過了一天，要來文章讀過，認為不好，讓賈生另寫；作完又看，又批評指責。賈生就和他開玩笑，從沒有被錄取的考生的試卷中，搜集文字繁雜、不切實際、見不得人的句子，連綴成文章；等郎秀才來就交給他審讀，郎秀才看後說：「你考取了！」就使賈生熟記，再三囑咐他千萬不能忘掉。賈生笑著說：「實話相告：這文章都不是我心裡的話，轉眼就記不得了，即使拿刑杖打我，也想不起來喲。」郎秀才坐在桌邊，強迫賈生把文章讀一遍，又要他露出脊背，拿出筆在背上畫了一道符，說：「只靠這樣便足夠了，可以把書本全捆起來放在閣樓上了。」郎秀才走後，賈生查看他畫的符，洗不掉，已滲透肌肉的紋理。他進入考場，發現郎秀才擬的七道題，沒有一道失誤。回想過去所作的文章，心中一片迷茫，什麼也想不起來，只有那開玩笑連綴的文句，記得很清楚。只是提起筆要寫，總感覺羞恥；想稍作改動，顛來倒去，竭力推敲，竟一個字也更換不得。眼看太陽在西方漸漸下墜，只好原樣寫下，走出考場。郎秀才已在考場外等他好久，問：「怎麼這樣晚才出來？」賈生直言相告，又請他把畫的符擦去，看看背上，它已經模糊不清。再回憶在考場中寫的文章，竟然像是前生的事情，心裡十分驚奇，趁機問郎秀才：「你為什麼不為自己謀求個功名？」他笑了，說：「我因為沒有這麼想，所以能做到不讀這樣的文章。」他和賈生相約明天在寓所見面，賈生答應了。郎秀才走後，賈生拿出在考場中所寫文稿閱讀，那大多不是自己的心意，因此悶悶不樂，決意明天不去拜訪郎秀才，灰心喪氣地走回家。

不久，鄉試發榜，他竟考取經魁，又看舊稿，一面閱讀，一面羞得大汗淋漓，讀完之後，兩層衣服都濕透了，自言自語地說：「這幾篇文章一旦傳出去，我有什麼臉面去見天下的文士呢！」正當他深感慚愧的時候，郎秀才忽然來到，說：「你想考試中選，已經考取，怎麼還苦惱呢？」賈生說：「我剛剛在想，用金盆玉碗盛狗屎，真沒有臉面出去見友人。將要隱藏到山丘，永遠斷絕和世人的聯繫。」郎秀才說：「這也很高尚，只怕辦不到吧。如果你真能這麼做，我領你去見一個人，使你長生不老。千古流傳的美名尚不值得留戀，何況是意外得來的富貴呢！」賈生欣喜，留郎秀才住宿，說：「讓我好好地想一想。」天明，他對郎秀才說：「我已經下定決心了！」他沒有告訴妻子，輕鬆愉快地跟郎秀才走了。

兩人漸漸進入深山，走進一座洞府，那裡面是另一種境界：有一位老翁坐在堂上，郎秀才讓賈生參拜，喊他師父。老翁說：「來得這麼早啊？」郎秀才稟告：「這個人修道的意念已經牢固，希望收留他。」老翁對賈生說：「你既然來了，一定要把自身的一切都不放在心裡才好。」賈生恭敬地聽從指教。郎秀才把他送進一座院落，留他住宿，又送來點心才回去。住房構造精緻又清潔，只是沒有門和窗櫺，裡面只放一張桌子、一張牀。賈生脫鞋上牀，滿室月光；稍覺飢餓，拿點心吃，味道甜美，吃一點兒就飽了。他暗想郎秀才會再來，可是坐了好久，寂靜無聲，只覺清香滿屋，內臟清澈明淨，經絡可以指點數計；忽然聽到嗽地一聲，尖厲刺耳，像是貓被搔抓敏感易癢之處；向窗外一看，一隻老虎蹲在屋簷下面；乍見，大吃一驚，接著回想起師父的話，立即又約束意念，端端正正的坐著。老虎似知道有人，找到牀邊，鼻子用力喘氣，聞遍腿腳。一會兒，聽到院子裡叫喚，像雞被緊緊拴縛，老虎就跑出去。賈生又坐了一會兒，進來一位美女，蘭麝香味撲鼻，安靜無聲地上了牀，靠近耳邊說：「我來啦。」只一句話，已脣膏香氣撲鼻。賈生閉著眼，紋絲不動，她又低聲說：「睡著了嗎？」賈生聽著很像妻子的聲音，心裡稍微震動，又想：「這都是師父考驗我的幻術吧。」就照舊緊閉雙眼；美女笑了，說：「老鼠動啦！」當初，賈生夫妻和婢女同住一屋，狎暱時只怕婢女聽見，兩人私下相約一個啞謎，說「老鼠動啦，就是要歡好。」現在忽然聽到這句話，他心中不由大加震動，睜眼注視，真是妻子，問：「你怎麼來的？」妻子回答說：「郎秀才怕你寂寞想回家，派一個老婦人領我來的。」夫妻交談，又因為賈生出門前不相告辭，妻子一面向他緊緊依靠，一面稍表怨恨。賈生安慰她好久，才得兩人嬉笑歡好。事情完畢，天色已是黎明，賈生聽見老翁的斥責聲，漸漸靠近庭院。賈生的妻子急忙起牀，沒有地方躲藏，就跳過矮牆逃走。不久，郎秀才跟隨老翁進屋，老翁當著賈生的面杖打郎秀才，要他把客人攆走。郎秀才就也帶領賈生從矮牆出來，說：「我希望你走上幸福路，未免過急，沒有事先料到你相愛的緣分沒斷絕，連累我受斥責杖打。暫時從這裡回去，還有相見的時候。」就指給他回家的道路，拱手致意，告辭而去。

賈生俯視過去住的村莊，還能看到，心想妻子走路力氣小，一定還滯留路上，就快步追去。他小跑了一里多路，來到家門口，只見房屋、院牆殘破，原來的景況全不見了，村中老幼，沒有一個能認識的，心中驚異。忽然想起傳說中劉晨、阮肇從天台山回家的情景，感覺非常類似。他不敢進門，就坐在對門休息。很久之後，有個老翁手持拐杖出來，賈生向他作揖，問：「賈奉雉家在哪裡？」老翁指著他的房子說：「這就是啊。莫非想問稀罕事麼？我全知道。相傳這位老先生聽說自己考取經魁就逃跑了，那時他的兒子才七八歲，長到十四五歲時，他母親忽然大睡不醒。

兒子活著的時候，天冷天熱，按時為她換衣裳；等他死後，有兩個孫子家境窮困，房屋都拆壞了，只用草蓆遮蓋，遮風擋雨。月前，老夫人忽然醒來，掰著指頭一算，她活了一百多歲了。不論遠近，聽到這奇聞，都來探望，近幾天來人才少了些。」賈生豁然醒悟，說：「你老漢不知道，賈奉雉就是我啊。」老翁大驚，連忙走向他家報信。這時他的長孫已經去世，次孫名祥，已五十多歲了，看賈生相貌年輕，懷疑他欺詐、冒充；等一會兒，老夫人走出來，這才認識。老夫人淚流不止，招呼賈生一道回去。愁的是沒有地方住，暫且到孫子屋裡。一家大小男婦都跑來了，站在賈生身邊，都是他孫子的後代，大都粗壯樸實，沒有文才。長孫的妻子吳氏買來酒，端來粗飯菜，又使她的小兒子杲、兒媳，和自己並住一室，打掃他們住的房子，讓祖公婆居住。賈生進屋，屋中煙跡灰塵，加上幼兒尿臊，雜氣熏人。住了幾天，懊惱悵恨，很難忍受。兩個孫子分別供給飲食，做的飯菜還不合心意。同一村莊的人因為賈生剛來家，每天請他宴飲，他的夫人卻經常吃不飽。長孫媳婦吳氏，本來是儒生的女兒，很熟習婦女的道德規範，一直恭恭敬敬地侍奉。次孫賈祥家的供給越來越少，有時吵嚷著送來。賈生生氣，領著夫人離開，到東村教書，他常對夫人說：「我很後悔這一次回家，但已經來不及了。不得已，重新治理舊事業。如果不在乎慚愧和羞恥，富貴不難到手。」過了一年多，吳氏還時常送酒飯，祥家父子就不露面了。

這一年，他考進縣學，縣令看重他的文才，贈送他許多財物，因此家境稍微寬裕，於是祥逐漸向祖父接近。賈生喊他進家，算清他在祖父母身上耗費過多少錢財，拿出錢償還，又責備他，不許他再來，趕出門去。後來，賈生買了新庭院，讓吳氏把家搬來，共同居住。吳氏有兩個兒子，大兒留守舊有的家業，小兒杲，很聰明，賈生讓他和自己的學生一同學習。賈生從山中回家以後，心思更加清晰，不久，參加鄉、會試及格，中了進士。又過了幾年，升官侍御，外出巡察兩浙，名氣顯赫，家中歌舞樓臺盛美一時。他為人正直嚴肅，不怕官高勢大，就遭來朝中大官想用誣蔑的手段傷害他。他為此多次上書，奏請安然退職隱居，都沒有接到許可的聖旨。不久，大禍臨頭：在這以前，賈祥有六個兒子，都是無賴漢，他們雖被賈公拋棄，斷絕來往，可是都盜用賈公的威勢橫行霸道，強占他人田產宅院，同鄉里的人都十分憎惡他們。有某乙娶新婦，祥的次子搶去作妾。某乙本來狡猾奸詐，同鄉人斂了錢，幫助他打官司。因此這事傳揚到京城，掌權的人交互上書，攻擊賈公。賈公沒有辦法辯解，被拘押監牢一年多。祥和他的次子都在獄中死亡，賈公接到聖旨，被充軍到遼陽。這時賈杲已進縣學，成為秀才，為人相當仁愛寬厚，有賢良的名聲。賈公的夫人生的一個兒子，已經十六歲，就委託杲照料，夫婦倆攜帶一名男僕、一名老女僕走上充軍路。賈公說：「十多年的富貴，還不如做一場夢的時間長，現在才知道顯貴的場所都是地獄境界，後悔比劉晨、阮肇多造一重罪名啊。」幾天以後，走到海岸，見遠處駛來一條大船，上面鼓樂震響，侍從貌似天神。兩相靠近，船中出來一個人，笑請侍御到船上稍作休息。賈公看見他以後又驚又喜，縱身跳上去，押解他的差役不敢阻攔。夫人急忙想跟隨，船已走遠，就憤恨地跳海。她在水裡漂了幾步遠，有人從船上垂下一條白絹，救她上了船。差役命篙師划船，邊追邊喊，卻只能聽見鼓樂如雷，間雜洶洶的濤聲，大船轉瞬無影無蹤。隨賈公來的僕人認識那個從船中出來的人，他就是郎秀才。

異史氏說：「世間傳說，陳大士在考場裡，把八股文寫完以後，念了好幾遍，嘆一口氣說：『又有誰能理解呢！』就扔掉重寫。因此闈墨中所收他寫的文章，不如各篇原稿好。賈生為闈墨羞愧，因而逃進深山，這大概因為他生有仙骨。卻再回人世，以致為吃飯貶低了自己的人格，貧和賤傷害人真厲害呀！」

【研　析】〈賈奉雉〉是篇揭露諷刺科舉制度的小說。文章以正直書生賈奉雉的曲折經歷，深刻揭露了科舉制度造成的文風，庸俗低劣，令人無法容忍；選出的官吏貪卑昏庸，嫉賢妒能，並非治國理政之才。賈奉雉最終看透這黑暗社會的本質，走上躲避現實的修仙之路。《聊齋》中批判諷刺科舉制度的作品不少，但每篇都有獨創的特色。這篇作品經作者精心構思，細緻描寫，在藝術審美上有較高的價值。

古代社會，一般的讀書人，只有通過科舉考試才能走上為官從政之路。但是，科舉制度已弊端叢生，科舉文風低劣，壓制真才。小說前半篇即由此寫起。賈生「為人骾峭」，「才名冠一時」，但卻「試輒不售」。他認識仙人郎秀才後，郎為他提示幾篇可為標準的試卷，但「大率賈所鄙棄而不屑道者」。郎勸他，除非不想走仕途之路，只要去考，「簾內諸官，皆以此等物事進身，恐不能因閱君文，另換一副眼睛肺腸也」。賈不聽，秋考又落第。三年後，「賈戲於落卷中，集其葛冗泛濫，不可告人之句，連綴成文」，又去應試，就寫此文，「未幾榜發，竟中經魁」。他重讀此文，汗濕重衣，自言：「此文一出，何以見天下士乎！」他下了決心拋棄功名，跟郎生進深山修仙。下半篇寫他凡心未淨，又被送回人間。他進山時兒子七八歲，如今，兒子和長孫都已病故，次孫也已五十餘歲。他又去應試，「連捷登進士第」，「又數年，以侍御出巡兩浙，聲名赫奕」。他「為人骾峭，不避權貴，朝中大僚，思中傷之」，這些大僚多數是科舉選拔上來的。賈因曾孫犯罪受牽連被捕，充軍遼陽，過海時被郎生接走。

在寫作藝術上，除構思精巧外，細節描寫也很成功。比如賈生考取「經魁」的過程，就寫得生動有趣，甚至有喜劇效果。賈本來是開玩笑連綴成的文章，郎生曰：「得之矣！」並囑熟記。賈稱言不由衷轉瞬即忘，郎又在他背上寫符。到考場，賈「回思諸作，茫不記憶，惟戲綴之文，歷歷在心。然把筆終以為羞」。考完重讀，更覺無地自容，汗水濕透多重衣服，自認為寫出這種文章，是「以金盆玉碗貯狗矢，真無顏出見同人」。他的自責，其實是反映出惡劣文風在正直士人心靈造成的嚴重創傷。他實在忍無可忍，才下決心拋棄被眾人羨慕的「經魁」功名，不告妻子，跟隨郎生，飄然進入深山。

這篇小說，前半寫得具體、生動、縝密，很注意細節描寫，後半部分描寫稍粗，敘述多於描寫。另外，蒲公很重視人物的家族傳承繼嗣，所以此文中令活過百歲的人物又生一子，這也算是一種特色吧。

武技

李超，字魁吾，淄❶之西鄙❷人，豪爽好施。偶一僧來托鉢❸，李飽啖之。僧甚感荷，乃曰：「吾少林❹出也。有薄技，請以相授。」李喜，館之客舍，豐其給❺，旦夕從學。三月，藝頗精，意得甚。僧問：「汝益❻乎？」曰：「益矣。師所能者，我已盡能之。」僧笑，命李試其技。李乃解衣唾手❼，如猿飛，如鳥落，騰躍移時，詡詡然驕人而立。僧又笑曰：「可矣。子既盡吾能，請一角低昂。」李忻然，即各交臂作勢。既而支撐格拒，李時時蹈僧瑕；僧忽一腳飛擲，李已仰跌丈餘。僧撫掌曰：「子尚未盡吾能也！」李以掌致地，慚沮請教。

又數日，僧辭去。李由此以武名，遨遊南北，罔有其對。偶適歷下❽，見一少年尼僧，弄藝於場，觀者填溢。尼告眾客曰：「顛倒一身，殊大冷落。有好事者，不妨下場一撲為戲。」如是三言，眾相顧，迄無應者。李在側，不覺技癢⑨，意氣而進。尼便笑與合掌⑩。才一交手，尼便呵止，曰：「此少林宗派也。」即問：「尊師何人？」李初不言，固詰之，乃以僧告。尼拱手曰：「憨和尚汝師耶。若爾，不必較手足，願拜下風⑪。」李請之再四，尼不可。眾從慫之，尼乃曰：「既是憨師弟子，同是箇中人⑫，無妨一戲。但兩相會意可耳。」李諾之，然以其文弱故，易之；又年少喜勝，思欲敗之，以要⑬一日之名。方頡頏間，尼即遽止。李問其故，但笑不言。李以為怯，固請再角，尼乃起。少間，李騰一踝去，尼駢五指下削其股。李覺膝下如中刀斧，蹶仆不能起。尼笑謝曰：「孟浪迕客⑭，幸勿罪！」李舁歸，月餘始愈。後年餘，僧復來，為述往事，僧驚曰：「汝大⑮鹵莽！惹他何為？幸先以我名告之，不然，股已斷矣！」

【注　釋】❶淄　淄川縣。❷西鄙　西郊。❸托鉢　僧人乞求施捨食物。鉢，僧人食器。❹少林　河南登封少林寺，為少林派拳術發源地。始於後魏。❺給　供養。❻益　進步。❼唾手　用力前習慣性準備動作。❽歷下　今山東濟南。❾技癢　有某種技藝的人在某種場合下急欲有所表現。❿合掌　佛教禮節。⓫拜下風　自認為不如對方高明。⓬箇中人　了解內情的人。⓭要　求取。⓮孟浪迕客　孟浪，冒失。迕客，冒犯了客人。⓯大　太。

【語　譯】李超，字魁吾，家在淄川西郊，為人豪爽，好施捨財物。偶爾有一個和尚來化緣要食物，李超請他吃飽。和尚表示感謝，說：「我少林寺出身，有點兒小武藝，請讓我教給你吧。」李超很高興，讓他住在客舍裡，給他豐美的供應，每天向他學習武術。學了三個月，拳路已很熟練，他十分得意。和尚問他：「你有進步嗎？」回答說：「長進多了。師父會的，我全學會了。」和尚笑著讓他試演拳技。他解下外衣，輕唾手心搓掌，拳路淩厲，像猿飛，像鳥落，騰挪跳躍了一陣子，傲氣十足地收拳站立。和尚又笑，說：「行啦。你既然把我教的全學到手，請比個高低吧。」李超很高興，立即各自兩臂相交，擺起要較量的架式，隨即抵擋格鬥，李超時時尋找和尚動作的破綻；和尚忽然飛起一腳踢去，李超仰面摔倒丈外，和尚拍著手說：「還沒有全學會我的拳法呢！」李超手掌按地，羞愧沮喪地向和尚請教。

又過了幾天，和尚走了。李超成為當地拳擊名手，遊歷南方北方，沒有遇到對手。偶然到濟南府城，見一名年輕的尼姑，在一片空地上表演武術，觀眾很多，擁來擠去。尼姑向觀眾宣告：「這裡只是我自己回旋翻轉，太冷清啦。有愛好武術的，不妨進場子對打，就當作遊戲吧。」這樣說了三遍，觀眾你看我，我看你，到底沒有人應聲。李超在一旁，情不自禁地想表現一番，憑一時意氣走進場中。尼姑便笑著合掌行禮。剛一交手，尼姑就嚷著要求停止，說：「你是少林宗派。」就問：「你的師父是誰？」李超起初不說，一再追問，才告訴她是那和尚。尼姑一拱手說：「傻和尚是你師父。這樣的話，不必較量拳腳了，我情願認輸。」李超再三邀請，尼姑總不同意，觀眾勸說、鼓動，尼姑才說：「既然是傻師父的弟子，彼此同是知情人，不妨戲打，只是心領神會就夠啦。」李超同意，可是認為尼姑文雅柔弱，同她角鬥容易；自己又年輕好勝，想把她打敗，求得一時揚名。正在彼此拳技不相上下的時候，尼姑突然停止，李超問她什麼緣故，她只是笑，不說話。李超以為她心驚膽怯，一再請她再格鬥，尼姑才又開打。一會兒，李超飛起一腳，尼姑五指並攏向他腿上一削，李超感覺膝下像被刀削斧砍，猛地跌倒，爬不起來。尼姑笑著向他道歉，說：「我太冒失了，冒犯了客人，希望恕罪！」李超被抬回家，過了一個多月才痊癒。一年以後，和尚又去淄川西郊，李超向他追述舊事，和尚大吃一驚，說：「你太鹵莽啦！怎麼去惹她呢？幸虧你先介紹了我，不然，你的腿早就斷啦！」

【研　析】這是一篇小故事。文中寫習武少年李超，不知天高地厚，兩次不自量力與高人交手比武，全都失敗。由此說明，無論學習什麼藝技本領，首先要好好學做人，要心正意實，謙虛謹慎。兩位高人都誠心對他教育，給予他一定教訓。少年尼僧，藝高不露，知李是同宗同派就不想再比，李固請，迫不得已才叫他吃點苦頭，懂得「人外有人」，不可盲目自大。

在寫作上，第一次比武寫得有繁有簡，適合各人的身分性格。李超跟僧人習武三個月，淺嘗即滿，公然說：「師所能者，我已盡能之。」僧命試技，「李乃解衣唾手，如猿飛，如鳥落，騰躍移時，詡詡然驕人而立」，舞得好看，不過是花架子。僧笑曰：「既盡吾能，請一角低昂。」於是「各交臂作勢。既而支撐格拒」。他以為師父本領不過如此，想找破綻取勝。對李超的描寫都力求具體細緻，使讀者看得清楚。寫僧則極簡：「僧忽一腳飛擲，李已仰跌丈餘。」這一繁一簡的筆法，就把兩人的性格、功底和修養，充分展示出來。

第二次比武寫得更精彩動人、妙趣橫生。少年尼僧弄藝於場，三請人下場，迄無應者，「李在側，不覺技癢，意氣而進」。二人一交手，尼僧呵止，知是少林派，即問其師，李初不說，固問才告訴。尼拱手曰：「憨和尚汝師耶。若爾，不必較手足，願拜下風。」可見尼是知情知底懂武德的。但李堅持要比，眾人也勸說，尼提出「兩相會意可耳」。李此時萌生私心雜念，認為尼文雅柔弱，容易取勝，打敗她可得一時揚名。這不僅不自量力，而且自私又虛榮，完全背離了習武人的道德。剛一動手，尼又停住，李問，但笑不言。這時她已把李看透，知其淺薄但又不願傷他。李以為怯，固請再比。尼知不給他一點教訓很難使其接受教育，又比，「李騰一踝去，尼駢五指下削其股。李覺膝下如中刀斧，蹶仆不能起」。後來僧告之，她知僧名故手下留情，否則李生腿就斷了。這就是武德不修的結果。同時也使尼僧這一人物形象，令人尊敬地站立在讀者面前。

小翠

王太常，越❶人。總角❷時晝臥榻上，忽陰晦，巨霆暴作。一物大於貓，來伏身下，展轉不離。移時晴霽，物即逕出。視之非貓，始怖，隔房呼兄，兄聞，喜曰：「弟必大貴，此狐來避雷霆劫也。」後果少年登進士❸，以縣令入為侍御❹。生一子元豐，絕癡，十六歲不能知牝牡，因而鄉黨❺無與為婚，王憂之。適有婦人率少女登門，自請為婦。視其女，嫣然❻展笑，真仙品❼也。喜問姓名，自言：「虞氏。女小翠，年二八矣。」與議聘金，曰：「是從我糠覈不得飽，一日置身廣廈，役婢僕，厭膏粱❽，彼意適，我願慰矣，豈賣菜也而索直乎！」夫人悅，優厚之。婦即命女拜王及夫人，囑曰：「此爾翁姑❾，奉事宜謹。我大忙，且去，三數日當復來。」王命僕馬送之，婦言：「里巷不遠，無煩多事。」

遂出門去。小翠殊不悲戀，便即奩中翻取花樣。夫人亦愛樂之。

數日，婦不至。以居里問女，女亦憨然不能言其道路。遂治別院，使夫婦成禮。諸戚聞拾得貧賤家兒作新婦，共笑姍⑩之；見女皆驚，群議始息。女又甚慧，能窺翁姑喜怒。王公夫婦，寵惜過於常情，然惕惕焉惟恐其憎子癡，而女殊⑪歡笑，不為嫌。第⑫善謔，刺布作圓，蹋蹴⑬為笑，著小皮靴，蹴去數十步，紿⑭公子奔拾之。公子及婢恒流汗相屬⑮。一日，王偶過，圓䃔然⑯來，直中面目。女與婢俱斂跡去，公子猶踴躍奔逐之。王怒，投之以石，始伏而啼。王以狀告夫人，夫人往責女。女惟俛首微笑，以手刓牀。既退，憨跳如故，以脂粉塗公子作花面如鬼。夫人見之，怒甚，呼女詬罵。女倚几弄帶，不懼，亦不言。夫人無奈之，因杖其子。元豐大號，女始色變，屈膝⑰乞宥。夫人怒頓解，釋杖去。女笑拉公子入室，代撲衣上塵，拭眼淚，摩挲杖痕，餌以棗栗，公子乃收涕以忻。女闔庭戶，復裝公子作霸王⑱，作沙漠人⑲；己乃豔服，束細腰，扮虞美人[20]，婆娑[21]作帳下舞；或髻插雉尾，撥琵琶，丁丁縷縷然。喧笑一室，日以為常。王公以子癡，不忍過責婦，即微聞焉，亦若置之。

同巷有王給諫[22]者，相隔十餘戶，然素不相能[23]；時值三年大計吏[24]，忌公握河南道篆[25]，思中傷之。公知其謀，憂慮無所為計。一夕，早寢，女冠帶，飾冢宰[26]狀，翦素絲作濃髭，又以青衣飾兩婢為虞候[27]，竊跨廄馬而出，戲云：「將謁王先生。」馳至給諫之門，即又以鞭撾從人，大言曰：「我謁侍御王，寧謁給諫王耶！」回轡而歸。比[28]至家門，門者誤以為真，奔白王公。公急起承迎，方知為子婦之戲，怒甚，謂夫人曰：「人方蹈我之瑕[29]，反以閨閣之醜登門而告之，余禍不遠矣！」夫人怒，奔女室，詬讓之。女惟笑聽，並不一置詞。撻之，不忍；出之，則無家。夫妻懊怨，終夜不寢。時冢宰某公赫[30]甚，其儀采服從[31]，與女偽裝無少殊別，王給諫亦誤為真；屢偵公門，中夜而客未出，疑冢宰與公有陰謀。次日早朝，見而問曰：「夜相公[32]至君家耶？」公疑其相譏，慚顏唯唯，不甚響答。給諫愈疑，謀遂寢[33]，由此益交歡公。公探知其情，竊喜，而陰囑夫人勸女改行。女笑應之。

逾歲，首相[34]免，適有以私函致公者，誤投給諫。給諫大喜，先托善公者往假萬金，公拒之。給諫自詣公所，公覓巾袍，並不可得；給諫伺候久，怒公慢[35]，憤將行。忽見公子袞衣旒冕[36]，有女子自門內推之以出，大駭；已而笑撫之，脫其服冕，襆[37]之而去。公急出，則客去已遠，聞其故，驚顏如土，大哭曰：「此禍水[38]也！指日赤[39]吾族矣！」與夫人操杖往，女已知之，闔扉任其詬厲。公怒，斧其門，女在內含笑而告：「翁無怒，有新婦在，刀鋸斧鉞，婦自受之，必不令貽害雙親。翁若此，是欲殺婦以滅口耶？」公乃止。

給諫歸，果抗疏揭王不軌，袞冕作據。上驚，驗之，其旒冕乃梁黠心[40]所製，袍則敗布黃袱也。上怒其誣，又召元豐至，見其憨狀可掬，笑曰：「此可以作天子耶？」乃下之法司㊶。給諫又訟公家有妖人，法司嚴詰臧獲㊷，並言無他，惟顛婦癡兒，日事戲笑，鄰里亦無異詞。案乃定，以給諫充雲南軍㊸。王由是奇女，又以母久不至，意其非人；使夫人探詰之，女但笑不言。再復窮問，則掩口曰：「兒玉皇㊹女，母不知耶？」無何，公擢京卿，五十餘，每患無孫。女居三年，夜夜與公子異寢，似未嘗有所私㊺。夫人舁榻去，囑公子與婦同寢。過數日，公子告母曰：「借榻去，悍不還！小翠夜夜以足股加腹上，喘氣不得，又慣掐人股裡。」婢嫗無不粲然㊻。夫人呵拍令去。

一日，女浴於室，公子見之，欲與偕，女笑止之，諭使姑㊼待。既出，乃更瀉熱湯於甕，解其袍袴，與婢扶入之。公子覺蒸悶，大呼欲出。女不聽，以衾蒙之，少時，無聲，啟視，已絕。女坦笑不驚，曳置牀上，拭體乾潔，加複被焉。夫人聞之，哭而入，罵曰：「狂婢何殺吾兒？」女囅然㊽曰：「如此癡兒，不如勿有。」夫人益恚，以首觸女。婢輩爭曳勸之。方紛譟間，一婢告曰：「公子呻矣！」夫人輟涕撫之，則氣息休休，而大汗浸淫，沾浹裀褥。食頃，汗已，忽開目四顧，遍視家人，似不相識，曰：「我今回憶往昔，都如夢寐，何也？」夫人以其言不癡大異之。攜參其父，屢試之，果不癡。大喜，如獲異寶。至晚還榻故處，更設衾枕以覘之。公子入室，盡遣婢去。早窺之，則榻虛設。自此癡顛皆不復作，而琴瑟靜好(49)，如形影焉。

年餘，公為給諫之黨奏劾免官，小有罣誤(50)。舊有廣西中丞(51)所贈玉瓶，價累千金，將出以賄當路。女愛而把玩之，失手墮碎，慚而自投。公夫婦方以免官不快，聞之，怒，交口呵罵。女忿而出，謂公子曰：「我在汝家，所保全者不止一瓶，何遂不少存面目？實與君言：我非人也。以母遭雷霆之劫，深受而翁庇翼(52)，又以我兩人有五年夙分(53)，故以我來報曩恩、了宿願耳。身受唾罵，擢髮不足以數(54)，所以不即行者，五年之愛未盈，今何可以暫止乎！」盛氣而出，追之已杳。公爽然自失，而悔無及矣。公子入室，睹其賸粉遺鉤[55]，慟哭欲死；寢食不甘，日就羸悴。公大憂，急為膠續[56]以解之，而公子不樂，惟求良工畫翠小像，日夜澆禱其下。

幾二年，偶以故自他里歸，明月已皎，村外有公家亭園，騎馬經牆外過，聞笑語聲，停轡，使廄卒捉鞚，登鞍以望，則二女郎遨戲其中。雲月昏蒙，不甚可辨，但聞一翠衣者曰：「婢子當逐出門！」一紅衣者曰：「汝在吾家園亭，反逐阿誰？」翠衣人曰：「婢子不羞，不能作婦，被人驅遣，猶冒認[57]物產耶？」紅衣者曰：「索勝老大婢無主顧者！」聽其音，酷類小翠，疾呼之，翠衣人去曰：「姑不與若爭，汝漢子[58]來矣。」既而紅衣人來，果翠，喜極。女令登垣，承接而下之，曰：「二年不見，瘦骨一把矣！」公子握手泣下，具道相思。女言：「妾亦知之，但無顏復見家門。今與大姊遊戲，又相邂逅[59]，足知前因不可逃也。」請與同歸，不可；請止園中，許之。遣僕奔白[60]夫人，夫人驚起，駕肩[61]

而往。啟鑰入亭，女趨下迎拜，夫人捉臂流涕，力白[62]前過，幾不自容[63]，曰：「若不少記榛梗[64]，請偕歸，慰我遲暮。」女峻辭不可。夫人慮野亭荒寂，謀以多人服役，女曰：「我諸人悉不願見，惟前兩婢朝夕相從，不能無眷注[65]耳，外惟一老僕應門，餘都無所復須。」夫人悉如其言。託公子養痾園中，日供食用而已。

女每勸公子別婚，公子不從。後年餘，女眉目音聲，漸與曩異，出像質之，迥若兩人，大怪之。女曰：「視妾今日，何如疇昔美？」公子曰：「今日美則美，然較疇昔則似不如。」女曰：「意！妾老矣。」公子曰：「二十餘歲人，何得速老！」女笑而焚圖，救之已燼。一日，謂公子曰：「昔在家時，阿姑謂妾抵死不作繭[66]，今親老君孤，妾實不能產育，恐誤君宗嗣。請娶婦於家，旦晚奉翁姑，君往來於兩間，亦無所不便。」公子然之，納幣於鍾太史[67]之家。吉期將近，女為新人製衣履，齎送母所。及新人入門，則言貌舉止，與小翠無毫髮之異，大奇之。往至園亭，則女已不知所在；問婢，婢出紅巾曰：「娘子暫歸寧[68]，留此貽公子。」展巾，則結玉玦[69]一枚，心已知其不返，遂攜婢俱歸。雖頃刻不忘小翠，幸而對新人如覿故好[70]焉。始悟鍾氏之姻，女預知之，故先化其貌，以慰他日之思云。

異史氏曰：「一狐也，以無心之德，而猶思所報；而身受再造之福者，顧[71]失聲於破甑[72]，何其鄙哉！月缺重圓，從容而去，始知仙人之情，亦更深於流俗也！」

【注釋】❶越　約為今浙江省。❷總角　古代兒童束髮左右兩結，向上分開，形狀略似牛角，故稱總角。借指童年。❸登進士　登，錄取。進士，古代科舉考試，參加會試及格者稱進士。❹侍御　即侍御史，又稱御史。❺鄉黨　同鄉里。❻嫣然　形容嬌媚的笑態。❼仙品　人間罕見之品。❽膏粱　肥美的食物。❾翁姑　公婆。❿笑姍　嘲笑。⓫殊　竟然。⓬第　但是。⓭蹋蹴　用腳踢。⓮紿　騙。⓯屬　繼續。⓰訇然　形容踢球聲。⓱屈膝　跪倒。⓲霸王　指西楚霸王項羽。⓳沙漠人　匈奴人。⓴虞美人　項羽的美人虞姬。㉑婆娑　舞蹈的樣子。㉒給諫　官名。掌侍從規諫，稽察六部弊誤。㉓素不相能　素，平常。不相能，不和睦。㉔大計吏　古代考察官吏政績。㉕握河南道篆　掌河南道監察御史印。㉖冢宰　官名。即宰相。周代六卿之首，明代稱吏部尚書為冢宰。負責官吏選拔考核。㉗虞候　官僚的侍從。㉘比　及；到。㉙蹈我之瑕　瑕，失誤。蹈瑕即利用失誤。㉚赫 權大勢盛。㉛儀采服從 儀表、風采、服飾、侍從的裝束。㉜相公 冢宰的別稱。㉝寢 止息。㉞首相 冢宰的別稱。㉟慢 怠慢。㊱衮衣旒冕 衮衣，皇帝穿的衮龍長袍。旒冕，前後懸垂玉串的皇冠。㊲襆 以布包裹。㊳禍水 惑人敗事的女子。語出漢伶玄《趙飛燕外傳》。㊴赤 滅。㊵粱黠心 高粱稈的軟芯。㊶法司 刑部等審理重大案件的部門。㊷臧獲 奴婢。㊸充雲南軍 押送雲南軍中服役。㊹玉皇 玉皇大帝（道教對天帝的稱謂）。㊺私 此指男女間背人的事。㊻粲然 露齒笑貌。㊼姑 暫。㊽輾然 笑貌。㊾琴瑟靜好 琴瑟，喻夫妻。靜好，安靜和美。㊿罣誤 因過失或牽連受處分。51廣西中丞 廣西，今廣西壯族自治區。中丞，巡撫的別稱。52而翁庇翼 而翁，你父親。庇翼，保護。53夙分 前世的緣分。54擢髮不足以數 形容罪行多。擢髮意為拔下頭髮計數。語源《史記・范睢蔡澤列傳》。55鉤 古代女子的鞋。56膠續 續娶。57冒認 冒名認領。58漢子 丈夫。59邂逅 意外相逢。60白 稟白；稟告。61駕肩 乘轎。62白 陳述；評說。63不自容 不寬恕自己。64榛梗 嫌怨。65眷注 懷念關注。66作繭 喻生育。67太史 負責修史的官員。68歸寧 已婚婦女回娘家探望父母。69玉玦 有缺口的玉環，象徵訣別。70故好 指前妻。71顧 反而。72失聲於破甑 孟敏扛甑行走，甑落地破裂，不顧而去。事見《後漢書・郭泰傳》。這裡反用其意，反襯王太常的言行。甑，陶製炊具，這裡借指玉瓶。

【語譯】王太常是浙江人，童年時期在榻上午睡，忽然天空陰暗，電閃雷鳴。一隻比貓大的動物，進屋趴在榻下，太常在榻上翻來覆去，牠也不離開。過了一段時間天晴，牠才逕直鑽出來。太常看牠不是貓，這才害怕，高喊隔壁房間的哥哥，哥哥聽他訴說以後高興地說：「你長大了一定是個大貴人，這狐狸是前來躲避雷擊的劫難。」後來，太常果然少年時期就考取進士，從縣令任上提拔為侍御。他有個兒子，名叫元豐，很傻，年已十六，還分不清鳥獸的雌雄，因此同鄉里的人家都不和他家結親，王公為此發愁。恰巧有一位婦人，帶領著女兒來到他家，主動請求使女兒做他的兒媳。看她的女兒，笑容嬌媚，真像仙人。王公歡喜，問這婦人的姓名，回答說：「姓虞。女兒名小翠，十六歲了。」和她商議聘金，她說：「她跟著我，吃粗糧也不得飽，一旦住上大屋，婢女伺候，吃精米肥肉。她過得舒服，我心意能得到安慰，哪能像賣青菜向人要錢！」王公的夫人聽後開心，厚待她。婦人立刻讓女兒向王公夫婦行禮，囑咐她說：「這就是你的公婆，要恭恭敬敬地伺候。我很忙，暫且回去，三幾天後再來。」王公命僕人牽馬送她走，她說：「我住的街巷不遠，不必麻煩了。」於是離開王府。小翠竟然不悲酸，不留戀，就在梳妝盒中翻取繡花底樣，夫人也喜愛她。

過了好幾天，婦人沒有來。問小翠家住何處，小翠像有點傻氣，說不清道路。於是整飾院落，使元豐夫婦行婚禮。親戚們聽說拾得貧賤之家的女郎做新婦，個個嘲笑；等見到小翠都懷疑是仙女下凡，十分驚異，才不再胡亂評論。小翠又很聰明伶俐，公婆是喜是怒，她一看就知道。王公夫婦對小翠寵愛憐惜，超過一般常情，怕的是她嫌元豐是傻瓜。而小翠卻經常歡笑，並不嫌惡。不過，她喜愛玩耍，用布縫製圓球，踢球取樂，穿上小皮靴，踢出幾十步遠，逗公子跑過去拾回來。公子和婢女常流著汗水跟著她撿球。一天，王公偶然從院中經過，布球碻地一聲飛來，直碰到臉上，小翠和婢女見事不好，都躲避起來，公子還興高采烈地追球。王公惱火，拾起石塊砸他，他才趴在地上哭起來。王公把這件事告訴夫人，夫人去斥責小翠。小翠只低著頭微笑，手指頭刻劃著牀沿。王夫人回去以後，她照舊頑皮，拿出脂粉塗抹公子，塗成鬼一般的花臉，夫人看見非常惱怒，把小翠喊來，破口大罵。小翠斜倚桌邊，玩弄衣帶，不害怕，也不說話。夫人無可奈何，就抓起棍杖打兒子。元豐疼得喊叫，小翠才惶惶不安，向夫人下跪請求饒恕。夫人怒氣消散，扔下棍杖離開。小翠就邊笑邊拉公子進屋，為他撲去衣服上的灰塵，擦去眼淚，撫摩挨打的杖痕，拿棗和栗子給他吃。公子擦擦眼淚，又笑了。小翠關上屋門，把公子裝扮成楚霸王，一會兒又把他打扮成匈奴人，然後自己穿上華美的衣服，束細腰，扮成虞美人，在霸王面前跳舞；又在髮髻上插野雞翎，撥動琵琶，樂音連續不斷，喧笑滿屋，差不多天天如此。王公因為兒子傻，不忍心過於責備兒媳，就是隱隱約約地聽到，也不管不問。

　　王公住的巷子裡，有個做給諫的官員，也姓王。兩家相隔十幾戶，一向不和睦。這時正逢朝廷三年一次的考核官吏，他忌妒王公掌握監察河南道的大印，想乘機用誣蔑的手段傷害他。王公知道他的陰謀以後，心中憂慮，不知如何對付才好。一天晚上，王公睡得早，小翠頭戴官帽，束上玉帶，打扮得像一名宰相，黏上用白絲做成的鬍鬚；又給兩個婢女穿上黑袍，打扮成侍從，偷偷地跨上馬棚裡的馬，一道奔出府門，開玩笑說：「去拜訪王先生。」跑到王給諫家門口，卻又鞭打侍從，大聲說：「我要拜訪侍御王，難道拜訪給諫王麼！」掉轉馬頭就走。到了家門口，門官誤以為真，跑去稟報王公。王公趕緊起牀迎接，才知道是兒媳婦做遊戲，氣急敗壞地對夫人說：「人家正想利用我的失誤，反把女眷的醜事登門相告，我的災禍不遠了！」夫人發怒，跑到小翠屋裡辱罵斥責。小翠只是邊笑邊聽，並不說話。要打她吧，心中不忍；要把她趕出去吧，她沒有家，王公夫婦悔恨交加，一整夜都睡不著。這時候，宰相某公權大勢盛，他的儀表風采、服飾侍從，都與小翠的偽裝差不多，因此王給諫也誤信為真，多次到王公門外偵察，直到半夜還不見宰相出來，就懷疑他和王侍御有暗中策劃。第二天早晨上朝，他見到王公，問道：「昨晚上相公到你家了嗎？」王公懷疑他諷刺，慚愧地應聲回答，聲音放得很低。這就使得王給諫更加疑惑，因而打消了他的陰謀，反而更加討好王侍御。王公探知到這一情況，暗自歡喜，背地裡囑咐夫人勸說小翠，讓她改掉這類行為。小翠笑著答應下來。

過了一年，宰相被免職，正巧有他私人給王侍御的信，卻誤投給王給諫。給諫非常高興，託王侍御的友人向王侍御借白銀萬兩，王侍御拒絕。給諫就親自登門，侍御要穿官服相迎，巾帽袍服卻找不到了。給諫久等，以為侍御怠慢他，氣沖沖地要回去，忽然看見侍御的兒子，穿一身皇上的袞袍，頭戴懸玉串的皇冠，被一個女子推出門外，他驚怪非常，然後笑嘻嘻地撫摸這孩子，哄著他把冠服都脫下來，他將衣服用布包好，立即提起來走了。王公急忙出來，客人已經走遠了，當他聽說這件事以後，嚇得面色如土，大聲哭著說：「這小翠是禍水啊！我很快就要被家滅九族了！」他和夫人提起棍棒去打小翠，小翠早已知道，關上屋門，聽他們任意辱罵。王公怒氣沖天，拿斧子劈屋門，小翠在屋裡含笑勸告，說：「公公不要發怒，有新婦在，刀鋸斧鉞的酷刑，我自己忍受。一定不連累公婆。公公這樣行事，是要殺婦滅口嗎？」王公這才放下斧頭。

王給諫回家以後，果然向皇上呈奏章，揭發王侍御違法越軌，並以袞衣皇冠為證。皇上吃驚，檢查時卻發現，那皇冠竟是高粱稈芯製作的，袞袍是破舊黃包袱縫製的。皇上看後怒視王給諫，認為這是誣告；又把元豐召來，見到他那天真幼稚的樣子，笑著說：「這個樣子就能當天子麼？」於是把王給諫交給刑部審理。王給諫又上告王侍御家有妖人，刑部派人嚴詢侍御家的奴僕，都說沒有別的，只不過癲狂新婦、傻瓜兒，一天到晚戲笑。相鄰的人家也沒有別的說法。案子已經判定：王給諫被充軍雲南。王公因此認為小翠不同尋常，又因為她的母親走後很久不來，以為她不是人，使夫人探究追問，小翠只是笑，不說話。再一次追問，小翠捂著嘴說：「我是玉皇大帝的女兒，難道母親不曉得麼？」不久，王公擢升為京卿，成了三品官，這時他已有五十多歲，常為沒有孫子發愁。小翠來後三年中，夜夜和公子兩處睡，好像沒有做過背人的事。夫人使人撤去一張牀，囑咐公子和小翠同牀。過了幾天，公子對母親說：「借走我的牀，硬是不還！小翠夜夜把腿壓在我肚子上，讓我喘不過氣；又常用手掐我的大腿根。」女僕和婢女聽後沒有不笑的。夫人拍了他一下，呵呵兩聲，趕他出去。

一天，小翠在屋裡洗澡，公子看見以後，要同她一道洗，小翠笑著阻止他，讓他暫且等待。她從甕裡出來，把甕裡的水換上熱的，為公子脫去衣服，和婢女共同扶他進甕。公子感覺裡面悶熱，大聲喊鬧要立刻出來，小翠不理他，拿被單蒙上甕口。一會兒，甕中靜無聲響，掀開一看，公子已經斷氣，小翠坦然微笑，毫不驚異，拖公子上牀，把皮膚擦乾，蓋上棉被。夫人聽到消息，哭著進屋，罵道：「你這個瘋丫頭，為什麼殺死我的兒子？」小翠笑著說：「這樣的傻兒子，不如沒有。」夫人更加憤怒，用頭頂撞小翠。婢女們就爭著拉她勸她。正當紛亂喧鬧的時候，一個婢女呼告：「公子出聲了！」夫人停止啼哭，摸了摸，公子吁吁喘氣，大汗淋漓，把被褥都濕透了。過了一頓飯的工夫，汗已出透，公子忽然睜開眼四處探望，看遍家裡的人，好像都不認識，說：「我現在回想過去，都像做夢，這是為什麼？」夫人覺得這不是傻話，非常驚異，領著他去和父親相見，經過多次試探，公子果然不傻，都高興極了，像得到最珍貴的寶物。到晚上，把牀送還原處，安放好被褥枕席，暗中觀察他：公子進屋，把婢女都趕出來。第二天清早去看，新牀沒有派上用場。從此以後，傻的不傻了，狂的也不狂了，一對小夫妻，過得安靜和美，形影不離。

過了一年多，王公被給諫的同伙上奏彈劾，撤免官職，受了一點兒處分。原有廣西巡撫贈送的玉瓶，價值千金，準備拿出去向當權的官員行賄。小翠喜愛這玉瓶，拿起來玩賞，失手掉落地上，打得粉碎。她心裡慚愧，主動稟告。王公夫婦正為罷官不高興，聽後大怒，交相責罵。小翠也生氣，跑出去對公子說：「我在你家，所保全的不僅是一個小瓶，怎麼連一點面子都不給？跟你說實話，我不是人，因為母親遭受雷擊的劫難，受到你父親的保護；又因為你我有五年的前世因緣，我就來你家。這不過是報答恩德，了結過去的心願罷了。我在你家挨罵，難以計數，之所以不趕快離開，是因為五年之愛沒到頭，照現在的情勢看，怎好再停留片刻呢！」她氣呼呼地跑出去，前去追趕，早已消失了。王公心中迷茫，不知怎麼辦才好，後悔已來不及了。公子回到屋裡，眼看小翠梳妝剩下的脂粉、花鞋，痛哭不止，鬧著要死，吃飯沒滋味，睡覺老失眠，身體一天比一天瘦弱。王公十分憂愁，急忙為他續娶，求得感情解脫，公子卻悶悶不樂，只求一流的畫工畫小翠的肖像，日夜在畫像前澆酒禱告。

差不多過了兩年，公子偶然因事外出，從別的村子回家。這時明月皎潔，村外有他家的亭園，騎馬從牆外經過，聽見裡面有說笑的聲音，勒住繮繩，使馬伕抓住馬籠頭，他站在馬鞍上向園中一看，有兩個女郎在裡面遊戲，因為一時雲遮月，夜色昏蒙，看得不很清楚，只聽得一個穿翠綠衣服的說：「你這個丫頭，就該把你攆出去！」一個穿紅的說：「你在我家亭園裡，反要攆誰？」翠衣人說：「你丫頭不害羞，不會做媳婦，被人趕出來，還冒名認領這亭園麼？」紅衣人說：「卻是比你這沒有主顧的老丫頭好！」公子聽聲音很像小翠，就急忙高聲喊她。翠衣人轉身回去，說：「暫且不和你爭論，你丈夫來了。」紅衣人聽見牆外有人喊就走過來。果然是小翠，公子高興極了。小翠讓他爬牆，又把他接下去，說：「兩年不相見，你瘦得剩一把骨頭了！」公子抓住小翠的手，流下眼淚，直傾訴想念她的話。小翠說：「我也知道，只是我沒有臉面再回家。今天我和大姐遊戲，又和你意外相逢，可見前世因緣是逃不掉的。」公子請求她一道回家，她不同意；請求她在亭園中定居，她應允了。公子派僕人跑去稟告夫人，夫人吃驚站起，乘轎前往，打開門鎖，走進亭子。小翠跑來迎接拜見，夫人抓住她的手臂流淚，竭力評述自己以前的過錯，甚至認為自己不可寬恕，說：「如果不把嫌怨放在心裡，請和我一同回家，以便安慰我的晚年。」小翠嚴肅表示不同意。夫人考慮村外亭園荒涼冷清，打算多派人來伺候，小翠說：「我不願意多見人，只是以前跟隨我的兩個婢女，和她們日夜在一起，不能不懷念關注。此外只來一個老僕人照應門戶，別的都不需要。」夫人全照她的要求辦理。假託公子在園中養病，每天供應飯菜用品。

小翠常勸公子另娶，公子不願意。此後一年多，小翠的眉眼聲音，漸漸變得不同往昔，拿出畫像比量，大不相同，似乎是兩個人，公子感覺非常奇怪。小翠說：「你看我，還和過去一樣漂亮吧？」公子說：「現在美倒是美，可是和過去比，好像比不過了。」小翠說：「噫！我老了。」公子說：「才二十多歲，哪會很快就老了！」小翠笑著燒了肖像，公子搶救，已經成灰了。一天，小翠對公子說：「過去在家，婆婆說我到死也不結繭，現在父母老了，你也孤單；我確實不能生兒育女，恐怕會耽誤你傳宗接代，請你在家娶新婦，每天伺候公婆。你來往於家園之間，也沒有什麼不方便。」公子同意，向鍾太史家送了聘禮。成婚的好日子快到了，小翠為新人做衣做鞋，送到母親住處。新婦迎進門，她的相貌、聲音，一舉一動，和小翠一模一樣，人們都感覺很奇怪。公子前往園亭，小翠已無影無蹤，問婢女，婢女拿出紅布小包裹，說：「娘子暫時回娘家看望父母，留下這東西贈給公子。」解開包裹一看，是一枚玉玦，公子立刻明白：小翠不再回來了。於是和婢女一同回家。他一刻也忘不了小翠，幸而面對新婦就像看見前妻。這才感悟和鍾家結親，小翠很早以前就知道，因此先化為鍾家女郎的相貌，然後才到王家，以此日後安慰公子對她的相思。

異史氏說：「一隻狐狸，受到別人無意中的恩德，還想給以回報；而接受人家施予恩同再造福分的人，反而因恩人不慎打碎玉瓶而放聲呵罵，多麼讓人瞧不起啊！小翠與元豐月缺重圓，然後從容離去，我們這才知道：仙人的感情比凡人更深沉呢！」

【研　析】〈小翠〉是一篇狐仙報恩的異幻小說。王太常童年救一狐免遭雷劫，幾十年後，老狐送女兒小翠到王家，幫助解決了許多難以克服的家庭困難，最後小翠留下玉玦而離去。作品的主旨是肯定受恩知報的思想。但作為《聊齋》中最優秀的篇章之一，更重要的是塑造了小翠這一鮮明生動、靚麗可人的藝術形象。

小翠是小說的中心人物，她初露面，就被認為：「真仙品也。」她美麗、聰慧、天真、活潑。問她居里，她只笑不言，受責備也用憨笑化解。她聰慧過人，且有仙術，給人最深的印象是憨和笑。這成為她掩飾狐仙真實身分、並能無拘無束自由生活的保護傘。她性格中最重要的特點是「善謔」，這是她實施報恩、解決各種困難問題的法寶。「善謔」在她身上表現為兩方面：一方面是日常生活中歡鬧嬉戲。王公開始怕她「憎子癡」，結果是一起遊戲作樂，親密無間。她蹴圓蹴到王公臉上，又為元豐畫鬼臉，扮霸王，直似瘋丫頭。另一方面，她深知官場中家庭受到的巨大威脅，就用「善謔」手段，以攻為守，加以化解。她扮冢宰出行，使王給諫不敢中傷王公。更讓元豐「袞衣旒冕」，有意讓王給諫看見，並拿衣冕向皇帝告狀。帝派人查，惟顛婦癡兒日常戲謔，鄰里皆無異詞。最後定王給諫誣告，充軍雲南。這不僅表現了小翠高超的聰明才智，而且顯示出她外憨內慧，於詭秘難測的局面中，全局在胸，以「善謔」作武器，是位智能超人的非凡的女仙形象。

王公官位升遷，但年五十餘，最擔心的是宗嗣延續，而元豐不懂夫妻房事，如何解決？這又成為報恩必辦的大事。小翠「能窺翁姑喜怒」，知其心裡愁懼，但她不說，仍用「善謔」的手段，把元豐放甕中，用熱湯蒸悶。夫人以為殺她兒，結果是為其治好了癡呆病，「琴瑟靜好，如形影焉」。翠知不育，借墮瓶受責，說明身分及報恩原由而離去。公子「慟哭欲死」，「公爽然自失，而悔無及矣」。二年後又在亭園與公子邂逅，她勸公子別娶，並使自己相貌變老，讓即將再娶的鍾氏容貌和自己原來的相一致，以慰公子他日之思。而這又是早就設計好的。

在故事發展中，處處以王公夫婦感情變化作點染，如寫他們「怒甚」、「憂慮無所為計」、「懊怨」、「竊喜」、「驚顏如土」、「每患無孫」、「大喜，如獲異寶」、「爽然自失」、「悔無及」等等，人物喜怒哀樂不僅加強情節發展的騰挪跌宕，同時又是主人公行動的引線。因為小翠「能窺翁姑喜怒」，所以她精心去解決官場的威脅和宗嗣延續，更充分地展示主人公機敏恢宏的超人才智。

小說中還順筆對官場黑暗腐敗，作了揭露和諷刺，反襯狐之受恩知報，在道德品質上，更加高尚與聖潔。

狼三則

有屠人❶貨❷肉歸，日已暮。欻一狼來，瞰擔中肉，似甚涎垂；步，亦步，尾❸行數里。屠懼，示之以刃，則稍卻❹；既走，又從之。屠無計，默念狼所欲者肉，不如姑懸諸樹而蚤❺取之，遂鉤肉，翹足挂樹間，示以空空，狼乃止。屠即逕歸。

昧爽❻，往取肉，遙望樹上懸巨物，似人縊死狀。大駭，逡巡❼近之，則死狼也。仰首審視，見口中含肉，肉鉤刺狼腭❽，如魚吞餌。時狼革價昂，直❾十餘金，屠小裕焉。緣木求魚❿，狼則罹之，亦可笑已。

一屠晚歸，擔中肉盡，止有剩骨。途中兩狼綴行甚遠。屠懼，投以骨，一狼得骨止，一狼仍從；復投之，後狼止而前狼又至。骨已盡，而兩狼之並驅如故。屠大窘，恐前後受其敵。顧野有麥場，場主積薪⓫其中，苫⑫蔽成丘。屠乃奔倚其下，弛擔持刀。狼不敢前，眈眈相向。

少時，一狼逕去，其一犬坐於前，久之，目似瞑，意暇甚。屠暴起，以刀劈狼首，又數刀，斃之。方欲行，轉視積薪後，一狼洞⑬其中，意將隧入以攻其後也。身已半入，止露尻尾。屠自後斷其股，亦斃之。乃悟前狼假寐，蓋以誘敵。狼亦黠矣，而頃刻兩斃，禽獸之變詐幾何哉？止增笑耳！

一屠暮行，為狼所逼。道旁有夜耕者所遺行室，奔入伏焉。狼自苫中探爪入，屠急捉之，令不可去。顧⑭無計可以死之，惟有小刀不盈寸，遂割破爪下皮，以吹豕之法⑮吹之。極力吹移時，覺狼不甚動，方縛以帶。出視，則狼脹如牛，股直不能屈，口張不得闔，遂負之以歸。非屠烏⑯能作此謀也？

三事皆出於屠，則屠人之殘，殺狼亦可用也。

【注　釋】❶屠人　屠夫；殺生為業的人。❷貨　賣。❸尾　跟隨。❹卻　後退。❺蚤　早晨。❻昧爽　黎明。❼逡巡　小心謹慎。❽腭　通「齶」。指上齶。❾直　值。❿緣木求魚　爬到樹上捉魚。喻行為背離目的。語出《孟子‧梁惠王上》。⓫積薪　指麥秸垛。⓬苫　用茅草、麥秸等編織的覆蓋物。⓭洞　扒洞。⓮顧　卻。⓯吹豕之法　吹豬的辦法。把豬腳割破後用口吹，使皮膚和肌肉因充氣而分離，是屠人殺豬後剝皮前工序之一。⓰烏　怎麼。

【語　譯】有個屠夫，賣完肉回家。天已傍晚，突然跑來一隻狼。牠看見擔子裡有肉，好像饞得口水都出來了，屠夫走一步，牠就跟一步，跟隨了好幾里路。屠夫害怕，拿出刀讓牠看，牠退回幾步；屠夫又走，牠又跟隨他。屠夫沒有辦法，暗想狼要得到的是肉，不如暫且把肉掛在樹上，明天早晨再來拿去，於是把鉤子插進肉裡，翹起腳跟，把它掛在樹間，端起空擔子讓狼看，狼這才站下。屠夫就逕直回家。

黎明，屠夫前往樹上取肉，從遠處望見樹上懸著一個大東西，像吊死的人。他很驚訝，謹慎小心地向它靠近，原來是一隻死狼；抬起頭仔細看，見牠嘴裡啣肉，肉鉤穿進上齶，像魚吞食餌。這時狼皮價錢高，值十多兩銀子，屠夫把它賣掉，發了一筆小財。爬到樹上捉魚，狼才受害，實在可笑啊。

一個屠夫傍晚時回家，擔子裡的肉已經賣光，只剩下骨頭；在路上遇見兩隻狼，跟隨在他後面，走了很遠。屠夫害怕，投給牠們骨頭，前一隻狼得骨頭後停下來，後一隻仍舊跟著他；再投，後面這隻也停下，而原先在前的又跑過來。骨頭投得一乾二淨，兩隻狼還緊跟不放，和剛才一樣。屠夫十分為難，怕牠們一前一後形成夾擊；看見田野有麥場，場裡有主人堆起的麥秸垛，垛頂已用苫子覆蓋，像座小山包，就跑去倚在它下面，放下擔子，提起刀。狼不敢靠近，只目光眈眈地看他。

一會兒，一隻狼徑直離開；另一隻還坐在屠夫面前，坐了好久，兩隻眼好似已經閉上，情狀十分悠閒。屠夫突然起立，用刀劈狼頭，又接連幾刀把牠砍死。正想走開，轉看垛後，一隻狼在垛裡扒洞，想扒通隧道後從背面攻擊。牠的身子已經進去半截，只露著屁股和尾巴。屠夫從後面砍斷牠的腿，又把牠殺死。這時候他才領悟，面前的狼坐著打盹，是為了引誘敵方放鬆警惕。狼真狡猾啊！然而只頃刻間兩隻都刀下命亡，禽獸的巧變詭詐，有多少用處呢？只不過添加一個笑料罷了！

一個屠夫在傍晚走路，受到狼的追逼。路旁有夜耕的人臨時蓋的小屋，就跑進去躲起來。狼從門外掛的苫子裡插進腳爪，屠夫急忙抓住牠，使牠不能逃脫；但是沒有辦法殺死牠，身上只帶了一把小刀，不到一寸長，就拿它切割爪下的皮，用吹豬的辦法吹牠。使盡力氣吹了好長時間，發覺狼不大動彈，才把刀口紮上帶子。出屋一看，原來牠鼓脹得像頭小肥牛，四條腿直溜溜，不能彎曲；嘴大張，合不攏。於是把牠揹回家。假使他不是屠夫，怎能使出這一計謀呢？

以上三件事都是屠夫幹的。原來屠夫的殘忍手段，殺狼也能用上啊。

【研　析】這是一篇記事小品，記述三則人與狼的遭遇，狼雖貪婪、狡猾、兇殘，但終於被人的勇敢、智慧和本領戰勝。這三則故事裡的人都是屠夫，除了他們的勇敢和智慧，長期從事的職業練就的實際本領，也發揮了重要作用。

三則故事有三種情況，屠夫根據自己遇到的具體環境和具體對手，各自運用因地制宜、行之有效的手段，保護自己，戰勝強敵，取得勝利。一則，狼極貪婪，垂涎擔中肉，步步緊跟。「示之以刃，則稍卻；既走，又從之」。屠心思一動，想到把肉懸於樹，明晨來取。真所謂歪打正著，不料想狼想吃肉，卻把自己鉤在了樹上。作者評曰：「緣木求魚，狼則罹之，亦可笑已。」二則，一人遇兩狼，狼極狡猾，投骨不能止，骨盡，「兩狼之並驅如故。屠大窘，恐前後受其敵」，見場上有麥秸垛，就因勢利導而用之。「奔倚其下，弛擔持刀。狼不敢前」。一狼離去，一狼坐眠，以麻痹屠夫，幸屠夫不失警覺，暴起劈狼首，又數刀狼斃。他很快又發現另一狼在麥秸垛後面掏洞，企圖從背後襲擊，也被他用刀殺死。作者評：「禽獸之變詐幾何哉？止增笑耳！」三則，更奇。一屠暮行被狼逼，奔入道旁耕者小室，狼極兇殘，自苫探爪入，「屠急捉之，令不可去」，用小刀割破爪下皮，以吹豬之法吹之，結果「狼脹如牛，股直不能屈，口張不得闔」，屠夫將其殺死。他這絕妙的吹法，「非屠烏能」也！

三則記事雖然都很短小，但因為作者善於描寫情態和心理活動，使人覺得真實可信，有身臨其境的感受。如一則屠夫次日天剛黎明，就急忙去取肉，小本生意怕受損失。「遙望樹上懸巨物，似人縊死狀」。相隔甚遠，又在樹下，太陽未出，看東西有些模糊，所以推想像吊死的人。這樣一想，心情不免緊張，腳步也慢下來。「大駭，逡巡近之，則死狼也」，知道是狼不是死人，自然要仔細去看：「仰首審視，見口中含肉，肉鉤刺狼腭，如魚吞餌。」他昨晚掛肉是「翘足挂」，故今晨是「仰首審視」，方才看清楚狼已被鉤死。整個過程敘寫很維妙維肖。

胡四相公

萊蕪❶張虛一者，學使張道一❷之仲兄也。性豪放自縱，聞邑中某氏宅為狐狸所居，敬懷刺❸往謁，冀一見之。投刺隙中。移時，扉自闢。僕者大愕，卻退。張肅衣❹敬入，見堂中几榻宛然，而闃寂無人，遂揖而祝曰：「小生齋宿❺而來，仙人既不以門外見斥，何不竟賜光霽❻？」忽聞虛室中有人言曰：「勞君枉駕❼，可謂跫然足音❽矣。請坐賜教。」即見兩座自移相向。甫坐，即有鏤漆硃盤，貯雙茗醆懸目前。各取對飲，吸瀝有聲，而終不見其人。茶已，繼之以酒。細審官閥❾，曰：「弟姓胡氏，於行為四；曰相公❿，從人所呼也。」於是酬酢⓫議論，意氣頗洽。鱉羞鹿脯⓬，雜以薌蓼⓭。進酒行炙⓮者，似小輩甚夥。酒後頗思茶，意才少⓯動，香茗已置几上。凡有所思，無不應念而至。張大悅，盡醉始歸。自是三數日必一訪胡；胡亦時至張家，並如主客往來禮。

一日，張問胡曰：「南城中巫媼，日托狐神，漁⑯病家利。不知其家狐，君識之否。」胡曰：「彼妄耳，實無狐。」少間，張起溲溺，聞小語曰：「適所言南城狐巫，未知何如人。小人欲從先生往觀之，煩一言請⑰於主人。」張知為小狐，乃應曰：「諾。」即席而請於胡曰：「我欲得足下⑱服役者一二輩，往探狐巫，敬請君命。」胡固⑲言不必。張言之再三，乃許之。既而張出，馬自至，如有控者。既騎而行，狐相語於途，謂張曰：「後先生于道途間，覺有細沙散落衣襟上，便是吾輩從也。」語次進城，至巫家。巫見張至，笑逆⑳曰：「貴人何忽得臨？」張曰：「聞爾家狐子大靈應，果否？」巫正容曰：「若個媟褻㉑語，不宜貴人出得。何便言狐子？恐吾家花姊不歡。」言未已，空中發半磚來，中巫臂，踉蹌欲跌，驚謂張曰：「官人何得拋擊老身也？」張笑曰：「婆子盲也？幾曾見自己額顱破，冤誣袖手者？」巫錯愕㉒不知所出，正回惑問，又一石子落，中巫，顛蹶；穢泥亂墮，塗巫面如鬼，惟哀號乞命。張請恕之，乃止。巫急起，奔遯房中，闔戶不敢出。張呼與語曰：「爾狐如我狐否？」巫惟謝過。張仰首望空中，戒勿復傷巫，巫始惕惕㉓而出。張笑諭之，乃還。由是每獨行於途，覺塵沙淅淅然，則呼狐語，輒應不訛。虎狼暴客，恃以無恐。如是年餘，愈與胡莫逆㉔。嘗問其甲子㉕，殊㉖不自記憶；但言：「見黃巢㉗反，猶如昨日。」

一夕共話，忽牆頭蘇然作響，其聲甚厲，張異之。胡曰：「此必家兄。」張言：「何不邀來共坐？」曰：「伊道㉘頗淺，祇好攫雞啖便了足耳。」張謂胡曰：「交情之好，如吾兩人，可云無憾；終未一見顏色，殊㉙屬恨事。」胡曰：「但得交好足矣，見面何為？」一日，置酒邀張，且告別。問：「將何往？」曰：「弟陝㉚中產，將歸去矣。君每以對面不覿為恨，今請一識數歲之友，他日可相認耳。」張四顧都無所見，胡曰：「君試開寢室門，則弟在焉。」張如其言，推扉一覷，則內有美少年，相視而笑。衣裳楚楚㉛，眉目如畫，轉瞬之間，不復睹矣。張反身而行，即有履聲藉藉隨其後，曰：「今日釋君憾矣。」張依戀不忍別，胡曰：「離合自有數㉜，何容介介㉝。」乃以巨觥勸酒。飲至中夜㉞，始以紗燭導張歸。及明往探，則空房冷落而已。

後道一先生為西州㉟學使。張清貧猶昔，因往視弟，願望頗奢。月餘而歸，甚違初意，咨嗟馬上，嗒喪若偶㊱。忽一少年騎青駒，躡㊲其後。張回顧，見裘馬㊳甚麗，意甚騷雅㊴，遂與閑語。少年察張不豫，詰之。張因欷歔而告以故，少年亦為慰藉。同行里許，至歧路中，少年乃拱手別曰：「前途有一人，寄君故人一物，乞笑納也。」復欲詢之，馳馬逕去。張莫解所由，又二三里許，見一蒼頭㊵，持小簏子，獻於馬前，曰：「胡四相公敬致先生。」張豁然頓悟；受而開視，則白鏹㊶滿中；及顧蒼頭，已不知所之矣。

【注釋】❶萊蕪　縣名。今山東萊蕪。❷學使張道一　學使，官名。清代稱提督學政，主管一省的教育和科舉考試。張道一，清順治三年進士，曾官山西省學使，後升任延榆綏兵備道按察司副使。❸刺　名帖；名片。❹肅衣　整理衣服。❺齋宿　從事某活動前一日，齋戒並獨宿，以示恭敬誠懇。❻光霽　光風霽月。對人容貌的敬稱。❼枉駕　屈駕。對人來訪的敬詞。❽跫然足音　令人愉快的腳步聲。語本《莊子·徐无鬼》。❾官閥　家庭的社會地位等情況。❿相公　對貴家子弟的尊稱。⓫酬酢　互相敬酒。⓬鱉羞鹿脯　羞，同「饈」。美味食物。脯，肉乾。⓭蘸蓼　香辛調味品。⓮行炙　送菜餚。⓯少　稍。⓰漁　勒索。⓱請　請求。⓲足下　古時下對上或同輩間的敬稱。典出劉敬叔《異苑》卷一〇。⓳固　一再。⓴逆　相迎接。㉑媟褻　態度輕薄。㉒錯愕　驚愕。㉓惕惕　惶懼不安貌。㉔莫逆　志同道合，感情深厚。㉕甲子　年齡。㉖殊　竟。㉗黃巢　唐代末年，曾聚集眾數十萬，攻取廣州，破長安，建大齊政權。見《新唐書·黃巢傳》。㉘道　道行，即修道成仙的功夫。㉙殊　尚且。㉚陝　陝西省。㉛楚楚　鮮明貌。㉜數　命運；天命。㉝介介　在意。㉞中夜　半夜。㉟西州　此指山西省。㊱嗒喪若偶　嗒喪，失意沮喪。偶，木偶。㊲躡　追隨於後。㊳裘馬　穿輕裘騎肥馬，泛指生活豪華。㊴騷雅　風流文雅。㊵蒼頭　僕人或頭髮蒼白的老人。㊶鏹　銀子。

【語譯】萊蕪縣的張虛一，是山西省學使張道一的二哥，不拘細節，放縱自己，聽說縣裡某家宅院住著狐仙，恭敬地帶了名片去拜訪，希望見面。他把名片塞進門縫，一會兒門自動敞開。跟來的僕人大吃一驚，趕緊向後退，張虛一卻整理一下衣服，恭敬地走進去，見正房中几案坐榻一清二楚，卻靜悄悄沒有人影，就作了個揖禱告說：「小生齋戒獨宿後才來到這裡，仙人既然不把我拒之門外，為什麼不直截讓我瞻仰一下你的神采呢？」忽然聽到空屋中有人說話：「勞你屈駕光臨，聽見你的腳步聲，我很高興。請坐下來給我指教。」隨即看到兩把椅子自動相對。剛坐下，就有嵌金絲的紅漆盤，盛著兩杯茶懸在眼前。各自取下，對面喝茶，聲音瀝瀝，卻始終看不見人。

喝完茶，接著喝酒。張虛一細問他家的情況，回答說：「我姓胡，兄弟排行第四，叫作『相公』，是順從別人給我的稱呼。」於是互相敬酒，發表議論，感情很融洽。席間團魚鹿肉，配料香辣；斟酒送菜的人很多，好像是相公的小僕人。張虛一喝了酒又想茶，想法剛萌生，香茶已擺在桌上。只要感覺需要，沒有不立刻得到的。張虛一非常愉快，盡情歡飲，有醉意以後才回家。從此，他每隔三幾天，一定去拜訪胡四相公，相公有時也到張虛一家，彼此來往都遵從人世賓主間的禮節。

一天，張虛一問胡四相公：「南城區有個巫婆，每天依託狐仙，勒索病人的錢財。不知道她家的狐仙，你是不是認識。」胡四相公說：「她胡說八道。實際她家沒有狐仙。」一會兒，張虛一起身去小便，聽見有人低聲細語，說：「剛才說的南城區狐巫婆，不知是什麼人，小人我想跟隨先生去看看她，請你為我向主人請示。」張虛一知道他是小狐，就答應說：「好。」於是他回到席間請求胡四相公說：「我想把伺候你的僕人帶去一兩名，共同試探一下巫婆，請你允許。」胡四相公一再說不必去，張虛一再三請求，他才應許。不久，張虛一出來，一匹馬自動走近他，像有人牽來似的。跨馬前往，小狐在路上交談，對張虛一說：「以後，先生在路上，如果感覺有細沙落到衣襟上，就是我們跟隨在你身邊。」他們邊說邊走，已經進城，來到巫婆家，巫婆見張虛一進門，笑著迎接，說：「大貴人怎麼忽然駕臨啦？」張虛一說：「聽說你家的狐子很靈驗，是真的嗎？」巫婆板起臉來說：「這種輕薄話，不適合貴人說，怎麼說是狐子呢？恐怕我家花姐不高興哩。」她的話還沒有說完，空中扔過來一塊磚頭，打在巫婆胳膊上；巫婆打了一個踉蹌，差點兒摔倒。她驚訝地對張虛一說：「你怎麼用磚頭砸我呢！」張虛一說：「你這個老婆子，瞎了麼！什麼時候見過自己頭破血流，冤枉袖手旁觀人的？」巫婆驚愕，不知怎樣才好。她正在迷惑不解的時候，又落下一個石頭，把她打倒；接著是髒泥亂落，把她抹成大花臉，像個小鬼。她只好連哭帶叫地喊饒命。張虛一望空請求寬恕她，這才停止。巫婆奔逃進屋，關緊門不敢出來。張虛一大聲向她說：「你的狐仙跟我的狐仙相比，怎麼樣？」巫婆認錯求饒，張虛一仰頭向空中，告請不要再傷害巫婆，巫婆才惶恐不安地出來。張虛一笑著教訓她一頓才回去。從此以後，他每次獨自在路上走，感覺到有沙粒淅淅地散落，就喊狐說話，狐就答應，不會錯；就憑這一點，張虛一連虎狼、強盜也不怕。這樣過了一年多，他和胡四相公更加志同道合，感情深厚。他問過胡四相公的年齡，胡四相公竟記不得了，只說：「我見過黃巢造反，記得很清楚，像昨天才發生的。」

一天夜晚，張虛一正同胡四相公交談，忽然牆頭上有簌簌的聲音，響得很厲害，張虛一驚異，胡四相公說：「這一定是我哥哥幹的。」張虛一說：「怎麼不請他來一起坐一會兒？」胡四相公說：「他的道行很淺，只要抓隻雞吃就滿足了。」張虛一對胡四相公說：「交情好得像咱們兩個，可以說十分滿意了。可是到底沒見過你的相貌，還是令人遺憾哩。」胡四相公說：「只要彼此友好就夠了，見面幹什麼？」一天，胡四相公擺上酒宴邀請張虛一，同時告別。張虛一問他：「將要到哪裡去？」說：「我出生於陝西中部，要回老家了。你常為兩人對面卻看不見我抱憾，今天讓你看一下相交數年的朋友吧，以後好相認呢。」張虛一四下張望，仍舊看不見他，胡四相公說：「你打開寢室門，我就在那裡呢。」張虛一聽他的話推門一看，原來裡面有個漂亮的年輕人，彼此對面大笑。他衣裝鮮明，眉清目秀，可是轉眼間就再也看不見了。張虛一轉身走回來，身後立刻有藉藉的腳步聲，說：「現在你的遺憾消除了。」張虛一卻又不忍心離別，胡四相公說：「分離與會合都是命裡注定的，何必在意呢。」於是他端起大酒杯勸酒，兩人一直喝到半夜，相公才挑著燈籠送張虛一回家。天明以後，張虛一再去探望他，早已人去房空，宅院冷冷清清了。

後來，張道一先生出任山西省學使，張虛一還像過去一樣清貧，因此去探望弟弟道一。他的期望很高，在那裡住了一個多月後回家，結果和去前的心願相差很遠，因而在馬上唉聲嘆息，灰心喪氣，神態像個木偶。忽然一個少年騎著小黑馬，跟隨在他馬後。張虛一回頭看，見他衣裝馬飾很華美，風度文雅，就同他閒談。少年察覺他不高興，問他，張虛一嘆了口氣把原因全說出來，少年就安慰他。他們同行了一里多地，來到岔路口，少年向他拱手作揖告別，說：「前面有一個人，他遵照你老友的囑託，贈送你一件東西，請你收下。」張虛一又要問他，他已經打馬逕直離開了。張虛一不明白其中原因，又走了二三里路，見一個頭髮蒼白的老人，把腰間挎的小簍子，從馬前遞給張虛一說：「胡四相公敬贈先生的。」張虛一這才豁然領悟；接過來打開一看，裡面裝滿白銀；及至轉眼看那老人，不知道他到哪裡去了。

【研　析】這是一篇描寫人與狐交友，狐重情重義，誠心助人，從而諷刺貴官薄於兄弟之情的喻世小說。

張虛一與狐相交為友，感情真摯誠篤，後來分別。張清貧，其弟張道一為山西學使，位高家富，兄去求弟，未給一點資助。而離別已久的狐友，反而不忘舊情，張返回路上得他贈送一簍白銀。此文主旨，如法國十七世紀寓言詩人拉封丹所說：「用動物教訓人類。」文中還寫了以狐懲巫、狐友批評其兄二事，豐富了作品的內容，擴大了審美視野，增強了作品藝術性。

萊蕪書生張虛一，性豪放自縱，聽到附近居住了狐狸，就帶上名帖，恭恭敬敬去拜訪。狐亦文雅禮貌，熱情周到的接待。先讓坐敬茶，自報姓名為胡四相公。接著上酒，「酬酢議論，意氣頗洽。鱉羞鹿脯，雜以薌蓼」，「張大悅，盡醉始歸」。從此，三數日就互相拜訪暢敘，結為好友。但與狐交往，只聽到言語，看到器具飲食用品，卻不見狐友及僕人小狐的形狀。一日，張聞城南巫嫗，託狐仙名漁利病家，問胡認識否？胡稱虛妄，實無狐。張請派小狐隨他去對巫懲戒，制止了害民之事。有天晚上，張在狐居聊天，忽聽牆頭沙沙作響，張驚異，胡曰：「此必家兄。」張請邀來共坐。曰：「伊道頗淺，祗好攫雞啖使了足耳。」張以友情篤好而不能見面為憾。一日，狐置酒邀張告別，說回陝西故鄉，並與見面。「張如其言，推扉一覷，則內有美少年，相視而笑。衣裳楚楚，眉目如畫，轉瞬之間，不復睹矣」。最後，張求弟碰壁，返回路上愁腸百轉，卻意外地收到狐友派人送給一簍白銀，足見其重友情講義氣的美德。

此文在寫作上極富狐趣，胡相公做事言談又極有人情，卻看不見人影，也看不到狐形。讀來感覺撲朔迷離，令人產生奇思妙想，意趣橫生。張生初訪狐居：「投刺隙中。移時，扉自闢」，「張肅衣敬入，見堂中几榻宛然，而闃寂無人」。但祝告後，「忽聞虛室中有人言曰：『勞君枉駕，可謂跫然足音矣。請坐賜教。』即見兩座自移相向。甫坐，即有鏤漆硃盤，貯雙茗醆懸目前。各取對飲，吸瀝有聲，而終不見其人」。這種寫法十分新穎，增加了作品的藝術感染力，也顯示了作者寫作的創新才能。

續黃粱❶

福建曾孝廉高捷南宮時❷，與二三新貴❸遨遊郊郭❹。偶聞毗盧禪院❺寓一星者❻，因並騎往詣❼問卜。入，揖而坐。星者見其意氣❽，稍佞諛❾之。曾搖箑微笑，便問：「有蟒玉❿分否？」星者正容，許二十年太平宰相⓫。曾大悅，氣益高。值小雨，乃與遊侶避雨僧舍。舍中一老僧，深目高鼻，坐蒲團上，偃蹇⓬不為禮。眾一舉手，登榻自話。群以宰相相賀，曾心氣殊高，指同遊曰：「某為宰相時，推張年丈⓭作南撫⓮，家中表⓯為參、游⓰，我家老蒼頭⓱亦得小千、把⓲，於願足矣。」一坐大笑。

俄聞門外雨益傾注，曾倦伏榻間，忽見有二中使⓳，齎天子手詔，召曾太師⓴決國計。曾得意，疾趨入朝。天子前席㉑，溫語良久，命三品㉒以下，聽其黜陟，即賜蟒玉、名馬。曾被服稽拜㉓以出。入家，則非舊所居第，繪棟雕榱㉔，窮極壯麗。自亦不解何以遽至於此。然撚髯微呼，則應諾雷動。俄而公卿贈海物㉕，傴僂足恭㉖者，疊出其門。六卿㉗來，倒屣㉘而迎；侍郎㉙輩，揖與語；下此者，頷之而已。晉撫㉚饋女樂十人，皆是好女子。其尤者為嫋嫋，為仙仙，二人尤蒙寵顧。科頭休沐㉛，日事聲歌㉜。

一日，念微㉝時嘗得邑紳王子良周濟，我今置身青雲㉞，渠尚蹉跎仕路㉟，何不一引手？早旦一疏㊱，薦為諫議㊲，即奉俞旨㊳，立行擢用。又念郭太僕㊴曾睚眦㊵我，即傳呂給諫及侍御㊶陳昌等，授以意旨。越日，彈章㊷交至，奉旨削職以去。恩怨了了㊸，頗快心意。偶出郊衢㊹，醉人適觸鹵簿㊺，即遣人縛付京尹㊻，立斃杖下。接第連阡者，皆畏勢獻沃產。自此富可埒國。無何，而嫋嫋、仙仙以次殂謝，朝夕遐想，忽憶曩年見東家女絕美，每思購充媵御㊼，輒以綿薄㊽違宿願，今日幸可適㊾志，乃使幹僕數輩，強納貲於其家。俄頃，籐輿舁至，則較昔之望見時尤艷絕也。自顧生平，於願斯足。

又逾年，朝士竊竊，似有腹非[50]之者；然各為立仗馬[51]，曾亦高情盛氣，不以置懷。有龍圖學士包拯[52]上疏，其略曰：「竊以曾某，原一飲賭無賴，市井[53]小人。一言之合，榮膺聖眷[54]；父紫兒朱[55]，恩寵為極。不思捐軀摩頂[56]，以報萬一；反恣胸臆，擅作威福。可死之罪，擢髮難數：朝廷名器[57]，居為奇貨[58]，量缺[59]肥瘠，為價重輕。因而公卿將士，盡奔走於門下[60]；估計夤緣[61]，儼如負販；仰息望塵[62]，不可算數。或有傑士賢臣，不肯阿附，輕則置之閒散，重則褫以編氓[63]，甚且一臂不袒[64]，輒迕鹿馬之奸[65]；片語方干[66]，遠竄豺狼之地。朝士為之寒心，朝廷因而孤立。又且平民膏腴[67]，任肆蠶食；良家女子，強委禽妝[68]。沴氣冤氛，暗無天日：奴僕一到，則守、令[69]承顏；書函一投，則司、院[70]枉法。或有廝養[71]之兒，瓜葛[72]之親，出則乘傳[73]，風行雷動。地方之供給稍遲，馬上之鞭撻立至。荼毒人民，奴隸官府：扈從[74]所臨，野無青草。而某方炎炎赫赫[75]，怙寵無悔。召對[76]方承於闕下，萋菲[77]輒進於君前；委蛇[78]才退於自公，聲歌已起於後苑。聲色狗馬，晝夜荒淫；國計民生，罔存念慮。世上寧有此宰相乎！內外駭訛，人情洶洶。若不急加斧鑕[79]之誅，勢必釀成操、莽之禍[80]。臣夙夜祗懼[81]，不敢寧處，冒死列款，仰達宸聽[82]。伏祈斷奸佞之頭，籍貪冒[83]之產，上回天怒，下快輿情。如果臣言虛謬，刀鋸鼎鑊，即加臣身。」云云。

疏上，曾聞之，氣魄悚駭，如飲冰水。幸而皇上優容[84]，留中不發。又繼而科、道、九卿交章劾奏[85]；即昔之拜門牆[86]、稱假父[87]者，亦反顏相向。奉旨籍家[88]，充雲南軍[89]。子任平陽[90]太守，已差員前往提問。曾方聞旨驚怛，旋[91]有武士數十人，帶劍操戈[92]，直抵內寢，褫其衣冠，與妻並繫。俄見數夫運貲於庭，金銀錢鈔以數百萬，珠翠瑙玉數百斛，幄幕簾榻之屬，又數千事[93]，以至兒襁女舄，遺墜庭階。曾一一視之，酸心刺目。又俄而一人掠美妾出，披髮嬌啼，玉容無主。悲火燒心，含憤不敢言。俄樓閣倉庫，並已封誌。立叱曾出。監者牽羅曳而出。

夫妻吞聲[94]就道，求一下駟[95]劣車，少作代步，亦不得。十里外，妻足弱，欲傾跌，曾時以一手相攀引；又十餘里，己亦困憊。欻見高山，直插霄漢[96]，自憂不能登越，時挽妻相對泣，而監者獰目來窺，不容稍停駐。又顧斜日已墜，無可投止，不得已，參差蹩躠[97]而行。比至山腰，妻力已盡，泣坐路隅；曾亦憩止，任監者叱罵。忽聞百聲齊譟，有群盜各操利刃，跳梁[98]而前。監者大駭，逸去。曾長跪，言：「孤身遠謫[99]，橐中無長物[100]。」哀求宥免。群盜裂眦宣言：「我輩皆被害冤民，只乞得佞賊頭，他無索取。」曾叱怒曰：「我雖待罪[101]，乃朝廷命官[102]，賊子何敢爾[103]！」賊亦怒，以巨斧揮曾項，覺頭墮地作聲。

魂方駭疑，即有二鬼來，反接其手，驅之行。行逾數刻，入一都會。頃之，睹宮殿；殿上一醜形王者，憑几決罪福。曾前，匐伏請命[104]。王者閱卷，才數行，即震怒曰：「此欺君誤國之罪，宜置油鼎！」萬鬼群和，聲如雷霆。即有巨鬼捽至墀下。見鼎高七尺已來，四圍熾炭，鼎足盡赤。曾觳觫[105]哀啼，竄跡無路。鬼以左手抓髮，右手握踝，拋置鼎中。覺塊然一身，隨油波而上下，皮肉焦灼，痛徹於心；沸油入口，煎烹肺腑，念欲速死，而萬計不能得死。約食時[106]，鬼方以巨叉取曾出，復伏堂下。王又撿冊籍，怒曰：「倚勢凌人，合受刀山獄！」鬼復捽去。見一山，不甚廣闊，而峻削壁立，利刃縱橫，亂如密筍。先有數人罥腸刺腹於其上，呼號之聲，慘絕心目。鬼促曾上，曾大哭退縮；鬼以毒錐刺腦，曾負痛乞憐。鬼怒，捉曾起，望空力擲。覺身在雲霄之上，暈然一落，刀交於胸，痛苦不可言狀。又移時，身軀重贅，刀孔漸闊，忽焉脫落，四支蠖屈[107]。鬼又逐以見王。王命會計生平賣爵鬻名，枉法霸產，所得金錢幾何。即有鬖鬡人持籌[108]握算，曰：「三百二十一萬。」王曰：「彼既積來，還令飲去！」少間，取金錢堆階上，如丘陵。漸入鐵釜，熔以烈火。鬼使數輩，更以杓灌其口，流頤則皮膚臭裂，入喉則臟腑騰沸。生時患此物之少，是時患此物之多也！半日方盡。

王者令押去甘州[109]為女。行數步，見架上鐵梁，圍可數尺，綰一火輪，其大不知幾百由旬[110]，焰生五采，光耿[111]雲霄。鬼撻使登輪，方合眼躍登，則輪隨足轉，似覺傾墜，遍體生涼。開眸自顧，身已嬰兒，而又女也。視其父母，則懸鶉[112]敗焉。土室之中，瓢杖猶存。心知為乞人子。日隨乞兒托鉢，腹轆轆然，常不得一飽。著敗衣，風常刺骨。十四歲，鬻與顧秀才[113]備媵妾[114]。衣食粗足自給，而冢室[115]悍甚，日以鞭箠從事，輒以赤鐵烙胸乳。幸而良人頗憐愛，稍自寬慰。東鄰惡少年，忽踰垣來逼與私[116]。乃自念前身惡孽，已被鬼責，今那得復爾。於是大聲疾呼。良人與嫡婦盡起，惡少年始竄去。居無何[117]，秀才宿諸其室，枕上喋喋[118]，方自訴冤苦。忽震厲一聲，室門大闢，有兩賊持刀入，竟決秀才首，囊括衣物。團伏被底，不敢復作聲。既而賊去，乃喊奔嫡室。嫡大驚，相與泣驗。遂疑妾以姦夫殺良人，因以狀白刺史[119]；刺史嚴鞫，竟以酷刑定罪案，依律凌遲[120]處死。縶赴刑所，胸中冤氣扼塞，距踊[121]聲屈，覺九幽十八獄[122]，無此黑暗也。

正悲號間，聞遊者呼曰：「兄夢魘[123]耶？」豁然而寤，見老僧猶跏趺[124]座上。同侶競相謂曰：「日暮腹枵，何久酣睡？」曾乃慘淡而起。僧微笑曰：「宰相之占驗否？」曾益驚異，拜而請教。僧曰：「修德行仁，火坑中有青蓮[125]也。山僧何知焉。」曾勝氣而來，不覺喪氣而返。臺閣[126]之想，由此淡焉。入山不知所終。

異史氏曰：「福善禍淫，天之常道。聞作宰相而忻然於中者，必非喜其鞠躬盡瘁[127]可知矣。是時，方寸[128]中宮室妻妾，無所不有。然而夢固為妄，想亦非真。彼以虛作，神以幻報。黃粱將熟，此夢在所必有，當以附之《邯鄲》[129]之後。」

【注釋】❶黃粱　黃粱夢。語源唐沈既濟〈枕中記〉，喻虛幻的事情。❷福建句　孝廉，明清時代對舉人的稱呼。高捷南宮，會試及格，成為進士。❸新貴　指進士。❹郊郭　城外。❺毗盧禪院　供有毗盧佛的寺院。❻星者　算命的人。❼詣　訪。❽意氣　神色。❾佞諛　巧語奉承。❿蟒玉　高官所服蟒袍玉帶。⓫太平宰相　國家安定昌盛時期的宰相。宰相是歷代輔助皇帝，總攬政務的最高行政長官，明清時稱大學士。⓬偃蹇　傲慢。⓭年丈　同年的父輩，或父輩同年。同年，同科考中的人。⓮南撫　江南巡撫。⓯中表　泛稱表兄弟。⓰參游　明清時中級武官名。⓱蒼頭　僕人。⓲千把　官名，即千總、把總，為明清時低級武官。⓳中使　宮中派出的官員。⓴太師　官名。宰相的加銜。㉑前席　向前移動座位，表示親近。㉒品　品級，古代官有九品，最高者為一品。㉓被服稽拜　被服，穿戴。稽拜，叩頭。㉔榱　屋頂的椽子。㉕海物　海產品。㉖足恭　過分恭敬。㉗六卿　明清時為吏、戶、禮、兵、刑、工六部的尚書。㉘倒屣　急於迎接，因而穿倒了鞋，喻行事急忙。㉙侍郎　六部的副長官。㉚晉撫　山西巡撫。㉛科頭休沐　科頭，不戴帽子。休沐，休息。㉜日事聲歌　事，從事。聲歌，聲色歌舞。㉝微　身分微賤。㉞青雲　官高爵顯。㉟仕路　做官的道路。㊱疏　奏章。㊲諫議　官名，即諫議大夫，明清時給諫。㊳俞旨　表示准許的聖旨。㊴太僕　掌管皇家輿馬和馬政的官員。㊵睚眦　怒目相視。㊶侍御　即御史，明清時有監察御史。㊷彈章　提出彈劾意見的奏章。㊸了了　清楚。㊹郊衢　郊外四通八達的道路。㊺鹵簿　官員出行所用的儀仗隊。㊻京尹　京城行政首長。㊼媵御　妾。㊽綿薄　力量單薄。㊾適　順從。㊿腹非　心懷不滿。(51)立仗馬　古代用作儀仗的馬。(52)龍圖學士包拯　龍圖學士，宋代官名。包拯，字希仁，為官剛正，執法嚴峻，是古代清官的典型。(53)市井　商業區。(54)聖眷　皇帝的恩寵。(55)父紫兒朱　紫朱，指服色，三品以上官員紫袍，五品以上朱袍。(56)捐軀摩頂　為國獻身，不辭勞苦。(57)朝廷名器　朝廷，以皇帝為首的中央政府。名器，官職；爵位。(58)居為奇貨　囤積奇貨以待高價。(59)缺　空著的職位。(60)門下　門庭之下。(61)估計夤緣　估計，估量價值，計算數量。夤緣，拉攏關係以謀求私利。(62)仰息望塵　仰息，喻依附別人。望塵，望塵而拜，喻傾情巴結權貴。(63)編氓　編入平民戶口的人。(64)一臂不袒　偏心袒護。語源《史記·呂太后本紀》。[65]鹿馬之奸　指鹿為馬的奸臣。語出《史記・秦始皇本紀》。[66]干　冒犯。[67]膏腴　肥沃田地。[68]禽妝　定婚彩禮。[69]守令　太守和縣令。太守在明清時稱知府，為一州最高行政長官。[70]司院　司法和監察機關。[71]廝養　泛指僕人。[72]瓜葛　遠門親戚。[73]乘傳　乘官府驛站的車馬。[74]扈從　跟從服役的人。[75]炎炎赫赫　權勢喧赫。[76]召對　皇帝召見問答。[77]萋菲　進讒言挑撥離間。[78]委蛇　從容自得。[79]斧鑕　斧子和鐵砧，古代刑具。[80]操莽之禍　曹操、王莽篡奪皇權之禍。[81]祗懼　謹慎畏懼。[82]宸聽　帝王聽知。[83]貪冒　貪汙自肥。[84]優容　優待寬容。[85]又繼而科句　科，中央官署設置的行政部門。道，省以下行政區。九卿，泛指朝廷大臣。交章劾奏，都寫奏章彈劾。[86]拜門牆　拜於門下稱門徒。[87]假父　乾爹。[88]籍家　登記沒收家產。[89]充雲南軍　被發配到雲南服勞役。[90]平陽　山西省平陽府，今山西平陽。[91]旋　立刻。[92]戈　長柄橫刃兵器。[93]事　件。[94]吞聲　不敢說話。[95]下駟　下等馬。[96]霄漢　泛指高空。[97]蹩躠　瘸腿行走的樣子。[98]跳梁　跳躍。[99]謫貶官放逐。[100]長物　多餘的東西。[101]待罪　等待處分。[102]命官　皇帝封的官員。[103]爾　如此。[104]匐伏請命　匐伏，趴伏地上。請命，請求饒命。[105]觳觫　顫抖。[106]食時　吃一頓飯的時間。[107]蠖屈　形容像尺蠖一樣的屈曲之形。蠖，尺蠖。[108]籌　計數用籌碼。[109]甘州　府名，府治在今甘肅張掖。[110]由旬　古印度計程單位，有合我國四十或六十或八十里等說法。[111]耿　照耀。[112]懸鶉　鵪鶉毛斑尾短，類似破衣，喻爛衣。[113]秀才　明清時入府、州、縣學的讀書人。[114]媵妾　陪嫁的女子，泛指妾。[115]冢室　正妻，也稱嫡室。[116]私　私通。[117]居無何　一會兒。[118]喋喋　話多。[119]白刺史　白，稟報。刺史，州的長官。[120]凌遲　斬斷四肢後割去喉管的死刑。[121]距踊　跳躍。[122]九幽十八獄　九幽，地下。十八獄，十八層地獄。佛家所說惡人死後受苦處，有刀山、火湯、寒冰等十八種。[123]夢魘　做惡夢。[124]跏趺　兩足交叉，放在左右腿上打坐。[125]火坑中有青蓮　火坑，佛教所說地獄、餓鬼、畜生三惡道。青蓮，佛教所說極樂世界。[126]臺閣　宰相等皇帝的大臣。[127]鞠躬盡瘁　不辭勞苦，盡力國事。[128]方寸　心；思想。[129]邯鄲　明湯顯祖《邯鄲記》。據唐傳奇〈枕中記〉改編。〈枕中記〉記：盧生在邯鄲道旅店中因不得志而嘆息，呂翁給他一個枕頭，他就枕入睡，夢中享盡人間富貴榮華，醒時，店主人所做的黃粱飯還沒有煮好。

【語譯】福建省的舉人曾某考取進士，與兩三位同時成為進士的新貴人到城外遊玩，偶然聽說毗盧佛寺院，來了一位算命的先生，就一起騎馬去算命。進寺以後行禮就座，算命的人見他們那副神氣，說了幾句恭維奉承的話。曾某搖動扇子微微一笑，問道：「你看我有穿蟒袍、圍玉帶的緣分嗎？」算命先生嚴肅地說：「我許你能當二十年太平宰相。」曾某非常開心，更加趾高氣揚。正逢下小雨，就和同伴進僧人住房避雨。這房中有位老僧，長得深眼窩、高鼻梁，安坐在蒲團上，態度高傲，不致禮相迎。貴人們一舉手，就坐在榻牀上談話。有的對曾某被許為宰相表示祝賀，曾某心氣很高，指著一個同伴說：「我要是當了宰相，推舉張年丈做江南巡撫，我的表兄弟做參將、游擊，家中老僕也去當千總、把總，這樣我就滿意了。」同伴們聽後都哈哈大笑。

一會兒，門外雨聲越來越大，曾某疲倦，趴在牀上睡去。忽然看見兩個宮裡派出的官員，手捧皇帝的詔書，要曾太師去決斷國家大事。曾某得意揚揚，迅速入朝。皇帝賜座，並向前移動座位，靠近他親切交談了很久，命令三品以下的官員，職務升降全由曾某做主，又賞給他蟒袍玉帶、名馬。他換上新衣，叩頭辭別。進了家，已經不是原來住的房屋，新建廳堂，雕樑畫柱，無比壯麗。連他自己也不明白怎麼驟然是這樣。他才一捻腮上的鬍子，輕輕一喊，下面便應聲如雷。一會兒三公九卿贈送海中特產，大鞠躬表示萬分恭敬者，絡繹不絕。尚書們來，他趕緊出門迎接；侍郎們來，還一個揖，說幾句話；來的人如果官職低於侍郎，便向他點頭致意罷了。山西的巡撫贈歌女舞女十名，都是非常漂亮的女郎，其中有兩個最美麗，一個名叫嫋嫋，另一個叫仙仙，尤其受曾某寵愛。曾某休假，脫去官帽，一天到晚泡在歌舞場裡。

一天，曾某想起自己微賤時，得到縣中紳士王子良周濟：我現在是高官，他官場不如意，何不提攜一把？第二天一道奏章呈上，薦他當諫議大夫。皇帝許可，立刻任用。又想郭太僕曾向我瞪過眼，便把呂給諫和侍御陳昌叫來，交代自己的要求。過了一天，彈劾郭的奏章一齊交來，謹遵聖旨，撤去郭的太僕官職。恩怨處理分明，心裡很痛快。他偶然來到郊外大路上，一個醉漢正巧觸犯了他的儀仗隊，就派人把他捆起來，送給京城長官，立即亂棍打死。和他宅院、土地相鄰的人家，都害怕他權大勢強，因此把自己的肥沃的產業白送給他。從此，他的財富可以和國家相比。不久，嫋嫋和仙仙相繼去世，因此他日夜遐想，忽然想到往昔見東鄰女郎漂亮無比，常想買她作妾，總是因為力量小不能如願，現在有幸能隨心所欲，就使幾名幹練的僕人，強迫她家收錢賣人。一會兒，青篠小轎把她抬來，看那容貌，比過去乍見時更加嬌美。於是回顧自己過去的生活，心滿意足。

又過了一年，朝中官員私下小聲議論，好像有人對他心懷不滿，可是各個人都像儀仗隊裡專用的馬，不聲不響，曾某也就依然高傲威嚴，不放在心裡。有龍圖學士包拯向皇帝呈上奏章，內容約略為：「臣私自認為：曾某本是酗酒賭博的無賴，市場中鄙陋之人，由於一次花言巧語投合，榮蒙皇上恩寵，父紫衣、兒紅袍，寵幸已到極點。他不想竭力貢獻，稍報皇恩，反而隨心所欲，擅作威福。該死之罪，擢髮難數：朝廷中爵位，當作珍奇的貨物囤積，掂量空額油水多少，標定價格高低。因而公卿將士，奔走於他的門下，估算本利，拉攏關係，有如商販，依賴他的鼻息生存，望見他的車塵拜揖。這類事很多，數也數不清。有的傑士賢臣，不肯阿諛攀附，他從輕處分時改降閒職，加重懲罰便貶官為民。甚至稍不對他偏心袒護，就施展指鹿為馬的奸詐而治罪；一句話冒犯，便遠貶你到豺狼出沒的邊地。朝官為此寒心，皇家因而孤立。而且平民的肥田，任意蠶食；良家之女子，逼受聘娶。凶氣冤氛，暗無天日：奴僕一到，要太守、縣令看臉色行事；書信一投，致司法、監察枉法。他的奴僕、遠親，一出門便乘官家車馬，風行雷動，地方之供給稍遲，馬上人立刻鞭打。毒害人民，奴役官府：扈從所到之處，搜刮得野無青草。而他正權勢喧赫，憑藉恩寵，不思悔改。皇上召見官員於宮中問事，就搬弄讒言於君前；剛從容自得地退朝回府，輕歌曼舞已演出於後苑。聲色狗馬，晝夜荒淫，國計民生，毫不思慮。世上豈有這種宰相麼！朝廷內外為此震驚，人心動蕩不安。如不快以斧鑕處斬，勢必釀成曹操、王莽篡權之禍。臣日日夜夜謹慎小心，不敢坐享安逸，冒死列舉曾某罪款，呈達皇上。伏請斬奸佞之頭，抄沒他貪汙所得家產，對上回應天帝的憤怒，對下使得民情舒暢。如果臣言虛假錯誤，甘願立即接受刀鋸油鍋酷刑。」

包公的奏章呈上，曾某聽後驚怕，像被灌下一肚子冰水。幸虧皇上寬容，把奏章留存宮中，不予公開。隨後，朝廷內外的官員，都寫奏章彈劾曾某，就連過去拜倒他腳下的門徒，拜他為乾爹的人，也和他翻了臉。遵照聖旨，曾某抄家，充軍到雲南。他的兒子官平陽太守，朝廷已派員前往傳訊審問。曾某聽過聖旨，正在膽顫心驚，立刻有武士數十人，持刀劍戈矛闖入內室，剝去他的衮衣，摘掉宰相帽，他和妻子都被拴起來。一會兒，有幾個人來搬運錢財，金銀紙鈔有數百萬，珠翠瑙玉數百斛，幄幕簾榻之類有數千件；兒子的襁褓、女兒的鞋，扔落庭中階下，曾某一一看在眼裡，傷心不願見。不久，有人把他美麗的小老婆揪了出來，她披散著頭髮，嬌聲啼哭，六神無主。曾某為此悲痛得火燒火燎，心中憤恨卻不敢出聲。亂了一陣子，樓閣、倉庫已貼上封條，立即呵叱曾某離開，監押人把他們一前一後拉出門外。

曾某夫妻忍氣吞聲，踏上充軍路，求一輛瘦馬拉的破車代替步行，也沒有得到。剛走了十里路，妻子雙腳弱小，常要跌倒，曾某一隻手拉著她行走；又走十多里，已經累得走不動了，卻忽見高山在前，直插雲霄，曾某擔心爬不過去，停下來拉著妻子相對哭泣，監押的差役怒目相視，不許稍作停留。曾某又見斜陽已落，沒有地方可以投宿，不得已一前一後、一瘸一拐地前進；及到山腰，妻子氣力用盡，坐在路旁哭起來，曾某也站立休息，任憑監押人員叱罵。突然群聲譟雜，有許多強盜手舉刀劍，連跑帶跳地趕來。監押人員十分驚異，立即逃跑。曾某跪下說：「我單身被放逐遠方，口袋裡沒有多餘的東西。」哀求寬恕。強盜們瞪大眼睛宣告：「我們都是被你所害的冤民，只要你奸賊的頭，別的東西一概不要。」曾某發怒，呵叱說：「我雖然有罪，卻是朝廷的官員，賊子怎麼膽敢這樣！」賊們也惱火，揮動大斧砍曾某的頭。曾某覺得頭落地上，發出聲響。

曾某的鬼魂還在驚疑，有兩個鬼差役走來，反綁了他的兩手，驅趕他快走。走了數刻，進了都城，不久就看到宮殿，殿上坐著一位面目醜陋的鬼王，憑靠几案決定治罪或賜福。曾某到案前，趴在地上請求饒命。鬼王閱卷，才看了幾行就非常憤怒，說：「這是欺君誤國的罪，應當下油鼎！」萬鬼一齊應和，聲如雷霆。立即有大鬼把曾某揪到臺階下方。看那油鼎有七尺多高，四周燒著炭火，三個鼎足燒得通紅。曾某顫抖哀啼，想藏起來卻找不到門路。鬼差役左手抓住他的頭髮，右手握住他的腳踝，丟在鼎裡。他感覺自己孤零零一身，隨油波浮沉，皮焦肉爛，疼痛鑽心；沸油灌進口中，煎烹肺腑，想趕快死去，卻千方萬計死不了。炸了約一頓飯的工夫，鬼差役才用大叉把他撈出來，他又趴在殿堂裡。鬼王繼續查閱卷籍，又發怒說：「仗勢欺人，應受刀山獄！」鬼差役又把他揪出去。只見一座山，不很寬廣，卻非常陡峭，像牆壁一樣直立，鋒利的刀劍縱橫交叉，亂如密筍；上面已有幾個人，陽掛腹裂，直疼得連聲喊叫，情狀悽慘，目不忍睹。鬼差役督促曾某上去，曾某大哭，連忙後退。鬼差役就用毒錐刺向他的頭腦，曾某忍受著疼痛乞求憐憫。鬼差役惱怒，把他抓起來，向空中用力扔去。他感覺自己在雲霄以上，暈暈忽忽地向下一落，刀交插胸膛，痛苦得無法表達。又過了一會兒，身軀累贅，刀孔越來越大，忽然脫落，四肢像尺蠖般彎曲。鬼差役又攆他去見鬼王，鬼王命計算曾某生前賣官賣名，枉法霸占他人產業，所得金錢有多少，立即有個留有絡腮鬍子的人拿著籌碼在計算，說：「共計三百二十一萬兩。」鬼王說：「既然是積攢得來，就送還他，叫他喝進去！」一會兒，取來金錢堆到臺階上，狀似丘陵，裝進鐵鍋，烈火熔化。幾個鬼差役用勺子盛滿金汁，向曾某嘴裡灌。流到腮外，皮膚臭裂；進入喉嚨，內臟沸騰。曾某活著的時候，總嫌錢太少，這時又愁這個東西太多了！他喝了半天才喝完。

鬼王令鬼差役押曾某到甘州，使他投生為女子。曾某走了幾步，看見一個鐵架，架上橫一鐵梁，鐵梁很粗，圓周有好幾尺長，貫穿大火輪。曾某感覺火輪高約萬里，火焰五彩，光照雲霄。鬼差役打他，趕他登上輪子。他剛剛閉上眼睛上去，火輪便隨腳步轉動，又感覺被甩下來，渾身冰涼。睜眼一看，自己是個嬰兒，卻是女的；看看父母，都穿著破爛衣衫，小土屋裡放著瓢和棍子，知道自己是乞丐的孩子。她每天跟隨乞兒端碗討飯，肚裡餓得轆轆叫，經常吃不飽；穿著爛衣服，寒風刺骨。十四歲時，被賣給顧秀才作妾，衣食剛夠用，而正妻很兇悍，每天挨她的鞭打，常被她用燒紅的烙鐵烙乳房。幸虧很受丈夫喜愛，稍覺寬慰。東鄰的惡少年忽然跳過牆來，強迫她私通，而想到自己前世有罪，已被陰司懲罰，現在哪能重犯，於是急忙大聲喊叫。丈夫和正妻趕來，惡少年才逃跑。不久，秀才在她屋裡住宿，她正在枕上喋喋不休的訴苦，忽然雷鳴般一聲，室門大開，有兩個賊提著刀進來，竟然刀砍秀才頭，又捲走了所有的衣物。她蜷縮在被子裡，不敢再作聲，賊走以後，才邊喊邊跑向正妻的住房。正妻大驚，一同哭著去查看現場。正妻竟懷疑她勾結奸夫殺死丈夫，因此以訴狀告向刺史。刺史嚴加審訊，竟依仗殘酷的刑罰定罪結案，按照法律施行凌遲死罪，就把她綁起來拉向刑場。這時她胸中塞滿冤氣，跳起來喊冤，發覺陰司十八層地獄，也沒有這樣的黑暗。

她正在悲慟喊叫的時候，聽見遊人呼喚：「曾兄，你在做惡夢嗎？」曾某豁然夢醒，見老僧還在蒲團上打坐，同伴們爭著對他說：「太陽要落了，肚裡飢餓。你這一覺怎麼睡得這麼長呢？」曾某情緒慘淡，爬起身來。老僧看著他微笑，說：「做宰相的占卜，應驗了嗎？」曾某一聽更加驚異，向他作揖請教，老僧說：「修養德行，實行仁愛，火坑中有極樂世界啊。我這深山僧人懂得什麼呢。」曾某意氣飛揚而來，不料垂頭喪氣而回，當宰相的願望從此淡泊，此後他進山隱居，不知道他結局怎麼樣。

異史氏說：「使行善的人得福，使作惡的人遭禍。這是天定的法則。聽說自己能當宰相而沾沾自喜的人，喜的一定不是為國鞠躬盡瘁，這是可以想見的。這時，心裡想的是宮室妻妾，無所不有。然而夢固然虛妄，所想也不是真實。他在虛幻中行事，神也在虛幻中報應。人生短暫，像煮黃米飯，將熟未熟，這類夢境一定會有。這篇故事應當附加在《邯鄲記》後面。」

【研析】唐傳奇中沈既濟〈枕中記〉寫了黃粱夢的故事，受其影響，蒲翁創作了一篇相近似的夢幻故事，故名〈續黃粱〉。這篇故事雖然襲用了〈枕中記〉的框架，同樣含有否定功名富貴、宣揚消極出世的觀念，但作者獨具匠心，把黃粱美夢變為黃粱惡夢，把抽象觀念的形象載體，演化為抨擊譏刺官場的黑暗現實和懲治貪官汙吏的藝術圖畫。

〈枕中記〉寫盧姓書生，用道士神異瓷枕，在夢中享盡所仰慕的功名富貴。入夢前店主人蒸黃粱飯，夢醒時，飯尚未熟。這就是著名的黃粱夢故事。此後，我國文言小說史上出現許多類似的作品，雖繁簡高下不同，但思想主旨大同小異。〈續黃粱〉雖未完全拋開傳統觀念，卻有作者獨闢蹊徑的創新之處。此篇所寫曾某，既無德能又無功績，是個平步青雲的「飲賭無賴」，「睚眦必報的「市井小人」。入夢前聽卜者「許二十年太平宰相」，立即變得心高氣傲，躊躇滿志。夢中做了太師，就大施淫威，大報個人恩怨；作福作威，草菅人命，奪田霸女，「荼毒人民」；結黨營私，「奴隸官府」，做盡了奸詐弄權，荒淫腐敗，坑國害民的惡事。這也正是當時官場黑暗現實的描述。小說接著寫包龍圖彈劾曾某的本章，歷數種種罪行，實質上是作者對當時高官權臣的總結和評判，切中時弊，大合民意。接著寫曾某被罷官、抄家、充軍，路上又被受他迫害的冤民殺死。夢中為官做宰已是奇幻之想，夢中死而為鬼，更是奇中之奇。曾成鬼後受到陰司懲治，烹於油鼎、刺於刀山，更為奇特的，計算他「賣爵鬻名，枉法霸產，所得金錢」的數目，熔為金水，灌入其口，「皮膚臭裂」，「臟腑騰沸」。生時患錢少，此時患錢多！這些描寫雖是幻想，卻符合百姓懲治貪官伸張正義的心願，是有一定積極意義的。最後又寫曾某轉生為乞丐之女，秀才之妾，受盡欺凌、磨難和不白之冤。這樣寫，雖然意在加重對曾懲罰，但無形中將窮苦被壓迫者受苦受難說成是前生孽果了。這是作者思想局限不自覺的表現。

這篇小說是寓意之作，但在細節描寫上也很出色，讀來令人信服。如寫曾某問卜前程，其意就在於要得到奉承。開口就問：「有蟒玉分否？」得意忘形溢於言表。卜者最會佞諛：「許二十年太平宰相。」此不過無憑無據的嬉戲玩笑，因為適合曾某心理需要，所以聽後，「曾大悅，氣益高」，「群以宰相相賀，曾心氣殊高，指同遊曰：『某為宰相時，推張年丈作南撫，家中表為參、游，我家老蒼頭亦得小千、把，於願足矣。』」將小人得志的醜態絕妙地表現出來，增加了作品的真實性，也為夢中的描寫奠定了現實基礎。

紅毛氈

紅毛國❶，舊許與中國相貿易，邊帥見其眾，不聽❷登岸。紅毛人固請：「但賜一氈地足矣。」帥思一氈所容無幾，許之。其人置氈岸上，僅容二人；拉之，容四五人；且拉且登，頃刻氈大畝許，已數百人矣。短刀並發，出於不意，被掠數里而去。

【注釋】❶紅毛國　紅毛國指荷蘭，清康熙二十二年開始互通貿易。❷不聽　不允許。

【語譯】對於紅毛國，朝廷曾許可可與中國互通貿易。守邊的統帥見他們人太多，不允許登岸。紅毛人再三請求，說：「只給氈一樣大小的一塊地，我們就心滿意足了。」統帥想一塊氈容納的人寥寥無幾，就應承下來。一個紅毛人登岸，鋪上一塊氈，僅能站開兩個人；他們把氈拉扯一下，能容納四五個人；一面拉扯一面上人，頃刻之間氈的面積擴大有一畝多地，上岸的人已經好幾百了，拔出短刀殺過來，不料想被他們劫掠了好幾里的地方才離去。

【研析】我國古代，自明中期之後，政府實行閉關鎖國政策，對歐洲資本主義國家接觸不多，見他們金髮碧眼，充滿好奇，就稱為紅毛番或紅毛國，《明史・外國列傳》及清人著《海錄》中皆有記載。在這裡，紅毛國指荷蘭。自明萬曆中，荷蘭海商，憑藉艦船與我國來往，到明崇禎朝，先後侵擾澎湖、漳州、臺灣、廣州等地，但屢遭中國地方官員驅逐，惟臺灣一地曾被荷蘭武力占據。本篇所記，依據當時的傳聞，時間、地點都不明確。

所記內容，反映當時海防官員麻痺大意，造成國土損失。一氈之地確實很小，邊帥不予重視，答應下來，結果，「被掠數里而去」。這說明當時政府和邊帥，對侵略者的真面目缺乏認識，加之盲目自大，不知真實的敵我力量對比，中了敵人的陰謀，吃了大虧。此篇文字雖短，包含深刻的教訓，發人深省。對今天的讀者來說，可以了解歷史狀況，深入理解防微杜漸的重要意義。

一員官

濟南同知❶吳公，剛正不徇❷。時有陋規，凡貪墨❸者，虧空犯贓罪，上官輒庇之，以贓分攤屬僚，無敢梗❹者。以命公，不受；強之不得，怒加叱罵，公亦惡聲還報之，曰：「某官雖微，亦受君命。可以參處，不可以罵詈也！要❺死便死，不能損朝廷之祿，代人上枉法贓耳！」上官乃改顏溫慰之。

人皆言斯世不可以行直道，人自無直道耳，何反咎斯世之不可行哉！會高苑❻有穆清懷者，狐附之，輒慷慨與人談論，音響在座上，但不睹其人。適至郡，賓客談次，或詰之曰：「仙固無不知，請問郡中官共幾員？」應聲答曰：「一員。」共笑之。復詰其故，曰：「通郡官僚雖七十有二，其實可稱為官者，吳同知一人而已。」

是時泰安知州❼張公者，人以其木強❽，號之「橛子❾」。凡貴官大僚登岱❿者，夫馬兜輿⓫之類，需索煩多，州民苦於供億⓬，公一切罷之。或索羊豕，公曰：「我即一羊也，一豕也，請殺之以犒騶從⓭。」大僚亦無奈之。公自遠宦，別妻子者十二年。初涖泰安，夫人及公子自都中來省之，相見甚歡。逾六七日，夫人從容曰：「君塵甑⓮猶昔，何老誖⓯不念子孫耶？」公怒，大罵，呼杖，逼夫人伏受責。公子覆母身號泣，乞代。公橫施撻楚乃已。夫人即偕公子命駕⓰歸，矢⓱曰：「渠即死於是，吾亦不復來矣！」逾年，公果卒。此不可謂非今之強項令⓲也。然以久離之琴瑟⓳，何至以一言而躁怒至此，不情矣哉！而威嚴能行於牀第⓴，事更奇於鬼神矣。

【注釋】❶濟南同知　濟南，明清時府名。府治為濟南市，今山東濟南。同知，清代為一府長官的副職。❷徇　委曲順從。❸貪墨　貪汙。❹梗　違抗。❺要　應該。❻高苑　明清時山東省青州府高苑縣，今山東高青。❼泰安知州　泰安，府名。明代屬山東省濟南府，清代為泰安府府治，今山東泰安。知州，官名。即知府，一府的最高行政長官。❽木強　樸直剛強。❾橛子　短木樁。❿岱　泰山。⓫兜輿　滑竿；山轎子。⓬供億　按需要而供給。⓭騶從　騎馬的侍從。⓮塵甑　甑中生塵。喻清貧。甑，蒸籠。⓯老誖　年老昏亂，不通事理。⓰命駕　命人駕車馬。⓱矢　誓。⓲強項令　剛正不屈服於權威的官員。語出《後漢書．酷吏傳》。⓳琴瑟　喻夫妻。語出《詩經．周南．關雎》。⓴牀笫　牀鋪。泛指閨房。

【語譯】濟南府的同知吳公，為人剛強正直，不委曲順從。當時有個壞規矩：凡是貪汙的官員，虧空公款，犯了貪贓的罪，他的上司總是袒護他，把贓款分攤下屬官員補償，沒有敢違抗的。向吳公收這種錢，他拒不接受；硬攤派，還是不服從，上司怒氣沖沖地辱罵他，吳公惡聲粗氣跟他吵鬧，說：「我的官職雖然低下，也是皇上任命的。可以彈劾查究，依法處分，你不應該罵我！應當死就死，不能損耗朝廷給的俸祿，替上級繳破壞王法的贓款！」他的上司才換了一副面孔，溫和地安慰他。

人們都說這個時代，不可以按正道行事，而實際是自己心裡沒有正道，為什麼反而責怪時代不許可走正道呢？正好，高苑縣有個叫穆清懷的人，狐仙附在他身上，就慷慨地同人談論，能聽到狐仙的聲音，只是看不見他。穆清懷恰巧到濟南，同客人交談的時候，有人問他：「仙家一定無所不知，請問濟南府有多少官員？」狐仙應聲回答說：「一員。」大家都笑起來，又問他這是什麼緣故，他說：「全府的官僚有七十二名，其實可以稱為官員的，只有吳同知一人罷了。」

這時候，泰安知府張公，人們因為他性格樸直剛強，給他起了個綽號「橛子」。凡是貴官大臣來登泰山，需要很多人馬山轎伺候，民眾負擔供應，十分痛苦，張公為他們減免。有高官來要羊要豬，張公說：「我就是一隻羊，一頭豬，請你把我殺掉，犒勞你的騎馬的侍從吧。」大臣也無可奈何。張公到遠處做官，離別妻子十二年。他剛到泰安上任不久，夫人和公子從京都來看望他，彼此相見，非常高興；過了六七天，夫人勸誘他說：「你還同過去那麼窮，怎麼年老昏瞶、不懂事，就不想想子孫後代的生計麼？」張公憤怒，大罵夫人，喊人拿棍子，逼著夫人趴下挨打。公子遮擋起母親哭喊，請求替她挨棍子。張公縱情打了一陣才住手，夫人立刻同公子乘車回家，發誓說：「他就是死在這裡，我也不再來了！」第二年，張公真的去世。這位張公，我們不能不說他是當今剛正不阿的強項令啊。但是從夫妻長期分別來說，怎麼至於為了一句話，就暴躁憤怒到這般地步呢。不近人情啊！然而在閨房裡也堅持威嚴，這比鬼神的事更稀奇哩。

【研析】《聊齋》中揭露諷刺貪官汙吏、社會腐敗的篇章不少，真實地反映了當時的社會現實。但是，那時也還有少數能堅持正直做人、不怕打擊誣陷的賢官良吏，這也是歷史的真實。〈一員官〉中記述的兩位官員，「剛正不徇」，樸直「強項」，依法辦事，為民做主，完全不計個人得失，其精神是高尚的，其行為是可敬的。蒲翁記下這兩人的事跡，是給所有為官者樹立了一面鏡子。

濟南同知吳公，剛正不阿，不接受「陋規」，上官「怒加叱罵，公亦惡聲還報之」，並據理力爭，表現了無私無畏的品格，逼使「上官乃改顏溫慰之」。文中評論說：「人皆言斯世不可以行直道，人自無直道耳，何反咎斯世之不可行哉！」這真是一針見血，一語破的，使那些言行不正直又欲歸咎於世者的私心，暴露在陽光之下，對比鮮明，故狐仙才說：「通郡官僚雖七十有二，其實可稱為官者，吳同知一人而已。」

泰安知州張公，人以其木強，號之「橛子」。其實，這正是他正直為官，高風愛民的明證。當時陋習，凡高官大僚來遊泰山，地方政府要向百姓索物派伕，供其享樂，百姓苦不堪言。「公一切罷之。或索羊豕，公曰：『我即一羊也，一豕也，請殺之以犒騶從。』大僚亦無奈之。」張公不顧個人的得失利害，公開對抗陋習，是了不起的仁義之舉。但他對待自己妻子的態度，則又暴露出在他思想中，還有家長專制和男尊女卑的錯誤的一面。

古籍今注新譯叢書

哲學類

新譯四書讀本	謝冰瑩等編譯
新譯學庸讀本	王澤應注譯
新譯論語新編解義	胡楚生編著
新譯孝經讀本	賴炎元等注譯
新譯易經讀本	郭建勳注譯
新譯乾坤經傳通釋	黃慶萱著
新譯易經繫辭傳解義	吳 怡著
新譯禮記讀本	姜義華注譯
新譯儀禮讀本	顧寶田等注譯
新譯孔子家語	羊春秋注譯
新譯老子讀本	余培林注譯
新譯老子解義	吳 怡著
新譯莊子讀本	黃錦鋐注譯
新譯莊子讀本	張松輝注譯
新譯莊子本義	水渭松注譯
新譯莊子內篇解義	吳 怡著
新譯列子讀本	莊萬壽注譯
新譯管子讀本	湯孝純注譯
新譯墨子讀本	李生龍注譯
新譯公孫龍子	丁成泉注譯
新譯晏子春秋	陶梅生注譯
新譯鄧析子	徐忠良注譯
新譯荀子讀本	王忠林注譯
新譯尹文子	徐忠良注譯
新譯尸子讀本	水渭松注譯
新譯鬼谷子	王德華等注譯
新譯韓非子	傅武光等注譯
新譯呂氏春秋	朱永嘉等注譯
新譯韓詩外傳	孫立堯注譯
新譯淮南子	熊禮匯注譯
新譯春秋繁露	朱永嘉等注譯
新譯新書讀本	饒東原注譯
新譯新語讀本	王 毅注譯
新譯潛夫論	彭丙成注譯
新譯論衡讀本	蔡鎮楚注譯
新譯申鑒讀本	林家驪等注譯
新譯人物志	吳家駒注譯
新譯張載文選	張金泉注譯
新譯近思錄	張京華注譯
新譯傳習錄	李生龍注譯
新譯呻吟語摘	鄧子勉注譯
新譯明夷待訪錄	李廣柏注譯

文學類

新譯詩經讀本	滕志賢注譯
新譯楚辭讀本	傅錫壬注譯
新譯文心雕龍	羅立乾注譯
新譯世說新語	劉正浩等注譯
新譯昭明文選	周啟成等注譯
新譯古文觀止	謝冰瑩等注譯
新譯古文辭類纂	黃 鈞等注譯
新譯樂府詩選	溫洪隆注譯
新譯古詩源	馮保善注譯
新譯千家詩	邱燮友等注譯
新譯詩品讀本	成 林等注譯
新譯花間集	朱恒夫注譯
新譯南唐詞	劉慶雲注譯
新譯唐詩三百首	邱燮友注譯
新譯宋詞三百首	汪 中注譯
新譯宋詞三百首	劉慶雲注譯
新譯元曲三百首	賴橋本等注譯
新譯明詩三百首	趙伯陶注譯
新譯清詩三百首	王英志注譯
新譯清詞三百首	陳水雲等注譯
新譯唐人絕句選	卞孝萱等注譯
新譯唐才子傳	戴揚本注譯
新譯拾遺記	石 磊注譯
新譯搜神記	黃 鈞注譯
新譯唐傳奇選	束 忱等注譯
新譯宋傳奇小說選	束 忱注譯
新譯明傳奇小說選	陳美林等注譯
新譯容齋隨筆選	朱永嘉等注譯
新譯明散文選	周明初注譯
新譯人間詞話	馬自毅注譯
新譯白香詞譜	劉慶雲注譯
新譯幽夢影	馮保善注譯

新譯菜根譚　吳家駒注譯
新譯小窗幽記　馬美信注譯
新譯圍爐夜話　馬美信注譯
新譯郁離子　吳家駒注譯
新譯歷代寓言選　黃瑞雲注譯
新譯賈長沙集　林家驪注譯
新譯揚子雲集　葉幼明注譯
新譯諸葛亮集　朱永嘉等注譯
新譯曹子建集　曹海東注譯
新譯建安七子詩文集　韓格平注譯
新譯阮籍詩文集　林家驪注譯
新譯嵇中散集　崔富章注譯
新譯陸機詩文集　王德華注譯
新譯陶淵明集　溫洪隆注譯
新譯江淹集　羅立乾等注譯
新譯庾信詩文選　歸　青注譯
新譯初唐四傑詩集　李福標注譯
新譯駱賓王文集　黃清泉注譯
新譯王維詩文集　陳鐵民注譯
新譯孟浩然詩集　楊　軍注譯
新譯李白詩全集　郁賢皓注譯
新譯李白文集　郁賢皓注譯
新譯杜甫詩選　張忠綱等注譯
新譯杜詩菁華　林繼中注譯
新譯高適岑參詩選　孫欽善等注譯
新譯昌黎先生文集　周啟成等注譯
新譯劉禹錫詩文選　閻　琦注譯

新譯柳宗元文選　卞孝萱等注譯
新譯白居易詩文選　陶　敏等注譯
新譯元稹詩文選　郭自虎注譯
新譯李賀詩集　彭國忠注譯
新譯杜牧詩文集　張松輝注譯
新譯李商隱詩選　朱恒夫等注譯
新譯范文正公選集　王興華等注譯
新譯蘇洵文選　羅立剛注譯
新譯蘇軾文選　滕志賢注譯
新譯蘇軾詞選　鄧子勉注譯
新譯蘇轍文選　朱　剛注譯
新譯曾鞏文選　高克勤注譯
新譯王安石文選　沈松勤注譯
新譯柳永詞集　侯孝瓊注譯
新譯李清照集　姜漢椿等注譯
新譯陸游詩文選　韓立平注譯
新譯辛棄疾詞選　聶安福注譯
新譯歸有光文選　鄔國平注譯
新譯徐渭詩文選　周　群等注譯
新譯薑齋文集　平慧善注譯
新譯顧亭林文集　劉九洲注譯
新譯方苞文選　鄔國平等注譯
新譯袁枚詩文選　王英志注譯
新譯聊齋誌異全集　袁世碩等注譯
新譯聊齋誌異選　任篤行等注譯
新譯閱微草堂筆記　嚴文儒注譯
新譯浮生六記　馬美信注譯

新譯弘一大師詩詞全編　徐正綸編著

【歷史類】

新譯史記　韓兆琦注譯
新譯漢書　吳榮曾等注譯
新譯後漢書　魏連科等注譯
新譯三國志　吳樹平等注譯
新譯資治通鑑　張大可等注譯
新譯史記—名篇精選　韓兆琦注譯
新譯尚書讀本　吳　璵注譯
新譯尚書讀本　郭建勳注譯
新譯周禮讀本　賀友齡注譯
新譯逸周書　牛鴻恩注譯
新譯左傳讀本　郁賢皓等注譯
新譯公羊傳　雪　克注譯
新譯穀梁傳　顧寶田注譯
新譯春秋穀梁傳　周　何注譯
新譯戰國策　溫洪隆注譯
新譯國語讀本　易中天注譯
新譯說苑讀本　左松超注譯
新譯說苑讀本　羅少卿注譯
新譯新序讀本　葉幼明注譯
新譯吳越春秋　黃仁生注譯
新譯西京雜記　曹海東注譯
新譯列女傳　黃清泉注譯
新譯越絕書　劉建國注譯
新譯燕丹子　曹海東注譯

新譯東萊博議　李振興等注譯
新譯唐六典　朱永嘉等注譯
新譯唐摭言　姜漢椿注譯

宗教類

新譯金剛經　徐興無注譯
新譯高僧傳　朱恒夫等注譯
新譯碧巖集　吳　平注譯
新譯百喻經　顧寶田注譯
新譯楞嚴經　賴永海等注譯
新譯梵網經　王建光注譯
新譯法句經　劉學軍注譯
新譯六祖壇經　李中華注譯
新譯禪林寶訓　李中華注譯
新譯維摩詰經　陳引馳等注譯
新譯經律異相　顏洽茂注譯
新譯阿彌陀經　蘇樹華等注譯
新譯無量壽經　邱高興注譯
新譯妙法蓮華經　張松輝注譯
新譯景德傳燈錄　顧宏義注譯
新譯大乘起信論　韓廷傑注譯
新譯釋禪波羅蜜　蘇樹華注譯
新譯八識規矩頌　倪梁康注譯
新譯永嘉大師證道歌　蔣九愚注譯
新譯華嚴經入法界品　楊維中注譯
新譯地藏菩薩本願經　李承貴注譯
新譯悟真篇　劉國樑等注譯
新譯无能子　張松輝注譯
新譯坐忘論　張松輝注譯
新譯列仙傳　張金嶺注譯
新譯抱朴子　李中華注譯
新譯神仙傳　周啟成注譯
新譯性命圭旨　傅鳳英注譯
新譯老子想爾注　顧寶田等注譯
新譯周易參同契　劉國樑注譯
新譯道門觀心經　王　卡注譯
新譯養性延命錄　曾召南注譯
新譯樂育堂語錄　戈國龍注譯
新譯冲虛至德真經　張松輝注譯
新譯長春真人西遊記　顧寶田等注譯
新譯黃庭經・陰符經　劉連朋等注譯

軍事類

新譯司馬法　王雲路注譯
新譯尉繚子　張金泉注譯
新譯三略讀本　傅　傑注譯
新譯六韜讀本　鄔錫非注譯
新譯吳子讀本　王雲路注譯
新譯孫子讀本　吳仁傑注譯
新譯李衛公問對　鄔錫非注譯

教育類

新譯爾雅讀本　陳建初等注譯
新譯顏氏家訓　李振興等注譯
新譯聰訓齋語　馮保善注譯
新譯曾文正公家書　湯孝純注譯
新譯三字經　黃沛榮注譯
新譯百家姓　馬自毅等注譯
新譯幼學瓊林　馬自毅注譯
新譯增廣賢文・千字文　馬自毅注譯
新譯格言聯璧　馬自毅注譯

政事類

新譯商君書　貝遠辰注譯
新譯鹽鐵論　盧烈紅注譯
新譯貞觀政要　許道勳注譯

地志類

新譯山海經　楊錫彭注譯
新譯水經注　陳橋驛等注譯
新譯佛國記　楊維中注譯
新譯大唐西域記　陳　飛等注譯
新譯洛陽伽藍記　劉九洲注譯
新譯徐霞客遊記　黃　珅注譯
新譯東京夢華錄　嚴文儒注譯

◎新譯明傳奇小說選

陳美林、皋于厚／注譯

明代傳奇小說遠紹唐人傳奇，近規宋元傳奇和話本，在內容和形式上均有開拓和創新，為後代的白話小說和戲曲提供了大量的創作素材。本書選錄注譯三十八篇有代表性的明傳奇小說，期使讀者能通過本書了解明傳奇小說的發展概貌和成就，並從小說家們專注與描寫的種種平民生活細節中，感受明代逐漸奔湧的人文主義思潮與平民意識。